绮白 著

TING XIANG LU

上

天津出版传媒集团
天津人民出版社

图书在版编目（CIP）数据

听香录 : 全三册 / 绮白著. -- 天津 : 天津人民出版社, 2025.4
ISBN 978-7-201-18106-6

Ⅰ. ①听… Ⅱ. ①绮… Ⅲ. ①长篇小说－中国－当代 Ⅳ. ① I247.5

中国版本图书馆 CIP 数据核字 (2022) 第 100374 号

听香录（全三册）
TING XIANG LU(QUAN SAN CE)
绮白 著

出　　版　天津人民出版社
出 版 人　刘锦泉
地　　址　天津市和平区西康路 35 号康岳大厦
邮　　编　300051
邮购电话　022-23332451
电子信箱　reader@tjrmcbs.com

责任编辑　玮丽斯
策划编辑　肖　博
特约编辑　邓玉玮
营销编辑　卢　毅
装帧设计　君麓设计工作室

制版印刷　三河市华东印刷有限公司
经　　销　新华书店
开　　本　710 毫米 ×1000 毫米 1/16
印　　张　64
字　　数　1055 千字
版次印次　2025 年 7 月第 1 版　2025 年 7 月第 1 次印刷
定　　价　189.00 元

目录

幽兴年来莫与同

谁都不想在三九严冬里来长白山，太冷了，冻出的鼻涕转眼就能结成冰溜子。马车在雪地上走不动，要改乘狗拉雪爬犁。旅人们忍不住要爱惜那些毛茸茸、喷热气的狗儿们，转乘时将行李一减再减，没有了平日用习惯的器物，顿觉行程凄冷，诸多不便了。

长白山脚下的这个无名小村子，零零散散地坐落着二十来个小木屋，几乎被雪埋起来，不是熟悉路径的人不太容易找到。

一只式样奇怪的雪爬犁在村口停下。拉爬犁的有十几条狗，与中原犬只长得有些不同，不是那种宫廷玩物，也不擅长看家护院和协助猎人打兔子，它们体格高大强健，披着灰色、褐色的毛，却是白脸吊睛，耳朵精神地竖起，吐着舌头在它们停下来的地方呵出一大片白茫茫的雾气。普通的雪爬犁只是有一个露天车厢，再讲究些也不过搭个篷子，而这个雪爬犁却似是一个小小的房间，车壁门窗上堵着厚实的毛皮帘子，阻挡严寒风雪的侵袭。

驾驶爬犁的青年看着快有二十了，他让狗儿们卧下，敲敲小房间，大声说："雪娘子，到地方了。"

小房间的一扇门移开，一团火红从里面钻出来，在雪地上煞是刺眼。细看，这是个穿了火狐裘的高挑少女，年纪在十七岁上下，却已有着说不尽的艳丽。她把斗篷帽子拉起来挡住双颊，双手缩在斗篷里，显得极怕冷。

狗儿们都吐着舌头看着她，想要过去与她亲近，却被坐在车厢前方那个戴毛皮帽子的青年喝止住了。他知道少女不喜欢狗儿们太过热情的表示。车厢门一开一合间，一缕幽香飘散开，却很快被长白山脚下的风蛮横地吹散了。

少女这才好好打量起村子，疑惑地问那个青年："怎么不是原先的地方了？"

青年笑着说："去年夏天开始，他师父就张罗着塞给他一门亲事，他不肯，就换了个村子搭了个窝自己住了。他一个人，反而便宜了我们。"

似乎是有些好笑，少女牵动冻木的嘴角，但笑了一半又觉得不好笑了，收起笑容，卷紧斗篷，走了几步，雪地上留下一行浅得几乎没有的脚印。

青年把她领到一个小木屋前，木屋的门口已经清扫过了，雪扫向两旁高高堆起，否则门会被雪堵住打不开的。从人上前拍门，好半天才有一个老婆婆来开门。

“阿狗不住这儿？”从人以为自己搞错了，他得到的消息是，阿狗是一个人住。

“哦，阿狗出去打猎了，我住他边上，趁空帮他收拾收拾屋子。你们找阿狗？”老婆婆手里还绞着一块脏布。

“我是阿狗的朋友，我姓沈，这是我妹妹雪娘子。”青年让开位置，好让老婆婆看清少女。而少女却在那个时刻也往边上挪了挪，似是在避开老婆婆。

老婆婆以为自己了解了真相，露出了这个年纪的老妇人惯有的狡黠的笑容，说：“这小姑娘还不好意思了。既是朋友，进来等他就是了。”她倒也大方，一面是因为山里人性格直爽，另一面也是阿狗家家徒四壁，就算是坏人来偷来抢，也无甚可损失的，再者这兄妹生得好看，不像坏人。

少女偷偷打量屋里情形，摇摇头：“婆婆不用忙了，我们去村口等他便是。”

婆婆又误会了，就要出门来招呼她：“急也急不来，他出去也没个准，有时候疯一会儿就回来了，有时候几天不回来，他身上带着干粮，不一定回来吃饭。外面冷，屋子里暖和，你们小女娃子不要冻坏了。”

“我们去找他。”少女绕着那姓沈的青年，躲开老婆婆伸过来揽她的手。

“婆婆，您也先进屋吧，不要冻坏了。”青年打起了圆场。

两人走回村口。少女从猩红斗篷里伸出纤细如葱根的手指，指着那群狗：“那屋子里就是一股狗味道，不，是比狗味道还野还脏。而且那老婆子捏着一块脏布就要来碰我，我实在不能忍。这地方冷得能要我的命，人又臭，只有雪看起来还干净些。”她毫不掩饰自己的厌恶。

青年幸灾乐祸地笑笑：“你每年冬天都来发这样一顿牢骚，往年抱怨完就走，今年可不一样了。”

“放在前几年，还轮不到你来听我发牢骚呢。”少女哼了一声。

“放在前几年，脏活累活也轮不到我来。这种时候，我应该在喝曲尘妹妹的茶汤。”青年说。

少女皱起眉头，不说话了。青年的话触到了她的不痛快。

青年看着她的脸色，用那种闹完别扭后兄长不计较妹妹任性的口吻劝她：“你还是去车里坐着，我去找他。”

“不用，不用你去。”少女从斗篷底下递出一个镂空银熏球式样的怀炉，让青年捧着，又从胸口解下一个香囊，从中掏出一颗香丸，打开熏球放在炭火之上烤着。做完这些，她呵了呵手，又把手藏到斗篷下去了。

“风向不对他嗅不到的。”青年说。

“风向会转的。”少女坚持，“以前都是这样的。就算逆风他都闻得到。”

果然不出多久，对面山谷里传过来一声狼嗥，引得正在雪地上休息的狗儿们蹦起来乱哄哄地吠了一阵。

又是一顿饭的工夫，离他们最近的一个高高的雪坡顶上出现了一个人影，他双手向这里挥舞了几下，又作几声狼嗥后，从背后摘下一块一头翘起的木板，放在雪地上，整个人踩上去从陡峭的雪坡上一滑而下。看得人惊心动魄，下冲的势头到平地依旧不减，带着他滑到两人面前强行收势，他跳下木板，把木板夹在手臂底下，一串动作眼花缭乱，激起雪粉飞扬，直扑人颈窝子。

“雪信，你来了，我刚抓了两只兔子，我烤兔子请你吃。”这个利索的猎装青年就是他们在找的阿狗，年纪比姓沈的青年还大些，但是轻佻活泼，倒是比后者天真许多。

沈雪信便是这少女的名字，她扑打着扬在斗篷和颈窝里的雪，重新把银熏球搂进怀里：“野人就是野人。”她嘀咕，“我吃素。”

阿狗惊讶地看了一眼雪信，又转向她的师兄沈越青：“我耳朵没坏吧？今年她回我话了！”

雪信还不大记事的时候，师父就带着她来过长白山了。

如果这地方还能给那时的她留下什么印象，就是冷和那个身上雪粉拍也拍不干净、总散发着一股兽类味道的小孩子，也就是八岁的阿狗了。阿狗性格顽劣，每次见他，脸上、身上都有点小伤，不是刚与同村的小孩打架把人家打惨了，就是他师父知道他欺负别的小孩后把他打惨了。

阿狗倒是记得，那个时候他就对雪信很感兴趣了，她永远是个干净漂亮还香喷喷的小女孩，他从没见过像她那么美丽的姑娘。她从来不吃当地的食物，总是抱着一块香气很特殊的精致米糕细细地啃。

他想和她聊天的时候，她就把眼珠子转向另一边。年纪尚幼还没学会装样子的时候，她还会一只手捏住鼻子，另一只手扇风：“臭死了，你臭死了。”后来不当面说他了，却更坏了，假装听不见他的话，拒绝和他聊天，其实还是嫌弃他身上的气味。被师父捡到前，阿狗喝过狼奶，被狼养过几个月，即便现在他也喜欢跑去找狼群玩，所以身上免不了是有点腥膻味的。

她的师父和他的师父是有点过节的，两个大人大概不好意思亲自打一架，所以每年都派遣徒弟争输赢。前几年是她的大师兄，这几年是她的二师兄。雪信从来不动手的，她只负责默默地把打架过程看下来，回去汇报给她的师父。

当师父问她，为什么不和阿狗说话的时候，她为自己辩解：“若是三两句话就与人混熟了，还怎么不偏不倚地观察汇报？”她还为这个说法洋洋自得了很久，但如今看来，她并没有从师父那里蒙混过关，现在阿狗成了她的任务，她的考验。

阿狗对沈越青说：“要打架等我吃饱了再说。”

兔子在他背后的布袋里蹬腿，他的猎叉上挂着两条冻得硬邦邦的鱼。看来在这讨厌的季节里，他在山林里过得还是很欢活。

“我也还饿着。”沈越青表示同意。他与阿狗没有私人恩怨，那些都是师父们撺掇鼓动挑起来的，而且这回来办的事不太一样，若非必要，他们不用动手。

“我还有酒。”阿狗从腰间取下一个皮囊，自己先喝了一大口，然后递给了沈越青。

雪信盯了她二师兄一眼，用眼神督促他快点把脏皮囊丢掉。沈越青却抬起皮囊也大大饮了一口，还啧啧称赞。雪信又把眼珠子转到一边了，说：“你们去吃饭吧。我在车里等。”她移开车厢门，钻到毛皮帘子后面去了。

雪信在车厢里听到阿狗十分可惜地说：“我知道你们这几天会来，特意收拾过屋子了。”又听到沈越青拍着阿狗肩膀说：“你那个地方，再怎么收拾她也不会进去的。”然后两人踏着雪索索地走远了。

车厢不大，遮挡得又严实，在正中央摆一个菱花形镂空盖子的铜手炉就够了。雪信解下皮裘，从角落的箱子里取出一个青色瓷炉，用铜火筷将手炉里的香炭团夹进瓷炉座里，又取出一个青瓷注子，用皮囊装了五成满的泉水，放到炭炉上。

她等着水热，随手又从怀里掏出一个瓷瓶来，往水中抖了些碎木细屑。不多时，水热了，水汽飘散前，一股清甜的花香从注子嘴上冒出来。将热水注入一个小碗里，雪信捧起来喝了一口，长吁一口气，神色终于缓了下来，又从箱子里取出一个食盒，从里面拈出两块做成梅花状的雪白米糕来，就着热水吃下了。

她郑重其事地吃了点心，喝完了水，又将器物收拾回箱子里，把炭夹回手炉里，再度长出了一口气。

车厢门轻轻移开了，一只手举着一条烤得吱吱冒油的兔子腿伸进来："真的不要吃吗？很香的。"躲在车外的阿狗不相信有人会拒绝烤肉，尤其是他的手艺，他细心地帮她撒好了盐，撒盐之后的烤兔肉的味道更是一绝。

但是很快，雪信发出尖叫："出去！出去！"

那只手攥着兔子腿缩了回去。

雪信爬出车外，跺着脚："谁叫你进来的？"神色是十二分恼怒。

"我没有进来。"阿狗疑惑地看着雪信，从她的反应来看，他好像办错了事，可是他又觉得自己一点也没做错什么，"你不来我家，我就给你送吃的。"

"我车里都是你那烤兔子肉的味道，油腻得我想吐！"雪信又爬回车里，打开门窗，把毛皮帘子掀开，冷风带着刚刚开始飘下来的雪点凛冽地贯穿了车厢，冲洗干净了车厢里的味道。她还嫌不够，又从箱子里找出一个扁圆鎏金铜盒来，打开取了三四个香饼，丢进手炉里，霎时香气四溢。

雪信关好门窗，挂好帘子，犹蹙着眉把鼻子放在肩头和胳膊上嗅着。皮毛布料这些东西最爱吸取气味了，一旦沾了油腥气就难以去掉，非用香汤泡洗不可。可眼下又是最没办法洗衣服的。

"你生气了？"阿狗站在车外听着她折腾，把兔子腿塞进自己嘴里。

雪信发出不悦的闷哼，算是回答。她恨不得立刻把车厢的每根木条都拆开来用刷子刷一遍。

"她生气了。"阿狗又对这时候走过来的沈越青说。

"是你惹她生气的，不关我的事。"沈越青淡然道。

"是你说她没吃过肉很可怜的。"阿狗为自己辩白。

"我也没让你给她送肉。总之是你惹她生气了，你自己想办法哄她。"沈越青这话一听就没安着好心，说着说着几乎要笑出来了。

阿狗只好敲敲车厢问里面："你要怎么样才不生气？"

雪信又哼了一声才说："你就不能洗个澡，把自己弄干净吗？"她也觉得这是个过分的要求，她怀疑住在这种地方的人一辈子洗的澡的次数一只手就能数得过来。天太冷，人就懒得洗澡了。

阿狗用雪洗干净手说："倒是有一个地方，村子里的男人做新郎前都会去那里洗澡。我现在就去。"

"我们可以送你去。"沈越青吆喝狗儿们起来，坐到车厢前的座位上，还给阿狗留了半边位置，他又露出了幸灾乐祸的笑容，“她不看着你洗干净，是不会放心的。”

这话倒让阿狗不安起来了：“她不会真的看着我洗澡吧？”

狗儿们拖着雪爬犁爬了半天，到了一个密林子边上过不去了，所幸没剩下多少路了。

雪信从车厢里探出头来，吸了口气，闻见一股类似火药的刺鼻味道。

“林子里有一个池子，冬天也不结冰，水是热的。”阿狗指给他们看，林子深处，裹在一片白茫茫的雾气里，“我洗了澡，你就不生气了吧？”他探看雪信的神色。

沈越青说：“好好洗，洗干净点。”

阿狗忽然就觉得自己像被拎着翅膀提起来的肥山鸡，在被杀之前要烧好一锅开水，杀了泡进去好褪毛。他看一眼沈越青，又看一眼沈雪信，边琢磨着他们是打算拿他怎么样，边一步步走到林子里去。

越靠近那眼温泉，积雪越薄，后来干脆就不见雪了，树木草叶都是碧幽幽的。雾气浓得近在咫尺，也看不清楚人了。阿狗走到池边，解下身上的零碎，松开绑腿，脱了衣服泡到池子里。

洗澡，舒服是舒服，只是在这天寒地冻里，人是什么都可以将就的。他正为了取悦一个漂亮姑娘而洗澡，可惜她从来不喜欢他，又怎么可能嫁给他。

阿狗半躺在水里，闭着眼睛，雪片自半空中落下，贴在他的脸上化成了水。他耳朵颤动几下，抽了抽鼻子，眼睛就睁开了，对着雾气另一端的岸边叫道：“你别过来。”

雾气另一边飘来雪信的声音：“硫黄气味那么大，你还能闻出来？”

阿狗指着雾气说：“你别过来，我好好洗，我会洗干净。”他怕她真的会来检查。

雪信却坚持问：“到了这林子里，我的鼻子都不灵了，你怎么还能闻出来？”她对于自己经过严苛训练的嗅觉很自负，不相信自己会输给一个野人。

“在远处是听出来的，你走近了就闻见了。你那么香……”

雪信打断他：“干净衣服和梳洗用品我给你放在池边了。”她俯身把一个漆盘放在岸上，退后十步，听见对面的人涉水走过来了。

阿狗翻动着她带来的东西，柔软的缎袍熏上了浓香，又与她身上的香气有所不同。盘子里有手巾、梳子，还有一碟细细的豆面，也是异香扑鼻。

他兴高采烈地说：“你知道我没吃饱饭就出来洗澡，给我送饭来了吗？”说完取了一撮就要往嘴里送，其实如果不是泡在温泉里，他应该会找一个碗来把豆面倒进去，兑上半碗水调成糊糊，会更好吃。

“不准吃！”雪信及时阻止了他，“这是澡豆，是洗澡用的。”

阿狗不信：“这分明是白豆面！谁会糟蹋粮食用来洗澡？”

雪信冷哼：“白豆面是最不值钱的了，反倒是这澡豆里的玉屑、珍珠、白檀香、沉水香才难得，比寻常人家用些花儿调的澡豆都贵重些。要不是你，我还舍不得拿出来。”

其实阿狗对于她所说的那些贵重材料并不怎么懂，只是听她的口气，仿佛是要自己明白她对他是很舍得糟蹋钱的，又听她说只拿给他用了，不由得心抖了一下，想说点感激的话，话还没开口就听见雪信又说道：“那些不值钱的澡豆也对付不了你身上的脏污。你不用替我小气，不把这些澡豆全部搓完不准上来。”

她果然是来监督他洗澡的，怕他偷懒洗得不干净，怕他洗不掉身上的狼味。

阿狗有一些沮丧，端着碟子走得远了些，用水沾湿了豆面，用力搓自己，却又忍不住偷偷尝了一点，味道不怎么样，还有些辣嘴。

“头发也要多洗几遍。”雪信不放心地又提醒道。

终于把那贵得吓人的澡豆糟蹋完了，阿狗上岸穿好衣服。这是他头一次穿下摆长过膝盖的袍子，还有油亮的皮靴，散发着新鞣制过的气味。

雪信走到他身边，凑近他的脖子闻了闻，说：“也凑合了。”

起码在长达一个时辰的涤荡，又经层层浓香装裹后，这具身体最后留下的一点兽类的味道也不那么叫人难以接受了。雪信帮阿狗擦干头发，把头发结起，戴上发巾，把他打扮得像个山外来的人。

阿狗受宠若惊地被服侍着，脑袋转来转去找雪信的脸，问：“你这下高兴了？”他被她折磨得够呛，主要是她看不起他，却又帮他梳头，吓着他了。

雪信塞给他一块方方的东西，看起来是米糕，也是香喷喷的，可是有了澡豆的笑话，阿狗就不确定这东西能不能吃了。

“你要不要吃吃看？”她说。

阿狗这才把那婴儿手掌般大小的米糕塞进嘴里，学着她吃东西的样子慢慢嚼，做糕的米粉磨得真细，几乎入口即化，有着难以言喻的清甜，吃完后，吐气也是香的，像是一头扎进了花瓣堆里，这种香就像是她身上的那种幽香了。

“好吃吗？”雪信问。

“好吃。”阿狗老老实实地点头。

“比兔子腿还好吃吗？”

这个他就不确定了，烤野味是他的最爱。他没答上来。

雪信扳着他的头，让他看着自己：“我好看吗？”

“好看。”这点他可以毫不犹豫地告诉她，不用撒谎，不是哄她高兴，她是他见过的最美的少女。

雪信满意了，放开阿狗的脑袋说：“那么你跟我走吧。去山外面，还有更多好吃的，更多好看的姑娘等着你。”

阿狗明白了，她在做一件棘手的事情。他说：“师父说，你们有一天会来骗我出山。他让我不要跟你们走。”

雪信说：“我师父也说了，你师父不会答应让你跟我们走。”

阿狗抱歉地看着她，他也愿意跟她走，可是师父的话又不能不听。十多年来，师父如同他的父亲。

“要么你住下来？”这是个变通的法子，他可以和她住在小木屋里。

雪信拽住了他的衣领子，向林子外拖去，口中还说道：“我不管。用珍珠美玉洗过澡后，你怎么还能待在这个破地方？”她力气不见得有多大，却能迫使阿狗跟着她走。

阿狗怕他躲得太快或者把她推开，雪信会跌倒，所以不挣扎，又怕她抓得吃力，所以弓腰。雪信像拽一条狗一样把他拽出了林子，却只见一群狗守着雪爬犁，不见了沈越青。打开车门，发现沈越青正躺在里面睡觉，她发急推他：“你怎么可以进去？”沈越青就是不醒，一看就不是睡觉，是昏过去了。

身后阿狗说了句：“师父……”雪信觉得一只冰凉的手捏住了自己的后颈，两根指头一用力，她也昏过去了，被那只手一推，顺势倒进车厢里。

“你要熏死老夫吗？”一个胡子上挂满雪的中年猎人捏住了鼻子，适应不了徒弟一身浓香，“我要是没赶来，你是不是就同这小妮子私奔了？”

阿狗替雪信讨饶：“我对她明确说了不去。”

“看来你说了也没用。”他师父把车门关了，一只手拎起阿狗的耳朵，大步流星就要离开。

“他们在这儿不冻死也会被狼吃掉的。”阿狗歪着头，从师父手里抢自己的耳朵，双脚在地上重重拖着不肯离开。

“冻死吃掉也罢，看他下回还敢派什么人来。”他师父说是这么说，把两个晚辈丢在冰天雪地的山林里，和直接弄死没什么两样。他才不是他们师父那种面冷心黑的人，做不出这等狠事，所以拎着阿狗把雪爬犁赶了起来，把人带回了阿狗原先居住的村子。

雪信醒过来，头略一动，脖子后面的大筋就酸麻酸麻的。等她弄明白自己是躺在一张气味古怪的皮子上后，她一下蹬掉了被子，手脚并用地站了起来。

一个荆钗布裙的中年女人扶住她。那女人体态丰腴，看脸型，原先定也是个鹅蛋脸的美人，可是发了福，两颊的肉鼓了出来，身上也软软绵绵的，好处是脂膏把皮肤撑得很光滑，不见皱纹。雪信后退两步，离开对方的扶持，自己站好。她打量自己所在的地方，是处再普通不过的本地民居，大半间屋子都是火炕，她方才正是躺在炕上。

她冲到外间屋子。外间是个厨房，柴火“噼噼啪啪”在土灶里作响。阿狗的师父把沈越青捆在桌子腿上，与阿狗坐在桌子两边。他剥着花生，就着酒，一会儿训阿狗，一会儿又审沈越青。

以前雪信他们来，都是雪信焚香把阿狗引出来，比试完了就走，不作停留。他们不愿遇上阿狗的师父，遇上也只是点点头，态度十分傲慢，从来没把对方放在眼里。这个中年猎人今日终于逮住机会教训他们一回了。

他问：“怎么不让你师兄来？他比你皮实经揍。”

沈越青答：“师父把他送走了。”

“去哪儿了？”

“我不知道。”沈越青头上挨了一下，他不满，奋力挣了一下，搅得木桌上的碗碟“哐哐”响。阿狗的师父把手按在桌面上，那些碗碟顿时安静下来，桌子纹丝不动。

沈越青说：“我真的不知道。”

“听说姓沈的教给你们每人一门手艺，都学的什么？”阿狗的师父又问。

“师兄学铸剑。我学得杂些，木工、金工、烧瓷器，都学。两个师妹，一个学香，一个学茶。还有两个师妹是师娘带的，学草药和养蜂。”沈越青大大方方交代老底，真是让憋着一股劲打算严刑拷问的人大失所望。

雪信咳嗽一声，提醒沈越青，他这样没气节，太坍师父的台了。

阿狗的师父就对阿狗说：“听听，你每年和铁匠、木匠打架，还有打不赢的时候，以后好好习武，少给老夫丢人。”

阿狗低声说：“我打赢的时候多。”先前在山林里那份淘气劲儿一点没了，像老鼠被猫按住了。

“他能好到哪里去？不过是个猎户！”雪信忍不住插嘴，挽救被沈越青坍掉的师父的颜面。

“猎户？我把我所有的本事都教给他了！”那中年猎人激动起来，指着阿狗，“阿狗，你现在作首诗给她听听！”

阿狗像遭了突袭，先是往后一闪，意识到还有外人在，又在凳子上坐好，东张西望借物起兴：“开门好大雪……”他就吟了一句，挠着头皮作不下去了。

他师父气得也在他头上拍了一下：“我平日教你的，你都学到哪儿去了？”他的颜面也被阿狗坍掉了。

雪信身后的中年女人抢步上前，护着阿狗：“喝几口酒就越发忘形！作诗又不能当饭吃。我辛辛苦苦把他拉扯到这么大，养得他那么漂亮，村东村西的闺女个个都惦记，就你个老醉猫把他不当盘菜！”

看架势听口气，这位定是阿狗的师娘了。

阿狗的师父不与婆娘争论，避开锋芒，把矛头指向沈越青：“你们带不走我徒弟，姓沈的会怎么罚你们？”

沈越青看向雪信，说：“我就是来帮忙的。师父怎么罚她，我不知道。”这话又把所有目光引到雪信身上来了。

阿狗的师父转来问她：“怎么罚不用怕，有老夫为你做主。”他竟然是个厉害人，看出她心里在怕。

雪信却不会像沈越青那般看着好对付，她反问：“阿狗犯错了，你怎么罚？”

“打一顿，背书，抄文章。”阿狗的师父说起摧残自己的徒弟，眉飞色舞。

“我们师父是个文雅人。我从小就没挨过打。背书抄诗有什么可怕的，真是。”雪信不屑道。

阿狗听得好奇了，插嘴问：“那你都是怎么挨罚的？”他想不出还有比背书作诗更折磨人的事。雪信是个女孩子，也许不会打她，难道是饿饭？

雪信哼了声，没有接话。

“你不说，老夫想帮你也帮不了。”阿狗的师父做出惋惜状来，又问，“你们没骗走我徒弟，会不会再换一拨人来骗？”

雪信假装不在意，随意摆脱众人目光的追索，走到另一个门口随便瞄了几眼。

她醒过来的地方是西屋，瞄见的是东屋房里的情形，与西屋格局一样，都是大片的炕，墙上挂着一柄落了灰的宝剑，炕上摆一张用柴木简单拼成的矮几，一本书摊开反扣着，几边一口小瓦缸里插着几个没装裱的纸卷，几下铺着毛皮褥子。看来东屋是男主人的书房了。

她看够了，不动声色地回到西屋，破天荒地坐下了，小腿折起，坐在脚跟上。

阿狗的师娘跟进来，见雪信坐得端正，笑道：“就这么个寒酸地方，就随意些吧。”她亲亲热热地坐在雪信对面，笑眯眯地盯着她，百看不厌的样子。

“王夫人，你看我做什么？”雪信不自在了，只好把口气放客气些了。她只知道阿狗的师父姓王。

“我怎么看怎么觉得你好看。”王夫人歪着头，胖脸一笑便越发圆润，“你师娘骆锦书还好吧？”

“夫人叫得出我师娘的闺名，是有旧吗？”雪信吃了一惊。两个师父素有嫌隙，她还以为两个师娘也不对付呢，可是听对方念出故人名字的时候很大方，神色并无异样。

“年轻时候也一起顽皮过。真是怀念那个时候啊，那时候我可也是个身段窈窕的美人呢，不知不觉就成了这副样子了。”王夫人顿了顿，又说，“都像在昨天似的，可是一眨眼，阿狗都这么大了。”

这是个多愁善感的女人，心软好商量。雪信转着念头，想着要怎么打动她。

阿狗的师父王先生在外屋大声说：“既然没什么可问的了，就打发他们早早回去吧。老夫就不留客了。”

“请他们吃一顿饭再走吧！”阿狗与师父讨价还价，他舍不得雪信走，多留一会儿是一会儿。

王夫人站起来更大声地驳斥：“给弄到家里，不招待一顿饭就把人家赶出去，别让人家的师娘笑话我们不懂礼数。”

听到这话王先生就不吱声了，剩下的就是王夫人指挥局面，给沈越青松绑，让阿狗去屋后抱柴。

雪信对王夫人说：“我吃素。”在这儿吃素是件顶麻烦的事情，平时住在本地的山民以渔猎为生，也就以鱼和肉为主食了。更何况眼下大雪封山，连棵野菜也难找。

王夫人就去了一回地窖，用围裙兜上来一堆红薯，与雪信商议是烤着吃好，还是煮甜羹好。无奈雪信对红薯提不起兴致，看一眼王家那黢黑黢黑的灶、油光瓦亮的锅，就吓坏了的样子。

王夫人只能让沈越青把雪信车里的箱子搬进来，说：“吃素的口净心善，都是好人。”说罢还狠狠看了王先生一眼，不让他反对。

王先生不做别的事，只是眯着眼睛监视雪信的一举一动。

雪信抱出精美的器具，在桌上摆开，烧红了香炭团夹进瓷炉里，放上铜壶烧水。她掏出小瓷瓶要往铜壶里弹些碎屑时，王先生说：“等等，这是什么？”她说是香料，她从小吃香料做的糕点，喝香料煎的汤水，成了习惯。

王先生说：“免了吧，一顿不喝不会有事。”他认定了雪信会在鼓捣这些瓶瓶罐罐时做手脚。

不过铜壶煮香料的日子久了，内壁自然沾上了香气，即便不加香料，汤水也是带点香的。雪信扁着嘴喝了一碗水，吃了两块糕点，不紧不慢地整理她的器皿。

然后就听阿狗在边上叫：“师父，师娘倒了！师父……你也倒了……沈兄弟，你也……”

屋里只剩下雪信和阿狗没倒。

雪信关上箱子，把如意形状的铜锁片扣搭上，走到沈越青边上，从腰里掏出一个胭脂盒，从里面倒出一条晶莹的玉蚕，放在他鼻子底下。沈越青打了个喷嚏，醒转过来，他一跃而起，搓着手对阿狗笑道：“看见雪娘子的手段了？你不走，她也会把你弄走，你最好还是乖乖跟我们走，大家都省省力气。”

“我也在盯你，可是没看见你下药啊。”阿狗还是不敢置信，“怎么你和我两个没事，别人都倒了？”

“因为你也吃了我的糕点啊。”雪信也开始笑了，全然不把对方放在心上的笑，在她眼里，这桩任务已经完成了。

她说：“不是我下的药，是你师娘。你没发觉你师娘对你那么好，是因为她自己没有孩子吗？你走了，她就有机会生个自己的孩子了。”

雪信的眼力也不差，草草一瞥，就看出王先生和王夫人是分东西屋住的。刚才她悄悄塞给王夫人两粒豆大的香丸：“黑色的这颗丢进火里去，等我们走了，你把红色的这颗用水化开，让你丈夫喝了，他就会搬到西屋来。”她极为笃定地说。

听完这话王夫人脸红了，飞快地藏起药丸，趁所有人只顾盯着雪信，把黑丸丢进灶膛里去了。

阿狗听不懂她的话，师父师娘告诉他，他是他们捡来的，小孩子都是大人们从山林里捡来的，他就是他们的孩子。不过，他长那么大，行走山林也曾想给自己捡个弟弟妹妹，可碰到的迷路小孩都是有爹娘的，所以他对师父师娘的话也是有怀疑的。

雪信大笑起来，一点淑女的体面也不要了，扶着腰笑得上气不接下气。好容易收住笑，说：“你只要知道，你师娘宝贝你，却也愿意你走的。我们走了，她还会帮我们拖住你师父。你就别妨碍她的好事了。”

阿狗还是很迷惘，雪信走到他面前，离他只有半步之遥，伸手在他眼前晃了晃。一缕沁人的幽香从她袖口里飘散出来，她抓住他的衣领说：“我叫你走，你就得走。”

阿狗以为他也会倒下去，像师父师娘那样，可是等了片刻，他发觉自己还站着，只是有点头晕，仿佛自己不是站在地上，而是漂在水里。

他不自觉地捉住了雪信的手，雪信把手抽回，幽香在他面前拖出一条看不见的丝线，离他而去了。他追逐那缕香气，亦步亦趋，心想着她总是对的，他必须跟她走，否则会有别人闻她袖子里的香。

雪信命令阿狗帮她把箱子搬回车里去，又趁他半个身子钻进车厢之时把他推进去，她也爬进去，用自己的脊背顶住门。

沈越青就把雪爬犁赶起来了。

“我没带我的弓箭、我的布口袋、我的捕兽夹！”在车厢里，阿狗回过神来，又急了，没有打猎的家伙，路上怎么吃肉？

“你什么都不需要带。连你在这里的旧衣服我们也给你丢掉了，现在的你里外一新，你会脱胎换骨的。”雪信把点燃的炭放进银熏球里去，用和入上等枣肉的炭饼点起来非但无烟无臭，还有股子淡淡的枣香。银熏球也是件奇妙的玩物，不管如何滚动，其中盛着炭火的小盏始终不会倾斜。

车子里面甚是狭小，雪信身上的香气越加浓密，阿狗抵抗不住，任自己的脑袋也宛如那个银薰球，在香气缭绕中滚来滚去，被雪信的手一点点掏空了。

“你们为什么要带我走？”阿狗抱住脑袋。

“带你见见世面去。”雪信说，“出去了，你就知道如果你一辈子待在这个地方有多可惜了。你就不会愿意回来了。”

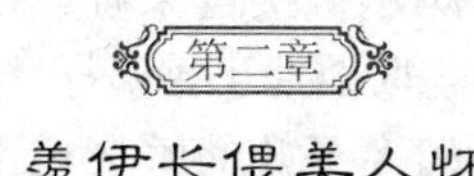

羡伊长偎美人怀

接下来的好几天里，阿狗都被雪信的香气迷住了，跟喝醉了酒似的神不守舍，任雪信摆弄。

路上没法洗澡，她嫌他身上的野兽气味重了起来，刺得她脑仁疼，就往他衣服里挂香囊，也是用挂香囊发泄她的不满。

雪信翻开阿狗的袖子，从手腕到手肘，密密麻麻系满了用气味清正的藿香、甘松、蜘蛛香等香草做成的香囊，他的衣襟里也不问情由被胡乱塞了一堆，鼓鼓地装了满怀。

走到没雪的地方后，沈越青退掉了租来的雪爬犁，把车厢搬到马车上，三人继续前行。接下来的日子里，一天下来差不多要走八十里①路，投宿客店也必然要挑拣一家干净的，但通常是三人租下客店的小院子，把马车赶进院子，沈越青和阿狗住客房，雪信则是在车里休息。客房里住过形形色色的人，雪信才不肯住呢，反倒是她的车里有沉香枕，有新装的花瓣纱枕，被子每夜还会熏上香。

经过辽州、燕州、鲁州，进入吴州。三人走了一个半月，一路走一路将酷寒的严冬甩在身后，进入吴州后，已经是一派仲春景象了，莺飞草长，杨柳依依。

雪信也换了春衫，月白色的软缎绣襦，桃红裙子，比之猩红的斗篷和冬衣，粉嫩多了，也不像之前那么让阿狗紧张了。

早在半个多月前，她就把阿狗赶到车外坐着，让沈越青教他驾驭马车。进入吴州后，她又把阿狗踢到河里去洗了个澡。在雪信面前，阿狗无力反抗，也没有要反抗的念头，一举一动尽在她的掌握。

这一天，一只长得像鸽子，又比鸽子大一圈的鸟飞落在车顶上，用它的钩喙叩啄木头。沈越青从它脚上取下一个小竹管，它就扑啦啦飞起来。

“居然是只鹰！”阿狗惊叹，“居然还有这么小的鹰！我们那儿的苍鹰张开翅膀有这么大，我猎过。”他张开手臂比画，嘴里还衔着一截子青草嚼着，似是在品尝南方春天的味道。

“到了南方，什么东西都小巧，否则会不好意思。”沈越青打趣道，他把竹管递到车门前，雪信把车门移开一条缝，接了进去。

---

①里，1里为500米。

“你们是怎么训练鹰送信的？”阿狗吹了声口哨，想把鹰招回来仔细研究，但鹰不理他，飞远了。

“本来是用鸽子的，可是鸽子容易被鹰吃掉，也可能迷途，不大牢靠，且也只能在固定的两地间送信。可我们是一刻不停挪地方的，鸽子找不到，但这鹰闻得到雪娘子调制的香气，千里之外也能找来。”

阿狗听说除了他，还有家伙能循香而至，本事还比他厉害，不由颇为失落。

雪信把一张小纸条递了出来，沈越青接过来看。在车门一开一闭间，香气暗暗地袭扰过来，比春光还要明媚。阿狗不自觉地抽了抽鼻子。

这一个多月来，他适应良好，闻多了她的香气也不会如最开始那般没出息了，可对香气的迷恋不减反增。他没想到她身上的香气不是一成不变的，随着她的心绪、环境、季节的不同，香气也会细微地变化。他正在尝试读懂这门用鼻子聆听的语言。

“我得先走一步了。”沈越青看过纸条，放进怀里，把一个斗笠扣在阿狗脑袋上，对他说，“记住，从现在开始你是雪娘子的车夫。遇到人，把头低下；她跟人讲话，你不准插嘴；别人问你，她准你说话你才能说。”他云山雾罩地交代一通，跳下车走了。

“喂……”阿狗还想再问些什么，但沈越青已经离得远了，他接过车夫的位子，继续驾着车向前驶去。

雪信敲敲车板壁，要阿狗停下来，她让阿狗把香囊摘下来毁了。香囊还都是新的，也是雪信亲手做的，阿狗替她舍不得，可是雪信很坚决，他只好照做，稀里哗啦掏出来丢在地上。

雪信打着火折子，点了香囊，瞬间香囊就烧起来。因是连着丝缎锦囊一起着的，烟气里夹杂着一股子烧指甲的臭味，烟本身也不怎么香，根本是呛人的。没有沉檀等木本香料作骨料，花花草草的香料只能晒干了做成廉价的香囊，烧起来的味道和烧稻草也没有大不同。

雪信叫阿狗在地上打滚，绕着路旁的林子跑了几十圈，出了一身大汗，与尘土混合，满脸油泥。

“好了，赶路吧。”雪信用一方绢帕捂住鼻子，回到车子里。

阿狗问为什么。

她说：“车夫就要有车夫的样子。”

一天后，干掉的汗水在阿狗的身上发酵出了酸味，与其身上残留的香囊味道掺杂，连乡下村民家养的狗都不愿靠近，闻到他就夹着尾巴跑掉。

以前在长白山里，天气冷时，身上的气味不易散发，藏在衣服底下根本不觉得臭，就算天气暖和了，身上有些气味，也没人在乎。可是到了南方，出汗不洗澡，他就成了个被暴晒的垃圾堆，见着谁都觉得对不起人家。

阿狗趁夜跑去河里洗了个澡。此时节的水对当地人来说还是凉的，没人下河玩水，他则不然，已觉得江南春水极尽温柔了。他怀念起长白山里的日子，不知师父有没有搬到师娘房里去，他们有没有怪他一声不吭就撇下他们跑了。

过去，他的心情很纯粹，要么高兴，要么不高兴，极度高兴或者极度不高兴的时候，他都会学着养育过他的那些狼，跑到高处长嗥作歌，到了这里，他想嗥几声也嗥不出来了，因为时常不知道自己是高兴还是不高兴。就像他喜欢雪信，可是对着雪信，他又脊背发紧，满身不自在。

想到雪信，阿狗才发觉自己出来太久了，把雪信一人丢在客店里不太妥当。

满月清辉，照得客店院子里处处都是银亮的。雪信把车窗上的纱帘挂起来，让月光斜洒进来。她从箱底翻出一只黄灿灿的铜鸭香炉。用柔软的丝帕擦了一遍，又掀开鸭子背上的盖子，烧红了炭埋入雪白的香灰里，用铜灰押把香灰拍成山形，在山顶开一个火窗，隔上云母片，五瓣梅花形的香饼子稳稳坐在云母片上。

隔火熏香较明火焚香的好处是没有烟气，香气纯净，徐徐而出，平稳持续。明火焚取则是狂攻漫卷，顷刻间就烧完了，只留下一堆黑灰，浓烈的香气拥挤一室，从门窗缝隙里溜出去，越来越少，越来越淡。对好的香料，用隔火空熏是恭谨认真，明火焚烧是豪放不羁，各有各的好，但前者更适于闺阁倒是没有异议的。

鸭子站得直直的，脑袋扭向后方，是个回首顾盼的姿态。雪信把被子蒙在鸭子上方，一寸一寸移过去，先熏中央，再熏四个角，翻个面，再如法炮制。若在家里，就不用那么麻烦，有专用来熏被子的熏笼，扣在香炉上，被子和衣服可以罩在熏笼上，过一会儿翻个面就是了。在家里，香炉底下还要放个盛热水的盘子，水汽上升与香气交缠在一起，香气会在衣物上留得更久。

雪信把铜鸭移到枕边，向窗外看了一眼，放下帘子，又从车里出来，悄悄走到院门背后，抽开门闩。

门外站着两个素衣少女，都梳着单螺髻，插了几支银簪，她们的容貌也是清丽婉约那一路的。两人站在那里正笑嘻嘻地推来推去，谁也不肯先敲门，雪信开门，她们颇为尴尬，尴尬也是相互看来看去，用眼神说“坏了，被她发现了”。

“我磨蹭了半天也等不到你们叫门，实在等不得了，你们再不进来我可要睡了。”雪信向她们说。

两个少女顺势踏进院子，四下打量。

一个说：“师娘惦记你呢，怕雪娘子带的干粮不够，又亲手做了让我们送来。”

另一个从肩上解下包袱递给雪信：“都知道雪娘子吃用讲究，不吃外食。要是断了粮，在路上有个好歹，师父师娘都会痛惜的。”

一群徒弟里，做师父师娘的，很难一碗水端平，疼爱谁，偏心谁，大家都眼睛雪亮，难免嫉妒，说出酸溜溜的话来。雪信早就习惯了，所有的好事必须有代价，把所有不阴不阳的话当作对她的恭维就行了。

雪信把包袱往车里一放，说：“师娘也太费心了，更难为百娘子、甘娘子特特跑一趟了。”她说完，就是一副赶人的嘴脸。

那个叫百娘子的说：“师娘也关心你此行事情办得怎样了？”

“还不是老样子。我真是不想出来，下回让师父派你去算了。”雪信端起手臂，显出厌倦的样子。

“你们没把阿狗接回来吗？”百娘子终于抖出来意了，“师娘要先见见他。”

雪信摊手：“别忘了人家还有个厉害的师父，差点把我们丢在山里喂狼。我们能活着回来就不错了。”

“越青师兄呢？怎么不见他？”另一个叫甘娘子的又问。

“他啊，这次打架输了，从那边回来就一个人跑出去散心了。”雪信打发着她们。

甘娘子以为自己抓住了疑点：“是领着阿狗从另一条路走了吧？”

“说不定是吧，也许他自己悄悄拐了阿狗，抢着回去找师父领功了。”雪信鼓励她们胡思乱想。

“你既然这么说，就表示他肯定没有逮住阿狗。”百娘子又以为自己看穿了雪信的心思。

雪信点点头：“他这个人，你们也知道的向来和我合作不好。他做了什么，我真不晓得。”

两个少女被她绕了一圈，回到原地，不知她哪句是真哪句是假，正拿她没办法，甘娘子一抬头，忽然看见院墙上探出个脑袋，她叱了声：“什么人在偷看！”随即弯腰捡起一粒碎石子打了过去。

那人挂在墙上闪避不灵，被石子打在脑门上，“哎呀呀”叫了一迭声。

百娘子怒道：“还不出来！”

她们齐刷刷将被雪信逗弄的怨气发泄在这名偷窥者身上了。

墙上的人正是阿狗，他从河滩回来发觉雪信有客，就识趣地不去打扰。出于打猎时的习惯，他选了个下风口的位置趴墙头监视着，雪信背对着他，一时没有闻出来。他听见三个少女的议论中提到自己的名字，一时忘形，脖子越伸越长，才不小心暴露了。

被石子打中后，阿狗没有掉下墙去，反而双手加一把力，腾空越过墙头，翻到院子里。眼前的两个陌生少女，一个身上散发着苦香的药味，一个散发着甜甜的花香。他刚要张嘴为自己解释，雪信就喝问他：“你怎么进来了？还不出去！”

阿狗是玩水玩到中途，想起雪信需要他保护，急急忙忙跑回来的，他头发披散，挡住了一半脸，发梢往下滴水，湿了一背。

两个少女齐问：“这是谁？”

“我雇来的车夫。”雪信恼怒地看着阿狗，用眼神警告他，不准开口。

不让他开口是有道理的，他一张嘴，口音就把他卖了。她原想让他酸一些，臭一些，被师娘派来的人看见了也不会在意，反正她们也不认识阿狗，轻易就能混过去。可是现在谁让他洗头洗澡了！

“车夫？一个车夫洗了澡，洗了头，趴在墙头偷看你……”百娘子和甘娘子好容易找到了取笑雪信的把柄。生得娇妍显眼，也不全是好处，也会给自己招惹麻烦，这下回去她们有事情向师父师娘报告了。

就算是心眼实在的阿狗，也听出她们借他泼雪信脏水，他又要分辩，嘴一动，雪信又呵斥：“闭嘴！”

百娘子说：“凭什么叫他闭嘴。我们可以听听他想说什么，应该挺有趣的。”

“他有口臭！”雪信被逼急了，又憋出个谎话。

“口臭？雪娘子不是有鸡舌香吗？给他含上就好了。”甘娘子又来捣乱。

鸡舌香是王公大臣们爱用的，尤其是年老的大臣们，口气浑浊，在殿上奏言怕喷出恶臭来惊了圣驾，朝廷每季都会赐他们些鸡舌香。区区一个车夫，怎么配用鸡舌香？

雪信不再理会她们的挑衅，若接一句，必有下一句，没完没了的。她转向阿狗："还不出去，你别熏坏了我两位师妹的鼻子。"这句话算是向他交代了她们的身份，要他别穿帮。

阿狗低头走出去了。

百娘子和甘娘子盯着他的背影看了好一阵，两人相互打着眼色。

雪信又说："明天还要赶路回华城。两位师妹是与我同行，还是去找越青师兄？"

两个少女凑在一起商量，片刻有了结果。她们觉得沈越青可疑，沈雪信也可疑，两个都不能放过。

百娘子说："我明天护送雪娘子回去，甘娘子去找越青师兄。不过眼下，我们要借宿在雪娘子的篱下，雪娘子不会不愿意吧？"

她们又在暗暗观察雪信的反应，揣摩她话里的真假，紧盯着她的那副神气刻意得让人讨厌。

雪信挑眉道："请自便，院子里的几间空房随便挑，反正我不住。"说完便爬进她的香车里，紧闭门窗，垂下帘子，心里知道自己的举动肯定又让那两个师妹更讨厌自己了，可她全然不在意，她们顶多在师娘那边讲两句她的坏话，师娘听听也就算了，从来没责备过她。

月很光亮，在雪信眼中，它是雕琢成一枚弹丸的瑞龙脑，但在阿狗看来，它是一个遥远的白面馒头。以前在山里的时候，他很少吃细粮，最近一个月吃的比过去二十多年的还多，遥远的忽然不遥远了，也就不美好了。

阿狗本来是住在客店那个院子的房间里的，没想到来了不速之客，雪信把他赶了出来，又没指示他去哪里睡，他也不走开，干脆就趴在院门外，像条忠心耿耿的看门狗，守护着主人。他不会真正睡着，只要有风吹草动，就会立刻醒过来。这也是过去在山中打猎、在山中过夜养成的习惯，即便睡着，他的鼻子、他的耳朵、他的感觉依然搜索着身外的讯息，确定自己的安全。

忽然风向一转，阿狗听见院中客店里两个少女在说话，离得远了，听得不是很清楚，但她们提过他的名字，他就对她们留心起来。阿狗爬起来，翻进墙去，走到她们窗根下，没弄出一点响动。

两个少女住一间，熄了灯，坐在那里说话。他凭着声音就能听出她们是坐在床上，不是躺着，他还能分辨出说话的是哪一个。即便她们压低了嗓音，近乎耳语地商议着，他还是听得清，就像听得清獭子在地洞里嚼草籽的声音。

阿狗听见有药香的百娘子说："她肯定有鬼。就算她没带着阿狗，她也一定知道些什么。"

有花香的甘娘子说："早看出她色厉内荏，拼命掩饰呢。一会儿她一定会来做手脚，让我们昏睡过去，她好甩脱我们。"

百娘子说："我这里有醒神丹，我们先在嘴里噙着，她放迷香我们也不怕。"

两人摸摸索索分了丹药。

甘娘子又说："我们也不能睡，万一睡过头呢。她巴不得我们自己睡着，这样偷偷摸摸走了也不会叫我们。”

“说得是。”百娘子赞同，“我们相互提醒，不能睡着了。”

她们依然在黑暗里坐着，开始不说话了。阿狗听不出什么有用的消息来，正要走开，就听见百娘子又开口说：“不行，我困了，我要睡着了。你掐我一下。”

甘娘子：“我也困了。我们相互掐，你不是带着金针吗，要不要拿出来扎一下？”

百娘子：“我们干吗在这儿折磨自己呢？我们提心吊胆提防她来算计我们，想睡不能睡，是怕她跑了，只要我们让她睡死过去，什么时候醒我们说了算，不就行了？她有迷香，我也有磨得细细的散剂，比灰尘还细，浮在风里半天不落下来，只要能偷偷吹进她车里去，她就比我们先睡着了。”

甘娘子也说：“我带了一种杀人蜂，一群能蜇死一头牛，十几只的话，毒性恰好能让她昏一晚上。就是可怜她那张漂亮的脸了，万一被蛰在脸上，会肿得像猪头一样。”

“要是她回去向师娘告状呢？”百娘子担心做得太过。

“毕竟她是师父的徒弟，我们才是师娘的徒弟。她是给师父办事的，我们是给师娘办事的。我们下手重一点，师娘顶多说我们两句，也就如此了。”甘娘子说。

百娘子真正怕的不是师娘，是师父，她问：“她向师父告状呢？”

这回甘娘子也沉默了好半天，才说：“师父素来就不管我们吵架拌嘴谁对谁错的，倒是谁厉害他就赞赏谁。再说师父和师娘也不好把这件事摊开来说呢。顶多，在回华城前，我把她被蜇肿的脸治好，她也就没证据告我们的状了。”

听到这话百娘子就笑了：“向来是她给别人下迷香，今日也轮到她吃瘪了。”听口气还是雪信平时欺负惯了她们的，她为可以公报私仇而欢欣鼓舞。

阿狗在外头把这些话听得分明，听见她们要往雪信鼻子里吹药粉，要放出蜂子蜇她，顿时火气上来了。俏生生的姑娘，心眼怎么那么坏？她们要害雪信，他首先不同意。

阿狗蹑手蹑脚地离开窗根，跃身跳上客房的屋顶，掀开一片瓦，用身体挡住投进那个小洞的月光，接着又从怀里掏出一个竹筒来。竹筒本来是师父的，周身布满泪水般的斑斑点点的花纹，说是用来养南方的一种会唱歌的虫的，被他偷出后，就用来装蜚蠊。

他逮那个也算拿手，在灶台边、炕桌下看见了，用两个指头夹起来，单手打开竹筒拔口，塞进去。蜚蠊是低贱又顽强的虫子，装在竹筒里只要塞进拇指大一小团雪块，没吃的有喝的，它们就能活过一个月，就算扯掉头也不会马上死，还能蹦跶好几天。

雪信来找他时，他刚凑满了一筒，还没来得及烤，又舍不得扔，便偷偷带上了，怕雪信知道了嫌他脏，藏得很隐蔽。

阿狗拔掉竹筒塞口，辨认两个少女所在的方位，向她们头上撒了下去。他捏着鼻子咧开嘴，无声地笑出来，笑得极快活。

几乎是马上，尖叫声刺破了夜空。两个少女跳起来，疯狂地扑打头发和衣服，噼噼啪啪，打得很用力，听着就痛。她们跑出客房，站在香车外喊：“雪娘子！雪娘子！简直不能住了，房里有蜚蠊，从梁上掉下来。雪娘子！雪娘子！你带了熏屋子的辟虫香没有？快给我们！”

前一刻她们还商议着先下手为强，后一刻便含着泪花向雪信求助了。她们连叫了三遍，雪信才在里面悠悠作答："百娘子也该有药粉对付它们才是啊。"

"谁会想到带虫药上路！"百娘子恨恨道。她们几乎不离开华城，没有出远门的经验，也不像雪信那般要把整个闺房随身带着。

雪信从车里丢出一个小布囊来，百娘子和甘娘子把布囊抢在手里，回到房中点上灯，找了个喝水的陶碗，把布囊里的粉末全倒进去，堆成小山，用油灯引着。藿香、艾叶、苍术、兰椒、龙脑变成了辛烈凉蹿的烟气，熏得满屋子浓烟滚滚。

她们关好门窗，跑出屋子等了许久，估计把里头的蜚蠊熏跑了，才战战兢兢地给屋子通了风，回到床上坐着。

两个少女压根没发现是阿狗弄的鬼。她们跑出屋来，只顾找雪信索要香料，谁也没顾得上抬头看房顶。就算看了，也看不到什么，因为阿狗趴在另半边斜坡上呢。

待过了一会儿，阿狗听见两个少女安置稳当了，又讨论起来。

"蜚蠊怎么会从房梁上掉下来，还一掉就一窝，是不是她在消遣我们？"

"我看也是。香能驱虫，也能引虫，听说荔枝壳单焚就能引来尸虫呢，是不是她在梁上藏了引虫香？"

"她又不知道我们会来。"

"你怎么知道她不知道？师父那么神通广大，告诉了她也不是没可能，指不定她早就在等着我们了。"

"那我们更要小心她溜走了，还是得先发制人。"

阿狗在屋顶上更生气了，他替雪信教训了她们，让雪信做了回好人，她们不领情也就算了，反而还是要对她下手。

他得再吓吓她们。

阿狗贴近了屋顶的洞口，"吱吱吱"地学起了老鼠叫。口技也是他的一项好本事，在打猎时，他会学母鹿的呼唤引来公鹿，会学狍子幼崽的叫声引来棕熊。

他学出来的老鼠似乎就在梁上，时远时近，忽东忽西，两个少女又尖叫着跑出房。

百娘子跑到雪信的香车旁，对着里面说："雪娘子，这个院子太脏了，我们要换地方。明天早上我们一起出发，你要是自己跑了，就自己去向师娘解释！"

雪信没有出声，总不至于是真的睡着了，只能是懒得回应她们了。

两个少女悻悻然走出院门。

阿狗把脑袋藏在屋脊后面，忽然闻见那股香气离他进了，两片瓦轻轻相碰发出了些微声响，他抬起头，雪信正坐在屋脊上，离他很近。

原来她的身手也那么好，她在雪地上行走，留下浅淡到不好辨认的足迹的时候，他就猜到了，可惜过去她从来不跟他说话，也不在他面前显露她的身手。她现在肯上来，就表示她察觉到他的小把戏了。

月光把雪信照得像个玉雕的人般通透，她的神色没有前几日严厉了，他们像是一起做了坏事的搭档，一块儿笑了会儿。

雪信又问道："谁叫你洗澡了？"

阿狗说："怕熏到你，你又要皱眉发脾气。"

雪信皱眉："我脾气很坏吗？"

阿狗点头道：“很坏，你打定了主意就下命令，从来不顾别人。”

雪信皱起眉头，又舒展开，说：“可是我说的你们都乖乖照做了。反正我就当这话是褒扬我了。”话没说完她似乎又不高兴了，“我在乎你的话干吗？明日又要赶路，你快去睡觉。”

阿狗指着底下的屋子：“我能睡院子里吗？”

“不行。你是车夫，车夫是连院子都不可以进的。”雪信说，“我给过你钱了，找店伙计给你开一个单间去，不要睡大通铺，那里的人和你过去一样臭。”她说着说着把手举在阿狗面前，手指一弹，藏在指甲缝里的一点香粉如烟似雾地飘向他，“你爱趴在屋顶上就趴着，反正一会儿你就困了。”说完她滑下屋顶，回到车里去了。

被雪信一说，阿狗真的觉得自己困了，可是他又不能放心地找个单间睡觉，怕有人半夜摸回来放蜂子蛰雪信的脸。反正他在哪里都是可以睡的，于是就趴在屋顶上睡了。

翌日，东方天际才白，百娘子就来了，带着伙计把马牵过来套车，她钻进雪信的香车，笑吟吟道：“既然一起回去，我就与你同车了，雪娘子不会嫌我脏吧？”

雪信也不知什么时候醒的，收好了寝具正懒洋洋地靠着一个装花瓣的纱枕头上：“出门在外，有什么是不脏的，脏了也只好忍着。”又大声道，“伙计，把车夫叫起来。”

车夫都是睡大房间的大通铺的，伙计便也不问是哪一个，回头就去喊。

阿狗从屋顶上跳下来，用巴掌拍着嘴巴打哈欠，他坐到车前，像模像样地吆喝起来，把车赶出院子。

车里，雪信用胳膊支着下巴打瞌睡，另一个搭车的正襟危坐，望着她，想继续挑个话头试探：“甘娘子比我还早起来，去找越青师兄了。你的马车走的是大路，越青师兄肯定是走小路，要歇宿也只能住在别人家里，打听打听定然会有踪迹，他是躲不掉的。”

雪信眯缝着眼睛，好半天不说话，可是百娘子固执地瞪着她，好像她不说点什么就不放过一样，雪信只得道：“说得不错，要是甘娘子找到了，也省得我们去找了。”

“这个车夫……不像是个车夫。”对方换了个方向放冷箭。

“就是，故意把车往石头上赶，就等着我探出头骂他两句，他才高兴。”雪信用力敲了敲车板壁，表示她对颠簸很不满。

一路上都是百娘子在找话头，每个话头聊不到两句就聊不下去，又得换，她也憋了一肚子火，再也找不到话头了，就拉开车门探出头喊：“车夫，你叫什么？”

也就在百娘子说出最后一个字的当口，一支鸣箭破空飞来，钉在车壁上，离她的脑袋只差了一指，兀自在那里不住颤动。百娘子尖叫一声缩回去了。接下来便是更多的箭矢飞来，扎在车身上，幸亏板壁厚实，若是那种桐油刷过的席子做的，车里的两人此刻早成刺猬了。

从路两旁的林中拥出十几个人来，衣服不整齐，蒙面的布也没商量好颜色，但是人多，对打劫的套路也熟悉，举着长弓短刀，拦住马车去路，嚷着让车里人下来，把值钱的东西交出来。

车里的两个少女相视，不得不达成暂时的默契。

雪信压低声音开口道：“用香太慢了，来不及。”

百娘子有些得意："那看来这会儿你得靠我救你了。"

她们说着话，就有人向车门走过来，还没走到近前，被赶在车辕边蹲着的车夫跳起来，夺过短刀捅进了肚子，那个短命鬼连叫都来不及叫出来就给扔在了地上。车夫也太狠了，他一声不吭地抱头蹲着，谁都没把他当回事，甚至他暴起杀人前也没一点征兆。

阿狗杀完人又打量着那柄刀，似乎不满意，又瞄向另一个人的弓，像是那弓就是树上结的果子，他愿意摘就过去摘了。

雪信在窗后喊："笨蛋！你杀了一个人，这下他们非杀我们不可了！"

阿狗背对着窗子说："我也不想杀，可是我不杀就会被他们杀。"

阿狗不解风土，上来就捅死了一个，事情就没法圆转了，更坏的事情是，他情急之下忘记沈越青的嘱托，张口说了话。

他满不在乎地说："大不了，我把他们都弄死就没事了。"这话说得好轻松。

百娘子指着雪信："你骗我！他不是车夫！他就是阿狗！"打劫的又不会劫车夫的钱，雇来的车夫才不用为临时的东家拼命，何况他那浓浓的辽州口音，舌头都捋不直似的。

"先安然脱身了你再来计较我骗不骗你吧！"雪信翻腾着车里的物件，打了个包袱。

"一会儿你跟紧了我。"百娘子从靴筒子里拔出刀，蓝幽幽的刀刃，一望就是淬过毒的。

雪信说知道了，她打开车门，向外望了望，忽然用力抛出一枚涂了金粉的小球来。贼人们见金灿灿、明晃晃的球朝他们奔过来，都去争抢，不由队形就乱了，结果你挨我挤谁也没抢着，小球落地，"轰"的一下爆开，滚滚浓烟竟是青色的，裹挟着芥末、花椒、山姜的呛辣一齐向他们涌来，瞬间就什么都看不见了，热泪长流，肺管子火烧火燎。

拉车的马被炸雷惊了，长嘶一声，拉着车不辨方向地跑出去，竟向浓烟里的人冲过去。那些人听着不好，慌忙连滚带爬地散开。两个少女从车里跳出来，雪信撞到阿狗怀里说："快跑！"

阿狗扶住雪信，又要去拉百娘子，雪信在他耳朵边说："别管她，他们伤不了她的。"于是阿狗便拽着雪信逆着风钻进林子。

百娘子在雪信后面跳的车，不小心被辣烟熏了一眼睛，她抹着眼泪、提着长刀奋起直追，紧跟在阿狗后面。雪信向后看了眼，又贴着阿狗的耳朵说："把百娘子甩了，别让她跟着。"阿狗猛地把雪信扛起来，撒开长腿加速疾奔，尽挑不好走的地方走。百娘子被一根躺在地面上的树根绊了一跤，站起来再追，就追不上了，那两人跑得连影子都没了。

"又被她玩了。"百娘子恨恨地把刀塞进靴筒里。可恶的是雪信不但能耍她们，每回还都能找到帮手，俯首帖耳地执行她的计划。

阿狗风也似的在林子里疯跑，跑了一阵后渐渐觉得不大对劲，肩上的少女是不是比他想的要重？雪信身材窈窕，不应该那么重的。他停住了，把她放下，喘着气，看见她挎着一个大包袱，怀里还抱着一只鎏金铜香鸭，多出来的大半重量都是因为这只鸭子。

"这铜鸭子很值钱吗？"要是不值钱，他就让她丢掉，带着一件沉甸甸的铜器赶路太累赘了。

"也不是很值钱，只不过是我用惯了的东西，到哪里都带着的。"雪信把鸭子搂得紧了些，连碰也不让阿狗碰。

阿狗本来想替她拿着，看她的态度，也只好作罢了。她舍不得丢弃的东西都带了出来，所有心爱的东西都不肯让人碰。

他扛着她跑的时候，包袱里的器皿叠碰，他们就边跑边叮叮当当，活像套了铃铛的狗在撒欢。轮到她抱着东西自己走，耳边的动静还是叮叮当当，但声音的频率也慢了许多，像腿还软绵绵的小奶狗被太重的铃铛拖累着。

雪信实在走不动了，只好把包袱给了阿狗，至于铜鸭，还是不肯撒手。阿狗不禁羡慕那鸭子，能常年与雪信做伴，她不仅出门带着它，睡觉还把它放在罗帐里，逃命时还要搂着它。他要是能变成铜鸭子就好了。

“我们要走着去华城吗？”阿狗发现自己跟她出来，一直是赶路，她说的好吃的好玩的好看的，都没兑现。前一个月里，就算是在热闹的镇甸休整，她也不让他乱跑，她告诉他，好吃的好玩的好看的都在华城，眼前的都不算什么，然后给他买串糖葫芦就把人关进了客店里，渐渐的，雪信把他对华城的憧憬培育得越来越高涨。可是眼下，他看出雪信领路很随意，只要不停下来，也不在乎朝哪里走，路线曲曲折折，兜了不少小圈子。

“我在附近还有一部车。”雪信说着，望了望天。

一只鸽鹰在他们头顶盘旋了三圈，飞走了。

雪信说：“我们朝它飞去的方向走。”这回她万分肯定了，毫不犹豫地取了直路走下去，方才一顿绕路，似乎都是在等待鸽鹰发现她。

那只鸟飞去又飞回来，又飞走，来来回回，像只卖力的梭子。

阿狗把耳朵贴在地上听了听，说：“你的车正在过来？是你的车吗？那好像是一个车队。”

“鸽鹰在给我们引路，也给他们引路。”雪信停下了，“你能听出他们距离我们还有多远吗？不远的话，我就不走了，等他们过来。”

其实不管还有多远，雪信都不想走了，不是走不动了，就是不想走了。她认为抱着行李在野地里撇开两只脚丫子赶路，是件丢脸的事，只有没身份的人才自己走路呢。累了也不能就地坐下休息，没身份的人才会不讲究坐具，拣一块地方用鞋扫掉石块就坐下。

雪信踱来踱去，她觉得身外没有一处是对她脾气的，都不合她的身份！她满是不悦之色，落魄里还透着傲慢。

车队来了，沈越青骑着马走在前面，后面有两辆马车，十辆货车。每辆货车的车辕上各坐了几个身材魁梧的大汉，一溜的着玄色短衫，露出结实的胳膊。车队停下，从一辆马车的车厢里钻出两个十三四岁的女孩子，梳着双丫髻，一个穿水红裙子，小跑着上来替雪信抱铜鸭，一个穿水青裙子，从阿狗手里接过包袱。

雪信小心地把鸭子递了过去，说：“当心点，别磕到地上。”

满眼狂花关底事

沈越青下马迎上来，笑吟吟地追加嘱咐："都加上十二倍的小心，这可是雪娘子最宝贝的香鸭子，要是摔出一个凹坑、划上一条刻痕来，她会揭了你们的皮。"吓得小丫头们战战兢兢，捧着鸭子和包袱来到第一辆车前，把东西放了进去，才松了口气。

"没有我照顾你们，你们马上就弄得狼狈不堪了。"沈越青看着二人的狼狈模样很是得意。

雪信看着沈越青，也不说话，领着阿狗向马车走过去。

阿狗却没有动，在沈越青身旁站住了，指着他说："你身上有味道，"又指着货车上的那些大汉，"他们身上也有味道。你们就是刚才的强盗！"在辣烟里染上的强烈气味，不是换身衣服就可以去掉的。

"不错，我们要帮你们甩掉麻烦。那个百娘子是师娘的人，很麻烦的。"沈越青坦然承认了。

"我杀了一个人。"阿狗看着他们，从雪信到沈越青，到押车的汉子们，一个一个看过来。

雪信回头对他说："没关系。你不知道他是我们的人。"

沈越青也说："那人自己本事不好，才被你杀了。"

阿狗好像很不明白，还是问："我杀的是好人还是坏人？我第一次杀人，我不能杀好人。"

雪信不耐烦了，拉住他说："没有好人，没有坏人，他是我们的人。"她已经这样耐心解释了，真的很耐心了。

"那你们是好人还是坏人？"阿狗又问，"我怎么能和分不清是好人还是坏人的人混在一起？师父会骂我的。"

他挣开雪信的手，倒退了三步，又退了十步，蓦地扭头跑了。

沈越青与雪信相顾无言，他们感到不可思议，原以为把阿狗从他难缠的师父手里偷出来，把他从麻烦的盯梢里解脱出来，就不会有事了，可是没想到他却自己跑掉了，就因为他杀了个他们的人，而他们不怪他。

雪信说："我走累了，要歇会儿。你们去把他抓回来吧，绑来这里，我来开导他。”她想偷懒了。

“用抓的恐怕不好，现在他还闹不清楚我们是好人还是坏人，绑了他，他就认定我们是坏人了。”沈越青苦笑，“还得你去把他叫回来，这本来就是你的任务。”

雪信回头看车队里那些人，确实没有可以帮得上忙的，只好自己往阿狗逃窜的方向走过去。她吹了声哨，鸽鹰飞到她头顶，说：“把他给我找出来。”

鸽鹰却只在头顶盘旋着不飞开。

阿狗扛着她奔跑了半日，留在他身上的属于她的香气就是线索，但两人绕了大半日，香气却也成了鸽鹰找寻阿狗的干扰。

雪信走着，嗅着，在风里找阿狗的气味。她抓到了一点，阿狗的气味是很好找的，那股子兽类的味道，熏上浓香也遮盖不住。他跑远了，她就闻不到，可是她闻见了，就是说他没离她太远。

但是当她循着气味摸索过去，只看到日光从叶缝里洒下来，头顶的树枝和脚下的星星点点光斑随风摆荡，静得人发慌，又是欲盖弥彰。她重新找到他留下的气味的痕迹走过去，还是扑空。

雪信能感觉到他，他更感觉得到雪信，他们的鼻子一样是受过后天训练的，一样灵敏。但是阿狗不想被她堵住，就会在她走近前退远些，又没有下好决心抽身离开，所以又被她黏了上来。

雪信走得不耐烦了，停下来，对面的气味也停下来了。她转身离开，那气味就跟上来了。她停下，他又不动了。她寻思着，要么让他站住不动，她好抓他，要么让他自己走到她面前来。她可以开口叫他的，可是一开口就是认输了，就是求他出来了。她从没求过人。她倔强地憋着，对面的人也憋着，等着谁先忍不住。

师父说，她这样的性格能办成事。师娘说，她的坏脾气经常坏事。果然，在这件至关重要的事上，她的性格和脾气都成了成败的关键。

雪信按了按额头，让自己别慌张，别生气，这个人逃脱不了的，他没走开，就是还在意她的。她从脖子里摘下一枚小巧的挂坠，牛皮套子里有一把鹰嘴样的小刀，刀身上有雪浪堆卷的花纹，不是刻意铸上去的，是西域乌兹钢锭在锻造成刀刃时自然出现的，凝视那些奇异的水波纹的时候，会觉得自己的灵魂也随着扭曲流逝了。

雪信卷起袖子，鹰嘴刀刚碰到凝脂样的肌肤，殷红的血就沁了出来，她狠狠拖着刀，在手臂上拉了道口子，举着手臂，任血滴滴答答落下来。

一阵风从她身后卷过来，停在她面前。阿狗拉着雪信的手臂按住了她的伤口，气急败坏地叫：“我若是不肯出来，你割你的手臂有什么用？我要是一辈子不肯出来，你又能放着血和我赌气多久？”

“我流了血，你要是不肯出来，眼睁睁看着我死，你就是坏人了。”雪信从袖子里抽出丝帕，给自己裹缠伤口。

阿狗愣了愣，动手帮她包扎，他无奈地说：“我不是坏人，但你们是不是坏人我就不知道了。我又不是笨蛋，你们带我出来，不但一路上躲着什么人的跟踪，连甩掉麻烦、死掉自己人也不在乎，你们一定有事情瞒着我。”

雪信看着阿狗，拿不定主意是不是该马上告诉他，其实她知道的也不多，有些还是猜的，她解释不明白，本来也觉得自己不需要明白，做好这件事就行了，何必什么都知道。但是这样说了，阿狗也不会信。

她咬了咬嘴唇。

"你不告诉我，我就走了。"阿狗又检查了一遍雪信的伤口。这种小伤是死不了人的，只不过一个血淋淋的口子出现在美玉无瑕的胳膊上，将来留下伤疤，难免心疼惋惜。他瞅着雪信不说话，转身就走，走出十步，又回头看她。

雪信低着头，肩膀微颤。他跑回来，弯下腰窥见她的脸上挂着两行清涟涟的泪水，又被吓了一跳。流血要不了她的命，她哭了可就要了他的命了。

阿狗两只手悬在雪信的肩膀上，不敢落下去碰，急得直摆手跺脚："你告诉我，我就不走了嘛。"只要她松松口，随便吐露点什么，他就有了台阶下来。别的，他可以改天再打听。

雪信搂住了他的脖子，把脸埋在他的胸膛上抽噎起来，蹭了他一襟的泪痕。阿狗拍着她的背说："好了好了，我不问了。我们回去。"

雪信也是个吃软不吃硬的，阿狗示弱了，她也就肯回答他的疑惑了。她扒着他的肩膀，抬起头来问："你叫什么名字？"

"阿狗啊。"阿狗脱口而出，她十多年前就知道了，还用问吗？他匪夷所思。

"你有姓吗？"她又问。

这回阿狗想了想说："你师父姓沈，你也姓沈。所以我师父姓王，我也应该姓王。王阿狗，对，我就叫王阿狗。"

雪信摇头苦笑："我是被扔在街头没人要，被师父收养了，不知道自己父母是谁，师父姓沈我也只好姓沈，名字也是他给我起的，取自一种叫'雪中芳信'的香。你呢？你从没想过你的名字怎么来的吗？"

阿狗："对啊，我也是没人要，被狼群收养了，后来我师父又收养了我，师父姓王我也只好姓王，他懒得给我起好听的名字，就叫我阿狗。"

"其实，我师父不姓沈，你的师父也不姓王。你师父过去也是华城里妇孺皆知的有才情的人，他故意不给你起名字，让你顶着被人取笑的乳名长这么大，让你以为自己就是个平庸无奇的猎人，可是不是的。我们正在做的，是把这世道欠你的还给你。"雪信贴着他的脖子，吐着气说，弄得他脖子痒痒的。

阿狗听出她似乎了解自己的身世，连他自己都不了解的身世，雪信竟然知道根底，就催她快点讲下去。

雪信踮起脚，还有点够不着，就把阿狗的耳朵揪下来点儿，贴着他的耳朵一个字一个字，念咒一般地说："你的名字叫苍海心，但是你眼下还不能用这个名字。等时候到了，你就是苍海心了。"

苍海心。阿狗默念了几遍，确实比王阿狗这个名字拿得出手，和沈雪信这个名字也更相配了，但也只是个名字而已。苍海心这个名字代表了什么，他的父亲是谁，母亲是谁，他本来是个什么样的人，她还是没有告诉他。

阿狗又催雪信讲。

“我知道的就这些了。你如果想知道更多，就得跟我走，学好你需要学的事情，等时候到了，你不找答案，答案也会来找你。”雪信把他的脑袋推开，想了想又提着他的耳朵说了句悄悄话，“苍是国姓，你知道吧？与你的姓沾边的事里，没有好人也没有坏人，只有我们的人和别人的人。”

阿狗发现雪信脸上泪痕犹在，染糊了胭脂，可她说的话、她的神气却和刚才的眼泪没有半点关系了。

他问：“那你哭什么？我不要我的姓，你带不回我，你是不是要受罚？”

“谁说我哭了？我眼睛不舒服罢了。”雪信摸了摸自己的脸，“没法见人了。”

林间有条小溪，雪信跑过去，俯身掬水洗脸，洗下白白腻腻的脂水，染了半条溪，好一阵才被冲淡冲走了。她用袖子挡着脸说：“没上妆的脸，不许看。”

阿狗把她的手拉下来，他觉得雪信不上妆的脸比匀粉调朱的脸多了光泽，也显得稚气，看上去好说话得多，不是那么咄咄逼人了，当然也不那么艳光四射了。脸上的脂粉洗掉了，她的锐气也挫下去了，他忽然就明白了一个真相，不管雪信愿不愿意，她都是在求他的。而她不肯承认，之前始终用颐指气使掩饰她的心虚，其实只要自己愿意跟着她回去，路上他说的话才算话。

阿狗说：“让我跟你走也可以，但你得答应我，你不准嫌我臭，不准不和我说话。我想闻你身上的香就可以闻，像刚才那样。”

雪信现出愠色，眉眼一横，可是没发作出来。她说：“想让我不嫌你臭也行，可是你要先让自己不臭。”她靠过来，贴着阿狗的怀里闻了闻，“还是一股狼味。”即便这么说着她的手也搭在他的肩膀上，歪着头看他。

阿狗抱起雪信，她身上张牙舞爪的脂粉香气洗掉了，只剩下柔弱的香甜，惹人怜爱，他越嗅越贪婪，忍不住把鼻子凑进她的后领去闻。

雪信重重一把推开他，说：“别得意忘形了，你现在还不配呢！”话音刚落就头也不回地径自往回走。

雪信忽喜忽怒，收放自如，现在的阿狗还不是她的对手，他只好爬起来，灰溜溜地跟了上去。

雪信把阿狗带回去了。沈越青盯着她的素脸瞧了好一阵，雪信恼道：“看什么看！”说完就把阿狗往车里推，自己也钻进去了。车里早就备好了一套新衣服，比之前她带给他的更为奢贵华美，也是淡淡地熏着香。

她把衣服丢过去让阿狗自己换，然后就不理他了，自顾自抱出妆匣重新理妆。

支好菱花镜，拣了一粒珍珠大的胡粉，用瓷瓶盛的花露化开，在脸上和脖子上涂匀了，从指头长的玉筒里挑出胭脂膏子，在唇上点出樱桃，手心里还剩下一抹红，双手揉匀了拍在脸颊上，拍完后又左右看了看，嫌红过头了，又找出粉盒在胭脂上罩了一层英粉。接着她在画眉砚上研磨螺子黛，描出菱叶形的眉，在另一个小瓷盒里翻拣，找了片花子轻轻呵气，把背面的鳔胶濡湿了，贴在眉心，又拆掉发饰，解开望仙髻，梳了双鬟，垂在耳边。

一顿收拾下来，足有半个时辰，雪信回头，看到阿狗正痴痴地望着她，又恼了：

“你怎么还不换衣服？”

“你还在车里，我怎么能换衣服？”刚刚的半个时辰里阿狗就见雪信一套一套的家当拿出来，又放回去，眼花缭乱，看着看着，就什么都忘记了，只有她的桃腮红唇。他忍不住想要过去亲亲她，却想起她说的那句“你还不配”。

雪信用指头在他脸上刮了一记，阿狗的脸上立刻留下一条红印子，是留在指头上的胭脂。看到阿狗脸上的滑稽模样，雪信笑着钻出了马车。谁也想象不出她哭的样子，若不是亲眼见过。

阿狗换了衣服，雪信又进来检查，腰带歪了，她哼也不哼就替他扭正，很熟练的样子，好像她不是一直为他这么做着，就是一直为什么人这么做过。

雪信说：“你是辽州来的药材商人王阿狗，带着十车货物来吴州做生意。越青师兄是你的合伙人，我是你的侍婢，至少在别人面前是。”可是她说这话的时候看着别处，那神情仿佛她才是女主人，阿狗是听使唤的仆人。

阿狗就把雪信说的记下了，又是任圆任扁任由搓揉的模样。只要雪信给的甜头还够，他可以先不问为什么。

车队又走了一阵，阿狗掀起车窗上的帘子张头说：“华城到了吧？”他闻见风递过来的味道不同了，是很多很多人聚在一起的味道，有香的，也有臭的，还有甜甜的糕饼，刚出笼的肉包子，也有摘下来提在篮子里出售的花朵。

有人住的地方和没人住的地方，气味是不同的。

雪信用一块软布轻轻擦拭着铜鸭子，说：“别把头伸出去，像什么样子。”她明明是一身侍婢的打扮，训斥起人来却气势不减。

阿狗缩回头：“华城到了，怎么不进去，还往南走？”

“当然要进去，只不过还得等个人。”雪信淡淡地说，“没有这个人就不能进去。”

“我饿了，饿死了。”阿狗闻着甜甜的糕饼和刚出笼的肉包子，口水险险滴下来。

车队停了下来，沈越青骑马到车旁：“一辆货车的车轮坏了，等修好了才能走。”

车夫和押车的大汉们从怀里掏出干粮吃起来。雪信也自顾自搬出小炭炉煎水准备吃饭。阿狗跳出车，对沈越青说：“再吃干粮我就没力气了，给我把弓，我去猎些野味给你们吃。”

沈越青：“这里的林子可没许多野味给你打牙祭。”

“天上飞的有麻雀乌鸦，林子里有山鼠和蛇，田间有田鸡，河里有小鱼螺蚌，个头都很小，不过味道鲜美，多打些也能解馋了。路边还能找到野葱，掰碎了撒在肉上更妙。”阿狗总忘不了自己的老本行，在路上也把附近可以吃的活物调查了个门儿清。

沈越青只好对后头的汉子们说：“去给东家捉野味来烤。”

“我一个人去就行了，你们生好火等着，给你们尝尝我的手艺。”阿狗摩拳擦掌，吃是一方面，另一方面是手痒。

“你是东家，你想做什么，只要说话，让你的伙计去做就行。不能是你伺候他们。”沈越青提醒他。

“不自己猎，吃着不香。”阿狗与他争辩。

沈越青揉了揉脑门：“你喜欢自己打猎，也不错，只是华城的有钱人不大喜欢打猎。以后你去了安城，可以买一等一的好马好犬好鹰好猎豹陪你打猎，但是今天不行。”

雪信在车里说：“跟他啰唆什么，给他些肉干就是了。”

还是她厉害，她一说话，阿狗就闭嘴了，讪讪地咬着肉干，问：“我还要去安城？”

这下没有人回答他了。

他一个主人，落得谁也不搭腔的场面，也过不去，雪信就说：“吃完了就上来。”

正说着话的时候，一个车夫跑了过来：“东家，后面来人了，说我们堵着他们的车子了，要我们让开。”

沈越青说：“我们倒也想让开，可也不能把一车货都丢下不管。你让他们等等。”

那个车夫跑开去，一会儿，脸上多了条鞭痕跑回来了：“他们说再不让开就连车带货一起烧了。”

“居然还有比你们不讲理的，我看看去。”阿狗把最后一块肉干塞进嘴里，腮帮子一鼓一鼓地跟着车夫去了。

在自家车队后面的，也是一个车队，车上彩带飘扬，从人衣着个头齐整，比自家的声势更大。阿狗看见一群人正把自家车队最后一辆货车上的货物解下来，丢到路边去，他大喝一声：“谁敢动！谁敢动我削谁！”

一个锦衣华服的青年带马上来几步，看着他不说话，倒是旁边的家奴趾高气扬地说：“我说是谁瞎了眼，敢拦越王二公子的路，原来是个土包子！”

阿狗衣着也算光鲜，可是他一张口，就把他的底子暴露了。

他本来是过来说理的，或许给人家道个歉，请人家等一等，加紧把坏了的车修好，让人家先过去就没事了的。可是车夫被他们抽了一鞭子不算，连自家的货物也被拆了，阿狗从来不是忍气吞声的主，捋起袖子就要过去削那个说话的。

一只手在阿狗的肩膀上一搭，阿狗不用回头，也知道是雪信。

“你别管。”他作势要上前。

雪信说：“火气这么大干什么，既然是越王二公子要过去，你就把车子赶到路边，请人家先过去就是了。”

阿狗没料到她会这么说。雪信对他、对沈越青动不动就是横眉瞪眼的，这会儿说话的口气却十分温柔，好像不是说给他听的。他不由一呆。紧接着车夫们就动了起来，把还没坏的车子赶到路旁，把坏掉的车上的货物卸下来，再把车拖到路边。

雪信双手抱着阿狗的胳膊拉拉他，那动作也不是蛮横不讲理的强催，好像是一种尽量隐蔽的提醒，仿佛是说“车子让开了，我们也让到一边去吧”。

阿狗回头，看见雪信戴了个他没见过的帽子，一个竹编斗笠上垂下一层桃色轻纱，轻纱拂在肩上，其实也挡不住几分面容，被野风一吹，更是时不时地飘飞，掀开缝隙让人窥见她的脸，只觉得她的美丽在轻纱后比之前更惊心动魄了。

他好像回到了十多年前第一回看见她的时候的那种震惊，这个人怎么会这么美，这么美的人怎么会出现在他面前？阿狗没脾气了，既然她都愿意低人家一头了，他还置什么气。

他走到一旁去了，雪信跟在他身后。

对方的车队可以走了。

被称作越王二公子的青年在经过阿狗和雪信边上时带住了马。其实，所有的人都在看雪信，被她欲遮还羞的情态吸引了过去。

雪信行了个礼，对越王二公子说："我家主人久在北地，见识浅陋，没听过二公子的贵名，无意中冒犯了，我替我家主人请罪了。"轻纱后的脸，怯怯地笑着，似乎也因为二公子的名头而有些害怕。

阿狗又看向雪信，不，简直是在瞪着她。雪信怎么能对他这么坏，对这个人却细声细气的，难道就因为他是什么越王的二公子？

二公子瞪了一眼他的家奴。家奴立刻领会了也跑上来对阿狗说自己脾气暴躁，做事不经思虑，出来坏了越王和二公子的名声，回去就领罚。

两方都由从人出面，做完了一轮交涉后，那二公子还不走，让家奴提了一包银子出来，硬要赔偿阿狗的损失。阿狗一看人家那么客气，也跟着脸皮薄了，坚辞不受。

二公子开口，问阿狗怎么称呼，又问他去哪里。

阿狗按照雪信交代的说了，姓王，从辽州来南方卖药材的。

二公子对那个一直替他说话的家奴说："我们这趟出来，不正是给父王的寿诞寻访合适的贺礼吗？"

家奴说正是正是，还问阿狗有没有好的人参鹿茸皮草。

阿狗哪里知道他的车队里都有什么货色。雪信就替他说："也带了一些。不知道合不合用。"

听罢此话，二公子用鞭子一指："前面就是华城，不如我们入城去慢慢谈？"

于是两支车队合成了一支车队，坏了的车轮也马上修好了。

"我家主人请二公子上车，不知二公子肯不肯？"雪信又自作主张替阿狗说话了。

看那家奴的神情，是要替二公子拒绝的。一个土包子商人也敢请尊贵的二公子同车？

二公子却从马上下来了，说："正好，骑了这么长时间的马也累了，就去车上坐坐吧。"

雪信引着他们上车，阿狗拼命向雪信打眼色，问她为什么，为什么以前你的车进来个烤兔腿你都大发雷霆，这次却邀请陌生人上你的车？雪信好像没察觉他的抓狂，只低头恭谨地立在车边，等二公子上去了，才看向阿狗，那眼神，好像他不快点上车，她就一脚把他踹上去。

"好香，这车里熏的什么香？"二公子赞叹道，眼珠不错一下地看着摘了帷帽的雪信。车里地方局促，眼光没地方放，放在雪信身上是最舒服的。

"是她身上的香。"阿狗指指雪信。

二公子问雪信："你叫什么名字？你身上熏的什么香？"

雪信说："奴婢雪信，自幼食香茹素，体自生香。"她什么时候用过这么低三下四的自称了，反正阿狗是头一回听见。

二公子啧啧称奇，只顾同她说话，忘记了车里还有一个人，还是这个少女的主人。车身忽然颠了一下，二公子就朝雪信这边跌过来，雪信却向另一旁的阿狗身上跌过去。

阿狗受宠若惊，扶住了她，他还以为雪信还是更爱惜自己，宁肯向他这里扑过来。

而二公子一个扑空，额头撞在板壁上，坐起来还是笑笑的。看得出他和阿狗头一回和雪信同车时一样，被她的体香勾掉了魂，痴痴呆呆，满脑子不知道在想什么。

“我们等的那个人就是他？”阿狗在雪信的耳边低声问道。

“你也算聪明了点。”雪信笑着拍他胸膛，并不刻意放低声音，她把下巴支在阿狗的肩膀上。在外人眼里，这两人绝对是在调笑，主人说了句柔情蜜意的坏话，得宠的侍婢就打了主人一下。

阿狗蓦地惆怅了，他也搞不清楚自己是想要雪信对自己温柔一点，还是对自己凶一点。因为温柔是假的，坏脾气才是她的真性情。看起来一旦她对谁假以辞色，谁就会遭殃了。

“你们在说什么？”二公子不乐意自己被两人撇在一边，突兀地插话打断了他们。

雪信这才好像刚刚发现有外人一样，松开阿狗，正襟坐好，笑而不言。

对二公子来说，美妙的旅程太短了，他还没回过神，华城就到了。他敲了敲脑袋，让自己清醒些，如果马上与这个药材商人谈生意，谈完了，事就完了，他就没理由也没机会继续接触到雪信了。他是大买主，这笔生意得好好谈，慢慢谈才是。

二公子请阿狗和沈越青去醉桃源，名义上是谈生意，可是一进门，谁都把生意的事抛在脑后了。

醉桃源是华城最知名的销金窟。二公子熟门熟路，因为吴州与越州相邻，也算不得远，随时可以来华城找新鲜。沈越青是华城长大的，自然也了解这里的好处。两个人像到了家里，一边一个提着阿狗往里去。

他们去了一个据说琵琶弹得好的叫李双双的女子的院里，又点名叫了醉桃源里几个容貌才艺出众的姑娘，闹哄哄地坐了一屋子。三杯酒下肚，二公子此刻都和阿狗称兄道弟起来了。阿狗喝得酒就更多了。他以前只知道喝酒是御寒取暖的，不知道喝酒还有那么多说道，一会儿藏勾，一会儿行令，一会儿作诗，他被绕得头昏脑涨，像只掉进瓶子还被人死命摇的可怜老鼠。

猜不出双双把耳坠藏哪儿了，要喝酒；接不上酒令，席纠一面小旗子冲他丢过来，又要喝酒；别人都作诗赞美身边的姑娘了，他身边的姑娘噘着嘴，他眨巴眨巴眼，自己主动喝酒。到后来，他都听不清别人说什么了，别人冲他做个喝酒的手势他就喝酒，喝得不行了就地一倒，人事不知了。

二公子和沈越青见有了分晓，趴下了一个，终于满意了，撤了席，嘱咐李双双好好照料阿狗，就走了出来。

院子里，雪信领着两个小丫鬟站着，她仰头看着满月，双手抱肩，蹙着眉，似乎是又冷又不耐烦了，见两人出来，就迎上去。

沈越青指着里面：“他走不了了。”

雪信要进去看，二公子拦着她说：“有人陪着呢。”雪信把脸一板，还是要进去。

二公子握着她的肩膀说：“你跟着个没见过世面的药材商人，可惜不可惜？”雪信一怔，二公子就把一个金带钩塞进她手心里，拍了拍她的手背，走了。他可是很懂风情的人，对难得的美人，要慢慢来才有意思。王阿狗配不上她，她在王阿狗的身边也待不了多久的。

二公子转过身去时，沈越青向雪信比了个手势，是夸她的。雪信低眉顺眼的神气登时不见，抛起金带钩又接住，挥了挥手，示意他少啰唆，还不快走。

屋子里依旧酒气熏天，李双双用手巾给阿狗擦了把脸，给他盖上被子。雪信捏着鼻子进来，看到阿狗醉成一摊泥，不屑道："怎么办，他不是这块料。"

李双双笑道："新郎君都是被人作弄的，男人都是这块料，久了不用教自己也会了。"

雪信坐在阿狗身边，俯下脸看他，阿狗鼻梁挺直，睫毛浓长，睡着了还一颤一颤，嘴唇却紧紧闭着，一动不动，像是石头刻出来的。这会儿看，比他醒着的时候英俊不少，他太好动了，醒着的时候喜欢手舞足蹈，脸上一刻不停地做出表情，让人忘记他也是个美男子。

"你是不是舍不得了？要不然，你留下，我出去了？"李双双掩口笑。

"他才不配。"雪信冷哼，走到一边给熏炉里换了她带来的香饼，又打开窗子，顷刻，清朗甘洌的气息冲散了酒气，"交给你了。"说完她就走了出去。

阿狗被月光照、被夜风吹醒了，也被一只纤柔的手抚醒了。他一睁开眼，一具柔软的娇躯就贴了过来。他想了想，才嗅出这具身体的气味很陌生，即便在一个屋子里同坐了大半个晚上，也不算认识。

他连滚带爬躲出去一丈远，慌慌张张地问道："你是谁？"

"郎君不认得双双了？"那女子也坐起来，笑中带嗔，嗔中带笑，他一惊一乍的反应真是可爱，"郎君喝醉了，双双在照顾你啊。"

阿狗抱着头，又想了会儿，才想起来，惊道："雪信呢？她去哪儿了？那个什么二公子盯着她看，我不在，他肯定会打她的主意。你知不知道雪信在哪儿，就是和我一起来的那个漂亮的姑娘。"

双双笑道："她才不会让谁占便宜还被得手呢。她早回家去了。你喜欢她，却逮不住她是不是？你可以把我当成她呀。"

"她家在哪儿？"阿狗听不出对方话里的深意，只顾担心雪信。

双双叹了口气，指了个方向。

阿狗拔腿就跑。

双双摇头："还真不是这块料，雪娘子有得好麻烦了。"

阿狗顺着指点跑出去，就莽莽撞撞地直走，遇到墙翻墙，遇到沟跳沟，可见他酒还没醒。也正因为酒还没醒，他的鼻子也不灵光，逮不住雪信的香气。

他心念里只知道，雪信是香的，她住的地方一定也是香的，只要找香的地方就行了。于是，他翻进了一家打烊的香品铺子，晃了一圈，找不见，又翻了出来，再翻进一家闭门的板栗饼铺子，偷吃了卖剩下的几个饼，再出来。

走到一堵院墙后面，他闻到了香气的浪潮向他涌来，不同的香料，不同的味道，合在一起又彼此清晰，像是一个没练习好的乐班子，只顾卖力放出好大的声音。他想，一定是这里了，于是翻过墙，落在了一片梅林里。

梅林里的花开过了，枝叶繁茂，遮挡住了月色，走在林子里难辨方位。阿狗在梅林里绕啊绕啊，怎么也走不出去。在黑暗里，他的鼻子比方才灵光了一点，觉出步子一动，闻见的香气也不同，前一步闻着还是甜甜的，后一步跨出去，甜便减淡了一分，多了一丝辛凉。

他好像围着一个香气列成的阵仗打转呢。

阿狗知道得用自己的鼻子走出去了。他又绕了几圈，发现走到某个林子的缺口，香气会稍微浓烈一些，他就从缺口走进去，又绕几圈，发现了下一个泄露了香气的缺口，他一层一层闯入梅林中心，终于看见林中一座小楼的飞檐上挑着月亮，楼外种着一畦一畦的香草。

阿狗倒在香草田里望着头顶的月亮，不出片刻眼睛就闭上了，晕晕乎乎地睡了过去。

再醒过来，他觉得自己人中穴上一疼，口中被塞了一粒丸子。阿狗睁开眼睛，面前立着一个窈窕少女的剪影，他一跃而起，叫："雪信！你家也太古怪了！"

"你就是阿狗？"说话的却不是雪信。

揉眼细看，是个年纪与雪信相仿的少女，她好像是这个古怪的院子的一部分，也透着古怪，明明是少女，眼神却不是雪信那般跳脱飞扬，也没有这个年纪的姑娘都免不了的期期艾艾。她系着墨蓝色的裙，戴着银丝与珍珠攒成的花冠，是出家的打扮。

她沉静、怜悯地看着他。

"你是雪信的什么人？"阿狗冒失地问。

"我是她的家人。你就是阿狗？给我看看你后腰上的痣。"那少女说。

阿狗吓了一跳，她怎么知道自己后腰上有痣的，他自己看不到，还是师父告诉他的。好吧，就算他这个人随和，也没随和到随便在姑娘面前袒衣、请人家欣赏自己的痣的地步。

"傻乎乎的，实在不像。"那少女摇头，又说，"傻一些也好。"看着阿狗张口结舌说不出话来的样子，少女又说，"愣着干什么，我又不是没看过。你小的时候，我还抱过你呢。"

她看起来还没他大，他小的时候，她多大？抱得动他吗？占人便宜也不是这么占的。

阿狗抽抽鼻子："雪信来了。"

少女说："我知道。她躲着不敢见我。"又扬声对着林子道，"人都被我逮住了，还躲什么？"

一个影子低头走出来，走到少女面前，嗫嚅道："师娘。"

阿狗差点没惊掉下巴。

师娘嘛，就该像他的师娘那样，白白胖胖的，好脾气的，会宠着他和师父吵嘴的。

可是雪信的师娘好年轻，和徒弟站在一起，谁分得出辈分来？

他们好像一对幽会被抓住的小情人，低头站在师娘面前。

雪信的师娘说："算着你今天回来，特意到你园子里等你，没想到阿狗自己跑来了，被你的香草田熏晕过去了，不是我救他起来，他得在地上躺上一夜，准会生病。"

雪信低着头，不说话。

师娘又说："你去见过你师父了？他还是要那么做吗？"

雪信跪下：“师娘，您要知道什么，还是问师父去吧。你们两个这样，太让我们做徒弟的为难了。”

师娘说：“做徒弟的嘛，就是要受点夹板气的。你师父多虑了，我也不会干扰他要做的事，我只是想看看阿狗。”她对阿狗道，“你知道我是谁吗？”

雪信抢着开口阻止了：“师娘，师父还不想告诉他。”

“你师父不想告诉他的，和我要告诉他的不是同一件事，你不必担心。”师娘又对阿狗道，“叫姨母。”

阿狗笃定这少女今天是铁了心换花样占他的便宜，一会儿是师娘，一会儿又是姨母。因为雪信叫她师娘，他就承认了她是长辈，可是这会儿要叙亲情，他就摇头：“我师父从没说过我还有个姨母。”

“你师父没告诉你的事太多了。”师娘叹了口气，也没坚持让阿狗叫，“回去问问你师父，他不告诉你，是因为他不会撒谎，一旦你问了，他会如实告诉你。你就问他，骆锦书是谁。”

阿狗眼睛一亮，问：“你真的是我姨母？那我母亲是谁，她在哪里？”

“早就不在了。”雪信的师娘看着眼前两个小儿女，过了好久才又说，“你的事我管不了，可是你若是喜欢雪信，要她过得好，就离她远些。”末了又加了一句，“你去吧，我要和雪信说话。”

第四章

胭脂落臂不知痛

阿狗走到一边去，坐在田垄上拨动香草叶子。也不是有意要听的，可风就是把她们的话送到他耳朵里了，他动动耳朵，收进去，一字不落。

师娘问雪信："阿狗的事，你算是办完了吗？"

雪信回答："还剩下最后一点，快了。"

"承钧要回来了。"师娘没头没脑地说了个名字，就走了。墨蓝色的裙子走到暗处与黑色融为一体，她的身影在梅林后转了几转，不见了。

雪信怔怔立了许久，转而看向阿狗。

阿狗跑过来问："你师娘真的是我姨母？我母亲真的死了？那我父亲呢？"一连串的问题从他嘴巴里蹦出来，他不大相信一个看起来还没他年长的陌生少女说的话，他宁可从雪信口中打听。

"过几天，你就能看见了。"雪信说着，走向小楼。

"我父亲是什么样的人，他为什么把我丢了？把我丢了也挺好，为什么又要把我接回来了？"阿狗追着她，连珠发问，只顾问，却不给她回答的间隙。

"我不知道。"雪信打断他，"折腾了一个半月，你不累吗？我可累了，好不容易到了家，我要好好歇歇了。你跑来做什么，这是我家，我家是不让外人进的。"她果然是累了，举止慵懒，步子拖沓，倦容掩饰不住，也许是到了家里，不用再掩饰了。

阿狗吸吸鼻子，委屈道："那你也不该把我丢给那女人。"

"不是丢，是把你转交给她了。你得忘记你是个辽州来的猎户，要学着做另一个人，以为自己出身高贵，要会喝酒、会花钱、会应付女人，你还要学一口越州口音的南方官话，所以你要跟二公子，跟沈越青，跟李双双学。"雪信戳着他的胸口说，"听见师娘说的没有，离我远一些，接下来你就不归我管了。"

阿狗一把揽住雪信，抱在怀里："那是你的师娘，不是我的师娘。我在山里待得好好的，是你要把我带出来，我以为你会一直陪着我，我才会出来。只要你陪着我，你要我学什么我就学什么。"

他身上本来就有股子狼味，加上酒气，熏得雪信几乎骂出来，用力推他。阿狗却把手臂越收越紧，箍得她喘不上气来了。雪信就知道这是自作孽了，早就明白他是喜欢自己的，自己就利用他的喜欢，引诱他，让他听自己的话，乖乖跟她来华城。像是在灰堆里发现一颗火星，就用枝条去拨弄，不断添进新的柴草，把死灰生成了活火，熊熊燃烧起来，到最后烧着了自己的手。

火是不好控制的，可她就是个玩火的，她学的就是让火在她的掌握下精密地燃烧，恰到好处地燃烧，让香料发出令人愉悦的香气，而不是焦煳味。

雪信拉开阿狗的衣领，在他肩上狠狠咬了一下。

这是李双双教给她的，她那行的姑娘，遇到喜欢的客人，就在人家的手臂上咬个牙痕，客人也以得到噬臂之痕为荣，常常写诗炫耀。那些姑娘咬人也是要练的，拿自己的手臂练习，讲究不轻不重，留下两排小小的整齐的牙印，沾着两瓣万金红或者嫩吴香的胭脂，画儿一般的。

可是既然此刻她被勒得喘不过气来，下牙也似搏命了，不顾权衡轻重大小，一口就咬到了血腥味。

阿狗把手臂松了松，雪信趁机挣脱出来，指着他的手臂说："你找别的姑娘，在手臂上攒十个这样的牙印来，我再同你说话。"哼，就他现在的生瓜样儿，姑娘会理他才怪，她落得清闲清闲，等他学出了样子，攒得到十个牙印子，说不定就把她忘了。

雪信把阿狗撇在门外，上楼去了。

阿狗回过神来，飞跑回醉桃源，闯进李双双房里，把已经安寝的李双双摇起来。

"郎君是碰了一鼻子灰回来，还是回心转意了？"李双双时时刻刻能让自己进入服侍客人的状态，哪怕睡觉脸上也是有妆的。

"你给我咬个牙印。像这样的。"阿狗拉开领子给她看了示范，就卷起袖子，把臂膀凑过去。

"哟，这个牙印是谁咬的，太不合规矩了，都快把郎君的肩膀咬烂了，咬出了血，还咬歪了。"李双双严肃地批评着，"告诉我是谁咬的，我训她去。我可是醉桃源里的都知娘子，她们都对我服服帖帖的。"

"我只要凑十个牙印子，回头再告诉你。"阿狗着急地说。

"牙印子可不是随便给的，郎君这副猴急模样，恐怕一个也讨不到呢。"李双双笑起来，"不如让双双教你。"

"你说，怎么才能讨来？"

李双双说："寻常的法子呢，是你要讨姑娘们的欢心，夸奖她们，作诗赞美她们，在她们身上使钱，她们就对你恋恋不舍，就在你臂膀上咬一下，让你忘不了她。"

"有没有快一些的法子？"阿狗恨不得天亮前就把雪信交代的任务完成了。

"快一点的法子呢，就是你给她们钱，请她们在手臂上咬一下，不过不是所有的姑娘都愿意你这么潦草地对她们。雪娘子知道了，也会说你作弊。"李双双一猜就知道是雪信故意给阿狗使得坏招。

"你不告诉她就是了。她也没规定我必须怎么攒。"阿狗摸着怀里的钱袋，丢给李双双，"这些钱够几个牙印子？"

李双双提起瘪瘪的钱袋掂了掂，险些笑死过去："你还是先赊着，让沈郎君来替你付账吧。"她说的是沈越青。

翌日清晨，醉桃源笙歌歇罢，大伙儿睡下才刚不久，就依次被吵起来。

有个狂徒沿着小路一个一个院子拍门，不给开门就跳墙进去，闯到姑娘的窗前，递上一张字条，说："求姐姐给我咬个牙印。"那字条上写着，沈越青欠某某十两纹银，这个某某不是姑娘的名字，是空着的，让姑娘自己填。

那狂徒可不管姑娘身边有没有另外的客人躺着。

有的姑娘觉得受了莫大的羞辱，撕了字条，抄起夜壶砸过去，那狂徒身手敏捷地避开，逃走了。还有的姑娘觉得有趣，不仅愿意给他盖个牙戳，还问他名字，劝他说十两银子买个牙印太贵了，不如姐姐搭点别的给你？他又吓跑了。

还没被打扰到的听说了他的恶名，在院门上摆了一桶脏水等着，还有已经被骚扰的，欣赏他的憨劲，吹着口哨跟在他后面看他碰钉子。

忙活到中午，整个醉桃源都被那狂徒闹得鸡犬不宁，人人眼下一圈浓重的黑影子。

日暮，二公子与沈越青来了，一进门就听说了笑话，更有人真的拿着字条来找沈越青要钱。沈越青说："他倒拿我的钱来大方。"二公子接过字条，看也不看，让人把钱给了那几个姑娘。

雪信在他们之前就来了，搬了把月牙凳坐在李双双屋檐底下，沉着脸，用鞋尖碾蚂蚁。二公子颇有意味地盯着她看，看得她抬起头来，又把头转开。

两个男人走进屋里，阿狗正在李双双的席子上呼呼大睡，沈越青拍着手大笑，用鞋尖把他踢起来，问："人人都说你是蝗虫，你把每家每户都扰遍了，攒了几个牙印？"

阿狗迷迷瞪瞪地撩起袖子，香盈满袖，却没有一个牙印。他们把他整只袖子扒下来，看见了肩膀上那一个新结痂又咬歪了的牙痕，浅浅地沾了两瓣不完整的胭脂，正是那两瓣胭脂染香了他整只衣袖。

沈越青说："居然还有一个，这姑娘得有多恨你，都咬出血来了。"说着就向门外看去。雪信板正着脸，腰杆直了直，像是某种不耐烦的自夸。

他们又摆上酒宴，这一天在席旁设了一只铜壶，以投壶输赢决定谁罚谁的酒。李双双在一旁用豆子替他们计着分数。木箭直入壶中算十分，直入壶耳算二十分，斜入壶中算五十分，斜入壶耳算十一分，平平落在壶口和壶耳上算五十分。

阿狗从没玩过投壶，不过他射过箭，也用石头打过猎物，弄明白计分规则后，他试投了几把，便开始随心随欲地控制分数了。

他说接下来我要投个十分，就抓起一支箭直投入壶中，他说我要投个十五分，就把两支箭并在一起，直投入壶中，但听得壶中的红小豆被一拨又一拨涌进来的箭戳得稀哗稀哗。

沈越青还能与阿狗相抗，二公子的投壶手艺就稀松平常了，三轮下来，被罚了不少酒，坐也坐不直了，他就说："投壶有什么意思。"

"是没什么意思。"阿狗也说，说完背对着铜壶，把一支箭扔进了壶耳。他的分数遥遥领先，已不用担心输赢，只好自己给自己加大难度，以炫耀技艺了。

沈越青抓起李双双盘子里的豆子，用拇指弹出去，击落了一只苍蝇问："这能算分吗？算几分？"

阿狗一看还能这么玩，顿时撒起野来，拔下一个姑娘的步摇，当作剑使，满屋子追着苍蝇跑，在踏得别人人仰马翻后，还真被他扎下了一只。

二公子顿时没了光彩，他得把众人的瞩目找回来，扬手让人端进一个托盘来，盘子里有十颗金橘大的明珠。他说："王兄弟不是要攒牙印子吗？你们咬他，在他身上咬出印子的前十名，珠子归你们了，一人一颗。"

话音未落，姑娘们如狼似虎地扑向阿狗，阿狗陷在脂军粉阵里，惨呼救命，没人救他，不消半刻就全身是胭脂印子了。

幸亏这些姑娘是训练有素的，咬得有分寸，不然当场就把他吃了也说不定。她们闹了一阵，就去二公子面前邀功领赏。阿狗奄奄一息地躺着，狼狈得像个被撕扯坏了的草人。姑娘们分完了珠子，又得了二公子的指示上来劝酒，阿狗不喝，就捏着鼻子灌，灌得他当场趴在地上吐了才罢休。

二公子终于又占了上风，他得意扬扬地走到院子里。

雪信在月下踱步，好像她的主人到了醉桃源就把她忘记了，而她忠心耿耿地守着。除了忠心耿耿地守着，也只能守着。

"你听里面多热闹，你不进来吗？"二公子对她说。

"我不喝酒，从来不喝酒。"雪信踟蹰了下，又补充道，"我可以进来坐着，但不喝酒。"

她进去，就看见阿狗又不省人事了，被拖到一边，就没人关注了。她把他扶起来，擦掉他脸上的唇印，端过一碗清水让他漱口，不是她乐意服侍，是他实在太臭了，尤其是吐过的嘴。她往阿狗嘴里塞鸡舌香，塞了一枚，不够，又塞一枚，直到塞不下。

李双双弹起琵琶，把前一天他们做过的酒诗配上曲子唱。

二公子对雪信说："他已经这样了，明日午前醒不过来了。你何不过来坐着，喝一杯呢？"他掏出了第十一颗明珠。

雪信像是没有主张了，她在阿狗、二公子、沈越青和李双双四人脸上环视了一圈。

沈越青说："这会儿对他好，他也不知道。做了坏事，他也不知道。"

二公子说："哪里是什么坏事，沈兄莫胡说。"

雪信就移到二公子身旁，二公子把明珠塞到她手里，还体贴地说："喝多少随意，我们可不逼你。"雪信把明珠藏进袖子里，端起酒碗一饮而尽。二公子和沈越青都叫好，各自心怀鬼胎地鼓励她挑战自己的酒量。雪信就一盏接一盏地喝，一个坐不稳，跌进二公子怀里去，她害怕起来，慌慌张张往外爬，二公子却不让她走了。

他说："我可是真的喜欢你。"

"我不信。"雪信吃吃地笑，"除非你学狗叫。"酒气从身体里散出来，她比平日里更香了，香气比往日更魅惑人心，一团看不见的香云把她包裹着，环绕着，从香云里伸出无数小手抓挠男人的心肝。

二公子立刻趴在地上学狗爬，又学了好几声狗叫，问她是不是满意。

"原来你是狗啊。"雪信笑起来，"找根绳子把他拴起来。"

沈越青解下一个姑娘的发带，在二公子脖子里绕了两圈，二公子笑眯眯地盯着雪信："美人还有何要求？"

"既然是狗，就不用穿戴衣冠了。"雪信扶着李双双的肩膀发号施令。所有的人都笑着看着二公子。

方才灌阿狗酒的姑娘们上来摘他的冠，扒他的衣服，脱他的靴子。

“你会对我好吗？”雪信摇摇晃晃地问二公子。

“我当然会对你好。我苍海心起誓，你要什么，我给你什么，你要我的心我也摘给你。”二公子恨不得长条尾巴对她摇一摇，以表忠心。

阿狗突然跳起来，吐出满嘴的鸡舌香，指着二公子：“他说他是苍海心，我也叫苍海心，到底谁是苍海心？”原来他喝下去的酒并没有他们以为的那么多，姑娘们灌他，一半多都泼在衣服上了，他再偷偷压舌根催吐，让人以为他又不行了，就不再看他。

雪信倒进二公子怀里时，阿狗把眼睁开了一回，要跳起来，沈越青看见了，抄起铜壶在他额头上顿了一下，告诫他不准捣乱。他就明白他们要对二公子下手，便躺着没动。可是当二公子说出“苍海心”三个字，他再也忍不住了，在这紧要关头跳起来插了一脚。

“你是苍海心，”雪信对阿狗说，“他是狗。”

二公子要说什么，可是丝带在他的脖子上收紧了，他说不出话来。沈越青扒下二公子的袜子，塞进他嘴里，一招手，姑娘们拎过来一条麻袋把他套了进去。

雪信把二公子的袍靴归拢归拢，推给阿狗：“现在开始，你就是苍海心。”

沈越青打了个哈哈说：“别理她。她喝了酒就乱来了，本来没说这么早就动手的。突然发作了，我们都有点措手不及。”

李双双用琵琶在那个扭动不止的麻袋上砸了一下，也笑：“谁让‘阿狗’欺负了‘苍海心’，又惹毛了雪娘子。”

这都乱了，是不是说倒了？阿狗想。

“反正我的任务是到把他变成苍海心为止，我做完了。”雪信把麻袋踢向李双双，“‘苍海心’怎么更像苍海心，就不是我的事了。”

“喂，这么多眼睛看着，这么多耳朵听着，你们怎么能瞒天过海？”阿狗指着那些姑娘。

李双双顺着他的手看过去，考虑着说：“我会去报官。药材商人王阿狗在醉桃源被姑娘拒绝，恼羞成怒，杀了十几个姑娘，丢下货物逃遁了。”

“杀了十几个姑娘？”阿狗看着那些被预言杀死的姑娘，满脸不可置信。

姑娘们也察觉了，她们不小心目睹了一场阴谋的执行，活下去的机会渺茫。

她们尖叫着跑到屋外，但没有人最终跑出院子。埋伏在院子里的几个杀手先悄悄地拧断了二公子随从们的脖子，又用制式相同的刀杀了那几个姑娘。他们太快了，快得阿狗还没来得及跑出去阻止，他们就清理好了，丢下一把血刃留作证物，刹那消失在黑夜里，似乎是被风吹散的一阵烟。

李双双叹息：“幸亏我早有准备，否则还真乱了阵脚。雪娘子，你以后做事不能任性了。”

雪信指着阿狗：“还不是他突然叫破，我也只好硬着头皮提前发动了。”说起来还真是的，如果阿狗不跳起来嚷嚷“我也叫苍海心”，事情完全是可进可退的，她已经把二公子捏在手心里了。

雪信对沈越青说：“你来善后，他今晚不能在这儿了，得跟我走。”

她把阿狗推到一旁，给他披上袍子，换了靴子，再戴上二公子的鎏金冠。她又把阿狗的手臂拉过来，环住自己的腰，倚在他身上走出去。

这样的男女，在醉桃源的夜里最寻常不过了，谁也没有多看他们一眼。

二人顺顺当当地走出去，坐上马车，回到雪信的居所，被当地人称作“江家废园”的地方。

进园子前，雪信在袖子里掏了掏，拈出一只小玉筒，摇头说“拿错了，这是口脂”，又在袖子里翻找了好一会儿，找出另一支大小形状相似的象牙筒来，拧开盖子，里面是浅碧色的膏子，她用手指沾了一些，擦在阿狗的鼻子下面，想来和前一日她的师娘塞给阿狗吃的丸子是一样的，用以对抗园中混乱的香气，以防被熏倒。

穿过梅林，走到香草田边，她停下来，拍着额头，不晓得怎么安顿阿狗。

雪信很意外，阿狗居然没有一丝要跑的意思。如果这会儿他跑了，她可没法儿自己把他找回来。刚刚她没说谎，她是从来不喝酒的，喝酒会麻痹五觉，尤其是嗅觉，又会让身上散发酒臭，这是她头一回喝酒，不知道酒的厉害。

席上的醉是装的，在路上酒劲才上来了，雪信晕晕乎乎的，把明珠从袖子里拿出来把玩，抛着抛着就掉进香草田的沟里去了。她去捡，迷迷糊糊中跌在了碧幽幽的叶子里，一下忘记了自己要做什么。忽的一下又觉得自己被人提起来，拂着脸庞的草叶子离她而去，天矮了几尺。

她把头靠在阿狗的臂弯里：“苍海心，你怎么不跑？你吓破胆了吗？”

“也许像你说的，这些人是我害死的。我跑了也没用，是我害死的。”阿狗低沉着嗓音说。

“傻瓜。你不跳出来，他们今天可以不死，但也许是明天死，后天死，反正总是要死的。”

“死的人都是因为苍海心这个名字。你说我叫苍海心，可你没说过这个名字是要血淋淋地从别人身上扒下来的。”

“没错，”雪信扶着阿狗站好，自己试着走了几步，又跌进草叶子里，“现在你成了苍海心。撒一个谎后要撒无数个谎去圆。为了保守这个秘密，还会有人死。这些你都不在乎了吗？连我都觉得害怕，在席上的不害怕是装的，我没见过一下子就杀那么多人。”

“你害怕，是因为你也想到过你也可能会为这个秘密陪葬。”阿狗在她身边坐下来。

雪信笑起来：“怎么会呢，师父师娘那么疼爱我，就算师父心狠把我杀了，师娘也不会放过师父的。”她抓住他的手臂摇着说，“肯定不会的，是吧？师父就像我的父亲，师娘就像我的母亲，哪有父母杀死自己孩子的呢？”

“那可要看你们保守的秘密有多大了。别看人总是惧怕狼，但狼从来不吃自己的孩子，反而还会收养人的孩子，人就不一样了，人比狼可怕得多。你今天不死，也许是明天、后天，总有一天……”阿狗摘下香草叶子，放进口里嚼着。这种清凉的叶子味道比鸡舌香好多了，鸡舌香，香得触鼻，入口苦辣，雪信塞了他满满一嘴，简直是上刑。

雪信坐起来，就为了特意拍他的胸膛一下：“你怎么突然讲起真话来了呢？”她愤愤地说道。为什么要说那么透彻，说得人一点美好的念想也没有了。

“你们都觉得我是笨蛋，我也觉得做个笨蛋很快乐。聪明都是被你们逼的，逼着我把不想懂的事情想通。”如果雪信需要，他是可以长久地把那个笨蛋的脸壳戴下去的。因为他体贴，晓得雪信愿意跟一个笨蛋轻松愉快地相处。但雪信讲起真话了，带动得他也想吐露真面目。

“明天带你去见师父，我就好解脱了。我们每个被师父收养的徒弟，都要为师父做一件事，而你就是我的满师考验，做完了，我就自由了。我会一辈子闭上嘴，忘记这个秘密。”雪信平展开手臂，闭上眼睛。

她听见阿狗说：“我正要去见你师父。”

“记住，不可以叫他父亲，他不会认你的，如果肯认，当年就不会把你留在长白山了。”她迷迷糊糊地说着，用手指勾住阿狗的手指，免得他在自己睡着后逃跑。

“为什么？”笨蛋应该这样问的，可是阿狗听见自己稳稳的声音在说：“知道了。”

雪信这一觉，睡得太踏实了，酒只有这一点好处，能让睡不着的人好好睡一觉。

她自幼习香制香，对鼻端上的刺激早就麻木了，加之她时常焦虑，对自己也是滥用香料，到最后熏安神香也安不了神，对凉到透骨的冰片薄荷之类也提不起劲。

她厌恶别人喝酒是不知道酒的妙处，酒果然是能令人忘忧的。

雪信好一会儿才想起前一天的事，想到把二公子套进麻袋里为止，后面的却不记得了。她一动，手指头空空的，才又想起一些事来。她应该看住阿狗的，可是她太放心了，也许是酒醉后对什么事都少了戒备，她以为拿手指头一勾，就给他上了锁吗？他等她睡熟了，手指头自然松开了，然后就跑了。

可是她又是怎么上到小楼来的？雪信不记得。

楼梯一响，阿狗叼着包子走过来，把一个纸包递给她：“是素馅儿的，张五家做的素馅儿包子也那么好吃。”

雪信掀开帐子，用铜钩挂起，瞪着他：“自然，张五家做的素包子是用鹅油拌的芝麻，不是全素。你给我滚到外面吃去！”她又想起一件事，脸色突变，“你怎么能出去又进来？擦一点点辟芷膏是撑不了一夜了，既然你出去了，再进来就该倒在楼下才是。”

阿狗从怀里掏出一管象牙筒说：“辟芷膏是这个吗？”

“你偷我东西。”雪信愤愤地抓过来，又丢在地上，“我不要了。反正今天我就搬出去了，以后都用不着了。”既然她要搬出去，小楼就不是她的家了，他站着吃鹅油芝麻包子她也不在乎了。

她问了一个更严重的问题：“小楼的钥匙是不是在你这里？”

“反正你今天要搬出去了，钥匙是要还给师父的，我替你还了好了。”阿狗吃着包子，吃完了一个，从纸包里拿出另一个。

他实在不像是新任的越王二公子苍海心。他睡在地上，还是她身边，似乎两个人都没在乎。既然不是要紧事，何必提出来令人尴尬。他还留在她面前，把她的卧房看了个遍，也比他半夜里神不知鬼不觉地溜掉好。

他还在，她就能用他去换自由。

阿狗又劝雪信："酒戒都破了，吃个荤油包子算什么。"

"吃了荤腥，身上的气味就浊了。"雪信是很爱惜自己的体香的，宛如参禅悟道，修炼了一辈子，只要一个心念不坚就坏了修行，破了功法。

说完雪信就下楼去梳洗打扮了。

阿狗留在三楼，看着这间闺房，大出他的意料，房里空空荡荡的，八面直栅窗，只有两张床榻，一张是雪信睡的，罩着檀色罗帐，床头立着那只铜香鸭，另一张挂着新绿帐子，完全垂下来，四个角用四个铜乌龟压住，帐子上落了薄薄一层灰，看得出来闲置有一些日子了。

此外，再也没有人住在这里的迹象了，没有妆台、柜子、箱子的呼应，两张床摆在这里好生突兀，像两艘扯着锦帆的船，搁浅在雪洞里。气味也很纯粹，在高处窗户开一条缝，风就把帐子吹得四处飘飞，什么气味都留不住，只有雪信的帐子里还湾着属于她的一缕幽香。

二楼有两个妆台、两个衣柜、两排箱子、两张几案，所有家具都是一式两份，分庭抗礼，连妆台上的妆匣都是一样的。雪信正坐在自己那一边，对镜画眉贴花。

底楼陈设风格迥异，四壁布满了架子格子，一只只高矮胖瘦花色不同的瓷坛立在架子上，也没标签，只有它们的主人知道里头是什么。有一面架子专门陈列香具，光是青铜博山炉就有好几种，有盖子上蹲着狻猊的蝠耳三足铜炉，也有方方扁扁盖子上纠缠着镂空卷草的印炉。还有一张矮几上，排兵布阵般列满了一寸高的小瓷瓶。

整间房给人的感觉是热闹，拥挤，器物太多了，有多少个架子，多少张几都不够放的，除了有一面墙上的架子是空的，架子上也沾了薄尘。

阿狗自下而上，又从上到下看了两遍后，走到二楼问雪信："你家不是你一个人住吧？"

"还有我师妹曲尘。去年冬天，我出发去长白山找你，她也被师父打发出去办事了。"雪信走到画屏后换衣服，走出来后，又对着镜子照，脖子后有一块没擦到粉，她拈着丝帕裹粉做的小粉扑补了两下。

"那个学茶的师妹？"阿狗记得沈越青向他的师父交代过，有这么个人，"她又被派出去骗什么人了？"

"我要是样样都通晓，也不会在这儿了。我也用几个人为我卖命。"雪信口里嘀咕着，"要迟了，要迟了。"所以妆容衣饰删繁就简，连口水也没喝，领着他出了园子。

雪信在车里想起来，敲敲车壁，问驾车的阿狗："昨晚我嘱咐过你什么没有？"

阿狗说没有。

她就扳着手指头说："见到我师父，叫沈先生，别乱叫。另外你需站远些，只要听得见他说话，他听得见你说话就行了。还有不准告我的状，路上我把你照顾得很好，应尽之责都尽了。"雪信手指头压下三根，想不出第四条了，便放下了手。

"高承钧是你大师兄吧？"阿狗不知怎的说了那么一句话。

雪信在车里愣了愣，才答："是，你也见过的，也和他打过架。你揍掉了他最后一颗乳牙，自然，他也把你下巴打脱臼过。"

"因为他要回来了，我的事就提早办完了？"阿狗的这些话都没大声说，可是不轻不重地落在雪信心尖上，她的心就重了起来，觉得有些难受了。

阿狗又说："我没想过跑，是你自己把我的手丢开，指着天叫他的名字。"

"你不准告诉我师父！"雪信飞快地说，说慢了就没有勇气了。她还怀疑他逃跑呢，原来是她先丢开他的，倒是她没有信义了。

车停了下来，阿狗跳下车，雪信莫名，探出头来看，就见他抱着一袋板栗饼过来了，塞到她手里："没有荤油的。之前我没有请过你，去见你师父前，你一定得给我个机会请次客。"

"说得好像再也不会见了一样。"雪信赏了他面子，掏出饼来吃，意外地发现梅记糕饼铺做的板栗饼清润酥甜，比师娘和自己做的米糕还可口。

城外西郊好大一片都是沈先生开的百器工坊。

百器工坊，口气是很大，却也名副其实，一开始只是个木工作坊，后来渐渐扩充，搬来了铁匠、金银匠、玉工、瓷工等，大到摆在客堂之上的沉香山子，小到妇人缝衣绣花的一口铁针，都有人下功夫去做。

华城里出售器物的商铺有七成是在百器工坊进货的，此外，每日还有外乡的商人闻名来看货、订货。沈先生是很有钱的，百器工坊垄断了周边几个州的手作业。他的工坊也是他的庄园，他在此修了别院，长年居住。

雪信没有带阿狗走进沈先生的别院，他们进的是一家绣坊的仓库，薄如蝉翼的素纱屏风上有的绣了山水，有的是花鸟鱼虫，有的什么也不绣，横七竖八地堆满一屋子。雪信把他领进门，她就轻轻地带上门出去了。

仓库的深处，一个人影浮现。

阿狗想看清楚些，向那个影子走过去，却被绣屏挡住了。还是雪信家梅林的把戏，却更不好破了，梅林放眼望去虽然都一样，但却是露天的，八面来风，贯穿阵中的通途，把正确路径指出来就行。

这绣屏阵中却没有一丝风，气味也静止不动了，所有的阻隔都似有若无，叠压在一起，咫尺之遥也看不清有没有障碍，是不是通途，走错了就会撞上屏风，那细致又带着弹性的绢纱令人想到少女的脸颊，不忍破坏，久了就会烦躁。

阿狗叫："你是沈先生吗？你接我过来，又把我隔在百步外，是什么道理？"

"我们只能这样见面，又像见，又不见。"那个人影说，"你什么也不会，口音也没改过来，雪信就把你带来交差了，她是不是不耐烦你？"

阿狗冷静下来，对那个人影说："是我着急想要见你。我想问你，我现在跑回长白山里去行不行？"

那个人影说："当然不行。你的身份，雪信已经露过口风给你，你以后会成为什么人，你也料想到了。如果你现在临阵退缩了，那些已经死的人会白死，那些还没死却准备好为你去死的人却依然要死。"

"你为我安排这条路，是因为慈爱，还是你想折磨我？你不喜欢我师父，也不喜欢我。"阿狗扒着绣屏眯起眼睛努力看过去，依然只看见一个暗处的影子，穿着灰色袍子，也许不是灰色，是因为站在暗处就变灰了。

"慈爱或者折磨，只对你有意义。我只是把一件没做好的事交给你去做。"那个影子说。

阿狗放下双手："让我做这件事，你要答应我的条件。你答应给雪信的自由必须是真正的自由，你不能再让她做一件她不愿意的事，更不能杀了她。"

影子说："我收养的孩子里，只有她像我的孩子，我对她只有慈爱。她是我送给你的礼物，你喜欢，就把她留下，你负责她的自由和生死。"

阿狗说："不行，我不要。如果我去做你让我做的事，我身边的人都是要死的，死完了一拨换一拨接着死，弄不好我也要死。还是像她师娘说的那样，让她离我远远的，她才能过得好。"

那影子沉默了片刻："你会改变主意的。"

身后的门开了，沈越青站在门口笑："二公子，走吧。"

"去哪儿？"阿狗只扭头看了沈越青一眼，然后才去看层层屏风后面，可那里的人影已经不见了。

"先去找人聊聊天，学学说话，再去见过老师。"课程早就安排好了。

出了仓库，阿狗向沈越青身后望了一眼，没有旁人了。

沈越青笑了："不会想把刚吐出的话咽回去吧？别看了，雪娘子已经走了。"

和百器工坊一样，百万升酒坊是江南酒业的巨头。

"百万升"三个字分别取自昔日华城三家酒坊的名字：百酿泉、万坛金、福升。十余年来无人敢挑战其地位，也无人具有挑战它的实力，因为百万升的主人倚着一块当今皇帝手书的御赐匾额，至今还挂在华城百万升酒楼总号的门楣上。百万升的主人骆锦书也有一段传奇，只是知晓的人很少。

日暮时分，一个戴着白纱帷帽、系着墨蓝裙子的少女登上马车，离开华城西郊的酿酒作坊。马车上还插着百万升的酒旗。

车行到半途，一匹通身乌黑的高头骏马从后面追赶上来，马上的骑手拔出剑跳进车中，用剑指着蓝衣少女说："偿命来。"

少女把帷帽一掀："高承钧，你连我也要杀吗？你的透山剑要饮我的血？"

高承钧愣了，面前的人不是骆锦书，是沈雪信，他说："当然不是杀你。"

雪信夺过他的剑丢在一旁，说："杀师娘也不行。"

他们有三年没见了，至少他想不到，他们再相见会是这样的景况。雪信长出一口气，高承钧一击不中，又被叫破，也许不会再来第二下了。

高承钧捡起剑，跳出车外，跃回马背，与马车分道扬镳了。

雪信回到城中。一家粉饰一新的小店铺里，骆锦书正向一张张几案上摆放着一些瓷瓶和瓷盒，哪怕嗅觉迟钝的人在门外几十步都能闻见扑面而来的香气。

骆锦书说："你的铺子要开张，你却百事不管，只顾闲逛，让我替你摆货样。你什么都不会，以后该怎么办？账本放在这里，看见了没有？你还没有账房吧？看你也不会自己记账，还是我从酒楼借个账房给你？"

她一回头，看见雪信一身打扮，笑道："你还穿我的衣服出去干什么？"

雪信说："我穿怕了红红翠翠，看见就心烦，只有这个颜色见了心里安定"

"那你也不用穿我的衣服，你挑了颜色做新的就是。"锦书又开始叮嘱，"便宜的茉莉英粉摆在外面，贵的蔷薇胭脂藏在里面。不用放齐了，后面堆些旧的空瓶子，看着很多很满也就是了，否则万一有人来砸店，你的全部家当都要赔进去。”

“你说我穿你的衣服，我看是你穿我的衣服。别家的师娘，一条裙子都够我们当三条穿了。你的裙子太小，三年前就追不上我的个头了。”雪信抱住锦书的肩膀撒娇，顺带回忆起了阿狗那个有趣的王师娘。

“我以为这样的日子里，你起码要穿件新衣服。不然承钧回来看见，以为我虐待你，只给你穿旧衣服呢。”锦书打量雪信的气色，“你记得以前的事吧？”

第五章 青梅过后抱空枝

以前的事情，雪信当然记得，谁都对自己人生里仅有的几个之最难以释怀，最倒霉、最得意、最惊险、最心动。何况锦书一遍一遍地提醒她，免得她忘了，像忘记她的来历一般再把别人的恩情忘了。

其实是高承钧捡到她的。那个时候她不知道是五岁还是六岁，在安城的街上几天没吃饭，就要被人牙子拐去卖了，然后这时高承钧冒了出来，把她抢跑了。就像流浪的小狗照料一只流浪的小猫，在流浪中也有了归属感和责任感。虽然后来她的坏脾气是师父师娘宠出来的，但始作俑者却是高承钧。

他从别的小孩手里抢了蒸饼，拿去给她，她嫌是别人吃过的，又是凉的，不吃；他就去食铺偷刚出笼的蒸饼，放在胸口疾奔回来给她，她又嫌太烫，丢在地上。他捡起来，拍掉尘土吃了，又去给她偷，在怀里放得不热不凉了再掏给她，她总算吃了，可是他的胸口烫伤了。

他带着她上路，问了往西去的路，越走越冷，他就把御寒的衣服都给她，自己冻得直哆嗦，然后握一把雪把皮肤擦红，骗她说他不冷。那个冬天，在他们被冻死前，遇到了师父，师父说“跟我走吧”，然后让人给她换了衣服，给她吃甜美的食物。

那个时候她眼皮耷拉着说：“有没有人对我好，像他那样的。”她指着高承钧。

师父说：“会有人伺候你。”

她说：“那好吧。”

高承钧本来还要往西走的，听说她要往东去，放心不下，也跟着去了。

师父发现她怕火，小女孩都是怕火的吧，也正常，可是她怕得太过分了，让她握住燃烧的枝条，还离着燃烧的地方有好大一截，她就尖叫着扔掉了；冬天的时候明明冻得要命，向往炉火的温暖却怎么也不敢凑近。

师父把她关进百器工坊的窑炉里，点燃堆在窑口的柴火，要她踢散了柴火自己钻出来，她吓得放声大哭，宁可死在里面。火越烧越旺，火苗子越蹿越高，她想出去也出不去了。

高承钧在外面听见她哭，闯进来，钻进窑膛把她抱出来，他全身冒着火，用白布条缠着养了半年，而她只烧焦了一缕头发。这件事被人传给了师娘，师娘与师父大吵了一架，从此就不和师父说话了。

师父又让她戒荤。开始几天，她馋肉馋得要命，闻见别人吃个白煮鸡蛋都捂着肚子走不动路。高承钧把自己饭菜里的肉省下来偷偷送给她吃。有人向师父告密，师父让人打了高承钧一百杖，可是他还是省下肉给她吃，她却再也不肯吃了。

后来高承钧要给自己铸一把剑，据说要用到处子血，剑才有灵性。他看着她却不敢对她说，舍不得割她的手指头。她从别人口中听说了，于是自己把手腕割开，当放鸡血那么放了一碗，热乎乎地端去，对高承钧说："你的剑怎么能用别人的血呢？"还问他够不够。

当然师父又打了高承钧一顿。

每次他们犯错，不管谁是主犯，师父都打高承钧，从来不打她。

她很早就向李双双学艺了，歌舞器乐都要学，再后来也就是三年前，李双双让她躲在柜子里看她怎么调弄男人，她就觉得世上要是有谁配得上她这么对待的，也就是高承钧了。

那是七月初七的夏夜里，她穿了新做的石榴裙，在脸上、臂上擦了一层又一层妃色的利汗红粉，装点得粉嫩又不青苍。她用鸽鹰送了一封信，把高承钧约到小园里来。

高承钧带着新铸成的剑给她看，剑身流动着似有魔性的水纹。剑铸成后，他用余料打了一把鹰嘴割香刀送给她。她搂着他的脖子，把唇印到他的唇上，紧张得直出汗，汗混着香粉，擦在他的衣服上，也是淡红色的。

到这里就完了，她说："后面的还没学，学了再对付你。"

这事又被谁偷偷看见，捅到师父那里去了。

他们周围都是眼睛，相互监督相互告发，她是知道的，也不在乎。反正就算罚也罚不到她，大不了打高承钧一顿，他皮厚，挨打惯了，打完了她还是要亲他。

可是这回不同了，第二天什么动静也没有，第三天她才知道高承钧被师父送走了。他去西域投靠他的父亲了。

她等着高承钧给自己写信来报平安，可是没有信，过了一年，她忍不住写了封信，没找到托信的人，就撕了。又过了一年，他托人送了只铜香鸭来，还是没有信。

师娘听说了还特意上她的小楼来看那只鸭子，说："乱来，这也算纳吉？媒人也没有一个，打回去。"

雪信却不让打回去，说："不过是个香炉，师娘你别乱来。"

师娘锦书倒是着急两个人的事，特意派人带书去训了高承钧一顿，却又没回音了。锦书在雪信面前"承钧，承钧"地念，想让她写一封信，她偏不写。

这回他回来的消息，也不是他让人传回来的，是师娘用别的法子得知的。

师娘大概没想到，她偏袒得紧的孩子，一回来就要杀自己。

几天前，雪信把阿狗带到百器工坊交差，然后又被师父叫去谈了一回，他说："高承钧要回来了，他回来就会杀你师娘。"

雪信不信，高承钧就算要乱杀人也是先杀师父而不是师娘。师娘是好人，师父不能算是。

师父说："信不信由你，要怎么做也由你。"

"我不让他杀师娘，这样师父能告诉我我的身份吗？"师父是讲条件重契约的人。他让她自由了，就不好向她下指令了。

雪信明白师父在婉转地提出要求。

"你不去阻止，我就让别人去。"师父说。话里的意思很明白，她去是代价最小的，别人去了，难免有伤亡，伤亡的是谁也不定。

"你把高承钧送到西域，我把阿狗带回给你。他们都找到来处了，我要做什么，你才会告诉我我的来处？"雪信只好照直问。和师父谈判，没人能用拐弯抹角占上风，想也不要想。

"高承钧还不算满师，你让他领了任务去，我可以把这些年查到的你生母的线索告诉你。"

"其实我也不必去管谁生了我，谁丢了我。他们不找我，我找过去反而好笑！"雪信时不时冒出这种念头来，当然，找过去质问他们为什么要丢她的念头同样强烈，两个主意经常在她脑海里打架。

"你好好想想。"师父每回让她做什么，她嘴硬不肯的时候，师父就会这么说。

雪信回去一想，就会发现师父没有给她别的路。看起来是有选择的，实际上没有。他指定给她的都是唯一的、正确的路。师父会耐心地把他的意志变成她的选择。

也是当初定好的规矩，师父收徒弟，供他们吃喝，教给他们一门手艺，满师前为他做一件事，只有一件事，离开师门后他会送徒弟一间店铺。

他们还可以选择，是用一桩任务换一间铺子就此离去，还是继续跟着师父为他办事。

对于一个个衣食无着的孩子来说，将来的生活早早有了保障，且是最基本的保障，稍微懂点事的孩子都会争着抢着挤到前排，让师父看见自己。

但师父只挑自己看得上的孩子。

他把一枚荔枝放在一个木盒子里，放在济病坊的孩子中间，看谁能打开。孩子们被果子馋得口水长流，有人抓起来咬那木头盒子，有人放在地上用石块砸，有人打不开抱着不肯给别人尝试。只有沈越青把木盒子拆成了一块块木头，取到了荔枝。

济病房的几百个孩子里，师父只带走了沈越青一个，那时候，沈越青还不叫沈越青。

雪信被留下后，师父才一时兴起，拿这个盒子测试她。她打不开盒子，就把盒子一推，说："不好玩，我不玩了。有什么可稀罕的。"一扭脸看别处去了。

师父不但不恼，还赞赏她的傲慢劲儿，当着她的面把盒子拆了，把里面的荔枝给她。可要是别的孩子敢那么傲慢，当天就被扫地出门了。

别人以为师父那么看重她，她一定会留下为师父做事，她却要了一间脂粉铺子躲了起来，再没了动静。

甚至雪信对那间铺子也一点都不用心，好几天都关着门。

锦书忍不住了，问她为什么不开门。雪信说，也开过门，见没什么人来，索性关起门来睡觉了。锦书哭笑不得，只好亲自捉刀为她打理，耳提面命教给她生意经，雪信听不进去，推说困了，要去睡觉，一转身却换了衣服溜出去了。

师娘不知道她还在为师父办事，也不知道她这几天确实是等着高承钧来，她冒充了师娘坐在马车里等着高承钧来杀自己。

欺骗一个宠爱自己的人还是挺有负罪感的，可是实话说出来又会让师娘伤心。

这几天雪信借口没地方住，赖在锦书宅子里，明着蹭吃蹭喝，暗地里还是做着锦书的贴身盾牌，夜里不敢睡死过去，白天黑夜都伸着脖子等高承钧来刺一剑。

可惜他来了，又走了。

“就到这儿吧。我们回去了。”

锦书站在铺子中央，正在验收她努力的成果，突然就有一个人影挡住了门，那人太高大了，站在门口挡住了光亮，屋子里瞬间一暗。

锦书惊喜地叫出来：“承钧，你这会儿才到，我们等你好几天了。”

高承钧走进来，他换了装束，冠带靴袍，按着佩剑。他走进门来，身后还跟着八个抬着两口箱子的年轻人。抬箱子的人虽然是寻常脚夫打扮，可是他们的步伐一致，脚步坚定有力，砸在地上咄咄响，显然是行伍中人。

雪信怕高承钧会拔出剑来，一步闪到锦书前头，用身体挡住了他按在剑柄上的右手。那只手的指节发白，还在颤。

她想错了，他是真的想杀师娘，一回扑空了，还想杀。

八个军士打开了箱子，高承钧这才开口道：“这是西域产的美玉、香料、葡萄酒。”

锦书歪头检查两箱子价值不菲的礼品，乐了：“还是不懂礼数，哪有这样的彩礼？”谁也没说这是彩礼来着，只不过是她盼着收彩礼，就什么都当成是彩礼了。

高承钧说：“这是家父托我带给沈夫人的礼物。”他连称呼都改了，不叫她师娘了。

锦书的脸上不知是尴尬多于失望，还是失望多于尴尬，缓了缓她问：“那你给雪信带什么了？”

高承钧的右手从剑柄上离开，他伸手入怀，取出了一根骨瘦嶙峋的枝条：“我途经安城带回的牡丹。”

什么牡丹，只不过是一条破树枝，连个花骨朵都没有。锦书怔了下，似乎也不好圆场了。只有雪信默默地把花枝接了过去。

高承钧和八个军士抬头挺胸站着，像九根旗杆，任凭风怎么吹，雷怎么打，他们总是笔直地站着，你笑也好，骂也罢，他们只等着你开口。

锦书说：“既然回来了，就去家里吃个饭吧。”她当然是不肯罢休的，盘算着在席间审问高承钧，逼问他是不是变卦了，到底在磨蹭什么，怎么信也不来一封？真是莫名其妙！

雪信说：“师娘，你先回去吧。”

也许让他们自己说更好些，一个做长辈的掺和在里面来回说合，弄得两个孩子越发矜持，都等着别人来迁就，才是自讨没趣。锦书拍拍雪信的手背，意思是脾气别太急，慢慢说。

锦书出门上车走了。八个军士还是不识趣地站在那里瞪着眼睛，高承钧摆摆手，他们就出去了，在门外站着。

雪信问高承钧：“你为什么杀师娘？你哪次挨师父的打，她不给你送汤送药来？”

“小恩小惠哪抵得过杀母之仇。”高承钧终于开口了，他低声说道。

低声是因为要压住恨意，倒不是怕被外面的人听见，跟他来的人都知道，连安西四镇的人都比他先知道。

“你父亲让你带了这么些礼物过来，不是让你图穷匕见的。”

“正是父亲迷恋她，才厌恶我的母亲，才为她杀了我的母亲。”高承钧又说。

过去的事又哪有他一句话说得那么简单，他父亲迷恋骆锦书，厌恶他的母亲，母亲生他时父亲就在产房外等着杀母亲，他一落生，割断了脐带，父亲就让人拖着母亲的头发拉到院子里亲手砍下了她的脑袋。

家里所有的仆人都跪在地上目睹了这一幕。父亲迷恋骆锦书到不仅厌恶他的母亲，也厌恶他，小的时候他还不懂为什么父亲会趁着面见皇上的机会顺手把他丢在安城，他还以为是自己不小心走散了，直到三年前回去，他才听懂了人们的窃窃私语。

那个亲手做汤羹喂给他的师娘，是他母亲的仇人，也是他的仇人。

雪信跳起来指着他：“你也说了，是你父亲迷恋她，是你父亲杀了你母亲。你要报仇就杀了你父亲，别柿子拣软的捏，看师娘人好，就把气撒在她头上。”

见高承钧缄默不言，雪信撒完泼又温言细语地说：“你只是生气，生了你父亲的气，又不能向你父亲发作。你知道找师娘的麻烦，师娘也不会怪你。你闹也闹过了，不用真的杀了师娘吧？”

要是你杀了骆锦书，你父亲没准真会把你杀了。这句话雪信没敢说出来，毕竟高承钧怒意未平，受不得激。

看他紧绷的肩膀放松了些，雪信就把最后的底给他摊了：“你得向我保证再也不杀师娘了，不然你先杀了我。你不说话，我就当是同意了。”

高承钧果然没有说话，他伸头捧住雪信的脑袋，用自己的额头贴着她的额头。既然她决意要挡在骆锦书身前，他也只好作罢了。

自尊心给了他一定要杀的指示，她却给了他不能杀的理由，两相抵消了。

一件事办完了，接着要算她和他的账了。

雪信眨眨眼，扳下高承钧的两条胳膊，卷起他的袖子，翻开他的领子，检查有没有沾着胭脂的牙痕。

没有风流的证明，高承钧身上只有深深浅浅的刀伤箭伤，新新旧旧的。

雪信暗自心疼了下，还是运了口气，退到五步外，把怀里的花枝抛到他身上：“这又是什么破烂玩意儿！”

高承钧捡起花枝，拉着她的手走到铺子后的庭院里，把枝条插在地上，说：“要不了多久它就会活，等明年这个时候开了花，我就来娶你。”

牡丹是顽强要活的花，随便折个枝条，哪怕枝条被火炙过，找块地方插下去它就会又活过来，但若要花开得美艳，就要给它施肥。这肥也不是普通的肥料，它也是很挑拣的，要吃猪肚肠。

雪信甩开他的手冷笑：“明年这个时候？”然后她奔进闺房，抱出铜鸭子朝他怀里一掷，“明年这个时候，你能不能找到我还不一定呢！去去去，滚出去。”

她连人带鸭子一起推着，把高承钧推出了庭院，推出了铺子，再把边上小门一关，插上门闩，自己到后门去解下马骑着回了骆家。

她都等了他三年了，比等他还糟糕的是别人都知道，都看着她在等，他却也不解释，就这么让她等着，等完了三年，等来的居然还是等。

她要被人笑死了。索性不等了，她心里没有了念想没有了牵挂，轻轻省省，落得自在。别人都知道她不等了，也就不笑话她了。可是另一个麻烦却是她怎么让人相信她真的不等了？说什么做什么，他们也不信。

锦书看着雪信气鼓鼓地踏进来，直往自己房里去，她就跟着。

雪信反手关门，她把门轻轻推开，走进去，又把门关好，对雪信说："你又发脾气了，你对他发脾气太不公平了。可是你也只是生气，因为你怎么对他，他都不会生你的气，你放心得很。你闹过了，把气撒出来了，就别为难他了。"

简直和雪信劝高承钧别杀师娘的话如出一辙，真是现世报了。

雪信捋下簪环，恨恨地说："他怎么敢叫我继续等，难道就因为我没父母，而他是高门大阀的子弟了？他看不上我，我也不要他。"

"你说这话就太冤枉他了。"锦书点着雪信的额头，"什么高门大阀，就算他有个做安西四镇节度使的父亲，也没沾到任何好处。他走失六七年，他父亲也没找他。三年前自己回去了，他父亲看着他不哼不哈，把他编进决死队里。打了胜仗，他父亲写信给朝廷，部下青年军官们的名字一个一个点过来替他们讨赏，独不提他。三年下来，和他一起进决死队的还活着的人都升了职，只有他留在原处，多的只有伤痕。你让他拿什么来娶你，他父亲是不会关心他喜欢谁，打算娶谁的。"

锦书叹着气，条条列数高承钧的苦处。

"师娘你什么都晓得，你就没有写信给他的父亲说情吗？"雪信望着锦书。既然高承钧的父亲迷恋她，她说话也该管用。

"我写过，但没有用，也许信没递到，也许是我说话不管用。"锦书说。还也许是信递到了，他的父亲也看过了，才变本加厉地折磨他，好让锦书看不过去了，亲自跑去跟他说吧？

"那他又怎么敢说一年后来娶我？既然他父亲恨他，什么都不给他，一年后，他还能是什么样子？"

锦书说："一年后，也许大不同。也许皇上会给他赐婚。"

雪信瞪着锦书，手心里的簪子捏得更紧了："皇上会管他的事？他好大的面子！"

"这里面有两层关系。一层是他父亲高献之手握西域军政大权，按例是要把儿子送到安城去的，他父亲年轻时也去过，还做了殿前金吾。前几年朝廷问高献之要儿子，他双手一摊说没有儿子，可能留在安城了，你们自己找找吧。后来承钧回去了，消息瞒不住，朝廷又问高献之要，实在搪塞不过去，就把承钧打发出来了。另一层是高献之与当今皇上是少年时的挚友，皇上得知他这么对待儿子，也看不过眼，才下诏令让承钧去安城。皇上是不会亏待承钧的。"

雪信终于有了点笑意："你给他父亲写信没用，又写信给皇上告状了是不是？"

锦书装作打量雪信房里的摆设，没有作答。她不习惯给自己养大的孩子说自己年轻时的事，虽然现在她看起来也不老。大概也是她看着没有师娘该有的样子，雪信和她也是没大没小。

“可是还有一年呢，一年够发生许多事了。”雪信又坐回妆台边怏怏不乐了。

“那你还不去告诉承钧，说你等不及了，想让他快点娶你。你非要发脾气把他赶跑干什么？”锦书看着她，觉得好笑。

这小儿女的情态，也许在别人眼里是刁蛮无理，在她看来却是蠢笨可爱，忍不住让人心生怜悯。果然只要是自家的孩子，什么都好，她可以无条件袒护。

“我可没本事再帮你了。喜欢一个人，与一个人长长久久地在一起，也是修行。”锦书觉得自己也没修行到什么成果吧，又宽慰了雪信几句，就出去了。

雪信捻着玉镯想着，高承钧答应了不杀师娘，这件事算是圆满解决了。可是还有一件事，被她弄得更糟了。

藏珠楼的门被打开了，几天不来，楼中多了几分阴潮的气味。底楼窗子不少，但采光差，在夜里几乎是要摸着走进来的。好在走熟了的路，纵使左一个架子又一张凳子绊在前面，雪信也能闭着眼睛绕开。

她走到一个架子前摸索了一阵，找到一个小瓷瓶，又摸索着出去了。

没过多久，她又摸索着进来了，走到一个架子后面，忽然吹亮了手里的火折子，架子上摆着几个矮胖的大坛子，坛子的缝隙没藏住躲在后面的人，被骤然揭穿的人从架子后转出来了。

是阿狗，他现在该叫苍海心了。

“一股子狼味，我在外面就闻到了。这楼现在归你了吗？怎么能这样，我还有好多东西没搬走呢。”雪信转回头，用火折子引着几案上的半截蜡烛。

苍海心借烛光细细打量她的模样，惭愧道：“我不住这儿，住在百器工坊里。我想你了，但你肯定是不想我的，所以我到你以前住的地方来，这里多少还留着你的味道。”那天丢在地板上的辟芷膏，当然被他拣去了，他才能串门似的想来就来。

“哼，谁说我肯定不想你。我没有想你，也没有不想你，你压根就不值得我认真地想或者不想。你也不用躲着我，现在这地方不是我的，我不能赶你，随你的便。”雪信把方才拿的瓷瓶放在几上，又走到架子前摸索翻找起来。

“随便”这两个字是这世上顶叫人无奈的两个字了。喜欢或者不喜欢都由他去，不会因为他的喜欢而欢喜，也不会因为他的不喜欢而伤怀。遇见了淡淡打个招呼，步子也不为他停一停，自管自去了。

“你那么说，我就不走了。我这几日过得实在气闷。他们找了个酸溜溜的先生，把我关在房里背书，要么就去找二公子麻烦，逼他说话，让我学他。”说起来，苍海心的口音是改正了不少了，难怪他待不住，以前在山里过的是满地撒欢的日子，他师父教他背诗他都背不好，哪里碰过正经书。

“二公子不肯说话的时候，我就逗他说话，要是他还不说话，他们就把他倒挂起来，他开始骂人，我就学他骂人。”苍海心逮住了一个不会厌烦他发牢骚的人，因为这个人不会认真听他发牢骚，至少他是这么以为的。

“把他不会卷舌头的越腔，又要安城官话，还要把越腔掺进安城官话里说。”苍海心目不转睛地盯着雪信，说的是牢骚也是委屈。他像条刚找着依恋又被扔下的小狗，“你就不担心我将来被人认出是冒名的？”

雪信从架子上抱下一个罐子，塞进他手里，又取下一个琉璃瓶子，让他一块儿放到几案上去。苍海心说了半天话，她都不像是在听的样子，只顾找她要的材料。苍海心的话说到这里，才算抛出了个值得回答的问题，雪信就答道：“越王的第二个儿子，幼年体弱多病，常年在深院将养着，他没有朋友，也没有熟人。他的近侍大概也都处理好了。你尽可放心。”

“越王也没见过他的第二个儿子？”苍海心好容易等到回应，穷追着问。

雪信轻笑了下：“其实越王的第三子……才是真正排行在第二位。”

这句话就有点深奥，以苍海心当下的阅历，还转不过弯来。

“在你还没被找回来时，缺口就留好了，按照你的年纪，计划了越王第二个儿子的出生。没有这个孩子怎么办呢？就抱了家里马夫和婢女的私生子来替你占着座位。所以那个傻孩子去了哪儿，越王不在乎。不管你长成什么模样，越王都认得你。”雪信把实底交代给他了，好截住他没完没了问下去的势头。

苍海心还太年轻，对于自己出生前就定下来的阴谋，他一时无从置评，只好转移了注意力，问她：“你这几天过得好不好？”

雪信说：“你吵得我脑袋疼，忘了接下来要做什么了。”她也是有心事的样子，连一只耳朵进一只耳朵出也嫌聒噪。苍海心一时闭了嘴，跟在她身后转来转去，帮她举蜡烛，看她从柜子里搬出了铁船样的药碾子，搬出了乳钵和捣药杵，他又忍不住问她这是做什么。

“三年前做好的香饼子，封在瓷瓶里居然长了白毛，长了满满一瓶的白毛，差点没恶心死我。一定是那时候没好好阴干就收瓶了，只好重做了。”

雪信本来打算取了东西就走，猜到他在也不想点穿，她走到月下打开瓷瓶，发现香饼子不堪用了，只好折回来，也不能不打招呼了。她拨弄一杆黄澄澄的小秤，秤盘不及巴掌大，用剖开的竹筒从坛子里抄取香料，一个花苞一个花苞调整分量。

雪中未见阳光的梅花苞三钱，刚下树不见光阴干的荔枝壳一钱，三佛齐陈年笃耨香五钱，麝香两钱半，雪花白龙涎香半钱，大食国蔷薇水两滴。麝香、龙涎同研，与将放未放的梅花花苞同窨一月取出加他物共研，炼蜜合剂窨藏六十日取出玉片衬烧。

严格按方子来，起码得折腾四个月，光是研磨香料吧，每日磨一个时辰，也得磨半个月才勉强可用。可是她是急要的，把窖窨的手续免去，研磨也不求细致了。

雪信一手捧着乳钵，一手握捣药杵，“笃笃笃”地先把粗粒砸碎，再用药杵的一头抵着钵底把还不驯服的压成齑粉，不一会儿就细汗涔涔。

苍海心坐在她对面，盯着乳钵看着。

雪信用袖子印额头的汗，说：“你看什么看？”

“不能看吗？”只是看看，什么都没说，什么都没碰，她怎么又恼了，到底还有多少没明说的规矩？

雪信不作声了，还是用力研她的香料。

苍海心说：“你臂膀不酸吗？我能帮你研一会儿吗？”她立时挑眉拒绝：“不行，不能让香料沾了你的臭味。”

她不想听他说话，也不喜欢他看见自己捣香料，更不需要他的帮助。臂膀酸了就歇一会儿再研。

蜡烛烧到尽头了，雪信顾不上再点一支。小楼里没人说话了，只有石杵磨在乳钵上的声音，只听声音就能辨别香料比方才细了一些，又细了一些。

苍海心坐在黑暗里，他有一双夜眼，是看得到她的，看得到她把牙咬得紧紧的，仿佛香料是她前世今生的仇人，她把所有的力气都用来对付它们。这应该是她最真的样子了，她以为他看不到呢，连狰狞的神情都露出来了。

沉默了太久，苍海心又试着和雪信说话："你在配什么香？有名字吗？"

雪信在黑暗里回答："这种香，据说叫作雪中芳信。"

"雪中芳信"是她名字的出处，他顿时对这些看着毫无出奇之处的粉末有了兴趣。

苍海心说："闻起来并不香。"不似她身上的体香。

陈年的梅花花苞香气残褪，荔枝壳不过清甜一些，麝香壳子掏出的东西和龙涎香还有点臭味，龙涎香冰凉刺骨，没有一样配得上她的名字。

可是雪信说："这就是香的妙处了，真正贵重的香料，未经炮制的时候大多没有好气味。可是一经炮制，再加以配比，隔火慢熏，就妙不可言。"

他是不懂的，怎么个妙不可言法，会比她还让人忘不掉吗？

他十一岁起每年都会见她一次，她每年在他眼前晃悠两三天，每次都是那么讨厌他，他逗她说话她都不理，他就不去想她，结果在忘记她前，她又来了。

一年的时间不够他忘记，几天的时间就更不够了。她曾与他耳鬓厮磨，也是完成任务的必须吗？若是任务里的人换成别人，她也会一边讨厌着，一边又把自己送上去吗？

到了四更时，乳钵里的细粉终于令雪信满意了。

她点了一支新蜡烛，在香料粉中滴入蔷薇水，舀一勺炼到几乎流不动的老蜜调成膏状，又搓揉了好半天，不知道的人看了还以为她在和面做点心呢。

雪信把香面揉得筋道了，一丁点儿一丁点儿揪下来搓成丸子，用木刻的模子压成指肚大的花样饼子，列在一个青瓷盘子里，整整齐齐的，盖上一张素纱，怕灰尘落上去。

这时候，天也亮了。

洗净了手，雪信站起来揉着肩膀。谁说调香制香是雅事，明明都是力气活。研磨、和面、倒模，都是农妇厨娘做的活儿。

做完这一切，雪信这才好像把苍海心想起来，回头讶道："你还没走？你这会儿回去，正好撞着起来做工的人，等于是告诉师父你夜里溜出来了。猜猜师父会怎么处置你吧，关进房里抄书一百遍，还是把你也倒挂起来与二公子对骂？听着都怪有趣的。"

她说着笑起来，没想到苍海心之前对她发的牢骚她居然还听进去了些，"师父再审出来你来找了我，说不定也会把我送到什么不毛之地。"就像当年对高承钧，谁碍着师父的计划了，他就把谁送得远远的。

"那我就打听他把你送到哪里，我好再跑出来找你。"苍海心也会开玩笑了，但他知道沈先生是不会把她送走的，沈先生本来还要把她送给他呢，"反正这会儿回去是领罚的，我就不回去了，我要在华城里玩上一日。你能不能陪我？"

他说罢又后悔，他不擅长做不真心的事，为她好就躲开她，可是他又实在愿意待在她身边。

“我可是一夜没睡。你还能蹦能跳，我撑不住了，要回去睡觉了。”雪信端起摆着香饼的盘子，装进一个提盒里，双手稳稳地提着。

她自己拒绝了也好。

他们出了小楼，穿过梅林走到园子后门。

沈越青在门外倚墙站着，冲他们笑：“我来看两个口是心非、出尔反尔的人。一个横眉瞪眼讨厌他，说再也不要见的好；另一个说为了她好，从此要离得远远的，话音未落，言犹在耳，两个人就跑到没人的地方相会了。”

苍海心替雪信辩解：“我们只是刚好遇见。”

雪信抢着说：“谁也没说不能再见，法不禁止即可行。你要拿不准，回去问问师父，我要不要打个包袱走人了？”

她宁肯承认与他私会，否则不好解释她半夜跑进小楼。

“生得好长的一口气，三年还没平。”沈越青说，“师父只差遣我来找人，在这儿找到的我不会说。只要他不说漏嘴，应该没事。”这个“他”指的是苍海心。

雪信戴上帷帽，挡住脸，轻哼：“我才不怕。”她转身要走，沈越青叫住她：“我听说高承钧明天就走。”这是代表师父催她来了。

雪信有点不耐烦：“你怎么样样事都插手过问，烦不烦？知道了。”

沈越青也无可奈何：“谁让师父的另两个徒弟都不大孝顺，我只好把他们分内的活儿一并包了。”

回到脂粉铺子里，师娘派来的账房和一个口齿伶俐的小丫头已经在门口等候了，雪信开了门，把账本推给账房，让小丫头招呼客人，她自己穿过院子，到后厢房里洗了把脸，睡下了。

这一觉睡了好久，她再醒过来，房中的日光已是黄昏的照法了。小丫头在房门口探了头，叫：“雪娘子醒了吗？有个姓高的客人要见你，早上来的，等了你一天了。另外，铺子的门帮雪娘子关好了，我和账房要回百万升休息去了。今日生意还不错，账本上都记着的。”

“辛苦二位了。那个姓高的，让他进来吧。”她说。

高承钧走到雪信房间里来，她正用两个指头捏着加了香料的绿豆糕，一口一口咬着。

十片指甲染成鲜红，用蜡上了一层光，衬得手指头越发白了。脸上却不施脂粉，依旧是白里晕着红，细腻自然。这张脸，用脂粉盖住了才是可惜，别人涂脂抹粉是掩盖瑕疵，她上妆是掩盖自己，用胡粉、英粉、胭脂膏子和画眉墨造一张厚脸壳子，她躲在浓妆后面，才觉得能被人少看穿些。

在高承钧面前却不用麻烦了，他见过她最狼狈的样子，也领受过她最坏的脾气。他也说过，她还是不上妆好看些。

“你催得也太紧了，让小丫头一会儿就来看一次，弄得我没睡醒，也来不及上妆。”雪信恶人先告状了。

高承钧是抱着香鸭子来的，放在她面前，低声道：“大概是没有香鸭熏帐子，夜里没睡好，白天才会赖床。”

“谁说的！师娘说的，还是骆百草、骆孰甘她们？”雪信斜眉。

“是鸭子自己说的。”高承钧打开鸭子背上的盖子，香炉盖子里侧和炉膛壁上挂着厚厚的一层香垢。

用多了的香炉内部会留下香垢，像是香气悠然翩舞羽化飞升后丢下的肉身，是黑褐色的、黏黏的油脂，品质不佳的香料留下的香垢触鼻难闻，需要定期清洗掉，而上等香料留下的香垢是香的，是可以留着的，天长日久积攒下来，到了只需放进一块炭火，不入香料，炉子也散发馨香的地步。

雪信侧身看过炉膛，扁嘴：“这鸭子真讨厌！一会儿我去要给它刮肠子，把油垢全刮了。”说着，却用火箸夹了块炭，埋进炉内的灰堆里，用玉片托着一个梅花状的香饼也放进去了。

香料收在瓶子里的时候是睡着的，遇到火的热力才会醒过来，把它珍而重之收藏的芬芳气息吐出来。

她说：“三年里你为什么不写信给我？”

高承钧说：“我怕通了书信，你会有一天收到我死了的消息。”他身上的伤痕可以证明，他没死，可是离死一直很近。

高承钧犹豫了一下，还是把那个问题问了：“你给沈先生办完最后一件事了吗？”

“办完了，所以我才会躺在这个小铺子里成日没事可做。”雪信指着她的房间。

退红色轻纱糊了直棂窗，窗下的高几上摆着一个青瓷盘子，盘子里列着几个梅花香饼，是她放进金鸭里的雪中芳信。

雪信嘴上虽从来不说，只等着他来娶她，背地里却为自己作安排，妥妥地完成了自己的任务，脱身出来一心一意等他来，她好随他去。他没如她的愿，她恼羞成怒，笑话自己太一厢情愿了。

“即便现在你愿意娶我，我还不愿意呢。我每天吃掉烧掉糟蹋掉的香料值多少钱，你算得出来吗？你供不起我！”雪信用尖酸的话抵挡自己的失望。

第六章 麝烟细细舞折腰

像师娘锦书说过的，雪信发多大的脾气，说了多尖酸的话，高承钧都会承担下来，绝不和她计较。

可是雪信也觉得自己这次说的话太重了，不但伤了他的心，更会戳破自己的希望。其实高承钧也没这么没用，而她也不是非要吃香料不可的。

宁欺白须公，莫欺少年穷。据说这次去安城，是皇帝特召他进亲卫营的飞骑队的，离开时时刻刻要他死的父亲，有了个做皇帝的世伯，以后的路当然是好走的。

她从来没向他道过歉，这次当然也不可能。

雪信抱着高承钧的腰，说："你多久没看我跳舞了？"

当然也有三年了。

她以前学了新舞，都会跳给他看，要他夸赞，夸得没新意都不乐意，逼得他词穷。

高承钧捋了捋雪信的头发："明天我就要走了，你要好好跳一支舞送给我。"

"我会让你好好记得我。"雪信手执火箸拨动香鸭肚中的炭火，让玉片受到更多热力炙烤，香气一时越发浓郁了，她把香箸递给高承钧，要他击节。

没有严妆丽饰，雪信着一身家常的旧衣服，颜色有些洗淡了的梅红，素颜顾盼，神采流转，作翘袖折腰舞。她舒开两只阔袖甩向一边，腰柔软地折向了另一边，她的腰比新柳枝条软，比蛇更灵活。

舞着舞着，雪信就成了一缕烟，明明是往右边去的，低低一转，向着左边去了，又以为她会向前来，步履飘忽间，却退了一尺，欲拒还迎，欲说还休，与炉中的香气相得益彰。那香气冷傲中透着一丝温暖，平和里藏着蓄势待发的激烈，让人心旌摇荡，想要搂住一缕烟，亲吻一团火。

击节声乱了一拍，高承钧不敲了，他招了招手，雪信的舞步就朝他靠拢了两步。

雪信教过他品香的，不要把鼻子凑在刚刚点燃的香粉上吸气，那样闻到的只会是呛鼻的烟气，要坐在一旁，等烟势袅袅，平稳和缓之后，招招手，挥手间带起的风足以将看不见的香气带过来。

高承钧招手迎香，她和香气一起过来了，他伸手抓她，可香是抓不住的，她也是抓不住的，循着舞步一转身，雪信就躲开了。他再抓，还是抓空了，她闪到他身后去了。

香是不好捉的，不能用网兜，不能用绳子，什么有形有质的方法都对付不了。高承钧站住不动，雪信又一点一点飘过来，停在他怀里，在他耳朵后吐气。

高承钧终于很肯定自己能抓住她了，一把将她抱起来，放在帐子里。他笨手笨脚地解着她的衣带，她亲吻他的嘴唇。像是三年前那个夜晚卡住了，他们茫然地等了三年后，找到了停下来的旧处，把应该做的事情做了下去。

一阵大风吹来，吹开了窗子，吹开了门，吹开了帐子，把满室的暖香吹散了。

高承钧打了个激灵，用力推开雪信，说："你还没离开沈先生，就用学来的本事对付我了。"这件事本身没什么不好，但经过了太多的计划，反而使人退缩。

"学了对付你"本来是一句玩笑的，可是这回雪信是真的迷惑了高承钧的心神，她要他做什么事，说一句就可以的，偏偏绕来绕去，让人糊涂了，这也不是她的做派，是沈先生的风格。

"我要去问问他，为什么还不放过你。"高承钧打开门走了，又扬起一阵风。雪信就扯过一个被角来揉着。她被拒绝，就像是儿时学艺，被教习师父打了个不合格的评语。不服气，又没法翻盘。

窗户打开了，苍海心跳进来了，吸着鼻子："你忙碌一夜，原来是为了勾引他。"

外面的风是很大，可是窗户也不是那么容易就被吹开的，是他打开的，他把门推开一条缝，把窗开了一条缝，穿堂风进来了，把她充满阴谋的香气全吹跑了。

怎么又是你？雪信应该说这句话的，可是她瞪着他，气得都想不到这句话了，只坐在床上发愣。

她输给了一阵风。

"你生气了，我也生气了。我要你为我跳舞，我要你搂着我。"苍海心走近前来。

雪信望着他，招了招手。苍海心坐到了她的床上，抱住她。雪信却一脚把他踢下床去："你什么都不懂。"

"我只知道你本来就是我的，沈先生要把你送给我，我没要。但是现在我改变主意了。"苍海心把一个锦盒放在她的床上，"这是沈先生要我给你送来的。"说完他也走了，去修改他的决定。

雪信打开锦盒，里面躺着一支旧金簪，簪头贴着翠鸟的羽毛，做成雀翎状。沈先生什么都知道，知道她的计划，知道她会成功，就让苍海心来捣乱。

他一捣乱，她的计划就失败了，可沈先生的计划还是会成功，她还是替他办成了这件事，所以奖励也来了，一支与她生母有关系的金簪，也许还是她生母的旧物。

雪信把金鸭肚子里的雪中芳信香饼拨出来，丢在瓷碟里，换了一味清新舒朗的香。她走到角落，打开箱子，还是高承钧替他父亲带给师娘的箱子，师娘不要，丢在了她这里。她抱出葡萄酒瓶子，咬掉瓶口的木塞，一口气饮下半瓶。

葡萄酒这么难喝啊，又酸又涩，真奇怪怎么会有人把它当宝贝，她只想醉了什么都不想，好好睡一觉，所以把余下的半瓶又灌了下去，把琉璃瓶子一摔，抱起第二瓶。

高承钧从百器工坊回来看到的就是雪信躺在地上醉过去了，两个空瓶子摔成了一堆琉璃碎片。

他把她扶起来，雪信睁开眼睛，拍拍他的肩膀说：“说老实话吧，我知道让你去找沈先生接受他给你的任务，不大好办，你恨师娘，也一定是恨他的。我想给你点好处，你就不好意思不听我的话了。”

雪信说着，有些难过：“我是对付了你，但我也还想对付沈先生。他花了十几年栽培我，怎么可能让我做了一件事就放过我了？他早晚会把我当作一件玩物送出去，其实也已经送了。我想，如果有谁配得上这件玩物，还是你吧，所以我就自己做主先送出手，我算计了你，也补偿了你，我也不欠你呀。你不要是你的事。”

“我知道。我答应帮他做一件事了，他也答应我带你一起走。”高承钧把她抱到床上，像摊平一件娇贵易损的华服那样把她放好，摸摸她的额头说，“明天我们一起走。”

“你以为可以和沈先生讨价还价吗？我以为我可以，可还是弄砸了。”雪信闭起眼睛嘟囔，“谁都没有他滑头，一件东西拿来做两次人情。”她无力地拉着高承钧的袖子，“我要你抱着我，我吐也要吐在你身上。”

没有人照顾炭火，金鸭心里的灰慢慢冷了。

高承钧把手放在炉上试了试，冰冰凉的，就知道雪信又把他算计了一回。

他睡到日上三竿才醒过来，放在平时绝不可能，五更天他必醒，是要起来练拳脚的。

她又用她的香对付他了。

满屋子没有了雪信的影子，小丫头来叫人起床，却只在屋子里看见高承钧，也吓了一跳。她和账房早上来开门，守着店，没见雪信出来过，怎么人就不见了，还把这个姓高的留下了？

雪信把高承钧留下了，把香鸭子留下了，把庭院里的牡丹花枝也留下了。

她不需要这些。

高承钧去骆宅问锦书。锦书说：“她来过，问了我些事情就走了。她说要去找她的生母，不想拖累你。你也是的，越大越不如从前了，以前还能护着她，现在连人都看不住，你去安城找她吧。”

月余后，在安城的一间首饰铺子里，来了一名红衣少女，手持一支金簪，问掌柜的知不知道簪子是哪个巧匠做的。

掌柜接过簪子，眯起眼睛细瞧，摇头说式样差不多的倒是有，都是用鸽子毛染了颜色贴上去，或者用蓝绸贴的，用真翠鸟毛做成的价值不菲，民间可不多见。

那少女把簪子收起来，犹豫了一下，问掌柜的收不收首饰，她从腕子上摘下一只羊脂玉镯子来，掌柜颤颤地把玉镯举到日光底下看，通透白润，真怕晒久了镯子会化了。

他给了少女一笔钱，就这只镯子的价值来说，是给少了，可谁叫她急等着钱用呢。她似乎知道被压了价，也不计较，取了钱就走了。

将近端午，天已是很热了。安城的街道比华城的街道宽敞，走在街上顿时觉得自己渺小，而路太长。少女在门前戴上帷帽走向下一家首饰店打听消息。一个在她身后跟了很久的少年跑进前一家首饰店问掌柜：“刚刚那个少女，来买了什么？”

掌柜说：“她什么都没买。”

“那她看过什么，她喜欢什么？”少年是个不敢表白的年轻人，在街上遇到可心的人，不知如何搭讪、如何表白，只好偷偷跟在后面打听她的喜好。如果有她看上了，又舍不得买的小首饰，他正好可以买下来，就有了找她说话的理由了。

“她拿来一支点翠鸟毛的金簪问是哪里做的，还卖给我一只玉镯。”掌柜的说。

少年想把这只玉镯赎下来，可是掌柜的开了进价的两倍价钱，他没那么多钱。少女的一只镯子就这么贵，想送她礼物要细掂量了。他红着脸出去了。

不多时，首饰店又来了一名红衣少女，这回掌柜是认识的，招呼道：“是曲娘子来了，许久不见你来了。”

“是啊，一直惦记着老孙家的铺子有什么新鲜样式呢，也是一直忙着，没空来。”曲娘子说罢，向四处看看，略显失望，陈列的货品与上一次来的时候相同。

老孙掌柜殷勤道：“刚刚收进一只镯子，不会比宫中娘娘腕子上戴的差。”那只玉镯被放锦盒里了，是专用来收藏手镯的锦盒，不大不小，仿佛镯子原先就配着这个锦盒来的一样。

曲娘子看了那镯子一眼，脸色变了，她取过玉镯打量，伸出另一只手，那只手的腕子上也有一只玉镯。两只镯子大小一样，色泽一样，通透一样。

她问：“什么时候收来的，人呢？”

掌柜的把刚刚的事儿说了一遍。她打听到了她要的消息，利索地付了掌柜开出的高价，把玉镯放在锦盒里带走了。

过了一会儿，又来了一名青年公子，仪表不凡，衣饰华美。他吸着鼻子进来，问：“有没有来过一个姑娘，很好看的。”

掌柜的说：“好看的姑娘我这里来过两个，你问的是哪一个？”

“穿红衣的。”青年公子在铺子里四下嗅着，转了一圈，回到掌柜面前说，“她只站了片刻就走了。”

“两个都是穿红的，都只站了片刻就走了。您问的是哪一个？”

那青年公子又是一愣，向门外喊：“你们给我一锭银子！”

进来两个十三四岁的丫鬟，一个穿桃红，一个穿碧绿。桃红的解下钱袋，给了公子一锭银子，公子又把银子放在柜台上：“你好好想想。”

掌柜的高兴了，才利利索索说了：“前一个来，卖了一只镯子；后一个来，把镯子买走了。还来了一个小哥，打听卖镯子的姑娘。”他还附送了一个消息。

雪信又在安城街上找了几家首饰铺子，得到的回答大同小异。他们店里有仿得差不多的款式，却没有一支比她带来的金簪精美。

她走回客店，伙计迎上来说：“小娘子回来了，今天还住吗？店钱可不能再拖了。安城这么大，您一个漂亮的小娘子，是不会没办法弄到钱的。”

轻薄的话顺顺当当出了伙计的口，横着进了雪信的耳朵。她从袖子里摸出钱袋来，数出欠下的店钱，又多加了一些，放在一张桌上：“我还要住几天。”

安城是当初高承钧捡到她的地方，是目前追溯得到的源头。她记得的最早的事情也是在安城，既想找生母的线索，那么她必须来安城。

师娘在安城认识的人不少，临行前还特地写了一封信，让她带给河东侯，说是河东侯看了这封信会关照她。雪信到了安城才得知，河东侯打仗去了，不在安城，于是她就找了家客店住下来。

放在以前，这样的客店求她住她也不住呢。房间里怎么打扫也有受潮发霉的味道，还有前几任住客留下的气味，可是她带的钱在路上花得差不多了，糕点也吃得所剩无几了，不管再怎么艰难她还是得留下继续打听消息。

雪信忍得了肮脏的客店房间，忍不了客店肮脏的锅灶，她要了米自己在房里用炭炉熬粥，用的是粟米和井水，在路旁摘几朵野花，扯了花瓣洒进去，即便是喝了就想吐，却还是得忍着。

雪信养尊处优的生活习惯，也是沈先生培养出来的一部分。沈先生规定了她要做个玩物，那也是王孙贵胄们的玩物，不是等闲人消受得起的。她跳出沈先生给她划定的圈子也活不了，就像金鱼离开了清澈的鱼缸会被河水呛死，夜莺逃出鸟笼会被猛禽啄死，唯一的活路就是自己回去。

有人敲门，敲得彬彬有礼，敲三下等一等，又敲三下，不急不忙。

雪信打开客房的门，门外站着一个少年，说："我不是坏人。我是国子监的太学生，我叫关雎。我知道你在打听一支簪子，你能给我看一看吗？"他跟着雪信走了很多家首饰店，从很多首饰店老板口中确定了簪子的大概模样，心里有了底，但还是要亲眼看一看才好说。

他有对方急切想要的消息，可是对方却没有立刻拿出簪子来，甚至也拿不定主意是不是立刻关上门。

"你是华城人吧？我也是华城来的。"关雎这么说了，以为亮出老乡的身份，足可以取信她，谁知雪信突然把眼睛睁大了，皱起了眉头。

"华城里最好吃的那家板栗饼店是我家开的。以前我经常见你和你妹妹从店门前经过，你妹妹进来买板栗饼，你不进来。后来我来安城了，几年没见，你样子大变了，我差点不敢认。"所以他跟着她走了一条又一条街，最后还是上来相认了，容貌可以改变，她的神情让人忘不了，错不了。

雪信的神情和缓了，从锦盒里取出翠羽金簪给关雎看，关雎一见就确定道："正是这样，我母亲也有一支。"

雪信还是疑心这个叫作关雎的国子监太学生。她找到安城找线索，找得并不顺利，忽然间这个人就冒出来了，还说和她是华城的同乡，给她带来了线索，活像以前她做什么做不好的时候，沈先生看不下去了，给她提示，或者干脆让别人来帮她。可是除了姑且跟着他的线索走下去，她没有别的法子。

"我能见见你的母亲吗？"她对关雎说。

关雎得到她的一句话，也快活起来，说："当然可以，我母亲在安城，深居简出，想见随时可以。"

他带着雪信回了母亲家里。一个绿茵茵的小院，满墙爬着藤萝，陶盆里一丛一丛的花草生得正茂盛。暮春时节，花退残红，却并不让人伤感，浓荫碧绿给人好日子还在后头的鼓励。

一个荆钗布裙的妇人提着木桶，用木勺浇灌这些花草。关雎叫了她一声，妇人回过头来，笑了笑："带朋友来玩了？"

她看起来也是四十多岁的年纪了，不是骆锦书那样容颜不老，也不是苍海心的师娘那样圆润丰满，她有一点清瘦，也不怎么装扮，但从容得体，使人不禁觉得若是真的年纪大了，活成她这样就是成功了。

“是关夫人吗？我来问一支簪子。”雪信不动声色地把簪子拿了出来。

关夫人见了簪子，又盯着她看了片刻，才说：“你想问什么？”她忽然也没那么随和了，小心防备着什么。

“听说关夫人有一支一样的，我想知道关于簪子的一切。”既然对方取了守势，她就不能客气了。

关夫人责备地看了儿子一眼，似怪他多事，但还是承认了：“我是有一支。”

她放下木桶和木勺，走进房里，不一会儿走出来，手里果然多了一支金簪，一模一样的金簪。

她说：“这是前朝内教坊的舞姬作羽衣霓裳时插戴的簪子，一套十二支，对应十二名舞伎。当今皇上即位后，又改了制式，这套簪子也就没了别的用处，只能锁在库房里，我走的时候，偷偷带走一支，偶尔拿出来凭吊一下过去的绮年玉貌。”

雪信紧接着问：“十二支簪子都流散出去了吗？那些簪子的主人现在都在哪里？”

关夫人对儿子说：“你去你爷爷家里，让他派人送两坛金沙泉水来。”

关雎答应着去了，她才继续说下去：“其实谁也不知道谁走的时候拿了。我走的时候，也不知道金簪被带走了几支，还剩几支。至于我们这些人的去处，不是留在宫里做了女官，就是成了哪个官员的妾室吧。我嫁给了雎儿的父亲，今朝还能站在这里浇浇花种种草，已是很可以庆幸的结局了。”她小心地用肯定的口气总结自己的现状。

“我想查别的簪子去了哪里，怎么查？”雪信又问她。

“我真的不知道，这种档案，门下、中书、尚书三省的甲库里不会存，即使有过，改朝换代之时不是被带走了就是被毁了。你真的想知道，何不去问沈先生？”关夫人的口气有些急了。她不是不愿回答，是不能。对方明明有更直接的途径得知答案的。

又是沈先生。

“是沈先生让你离开教坊的，是沈先生给了你一支金簪的，一支金簪抵一支金令，是不是？”

关夫人又说：“你到底是来替沈先生传话的，还是来替沈先生试探我的忠心的？雎儿的父亲在华城，在你们手里，我敢做什么？雎儿会按沈先生的意思，辅佐他派来的人，也请你们在华城善待雎儿的父亲。”

“怪不得，一见你的院子里有怀梦草，我就知道你和沈先生脱不开关系了。”雪信走到一个陶盆边，俯下身。

陶盆里，两个红色的叶尖露在土外，不细看还以为是个空盆。怀梦草是难寻的异草，色红，似蒲，昼缩入地而夜出，怀之入睡可以梦见自己想梦见的人。江家废园的香草田里也种了一些，这类神奇诡谲的东西总会让人想到沈先生的手段。此外，香草田里有的品种这里都有，只是长在一个个瓦盆里，根系可怜巴巴地蜷缩着，叶片纤弱地低着头，不那么肆意嚣张。

“它叫怀梦草吗？是沈先生让我种在这里的。这些花草都是从华城带来的，我种了十年，每年都替它们换盆，不敢种死一棵。沈先生让我等人来取它们，那个人是你吗？”关夫人向前踏了一步，期待着她说“是”，自己就好甩了这压了她十年的包袱。

“我不是替沈先生传话，也不是替他试探你的忠心的。我已不替沈先生办事了。”

关夫人看着雪信摇头：“你不是在撒谎，就是在发傻。没人跑得掉，就算你残了、疯了、死了，沈先生都能从你身上榨出可利用的价值来。况且你还那么年轻，还能做许多事，他会松手才怪。别那么怜悯地看我，等你到了我这个年纪，你的结局未必好过我。”

关睢回来了，关夫人就不再对雪信说那些真正有用的话了，她说：“初到安城，水土不服吧？尤其是水，我刚来时，也吃不惯的。让睢儿给你送两坛泉水去，也算同乡之间的一点关照。”哪里是同乡之间的关照呢，她还怕着雪信的来意，怕着沈先生。

雪信不自觉地摸了摸自己的脸。她知道，这些日子没吃好没住好，憔悴爬上面容了，整个人都有些浮肿，被看出来了。她是很想收下关夫人的馈赠的，可如果收了，显得她到了外头还是摆脱不掉沈先生的阴影，还受着他的荫庇。

她坚辞不受。

庭院外，关睢站在一部马车旁，问她：“回去吗？我让马车送你吧？”

马车简朴宽敞，车夫穿着整洁的衣服，一看就是大户人家统一做了发给下人的。

雪信忽然好奇，问关睢：“你在安城有两个家，你爷爷家和你母亲家？”

关睢因为少女对他的家事有兴趣而活跃，殷勤地介绍：“我爷爷是国子监的祭酒，我父亲以前也做过安城的官员，后来不做了，在华城教书，他却不喜欢我读书，起劲让我看算学的书，将来好打理店铺的生意。我不愿意，我要做和爷爷一样的大官，就来安城投奔爷爷。母亲不放心，也来了安城，她喜欢清静，辟了小院独住，常日里我住在爷爷家，下了学才会来看她。”

“原来是这样。”雪信若有所思，沈先生让关睢的父亲留在华城教书这事儿倒是让她想起些什么，她记得小时候有个刻板无趣的教书匠来教过他们这些沈先生的徒弟读书的，也姓关，说不定正是关睢的父亲。想不到这个青涩得不敢和姑娘打招呼的少年郎，有着如此高的门第。

“让我送送你吧。”少年恳求。

雪信同意了。如果关夫人送泉水是因为沈先生，那么这个少年要送她只是因为她，她是可以说服自己接受的。

马车离开小院，走上大街，与一个佩剑而行的青年军官擦身而过。

雪信在帘子后面看见他了，一声也不吭，默默把帘子放下来。那青年军官忽然回了一下头，他不知自己为什么回头，身后人来人往，没有他要找的人。

他提着糨糊桶走到一面白墙边，从怀里掏出一卷写好的揭帖，往墙上糊。

“我找不到你，你来找我”他在白纸上这样写。

一个人刻意回避另一个人，总是有办法的。

另一个人如果没有特殊的办法，是找不到的。

高承钧离开华城，在去安城的路上就没有找到雪信。到了安城，去河东侯府上问过，人家倒说了有这么一个姑娘来过，可是河东侯不在，人家又走了，他就此失去了她的踪迹。

他明明忙得很，可只要有了空闲，就会去城里几家大客店打听，在街上走走，往墙上贴他的字迹。她如果得风顺水，不要见他也罢；如果她遇着难题了，见到字条就会想起他来，也许会来找他帮忙。

她找他，总比他找她容易些。

秦王世子府内后宅里，沈曲尘把两只玉镯并排放在一起。第一眼看来一般无二的镯子，其实还是有分别的，对着日光，可以看到内部的玉花分布得不同。小的时候，她们就发现了这些玉花的不同，镯子混在一起也不会搞错的。

她闻到了一股幽香，脸色一寒，走到院中，看到雪信正对着她笑。

“曲尘妹妹别来无恙，几个月过去了，你居然还在这里。”

曲尘看看院中没有旁人，于是赶紧把雪信让进房里，急急忙忙地说：“沈先生给我的任务不是那么容易的，我还没得到机会混到宫里去。”

雪信也斜着她笑：“是这样吗？是不能还是不愿意？我可听到了一点风声……”

“不是的，绝对不是的，就是我还没来得及混进宫里。”沈曲尘又是畏惧，又是窘迫地解释。

“你别怕，我不是替沈先生来问你罪的。我自己有些事情要办，你能帮我混进宫去吗？”雪信不忍心再吓唬这个自小一起长大的妹妹了。人人都怕沈先生，人人都知道沈先生宠爱她，所以她到了哪儿，都好像代表了沈先生。

曲尘听见，松了口气，问：“你已经把事情办完，出师了？那你还不好好在华城守你的脂粉铺，去宫里做什么？”她们小时候就吃在一处，睡在一处，说过不少悄悄话，都知道彼此的心愿。

“我要打听个人的线索，要去宫里问。你就别管了，倒是有没有办法让我进去？”雪信问她。

“我……可以帮你安排。雪信姐姐，你能不能……”曲尘期期艾艾地说。

“想也别想，”雪信打断她，“你的任务是你的任务，我的任务是我的任务。我好不容易办完了我的任务，脱身出来，你还想我替你干活儿？”

“我的任务只是混进宫去待着，反正你也要进去的，不是顺手吗？”曲尘嘀咕，还是不肯放弃希望，撒娇是有用的，至少在过去都是有用的。

“我只能去宫里替你待一阵子，什么时候我在宫里的事完了，就要出来的。到时候，你自己想办法。”雪信经不住她的恳求，当然，自己也正有事求着她。

“行行，只要你替我待一阵就行。沈先生也是的，也不说去做什么，只是让在里面猫着，有意思吗？”曲尘忍不住抱怨，又看向雪信，“你不会告诉沈先生吧？”

“我说了，我脱身出来了，才不管你腹诽还是明诽沈先生呢。现在我只想洗个澡，睡一觉。”雪信说。

曲尘立刻去安排了，让雪信洗了澡，又从柜子找出自己的衣服给她，是一身半旧的新绿裙子。她抱歉着解释：“我穿着红色呢，你再穿红色，颜色重了不好看。”

雪信不挑剔曲尘的衣服。她懂曲尘的心思，从她们被收养，做了沈先生的徒弟开始，就被规划好了，雪信的衣服都是红色的，曲尘的衣服都是绿色的。曲尘想穿红色衣服，只能在夜里问雪信借了偷偷穿一穿，对着铜镜看一会儿，再脱下来。

现在好不容易离开华城了，与雪信分开了，穿什么颜色也不用有顾忌了，她还不可着劲地做红色衣服穿过瘾吗？雪信来了，也只能穿她过去的绿衣服了。

如果是打着沈先生的旗号来的，估计曲尘是不敢这么做的。不像关夫人那般谨小慎微，她那么轻易就相信了雪信的话，虽然是实话，她还是太天真了。

雪信的洗澡水还没来得及泼出去，麻烦就追着她来了。

服侍曲尘的小丫头慌慌忙忙跑进来说："曲娘子，有人要来查抄我们的院子呢！非说我们收留了越王二公子的逃婢！"

苍海心站在院外，指着里头坚定地说："就在里面，她一定在里面。她是我的……没有管好，逃出来了……"

"逃婢。"身边的两个小丫鬟里的一个出声提醒。

"是逃婢。我进去把她抓出来就走。"苍海心吸溜着鼻子就要闯进去。

秦王世子苍朝雨一伸手，把他拦下，说："里头住着女眷，可不方便你一个男人进去。"里头住着的，是他在两个月前在城外打猎时救下的被匪徒抢劫的少女。

她的父亲是吴州来的茶商，指望她能帮着管些事，故才带出来见世面，不料途中遇到歹人，杀了她的父亲，还要来抢掠她。那少女大声呼救，跑到了他的马前，才捡了一条命。他把她带回来，还问她家里还有什么亲人，少女说母亲早亡，家里被庶母主持着，不愿回去了。他就把她收留了下来。

"你们进去抓她。"苍海心一指两个小丫鬟，两个小丫鬟撒腿跑进了院中。在别人家里颐指气使，可不是什么有教养的行为，好在秦王世子脾气好，任他呼喝去了。

两个小丫鬟跑进院子里，好一阵子才垂头丧气地出来："箱子柜子都打开查过了，没有。一定是听见我们来了，跑掉了！"

这越王二公子抓了一阵头皮："那我们去外头找。"他也不向主人家致歉，领着婢女就走了。

前院里，曲尘的小丫头扒着门听了听，确信外头的人走光了，才走到房后的小花园的亭子里告诉曲尘。

曲尘对着池塘说："都走了，你出来吧。"

池塘水面上打了一个漩，雪信从水底下伸出头来，游到岸边，爬了上来，她喘着气说："真是要人命了，你要早点把我弄进宫去，他们就没那么容易追来了。"这下子澡算是白洗了。

曲尘问："是沈先生的人追你来了？你犯了什么事了？"

"上一个任务没了结利索，这事儿却怪不到我。反正你要吸取我的教训，别沦落到我这步田地就是了。"

"你先去换衣服吧，换完再给我说说怎么招惹的麻烦。"

雪信笑着："你不趁势把我引见给秦王世子，给我入宫铺路吗？"

"我自有计较，你先去休息吧。"曲尘说道。

雪信在曲尘处终于吃到了一顿像样的晚饭。

曲尘用几碟泡菜就着茶泡饭，她也跟着吃茶泡饭，虽然不是她吃惯的伙食，好歹也是好茶、好水、好米，用细致的器皿装了呈上来的，她很习惯，用三两句话把她的麻烦交代过去了。

曲尘说："你这算是何苦。在苍海心身边，你想吃什么就吃什么，想用什么就用什么。若是跟着承钧师兄，后半辈子也算有了着落，可你却两面都抛下，要入什么宫。"

"一个是我不愿掺和，一个是我不忍拖累。沈先生是答应了承钧哥哥可以带我走，但谁知道沈先生又在打什么主意呢？我偏不让他的计划得逞，我不跟承钧哥哥在一起，他的下一步计划就不能实施了。"雪信斜倚在榻上，转动腕子上去而复回的玉镯，慵慵懒懒地说，"我入宫的事，你打算怎么安排？"

"我还在想呢，你别急啊。"曲尘说着，她面前也有一个瓷做的炭炉，炉上坐着一只茶釜，水到了第一沸的时候，微有声响，鱼目大的气泡浮在水面上。

一缕笛音声划破了夜的寂静。

曲尘在釜中加入一撮细盐，说："你帮我照看下火候。"然后就跑到一边去了，雪信只好代替她坐到茶炉边。

笛声哽咽，如泣如诉，好像在诉说着不平。曲尘沉心静气，在素琴上拨转，一时是笛声的低回，一会儿又是琴声的哀婉，好不热闹。

炉上的水涌起连珠细泡，雪信用竹勺舀了一勺水在一旁的碗里，笑道："怪不得你不肯进宫里去，我听到的风声看来是没错的了。"

曲尘却并不回答她，似乎没有听见她的话，甚至根本不记得有她这么一个人，全神贯注地弹着她的琴，回应笛音。

笛声与琴声纠缠，不分你我，缠缠绵绵。

雪信只好自顾自地投茶、品饮，最后喝了三碗茶。

笛声歇了，琴声也停了，雪信把早备下的一碗茶递过去，说："你就打算这么夜夜琴笛相和，得过且过吗？别忘了，你只是客人，赖着世子不肯走。不过现在我来了，赖着你，算来好像还是我的脸皮比你更厚些。"

曲尘的脸烧起来了，借喝茶用袖子掩住脸，问："雪信姐姐，你这次来，带没带什么香料？"

"如果你问的是雪中芳信，倒是有的，只是新制成的，没经窖藏，也许力道不够呢。"雪信笑着，从怀里掏出一个铜香盒来，整个放在曲尘面前，"你拿去吧，别谢我。"

"你能不能去外面走走？"曲尘也觉得自己的要求过分了，这是往外赶人呢。

"看来你不需要我教你怎么用了，你都会的。"雪信站起身，走了。

第七章

千金易抛眷难舍

一个三足青瓷香炉就在茶炉边上，虽然事香不是她所长，但长久以来坐在雪信边上有心没心地看，是看也看会了。曲尘从茶炉里夹了一块炭放进香炉灰里，又捽了一只茶碗，取了一块碎片衬着香饼放到了灰山堆上。须臾，香气飞了起来，她打开窗子，香气散出了屋子，在夜风里飘荡。

“去请世子来。”她吩咐手下的小丫头，在心里细算着炭火的火候。

不多时，秦王世子来了，站在院子里，隔着窗子说：“今晚的茶香很是不同。”

曲尘打开窗子，让他看见自己：“有什么不同？”

苍朝雨看清她了，曲尘着一身水红色的衣裙，在月色下看起来不禁让人觉得有些冷，她在期盼着他的回答。苍朝雨笑了起来，不为什么，就是很好笑，她是很清丽可爱的，为什么那么想笑呢？对着一个可爱的少女长久地笑而不说话，也是失礼的，他说：“找我有什么事吗?”

“其实也没有什么事，就是一直想问你吹的曲子叫什么，有没有谱子？”曲尘一慌张，就怯了，没有勇气走出去，大胆地把他留下来。

“是我伯父教我的，我也不知道是什么名。你若喜欢，我把乐谱抄给你。”苍朝雨还是深深地笑着，“早点睡吧，睡少了，脸上会长疙瘩，就不美了。”

“那你记得抄给我。”曲尘把窗户关上，躲回房里去了。果然新制成的香饼力道不够，不能让人神魂颠倒。她羞愧地把自己藏起来了。

苍朝雨还是憋不住，大声笑了，说：“我吃了酒，会忘的。你记得再提醒我。”

为什么那么想笑呢？

因为看着她穿着红衣服，其实红色不适合她，好像是一个长久隐忍的婢女终于成了侍妾，着急把梅色、绯色、血色、檀色、炎色披上了身，装扮艳丽，向世人告知她身份的转换。

他还记得第一次见到她的情形，一袭绿衣清新脱俗，似被谪贬下凡的仙子，也像是草木成精幻化的人形，他的心怦怦跳着，毫不犹豫下令把追在她身后的人全杀掉了。不管谁威胁了她的生命，他都会毫不犹豫地诛灭。

她何必穿上红衣呢，他很想念她原来的样子，就是这夜里暗暗散发的香气，都令他想笑。这香气和她有什么关系吗？缠绕得她那么紧，却和她的气息一点也不搭。

可是他还是心绪不宁，似是受了什么召唤或者蛊惑，却没有落到实处，虚悬着一颗心，无心落脚。

思绪万千间苍朝雨闻见暗夜里暗渡的香气了，他沿着香气散发的路径，越走越远，好似始终有一根丝线拴着他，提着他，让他往一个地方走下去。

不知不觉中，他走到了后花园，香气的丝线突地断了，苍朝雨正要回头走开，却看见一个婀娜的影子在池塘边款摆起舞，是低回的软舞，似一缕还未飘散的烟，停驻一时是一时，好像顷刻间就会消散不见。除了新绿的裙子，其余的感觉都对了，这个影子，袅娜的舞步，都是香气的另一半，两下里合在一处才是完整的。

苍朝雨又想笑了，为什么要穿绿呢，太小家子气了，压不住舒展的舞步身法。月夜、玉颜、红衣、曼舞，这四样叠加在一起，足可让人失魂，可惜缺了一样。他伫立不出声，怕惊扰了对面的舞步，待那影子凝立不动，才不由自主地击掌赞许。

雪信在练舞。折腰舞不是为高承钧一个人舞的，不知什么时候什么地方就会用到，得时不时练一练，否则等荒疏了又要用时，只能干瞪眼了。击筑声在她心里，一曲舞罢，她听见有人击掌，不是她心里幻化出来的，一回头，看着这个人的紫金冠了，她有一点点慌。

看见苍朝雨，雪信就猜到曲尘的小伎俩失败了，真应该老实告诉她，她从来做不好这种事，也不需要她做。曲尘失败了，她便只好自己出场，补上曲尘的失误。

她无所忌怕地看着对方。

“你是白天越王二公子来府里找的人。”苍朝雨不是问她，他确信自己的判断。

“我是曲尘的姐姐。”雪信说。

曲尘是怎么向他编故事的，她听曲尘说过了，但是两人还没商量好怎么公布她的身份，不过没关系，她也能临时编一个：父亲在来安城的途中遇害，庶母把住家政大权，把她嫁给越王家的二公子做妾，她不肯，听说妹妹还活着，她从家里逃出来想先找着了妹妹，再合计下一步怎么走。不想二公子也来了安城，她进世子府内与妹妹相见，被二公子的人看见了，就追上门来了，给世子惹来许多麻烦。

苍朝雨说：“你是逃出来的，怎么还有心思跳舞？”

雪信说：“一定要哭哭啼啼才像样吗？我不是那样的人。早知道妹妹被世子照顾着，我也就放心了。我来这里见到了妹妹，更知道我的事有人管了，当然就没有心事了。”

“你肯定我会管？我为什么要管呢？虽然和越王他们一家素来没有交情，今天以前也没见过他家的二公子，可说来我和他也是堂兄弟，不该为一个女子闹僵。”苍朝雨笑着对她说。

如果是曲尘，遇到不好回答的问题就低下头去，用脚尖划地，让你不忍心为难她，自说自话替她把场面绕回来。

可是雪信才不会认输，她噘了一下嘴，只一下，很快放平了，说：“你愿意和曲尘妹妹闹僵吗？你愿意我和曲尘妹妹闹僵吗？你愿意和我闹僵吗？你刚刚白看了一场舞，怎么好说你不管？对我来说，这是天大的事情，对你们来说，却是再小不过的一件事了。”

她几乎是咄咄逼人地指责他了，可是那噘嘴的神情又那么可爱，仿佛是说，她说重了，也不准计较，不准生气。

苍朝雨赞同她的话，舞是不能白看的，几方的情分也是不能闹僵的，但是她发脾气的样子实在太好看了，他忍不住多考验她两句：“那你说说，我该怎么管？”

“只要世子肯管，我可不敢挑剔你怎么管。”居然是她把话往回带了，给了他世子的颜面。

雪信福了一福：“那就静候佳音了。”

她拿着金簪找人问、在客店里欠账的时候，说话也没底气，求东告西，不敢高声。面对一个世子，她却巧言善辩，嬉笑怒骂。

她擅长如此，在鱼缸和鸟笼里逞威风，抖擞给鱼缸和鸟笼边的人看，让他们赞赏——这小东西好生大胆，也挺有趣，嘘，别吓着她，看看她还有什么别的花样。她越来越明白自己是个什么样的东西了，也越来越怕摆脱不掉这个自己了。

雪信走过园中嶙峋的假山，那假山的石头是从山上采下来，雕琢成形后沉在江南的湖底，任湖水冲刷打磨，三年后捞起，运来安城的这个园子堆叠成一片连绵的古怪样子，他们以为这样就把江南的山和水绑来了。可是他们又是否知道，这样的假山在夜里很像怪物风干的骨架，苍白的，张着无数没了眼珠的洞眼。

一只手从假山的缝隙里伸出来，把雪信扯了进去，又捂住了她的嘴。

雪信当然闻得出这是谁，她太认得这个气味了。她同捂她嘴的手、箍住她腰的手打了起来。然而捂住她嘴的手捂得更严，箍住她腰的手箍得更紧了。她狠狠踢他的小腿，踩他的脚面。

苍海心在她耳朵边悄声说：“别动别动，再闹要被发现了。”

雪信不动了，两眼盯着那条裂缝，清清楚楚地看见苍朝雨从假山旁走过去了，甚至没有向这边看一下。她以为她奋力挣扎过了，会有一些动静被人听到的，原来挣扎还是微不足道。

“我的鼻子是不会出错的，你果然在这里。”苍海心在她耳边说，还是没有放开她。他把脸埋进雪信的衣领里，深深地吸着气，贪恋地嗅她身上的香味。离开她久了，她的气味还印在他心里，却又不能真真切切闻到，这对他而言是一种折磨，也是一种诱惑，推着他来找她。他要造一间琉璃的屋子，把她放在里面，香气一点也透不出去，只有他能走进去。

雪信承认，苍海心的鼻子是不会出错的，所以对他的夜访也不惊讶，而且她也等着他。才刚对秦王世子胡说了一通，她是得找苍海心对对口型，否则苍朝雨找他解决自己的事，两人说的话全然不对盘，她和曲尘都不用在这里混了。

“我说过几次了，你的事我已经完结了，你现在是在给我添麻烦！”雪信推苍海心的额头，然而纹丝不动，好似扎在了她身上一样。

苍海心搂紧了她，快快不乐地说：“沈先生说了，只要我能找到你，你就是我的。”他一根筋，认死理，别的话都听不进去，根本是没办法说服的。

“你现在是越王二公子，苍海心，如果你有一天被人揭穿了，你要死，牵连到我，我也会跟着你完蛋。”雪信说。她已经把他这件任务交付了，要是被他的莽撞牵累了，那可就太蠢了。

“我不会被揭穿的，就是被揭穿了，我也绝不把你牵连出来。我买了一张沉香床，是留给你的，我给你的只有好东西，不会让你有危险。”没想到苍海心也有今天，当初他被雪信用好吃的点心骗出山来，今天也学会了用一张沉香床骗她过去了？

雪信不接他的话，自顾自说她的：“你没有在山里住过，我也没有到山里找过你，我本来应该不认识你的，你却带着人找上门来，别人问，你怎么说？”

“小桃和小碧替我撒谎，说你是我的逃婢……”

雪信气咻咻地说：“我好好的怎么被你们打入贱籍了？谁敢说我是逃婢？”害得她编谎话给秦王世子的时候，也只能把自己往低贱了说。

她告诉苍海心：“记着，我父亲是华城的茶商，出门做生意遇害了，父亲的妾把我卖给你做妾，我逃出来的！”

“那这么说，你还是我的。”苍海心逮住了话柄。

雪信又重重打了他一下：“按照谎话，我不喜欢你，才会逃出来的。当然说实话我也是不喜欢你。为什么不喜欢你？因为你是个假的公子，你身上有狼味，你做不来他们真正的世家公子们会的事情，你早晚要露出马脚，就算勉强把人糊弄过去了，你也不会有什么出息，我不要跟着一个没出息的人！”

这番话把苍海心打击得很重。他松开了雪信，直勾勾地瞧了她半晌，而后拔下束发金冠上的金簪，指着她说：“如果我真的是一个没出息的人，我就放过你。可我要是比谁都厉害了，你就再不能躲开我，否则，我就是这根簪子。”他把金簪一撅两截。

他是不是气糊涂了，只顾诅咒自己，忘记诅咒她了。

“那么在你证明是一个有出息的人前，我也不会躲着你，否则，我就是这个镯子。”雪信摘了玉镯，在假山石上砸成了好几段，以示公平。

苍海心拾起玉镯的碎片，把两截金簪塞到雪信手里：“彼此留个印证！”他踏着大步，甩开袖子走出假山，二步两步不见了。

秦王世子的家守卫也太废物了，任一个外人趁着夜色进进出出，在假山里掰了簪子摔了镯子定了誓约，也没人察觉。

回到曲尘住的院子，静悄悄的，服侍曲尘的小丫头已经都睡下了，香炉里细小的一块炭不经用，早成了灰，灰冷香褪。曲尘钻在幔帐里，抱着膝盖，不说话。

雪信坐到她身边，拍她的背：“这法子不是给你用的。你当初怎么学的，现在怎么拿出来就是，硬搬我的法子是不行的。你学茶，是讲火候，等时机的，早一刻不行，晚一刻也不行。”

“凭什么你能随心所欲，伸手要什么有什么，凭什么我就要等？你一个任务爽爽利利完了就是完了，为什么我就要耗费时月等一件说不准什么时候会来的事情？”

“因为我是点火的那个，我看准了目标，走上去，放一把火，烧完了，我就解脱了。你是坐在炉火上的那个，你被烤着，待时而动。我胆子大，脾气急，你害羞却有耐性，各擅胜场，谁换了位置都做不来。”

她们把头凑在一处，还是像小时候一样说着悄悄话，除了彼此，没有第三个人听得清她们在聊什么。

院前有人敲门，睡在外屋的小丫头睡眼惺忪地去开门，领着两个婢女进来，她们手中各捧着一个托盘。两人说："奉了世子的吩咐，给两位客人送些东西来。这一盘是给雪娘子的，这一盘是给曲娘子的。世子明日宴客，请二位作陪。"

两个托盘里各有一套衣服和打相配首饰，款式相同，只是一身是淡红一身是粉青。两个婢女话说得真真的，在行动上也把主人的吩咐交代出来了，捧红衣的走到雪信面前，捧青衣的立在曲尘面前。曲尘的面色当时就不好看了，咬着下唇不说话。

雪信替她收下东西，替她谢了世子，让小丫头送两个婢女出去，再回头，就看到曲尘把脸埋在膝盖里啜泣起来了。

"你就是这样，不耐烦等我想出主意来是不是？你就自己去放了一把火，把我的东西烧了，我是开门揖盗了。"

"我是不能等你慢慢来，即便慢慢来，我也不信你会为我打点。你为你的私情，赖在这里迟迟不肯赴你的任务，同样为你的私情，你谨慎多疑，不敢把我引见给你的心上人。你在这里只是客人，没有身份，没有地位，连家都没有了，光凭你能为我安排什么？等你的小算计成功了，顶多捞个侍妾当当，值得吗？我得提醒你，沈先生不是好糊弄的。我还得告诉你，我没想过抢你看上的人。"雪信的小伎俩转眼曝了光，可曲尘那点小心思，也不够看。

本来的打算是好好安慰几句，再将方才在后花园里遇见秦王世子的事说出来，谁知道世子在她前面行动了，弄得雪信也尴尬。

曲尘因此发难，也不好怪雪信。可两人十几年相处下来，她习惯了立在强势的一方，她会呵护师妹，也会训斥师妹，没一次承认过自己错了。她理直气壮地指出曲尘的处境堪忧。别以为她离开沈先生就失去了扶持，可以任意敷衍了，她冷眼旁观，比曲尘清醒得多，给她指出来，话是不怎么好听的。

"我要死了也不用你管。你说没抢，可你已经抢了我的红衣服！他把红衣服派给了你！"令曲尘伤心的还是秦王世子的分配，她羡嫉了十几年的红，终于有了穿上身的机会，雪信来了，他就让她穿回了青绿。

她的喜好、她的意见无足轻重，世子都认为她该给雪信让路。

"你可以自己去问世子，你还可以问问越青师兄，到底是你穿红的好看，还是绿的好看？我说你穿绿色清灵水嫩，你是不信的，那你就让他们说去。"雪信把曲尘挤到一边，躺了下来。

"你要我怎么信？他们都会替你说话，说你穿红的好看，就叫我穿绿的。"曲尘犹自嘤嘤哭诉个不停。

"我懒得照顾你的自卑了。你小声点，被小丫头听见了，传出去，更被人笑。"

小丫头关了院门回来了，脚步落在外屋，曲尘立时收了声，也躺了下来。两人背对背躺着，不说话了，小时候拌完嘴也是这样。

雪信躺了一会儿，睡不着，忽然又爬起来去鼓捣香炉。

曲尘说："这是我的床，不准你熏香。"

小时候也是，雪信要熏香，曲尘认为床是两个人的，熏了香，似乎就成了雪信一个人的了，商量的结果就是摆了两张床，雪信熏她的香，曲尘抱她的茶枕，放下幔帐各不相扰。

雪信丢开香炉，打着哈欠躺回床上：“你再不快点把我弄进宫去，我就让世子给我一张床，沉香床。”她说得那么轻巧，似乎一切都控制在她的手里。

曲尘只好当她是牢骚加气话了，她转过身来，用极小极小的声音说：“你能不能教教我？”

“教什么？”

“轻声点。你是怎么让男人对你神魂颠倒的？”

“我有过这本事吗？”雪信打着哈哈，“你把我说得太神了。”

“你当然有，你才来了一天，就把我一个月的努力都毁了。”

“我说的各擅胜场的话，你还是不肯听啊。别把太多心思花在去想男人怎么想，也别太瞧得起他们，你做得到吗？”

“对在乎的人，我做不到。”

“趁着别人对你感觉新鲜，把事办成了立刻走人，别去要求谁的真心，你做得到吗？”

“那我们能得到什么？我们不能为自己打算吗？”曲尘很是疑惑，她们到底算什么。

“你忘记沈先生收养我们时定下的条件了吗？给他办一件事，他送我们一间铺子。当时都觉得是占了天大的便宜，可现在却都觉得上了当、受了骗。我们要的比小时候多了，付出理当加倍。”说着说着，雪信自己也疑惑起来，是不是冤枉了沈先生，本来就是她们贪心不足蛇吞象。

翌日，秦王世子摆了夜宴，请越王二公子过府一叙，客堂上用屏风拦成了两半。

宴席在一边，灯火通明，雪信和曲尘隔着屏风坐在暗地里，能隔着蝉纱画屏看见那边的情形。

主人和客人本没有什么话好叙谈，苍海心这个假冒的越王二公子，应付场面上的一套尚且吃力，还要编谎话不让人看穿自己的身份，所以能讲出来的一定都是事先准备好的，不管主人问什么，都是几句话颠来倒去地说——他在家里待得闷了，出来玩玩，听说安城风物与南方很是不同，于是向家里说了声，借着进国子监读书的名头来玩几天。

他没提逃走的姬妾的事，两只眼睛却盯着屏风。烛火的光亮打在屏风上，画是亮的，屏风后什么都看不清，可是他的神情露骨地告诉主人，别藏了，他早就发现了，他找的人在屏风后面，离他不足十步。

他一面反复背书，一面用筷子叉起一大块肉嚼着，眼睛忙个不停，嘴巴也一刻不闲。他的两个小婢女在后面偷偷拉他的衣服，他还莫名其妙，用眼色问她们：怎么了？我哪里又错了？

主人只好非礼勿视，非礼勿听，当没看见客人用眼光揭发屏风后的黑暗，也当没听见客人把骨头嚼得咯咯有声。

两个人好不容易吃完了一顿饭，茶水送上来，两个婢女黑着脸，不得不出言提醒苍海心“请公子漱口”，才免了他把茶水吞下去。

这边的残席开始撤下，主人一声击掌，屏风那边亮起来，把一双璧影照了出来，一红一绿，即便远远地坐着，隔了一层雾气似的轻纱看一眼也是美不胜收了，客人也明白这才是今晚被邀来谈的正事，他三步两步转过屏风，奔那个红衣的去了，不料中途那个青衣的站起来将一个碗递到他面前。

苍海心差些惊叫出声，雪信的师娘？他的姨母？怎么也在这里？细看，却又不是的。面容虽有九成肖似，神情却还是迷惘稚嫩，不像骆锦书，像是什么都知道了，可怜着你什么都不知道。

“我是雪娘子的妹妹曲尘。我知道你。”那清雅可人的青衣少女介绍自己了，又把碗向前送了一送。

苍海心接过来，低头看向碗中，一大碗泛着沫的绿浆子，闻着清香，看着怪可怕的。

“是茶，喝的茶。”曲尘低声说，显然是了解苍海心的底子，替他圆场。

苍海心憋住气，把那一碗苦咸苦咸的东西咽了下去，烫得他直吐舌头，逗得曲尘憋不住笑了。捧回空碗，曲尘回到自己一方几案后面去了，案上茶釜中的水正在激荡。

雪信坐在另一侧的一张几案后面，低头凝神捣弄她的瓶瓶罐罐。苍海心走到她面前，她就把一件东西塞到两人之间，似乎是用它抵挡他。

苍海心又纳闷了，递过来的看上去是一个青瓷杯，杯中有莹白如雪一个小山包，山坡上划出了整齐的列阵图形，山顶架着一块薄而透明的云母片，云母之上托着一小颗丹丸，云母之下红焰明灭，美妙的香气自杯口徐徐散发。

这杯子里的东西，是倒进嘴巴里吃，用筷子夹起来吃，还是用勺舀着吃？苍海心端着杯子望着雪信，希望她给点提示。可是雪信的眼光不去碰他的眼光，而是站起来，把另一个青瓷杯子递给了秦王世子。

苍海心终于见到这杯子里的东西怎么享用了，不是吃的，不是喝的，是闻的。他学秦王世子的手势，左手捏着杯子，右手拇指搭在里侧杯沿上，手掌盖在杯子上方，把鼻子凑到手掌搭起来的穹窿里嗅一嗅。

放下杯子，秦王世子笑着看他：“客人可品出香丸里有哪些香料，各产自何处？”到了这时主人才真正给了他一个下马威。

“让我替客人说吧。”雪信这时出言，接过话了，“安南的沉香、波斯的安悉香、中台山的麝香。别的先不必说，就说这麝香，是公麝常年吃了柏叶和蛇，在腹上长了个囊，每年春天囊香积满，公麝疼痛难忍，自己用爪子划破皮囊剔出囊香，如此拾取的香叫做生香，又叫遗香，是上上品。可惜现在人心都是不足的，人们不想等，或者怕被别人抢了，就争着先下手，把公麝打死，割囊取香，叫作脐香，就次一等了。”

“再次的是心结香，是麝被人追赶，畏惧失心，狂奔坠崖而死，香都融进血液，凝于心室，此等香最不堪用。麝爱惜自己的香囊甚于自己的性命，被人追得急了，宁可投岩而死。听闻越王二公子爱打猎，我说的麝的故事，想必早就知道的了。”她不轻不重地点一下打猎，提醒苍海心，他是个猎人。她不是替他解围的，是补充她的誓言来的，逼急了别怪她做出什么事来啊。

作为主人的秦王世子微笑，颔首，赞许她一番残酷的介绍。现在他们两个合起伙来，一唱一和地告诉苍海心，你不配拥有你不了解的东西。

秦王世子击掌，走出四个十五六岁的妙龄少女，明眸皓齿，鸦鬟低垂，他让少女们抬起头来，给客人看过：“我用四个侍女换你一个，如何？”

苍海心摇头：“我不换。她们都不如她好看，换了亏本。”

雪信气得脸发青，什么叫亏本？他们给女奴的姿色划了等级，按等级和数量交换女奴，都是他们说了算的吗？可是她还得希望他们交易成功，她只有不说话。

秦王世子点头："或许是我的侍女长得蠢笨，不合客人的胃口。"他再击掌，四个侍女下去了，走出一个随从，平端着托盘，盘中垒砌黄金，随从的手臂微微发颤，因为黄金坠得他手臂发麻。

"这些金子，足够越王二公子再买几个绝色的婢女了。"秦王世子说。

"我买不到比她更好的姬妾了。她是我的，我不卖给你。若你认为钱能解决问题，你告诉我，多少钱能让你把她还给我。"这个一根筋的傻瓜居然反将了主人一军。

"不如世子想个法子，与越王二公子赌一场。世子输了，就把人原样送来，客人输了，也请就此撒手，不再纠缠。"曲尘在这剑拔弩张的时刻里低低地说了一句。

前一天夜里，是雪信与她串通好了，教她如此说的。反正这个假冒的二公子做什么都不行，比什么都是输，输了就证明了他没出息，他就没资格来烦她了。

"也好，三日后，一场马球定分晓。客人可会打马球？马球在越州似乎不太风行。"秦王世子轻松地征求对方的意见，"客人不认可的话，我们亦可赛诗、斗茶、斗香。"还是别说下去了，越说客人的脸越黑了。

"马球就马球。三天学会，足够了。"苍海心定定地说。

"可有队友？客人初来，可能还未来得及结交到志同道合的玩伴吧？"

"我立刻去找。"苍海心又看了雪信一眼，辞别主人，带上两个小婢女出门了。

以苍海心的机灵好动，三天里学会抡球杆不是难事，但要找一票人来与秦王世子的马球队对仗，倒是颇有难度。

据说秦王世子自幼年便深得当今皇帝的赏识，长年住在宫中，几乎被当成了儿子一样，十三岁起搬到宫外，皇帝把永安宫附近最好的一处宅子赐给了他，听说他喜欢打马球，时不时地送他好马、好球杆，准许他扩建府邸，在家里造了一个马球场。

别的世子都是借种种由头暂居在安城里，只有他是根深蒂固的老户头，球打得好，安城里的世家公子们是他打马球的伴当，抄抄一大把，要多少就多少。就算有人本来愿意结交越王二公子，一听说他是与秦王世子抢一个姬妾闹的打球赌誓，也就都转了风向，作壁上观了。

雪信在屋里焚了一炉香，坐在院外的窗下等着香气飘出来，她定定地思量眼下的形势，手里捣着香料。

秦王世子得知她嗜香也善制香后，从库房里取了一批香料，让人送过来。她也不好意思了，吃着人家的，住着人家的，还拿了人家的东西，也不能整日里游手好闲，跟曲尘似的托着腮帮子发愁吧？

雪信就把冰片、麝香、白芷、艾叶等等研磨细了，打算做几个香囊，回馈给秦王世子，好证明自己没有吃闲饭，有手艺也有心意，是值得他为她大费周章的。

她还把绣香囊的活儿丢给曲尘了，并且告诉她："你喜欢等，也擅长等，若你不给自己打下点伏笔，等是永远等不来什么的。我做了香丸给你，你填了香囊亲手送过去。"其实她只是看不得曲尘怅然若失的样子，搞得整个院子的人都提不起神来，于是她就想塞点活儿给她，让她别空想了。

可是曲尘绣了几针，把手扎破了。

“世子在府里吗？”她还是耐不住，把被扎了个细针眼的手指头放在口中轻吮着，问小丫头。

小丫头也不知道，跑出去看了看，好久才回来说：“世子与客人在马球场。”

秦王世子有客，曲尘就不好请他过来聊天了。她低头，飞针走线，似乎要赶着把香囊做出来，可她也发现不论自己怎么卖力，一天两天内是绣不好的，不由沮丧地把绣活儿丢在一边，走到院里拉起雪信：“我随你去马球场。”

“我并不想去马球场，我这儿摆了一地的摊子呢。”雪信很愕然。

粉末捣得太细了，风一拂就容易飞起来，沾在手上、脸上、衣服上，这会儿她满身灰扑扑的，不大好见人。

“世子和客人在马球场，一定是练球呢。事关你的去留，你怎么会不关心呢？你怎么能不去看看呢？”曲尘铁了心地要抬出雪信当挡箭牌，躲在她身后，推着她走向马球场。

雪信以为在干燥的安城，马球场上数马腾跃，一定老远就踏起漫天的黄尘，还未走近就呛一鼻子。

她想错了，马球场的黄土是用浇了油后砸平的，平整坚实，尘土飞扬的状况不算糟糕。她远远地看见一匹黑马在场上横冲直撞，马上的人飞起一杖，伴着脆响，彩漆的木球，飞入雕花球门里。

雪信和曲尘都惊呆了，在安城里见到高承钧是她们意料中的事，只是没想到是在这里，没想到会这么快。

雪信看见高承钧的同时，高承钧也看见了她，将马带得慢下来，跑向场边。

曲尘笑着跑向秦王世子和他的马，嘴里还不断叫着“吉光，吉光”。

吉光是大宛进献的汗血马在汉土繁殖产下的后代，保持了纯血的优良品性，却因为自小在安城皇家马厩里长大，更为适应当地的水土。它不能算是一匹黄马，而是更像一匹浅金色缎子，一抖一跑全身熠熠发亮，说它是天马也有人信。

秦王世子亲手给它喂料，给它洗澡，让人把它的脖鬃和尾鬃编成细辫子，配上装饰着白玉雕件的大红色牛皮鞍子。它养尊处优，不像别的马那般臭烘烘的，它能在仪仗中迈着优雅的小碎步，也能在马球场上与主人合作无间，还会做假动作。

曲尘看出其在苍朝雨心目中的地位，时不时地去讨好它，给它带一个梨子，还削成一片一片喂给它吃，一人一马早就混得不错了。

苍朝雨迎着她们来了，下了马，给众人介绍一番：“这是我府上的两位客人。这是皇上亲卫营飞骑队的队长，高承钧，我请他来为我的比赛助阵。”

幸亏他们小时候玩游戏，经常练习装作谁也不认识谁。高承钧向雪信和曲尘施礼，她们还礼，小心着不流露出曾经有过交情的破绽，少交谈，不交谈是最安全的。

“方才雪娘子还忧心忡忡，怕我们打不赢，才一定要来看看的。真见到了，才知道是白担心，世子已经很厉害了，又请了高队长来，这下如虎添翼了，那个什么越王二公子只等着输吧。”曲尘又把雪信举出来，向他们解释她们会主动来马球场的原因。

理由正当得很。

曲尘想与秦王世子单独聊会儿天，也知道雪信和高承钧之间必定有话要说，她明眸闪动，请求秦王世子准许她学骑马。她在苍朝雨的扶助下攀上马背，苍朝雨为她牵着马。吉光闲庭信步，绕着马球场一圈一圈地溜达。

曲尘是会骑马的，也会写字，但她习惯装作不会，这样才有机会让心爱的男人来教她。她再学一次，进度就全由她掌握了。她希望男人夸她聪慧，她就学快些，她希望男人多陪伴她，她就学慢些，她的智慧全在等待和示弱中发挥。

与吉光比，高承钧的马野了很多，鬃毛乱抖，体味也重了很多，马背就到雪信耳朵那么高。她走到它五步之外就再也不肯走过去了，那马也不喜欢她，不屑地瞥了她一眼，把头别开，倒退三步，以示保持距离。

"霜夜。"高承钧满含责备地叫了一声。他的黑马不是纯黑，身上有星星白花。

霜夜翻了个白眼，向前走了三小步。它这个态度，令雪信很不高兴，她忍着霜夜的体味，走到它身边，轻声说："你不知道我是谁吗？你敢不理我？"

"它看出你嫌弃它。马是很骄傲的，也是忠诚的，如果你对它好，它也会对你好；马也是好色的，喜欢看到美人，喜欢被美人驱策，只要你不先讨厌它。"高承钧走到马身的另一侧说。

霜夜把他们拦开了，雪信的目光越过马鞍，只能望见高承钧的一双眼睛，一头的汗。

"我可没说我讨厌它，就算我讨厌它，我也要它喜欢我。"

"我找不到你，你为什么不来找我？"高承钧先不打哑谜了。

苍朝雨和曲尘在很远的地方了，要说话可以敞亮了说。

"我不想你有麻烦。你一个人有多好，你一来安城，就做了飞骑队的队长，连秦王世子也在借故拉拢你，前途无量啊，高队长。"雪信开着玩笑，把手试探着放在霜夜鼻子前，霜夜忽然打了个响鼻，她忙把手缩回来。

"如果我不能为你解决麻烦，我还有什么资格娶你？"

"对我来说麻烦只是小事，我还有别的事要做。你不相信我能自己解决所有的事吗？"

"是你不相信我能为你解决所有的事。"

也许问题是他们都想得太多了。

"如果你替我解决麻烦，都要像小时候那样跳进火里烧一身伤，我宁可不要。"

"如果我不跳进火里把你救出来，你就不能站在这里与我讨价还价了。"

雪信不作声了，不是看见秦王世子和曲尘转回来了，是因为她想到世上可能只剩下这一个人肯为她赴汤蹈火了，她鼻子发酸。别人的帮助都是要付出代价的，只有他不要，偏偏还被她嫌弃。

"我不是以前的我了，我会自救。"她看向苍朝雨的方向，"我不要你救我。我能叫来更多无关紧要的人来救我，死了都不要紧的人。"

"我不希望你这样。"

他们又沉默了，不能再讲下去了，因为那两人一马到了近前了。

曲尘笑着对雪信叫："你看我骑得如何？"在马上一颠，出了身薄汗，又与苍朝雨说笑了一阵，现在她心花绽放，嗓门不觉也高了起来。

苍朝雨则把这隔着黑马站着的两个人看看，步子不紧不慢，牵着吉光走向他们。

“那也算骑马？让我上去走一圈给你看。”雪信看曲尘装着在马上战战兢兢的样子，心底里好笑，也有一点腻了。她等曲尘被苍朝雨扶着下了马，就要上去。

高承钧说：“吉光不认识你，你还是骑霜夜吧。”

“承钧说的什么奇怪的话，难道霜夜就认识雪娘子？你那马脾气古怪，生人骑不上去的，还是吉光性子温顺，肯耐心陪淑女散步。”苍朝雨笑着说。

高承钧不能再阻拦了，他险些说漏了。

雪信说：“我也喜欢吉光，血统高贵，又打理得仪表堂堂。”她还说，“我自己上得去，不用谁帮我，也不要你们牵马，缰绳得在我手里。”

苍朝雨和高承钧一边一个，退开几步，无奈地微笑着看她，他们没有反对，可又站在随时可以走上来帮忙的地方。

吉光的个头不比霜夜矮，雪信扳住马鞍，一只脚套进马镫里，飘身上马，还未坐稳就笑了。

她头一回骑这么高的马，他们都在底下仰头看她呢。

风吹起雪信的披帛，披帛扫过马鼻子，也许是沾在衣料上的辛凉的香料细末刺激到了吉光，那马长嘶一声，抬起前蹄一个人立，紧接又蹦又跳，全然没有了步法。

那两个保护者上来要拉马缰绳。

雪信喊：“你们别管。我能骑，我能安抚它的。”

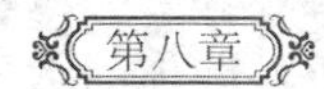

马如欢龙逐宝毬

吉光是皇家马厩里养出来的马，从来没受过亏待，也没无端遭受过惊吓。

霜夜被雪信沾了香粉的手拂一拂，顶多打个响鼻，翻个白眼。吉光却受不了，它发了疯，忘记身上还驮着一个人，蹦跳成了惊涛骇浪中的一叶小舢板，前踢后踹，不允许任何人接近自己。

马癫狂得太凶了，雪信只有一只脚踩进了马镫，还有一只脚在半空里甩来甩去，几次险险被掀下来，她双手死死扣住马鞍，指甲陷进了皮革里，感觉甩荡的力道再大一些，她的指甲盖也将齐根翻起来。发髻颠松了，一下散开，簪环齐齐飞出去，落在几丈外，一头长发乱披下来遮住了眼睛，她的脖子很不舒服，再支撑一会儿，说不定会被摇断了。

忽然，马的跑跳蹦跃停止了，山一样倒下去，雪信松手，滚到了一旁，看见马的一只眼睛上插着一支箭，长箭直贯入脑，一瞬间它断气了。

她回头，看见高承钧手里多了一张铁胎弓，是从霜夜的背上解下来的，他把弓挎在肩上，向苍朝雨跪下了："臣领罪。"

秦王世子注视他的爱马良久，缓缓说："何罪之有？不愧是西域沙场磨砺出来的将才，承钧的箭好准头。"敢在惊马驮着一个人的时候放箭，这个人不是全然不在乎马背上的人，就是确信自己能一箭毙敌。

这个人怎么说都不可等闲视之。

苍朝雨俯身，察看雪信的情形问："受伤了吗？"

吉光倒下的时候，雪信终于控制住了自己的身体，抢在马身压住她一条腿前翻滚出去，没有受伤，只是十分狼狈。

她挣扎到马尸前，看见马眼和马嘴里流出血来，责问高承钧道："你怎么能杀了它？你不相信我能自己下来吗？是我要骑它的，你怎么能杀了它！"她越是不想给他添麻烦，他越是要惹麻烦，就像并不预备在这里见到他，他却来了。

曲尘把雪信飞到尘土里的首饰捡了回来，提醒道："快别在这里了，回去梳洗梳洗吧。"雪信才惊觉自己说得太多了。

再后来两天，不管曲尘怎么生拉硬拽，雪信都不肯随她去马球场了，就见了一回高承钧，好端端的吉光就死了。

她本来想过，只要不是她在乎的人，死多少都无所谓，怎么死都可以。她对人的感情淡漠，对人以外的生灵却充满怜悯，更重要的是，高承钧和她都没忍住说漏了嘴，多见几次，就是多几次被人看穿的机会。

曲尘没有办法，亲手做了茶饮和冰镇的乳酪浇樱桃，以雪信的名义送到马球场上去，看一眼也是好的，回来给雪信讲马球场上的风云。

雪信把针线匾推过去："我不要听，绣你的水鸭子去吧。"

第三天夜里，停歇了好几日的笛声又来叩门了。

曲尘慌不迭地咬断最后一针连着的线，把她绣完的一堆香囊丢给雪信，就坐到琴边，稍一沉吟，轻车熟路地奏出了相和的曲调。

雪信这边的香丸也初成了，在盘子里滚来滚去，她计算着香囊的数量，把香丸分装进去。服侍曲尘的小丫头在门口露了半张脸，鬼鬼祟祟不进来。

雪信看见了，用眼色问她，有什么事。小丫头居然冲她招了招手。雪信用手指头指着自己，小丫头点了点头。

她放下香囊走过去问："你在搞什么鬼？"

"世子请雪娘子过去。"小丫头说。

雪信回头看曲尘，曲尘陷在曲声的境界里，什么也看不见，什么也听不见，就是向她打个招呼说要出去也嫌聒噪。雪信随小丫头走了。

苍朝雨立在花园的水池边吹笛子。怪不得笛声听来有潋滟之感，原来是先落在了水面上，又折向了四方的。雪信走到了，一支曲子刚好结束了，她也见到了苍朝雨的笛子，一支青翠欲滴的青玉笛子，像一截新劈下来的竹子，尾端系着一挂鲜红流苏。

苍朝雨向她点点头："好几天看不见你，听说你整日坐在屋子里，你不像是这样老实的人。"

"我还是老老实实坐在屋子里好。"雪信说。

她摸不清苍朝雨半夜里叫她出来是什么路数，总不是宽慰她几句，让她别担心马球比赛的事吧？这两天曲尘在她耳朵边絮叨，说得够多了。

"你还在为吉光难过吗？"

"那是我的罪过。那么漂亮聪明的马，因为我一时逞强就死了。"

"按我说，大可不必。漂亮聪明的马，天底下有很多。"苍朝雨拉起雪信的手走出了花园。

走了许久，两人都没有说话。他们走到马球场边的马厩，夜里的马厩很安静，马儿们都站着睡觉，偶尔听见异响，醒过来，听出是主人的脚步，又睡了过去。

苍朝雨松开她的手，从马厩里牵出一匹马来。

雪信惊讶地叫出来："吉光？不对，不是吉光。"

吉光死了，死在她面前，死得真真的，不可能是吉光，可是眼前的马和吉光生得没有两样，只是一身金缎子的毛发在月色下成了银缎子。

"果然骗不过你，这是吉光的孪生兄弟，叫作腾黄。"苍朝雨抚摸腾黄的脊背说，

“它和吉光是一个母亲生的，从小住一样的地方，吃一样的草料，它们的性情却不一样。吉光温驯，腾黄傲慢，所以虽然一样聪明，吉光学什么都比腾黄快，但不是腾黄学不来，只是在它眼里驯马人都不算什么，它不屑学罢了。不过，它的胆子却比吉光大，你尽可以放心碰它，它不会轻易受惊的。”

腾黄看上去与吉光一样教养良好，不会随便翻白眼看人，它甚至连眼皮都不撩，站着打瞌睡呢。

“你以为让我看见腾黄，我就不会愧疚了吗？毕竟吉光与你相处得更久些，配合默契，心意相通，不是腾黄能比的。就算能比，一匹马永远也取代不了另一匹马，像一个人永远也取代不了另一个人在心中的位置。”雪信知道苍朝雨是想安慰她，可是对吉光的哀思，不应该这么短暂的。

“说起来，你与高承钧是不是过去认识？”苍朝雨在笑容里冷不防地刺出一个险恶的问题来。

雪信一惊，她想也不想就矢口否认：“怎么会这样想，我是第一次见他，与他说的话也不多。”

“话说得不多，可总觉得你们之间有许多话没说出来，没说尽。”

雪信又是一呆，秦王世子的感触的确敏锐，她都没认真想过的事，被他探知到了。可她是不能承认的，嘴硬着继续否认：“也许是第一回相见就互生倾慕，又不好意思说出来吧。”

苍朝雨看着她：“至少你承认了你们互生倾慕。”

雪信笑了，看着他说：“本来是三分的事情，你一认真就成了七分，划不来。”

“说到明天的比赛，你不愿给我一个激励吗？”苍朝雨还是盯着她，眼光落在她的胸口。一缕丝绳挂在雪白的脖颈上，垂进雪信抹胸的里侧去了。

他把丝绳从她脖子上摘下来，一个小小的香囊从衣服里滑了出来，他拿起香囊放在鼻端前，嗅到的是她的盈盈幽香。

雪信看着他的举动，周身的汗毛都竖了起来。明明两人认识还没有几天，按曲尘的说法和她自己的观察，雪信都以为苍朝雨是个谦谦君子，只有被她引诱、为她驱驰的份，没想到他会做出如此大胆失礼的事情。

“曲尘做了香囊，正想要送你的。这个香囊，不能给人。”雪信慌得有些语无伦次了。这个挂饰其实算不得香囊，别人的香囊都是填装了香料挂在身上以增加身体香气的，而她的这个绣囊中的丸子，是以清油提取过香气，又久煮至无味的沉香木屑做成的，长年贴身佩戴，吸取她身上的香气。

在长白山里，她只焚了一颗，苍海心在远处就能闻到她的气味，立刻赶来。

那样的情形下，传递出去的只是香气，香丸最后在炭火里烧成了灰，也没什么。可是眼下整个香囊都握在对方手里，他那样嗅着，雪信觉得自己好像没穿衣服，他正贴着她的肌肤一寸寸地嗅遍。

“曲尘的香囊，我也会收的，那样的香囊佩在腰上也无不可。可是在静夜之中，还是这样的香气值得笼在袖中。你不愿给我吗？”

让别人给自己办事，代价肯定是要出的，只是别人那么直截了当地索取，未免让人有些不舒服。而且未经商量，一方要的，也多半不是另一方愿意给的。

雪信尽量不去看苍朝雨手里的香囊，她心头发凛，如果她说不愿意，硬把香囊要回来，那香囊也沾染过他的气息，不可能再依原样贴身佩戴了，还不如就此做了人情谢礼。

她何必放不下呢？

“区区小物，我若不愿意，倒被世子笑话我小气了。”雪信勉强地笑，倒退着走了几步，跑了。

半夜里，雪信忽然觉得有人在窗外看她。

原以为是苍海心，想呵斥几句，让他走开，可是睡得魇住了，似乎看得见红地金花的帐子顶，听得见外头的动静，却抬不起一根手指头来。

曲尘在身边睡着，气息均匀，似乎没有感知到身外的异样。

帐子被掀起来了，一个人把她从床上抱起来，走到月光下，似乎垂下眼在打量她的脸。雪信不知道自己的眼睛是睁着还是闭着的，如果是闭着的，她为何看得见室内的情形，也看得见月光如水，流泻在自己的眼皮上，把房间的一半映照得通亮。可如果是睁着眼的，她又为何无论如何也看不清那个人的脸。

雪信听见那人用慢悠悠的口气说：“原来是这个样子，你才来没几天，就让秦王世子和越王二公子赌誓赛球，还让飞骑队的队长杀了秦王世子的马。你到底是什么人？”

她有心要回答他，可是嘴唇重得动不了。

那个人说：“说吧，你可以说话的。”

雪信顿时觉得嘴唇上的千斤重迫没有了，张口说道：“沈雪信。”

“沈雪信不过是你的名字，我应该这样问，沈雪信又是谁？”

她迫不及待要回答他的问题，可是她的嘴唇又张不开了，对方又问了一遍，她还是不能说话。雪信的手不由自主地抬起来了，要戳向那人的眼睛，在手指头离那人的眼睛还有一寸时，那人一把握住了她的手腕。

两人僵持着，久久没有再有言语或动作。

雪信觉得自己是死了，只有魂灵看着，她现在说的做的都不是她想说的想做的，心焦发急，她的魂灵在她自己的身体里冲撞，试图夺回掌控权。

那人思量许久又说：“是有人不让你说了。如果我再问，你会不会说？你可以说的。”

两股力量在雪信的身体里争斗着，一个叫说，一个不让说，她的魂灵被扫到角落里，渐渐看不见也听不见了。

再睁开眼睛，眼前还是红地撒金的帐子顶，曲尘在身边睡得无声无息。

雪信翻身坐起来，找到床下的鞋，半穿半趿拉着走到窗边，她疑心刚才是梦，现在还是梦，梦中套梦，她没真正醒过来，在手背上咬了一口，是疼的，同时她也看见手腕上一圈深色的瘀痕。

窗外，夜色淡了，月光也转到另一侧的窗户去了，一片混沌，算不上黑暗，也没有冷冷的月光透过窗户。

她一定是还没睡醒，竟然不慌张，打了个哈欠，回到帐子里又睡下了。

日出之后，两个少女才醒过来。这一日有一场对她们而言都不得不去观看的马球比赛，这一日的妆容也不得不格外隆重。

雪信和曲尘用一个上午的时间梳出了高低对称的惊鸿髻，将脸庞当作画卷，在上头一笔一画地勾绘着。

鱼鳞、蜻蜓翅膀和彩绢制成的花子都嫌太粗糙，用珍珠粉和朱砂末以花露勾芡，能兑出深深浅浅的红色调来。雪信在眉心画了一朵牡丹，曲尘在眉心画了一朵莲花，她们准备好在许多人面前扮演她们习惯成为的人了。

马球场边搭起了连绵的彩棚，底下都坐满了人。是不是整个安城里无所事事的世家公子和他们的姐妹们都来了？衣饰鲜亮，花团锦簇，彩棚底下的观众齐齐朝她们望过来，一色白森森的密集的人脸，看得人头皮发麻。

苍朝雨看见二人走过来了，把她们领到一个最大最高的彩棚前说：“雪娘子要一个人上去。”

二人都面露不解。

撇开私下里怎么样不说，在人前，只要她们一起出场，就是焦不离孟、孟不离焦的，自小如此，她们并肩站在一起，谁也不会被谁比下去，各自的美反而相得益彰。

谁会想到把一对相配的瓶子拆开摆放呢？

这回就是了。

最大最高的彩棚上只有两个位置，一边是雪信坐的，另一边却不是曲尘，而是一盘黄金和珠宝。这儿是摆放赌筹的地方，让雪信坐在最高、最宽敞的地方，不是照顾她看得舒服，是好让所有人看她看得清楚。

其实相隔那么远，谁能看清楚谁的脸，换了别人坐上去，也不会有人瞧出破绽。

算是秦王世子额外体恤，把曲尘的小丫头派上来陪着雪信了。这个小丫头前几日是随着曲尘在马球场边转来转去的，对场上的人还有几分了解，此刻站在雪信身后，絮絮叨叨地介绍她家主人请来的帮手和他的对手的队友。

因为秦王世子从来不用为凑不出一支马球队而担心，所以这场马球赛的上场人数完全取决于越王二公子能叫来多少人。

苍海心在三天里又找了三个人来，于是苍朝雨也只邀了三个朋友参赛，场上是四个人对四个人。其实只要双方都同意，双方人数不对等也是可以比赛的，但秦王世子为表示公平，连候补的人也没要，因为越王二公子也没有候补的队员了。

场上两队人马，排成两列向欢呼的看客们致意，整齐划一的马球装用装束，缺胯锦袄子、腰带、乌皮六合靴，只是衣衫分黑红两色。

“黑衣队的四个人，是秦王世子苍朝雨、鲁王世子苍陆吾、亲卫营飞骑队队长高承钧，长南观道士玄河。”小丫头把在马球场上不断变换位置的四个人指给雪信看。

“怎么还有道士？”雪信以为自己听错了。一班世子和亲卫里，混了一个道士，古古怪怪的，是指望他在场上作法赢了对手吗？

“雪娘子别小看这个人，长南观是皇家道观，玄河子是替当今皇上出家的道士，身份很不一般。可以说世子选的这三个人，都是他认为当下最该拉拢的三个人。”小丫头说。

“你叫什么名字？”雪信看了小丫头一眼，这几天来，她只是“小丫头，小丫头”地使唤这个十岁上下的小女孩，没认真记住过她的名字，听她说的一番话，不由得要问她的名字了。

“曲娘子给奴婢改的名字，叫紫笋。”小丫头噘着嘴。紫笋是一种茶，曲尘的丫头起个茶的名字是理所应当的，可是紫笋自己觉得这个名字不漂亮、不气派，一说起来就有点小脾气。

“紫笋，你是聪明的孩子，所以不能让人人都知道你聪明。以后在人前，要记得把机灵的样子收起来，把伶俐的嘴皮子缝起来，你才能活得久。”雪信好笑地告诫她。锋芒毕露的亏，她在比这个小丫头更小的时候就吃过。

“雪娘子说得是呢。在别人面前，我装着什么都不知道，笨笨的，只有对雪娘子才什么都说。”紫笋替自己辩解。

“为什么？你看我像个好人，不会把你卖了？”

“我还是个小孩子呢，一个人伺候两位娘子，从鸡叫忙到鬼叫，睡也睡不好。我看雪娘子在世子面前说话更管用些，你就和世子说一声，再拨一个丫头过来呗。让我专心跟着雪娘子，我也好改个香喷喷的什么名字。”一个小丫头居然有眼风有盘算，开始替自己设计前途了。

“我自己还去留未定呢。你也太心急把你的计划和盘托出了吧？”雪信看着她，像看着一个缩小了的、精美又无伤大雅的阴谋，只有赞叹和好笑。

“说的也是，若雪娘子走了，我只需要服侍曲娘子，日子还是一样的。”紫笋恍然大悟般用一只拳头砸在另一只手的手掌上，她指着场中红衣队说，“那些便是越王二公子苍海心拉来的帮凶了，宁王世子苍孟极、西北葛逻禄王子巴图、国子监太学生关睢。”

苍海心拉起来的队伍里也有个极不谐称的人物，关睢骑着一匹肚子很大很肥、跑不动的红马，拼命想赶上球赛的节奏。

“他怎么掺和进来的？”雪信指着关睢问紫笋。

紫笋说越王二公子满城张贴布告，征集打秦王世子的队友，这些人揭了布告自动找上门的。因为这些人没来过府内，小丫头无从探听更多。

雪信坐在最高处，目睹了这场滑稽比赛的全过程。

秦王世子失去了吉光，骑着不服帖的腾黄，一边打球还一边磨合着。

越王二公子的马看来也是新买来的，雪信过去忘记问他会不会骑马了，到眼下看他的把式、骑术、打马球的方式都是新手，他让马儿往东，马儿偏往西，他场上机变倒是快的，马儿反着来，他就把操控指令反一下，别扭了一阵，人马就凑着跑起来了。

这两匹桀骜不驯的马载着无奈的主人跑着跑着，停住了，脸对脸吐起口水来了，是马儿们相互吐一脸口水，顺带喷它们的主人。

高承钧是场上的急先锋，最肯卖力气，每每用力过猛，差点冲到别人身上去，他的霜夜一看那边两匹马光动嘴皮子不动腿，不由也火大，顺势冲过去，要将它们赶得跑起来。腾黄眼疾腿快闪开了，苍海心的马架子挺大可本事倒是了了，被霜夜撞翻后蹬腿站不起来了，场外的马医官忙上来检查，是断了肋骨，赶紧让八个大汉把马抬在一副特制担架上抬出场外。

苍海心换了一匹马再战，那是从秦王世子的马厩里临时拉出来的生马，喷着粗气努力想把苍海心从背上甩下去，于是他只好奋力与自己的坐骑周旋，无暇顾及球在哪里了。

黑衣队的道士玄河抢到了球，一杆击出传给队友鲁王世子苍陆吾，苍陆吾显然是个好色胚子，在场上跑着，眼睛没有一刻是找球的，他盯着场边的美女们，当然也朝雪信看过来，似乎很可惜又很向往地咂咂嘴，他看人的那眼神是往肉里盯的，像苍鹰叮住一块臭肉不放一样，让人厌恶。他没发觉玄河传球给他，把球漏了过去。

红衣队的宁王世子苍孟极和葛逻禄王子巴图见有机会，同时往小球拍马而去，注意他们是一个队的，抢一个球。苍孟极近水楼台先得月，把球传给了关雎，关雎的大肚子红马跑不动，没及时跑到位，球又漏了。

巴图气愤苍孟极与他抢球，抢到了球后还不传给他，传给了没什么用处的关雎，便抡起球杆一下将苍孟极抽下马来。苍孟极满脸是血，被医官派人抬下去了。秦王世子一见，立刻也将自己的球队减员一人，把魂不守舍的鲁王世子苍陆吾撇到场边去凉快了。

一球未进，场上局势从四对四成了三对三。

接下来的冲突，主要发生在高承钧和巴图之间。

因为玄河在场上跑动也不积极，懒洋洋的，非要球飞到他眼皮底下了才出手击一杆，虽然准头不错，可是他只负责把球传给高承钧或苍朝雨。

而关雎使出浑身解数让自己人马合一融入比赛，可是他大多数时候赶不及抵达烟尘一团的冲突中心，有几回恰好被围在冲突中心里了，他和他的马也只能充当大型路障，捞不到球，还妨碍了别人追球，别人一致认定他是无害的，所以也不忍心误伤了他。

高承钧和巴图都是二话不说上场冲锋陷阵的料，人与马的配合状况也比别几位默契多了，在别几位要么不在状态，要么状况频出的情况下，他们自觉充当起了中流砥柱。

两人争抢一个球，球杆与球杆格在一起，巴图的突厥马忽然提起前蹄踢向高承钧的霜夜，霜夜是颇有格斗经验的战马，避让后毫不示弱地高高人立起来踢还过去，霜夜的个头比突厥马大了整整一圈，弹跳得又高，碗口大的马蹄直奔巴图的脑袋去了。

巴图作势拔刀削马蹄，却发现自己没带佩刀，仓促翻滚下马逃生，半边肩膀摔脱臼，下场医治去了。

秦王世子一见，又裁一员，把自上场以来就浑水摸鱼的玄河遣下场。

场面成了二对二。

原本以为红衣队只剩下衰将残兵，该是黑衣队叱咤风云的天下了，没料到，与苍海心抗争了半天的马终于臣服了。

其实这马三天来很不忿腾黄、霜夜之流在马球场上逞威风，它只能站在围栏后旁观旁听。它冷静下来以后，发现有了与它们对着干的机会，便决定暂时配合一下身上那个家伙。

关雎还是与他的大肚子红马一圈一圈在球场上跳着悠长而诡异的舞步。

苍海心骑着他的对手借给他的马驰骋起来了，他似乎还没搞清楚球赛规则，也转不清对方球门在哪一边了，幸亏他以一人之力面对两个对手只能连续奔袭袭扰，没有什么机会拿到球，否则把球敲进自家球门，他就输了。

这场比赛约定的是一球定胜负，只要谁家先进球便取胜。没有经验没有技巧又失去应援的苍海心，只能来回往返于苍朝雨和高承钧之间，抢在他们得手前把球拨向没人看守的稍远处。

场面上的情形，堪称无聊又赖皮，几乎让人看不下去。紫笋忽然拉了拉雪信，指着一个方向。

她们所在的彩棚是全场的最高处，视野轻易跨出了马球场外。场外有一片竹林，林中有一条可以抄近路的小径，小径上正有几个人，曲尘双手端着一个托盘，托盘里晶红莹绿，是碎冰镇着的甜点和瓜果以及三种果汁调制成的三勒浆。

葛逻禄王子巴图肩膀刚被推回原位，正围着曲尘转来转去，大张手脚挥上挥下，嘴巴一张一张，竟像是一只雄雀做着花样的飞行，唱歌给雌雀听。

旁边还站着鲁王世子苍陆吾，背着手，笑眯眯地看着。

曲尘蹙紧眉头，看也不看巴图的歌舞表演，走不出他的舞蹈划定的圈子，却也不好把冰镇果品扣在他头上，只得耐着性子等他完结了，目不斜视地走开去。

巴图又绕到她面前，扯起自己的两条突厥辫子，抖着抖着，作怪相给她看。曲尘苦着脸欣赏他的滑稽表演，看了会儿，从他身边绕行而去。

巴图有些泄气，用力拉了两下辫子。

苍陆吾走过来拍拍他的肩膀，似乎说了什么安慰的话，也不一定是安慰的话，也可能是“你不行，还是看我的吧”之类的话。他直截了当多了，快步追上曲尘，搂住她的腰肢，摸向她的脸庞。曲尘如愿把托盘里的杯碗扣在对方身上。苍陆吾也不生气，只是拉住曲尘的一只手，让她替自己擦。

巴图追女孩子的手段还是多情且幼稚的，还允许女孩子拒绝，还能让雪信看得津津有味，但是苍陆吾的行径便只有自以为是和下作了。雪信看得火冒三丈，跑下彩棚，她的彩棚下层是伤员们休息的棚子，她也不说话，抄起拐在一旁的一支球杆，扛在肩上便跑去救曲尘。

竹林小径上，苍陆吾捂住了曲尘的嘴巴，把她往林子更深更密处拖。巴图十指抓揉头皮，拿不定主意是跟他一起去分享好处，还是英雄救美。雪信经过他，骂了句“混账”，便跑到了他前头。

曲尘还在挣扎着，她是真的不会打人，下狠功夫练过的人，周身的骨骼和肌肉纹理会不一样，只要被人一摸就摸得出来，她们是不能让人一摸就摸出来的。

雪信比她好些，学过舞，稍带和师娘学了些猫一样轻灵的身法，又向剑术师父学了点剑法的皮毛，当初沈先生并没有要求她学，是她自己提出学的，那时候还有高承钧保护着她，可是她总觉得别人的保护是不牢靠的，谁知道哪一天那个人就不在了，最终靠得住的只有自己。沈先生本来不同意，她说了理由，沈先生就没再反对。

苍陆吾把曲尘按在假山上，曲尘用托盘格挡他越凑越近的脸，他不耐烦了，把托盘抛在地上。雪信跑至近前，对准苍陆吾的后脑勺挥出了球杆，新月形的杆头在她身后顿住了。她加力，球杆纹丝不动。

一个声音在她身后说：“别弄坏了我的球杆。”那人轻轻一捻杆身，雪信握不住，球杆被抽走了。

雪信一个愣怔，回头看到人，说：“是你？”

她身后站的是道士玄河，他的声音是她前一天夜里听过的，雪信抬起手，手腕上还留着一个半青半紫的握痕。

有人在脑后说话，苍陆吾这厢的好事自然做不下去了。他放开曲尘，顺手掸了掸被泼上几种果汁颜色的打球衣，转回身与玄河打招呼。

苍陆吾神色自若，一身污迹也不显眼，球场上下来的人，都是一身汗水拌黄泥，身上都是湿淋淋、脏兮兮的。

曲尘跑到雪信身后，雪信用发难的眼神望过去，苍陆吾反而笑了："别人都忙着抢夺你，我发个善心，照顾一下你妹妹，难道你还嫉妒了？"

在他看来，在朋友家里看上一个婢女，拖到角落里办了是天经地义，谁也不好指摘的，够朋友的朋友还应当顺势把婢女送给他。

曲尘虽不是婢女，可脱离了家庭，寄人篱下，也算不得有身份的女子，还是在可以胡来的行列里的。

雪信哼了一声，又从玄河手里夺过球杆，又要打过去，玄河再一次抢住，而苍陆吾只是站着，笑着看她这一杆子能不能挥下来。

"你们这伙人，球场上不使力，抢起吃的来倒一个比一个跑得快。"宁王世子苍孟极也走上来了，鼻子里塞着一块白绢帕子，大半个角飘荡在鼻子外边，垂在胸前，瞧着可乐。他一眼发现了翻在地上的托盘和杯碗，痛心疾首道："谁干的！"

巴图和玄河一齐指向了苍陆吾。

苍陆吾无所谓地说："让人再跑一次送来就是了。"

"里面的球赛我都看得打哈欠了，这么拖下去也不是办法。我看你们没有一个伤得要紧的，敢不敢回去再战？"巴图犹自消化着曲尘不屑的眼神和雪信一句"混账"，认为还是回到球场上神清气爽。

苍孟极扯下堵着鼻血的帕子，丢在一旁说："正有此意。"

那四个人"呼啦"一下走了，谁也没把曲尘受的委屈放在心上。曲尘眼睛发潮拾起托盘，把跌碎的瓷片拣回盘里。

"我提醒过你的，你在这里，什么都不是。"雪信说。

"你还不是一样，又有什么资格说我？"曲尘亲眼见雪信两次挥杆，又两次无法击下，她的身价还和一盘黄金珠宝对等了起来。因为雪信也没有体面的身份，她目前是某个人的妾，妾也是可以买卖赠送的，处境比曲尘空身一人还不如。

"一件一件我都是记下来的，我早晚要他们好看！"雪信说。

紫笋从马球场上气不接下气地跑来了："方才雪娘子二话不说就出来了，我怕雪娘子救不了人反而吃亏，在场边拼命打手势，秦王世子把比赛停下，听我说了，让那道士和宁王世子过来打岔，这才把事情无风无浪地敷衍过去了。"

那口气，仿佛是她的两名女主人办事不周到，幸亏有她补了河中心的漏船，救了大家。

曲尘果然夸奖她机灵。

雪信板着脸看向曲尘："他对你实在不怎么样。"

曲尘用力抿了抿唇，才说："他对我的好，外人怎么懂。"

两人带着小丫头回到马球场里。

比赛还暂停着，有从人抬出两个箱子，装着干净的打毬衣，让两队人替换一新。秦王世子苍朝雨用一块手巾抹着脸，见着曲尘，小声问她有没有事，还是有关切之情的。曲尘低着头，口上当然说没事，神色却全然不是没事的样子，眼泪蓄在眼睛里，蒙着看不清东西了，才忙低头，一低头，泪珠子砸在地上。

苍海心和他的马都被汗水浸透了，几乎是坐在蒸笼里一样热气蒸腾，他用皮囊里的水浇头，又给马浇，新换好的装束又浸湿了。他发现雪信一语不发地瞧着自己，口中赌气道："我不和你说话，我还没打进球，不和你说话。"雪信就走开了。

可苍海心又追上去说："可我也没让对手打进球，你不能不和我说话。"一瞬间这个人变得可爱起来了，他的天真和赌气，比那些世子什么的让人心里舒坦多了。

雪信用下巴指着鲁王世子："我讨厌那个人，你敢不敢教训他？"她疑心这不是个敢不敢的问题，而是个能不能的问题。

"当然敢，不过我教训了他，却输了球，怎么算？"打人不打球是要付出代价的，苍海心若是光顾着教训人，球却被人敲进自家球门里，那他岂不是白忙活了？

凡事有轻重缓急，需要一件一件做下来，先赢球，而后找机会教训雪信讨厌的人也不迟。

用激将法鼓捣苍海心，一面可以让鲁王世子吃点苦头，一面可以诱使他输球，是个好法子，如果雪信像曲尘那样欲说还休地使出来，或许就成功了，可是她小看了苍海心的成长，这法子已经不灵了。

雪信把脸拉得老长老长，好像场内所有人都欠了她的钱。

高承钧站到她身边："我知道了。"他并没有说更多，但之前多少年相伴下来，简单的事情只需要一个眼神，复杂的事情他们说话说半句就够了。

他在说鲁王世子欺负曲尘的事他了解了，他会替她、替她们出气的。

"你站到一边去。"雪信拒绝了高承钧，似乎也很讨厌他的纠缠。她的意思当然是不要他插手，平白无故得罪鲁王世子有什么好处。

高承钧看了她一眼，站到一边去了，那眼神分明是不同意不管的。

苍海心听着两个人一来一往地说了几个字，要不是在华城就知道这两个人的关系，只听言语，也许会以为他们不熟，知道了他们的关系，再听那些言语，便觉不平。

不熟的人不说话，便是完完整整的空白。而这两个人似乎熟到不需要说话，无声无形的言语已在漫天里飞来飞去，填充满了两个人头顶的整片天空。苍海心不知道自己为什么看得见他们那些没有说出来的话，他挥了一下球杆："输球就输球！"他也试着藏起一部分意思来，等她找寻。

雪信也是看了他一眼，他却完全不懂她是什么意思，是赞同还是不赞同，也许是不愿意令他明白。

最后雪信还是回到她的彩棚上去了，和黄金珠宝并排坐着。

两队八个人休整完毕，重新上场。

鲁王世子苍陆吾很快发现，他应该推说吃坏了肚子躲到茅厕去的，便不用在场上险象环生了。

先是苍朝雨抢到球后，把球往他脸上打，而后是苍海心英勇果敢地冲上来抢球，把球杆挥到了他脸上，要不是他缩头快，鼻梁骨说不定已经断了。苍海心的球杆挥了个空，没接到球，也没落到他脸上。

高承钧拍马截下了飞出不远的球，坚定地回传到苍陆吾的脸上，而苍海心一击未中也不撤开，守在苍陆吾身边向他的脸挥出了第二下。苍陆吾后仰在马背上躲了过去。

球落到了玄河手里，玄河体贴地轻敲彩漆木球，将之不偏不倚地提供给苍朝雨，苍朝雨瞄准苍陆吾的脑门把球送出。不等苍海心在苍陆吾的脸上拦截那个球，巴图从另一面上来了，堵住了苍陆吾拨马逃离是非之地的路径，与苍海心一左一右夹着那个成了众矢之的的人，你一下我一下挥球杆。

苍陆吾抱着马头气道：“你和我不是一伙的吗？”

巴图还在为刚才的事不屑：“我是追求，可你却是抢掠，你不如我！”

球场上两队人马敌我不分，只顾寻鲁王世子晦气的行为，令看客们一阵骚动。

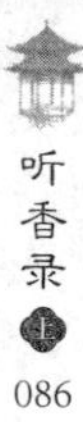

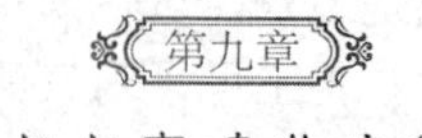

第九章

呦呦鹿鸣非良偶

当又一个球凌空飞出去后，没有人去管球在哪里了。苍陆吾抱头踢马向前逃出两支月杖密不透风的攻势，欲逃向场边，心想下了球场，他们便不能借打马球整治他了。

苍朝雨和高承钧呈掎角之势迎面包抄过来。苍陆吾扭头看左边的空当，玄河正正好把马驻在那里，似乎不是故意的，因为不知道什么人在球场地上扔了束青草，他的马低头咀嚼着。右边的空当，宁王苍孟极把马圈过来，堵住了最后了缺口。

苍陆吾大骂："我又没得罪你，你蹚什么浑水？"

苍孟极笑笑说："他们都想打你，我也可以趁势打几下过过瘾，谁叫你打翻了我的三勒浆。"

苍陆吾知道自己躲不过了，便干脆撅起屁股趴在马背上，双手护住后脑准备好挨打了。大家一看他配合，越加高兴。包围圈收紧后，新月形状的球杆顶端雨点似的落在苍陆吾的屁股上，没人统计几个人加起来共凿了多少了，反正一个月内这位鲁王世子确定骑不成马，坐不成马车，只能趴着了。

一棒锣声宣布马球比赛结束。打得起劲的两队人还以为哪个心软的看不下去了，提前结束比赛好救下苍陆吾，遂不理，接着打，等他们打完了，才发现比分成了一比零。

苍海心以为他果然输了，还大大叹了口气，不想被巴图和苍孟极两个队友架到肩上庆祝，还莫名其妙："我们赢了？怎么赢的？"

关于进球的经过，场边的大多数看客都可以讲述的。他们在围观群殴苍陆吾时，都目击到了一个更为让人不知所措的状况。

滚进草丛里的马球被一支球杆小心地拨弄着，球杆的主人正是长久被人遗忘了的关雎，他的马跑不快，他也不会像别人那样潇洒豪迈地挥动球杆，严格来讲他的表现游离于紧张的比赛之外，他会不会打马球也未可知。

可是没有关系，当其他人忙于用月杖击凿苍陆吾的屁股时，他便在不受任何打扰的情形下，专心地用球杆对付那只球。他把球杆倒拖垂下，弯如镰刀的杆头绊住了小木球，他就像扫地一般，轻轻扫球，令它滚出一尺，催动大肚子红马追上它，再拨出一尺。

关雎一尺一尺地把球拨进了球门里。

也许他是研究过球赛的规则的，反正他没有下马，没有用手捡球抛球，全程用的球杆，也不能说他没有击球，因为使用的是很小的力气，以短而精确的连续传接球把球敲进门里，合乎胜利的标准！

于是关雎也被他的队友们抛了起来，虽然他们对他的球技没有改观，不过对他的冷静和智慧表示了肯定。

曲尘跑上彩棚，对雪信说："他对我，没你说的那样坏吧？他为我教训了鲁王世子。"

又不是苍朝雨一个人对苍陆吾发难的。

不管雪信有多愤怒，她替人出头的理由有多正当，她都没有资格复仇。而他们这一帮人，玩玩闹闹，嘻嘻哈哈，便把人料理了。

只要同时对一个人有了厌恶，不需要十二分的愤怒，他们就可以随心所欲地欺负他，哪怕这个人原来就是他们中的一分子，也不需要找到一个冠冕堂皇的理由，义正词严地讨伐后再动手，连被欺负的一方也只得自认倒霉。

怪不得沈先生费尽心思地把阿狗变成了苍海心，如果还是阿狗的话，在安城里恐怕一天也立不住脚。在安城要做成什么事，要么自己成为和他们身份地位相当的人物，要么攥住他们，借他们的力量一用。

或许她该改一改性子了，死抱着过去的要强，也不会有人买账的。

"秦王世子输了球，你还那么高兴。他为你出气我应该向你恭贺的，可我一点儿也不高兴，说不出好话。"雪信端起身侧堆金砌玉的盘子，走下了彩棚，站在场边，等着被请过去，被当作一件奖品颁发给获胜者。

高承钧望了一眼雪信，扬手反对："趁人不备，作鼠窃行径，非君子所为，进球不能算。"

关雎红了脸，讪讪地，似乎赞同高承钧的反对，也认为自己投机取巧了。

巴图一瞪眼，与高承钧争辩："我们故意以大部人马扰敌试听，吸引敌人全部战力，再派出小股精兵突施奇袭获得胜利，这是兵法，懂不懂，兵法！"亏他还好意思如此美化升华他们混乱中的胜利。

"不能算吧？"苍海心也看了看他的队友，没把握地与他们商量，毕竟他以为自己必输无疑，胜利的一球也很不光彩。但是否认他们的胜利，又要抹杀整支球队的荣耀，唯恐寒了队友们的心。

当然，他也瞧见了静静等候在旁的雪信，她的神情无动于衷，可周身散发鄙夷和失望的气息，微妙地混在她平素的气息里，说不准是不是他心虚了才如此解读她。

除了巴图，别人倒都不坚持。宁王世子苍孟极说："此球不算，把那个尊腚受了伤的抬下去，重新打过。"一场马球从日出打到日落，挑灯夜战也不算什么。

苍海心说："这球打得太乱了。明明是我和秦王世子两个打赌，扯了一群人进来，又打岔又捣乱，进了一个球也不是我进的，也不是秦王世子进的，没什么意思。要比，就一对一地比。"一对一地比，那叫什么马球，不打马球还比什么？比掰腕子吗？

苍朝雨的意见是至关重要的，因为与苍海心打赌的是他。他说："那就不比马球了。你我比狩猎如何？"

苍海心听见苍朝雨主动提出比打猎，险些乐得从马背上跳起来，他本来就是个猎人，还有人敢与他比打猎吗？反正不是他提出来的，不算他占了秦王世子的便宜，他忙不迭答应，生怕秦王世子反悔。

“三日后，你我在长生苑定个高低。”苍朝雨伸出手来，与对方击了一掌。

打个猎还需要准备三天吗？只要一张弓，一双好靴子，一袋干粮，他即可就能出发。苍海心才搞不懂他们这些货真价实的王孙公子们在磨蹭什么。

他回到他在安城新买的宅子，把他这帮打马球的损友们召集起来问了问，就摇头不屑：“这也算打猎？”

安城里流行的打猎，自然不是在山林里走三天三夜追踪一只野兽那么个打法了，有钱有地位的人没工夫和兽子们耗，他们有许多帮手，除了大队两条腿的侍从，更有四条腿的和长翅膀的宠物。

左牵苍，右擎黄，说的是猎犬，马后蹲着猞猁，头顶盘旋着苍鹰，人与兽的狩猎大军一齐把猎物从林中驱赶出来，锁定在包围圈中，不断缩小包围圈，令圈中的猎物越发密集，狩猎的正主们方才登场，对着被禁锢在小圈内的猎物连连拉动弓弦。他们热衷于集中高效地杀死大批猎物，炫耀猎物的个头，如同炫耀自己的战功。

苍海心对此种猎法痛心疾首，不是为了吃，只是为了好玩。有人劝他赶紧去买狗买鹰，或者找人借也行。他却说，只有三天，买了也来不及驯，带着什么都不懂、又不听话的家伙打猎反而坏事，他一个人就行了。

于是接下来的三天里，他反而轻松，每日睡到下午才起来，从马厩里牵出马。他买的马在比赛中受了重伤，扔在秦王世子府了，而秦王世子把他后来骑顺了的马送给了他。他发现马的头顶有一个硬硬的突起，便给起了个名字叫一角，得意地向人宣称，此马乃麒麟所化，头顶的突起是未长出的角。

大伙儿摸过一角头顶后，无不笑言：“只不过是比赛里撞出来的肿包。”可是他全然不听，依旧自豪地叫它一角，把自己吃的瓜果省下来给它，骑着它出城练骑术，到河里刷马。他急着讨好一角，与它增进感情。

托马球比赛结果作废的福，雪信在秦王世子府里多赖了三日，对自己的去留越发没把握了。苍朝雨在其所擅长的马球上没能赢了苍海心，在打猎上要赢恐怕更不容易，打猎本是苍海心还是王阿狗时的营生。但她在皇家的猎场长生苑里看到两队人马的排场对比后，不知道自己该不该高兴点。

苍朝雨的队伍洋洋洒洒占据了大半片空场，除了三条猎犬一只猞猁一只苍鹰外，还有一只斑斓花豹被豹奴牵了上来。侍从三十六人，穿着统一制式的猎装，骑马列队等候主人的号令。

而苍海心骑着马，挎了一张老旧难看的素胎弓，不知是从哪个老猎人手里转购来的。一人一马停在空场另一边，无论他们怎么打起神气，风吹下夏天里的枯叶扫在他们身上，还是免不了寥落的感觉。

此外便是些受邀来看热闹和作评断的人。苍朝雨请了高承钧，苍海心请了巴图。雪信和曲尘混在苍朝雨的狩猎队伍里，穿着大小正合适的圆领袍，乌蛮靴，作男子打扮后，远远望去，服色不鲜亮，混在人堆里，令人难以一下子找出来。

“越王二公子，你的猎犬和侍从还没到吗？”苍朝雨被对手的亮相震了一下。要不是彻头彻尾地疯了，就是不知死活地自信，对手敢单人匹马来，反显得他这方声势浩大，色厉内荏了。

“齐了，就我和一角两个。”苍海心说，他眼睛转着，凭鼻子还是很快找出了雪信，打量她的男装打扮，飒飒英姿，比女装更有一番神采。

他向她一笑，雪信居然也若有若无地回了他一眼。

“我们赌的是猎物的大小是吧？”苍海心得到肯定答复后说，“那么我再添加一条说明，不要多杀，以你我在一个日夜内杀死的第一只猎物做比较。”

他只有一个人，势单力孤，若对方提出以猎物的总重比高低他是输定的，可从马球场上的表现看，他也看准了秦王世子不肯令比赛存在太过明显的不公平。

苍朝雨果然同意了，从一个随从的马上取了水囊和干粮袋，挂在自己的腾黄背上。虽然打猎不让人帮忙，跟还是可以让人跟着的，一来需要有个见证，二来万一遇到凶险境况，也有个援手。

高承钧就代替苍朝雨统领了侍从和他的打猎宠物们，接过了照料女眷的任务，落在苍朝雨身后百步。

走出没几步，雪信忽然打马离开了队伍，向苍海心的方向追过去了。

林中，苍海心与巴图两个在树下拴了马，爬到大树的粗枝丫上各找了个舒服的位置躺下，掏出干粮袋里的肉干吃。雪信从树下经过，没看见他们，直直地过去了。苍海心叫了一声，她才抬头看到了他们。

“别乱跑，猎场里也是有狼的。”苍海心说。

“没乱跑，我是来找你的。巴图是你的朋友，即使你作弊，他也会为你隐瞒，我信不过。”雪信说。

“那高承钧还是秦王世子的朋友，我们还没不放心他们呢。”巴图不满地抱怨。

如果他们还拨得出人，倒是应该派人去盯着的，他们呼呼啦啦一大帮，光看也能把猎物看毛了。这些人不是朋友就是小情人，要么就是在下面听差混饭的，就算犬奴没小心，把猎犬撒出去了，侍从手滑了，把箭射出去了，事后也没人检举。

苍海心倒不在意另一方还存在着不公平的可能，他跳起来，站在树杈上说：“我给你找个好位置，你也上来歇歇。”

雪信瞪他：“他们都急急忙忙找猎物去了，你还在偷懒。”他偷懒于她而言是好事，可是他太自在了，就使人难以安心了。

“他们成堆的人，走到哪儿都会把野兽惊起来。果真只许秦王世子动手的话，他在混乱中射中一两只鹿也就不错了。”苍海心见她不上来，干脆蹦下树去剖析敌我形势给她听。

鹿是打猎的首选，斑斓美丽，肉质鲜嫩，性情温顺，个头也算大的了。猎鹿风险低，回报高，所以两个人的比赛，主要是比谁能找到个头更大些的鹿，并射死它。要知道，体型大的都是雄鹿，个头越大越不好拿下，那些好大喜功、没射死鹿反而被雄鹿双角顶死的也是不乏其人的。

“他们都去找个头大的鹿了，你呢？打算‘守株待鹿’吗？”雪信问他。

“你真聪明，我是打算‘守株待鹿’。”苍海心一面说着，一面将三个人的三匹马都放走了。

苍海心的计划很简单，躲在树上学发情的小母鹿的叫声，引雄鹿前来，他居高临下筛选，找出个头足够大的，一箭射死完事。

计划里唯一不完美之处是鹿每年春季发情，眼前是立夏，晚了点儿。要不然，用苍海心的说法，附近所有的雄鹿即便知道前头有弓箭等着，也会万死不辞前来与小母鹿相会的。此刻用此计，效果打点折扣，但依旧是坐等雄鹿自动送上门，比对手骑马架鹰带着人追撵猎物高明。

苍海心和雪信上了树，安顿好。依照苍海心的要求，所有人吃了干粮，喝了水，歇过一阵后，便不许乱动乱喊了，不要弄出自然以外的声音。他本来还计划找些新鲜的鹿粪给他们涂抹涂抹的，不过料定雪信是会激烈反对的，说不定还会因此对他的气味歧视，故把此条略过去了。

他清了清嗓子，把双手圈在嘴边，开始了他的计划。

一只初成年的小母鹿的呼唤在林间回荡，是小鹿的撒娇，也是母鹿的嗔怪。用人类的年龄计算，它正在豆蔻年华，情窦初开，它需要找一个伴侣，好确信自己真的成年了。

也许真是季节不对，引不起雄鹿们的兴趣了，并没有出现雄鹿前赴后继的场面，可能是照顾那被臆造出来的小母鹿的面子，等了许久许久，才来了一头小鹿，个头太小了，苍海心看不上，他从腰里抽出弹弓，一枚泥丸打过去，把小公鹿吓跑了。

苍海心又学起小母鹿的求偶了，打猎是门复杂的手艺，需要勇敢、力气、技巧，更多时候需要耐心。当他的两个同伴都不抱什么希望，打算下树舒展舒展，让血液在僵麻的身体里流通时，又来了一头鹿。这一回的寻芳客，头顶的鹿角有三个丫杈，不是小孩子了。苍海心还是不满意，打出泥丸，赶走了它，毫不气馁地继续勾引别的雄鹿。

下一头鹿的造访不知又要等到什么时候了。雪信和巴图估算着上一头和下一头之间的空隙，穷极无聊地坐在树上聊起天来。

巴图向雪信打听曲尘的情况："她没有因为鲁王世子苍陆吾的举动受到惊吓吧？她有没有说她讨厌我？"

雪信是不愿与这个迅速成为苍海心死党的莽撞人聊天的，可是实在没有别的选择了，和苍海心说话也不见得顺心一些，而且苍海心的嘴一刻不闲地学着鹿鸣，他的喉咙听来些微嘶哑，当然学出来的小母鹿的声音也哑了。

她说："惊吓当然是有的，秦王世子带头帮她报了仇，她才平复过来。她要讨厌你也是可能的，毕竟在谁看来，你和鲁王世子都是一路货。"

巴图手中正攀着一根少女手腕粗的枝条，听见雪信的话，一发急，那枝条被他掰断了："我和那个家伙怎么是一路的？曲娘子没对我示好，我连她一根手指头也不敢碰，只会唱情歌打动她，跳舞取悦她。鲁王世子屁股上的伤，数我敲得最多。"

后一条观点是无法印证的了，倘若能说服苍陆吾接受验伤，可淤青上又没落款，大家月杖顶端的形状也是差不多的，但谁要打出个五瓣梅花的紫淤来，倒是能作为专属的证明。

"我也奇怪，你怎么一会儿和苍陆吾胡搅和，一会儿又帮着秦王世子打苍陆吾，说你是秦王世子一党的吧，你却帮他打秦王世子。"雪信指着苍海心。

巴图在树上跺了两脚，激动道："我从来不是他们那一党的，我也不与人结党，你们汉人不是有个圣贤说过‘君子无党’吗？那帮人，我看不惯他们，他们也看不惯我。我刚从葛逻禄部到安城，他们笑话我的口音，他们骑马比不过我，就拿作诗猜谜令我难堪。我见到越王二公子贴出布告，见他与那帮人开仗，我乐开了花，揭了布告自告奋勇去的。”

“我喜欢曲娘子，那天在马球场外向她表白心意，苍陆吾突然冒出来，在旁看着，见我被拒绝，又笑我，说我们在草原和戈壁上的那一套在安城行不通，他做个行得通的给我看。秦王世子和越王二公子可以为抢一个女人大动干戈，我却不能为另一个女人和鲁王世子打起来。”听来他是有着百般万般的不情愿的。

巴图是以部落首领嫡长子的身份来到安城的，学习中土的文化，也向中土的盛王朝展示他们的忠诚。他们将最重要的一个儿子送到安城来，宛如一只猎犬在主人的面前仰天亮出肚腹，作为质子的巴图，是不能给自己远在西北方的部落招引麻烦的。

他与苍海心都从远离安城的蛮荒之地来，胸中气象开阔，因此意气相投，又都被安城固有的贵族青年们蔑视嘲笑，更觉惺惺相惜了。

“那个道士玄河，又是哪一党的？”

三日前，此人一开口说话，雪信便认出了他的声音，是前一夜的怪梦里听过的。

她从来都疑心那不是梦，但也从没有与谁说起过。原先她以为自己能倚靠秦王世子苍朝雨，但自他摘走了她的香囊，雪信便惊觉身边一个值得信任的人都没有了。

“那个替皇帝出家的道士？”巴图咧了咧嘴，“从前只是听说其人，这也是头一回见到真人。他过去从未和我所厌恶的那一群人在一起玩过。”

苍海心的鹿鸣也停了下来，他提出了自己的意见：“玄河不可能是任何一方的人物。既然是皇帝的替身道士，他的偏向也代表着皇帝的偏向。听说当今的皇帝是个温和有智慧的人，不能失去了大度和公正。也许是秦王世子邀请他，皇上也正想找个人替自己看看我们这帮人闹成了什么样子，他便来了。所以他在球场上不奋勇争先，也不故意拖后腿，冷眼旁观我们的表现。”

雪信不由多看了苍海心一眼，她想不到，从前那个只会在山里打猎的王阿狗还会头头是道地分析起别人的心思来了，而且颇有见地。

不知是他有天资，还是在沈先生的管教下突飞猛进地学了东西，长白山里的猎人到了陌生复杂的地方，倒是依旧能立马把周遭的环境摸个门清了，也许他只是需要换一个地方发挥他的狩猎特长吧。

苍海心的话，倒是可以解释她的疑惑了。玄河可以替皇上来看看这帮人闹成了什么样子，自然也可以来看看这帮人为什么要闹，是谁撺掇起来的，其中有没有不可告人的密谋。

玄河使用的法子真够诡谲，像是一种控术，不管人藏了什么秘密，都会不由自主地掏心掏肺地说出来，幸亏她做沈先生的徒弟时，听说过控术，略晓破解之道，也没有什么玄机，只有心如坚石，抱定了不相信任何人的执念，硬碰硬地与施术人的意志相抗。

不过，沈先生也不相信他的徒弟都能坚定过对手的意志，所以在她和曲尘的身上施过保护她们的术法，一旦被人控制了心神有了和盘托出的念头，便会自动封闭她的心神，由沈先生的命令与对手去周旋。

所以那一夜发生的事更像个模糊的梦，若不是她当时意志在抵死挣扎，把这种感觉烙刻在了记忆里，醒过来没准就是个怎么想也想不起来的梦，困扰不出半刻就丢开了。

沈先生在很久以前便知道她会经历什么事吗？雪信再一次感觉沈先生的能力实在深不可测。

玄河是料定她不会记得他了，再见到她也没有额外示意。而她也应该装作不记得了，不能刻意四处打听这个人才是。面对也许与这个人相熟一些的苍朝雨等人，她不敢问，而巴图和苍海心这两个没什么要紧的人，偏偏不了解玄河，话题只好点到为止。

苍海心的耳朵动了动，扬手止住了另两个人的言语。

雪信在心里默数，数到了五百多的时候，林间缓缓走来一只鹿。雪信不是第一次惊讶了，苍海心的感触如此敏锐，耳力甚至胜过梅花鹿的耳力。

那只鹿体型巨大，与成年的公马相差无几了，头顶的一对角各有七个丫杈，高高耸立着，又是威风，又是华美，应该是头罕见的好猎物了。

果然，苍海心将弹弓插进腰带里，从肩上摘下了朴素到简陋的铁弓，弓背上缠的居然是麻绳。他没有停止他的口技，一只手却无声无息地从身后箭囊中抽出箭，搭上弓弦，瞄了瞄，弓弦一寸寸被拽开，他的手稳稳地，弓身也没有发出一丝“吱吱嘎嘎”的呻吟，人与弓像合作多年的老友，融洽默契。

雪信屏住呼吸，盯住了扣在被拉至极限的弓弦上的那支箭，大出她意料的是，苍海心对猎物的评定不需要参考同伴的任何意见，看准了立刻动手，他没有询问他们这只鹿是不是足够大了，她也来不及说任何反对的话。

雪信打算让自己抓空踏空掉下树去，她的身体刚一倾斜，苍海心骤然收起了弓箭，伸过一只手，扶住了她，她就势握住了他的一条臂膀说：“这只七个丫杈的确实难寻，但不是最大的，猎了它没有十成的把握能赢。”

苍海心说：“你是担心我赢，还是担心我赢不了？”说着话，居然把弓背回肩上了。

那鹿听见小母鹿的叫声忽然变作两个人说话，狐疑地举头搜索，见到了躲在树上的三个人。不管枝叶有多茂密，坐在树杈上是不能彻底隐蔽起来的，何况三个人衣服的颜色鲜亮，在绿树衬垫下尤为醒目。不过那鹿并不怕他们，因为在它的认知里，危险来自骑着马大声吆喝着驱赶它们的人，坐在树上聊天的人也是罕见难寻的，它没有察觉到面对面一闪而逝的杀机，而是好奇地观察他们，觉得他们平和有趣。

巴图催促苍海心：“好机会，它正仰头呢，你正好射它眼睛。快啊，被它走脱了再找一只七个丫杈的可不容易。”

“也许下一只是九个丫杈。猎了这一只，就没有机会猎取下一只更大的家伙了。”雪信说。

她离开秦王世子的队伍，独自来寻苍海心，自然是怕他运气太好，遇到的猎物比秦王世子这边的大，于是决心给他添些干扰。

如果苍海心随便打了一只不大不小的猎物，也就罢了，她不说话；若真能遇见有可能为他带来胜利的猎物，她就说猎物还不够使人满意，赢面不大，怂恿他放过这一只去找下一只；若他不愿放弃猎物，她便会制造些意外放走猎物，流失掉他胜利的机会，拖延他，最终不得不在比赛临近尾声时随便打一只差强人意的猎物交差，敲定他的败局。

“在野山野林里，鹿长到这么高大是不大容易了，可你们在长生苑，在这儿所有兽子的任务是把自己养得肥肥壮壮跑不快，方便人猎杀，一只鹿长到这么大不足为奇，这么大的鹿在长生苑里成群成群的。”

雪信是第一回进长生苑，但在过去三天里，听曲尘讲了秦王世子过去狩猎的事迹，讲到带回一头七个丫杈的鹿，是很可以炫耀的成绩，是可以献给皇上的。曲尘讲得眉飞色舞，她欺负苍海心从前在野山里打猎，没见过世面，就骗他。

那头鹿终究没什么耐心，看了几眼，将头扭向别处张望，没发现新的值得逗留的理由。

“再不打就跑了。”巴图恨不能越俎代庖，要不是雪信在场监督，恐怕他早已出手了。

苍海心说：“我也怕不够大，就放过这家伙吧。”他嫌那鹿还磨磨蹭蹭地东张西望，耽误了他勾引下一头猎物，干脆往树枝上踹了一脚，枝叶摩挲发出好大声，立时把那鹿赶跑了。

巴图发出可惜的慨叹，恨铁不成钢地往树身上砸了一拳：“她不肯让你赢回来，你听她的，迟早输得渣也不剩。”

这个冒冒失失的葛逻禄年轻人也看出她使坏了，她做得有那么明显吗？

雪信看向巴图。

但苍海心露了个憨憨的笑：“雪信说得不无道理，我要赢就赢个大的，绝对胜出，无可争议。”放了小的，把宝押在下一只猎物，他赌性还真大。

“我可看见你在我妹妹面前扮猴子了。我妹妹让你输，你敢不输吗？”雪信剜了巴图一眼，嫌他多嘴。

如果违拗美人的意思，美人不高兴，赢了比赛输了她的心。但若遵照美人的话办了，输了比赛，美人更看不上他。两头都是死路，巴图被这个问题骇住了，脸上也显出了痛苦的神色。不知道是不是正在计划着帮苍海心赢得狩猎比赛后，自己也向秦王世子挑战，却担心被曲尘嫌恶。

放走了七个丫杈的雄鹿后，用口技勾搭下一只越发不容易，招引来的都是泛泛货色，再也没有值得多看一眼的猎物了。

天色也不对了，从能把人晒出油来的浓烈的淡金黄成了薄薄的赤金黄，一刻比一刻红下去了，转暗了。

苍海心喉咙冒烟，把水囊里的水喝空了，嚷嚷说：“饿死了，得找点新鲜的肉烤来吃。”旋即他想到，不管他打了山鼠还是野鸟来吃，都算作他的第一只猎物，在他放倒合适的参赛猎物前，自己是弄不到新鲜的肉了。

不过，他们也有破解的法子，不参赛的人不受限制。巴图引弓射死了当天最后一只求偶的鹿。苍海心清理出一块空地，堆上捡来的枯枝生了火架起鹿腿。等烤野味的香气飘散出来，天已黑了，高处的树枝挑着月钩，在树叶间隙里洒下清辉。

三匹马被召唤回来了，马鞍子卸下放在地上当坐垫。苍海心与巴图两个人都爱吃肉，他们在火上翻动鹿腿，从刀口上咬下肉吃，大声谈笑，夸赞肉质肥美，连连说可惜没有带酒。

在他们眼中是珍馐美味的烤肉，在雪信这儿就是剧毒了，她捂着鼻子退到上风口，风向时时转换，她也不能消停，抱着自己的马鞍子以火堆为中心打转，从袖子里取出掺入香料的米糕来啃几口就挪地方，吃个饭也不安稳。

巴图不是个记仇的人，哪怕雪信对他的态度有那么一些些刻薄，他也会邀请她来火堆边吃肉，但是雪信都拒绝了。他莫名其妙地看着她黑着脸，圈子越绕越大，离他们越来越远。不由问苍海心这是怎么了。

苍海心看了雪信一眼："她不吃肉。"

"不吃肉怎么活？"巴图不可思议，不吃肉与绝食有什么分别？不吃肉，能有力气打猎吗？打不来猎物，能吃上肉吗？

雪信听了他们的评论，越发用居高临下、不屑兼怜悯的眼神看他们了，就如同她一贯看不起过去的阿狗——除了吃肉便不知道别的了。

"夜里正是狼虫虎豹出来撒欢的好时候，你别离我们太远，远了被拖走也没人救。"苍海心笑嘻嘻地向雪信喊道。

谁信呢，他的嗅觉耳力过人，比狗还灵，野兽还未接近他就察觉了，她走到矮林后叹一口气他都听得见，这家伙纯粹是吓唬自己呢。

山林里是苍海心的天下，他若没有足够的把握保护雪信，也不会放任她走来走去了。他只是好不容易逮住了一个比雪信神气的机会，提醒她自己的厉害。话说回来，他果真如此厉害，忙活一天，嗓子叫哑了，徒劳无功。明早日出后便是交出猎物过秤论英雄的时刻了，他怎么一点都不急？

雪信只作没听见，只要他们不把油腻的烤肉处理完，她是不会过去的。

巴图是个热心肠的人，替人着急也能急出性命来，他也是忽然想到了最后的时限，漫无目的地向层林掩映的远处眺望，黑漆漆的："秦王世子一队人不知如何了。没见他们生火，不是已放倒了大家伙，得胜还朝了吧？"他紧接着给自己宽心，"他们那帮人怎么会露天扎营在野地里呢，也许看天色不早，匆匆忙忙打了什么回去了也说不定。"

苍海心片着鹿肉，嘻嘻哈哈不说正题。巴图又问是不是打算半夜里出去猎豹子，那东西不好惹，单打独斗要吃亏，反正天黑没人看见，不如由他与豹子肉搏，苍海心躲在暗处放冷箭。

坐在远处的雪信回过头来，严厉地盯了他们一眼，示意监督人还在呢，他们怎么可以明目张胆商量作弊。

苍海心忽然对她喊："你过来。"

他们那边烟熏火燎乌烟瘴气，她是死也不过去的。

苍海心站起来向雪信走过去了，手里还握着穿了肉块的刀子，肉片上金黄的油脂和淡红的血水滴滴答答落了一路。雪信皱着眉头又要躲开，可从他的神色里看出有什么紧要的事情发生了，便立住不动了。

他走到雪信身边，对着前方的黑暗说："怎么就你一个？好像还挺狼狈的。喂，打架输了就好好养伤，不要跑来吓唬人了。"他似乎在对着什么人絮絮叨叨地调侃。

苍海心面对的方向正是下风口，雪信努力看向那边，她的眼睛除了月光和黑暗什么也看不见，鼻子嗅不到烤肉的油腻和死鹿的血腥以外的气息，耳畔是树叶在突来的劲风里相互拍打的声音。眼睛闭上再睁开，她猛然发现了，有幽绿的光亮闪了一下，好像对面的东西也眨了下眼睛，正是这下闪烁让她发现了这对隐蔽的眼睛。

"过来，我看看，保证不咬你，过来……"苍海心的调子从调侃转为了安抚，向那对眼睛招手。

巴图也停下吃肉，饶有兴趣地看向黑暗，口中一连串地发问：“是什么，是什么？大家伙吗？我就知道烤肉太香了，把厉害玩意儿引来了。”他警惕地把弓握在手里。

那对眼睛没有飘过来，也不远离，只是不时地闪动一下，似乎不敢对面前的人下手，又舍不得香喷喷的烤肉，也许还有烤肉的几个人的肉。

苍海心一扬手，穿在刀尖上的肉片被甩了出去。那对绿眼睛消失了，雪信听见野兽吃东西的声音。

“要不要多来些？”苍海心示意雪信站到巴图身后去。他也回到火边，将吃了不到四分之一的鹿腿从火上取下来，掷过去。

黑暗里传来了踉跄闪避的脚步声，接着是嚼碎骨头的声音。巴图辨声定位，一支铁箭瞄向那边。苍海心伸手在箭杆上一压，阻止巴图动手。

“它都那么可怜了，你怎么好意思射它。”他从头到底，口气都是向着黑暗里的家伙的，不知道的人还以为他救的是一只拼死逃脱兽口的小白兔。

苍海心继续向黑暗里道：“我是好人吧？你闻闻，你闻闻我，我和他们不一样，我从来不打狼。”

他摘了全身武器，抛掉弓箭，丢了匕首，摊开双手走过去了，走得不是很快，免得对方误会他是在发起敢死冲锋。

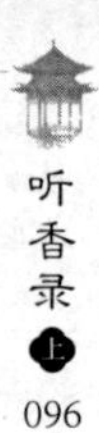

第十章

敢驱豺狼斗熊罴

黑暗里的家伙终于露头了，是一条体格硕大的灰狼，一只耳朵缺了个角，伤口还是新鲜的，脚也受伤了，走路是跛的。

它狐疑地抽了两下鼻子，往前走了两步，立定不动了。苍海心打量它，它也打量苍海心，四目相对，不知一人一狼用眼神交换了什么感想。

“就它了！弄死它，我们赢定了。”巴图叫了声好，又把弓抬起来。

苍海心忙用自己的脊背挡住了箭飞来的轨迹，蹲在灰狼身前检查它周身的伤势，顺便给它捋两下毛说：“多半是这家伙向狼王挑战，打输了，才被赶出了狼群。它是孤零零的一个，我们也人少势寡，理当相互扶持。”

他将受伤的灰狼引为同伴，也不问对方是否愿意。

灰狼肚子上有一道凶险的伤口，再深一点，肠子就流出来了，腿上背上的伤像张开的嘴，血肉朝外翻着。

苍海心从怀里掏出金疮药散剂，撒在灰狼的伤口上，他至今还保留着在手腕缠几道布条的习惯，方便随时取下来包裹伤口。

说来也怪，不久前还凶巴巴计划吃人的灰狼在苍海心的手底下成了驯良友善的狗，尾巴扫着他的脚面，盯着火边的巴图和雪信，似乎还不能决定是否放弃吃掉他们的计划，不知道身边这个为它处理伤口的人会不会同意它吃。

几处大伤口被缠了起来，血浸染了布条后，终于止住了。狼的生命与野草一般坚韧，这点伤不算什么，危及不到生命。

苍海心在灰狼背上拍了下说：“去吧，好好养伤，伤好前别闹事。”灰狼矜持地对他摇了一记尾巴，一溜小跑跃进黑暗，两盏幽绿的小灯再也没出现。

“你救了一只狼，放走了一只狼！”巴图的心情相当凌乱。他眼见苍海心与突然冒出来的狼亲昵地说着话，比老朋友还老朋友。

狼本来要吃他们，在苍海心的劝解下不吃了。巴图要射死狼，在苍海心的力阻下射不成了。苍海心还喂狼，医治狼，还无所谓地把狼打发走了。

巴图不能想象人与狼的情谊能如此简单迅速地建立起来，人信任狼，比人信任人容易多了，他没见过如此敌我不分，逮住就热络的主儿。

“狼曾是他的救命恩人，他喝过狼奶，所以他和狼比亲人还亲。”雪信没好气地解释。想起来也有些后怕，那时狼离她不到十步远，暴起伤人只需要一瞬间，苍海心居然丝毫不慌张，慢悠悠地走过来打招呼谈判劝降。

“狼是可亲可敬的生灵，人比不过它们聪明，也比不过它们矫健，更比不过它们忠诚，所以才会讨厌它们，抹黑它们。”苍海心向黑暗处伫望了许久，确定灰狼走远了才回到火边。

“再说它受了重伤，根本没能力伤人，只为了口吃的，又不好意思找人乞讨，才站在暗处犹豫不决。狼是倔强的，硬骨头，宁可饿死也不吃嗟来之食，我就算给它吃，也得说好话，让它觉得是友好的赠予，不是施舍……”

他对狼的脾气习性如数家珍，而另两个人只望见他两片嘴皮子一开一合，各自担忧着狩猎比赛的结果，对他说的一只耳朵进一只耳朵出，丝毫没走心。

见没有人听，苍海心只得讪讪地闭嘴，拔出匕首去附近砍了一堆野山藤来，约有手指粗细，凑在火上烤了烤，拿在手里编了起来。不多时，他手中多了一个浓绿色的大茧，长圆，胖胖的，一头尖一头钝，中间开了个圆洞，能钻下一个人。当然，容得下的人身量也非得是纤细轻盈的。

苍海心在茧子里垫了厚厚一层枯叶，用三股藤拧了条绳子，将绿色的大茧悬在粗枝条上，对雪信说：“你上去睡。”

巴图很是眼热，吊在半空里悠来悠去的藤窝，光看着就那么舒服了，可惜入口的圆洞开得太窄，他那般雄赳赳的汉子，肩膀就过不去了，强塞进去，不把藤窝撑散架了也会坠塌了。

在林中的火边坐一夜也不是不可以，既然脱离了秦王世子的队伍出来了，也没准备安稳地过这一日一夜了。雪信爬到树上，钻进藤窝里试了试，恍如躺在云端里，舒服得受宠若惊。藤子的断面流出气味清新的汁液，却不用担心会沾染到衣服上，有枯叶垫着。风吹不进，即便下雨可能也淋不着她。

苍海心唯恐她体会不到藤窝的好处，画蛇添足地追问：“如何？吹得着风吗？脚舒展得开吗？”他不放心，怕雪信在树上睡觉着凉，又从马驮着的行囊里抽出条毛毡爬到树上，打算完善藤窝的设计，披在圆洞口挡风，却因为毯子有一股子马汗味，被雪信丢下去了。

雪信口中振振有词地挑剔，心里实是领受了他的关照，有一个藤窝遮风挡雨足够好，毛毡还是留给他们吧。

巴图着实贪馋地望了藤窝许久，发现苍海心拿起剩下的藤子摆弄。但他没有再编一个的意思，只是比画确定了长短，取了一根递给巴图，叮嘱他：“上树睡觉，把自己捆牢，别掉下去，睡觉警醒些，别被野豹子吃了。”厚彼薄此得也太夸张。

“猎物怎么办？”巴图也不信苍海心就此放弃寻找猎物了。

“嘘。”苍海心让对方嗓门小些，“等你们都睡了，我自有妙法。”他要一个人去，留巴图看护好雪信，也是把雪信支开，不让她再给他捣乱了。

巴图正要抗议，苍海心猛然把头转向了东边，他两只耳朵动了动，深吸了一口气，叫了声：“不好，被抢先了！”

也在他说出那句话的时刻，东方的夜空蓦地亮了，几十支火把的红光映亮了夜幕，连星月也为之黯然了。隐隐有豹子的狂吼和犬吠从那边飘来，断断续续，时有时无，另有一种低沉的震颤，不知是什么野兽发出的。

雪信也听见了，她把头伸出藤窝，在风中辨别气味带来的消息，风正是从东来的，她闻见了一股强烈的令人作呕的腥臊，骇然变色。

可是她旋即看见苍海心和巴图来不及给马装鞍子就上了马，苍海心还向她喊："你在藤窝里待着，不要出来，没东西能伤得了你。"可她怎么会听他的吩咐。

雪信也来不及装鞍子了，也不像他们揪着一撮鬃毛就能骑马，她看准了，飞身而下，落在了苍海心的马背上。

苍海心吼了声："你不能去！"却也没办法把她踹下马。雪信狠狠地用手臂一环他的腰，苍海心大骂自己是笨蛋，只好任她搭乘。

摸着黑骑马，也不知道跑出了多远，东方的天空越来越亮，风里的野兽腥臊味儿越发浓重得能熏瞎人的鼻子，犬吠成了哀鸣，豹子哑了，能听见从人群里浮起来的恐惧的喧嚷，那低沉的震颤更清晰了，不仅仅激荡人的耳鼓，每一下都似乎砸在人的心上，让人的心跟着发抖。

苍海心和巴图骑马闯开火把的包围圈。苍海心对身后说："你上树去。"这回雪信听话了，她脚尖在马背上轻轻一点，攀住了近处的树枝。跳动的火光里，人本来就爱眼花，秦王世子的侍从们只看见影子一闪，马背上的两个人变成了一个人，他们便相信自己看错了，本来就是一个人。

雪信双手双脚勾住树枝，探出身去，看清了圈中局势。这群人贪心不小，竟然在猎罴，一种看着像熊，体型比熊大，也比熊憨，比熊残忍的动物，除了脸上有毛，五官似人，亦能作人立穷追猛扑，所以也叫人熊。

他们惹上的那只人熊往小了说体重也有一千五百斤，跺一脚地面沉一下，侍从们的脚步不自觉后退一小步。三十人的包围圈队伍围一个小兽绰绰有余，围起一只罴却是不够的，何况一会儿工夫，包围圈已扩张了好几倍，围墙星星散散，才被苍海心他们轻易闯了过去。

三只猎犬死了两只，还有一只受了重伤，倒在树下哼哼，想站起来却站不起来了。猎豹站在雪信对面一棵树的树枝上，盯着脚底的战局。豹子是狡猾的家伙，不像猎犬，傻头傻脑冲上去，战斗直到丧命，豹子在寻找一击命中对手要害的战机，没有足够的把握它不会贸然出击，显然底下的战局对狩猎一方渐渐不利，它的机会也许不会来了。

那罴肩膀上挂着几支箭，正在追逐苍朝雨。苍朝雨手握雕弓绕树奔跑，时不时回头瞄一下，来不及发箭又跑起来。罴皮糙肉厚，身上中箭基本没有对它造成伤害，就好像是野兽走过草丛，皮毛里黏上两颗带钩刺的草籽那般无关痛痒。

高承钧横着一支槊，槊尖指着罴，随着它的奔跑变换方向，随时可以一举投出。但高承钧也没有出手，苍朝雨也信守比赛规则，不肯让人相帮——但侍从们还是做了点举火照明顺带恐吓猎物的事情，只是那罴满不在乎他们的恐吓，也就不必去计较了。

苍海心跑到高承钧身边跺脚："这家伙，我三天前就预定了，你们怎么能抢！"

"你在它身上写名字了？"躲在高承钧身后的曲尘捏着鼻子问。

预定什么的只好是说说，也许他三天前来探路，发现了这只罴，将之列为猎杀对象，可在把那家伙捅死前，别人都有资格抢先下手。他们都是志在必得，起初就没把猎鹿算在计划里，眼光径直瞄准了长生苑里最大也最凶暴的野兽。

“秦王世子要吃亏了。”苍海心无法打扰秦王世子的狩猎，只好抱着胳膊作壁上观，点评道。

苍鹰在夜里不能视物，故而不能加入战团。猞猁体型太小，对罴的战斗力不够，故而也被人抱在怀里，没有上阵。原本三只猎犬一只豹子的战斗力在林中也难有敌手了，如果不是要挑战人熊的话。

这东西箭扎不透，牙咬也咬不下去，搭上了两条半猎犬的性命后，局面出现了尴尬的僵局，苍朝雨射不中它的要害，它一时也追不上苍朝雨。

不过，人力终有限，罴的怪力却好似无穷，人和罴赛跑，人哪里能讨到便宜，不消一刻，苍朝雨的脚步重了下来，跑得不如先前游刃有余了。

树下半死不活的猎犬是条好狗，歪歪扭扭站了起来，四腿打战，狂吼一声又冲了上去，它也是在垂死前奋力一搏，连路和人都不看，只蒙头蒙脑地冲锋，竟然与正跑着的苍朝雨撞了个满怀，一人一犬俱被撞得飞滚出去，苍朝雨的跑动路线乱了，罴在他身后抄近，险象骤现。

曲尘发出了凄厉的尖叫，提醒人们快去救他。与她的叫声同时扬起的是高承钧的胳膊，他将手中的槊奋力掷出，其势虽不如箭矢迅捷，却沉猛异常，闪着寒芒的槊尖竟也扎不透罴的皮毛，只稍稍阻碍了它的追击，让它后退踉跄了两步，长槊从罴身上弹开，落在一旁。

刚才还守着先来后到的规矩，但现在眼看着要完蛋，秦王世子的帮手只好出手了，这样也就等于宣告他那一局以败北告终，接下来就没有什么规矩了，各凭本事了。

“你们帮忙的先出手了，不能怪我，你们都散开，散开，别碍着我。”苍海心声明似的高喊着，拔腿冲向那罴，捡起长槊哇哇怪叫，谁也听不出他在叫些什么。

他也没有必要对那罴来一通义正词严的讨伐，他的吼声与林间的野兽的吼声一样，只需要表达情绪和态度即可。他挥了两下槊，连蹦带跳，从身体到吼声都在对罴说，刚才砸它的一槊是他干的，有本事冲他来，来啊来啊。

棕色的罴果然丢了苍朝雨，追向苍海心了。苍海心把槊一丢，撒开长腿跑起来，边跑边用人话喊：“散开，都散开！”那些打着火把的侍从经此激变都呆了，许多人挣扎着是上前帮忙还是明哲保身，最后反而是立在原地不动，被旁边反应快的连推带搡地弄走了。苍朝雨从他们让开的缺口里跑了出去。

高承钧已摘下了长弓，他深知若要一箭毙了那庞然大物的命，只有射穿它的眼睛或者从张开的嘴中贯入咽喉。那罴忙着追苍海心，头也不回。高承钧跑动变换到人少的位置，发了几支连珠箭，撮唇吹出尖利的口哨，引罴回头。

生怕罴被另外的人吸引了注意，被高承钧抢了功，苍海心立时回头停下，手舞足蹈，捶胸顿足，做出凶态和丑态刺激罴来追他。

罴在内心权衡了下，可能认为还是苍海心比较可恶，再也不管高承钧发来的骚扰似的箭雨，脚步如重锤夯在地上，没胆量的人吓也吓死了，绝撑不到罴走到身前十步外，苍海心却等罴追到了他一臂以外，罴瞪着血红的眼睛，口中喷出腐肉的气息吹到他脸上。

苍海心的大胆又一次引发了人群的慌乱，他们以为他必死无疑，准是被罴抓住了一撕两半。人群里，高承钧和巴图夺了别人的矛赶将上来，那也差着几十步，眼看是来不及施救了。没料苍海心打了个喷嚏，嘴歪眼斜地让罴看清楚他不屑的表情，从罴的双爪下滑过，一扭身又跑动起来。

罴见几乎到手的活物溜了，哪里肯放，不由越加暴怒，此刻在它眼中只有苍海心一个身影晃动，再也不在乎别的攻击了。苍海心在前领跑，罴在后面追，后面是高承钧和巴图领着一群人声势浩大地跑，似乎是督战的。就连秦王世子带来的豹子也在树枝间跳跃穿梭，随着大队人马移动。

雪信跳下树，与他们一齐跑着，她不能不关注苍海心的性命。如果他就此被罴弄死了，她也算摆脱了纠缠，可他终究不是什么坏人，他的痴缠也是她先放了手段激励出来的，他真的死了，她会过意不去。可是若他不死，还把罴弄死了，她的麻烦会更麻烦。

苍海心故意跑得不太快，不会与罴拉开过远的距离，让它意识到回头找后面的人下手更容易。他跑得正得意，却从斜刺里蹿出一道黑影，落在了罴的肩膀上乱撕乱咬。巴图和雪信在后面看见，认出了，正是不久前被苍海心救助饲喂过的灰狼。

“捣啥乱呐！起开！”苍海心一急，说话都带了辽州味儿，还好没人在近处听见。

灰狼的爪子重创了罴的眼睛，罴发出长嗥，夜空的星星都似乎被它震落下来，它一巴掌拍飞了灰狼。一只眼睛汩汩涌血，另一只眼睛睁得更圆冒着红光，看看灰狼又看苍海心，然后径直向灰狼的落处走过去。

苍海心投出了匕首，匕首比箭头锋利，比槊尖轻快，一下没入罴的肩背，只余缠着牛皮的刀柄。对罴来说，匕首一点威胁也没有，像是姑娘摘花，被花梗上的刺扎了一下，有了痛楚的感觉了，可是这点痛楚不够，比不上损失一只眼睛的仇恨，它依旧向灰狼走去，像是地府来的恶鬼罗刹，满脸鲜血。

灰狼肚子上的伤口崩开，也许撞在树上还伤了骨头，它横倒在地，身体一起一伏，还有气息，却动弹不了。苍海心抢在前面跑到树下，抱起灰狼扛在肩上再跑。这下罴跟上来了，两个讨厌的目标合成了一个，它不用迟疑了，只需要加倍残暴地追赶苍海心。若苍海心被它追上，一定不是一撕两半那么便宜了。

昏迷不醒的灰狼死沉死沉，重心上移，也更易被脚下凌乱的枯枝和碎土块崴了脚，苍海心不能不谨慎地慢下来。罴却跑得更快了，伤眼中的血流不完似的抛洒一路，它快追上了。当它的爪子勾住苍海心后背的箭囊时，苍海心解下箭囊向后一送。

怪事来了，罴脚下的土地突然向下陷落，附近的地面也跟着塌陷。苍海心向前扑出，抱着灰狼打了一串滚，才找到坚实的地面。此刻罴在他身后突然出现的深坑里发出绝命的嘶喊，身体被十多支竖直埋在深坑里的铁钎贯穿。

苍海心抱着灰狼坐在坑边，长出一口气，对着随即赶来的一票人马，累得说不出话来，只是抬手指着坑里的巨怪，又指指自己的鼻子。

三天前就预定了这只猎物的话不是白说的。他三天前就来长生苑里摸底，发现了这只罴，它是他的首选目标。他专门为它挖了陷坑，借练习骑术的名头，挖了三个晚上。

陷坑在它的巢穴附近，稍微偏离一点，坑上覆盖的木板能承受一人一马走过的重量，这样在比赛前，罴不会掉进陷坑里，别的野兽也不会提前把陷坑破坏了，他把罴引出来后，不需要跑太长的路就能到达陷坑所在，当然路越短，当诱饵的人越安全，说路短，却也有几百米。

如意算盘打得很周密，唯独没考虑到对手也瞄准了这头猎物，差点被抢先了。幸亏秦王世子眼高手低，吃不下来，才把出风头的机会留给了苍海心。

经过此战，苍海心在安城里名声大噪。虽然也有人会质疑，提前挖好陷坑算不算作弊、罴是不是提前被苍朝雨耗掉了体力和意志才被苍海心捡了现成的便宜云云，可是他敢站在一步之外挑衅人熊，能让半路冒出的野狼当帮手，谁不服谁试试？

就连秦王世子苍朝雨也不能不承认，是这位几天前还籍籍无名的越王二公子把他从罴掌下救了出来。他自然也不好管人家的闲事了，隔天用马车装了雪信，送到苍海心门上，还带着朋友们在苍海心家里喝了顿酒。

大闹了一场，借由两场稀里糊涂的比赛，领教了对方值得称道之处，两人摒弃前嫌，秦王世子如此态度，苍海心也由此被安城的王孙公子们真正接纳下来，除了有一个人不痛快，倒是个皆大欢喜的结果。

这个不痛快的人当然是雪信。虽然在苍海心把罴赚入陷坑后，她想明白了，苍海心已经上路了，同样倚靠别人的力量，用他的或许更得心应手，也更心安理得。她所不痛快的只是回到苍海心身边的方式。

苍海心赢得了认同，赢得了钦佩，而她好像真的成了一件战利品，没人来问她乐意不乐意，只是让她准备准备，所谓的准备准备，不过是收拾打扮一番，好让东西体体面面地送出手去。这些人追逐美色，又必须不把美色当那么回事，才是惯有的做派。

苍海心杀了罴的那个夜晚，秦王世子当众宣布自己输了，会把越王二公子的人完璧归赵，只有高承钧往前踏了一步，雪信把他拉了回去，摇摇头。

她用眼神告诉高承钧，她愿意过去的，不要一而再再而三地干涉她的事了，高承钧没有再动。他不在的三年里，都是雪信独自拿主意，应付各种考验，现在她已经不需要他做什么了。但对雪信而言，高承钧走了一步本身就够了，他踏出去，她拉他回来，在一瞬间于无声里交涉，这一切让她觉得自己还是一个人，不是一件东西。

在苍海心的宅院里，雪信见到了她的房间。沉香木的床榻，三面雕刻着漫卷的柔草，床上铺了一张紫竹编的新席子。

沉香木不经人躺在上面辗转反复，并不会摩挲出香气，新席子没有被人的汗水精血浸养过，也不如老席子那般幽凉，再好的东西没有人去用也是枉然，而真正的好东西都是经得住岁月摧残的，过上几年十几年甚至几十年，只会越来越好。

雪信有些怅然了，她不会在此间久待的，她离开后，这些美好的东西又会归了谁，她躺过的床和席子上又会躺上别人。念及此，雪信暗下了决心，把点翠金簪的事办完后，她要给自己弄一张可以睡上几十年的床。

她在华城里过着怎样的锦衣玉食，区区一张沉香床，眼皮也不眨一下。

院子里种了一笼笼从华城带来的香草，以笼计是因为那些草种在笼子里，生怕它们到了安城不适应当地土质，特意从华城运来泥土填在半人高的琮形的玉石盆里，又怕飞鸟啄食草叶，遂在玉石盆外罩上落地的大铁鸟笼，花匠需每日开锁入笼浇水打理。

这些香草在华城时天生天养，剪下一个枝条插在瓶里，没几天就长出根来，移到土里就活了，肆意疯长，满地乱爬，可以放心大胆地大批大批采摘制成香药，即便平时无事时，也要时常修剪丢弃一批，唯恐它们长得太快，枝条相接缠绕打起架来。

这些香草根本是因为太顽强而生生贬低了自己的身价，谁想到了安城，却因为稀少而名贵了起来，因为名贵而娇弱。

后园有一座小楼，二层小楼，名叫听香阁，不知道是原先就是这个名，还是苍海心买下宅子后改的。

听香阁将华城的藏珠楼里的陈设收藏全盘套搬了过来，柜子里半旧的衣服，妆匣里的明珠，坛坛罐罐的香料，林林总总治香工具，分门别类放置在两个楼层。

也许苍海心是好意，怕她思念华城，怕她缺东少西，把她用惯的东西带了过来。可是她踏进楼里却是吓了一跳，恍然以为自己还未摆脱华城。他怎么会知道，即使她怀念华城，也不愿再回到华城去了。

雪信巡视着新家，苍海心抄着手在她身后跟着，跟在苍海心身后的是管家，随时等着记下她提出并由苍海心确认的意见。她看了一圈，除了为她安排，由她支配的部分，苍海心小心翼翼地参考了华城的原型，尽量复原，其他地方都被他改得乱七八糟，他把他偏爱的都搬到离自己最近的地方。

首先苍海心把她安排在邻舍，其次，院后有个小厨房，方便他半夜偷剩菜吃，最后，他的院里的树上吊着正在风干的罴的皮毛，靠墙摆了一排稻草扎的箭靶，人形兽形皆有，俱在要害处插着好几支箭。

在他的设计下，马厩和犬舍分别改建在院角，让一角在东面嚼草，让大毛在西面养伤——大毛是他给灰狼起的名字。而分派给她的院落与自己的住处只隔着几十步，一角在马厩里打个响鼻，她坐在屋里都听得见，大毛抖抖浑身脏毛，她一推窗便闻见野兽身上的腥膻，厨子在伙房里烹制午饭，她不出院子也能报得上菜名。

听说他还计划在马厩边设个鹰笼，正在物色合适的海东青。看秦王世子带出来的猞猁猎豹也不错，便雄心勃勃地计划去掏野猞猁野豹的幼崽，喂养驯化，一定比那些来自长生苑兽园、生下来就关在笼子里的大猫强百倍。要不了多久，他住的地方也和兽园没两样了。

只说眼下，雪信的住处气味之糟糕已无以言表，必须在沉香床挂起纱帐拱卫，浇灌大玉石盆种的香草形成冲天香阵，在香草阵长成前，权宜之计是搬十几个大香炉来，围住屋子日夜不停地焚烧香料，才能抵御油腻的兽腥味儿，这样也不保险，风一大，吹散了香烟缭绕，那恼人的气味便可长驱直入。

罢了罢了，她放弃这里了，索性住到听香阁去，在听香阁外种植香草田，以行障圈住，把里外的气味隔绝。可惜行障终有被风吹残吹破的时候，果然还是种一圈密林好，挡风之余还能排布阵型不让外人随便出入，如同江家废园，表面被荒弃了，实则内有乾坤。沈先生排布巧妙，换了一处地方，套用格式时想改动一处都难。想着想着，不觉好笑，自己怎么也为这宅子作起长远设计来了。

雪信明明满心怨愤着，却闭口不言，显出懒得修改的态度来。苍海心不满意她的反应，喜欢便喜欢，不喜欢便不喜欢，哪里不好就改过来，把不喜欢的改成喜欢了不就好了吗？看样子，改是一定要改的，又不能乱改，不能把她看得过去的改没了，却把她所厌恶的保留下来。

他追着雪信问，还有哪里需要改的，怎么改。

雪信也像是作了好一番盘点，出了会儿神，才有了结果，说：“少了荷花。”

“今天就种上。”苍海心乐呵呵道。他似乎觉得他们在携手维护一个家庭的门面。

口开了，似乎继续说下去也顺理成章了，雪信又说：“我住到听香阁去。”

苍海心张大了口，皱着眉，“不行”两个字到底没有说出来，也许以为她在怀念华城的日子，也许是舍不得把马厩和犬舍拆掉搬到犄角旮旯里去吧，也只好任由她躲得远远的。

种在玉石大盆里的香草连带铁笼一同搬进了后园里。荷花当日也置办来了，应了雪信的要求，是种在缸里的。已是初夏了，想要看一池碧叶，现种都来不及了，只能买缸养的荷花沉到池塘里，等这一年过去，来年四月再派人下塘翻泥种新荷。

雪信留了两缸在岸上，她在花园里低头巡视一番，也不知道找到了什么，就令人把荷花缸抬到了她指定的树下。

傍晚时分，她换了一身素纱衣服，抱着一瓷罐从听香阁里找出来的蜂蜜，走到两缸含苞待放的荷花旁。她看见苍海心趴在园墙上张望她，他也瞄见她的眼光扫过来了，心虚一笑，似乎对自己宅子主人的位置还没好好适应过来，一会儿不记得，一会儿又想起来。他还是习惯把自己当一个外人，一个脸皮太厚的客人。

雪信用一把瓦匠做活用的刮刀给荷叶刷上蜂蜜。一旦做起事来，身外的事情不再能打扰到她，只顾把蜂蜜均匀地涂在每一张平展的荷叶上。苍海心实在稀奇不过，从墙头跳下来，跑到近前来问她，给荷叶涂抹蜂蜜有什么用。

“说了你也不懂。”雪信敷衍道。

熬得黏稠无比的老蜜，是被蒸去了所有水分的，存储多年也不会腐坏，开罐后依旧清香扑鼻，几乎流不动，用笔刷蘸不起，只能用刮刀挖起来，涂抹在荷叶上闪闪发亮。所有的叶子涂抹完后，雪信在附近树上折了些细枝搭在缸沿与荷叶之间。

她做完了这些便抱着蜂蜜回到听香阁里去。苍海心越加看不懂，问她她又不说，便决意守在荷花缸边看究竟。

不久，他看见一只蚂蚁爬上缸壁沿着搭在缸沿的树枝爬上了一张荷叶，闻香赶来的蚂蚁在地面上织出川流不息的图画，数条蚁线自近旁的蚁穴里延伸出来，缠住了缸壁，像是缸壁上的刻纹活了。

蚂蚁大军井然有序地经树枝爬上荷叶，撩开大嘴啃吃蜜香四溢的荷叶。

苍海心大惊小怪地跑进听香阁里说：“蚂蚁在吃荷叶！”

雪信细汗涔涔地在研磨着香料，镇定道：“我在荷叶上涂蜜，就是让蚂蚁吃的。”

“荷叶被吃光了，荷花肯定会死掉，可惜花都有骨朵了。”

“花开过了，还是要死的。早一点晚一点有什么关系。它开得妍丽，能取悦我，它因为我的需索而早死了，我也会感谢它，何况，活着也不是真的活着，死了也不是真的死了，我是有办法让它开一次花的。”

苍海心在言语上向来说不过雪信，对她那通云山雾罩的话也不甚明了。其实事情本身也没什么，死在他手底下的活物多了去了，还都是欢蹦乱跳的兽子呢，相比之下一两株花花草草算得上什么，只是他想不到她会以如此诡异的方法处理它们，要弄死，何不爽快一点，掐下来，踩烂，也好过被万蚁噬咬吧？

苍海心又跑出去看，只他一来一回找雪信说话的工夫，两缸荷叶就盖满了蚂蚁，黑黢黢，密压压，蚂蚁吃空了面前的一块就移动位置去吃另一块，露出一个细细的眼，细眼越来越多，逐渐扩大，荷叶上能站住脚的地方越来越小，蚂蚁相互拥挤叠压，争抢剩下的食物。他站在缸边，眼见着蚂蚁把涂抹蜂蜜的荷叶张张吃尽徐徐撤走，他像见证了一场压倒性战事、一次屠城。

荷叶被吃得很干净，却也不是完全消失不见了，蚂蚁留下了那些不能被蜂蜜浸润又坚韧难断的叶脉，缸中留下一个个孤零零的花苞，似在凝望荷叶的残骸。

雪信这时又出现了，她提着一只竹篮，篮子里有一把剪刀、一捆细丝线。她用剪刀把一张张只剩下丝丝缕缕细网的荷叶齐蒂剪下，就着缸中的水涮一涮，用丝线穿了悬挂在树枝上。原来她只需要荷叶的叶脉，动手剔除叶肉太麻烦，就用蜂蜜搬请蚂蚁来帮忙。叶脉露天挂着，被风吹一夜，被烈日曝晒一天，就能脱水了。

“你要这个又是做什么用的？”苍海心还是忍不住问出来。

“入香药，调香。”雪信被他问得烦了，只丢给他几个字。

在华城，许多食肆打包外送的食物，就用鲜荷叶包裹，不仅隔水保鲜，还使得食物也别具清香。可这香气，叶肉叶脉里都有，何必多费一层手脚，剔肉去筋呢？

他再问，她就不说话了。

雪信以为自己对他比过去客气了不少，其实脸色也没好看几分。她以为自己是迁就了苍海心今日的身份了，可是苍海心依旧得看她的脸色，受她的脾气。

苍海心站在一旁看她忙碌，插不上手。

凡与制香有关的事，再简单琐碎她也不让他沾手，还是嫌弃他会污染了香料，而用细如毫发的丝线吊起荷叶叶脉也是件精细活儿，一张又一张，简直看得人心焦，丢在地上摊开晾又能差多少？怕被风吹走？压上石头不就好了？

他是隐约懂了自己所在的圈子里的处事规则，能复杂的尽量复杂，有省力的法子也不会用，嫌粗糙低档，掉了身价。

苍海心等雪信挂完了所有的叶脉，得了个空子，从怀里取出一只镯子递给她。

正是在秦王世子府的假山洞里，他们打赌立誓她摔成几段的那只玉镯。只是眼前的镯子不复四分五裂的模样，他找了巧手的金匠在数个断口镶了黄金，把几节断玉重新攒成了一只镯子，赤金白玉交相映衬，金段上嵌有红绿色三色宝石，倒比从前绚丽华美。

“你的镯子，我修好了。”他是向她表功的。

可雪信见了镯子，却是一呆，没有半点欢喜的神色。

她当然第一想到的是与镯子对应的被苍海心掰断的金簪。他把镯子修好了还给她，那她是不是也需要把断簪接上还给他？

那两截金簪被她塞到哪个角落里去了，却是怎么也想不起来了。也许还在秦王世子府里吧，收拾东西搬出秦王世子府到这里来时，她心中不满，什么都不愿带走，还是曲尘替她包了几件换洗衣服，又塞了若干体己的金银首饰在包袱里，把她送上马车的，如今也不好为了找两截断簪子回去，她做不出等价的回复。

第二想到的是他为什么要把镯子拿出来。前后也还不满半个月，赌约自然不会忘，可拿什么赌咒发誓的，自己早就不在乎了，只是顺手拈来的值些钱又没那么重要的东西，以他们两人的景况，又不用为钱发愁。

一个玉镯，碎了就碎了，一支金簪，断了就断了，她从没想过要修补好了还回去的，除非一方不守信，才拿出当初赌咒用的东西，提醒对方履约。苍海心现下把镯子拿出来是要说什么？

当初说的是，他若证明了自己不是没出息的人，她就不能不理他。他赛了一场马球，打了一次猎，在安城声名鹊起，证明了自己不仅不是没出息，还额外赢了不少朋友，而她也没食言，搬到他家里来了，他说话她也应声了，还要如何？

难道非要自己对外承认了是他的姬妾，就要做个有名有实的姬妾吗？赌约里可没包含这条。

雪信不接玉镯，只森冷地盯着苍海心，那目光把苍海心看得心里毛毛的。

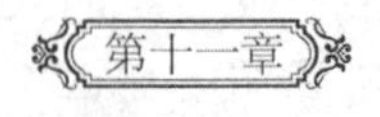

第十一章

蔷薇凝露芳十里

“接得不好看吗？还是你喜欢原原本本的素镯式样？”苍海心把镯子举到自己眼前又打量了一遍，“我问过了，这镯子玉质太好了，碎片也有首饰铺出好价收，但是找到质地色泽相近的料子按原样雕琢一个是做不到了，这样修修，不也挺好看吗？西域的红宝石、蓝宝石、绿宝石，都是我能找到的最鲜艳、最通透的了。”

他以为花花绿绿的就是好看吗？雪信暗暗笑他，果然是速成的新贵，暴发户，土包子。

雪信问苍海心：“我摔了就不打算要了，你把它还给我是什么意思？”

这个问题把他问住了。苍海心觉得这件事做起来天经地义，没有想过为什么，他被噎了半天，说：“碎了的能补起来，也还是镯子，你为什么不想要了呢？”

他骨子里还是个节俭持家的穷孩子，见不得铺张浪费的，也许心里还想着把雪信保管的金簪要回来，熔了重新打件什么东西吧。

反过来，把雪信也问住了。他的问题太简单，简单得她不知怎么说好，要解释，得扯上一大篇，却还是解释不清。这是他们根深蒂固的不同，从很小的时候他们过着不同的日子，被灌输了不同的观念，养成了不同的习惯就开始了。

她便不回应他的问题了，只是问：“只是还给我镯子？”

“是啊，还有什么？”苍海心茫然地看着她。

倒是她想得太多了，雪信有些羞惭了，她把镯子接过来，顺手戴在腕子上，与手腕上原有的一只细细的金线镯相击，碰出清灵的脆音。

夜里，苍海心来敲听香阁的窗。

他跳上小楼一层的屋檐，站在瓦片上用手指头弹了弹窗棂，窗户是开着的，他弯弯腰，能看见雪信还没睡，案上钵碗盘碟摊满，她依旧在忙碌。

苍海心说：“我要和你一起睡。”

雪信被他的直接惊骇得一时没了话，只是想，果然还是被她料到，她愤怒地把他瞪了又瞪，好不容易才说出：“你哪只脚先跨进来，我就砍了你哪只脚。”

苍海心搓了搓手：“我本来也不好意思打扰到你，可是巴图来我家吃酒，吃多了躺在我的床上，摊开手脚，把床占满。我让他滚一边去，他说我今天应该找我的女人睡去，床就留给他睡了。如果我不过来，他们一定会觉得奇怪。”

他是真傻还是假傻，这一番话被他说得头头是道，让人反驳不了，似乎确实是迫不得已，为了替她打掩护，帮她圆谎才过来的。

雪信走到窗边，把支起的窗扇放下，把他关在外面，说：“这是你家里，你找个没人看见的地方对付一夜也就是了。”月光落在雪白的茧纸上，把苍海心的影子描在窗上，睫毛一动一动也清晰可辨。

苍海心为难地说：“你让我待一会儿，我再走了，也好交代了。”

只让他待一会儿，对谁都有了模棱两可的解释，她倒还可以接受。雪信掀开了窗，才把窗扇推开一条缝隙，他便像一只狸猫一般钻了进来，席地而坐，左摇右晃着身子，东张西望，得意非凡。

苍海心对雪信的案头尤为好奇，几只大碗里有一坨一坨面团状的东西，一只方正的漆盘里整整齐齐地码放白狮子和白兔子，黄豆大小，不知道的还以为她在捏点心，可鼻子却告诉他这东西绝不能吃。

“这有什么用？”苍海心扒住案沿凑近了仔细看，所有的狮子一样大小，一般的造型，所有的兔子亦然，是用模具扣合出来的，再看一旁，果然放着两个酸枝木刻的模子。

“金猊玉兔香。”雪信说着，用一颗莹白的石子沾了水滴在砚台里，磨起了墨，沙沙有声，墨条中的冰麝气息弥散开，盖住了房中本来的一股香气。

苍海心便想，若他的师父和沈先生逼他读书写字的时候，有她在一旁研墨，自己也未必觉得读书无聊了。可惜她不会自发自愿地为他做什么事，而磨墨又不像是要写字的样子。

果然，雪信研了好半天，用一支狐毫沾了墨汁，将所有的白狮子和白兔子涂黑，这回，香是香了，可也成了一枚枚墨团了。

苍海心又看不懂了，说：“本来白色的挺好看，涂黑做什么？说的是金猊玉兔，怎么成了黑猊墨兔了？”

雪信禁不住飞了他一眼，恼道：“你再问东问西就出去。就算徒弟学手艺，也不敢大大咧咧张嘴就问的，还不都是等师父走了拿起来嗅一嗅。你想知道，自己钻研去！”

苍海心用手指揩了下鼻子，掩饰他的不好意思，他忘记了，各行各门都有不传之秘，不能平白说与外人的。但他不死心，用鼻子贴近了墨团，试图拨开墨汁的冰麝香气闻出其本质来，他贴得太近，闻得太入神，不觉碰到了未干的墨迹上，一片冰凉，又“哎呀”一声缩回来，鼻头上却已经沾了好大一块黑色。

“这下真的涂成狗鼻子了，狗鼻子才是黑的。”雪信见他如此模样，一扫怨怼，禁不住笑出来。

苍海心用手背抹了一把鼻头，抹得越发一塌糊涂，更正她：“是狼鼻子，狼鼻子比狗鼻子灵光。”他见雪信笑得更厉害了，便跑到水桶边扎下脸洗他的鼻子。

雪信说：“那狼鼻子闻出什么了？”

苍海心搓完了鼻尖，用衣袖擦干了水迹，转回她的案前，双手撑在案沿把鼻子贴着摆在上面的每件东西来来回回嗅，活像只趁主人不在，扒上食案偷闻偷吃的大狗。雪信又禁不住被他的举动逗得笑起来。

他嗅完了，抬起头来，打开一个木匣，里面有一片片指甲盖大小的晶莹薄圆片，他说："狮子和兔子看起来一般白，其实很不同。兔子周身墨汁下面最外层，是这个。"

雪信点头认可："是云母粉。"

苍海心得到了鼓励，立刻捡起一只圆圆的瓷粉盒："狮子的墨汁下最外层，涂的是这个。"

"是胡粉，涂面能令脸色雪白一时，比英粉贴得更牢，久用铅毒渗入肌肤，脸色转青白，反而更丑。所以我只把它当作药剂用。"雪信表示他又猜对了，不禁奇道，"云母粉和药剂用的胡粉都是没有气味的，你怎么闻得出来？"

苍海心说："怎么会没气味呢？天地万物都是有气味的，看不见的风是有气味的，抓不住的水是有气味的，更何况这些有形有质的东西，只不过气味很淡，常人不会留心罢了。"他又在炫耀他的鼻子了。

"猜对最外层有什么稀奇。"雪信不屑。

苍海心就继续深入，用他的鼻子剖开做好的粉团，边闻边说："狮子和兔子的第二层是炭粉，很厚，由表至心占一半。"

他在墨汁浓重香气的干扰下，能闻出几乎没有气味的云母粉和胡粉，且能透过云母和胡粉的隔绝，察觉底下的炭粉，这是连雪信都做不到的。

"对还是不对？"他见雪信不语就追问，不是求证，是对自己的判断有十二万分的把握，他只是要她承认他的厉害。

苍海心接着说："第三层是香药，第四层是一个细孔从狮子和兔子的嘴巴开到尾巴，打通了。香药……"他走到码着坛坛罐罐的香料架前，待要一样一样给雪信指香药配方里的用料，却见她神色越来越古怪。

神仙难识散剂，莫非他真能原样配出来？

雪信让他打住："有这样一个鼻子一定很辛苦，十里外有人吃了韭菜，呵一口气，你就能闻到。"她有些同情地望着他。

苍海心乐颠颠地坐到她身边："十里外的花香，我也能闻到。我可以搜索风吹来的所有气味，在里头找到我想闻的。就像是一堆人吵吵嚷嚷说话，我能找到我想听的声音，不理我不想听的。"

雪信对他的忽然靠近有些反感，正色道："你已经待过了，该走了。"

苍海心走到窗边，伸头看了看月亮在空中的位置，说："才来了一会儿，我现在回去，会被他们耻笑的。"

雪信不知为什么，又想笑了，才几个月，他还真懂了不少，也爱起面子来了。她将余下的香药用老蜜和白及汁液调和，揉搓了一阵，捏成笔尖大小的山峰，用刻刀剔画出嶙峋褶皱。像是突然想到什么似的，雪信又问道："这几日，有没有什么人邀你？"

苍海心扳着手指头："明日，去曲江野宴；后天，秦王世子请客；大后天，他们来我家吃饭；再大后天，齐王世子，就是那个屁股被敲开花的，也请我们一帮人去他家。"

"记得带上我。"她像叮嘱他下雨带伞般自然地说了一句。

"我才不带你，带小桃小碧就行了。这些人，有一大半看你的眼光不怀好意，带着你就是带着一大包金银财宝住黑店，自己招惹麻烦。"他倒是聪明人，能从别人的倒霉中吸取教训。

马球赛上，曲尘只出来转了一圈，就把球赛搅得收不了场——虽然看样子那场球本来就是乌七八糟的。

雪信阴了脸，把手上的活儿一推，捂着心口说：“我气闷。”她走到窗户边，“听香阁造得像个笼子，你是打算把我当鸟关起来是吧？会养鸟的，不用笼子，鸟自会飞到人近前讨喜；不会养鸟的，笼子门一开鸟就飞逃了。你不让我出门，我不会自己出去吗？”她把一条手臂探出去招了招，似振翅欲飞。

苍海心把她拉离了窗户：“我没说不让你出门。你要出去玩，我不与他们应酬，单独带你出去不好吗？”

“当然不好。你如今是红人了，谁都抢着邀你，也争着来你家套近乎，你有哪一天是没应酬的？你推了谁的都招怨恨。”雪信似为他着想，又说，“他们看我是你的脸面、你的光彩，只带小桃和小碧出去好没气派。”

苍海心叹了口气，不与她唱反调了，她非要出去，又有谁能挡得了？她真的要上刀山火海，他也只有尽自己全力，趴在她脚下给她垫着刀锋、隔着火焰。

要是不愿收拾她惹出来的麻烦，自己也不会冒死杀了熊罴把她赢过来了，要是不能哄她开心，还不如让她愿意去哪里就去哪里。话说回来，虚荣之心他也是有的，有她伴在身旁招人嫉妒的感觉，一定是过瘾的。

香料粉末的小山是手里捏出来的，不用模子扣，奇形怪状个个不同，列阵在墨团狮兔边，案上再也没有空隙可占了。

雪信静静地坐着，歪着头，横看竖看，用手指头试了试一只狮子身上的墨汁已干了，便动手移动它们的位置，让方阵的经线纬线都整齐笔直。其实放在大气些的人身上，完全不必做这道工序的，反正只是暂时摆一摆，等着阴干，还是要收入匣子里的，到时候还不是一股脑儿砸堆乱放？

样样事物都要整得横平竖直，否则心里不痛快，这是病，是心病，自己麻烦，别人看着也难受。她又将窗户支起来些，让夜风更畅快地在楼里盘旋。

雪信净了手，洗了脸，对他说：“我真的要歇了。”

这是毫不客气地在下逐客令了。

苍海心叹了口气：“你让我上哪儿睡去？”

雪信从妆匣里取出一块巴掌大的墨玉小砚台，滴了两滴花露，在上头研磨一支鹿茸，直到砚台上的汁液又稠又浓，她取了支笔蘸了轻轻刷在脸上。鹿茸膏很快干了，她用真丝扑子往脸上拍了一层珍珠粉。

“少得寸进尺。书房也睡得，柴房也躺得，随便你，反正别赖在我这儿。”雪信起身，走到屏风后面去了，屏风后是一张轻榻。

轻榻本来是供人午睡小憩躺一躺的，因为她正儿八经的卧房还在那个恶臭环抱的小院子里，那张沉香床太大了不好搬上来，又太沉了，恐怕楼板吃不住，更是因为楼中杂物太多，腾不出那么大的空地方，所以只摆了一张细窄的轻榻。

好在已入夏了，铺盖也简单，她往上头一倒，扯过丝被搭在身上就能睡了。

见雪信不再理睬自己，苍海心也不觉得没台阶，他自己给自己找乐子，绕着满屋子零碎奔走，手臂挥舞不休。

“你在发什么疯？”雪信在屏风后，透过蝉纱看见他的怪相，禁不住发问。

他说："我听见蚊子嗡嗡嗡闹个不休，在轰蚊子。"依旧胡乱找着理由想赖下来。

雪信懒得戳穿他，说了声："打翻了碰坏了什么，杀了你也赔不起。"

说的是别看这里乱得像个仓库，屋中存放的杂物，要么是难得的器玩，要么是名贵的香料，更有她颇费心血制作的香品，他若弄坏了，即便有钱，一时半刻也凑不出一样的赔给她。话却是句冷淡到骨子里的话，把他轻贱到一个铜子儿也不值。

苍海心却没有听出话里的冷，只听出了她没再赶他，只要他别再折腾。他便自说自话地留下来了，就地躺倒，说："小时候，我夜里睡不着，师娘会给我讲故事，我给你讲打猎的故事吧。"还好，他没有提出让雪信给他讲故事。

雪信翻了个身，背对屏风，用衣袖盖住了脸，像一只鸟把脑袋插到翅膀底下睡觉，试图隔绝他的气味和他的喋喋不休，一层衣料，能隔绝一点儿也是好的，可也只能是一点儿了。

她闭着眼，听着寒冬腊月里砸开河面钓鱼的故事，渐渐觉得周身清凉下来了，不知道是他讲的故事有了作用，还是她心平气和了。

再后来苍海心讲了什么雪信都听不清楚了，他的声音像只蚊子，嗡嗡嗡，嗡嗡嗡，不远不近地缠着她，可是当她似乎刚要进入梦乡时，那声音也停了。

初夏日长，天亮得很早。精力充沛如苍海心者，压根躺不到天亮。

他听见宅子里的人起来做活了，听见他们哈欠连天地捅开封住的灶眼在灶上咕嘟咕嘟地熬白粥，他就一跃而起，背着手从听香阁的门里走出来，作一副和气东家翁的样子来，笑眯眯地对所遇见的每个人都点头。

苍海心一路笑着从听香阁走回他的院子，走到自己床边，用脚把巴图踹醒，也不开骂，端着手臂带着胜利者的笑看得人心里发毛。

不出一个早晨，他的笑容就在宅子里传开了，所有人都知道他前一夜一定怀香抱玉，过得心满意足了。

此刻即便雪信亲自澄清，他们清清白白，同室不同床，也没人信的。

雪信也乐见他们顺理成章地误会了去，至少有了这层误会，她的脚跟是站住了，地位会稍稍比在秦王世子府上时提高一点。

在人前，苍海心无论哪哪都引人羡慕，青春年少，鲜衣怒马，新添了英雄的名声，又赢回了娇美的姬妾，他带着所有可炫耀的资本招摇过市。

雪信在人前是不给他捣蛋的，他一咳嗽，她就把漱盂捧上来，他一擦汗，她用新裁的团扇给他扇风，那团扇两面素绢用香草汁液染成了玉色，是若有似无的新绿，扇骨是檀香木镂刻出通透的花样，垂着朱砂色的穗儿，摇动之下香风习习，使人如坐蕊花深处，别人被香气扫到一下也是心旌摇荡。

人与人凑在一起，就是要暗中比较的。别人怎么与他比？他们带出来的女人，不够美艳，也不够体贴，一比较，不由要生气。可是他们却不知道人后雪信是如何神气活现的，不许苍海心走到三步以内，一走近了就沉下脸，更别说他倚红偎翠了。他只是在传说里享受着艳福。

离开秦王世子府后，雪信还是能常常看见曲尘，她跟随在秦王世子身后到处玩呢，穿着竹叶色的裙子，一套麻烦的茶具总是随身带着，预备着随时坐下来就向人展示她的手艺。曲尘生得不是艳丽这条路子，也不敢在心仪的人面前做出过分亲昵体贴的举止来，清新羞涩，也耐看。

当雪信问曲尘讨茶吃，两个少女坐在一起时，尤为赏心悦目，像一对配套的胆瓶，高低错落，色彩也不同，可就应该是一左一右成套摆的。小桃和小碧也是配好套的一对瓶子，只是在年纪和资质上都差了一些，像是市井匠人仿着名家做出来的器玩的版本。

有人嘀嘀咕咕，说谁能把雪信和曲尘一同收了去便好了，还有人付诸行动了，分别向苍海心和苍朝雨挑战，提出的项目也五花八门，爬到城内最高的塔顶跳一支胡旋舞并放声高歌、用一条腿从安城东门跳到西门中途不许换腿、斗鸡斗犬斗蛐蛐、去传说闹鬼的荒宅睡一夜……

只是所有的项目皆避开了两人众所周知的长项——马球和狩猎。

苍朝雨应付这些无礼的挑战只是一句话："曲娘子是府上的客人。"便把对方弹回去了。

苍海心才不管对方是什么居心，有人挑战他一律应战，以他顽劣的性子，就是没事也要生非，有人敢觊觎他的东西，他就要把对方打垮，大大地栽对方的面子，让对方下次再也不敢来，让别人也不敢效仿才好。

没要多久，他不仅能想出吓跑对方的比试内容来，而且不管有没有人接受，他都会无畏地尝试一遍，居然没有出过岔子，这也使得他留下混账名声的同时却越来越让人刮目相看。

而雪信还得在他逞英豪时装作揪心，在他出风头后欣慰一笑，斜睨余者，替他用眼神说出"还有谁不服，尽可来战"的狂话。违心地装腔，长久不了。

这些人来来去去不是喝酒胡闹，就是胡闹喝酒，没几次她便厌了，再叫她陪着出门她便开始推三阻四，赖在家里睡觉，也不管她不露面，苍海心该如何向人解释，"她不高兴出来"这种话，肯定不能说，说了自己杀了自己的威风。

雪信似乎忘记了自己来安城的初衷了，也失去了斗志，有了一块暂时平坦的地方便躺下来，也不管她所在的是坚实的土地还是正在消融的冰岩。

那天是苍海心在家里宴客，她连问都不问，只是叫人把一架轻塌搬到桐荫下，焚一炉香，睡上多久也没有计划，醒来便去摆弄她的香料，或是将玉石大盆里的香草修剪下来，试着让它们长到安城的土壤里。

夏季是香草生长旺盛的时节，折腾得稍微狠一些也不怕的。插在瓷瓶里的薄荷和零陵香从枝条的断面长出了淡黄色的根须，当根须有一指长，够健壮时，雪信把它们分为三组，移到新盆里。

一个盆里盛着南方的带着黏性的湿软的土，一个盆里是北方近乎沙砾的干爽的土，一个盆里是南方和北方的土各取一半拌匀，把香草苗扦插下去，雪信将盆搬到树荫下，等着看它们的长势。

她忙完了，一转身，发现一个男孩子不声不响站在一旁，她早听见他走过来的脚步了，却故意没有过早地回头。

那孩子年纪看起来比小桃小碧还小些，却比曲尘的小丫头紫笋大一些，十一二岁的样子，穿着式样简单，用料考究的袍子，小大人似的神情，手里搓揉着一片薄荷叶子。

他见雪信忽然回过头来，忙丢了被他揉烂的叶子，像是做贼被抓住，唯有消灭赃物给自己解脱。

这孩子是聪明的，看见雪信对待几株草苗珍而重之的态度，就知道不该随意攀摘，可是他也许禁不住叶底香气的勾引，想要探究探究，亲近亲近，便动手了。

雪信瞥了他一眼。那孩子咬了咬嘴唇，像是等着雪信来怪他，又像要主动解释，可憋着没开口。雪信向他走过去，他的脸绷紧了，像要逃走，双脚却死死钉在地上。他一定习惯了犹豫不决吧，凡事都自己先别扭好一阵。

雪信走到他身后的井台，摇着辘轳提上来一个竹筐，筐里有一个冒着寒气的瓷坛，凉得双手抱着也会打战。

这是她在井水里镇了半天的花汁糖露，还是去年采收了种在香草田里的突厥蔷薇腌在糖浆里做的。苍海心把她的东西都带来了，所有她曾经还惦记的东西，都还在呢。

轻塌上摆着一个小几，几上有一只白瓷斗笠碗，她揭开密封的坛盖，向碗里注入一泓艳色，晶莹黏稠的绯红汁液带着顺流而下的花瓣在碗里打着旋，花香与甜香转着圈圈弥散开了。

半坛子蔷薇把自己的嫣红融进了糖露里，把芳美吐尽，落得一身纸一般的苍白。太甜腻了，兑了泉水才能喝，冲淡了的花汁糖露色泽愈发清亮。雪信坐在榻上端着碗，欣赏着，并不忙着饮下。

那男孩子双眼看着白瓷碗里忽上忽下的花瓣，抿了抿嘴唇。雪信看到他这模样忽地笑了，把碗放在几上，走开了。

片刻，她捧着另一只瓷碗走出听香阁，看见那男孩子站在轻榻边，把一碗调开的糖露喝了个碗底朝天。他把碗从脸上拿开，蓦地发现雪信看着他呢，又一次慌地把手里的赃物丢开了，瓷碗砸在地上，碎了。

雪信的脸色如同刚从井里捞起来的坛子，罩上了阴冷寒气，她还是不说话，用新取来的器皿又调了一碗糖露，放在几上。

她看着那个孩子，把他看得几乎要逃跑，可那孩子又觉得自己应该留下来承担后果，或者觉得不应该害怕对面这个女子，他试着与她对视，才对上目光，他被雪信眼睛里的冷吓了一跳，把头转开看别处了。

就在他几乎要哭出来的时候，他听见雪信脆生生的笑声，他把头回过来，看见雪信把碗举起来，说："我好好地请你，你还不敢接吗？"

那孩子霎时从被责怪被惩罚的预计里解脱了，精神一振，上前接碗又喝，喝了把碗还给雪信，神情不知怎的带了点可惜，似乎糖露里还少了一味佐料似的。

雪信抱起装花汁糖露的坛子回了听香阁里，她看见那孩子在楼梯角上探头探脑，像只被投了肉骨头的小狗，恋恋不舍地追着人跑。她也只是看着他笑，并不说话，自顾自倾空了坛子，把剩下的糖露分装进几个琉璃瓶子。

这几日日光打着滚地发力，是一天比一天热了，阁楼在夏天总是比平房更火烫一些，打开所有的窗子还是热，所以需要格外降温与加湿。

这几日她赖着不出门，便把在华城时消夏的应用之物整理布置了起来。尤其在二楼房间四角各设有一张长条几，几上置四四方方的铜质錾金托盘，盘上是同花色的镂空铜冰鉴。

巨大冰块的消融，冰水悄然滴进托盘，冷气从冰鉴四壁花纹的空隙里钻出来，弥散整室，又透过地板的缝隙沉下去，自上而下给整座楼带来凉意。

冰鉴也成了短暂冷藏食物的绝好容器。几个琉璃瓶子躺在冰块上，晶莹剔透，似五色宝石与千年寒玉共生在矿床里，是件夺目的摆设，又是触手可及、随去随用的饮品柜。到了冬日里，冰鉴换成炭盆，便可取暖。

那孩子也感受到楼上比楼下清凉自在，大起了胆子溜上来。他明明知道雪信已经看见他了，却还非得等她把脸转到别处时才蹑手蹑脚上一两级楼梯，等雪信把脸转回来，他站住不动，显出若无其事的样子来。

当孩子长成了大人，便不再记得自己是孩子时想过什么，所以也看不懂孩子们古怪的举动底下遵循的是什么样的原则。

但雪信与这个孩子的年纪相差不多，还不足一轮，她还记得自己第一回见到华城藏珠楼的情形。她口上不说高兴，不愿表达感激，却连着三个晚上都没好好睡觉，忙着跑上跑下，打开所有的抽屉、坛子、罐子，闻闻里头藏了什么气味，拿起每件器物琢磨那是用来做什么的。那里琳琅满目、五花八门，收藏品是那么丰富，又是那么陌生神秘，是块放纵孩子凭着好奇心探索的乐土。

而此刻的听香阁正是藏珠楼的复刻，那孩子才走到楼梯的一半，两只眼睛已不住地四下触摸那些封闭的容器，神色跃跃欲试。

当他见到排列整齐的黑色小狮子小兔子，目光便移不开了，正要三步并作两步爬完楼梯，一只手在他的肩上重重拍了一下。

有人说："你跑错路了，这不是你玩的地方。"

是苍海心。

他一说完，那孩子与雪信的两双眼睛就盯过来了，都在怪他忽然冒出来，吓死人不偿命。苍海心的脸皮却够厚，他继续拍着那孩子的肩，几乎是用拍打把他拨拉下楼去了。

把那孩子弄下楼去，他又蹿上来，伸着鼻子东嗅西嗅，一下发现了冰鉴中的琉璃瓶子，提起一个揣进怀里，笑嘻嘻："怪不得不肯出门，关起门来吃好吃的，也不叫我。"

他看见雪信沉下脸，怕她抢回去，忙捂住了，从窗口跳了下去。

雪信追到楼下。

天气一热，马厩和狼舍的气味愈发重，苍海心久在其中不知其臭，又搭建了猎豹和猞猁的处所，并在山里捕到了一只半大猞猁。今日那群人来他家中，就是来看猞猁的。

雪信早就受不了了，这园子，她使人用一张高的行障围了好几层，不识阵法的人闯入绕来绕去都是死路，只要这些闲人不好意思破坏不算结实坚固的行障，她的园子就是安宁的。可今天进来的人也太多了些。她把行障检查了一遍，没有毁损。

还是苍海心的鼻子，给他指了路。

雪信气急败坏，急于解决这个漏洞，她回到楼中翻出几个陶泥做的葫芦形香炉，在里头堆了小山一样高的香料粉末，安置在行障阵中几处要位焚烧。扰乱了阵中的气味，看他凭什么进来。

可夜里，苍海心还是溜进来了，虽然被浓烟呛得直咳嗽。

其实雪信在楼里也不好过，什么事都是过犹不及，她点起了那么多的烟，圈起了听香阁，自己也成了躲在洞中被烟熏得直流泪的狐狸，能毫不心疼当柴火烧的香料也名贵不到哪儿去，气味自然不那么怡人。

为了少吸几口烟气，她关紧了所有的窗子，幸好冰鉴中的冰块还未化尽，否则早就热晕过去了。

苍海心站在一层的屋顶敲窗户，敲了好几下，她也不来开，他就自己个儿掀起了窗户钻进来，才钻了一半，一道劲风袭向他的头顶，他抱住脑袋向地上一滚，躲了过去。

雪信气呼呼地站在窗边，举着一个研磨香料的石杵，可惜着自己这一下挥空了，她质问他："你怎么进得来？"

"你烧了一堆什么？"苍海心的鼻子和喉咙受创不小，声音听来也是奄奄一息，"烟把行障上的白布都熏黑了！虽然你弄混了气味，可是干扰不了行障夹道里的风，风依旧在唯一的通路里穿行，烟越浓，风的指示越清晰！"

他是豁出了鼻子使劲在浓烟里捕捉一闪而逝的风的清新吗？被熏得像条风干肉，脸色都不对了，浑身烟油味。

果真如他所说，只要阵中存在通路，就会有气息流动，也就是风的指示，雪信无论使出什么迷惑手段来都不管用的，除非她封死了出入口，把自己围在里头不出去。

那也没用，他可是这宅子的主人，这园子也是他的，他想进来，一脚蹬翻了行障，大大方方进来，也不是不可以，顶多承受她一顿脾气罢了。

怕她又下逐客令，苍海心抢先偏头往自己身上嗅，为自己辩白："没有猞猁味了，我是洗了两遍澡来的。"

雪信无可奈何，这个人脸皮厚，拦又拦不住，赶又赶不走，她如今也是寄人篱下，不好太嚣张，只是斜了一眼，用力把窗户的缝隙合上。

苍海心在雪信的屋子里也随便起来了，提起冰鉴里的琉璃瓶子，拔开木塞就喝，不怕甜死也不怕挨蛰，像只偷蜜的狗熊，如此一日比一日熟络，终究不是办法。

她忍了他，他却得寸进尺来质问她了。

"你究竟要做什么？"苍海心一气灌了一瓶糖露，用尽量云淡风轻的口气问她。

雪信随手拾起一面素洁的新团扇，假装在思虑上头绣什么花样好，回答说："我闷在家里，什么都没做，哪里有你应酬繁忙。"

"你知道下午来的孩子是什么身份吧？"真讨厌，他在她面前还是太单刀直入，不知道拐弯抹角地套话。

雪信似笑非笑，转到屏风后，躺在轻榻上摇起扇子。以苍海心的聪明，扯谎是没用的，哄得了一时半刻，也蒙蔽不了两天三天。不回答也是一种回答，至少说明她不愿扯谎。

苍海心站在屏风另一边，瞪眼说："你早知道他是小太子了是吧？不是你故意的，他才进不来。你在行障下扦插了一种气味像蜂蜜的草，剪得很矮，才到小孩子的膝盖，混在杂草里，用眼睛看是看不出分别的。那香气飘得太低，大人闻不见，只有小孩子才能察觉，你用那种草给小太子铺了一条路，像猎人用鲜肉把猛兽引向陷阱。"

连故意绕着他布的机关都能被发现，雪信轻哼了一声，表示她已很不高兴，让他别再说下去了。

苍海心却不依不饶，疾步走到屏风后，拉起她说："你想要做什么，为什么不能直说，为什么你断定我不会帮你呢？”他这样沉不住气，以后怎么在安城混。

雪信用扇子拂开他，他却死死抓住她的胳膊不放。

她说：“我说我要刺杀太子，你也肯帮我？”

苍海心愣了，认真考虑了一下说：“这件事，恐怕迟早要做，但不是眼下，也不需要由你来做。”

雪信叹了口气：“我只是说说罢了。我就是不想欠你们的人情，再替你们做事还情。我住在你的屋檐下，已经很借了你的光了，更多的忙，你想帮也帮不上。”

她也计划得精明，偷偷借光不算借，以后可以不还，挑明以后，便不得不承认自己欠了他们的。

“我愿意帮你，不要你还人情。只要你……”苍海心说着便凑过来，“让我在你身边躺一躺。”

雪信一扇子拍了出去，拍在他的脸上，扇面豁裂了，她扔了扇子用脚踹他，气道：“你还说不要还人情，还不是乘人之危，卑鄙无耻。”

他一闪，躲开了她踢过来的脚，摸着鼻子退远些，委屈道：“他们大谈女人的时候，我太心虚了，装的就是装的。我连搂着一个女人睡的资本都拿不出来，还怎么吹牛？”

说得倒是不无道理。可是今天让他躺了，相安无事。明天他又来，可怜巴巴地说连女人的雪白的大腿都没见过，难道还舍身成全了他？

雪信说：“那也简单。你随我下来。”

行障的迷宫里，香粉燃尽，滚滚而上的浓烟此刻散开了，他们走出花园。

紧挨着花园门口，有间小平房，苍海心安排小桃小碧住进去，随时听候雪信的召唤。

窗户敞开，雪信向里望了一眼，两个女孩子躺在半透明的碧纱帐里，枕头并排在一起，宛如她和曲尘过去那样要好。

她咳嗽一声，里面的人没有醒，她又用力咳嗽了一声，小桃醒了，看见雪信和苍海心，急忙起来开门。小碧被小桃的举动搅了清梦，揉着眼睛坐在床上迷迷瞪瞪。

雪信站在窗下，指着里面说：“她们都归你。”

苍海心的神情像是她在三九天里扔了一床烂棉絮给他，指着里面反问：“她们？小桃和小碧？”

“我已和沈先生没有关系了，你说什么在我这里都不算。而她们两个是沈先生给你的，生杀予夺大权在你手里，随你处置。”雪信对那两个女孩说，“公子要你们侍寝。”

第十二章
晓风暗度麟囊转

两个女孩子张大了嘴巴，惊讶地“啊”了两声，并没有反对，也没有跪下来恳求放过她们。她们只是还在迷惑，这个时刻来得是不是早了点儿？

“她们也算女人？”苍海心双手挥舞，比比画画，“她们还是小孩子。”

“在你那群朋友家里，这样年纪的女孩都不是小孩子了。你连收一个丫鬟都不敢，还有什么资本出去吹牛？”

苍海心扶着窗户，盯着小桃小碧看了许久，说：“哪有对自己的小妹妹下手的。”

“你把她们当作小妹妹？最好别让沈先生知道，他会把她们召回去训诫，让她们重新记起自己的身份。”雪信冷淡地说。

她的话令两个小女孩各自缩了一下脖子。

听到这话苍海心立刻改口了：“我不喜欢她们，她们不合我的口味。”

“好吧，今晚就算了，你回去搂着你的猞猁睡觉去吧。”雪信挥了挥手，让两个女孩子接着睡。

那两个女孩子面面相觑，坐在帐子里发呆，很难说应该松一口气，还是叹一口气。

苍海心追着她：“就这样算了？”

雪信停下来看着他：“不然如何？你得晓得，我不需要你帮忙，也不是在还你人情，只是我们一起扯了个谎，扯得不太圆，我会想办法圆这个谎。当然你的情形也确实让人看不下去。”

就算他有了宠爱的姬妾，以他的身份，也没只腻着一个女人的道理。

“哪里需要那么麻烦，明明有最直接的解决办法。”苍海心话音刚落就向旁闪身，预备雪信的巴掌再扇过来。

可是雪信只是告诉他：“这辈子想也别想。”

“这辈子还很长，不要说得太笃定。”

苍海心跟着雪信上了听香阁，躺在地板上。不能躺在她的身边，也得睡在她房里，得让别人知道，他这一夜是和她在一起的。

翌日天才微微亮，雪信便跑去听香阁下看前一日种在盆里的薄荷和零陵香，三组以不同土质培育的扦插苗都婷婷舒展的，没有一株发蔫儿。

薄荷和零陵香是香草里卑贱好活的品种，只需要站在敞亮的地方，成日喝饱了水便心满意足，欢天喜地地茁壮成长。水大了淹不死，也不容易干死，即便晒到九成干，只要浇透了水，不出半日又嬉皮笑脸地活过来了。

更好活的是莎草，即便没人看顾，它也在路旁疯长，很少人知道它的黑色块根也可入药，只是雪信素来不屑用它，不愿辛辛苦苦地挖草根、淘去泥沙、晒干研末。本来就是倒找钱也没人要的东西，也值得下功夫去料理吗？

不过，也有阵亡的。那些扦插在行障迷宫中的蜜香草没有活下来。是她等不及了，蜜香草还没养出根须，她就要用它们了，只好浅浅地插在土里，勉强令它们立住。没有根基，又受了半天半夜的浓烟熏烤酷刑，它们瘫软憔悴，泛白发黄，褪去了草色，是非死不可了。雪信也不可惜，蜜香草的母株还在玉石盆中，养一养，又可以剪下一批。

麝香草这类蟠卷匍匐乱爬的香草才可恶，剪了枝条插在瓶中是不会发根的。它只会在一条老得成了木质的枝条上爆出新枝条，新枝条长到够老时再爆出更新的枝条。它也不懂得什么叫作仪态，把自己搞成一大团乱蓬蓬的、开了叉的绿色头发，死皮赖脸地躺在地上蔓延。

若要从它身上弄一棵小苗，要么把它整个挖出来从根系上撕开，分成几小份，分别种到小盆里去；要么把一条老枝条压进土里，强迫它在这根枝条上生出根须，待根须长成，才能剪断枝条与母株的联系，挖出来移进盆里。

雪信不敢损伤母株，只趁着日出之前风凉气爽，压了几根枝条进土里。

她还收集了荷叶上的露水，站在岸边，拣近处的荷叶，用竹竿子一点，叶面一斜，晶莹圆润的露珠从叶心滑下，赶忙用另一只手里的长柄竹杓接住。池心的荷叶伸手够不着，日出后，其上的露水蒸发殆尽，忙一个清晨，成果也有限。

苍海心在旁看了一阵，感叹："我以为躲在家里舒服，没想到你也能一刻不停地忙下去。"

雪信说："我忙的这些事情，有一大半是无聊折腾。若不折腾折腾，我便真的无事可做了。"

苍海心可不觉得雪信做的事是无聊："哪里哪里，你每个小动作里都藏着天机，不可泄露。"

他觉得他这个假冒的越王二公子，若只是每日站在清晨的园子里看她挽起袖子无聊折腾，倒也是做得的。她憋着一股劲、揣着一个计划不言不语做事的样子，远比她应付什么人时不耐烦的神态可爱得多。

歇口气，吃了早点，雪信打发人找牙婆来。

苍海心是被雪信推到买卖现场的，手里攥着半个馒头，边嚼着，边叽叽咕咕："什么事比我训猞猁还要紧？买东西是小事，你喜欢什么就买不就行了吗？"

"给你买的，自然你去挑。"雪信加倍卖力地推他，生怕这人半路跑了，却不知道他正享受着自己这副如临大敌的郑重对待呢。

正堂上，苍海心被迎面扑上来挥舞玉簪花香绢帕的一个人吓得馒头险些脱手。看容貌，听嗓音，是男人，瞧打扮，听话里详细，又是女人。

来的这个刘牙婆，年纪也不大，可是脸四四方方像方砚台，眼睛使劲睁大也是眯缝的，脸上各处都是硬的，棱角分明的，没有一处柔和，一开口更是粗声粗气。是个生了张男人脸，生了条男人嗓的中年女人。

按说凭这副不讨喜的条件，也难走进深闺大院穿针引线，好在她外甥在京兆尹的车夫班里当差，替她谋了这份差事，但凡官府判下案子来，所涉犯人的妻女被判官卖的，都由这刘牙婆经手了。

听说越王二公子要买人，刘牙婆不敢怠慢，把手里的货色拣了拣，带了八名少女来，列在堂上，供主人家挑选。

苍海心把雪信拉到边上："我买宅子的时候送了全套的管家、杂役、厨子、马夫、花匠，加上带来的小桃小碧，照顾我们的人不少了，不用多买人进来吃白饭吧？"

"谁说买人进来吃白饭？既然小桃小碧不合你口味，那就买几个合你口味的。这安城的世家再穷也会买几个姬妾丫鬟摆在家里，你越王二公子有得是钱，即便全都买下来，也吃不穷你。"

他们拉拉扯扯，从背人的角落里回到刘牙婆面前。雪信拎着苍海心的胳膊，迫使他陪着自己听刘牙婆的介绍。

"这个好，这个啊，本来是北安城令家的千金，她父亲收了钱，判错了几件案子，去年秋天已经砍了。这小娘子生得漂亮，会作诗，会弹琴，谁买谁有面子。"

"这个啊，这个不是官卖。她家里穷，哥哥娶不起女人，她懂事，和家里爹娘商量了后，求我帮忙，把她卖了，用那钱给她哥哥买个女人。我这个身份，本来不愿搭私卖生意的，她求了我好久，我看她实在可怜就算帮帮她吧。这孩子温柔体贴，针线活儿也出色，谁买谁知道。"

"这个……"刘牙婆盯着第三名少女，口舌卡了一下，匆匆解释道，"这个，怎么混进来了？本来没带上她……"她把那少女拎出来，塞到柱子后面去。

别人站在堂上统统垂着头，眼观鼻鼻观心，一副任君挑选的模样，独这个少女眼睛太活络，叽里咕噜转个不停，四处打量，还时不时满意地点点头。

此刻突然被取消了被选被卖的资格，老大不高兴，从柱子后钻出，眼见队伍重新排整齐了，她方才所站的缝隙合拢了，过去一屁股挤开，依旧站在那里，两眼直瞪瞪看着苍海心，嘴里说："我也不差，身板比千金好，吃得比孝女少，买我绝不亏了你去。"

苍海心还没说话，雪信问刘牙婆："这女子又是怎么回事？"

"她从小没爹妈，捡剩饭长大的，偷过东家的鸡，打过西家的狗。上个月有个无赖在野庙里对她动手脚，她用竹签子戳瞎了无赖的一只眼睛，自己跑去官府投案，吃了一个月牢饭，没人敢买她，倒把她养肥了。"刘牙婆重新把她拉出来，藏到队伍后面去。

有钱人家买妾买婢都是看品貌才艺的，谁敢要这种心黑手狠的？刘牙婆坚定地以行动表示她是安城第一有信誉的好牙婆，绝不以次充好，坑蒙买家。

刘牙婆一面与妄图重新插队的少女搏斗，一面气喘吁吁地接着又介绍了五名少女的身家案由，但大家都只顾看打架，没注意听她说了什么，反正都是原本官宦或者平白人家，家里人犯了点事，姑娘本人都是没有问题的，或蕙质兰心，或楚楚可人，喜欢什么样的有什么样的。

苍海心又把雪信拉到角落问："我不买行吗？没有喜欢的。"

“不行，今日非把你孤枕难眠的事儿解决了。再说人都带来了，不买像话吗？你让我花钱痛快痛快不行吗？”她一口气说了三条必须买的理由来。

苍海心耷拉着眉毛被雪信拽回去，他只好开条件问：“身上带香味儿的有没有？”不用谁回答，他一进来就知道了，几个少女身上各有一股清新气息不假，但是与雪信比，能称得上香的一个也没有。他如此问，只是给出一个不想买的详细理由。

“我我我！”刘牙婆还来不及回答，那个戳瞎无赖眼睛的女孩踮脚小跳着举手了。

刘牙婆把她的手按下来。

“会跳折腰舞的有没有？”苍海心只是针对那个女孩给出更加苛刻的条件。

“我会，我会。”女孩乱扭腰肢，状似抽羊角风，柔软是柔软的，却与舞蹈完全不相干啊。

苍海心看着她，不知为何觉得心里有什么东西舒展开，他点点头：“那么就她吧。”

他的选择令刘牙婆很为难，她为买主负责，千方百计撇开的残次品，还是被买主选上了，她有一种好意被辜负的伤心。

为了安抚刘牙婆，也为了让雪信花钱过瘾，苍海心又指点了前面两名少女。

刘牙婆一走，苍海心没多耽误一刻，飞奔去与他的豺狼虎豹团聚。雪信想要替他训个话，又觉得以自己目前对外公开的身份，实在没什么威风可抖的。

不出半日，安城里则又流传起一则怪闻，越王二公子新买了三名小妾，是他的爱妾雪娘子逼他买的。这雪娘子是果真明理大度，愿意与人分享宠爱，还是她身体单薄承受不了专宠，找人分摊重任，则任由闲人争论去了。

雪信满以为这回有了交代，能清静清静了，一转身，那三人显出不同的作态，个个都让人为难。

戳瞎无赖眼睛的女孩蹲在台阶上，用一把不知从哪里偷出来的小刀削树枝，她对雪信说：“我不做粗使丫鬟，太费劲，我也不陪你家什么二公子睡觉。你们这儿有什么不住的房子，让我搬过去看屋子看东西倒是可以。”

那个卖身贴补哥哥的女孩则抹起了眼泪，恳求雪信，看在都是女人家的面上，可怜可怜她，别拨她去二公子院子里，她甘愿织布挑水洗衣做饭，在府上做工抵账，等抵消了她的卖身钱，她是要回家去的，有人在外头等她。

那千金倒是愿意去二公子那边的，可是她不肯稀里糊涂吃亏，把条件说明白了，既然在卖身契上按了手印，名分是指望不上了，但在家中的地位和待遇不能比雪信低。她考察过家宅结构布局后，选定了一处住所，她不知道这是先前雪信嫌弃离苍海心太近、各种讨厌气味太重而放弃的，反而为自己占得了近水楼台的先机而自喜。

那三人本来都是有名字的，可是苍海心记不住，他大笔一挥，给写了三个名字送给她们：莺子、兔子、猴子。接下来几天里，雪信与这宅中的无关人等一同拈花微笑，坐看苍海心被三名小妾折腾得死去活来，并且总结出了规律：苍海心怕莺子，兔子怕苍海心，猴子怕兔子，莺子怕猴子。

莺子是那个被处决的北长安令的女儿，刘牙婆没有坑苍海心，把她认为最好的货色推荐了来。莺子有一把好歌喉，文墨不输男子，会填词制曲，抱着琵琶自弹自唱，据说能把天上的黄莺鸟引下来与其唱和。

她也很了解自己的长处和身价，自认为即便大家都是侍妾，她也该居首位。落户当天，她便把矛头指向雪信，同时也对苍海心下了功夫。

当夜她让人准备了酒菜，抱着琵琶找苍海心聊天去，弹了半支曲子，苍海心还没怎么样，狼舍里的大毛对月嗥叫，马厩里的一角长嘶不止，就连新来的猞猁二花也发出了感知到威胁后的嘶嘶声。

莺子镇定自若地弹下去，苍海心却蹦起来忙着安抚了这个又向那个解释——这不是新来的猛兽，这不是屋子里藏的怪物，好半天才硬着头皮说："我觉得你弹的唱的是好听的，可是大毛、一角、二花不爱听。要不然……你做口型，手指头空划拉，别发出动静来让它们听见？"

哼，什么越王二公子，还不是土包子，他和他养的猫猫狗狗都不懂欣赏时兴的燕乐！

可是她不能显出不高兴来，她的身份地位着落在这个土包子身上呢。莺子干脆跳过了这段不成功的磨合，挪到苍海心身边，刚把头倚靠到他肩膀上，苍海心就说："我闻见二花拉肚子的味道了，一定是喂了太油的烤鸡。"他推开莺子的脑袋又跑了出去。

莺子等苍海心回来，等得焦急，去猞猁笼舍前找他，却看见他事必躬亲地正铲土呢。她站在两丈外也差些被熏晕过去，一个越王二公子怎么可以兴致盎然地站在一堆半流淌的猫屎前，洒土搅拌，再铲进一只箩筐里？

当天晚上，莺子的计划是落空了，因为她实在没敢靠近铲了猫屎没换衣服的苍海心。可是，苍海心这块肥田，她不占住了，别人的了空隙就会来抢夺，于是第二日，第三日，她都去找苍海心，作诗唱曲，督促他尽快跟上她的品位。一旦苍海心学会欣赏她的才艺，别人肯定没机会了。

可是苍海心自小最讨厌的就是诗词歌赋，对莺子时不时借故靠过来碰他一下的撩拨也难以消受，只好对她明说："我们是不是还……不太熟？"

不太熟？那更需要尽快熟悉起来了，她不和他相熟，别人就来自荐枕席了。

莺子取代了前一阵雪信的位置，只要苍海心出去，她是非跟着不可的，精心装扮了戴上半透轻纱帷帽为苍海心挣面子。回到家她也不休息，依旧粘着苍海心，像只护食的小狗，一时吃不下，又恐被别人吃了去，寸步不离地守着。

苍海心简直怕了她，干脆躲到了雪信的听香阁里。雪信看他被逼得走投无路，甚觉有趣，哪容他喘一口气，提着他的耳朵就把人丢出去了。苍海心只好躲去柴房睡觉。

除了太黏糊，逼得太紧，莺子还有一项缺点是不会针线。

有回打猎，苍海心的袍子被树枝挂了一道口子，放在正牌的越王二公子身上，衣服脏了都不会洗，扔了了事，更别说破了那么大个口子，可他骨子里是王阿狗，从勤俭朴素的日子过过来的，舍不得扔。

他问莺子："能不能帮我补补？"

莺子用看乞丐的眼神惊慌地看着他，坦言过去在家时，针线活儿是婢女为她做的。

苍海心想这回好了，他有理由找雪信了，雪信绣香囊绣得细致，补个口子更不在话下。他去找雪信，雪信是不会对他喋喋不休的，他可以舒舒服服地掏干净耳朵，看她补衣服，躲一会儿清闲。

可是雪信还是不肯放过他，抄起长柄鸡毛掸子追着他戳脚后跟，把他赶出来，还提示道：“兔子会补衣服。”

苍海心只好去找兔子。

在井台边找到了高高挽着袖子用棒子捶衣服的兔子，他把她叫过来，然后开始解自己的袍子。兔子脸色惨白，给他跪下磕头如捣蒜，陈述自己虽然出身贫寒，但家门清白，品行端正，从来不会做那让人指戳的事。无论如何，也不能在光天化日之下……

屋子外边不行？唔，据说穿着中衣让外人见了确实不够体面。

苍海心招呼兔子跟上，便要找间屋子继续脱他的衣服。兔子嘤嘤哭泣，夺路而逃，被她撞见的人都听见她口中还颠来倒去地念着：“不行啊，郎君，不行啊，我是要清清白白出去的，你逼我，我只有去死了……”后面是敞着袍襟的苍海心追着喊：“只要你肯，又不是什么难事！跑什么跑！站住！”

也许是那天刘牙婆介绍猴子的壮举给了兔子极深的震撼，由此深信猴子在对付暴行方面经验丰富，她哭着跑向猴子那院子。

猴子正躺在树荫下的轻榻上啃一根厨房偷来的黄瓜，自在快活，却在顷刻间被拖了起来，被抱住了大腿死命摇，还有个哭得鼻涕冒泡的女孩子在喊救命。她首先想到的不是救人，而是猛力抖腿，把挂在腿上的沉重包袱甩掉，然后才抄起偷自厨房的火钳迎敌，她的架势把随后追到的苍海心阻在了院门外。

苍海心探头进来说：“不过补个衣服，不愿意就算了。你一跑，都以为我欺负你了。”

最终那袍子上的裂口，兔子还是乖乖给补了。可是她死活不信苍海心找她纯粹为了补衣服，没准是故意弄坏了衣料来试探，幸亏她当机立断拉猴子作挡箭牌，才把他逼退了。

自此以后兔子对猴子的威力越加深信不疑，只要干完了活儿就带着厨房偷来的黄瓜和水萝卜拜访猴子，小心迎合，请猴子多罩着她。

猴子过去吃了上顿愁下顿，夜宿野庙还担心地痞欺负，选中苍海心来买自己，图的就是他家底殷实，家规宽松，她能混个立锥之地，俩饱一倒，安闲自在。而兔子一来，必是拉着猴子聊天，倾诉她的苦楚，讲起来没完，偶尔也问猴子的过去，或者让猴子教她几个简单实用的自保招数。

猴子不爱与这种叽叽歪歪的人聊天，兔子没有人搭腔也能搜肠刮肚找出谈资，不让聊天冷场。若猴子讲明了想睡午觉暂时别来叨叨，兔子就可怜巴巴地站在一旁，扶着树，久久不愿离去。

猴子闭着眼睛也能感受到正被期期艾艾的眼神注视着，怎么睡得着？长叹一声坐起来喊：“你弄死我算了！”她就是见不得兔子那不爽利的样子，仿佛自己也跟着百爪挠肠，太难受！

惹不起还躲得起，以后，她就在院门上挂串竹管做的风铃，兔子再来时，一推门，击响风铃，她赶紧从榻上蹦起来，翻墙躲出去。

猴子的安闲被破坏，憋了一肚子气，只能加倍地从厨房偷食物、在宅子里四处乱转，半偷半捡合用的东西。

比如在柴房里找到一只四条腿高低不平的小胡床，她带回去拿小木片垫平了用；一间空屋子里有一领压满了灰絮的幔帐，她扯回去洗干净，做了一身衣裳——虽然雪信也想到找制衣铺来给她们量体裁衣了，但那是人人都有的，扯帐子做的衣裳就只她这儿独一件。这些也都没什么，反正她拿走的都是别人不要的或者忘记的，可是她去搅闹莺子的好事便过分了。

其实兔子的打扰，也没那么可恨，至少是给了猴子一个吃饱后动弹的理由。

人在苦难中做的计划，到了安逸时多不能实现。猴子无衣无食无片瓦遮身时，觉得她的彪悍是生活所迫，若有一日有衣有食有得住了，她也能学学闺阁里的女子，吃饱睡饱闲来无事只好发发愁，练练字，吟吟诗。

可是真有了这天，她才发现她已经被过去十多年的困苦捏成了型了，对那些圈养的女儿家该做的事情全然提不起兴致，而她每日不再需要为下一顿饭食奔波了，头三天感觉过着天上的日子，舒坦得没话说，三天后，她突然觉得自己睡着和醒着没区别，活着和死了也没什么不同。

她自诩侠女，侠女是快意恩仇的。她决定在到处捡破烂之外，报答一下那个和气到有点傻气的家主人，报答方式不是以身相许，而是保护他不被他不喜欢的人以身相许，保证他顺顺当当得到想得到的人。

自第三天始，猴子在夜里提着一只漏底的铜盆，一条破床上拆下来的木腿，绕着苍海心的院子巡视，巡着巡着就贴着窗根坐下歇息了。

莺子追着苍海心满屋子跑起来了，猴子也用木腿敲铜锣大喊“走水啦！走水啦！”，喊了一通就跑进马厩躲起来。

苍海心趁机跑出屋子。

下人们闻声提着木桶端着盆涌进院子，发现无烟无火，都猜是小妾间争风吃醋斗着法呢，被诓了两回再也不上当，谁也不掺和进来了。

不过苍海心两回都没有责令查找报假信捣乱之人，还频频向马厩这边投来赞许的微笑，猴子也就领会了，越来越放肆，没人来救火，她就敲着盆冲进屋子里，贴着莺子的耳朵喊“走水啦”。她根本不会与人讲道理，谁敢对她动手她就加倍凶狠地掐回去。

对猴子这块滚刀肉，自矜身份的莺子也是怕的，不敢针锋相对，唯有加紧抓住苍海心，稳固立身之本。苍海心为了躲开莺子一会儿，就去找兔子，又拿脱袍的事戏弄之。兔子照例要死要活扬言跳井，找猴子当靠山，猴子被烦透了就和莺子过不去以发泄郁闷。

外人只当苍海心在家享艳福，哪里知道他似乎被捆在了车轱辘上，往复循环，周而复始地折腾和被折腾。

折腾到苍海心累了、腻了，他忽然板起脸在家里颁布了宵禁制度。除他外，入夜后，只要不是轮值巡夜的，一律不准走出院子。

先是有个马夫不信邪，溜出去喝酒赌钱半夜回来被苍海心撞了个正着。苍海心命人将他倒吊在树上醒酒，抽了四十鞭子。

莺子却认为对她这新收的娇滴滴的妾室，法规也得网开一面，她还是缠着苍海心，入夜后也不肯回自己那儿。

这是公然挑战家主人的权威吗？苍海心立刻叫来人，把莺子架回她自己房里，门上挂锁，窗上钉木条，宣布幽禁她三天，不准送饭，再有犯禁者，打断双腿逐出家门。

两记杀威棒一抡，那个没完没了转动的怪车轱辘立时停下了，剩下的人识相地夹起尾巴，家里清净了。

可见苍海心不是不会杀伐决断，只是不肯放弃善良，谁要把他的耐心逼没了，他做猎人练出来的狠心就暴露出来了，他会把自己忍不下去的人当成猎物赶进死角。

这下他总算把控住这个家了，家里的人也知道怕他了，说起话来尊重些了，宅子宁静多了。

大乱之后的安宁，是接近昏睡的安宁，谁都不愿忤逆喜怒无常的主人，做第三个被抓出来严惩立威的。他们默默地走动，做着该做的事情，学会用眼神交流复杂的事情。当然也有不少根本在用眼神分别表现着两件事，却还以为默契达成、相谈甚欢的。

宵禁的规则与雪信倒没有多大关系。她的园子等闲人走不进来，她没事也不爱出去，顶多在傍晚出来，领小桃小碧上听香阁收拾打扫、给冰鉴添冰，顺便听小桃小碧盘点这一天家中的要闻趣闻。

小桃小碧两个叽叽喳喳的姑娘，一唱一和间就把各人私事抖落了个干净。

听见她们夸奖苍海心"总算像样了"，雪信心里却没来由地沉了一下。以前他不觉自己拥有什么，人人都不怕他，敢与他讨价还价，自己也欺负他好脾气，对他颐指气使，现在他开始领悟到这身份带给他的权力，慢慢学会管理手中握着的一切了，有些事情甚至不用他自己做，说一两句话，便可以迅速准确地落实。

夜里，雪信提着木桶和竹杓浇灌行障下的香草。

安城的气候比华城闷热干燥，雨下得少，土却干得快。她悉心照料种下去的蜜香草扦插苗，少不得在夜静更深、暑气散去后一桶桶地提井水浇灌。水渗入干松的土里，转眼就不见。雪信想起了关雎的母亲浇灌一个个陶盆的样子，自己的以后真的会变成她的如今吗？

关夫人真的不会种香草，五六年的老株也不换个大盆，根在盆里都盘不下了，从土里挤出来了，她还以为是香草不服水土呢。不过，虽然她的香草都是病歪歪的，品种却是全的。

苍海心对花花草草没研究，他从华城运来的香草，出发前漏了几种，路上丢了种，到安城翻盆又死了几种，挺下来的都是好养活的了。

多数时候，担心这个担心那个，倒把这些香草平白惯出娇贵来，若没有特别悉心照料，让怯弱的先死光了，就没有怯弱了。但真正的娇贵之所以敢娇贵，是因为不可取代，非它不可，没有它，有些香品便制作不成，没有它，就攒不齐香草的所有类属。

雪信犹豫着，要不要找关夫人要几盆她没有的品种来。关夫人种了十几年的香草，一直等人去取，可若她取了，她就成了关夫人在等的那个人，岂不是又落入沈先生的设计了吗？

雪信想得入了神，苍海心从背后走过来也没听见。也许是他故意放低了脚步不让她发现，当然还因为她将行障迷宫布置得太奇葩，苍海心在其中穿行无阻，她在里头嗅觉耳力都被削弱下来，还要驻足观察推演一下才走得出去。

苍海心从身后抱住雪信，她惊叫了一声，扬起竹杓却又放下了，紧紧握着，垂在身旁。雪信感受到了他的决绝，不管她愿不愿意，会不会打他，他都不会撒手，那么打他还有什么用呢？

她对他还有一些心虚，是她厌烦他来打扰，才想出了这么一个买妾的主意，也预计到他会手忙脚乱一阵子，只是没料到会那么乱，更没料到结果是他快刀斩乱麻。

两人都看不见对方的脸，苍海心也许是不愿看到她拒绝的神情，雪信则怕自己看见他终于“总算像样了”的样子，会丧失全部勇气。

苍海心把鼻尖贴在雪信的脖颈上一点一点嗅下去，自言自语地说：“这些蜂蜜味道的草，又种起来了。”雪信简直不知道回答什么好，气势被他压下去了，说什么都是暴露自己的没把握。

苍海心忽又讶道：“你的肩膀上有一朵梅花，是胎记还是刺青？”

雪信才有了回话的机会：“什么梅花？我肩膀上没有梅花。”说着肩膀上就是一凉。

苍海心把她的衣领掠开，指着一处说，明明是一朵梅花，淡红的。雪信使劲回头，他指的地方她的视线碰不到。

不会有什么梅花，如果有，小时候和曲尘一起住，曲尘会看见并且咋咋呼呼告诉她的。可是他又振振有词地说有。雪信觉得今晚与苍海心说话太别扭，遂把衣领拉上，趁机推开他，收拾起木桶和竹杓走回听香阁里。

苍海心没有跟来，这次他居然没有跟过来，没再缠着雪信。雪信就着月光用两面铜镜照自己的肩背，只有一片莹白，哪里有他指出来的梅花？她开始不安，觉得自己面对苍海心的优越感已经被她自己折腾没了。

喜怒无常，翻脸无情，确立权威后不容违逆，还说些让人捉摸不透的话，他总算有些像沈先生了，而且会越来越像。苍海心骨子里应该是这样的人吧？把糊在外头厚厚的泥壳敲碎，露出本来面目，不能怪他是吧，要怪就怪那个手贱去敲泥壳的人。

那个人就是她自己。

第二日午后，小桃和小碧在园子外拔挺了喉咙叫：“雪娘子！雪娘子！”像有什么十万火急的事，却害怕走进来晕头转向，最后只能止步在行障入口处跺脚。

雪信走出来，点她们的额头：“我教了好几遍，你们怎么还不会走迷宫？”

小桃小碧讪讪地笑，如果会了，必须是她们七拐八绕地进去找雪信，如果推说不会，则要雪信自己出来，这样她们能省了多少腿脚？

“真是去了老虎又来豺狼，公子带兔子出门去了。”小桃小碧忙不迭地递上消息。

“这点小事也值得你们专门把我叫出来一趟？你们连等到黄昏后再说的耐性都没有了吗？”雪信回身要走。

“怎么是小事，雪娘子，你专宠地位被威胁到了。要不要我们帮你教训下那个叫兔子的？”小桃和小碧自诩是雪信这方的人，她们需要雪信的庇护，也得为捍卫雪信的地位出力。

雪信被她们的斗志逗乐了：“莺子逞豪强的时候，你们怎么不去教训？你们分明柿子捡软的捏，看人家性格柔顺就去欺负。”

小桃小碧一起分辩：“莺子是追着公子跑，公子没看上她，谁都看出来的。可是这回是公子从烟熏火燎的厨房里把兔子叫出来，给她衣服给她首饰，把她打扮得像盘嵌金丝小枣红绿丝的八宝饭，塞进马车领走了。”

“他这回是拿兔子开刀呢。这女子看似对谁都低眉顺眼，其实洁身自好，看不起这里的许多人，她眼泪汪汪地拒绝公子那么多回，折损了他的威信，影响比莺子还坏呢。”雪信悠闲道。

小桃说："那下一个会不会是猴子？"

小碧抢着答："不会不会。猴子长了毛就是个猴，精明着呢。样子是大大咧咧，可是她没顶撞过公子，在莺子的事上还拍了公子的马屁，这几日风声紧了，她躲起来不偷也不闲逛了，估计等什么时候风头过去了，才会故态复萌。"

小桃说："这么说，下一个该不会是雪娘子吧？雪娘子对公子更狂。"

小碧猛点头，又猛摇头。两个女孩子都猜不准，一齐望向雪信，要她下个什么保证，保证她们三个人的安全。

雪信说："他这风抽一阵就过去了，你们两个的来历和那些人都不同，只要不乱跑乱嚼舌头，他也不会挑你们的错。"她话锋一转，"既然把我吼出来了，你们就跟我进去一回，给我种的草支个遮阴篷，这鬼天气！"

第十三章

莲步纤纤踏青圆

在安城里，小道消息传得飞快，尤其是平日就受人瞩目的风云人物的轶事。苍海心还没回来，他的事迹已经被人活灵活现地学了回来。

有人看见他在曲江，与秦王世子、巴图等一干打马球的狐朋狗友宴饮。兔子一打扮起来，比她荆钗布裙的样子好看了十倍。她战战兢兢地为苍海心把盏，生怕被他碰到手。她的样子令苍海心被众人好生嘲笑了一通。

苍海心并不生气，脸上始终挂着笑。

中途有个胡商闯进来兜售他的货品，被人赶出去前，苍海心从他手里买了一朵通身赤金打造的牡丹花，有海碗大小，花瓣繁复，点着珍珠做的花蕊，捧着十分压手。

他把金牡丹绑在筷子上，簪在兔子的发髻里，兔子的脑袋立刻沉得抬不起来了。

他左看右看，摇摇头，说："难看。这花戴在你头上，太难看了。"于是便一脚踹了过去。

这群人是在湖心亭中设宴的，苍海心一脚把兔子踹翻出栏杆。兔子不会水，即便她会水，头发里缠了比石块重的一朵金牡丹也浮不起来了。望着湖面上悠悠荡开的一圈圈涟漪，居然有许多人击掌称好的。

苍海心站在栏杆边，等了片刻，才让随从下水把兔子从湖底捞了上来，按压肚子吐了一地的水，水里还有小鱼在蹦。等兔子醒了，他问道："怎么样？还想不想死？想死的话，我可以把你扔回湖里。"

到鬼门关走过一回的人才知道惜命，兔子跪着哀声说："我再也不敢了，再也不敢了。"以后她再也不敢拒绝苍海心了。

苍海心厌恶她湿淋淋的样子，让人给塞进车里先送了回来。兔子换了干衣服缩在被子里，见了什么人都说"再也不敢了"，有点被吓疯的迹象。

而苍海心趁着酒兴带人回家，把猴子叫了出来。猴子黄黄瘦瘦的，穿上肥大的襦裙，胸口的裙头老往腰上滑，她总得背过身去提一提，但是她连说了几个市井笑话，把大家逗得喷酒。

苍海心这群朋友终于把他新买的三个小妾都过了眼，评头论足，认为莺子美色第一，买得最值；猴子诙谐有趣，也算是个古怪的藏品；兔子这样的最使人扫兴，多数人认为买亏了，还有人认为改造和驯服也是乐趣所在，扳好了就不算亏。

苍海心让他们把他家当作自己家，还真有人信了。量浅的人开始把手伸进嘴巴里，称舌头找不到了，也有人站起来走几步，忘记自己要去干什么，被人一推一绊跌在一旁冰块雕成的山子上，贪图凉快便搂着不放。

他们且在堂上胡天胡地，小桃和小碧又在园子外扯起喉咙喊开了："雪娘子！雪娘子！"

雪信睡眼惺忪地出来，一脸起床气，到底谁伺候谁，怎么她们一叫唤，她就得颠颠地出来应呢？当然，她是明白小桃小碧必然是带着重要的小道消息来的。

小桃小碧合力抬着一个木匣子，将兔子和猴子的事儿说了，奉承着雪信即便高卧闺中，掐指一算就知道苍海心哪跟筋搭错了。她们兴高采烈的，因为她们这方阵营有了雪信，可保立于不败之地了。

"那兔子的脖子太脆，戴不住金牡丹，所以掉湖里了。公子又把牡丹捞上来，说这东西碍事，就摆在听香阁吧，让雪娘子化去了做香丸也行。你说奇不奇？金子没有气味，怎么也能成香药了？"她们打开匣子让雪信看。

胡地来的匠人在金银器的技艺上远非中原匠人能匹敌，繁复的花瓣密密层层，要数清共有几瓣是不可能的，一数就眼花缭乱，每片花瓣薄如纸，似乎能透过背面的光亮。

"金子不是香药，可是制金颜香，需要在香丸外头裹一层金箔。他在听香阁里乱翻乱动，曾经见过，还差些当道家金丹偷吃了呢。嫌碍事了才丢过来，以为我这里是他家库房吗？做香丸用的金箔也只需一点金子，这么大堆金子，真让我闷在园子里死命做金丸吗？"雪信还一副爱要不要的样子，让小桃小碧叹为观止，要有一天，她们也能如此大放厥词一把，再做一辈子婢女也甘愿了。

"做得可精巧了，当真化去了也可惜。雪娘子不稀罕，就赏给我们，抬我们屋里摆着当景儿看。"小桃小碧大着胆子捡漏。其实她们历来是大胆的，因为雪信脱离出来，在沈先生那边告不了状，而苍海心对她们又向来是迁就。

"去吧，只是别太招摇，招贼的。"雪信向她们摆手。

"快走快走。"小桃小碧相互催促，搬动匣子，还向雪信保证，她们会眼皮不眨一下地监视苍海心的动向，如有不轨立刻汇报。

雪信提醒她们，是不是找错了忠诚的对象了，苍海心才是她们现在的主人。

小桃小碧说："我们来时，沈先生让我们做的，就是确保公子对你死心塌地。他得有几个女人装装门面，可要是敢对别的女人用心，我们吃不了兜着走。所以雪娘子，你也体恤体恤我们，花点气力吧。"说得又可怜又好笑的。

她们无意中透露的事却让雪信又是一怔。她是个连身世都不知道的人，苍海心对她死心塌地，又有什么好处？不让她脱身撒手，沈先生有得是办法，可是说到死心塌地什么的，就太严重了。难道还真是沈先生偏私她了？以苍海心眼下的身份，以沈先生为他作的打算，胡闹完了，不还是得娶个门阀世家的女儿，助他们一臂之力吗？

雪信听见不远处悉哗作响，抬头看见上回见过的小男孩手持一竿连枝带叶的青竹抽抽打打地走过来，路遇的每件物事他都要去扫一下，万一错过了定要回头补上。可是他看见雪信看着自己，立刻站住了，把竹竿丢在一边，拂干净双手。

雪信知道这孩子是别扭的，叫他过去他不一定过去，可是不理他，又必然会跟上来。她将眼神平平扫过小男孩，回转身走进行障里去，果然，不出一刻，小男孩手里握着竹竿，循着蜜香草的指引走进来了。

她盘腿坐在池边八面垂着竹帘的凉亭里，剥吃着莲蓬，面前的白瓷盘子里还躺着好些个新摘的嫩莲蓬，白底子上鲜翠鲜翠的。小男孩从竹帘底下钻进来，蹲在她面前，看看她的脸色，蓦地抓起一只莲蓬，也剥起来，大吃大嚼，莲子壳散落一地。

身后金猊香炉里的一缕烟挣脱了牵在炉底的线，飘摇而去，是一炉香燃尽了。雪信搬过那只香炉揭开露盖，里面正蹲着一只通身银白的兔子。

那孩子嚼吃着莲子，眼睛却时时刻刻盯着雪信的行动，等着她又翻出什么新奇花样来，见到银兔，立时也凑过来伸手想要拈起来，可是手指头刚一碰，那银兔松塌下去，化作一堆齑粉。他吓了一跳，好像做错了事情，抬头看雪信。

雪信笑了笑，拾起香铲，两下把银兔留下的残骸捣得无影无踪，翻松了炉里的灰，又用一面直柄的铜镜灰押理平香灰。揭开香盒，里面整齐地蹲着一个个小黑疙瘩，正是墨狮和墨兔。她吹亮了火折子，用铜火箸夹起一只墨狮从尾巴上点燃，放进香炉里，盖上盖子。

那男孩急叫："别盖上，别盖上呀！"他终于忍不住开了腔。这个别扭的孩子，一旦肯对某个人说话，仿佛就是一道门打开了，以后只会越敞越开，难以关上。他好奇要看黑狮子燃烧成灰的整个经过，着急地自己去搬那香炉盖。

蹲在炉底的那个小墨团，在一端尾部有一个红亮的小点，渐渐扩大，向狮腿和狮背推进，而原先红亮的地方暗下来，居然显出了金灿灿的色泽。

雪信取过一支香箸，在炉上青烟中搅了几下，混沌的烟雾被拨成了一只张牙舞爪的狮子，烟做的狮子只在空中停留了一瞬，便扭曲变形，腾空而去了。

雪信又在烟里拨弄出了一朵青莲花，有三层花瓣，每层十二瓣，莲花比狮子留存得稍久一些，可也是弹指一挥，扶摇直上，从酒盏大小成了海碗大小，花瓣与花瓣的边界也模糊了，回到一片混沌消散无踪。

那孩子见雪信戏法变得如此轻易，也拾起一支香箸拨起了青烟。烟是可以搅动的，像是用黏稠的糖汁作画一般，轻易改变形状，却不好控制。

他努力了好一阵，只学会把烟雾搅成一个烟圈，看着一个圆圈升起来，散开，等到发现烟断了，低头，只见炉中蹲踞着一只通身金色的狮子，纤毫毕现，细腻如酥。

他伸手，想起方才的银兔，又缩了回来，问雪信："又成灰了？"

雪信说："你不碰它，它蹲几个月都没事，但一碰就散。"

孩子显出郁闷地神色，如此精致可爱的玩意儿，谁不想托在掌心里把玩把玩呢？偏偏是不能碰的，只能是鼻尖贴近香炉边沿，恨不能把脸塞进去观瞧，还说："再点一个，在烟里画狮子的本事，你教教我。"

"这可不是普通的香团，好不容易做了几个，我才不胡乱浪费。每日点两个都算多的了。"雪信一本正经地说。

那孩子听了，问雪信借了火折子，顶着烈日到亭子外捡了些枯枝败叶，堆在一起引燃了，用竹竿挥舞划拉，不多时，他踩灭了火堆败兴而归，说："那烟一划拉就散了。"

雪信用团扇掩口笑："那是自然，我说了里头有秘药的，还需要默念咒语作法才起效。"其实所谓的秘药，不过是荷叶叶脉磨制的粉末，能令烟雾容易凝结成形。至于念咒作法，是她编了骗小孩子玩的。

那孩子说："我明天来，你教我行不行？"

"你若连续来上七七四十九天，倒也学得会了。"雪信把香炉移开，又剥起了莲子。

那孩子作难了："我不是每天都出得来的，你知道我是谁，是不是？"

"那是。你是太子，管着你的人太多，你每日都太忙了，好不容易出来一回，都是秦王世子给你作了保，把你带出来玩的。"雪信说道。

"我出不来，你可以进宫去。"那孩子想出了变通的办法来，"反正他有了三个新的小妾，你是旧人啦，他喜新厌旧，连提都不提你了。你干脆也不在他家里混了，跟着我混吧，包管比在这里好。"

雪信心里是笑逐颜开，脸上却不满："先入山门为大，不管怎么样，我在这儿资历摆着呢。跟你混，又得从头来过。"

那孩子打定了主意，不听她的絮话，抓了一把剥好的莲子跑掉了。

入夜，苍海心又来了一回。雪信坐在莲池边的圆石上，双手撑在身后的石面，池水浸到她的脚踝，她双脚一下一下，撩拨着水，仰头看着冰盘一般的圆月。平时他来看她时，她总是忙碌地做着这样那样的事，少有如此无所事事的，专为等他来的。

苍海心蹲在她身边说："太子让我把你送给他。"

雪信转头，等着他说下文。

苍海心又说："我应了。"他的口气是肯定的。

等了许久他也没有下文，显然是说完了，这就是结果。倒是大出雪信意料，她准备好了与他谈判，他却痛痛快快答应了。

雪信像被将了一军，说不出话来。

苍海心从雪信发髻上拔下一支点翠金簪，放在掌中把玩，说："到安城的第一天，我就从首饰铺问出你在查一支簪子的消息。我本想帮你查出来，再告诉你，可是暗暗问了那群家伙，他们也都不知道。我没帮上你，也不能碍着你查下去。反正要么找到结果，要么一条死路走到头，不放你去试试你是不会死心的。我不放你，你也会找别的法子走，还由此怨憎我，我若放了你，你有一天还会回到这里来的。"

他一个人把该说的都说了，至于那最后一句，雪信只作没听见。

雪信忽然轻声问道："现在让你回去，回长白山去，只怕你也舍不得了吧？"

苍海心在她耳边说："我说我愿意回去你信不信？只要你愿意跟着我回去。可是长白山太冷、太荒、太孤绝，你向来讨厌，所以我不回去。"他把点翠金簪别回雪信的发间，从池水里捞起她的双脚，在袍摆上擦干，"你走之前，我想看你跳一支舞。"

"这算是条件吗？"雪信轻蔑地笑，虽然他的条件比预想的低许多，可他还是开了。

苍海心说："不是条件，只是一个心愿。"只因为她为另一个人舞过，这个心愿就格外重要了。

雪信站起来，赤足在他膝盖上点了一下，飘向池心，盈盈落在一张荷叶上，足尖正落在叶心，荷叶只是颤了一下，人与荷叶就都平衡住了。

她着素纱罩裙，薄如蝉翼的罩裙下是淡到几乎没有痕迹的水色罗裙，乌发里一点裹着金辉的翠色艳中带冷。清风袭来衣袂飘飞，仿佛她是一只蜻蜓，随时会被风吹走，却怎么也吹不走，随心所欲地翩飞在莲池之上，舞步所过之处，荷叶款款颤摇。

这支踏莲舞到了最后，雪信又伸足在一朵莲花的花心一点，临风飘回池边。苍海心张开手臂，把她接了个正着。她就势搂住他的脖子，在他唇上吻了一下。

苍海心摸着唇说："这是你的答谢吗？"

雪信笑了笑，她觉得他过去什么都不懂的样子憨态可掬，现在装出威仪来吓人，又是可恨可怜。还有，她差一些也被他吓到了，可是一转眼，这人又变回痴痴傻傻的样子，尽做不划算的买卖。他身上那股子狼味，别人都没有，是他独有的徽记，闻久了，鼻子被荼毒够了，便放松了警惕，不觉得讨厌了。

雪信当然是不肯说实话的，只说："这是我本来就愿意付出的代价。"

她还以为他会失望或者愤怒地转开头去，可是苍海心只是呆了一呆，然后迅猛地反扑。这些他又是从哪里学来的，不是豹子之间的亲昵，就是灰熊对灰熊示爱。

苍海心对着雪信的嘴唇下口，重重地啃咬。雪信从紧箍的怀抱里挣扎出来，使劲拍他的背，把他的脑袋扳开，才又把自己的唇轻轻地印上去。他在来的路上，偷吃了她种的蜜香草、薄荷、麝香草，还有杜衡，她品尝出来了，肯定不是第一回了，前阵子发现香草叶子残缺，还以为是飞鸟啄食的。

男人的吻忽然滑落下去，咬住了雪信的脖子，深吸了一口气。雪信踢他的小腿，把人推开了。

"你功课都没做好，迟早会被人揭穿，还是赶紧找人练熟了吧。"雪信半开玩笑地说。

"找别人都会被揭穿。"苍海心意犹未尽地凑上来。

"那就找兔子。"

苍海心被兜头浇了一盆冷水。

她是这样周到地为他考虑了，与沈先生为他做的安排又有何分别？就是片刻的亲昵也成了她的检查、指导、传授他一门技艺，练熟了这门技艺也不是为了取悦心上人，而是生存的需要。于是对练习的对手的唯一要求是不会泄露秘密。

苍海心热情顿消，清醒过来了，她还没有爱上自己。

苍海心理理袍衫，清清嗓子，又板起面孔，找回大局在握的感觉："你准备一下吧，明天送你走。"下令吊打马夫、禁足莺子、沉湖兔子的时候，他就是这副面孔吧。

他的冷面孔吓不住雪信，只是瞧着好笑。

善良的门一关上，就感受不到残忍给人心带来的痛楚，而苍海心的那扇门总是留着一条门缝，供他从里面探头探脑。外头鸟语花香，他把门敞开，外头凄风恶雨，他就用门板来抵挡。

雪信笑着，用手指头勾起圆石上晾着的鞋，悠闲地踱开了。

翌日，雪信坐上一乘马车走了。

她自己从听香阁里拣了一部分物件装箱带走了，买一只猫还送猫食盆呢，带走些东西也在常理之中。只不过别人送美女，随美女一同出手的是金银珍玩，而她居然还往车上搬花盆，也太不和上家下家客气了。

途中雪信换了一次车，坐上东宫遣来的马车。车厢里还有一个四十出头的女官，解下腰牌亮一亮，马车顺顺当当混进永安宫去了。

马车进出的不过是方便宫人进出办事开设的偏门，马车走在又宽又长的道路上，她还是觉得自己成了一只蚂蚁，走在画着宫阙重楼的宣纸上，横竖都看不到头，生出无垠的恐慌来。

那女官在车里训说，越王二公子不懂规矩。太子身边的人都是从宫里调拨来的，入宫前接受一番审查，需是底子清楚、家境清白的，才有资格被选过去。过去的人有定数，按规矩，扈卫几人，奶娘几人，婢女几人，一个萝卜一个坑，没有那夹缠不清的关系。如今越王二公子是讨好太子，塞个人过来，分明是为难东宫里的管事者们。

东宫里不缺人，所有在册的位子上都有人，再多来半个都排不下，可是太子坚决要人，他们也没办法，所以暂且收着，哪里有活儿就去哪里帮忙，等有了位置再说。

那女官还吓唬雪信："这会儿在东宫各局的花名册上都没有你的名字，你要不老老实实做人，认认真真做事，哪天这个世上没有了你这个人，也没人追究。"

雪信是个知道到什么山头唱什么歌的人，这会儿就该伏低做小，点头啄米，让女官摆摆老资格。训诫新人也是老人们的乐趣，人在这世上又能抓住多少乐趣呢？以后到了太子宫里她才知道，在东宫里没混着的人不止她一个，活儿都是这些人在做，那些已经牢牢占据住花名册编制的人连块帕子也让别人绣，自己则端着一碗冰镇乌梅汁到处走，打听宫里最新消息，交流掌握的秘闻。

太子下学回来，一眼看见已换上宫装的雪信。就像是逃荒路上遇见了同乡，太子疾步奔走过来，拉着她端详，问女官："都安排好了没有？"

女官说："太子殿下，东宫没空缺给她，把她放进来都是逾规的。"

太子不满："下下个月不是要走几个老的吗？留个缺给她，待遇参照编入名册的算。"

女官又说了："太子殿下，这恐怕也不合规矩。凡是位置都是要考的，再由左春坊总管与七局三寺的主管面试后商定。"

太子怒道："平日里人都不见，到了好捞油水的时候，一个个都冒出来了，这个推荐王家阿娇，那个推荐张家巧巧，怎么我说一句话谁都不听，要我也排队给这些人去上供吗？"

女官低了头，不敢回答了。斥责她的是太子，在礼法上她不能顶嘴，可太子又是个孩子，他们惯常是以为太子负责的名义替他做主，心里是不怕的。

都知道太子是个阴郁乖戾的孩子，说话偏激一些也没有人当真的，她不说话，是给太子个台阶下，结束这段无谓的小争执，反正最后事情办不办，她一个人说了也不算。

太子气呼呼地领着雪信走进书房里去了。雪信把埋在冰鉴里的薄荷饮端过来，太子要接，却被另一个人抢过来，一饮而尽。

雪信惊讶地瞪着那个人，其实也不陌生的，是道士玄河。太子年纪还小，没人怕他、没人重视他也就罢了，可是表面上的体统还是要维护的，居然有人明目张胆地抢太子的吃食，而太子也并没有愤怒的意思，只是舔舔唇，看向空碗问："好喝吗？"

玄河点头："还不错，就是太冰，太子喝了会闹肚子。"

雪信看了这两人的表现，凑近太子说："这道士是不是太放肆了？"

太子却摆摆手："理当款待的嘛。今日有两件称心事，一件是你来了，另一件就是玄河子也来了。"

玄河把空碗塞还给雪信："我是太子宾客，堂堂太子的侍从官，有编制的，太子的安全是我职责所在。"

雪信倒了一碗未冰镇的薄荷饮递给太子，玄河又抢过去喝了。

雪信怒视他："不冰的，太子喝了不会闹肚子。"

"我说了，太子的安全是我职责所在，我得确定冰的和不冰的都没毒。"玄河又把空碗递回来，"再来一碗，最好是冰的。"什么职责所在，他分明就是热急渴昏了。

"被你料中了，有毒，毒叫'三碗归天'。"雪信恶狠狠地从冰鉴里捧出第三碗薄荷饮来。

这个玄河一来就针锋相对，听见太子与女官议论给她个空缺，就故意炫耀他是有编的人，不仅如此还狂灌三碗薄荷饮抹黑她，说她可能会在汤水里下毒。

"玄河子，你不知道，雪信的巧手能在烟里描花。雪信，玄河子的长南观里也是堆满了古怪玩意儿，和你家里一样。等你们两个熟了，一定是谈得来的。"太子见那两人以眼神斗法，只好自己去冰鉴里找喝的了，却不忘热心地为他们相互引见。

"早就见过。"雪信说。

"在秦王世子和越王二公子的马球赛上。"玄河点头。

雪信可以肯定马球赛并不是他们的初见，否则他不会忙着补充。

她说："那场球，玄河子捣得一手好糨糊。"

"见笑见笑，比不得二桃杀三士的手段。"

雪信忍不住把手叉在腰上，立刻觉得姿态过于彪悍，又把手垂下，杏眼圆睁道："谁是桃？谁是士，谁被杀了？"

太子插嘴打圆场："玄河子挂了几年太子宾客的闲职，平日只有我去找他，他一个月也不来东宫报道一次，也好意思提职责所在？雪信的事情我都知道，秦王世子和越王二公子为她打过赌，越王二公子还为此猎了熊罴，高队长为她杀了秦王世子的爱马，都是别人甘愿为她冒险犯禁，她并没有做什么坏事。不是这么传奇的美人，我也不会要过来。"

这小孩子的调停没起什么作用，反而引火烧身。

玄河正色道："太子不可被她迷惑。"

雪信还击："太子还是换个知道进退的侍从官吧！"

"你看，她站脚未稳就对太子指手画脚。"

"太子，他简直把太子当傀儡！"

太子无奈抱头："我要看书，你们两个能不能歇歇？"

"太子看什么书？不是又把志怪传奇夹在国子学的课本里吧？"

"你只管太子有没有人行刺，太子会不会闹肚子，太子看什么书不归你管。"

"太子宾客也有进谏职责。太子嫌烦，不如把她送回越王二公子府里，我也回长南观去。"

二人你一句我一句，互不相让。

太子趴在案上，眼睛眨巴眨巴，说："玄河子，你能不能先回长南观？我做完老师布置的功课，再去找你玩？"

"那她呢？"玄河一指雪信，"也不能留下干扰了太子的学业。"

"她要替我研墨添香煮茶。"太子对雪信做一个安抚的神情来。

雪信顿觉自己胜了，高傲地转开脸。

玄河露出悻悻的神色。

太子亲自送玄河到门外，关门，对雪信解释：“玄河子不是尖酸的人，只是对你有些偏见。”

雪信替太子研好了墨，帮他把纸笺折出横格来，给金兽里添了提神醒脑的龙脑香。回过头，看见太子把笔别在鼻子底下托腮瞌睡上了。她从荷包里掏出两枚龙脑香雕琢成的冰蚕，塞住了他的鼻孔。

龙脑香凉气霸道，在配香时一指甲缝那么多需要好几两别的香料来和它，否则龙脑香还是会盖住所有的香气。严严实实堵了一鼻子纯净的龙脑香，滋味可想而知。太子立刻大叫着从座位上弹起来，笔落在了地上。

玄河踢开门闯进来护驾，太子把冰蚕从鼻子眼里拔出来，替雪信分辩：“我在打瞌睡，她叫醒我，是好意。”

只要认定一个人是好的，那么这个人做什么都是好的。雪信研的墨比别人浓，折的纸笺比别人整齐，添的香比别人馥郁，就算恶作剧，起意也是好的。

玄河还是不放心，接过冰蚕检查，又在书房中巡视一周，最后摘下做成金兽脑袋的香炉盖子，检查其中的香料粉末，他把鼻子凑在烟上闻了又闻，找不出毛病，似乎心有不甘，很是可惜的样子。

太子期期艾艾地问：“玄河子会不会写策论？”

听见太子求他，玄河端着手臂说：“文章是会一点。可我是道士，清静空虚，写什么策论。太子莫不是想要我写了你抄吧？”

太子讪笑：“怎么能说抄，只是你写了我借鉴借鉴。”

玄河不信：“上回我做的诗被你抄去，还抄错了，被老师朱笔批了打回来，堕了我的名声。”

“那是三年多前的事了。那时候认字少，抄错是应该的。”太子大言不惭，不脸红。

太子与玄河关起门来磨磨唧唧磕牙，磕着磕着，发觉有些不大对头，争辩的声音单薄了一些，是雪信没有加入进来。她正坐在太子原来的位置上，执笔疾书。他们两个一左一右伸头看过去。太子夸赞雪信字写得好，玄河摸着下巴，批评道：“字写得谨慎小气。”但再看内容，却不言语了。

雪信对好评和贬低充耳不闻，只管刷刷点点，写完了把笔一扔，离开座位。

“《论西域事宜状》？题目好大呀，行不行呀？”太子还辨不出文章的成色。

玄河说：“自然不行，太子抄了交上去，被瞧破了当堂挨批是逃不了的。”

“既然玄河都这么说了，”太子考虑了一下，“那一定是很好的。”可是他连抄都懒得抄，“雪信出力写了策论，不如玄河子用我的笔迹誊写一遍吧。我还有事要忙。”他忙着去庭院树下挖蚂蚁窝。

帮着太子作弊，还替太子誊写功课的侍从官，怪不得深得太子赏识，连抢喝三碗薄荷饮之类的僭越都不计较了。

玄河坐在书房里一笔一画模仿太子那骨骼尚幼的笔体，听见庭院中有宫娥在尖叫，丢了笔拔剑冲出去，却看见雪信和太子铺了许多宣纸在地上，正用最大号的毛笔蘸了蜂蜜在纸上练字，字写上去时是无色的，可是蚂蚁闻见香气立刻爬上来，覆盖住了笔画，字顿时成了黑的了。

那蔚为壮观一地蠕动的字迹被经过的宫娥看见了，骇得尖叫起来，昏过去了。

太子写了一张又一张，送到蚂蚁窝边，又嫌不过瘾，将十几张纸拼在一起，写了一个比人大的“苍”字。雪信笑说：“这是要累死蚂蚁吗？写太大了，一个蚁巢是不够用的。”

太子说：“那就再去挖一个。”

“歪门邪道。”玄河不屑道。

“是谁让太子指派誊写卷子，又是谁鼓励太子练字的？口上不服可以，心里服气就行。”雪信笑眯眯，彻底不把玄河当对手了。

“太子该午睡了。”有人带着太子玩，就得有人执规。

“再写会儿。”太子与玄河打着商量。

“太子不去午睡，晚上休想来长南观捣乱。”玄河黑着脸坚持自己在太子面前的威信。

这话还是有点分量的，雪信自己也累了，不再咄咄逼人与玄河唱反调，两个一起把太子弄去寝殿睡觉。太子躺上床前，玄河还打开床帐中的银熏球，拣出沉香丸来闻了闻，又床上床下里里外外摸索，太子问他找什么，他说：“恐怕有人在床下藏布偶诅咒太子。”

一句话，彻底打消了雪信给他几分好脸色看的念头。其实就算他怀疑她入宫来心怀不轨，也不相信她当真敢在第一天就下手，也就是事事喊破在前，告诉她即便下手也别蠢到用这招了。他把所有的路都堵了，倒要看看她用什么法子下手了。

太子睡下后，又来了个女官，调查庭院内宫娥昏厥的事情，对玄河客客气气地打招呼，尊称他“仙人”，拉下脸就来审雪信。雪信带她进庭院，比画当时做的事情。

那女官见到满地黑压压的蚂蚁，也吓得腿软。见雪信不慌不忙地用竹筷连虫带纸团起来丢进屋檐下的大水缸里漂洗，又见缸里水面上浮起厚厚的虫尸，她把训斥的话忘记光了，看雪信的眼神也是又恼又怕，像见了鬼怪一般。

雪信用一只绷了素绢的绣绷抄起虫尸，甩在一只碗里：“蚂蚁浸的酒是养生驻颜的好东西，等我浸得了，给姑姑送一些去？”她带上讨好的笑，把一整碗蚂蚁捧到那个女官面前让她看，女官后退两步，喃喃说道：“妖孽，妖孽。”然后拔腿就跑。

“你太过张狂，把姑姑们得罪完了，下下个月选拔新晋宫娥的大考，你是别想过关了。”玄河在边上评论她。

“人人都以为考个宫里的位置就是天大的事，就不许我高高兴兴做些闲事吗？”雪信打量手里的碗，“哎呀，差些忘了，我是不喝酒的，也不能让太子喝，可惜可惜。”说罢就要泼在树根上。

玄河接过，从怀里取出一个带拔口的空竹筒，把一碗蚂蚁倒进去，不多不少，刚好装下。这家伙用手指头把黏在碗底的蚂蚁拨弄到竹筒里时眉头也不动一下，也是个狠货呀。怎么她就是妖孽，他就是仙人了？

玄河把竹筒塞好，藏进怀里说："平常人只求富足安稳，有了位置才有向上爬的基础，就算爬不上去，在最底下的位置待几年放出宫去嫁人，也是一条稳妥的道路。你不屑平常人的志向，要么计划着一步登天，看不上那些步步为营的人；要么盘算着歹事，事了抽身去，深藏功与名，没有位置更没法查你的行踪。不管是哪条路，你都走不通的。"

"你真是没完没了了。我要是刺客，一定会提前下手，事败一死好过被你烦死。"

雪信丢下这句话就回太子寝殿，在靠近冰鉴的一角找了张几案，趴在上头也打起了瞌睡。

打起十二分精神逗一个孩子高兴，又要应付猜疑和敌意，都是劳心费力的事。

她还没养成宫里人的"犬睡"习惯，睡觉时也留三分清醒，听见半点动静立刻醒过来听一听是不是主上召唤，结果她一睡就不知道醒，被太子推醒已是天黑了。

"我醒了你还没醒，看你比我还累，就没叫你，让别人伺候我吃了饭。典膳局送来的晚膳我替你留了一些，你快些吃。"那孩子委屈地说，大概还没这么耐心地等过一个地位比他低许多的人。

于是雪信拍拍脸颊，令自己清醒，待看食盒里的菜时，多是肉食，即便有素菜也是加了葱白和牛髓油的，都是她绝对不入口的东西。

雪信苦笑着把盖子盖上了，入宫来，饮食还真是个大问题，典膳局的人恐怕不会单为她做一份加了香料的素膳，也不会欢迎她擅闯占用她们的案板锅灶给自己开小灶吧。

"你吃素？玄河也吃素，他的长南观里藏了吃食，我领你去他那里吃去。"太子迫不及待要走了。

"可是……天黑了，各处宫门都关闭了吧？"

"就是天黑关门后溜出来才好玩。"

玄河站在寝殿外，打量出来的两个人，告诉太子："我只能背太子一人翻越宫墙。"

宫墙有什么了不起，她也翻得过去。可是要让玄河知道她能飞檐走壁，更要笃定她是刺客了。雪信立时说自己不去了。

太子哪里依呢，雪信是他新晋的心腹，在他看来她与玄河就是他的哼哈二将，调皮捣蛋不离左右，不能缺了一个。他望着玄河："玄河子，你多背一次不就行了？"

玄河说："多背一次就是多冒一次险，要是被皇上知道了，我吃不了兜着走。"

"我是未来的皇上，你是要抓住现在的皇上，还是讨好未来的皇上？"太子一挺腰板，亮身份。

"现在的皇上现在就能杀了我，未来的皇上未来杀了我，起码我还能多活几年吧？"玄河狡黠地申辩。

"玄河子，我以后做了皇上，你就是大国师。"威逼不行，试试利诱。

玄河与太子击掌："成交。"没想到这个道士居然吃这套。

玄河翻越宫墙的姿态还是颇潇洒的，背上负了个孩子，连助跑也不用，蹬墙上去，在半空里袍袖一展，就是一道鹤影掠过去了。令雪信吃惊的是，他的轻功虽然比自己少了几分轻盈，多了实打实的发力，可是在一个路数上，不会错的。

这个玄河，他会控术，师父沈先生也会，他的轻功和师娘骆锦书又是一路的。他到底是什么来历呢？

还在想着，玄河从墙那边翻回来了，落地无声，提起雪信的后衣领，向上升去。

雪信觉得脑袋一晕，宫墙在眼前矮下去，在身后高起来。被人提着翻墙与自己翻墙是不同的感受。

雪信气急了，这道士太不把她放在眼里了，连个招呼也不打，伸直了手臂就把她提起来，举地离他一臂远，似乎自己是一件脏衣服。

玄河还没落地就顺手一抛，雪信落地后故意踉跄了好几步。

第十四章

桂浆玉盏为君倾

如此绕开巡夜的卫士，翻越好几道宫墙，眼前豁然开朗，出现了一片花田，花田中心有一座小道观，实在是座很小的道观，只不过是三间平房。

月下盛开着一簇簇洁白的花朵，如同一只只盛满蜜酒的玉盏。闻着风里的花香，怨气下去不少，疑惑了暂且搁到一边去了。可是跟着玄河走向花田里的道观，雪信又发觉，在旁人看来随意播种的花田里，有一条条曲曲折折的小径，有的长，有的短，有的走得通，有的走不通，居然也是一个阵法。

道观里没有泥像，列了许多架子，架子上坛坛罐罐，不比听香阁的少，只是多是瓦坛竹罐，比她的收藏少了许多华丽。

太子走进去，熟门熟路地在一个架子的中格里抱出一只巨大的竹根挖成的食盒，揭开，是一盒子松子糕，他把盒子塞到雪信手里说："快吃吧。"回头又翻腾起来，"桂花露在哪儿？玄河子，是不是换地方藏了？"

玄河嘴角抽了两下："敝观失盗多次，不得不把贵重些的东西换个地方收藏。"他那话中的意思是，太子经常来他这里偷吃偷喝的。

太子说："我都封你做大国师了，喝你几瓶桂花露你还小气吗？快快快，拿出来。"

玄河掀起地板，从暗格里提出一只竹篾编成的箱子来，打开箱子，里面还抱出一只乳白色石头雕成的小坛子，他晃了晃，听水响，抱怨道："都不是容易来的，只剩下最后半坛了，哎……"

太子抢过坛子，替雪信放到一旁竹席之上，又找出一只质地相配的白色石碗来，亲自动手替她斟上满满一碗，说："长南观两大特产，南诏进贡来的桂花露，玄河子上终南山自摘自磨松子，请御厨房点心班做成的松子糕，滋味不输雪信做的蔷薇糖露和亲手采剥的莲子，别客气，尽管吃。"

他一张大嘴两头吃，还慷他人之慨，不管真正的主人在他后面痛心疾首。

雪信本想拒绝，可是早就饿得没了脾气，不管玄河的脸多臭，反正请客的是小太子，她就盘腿坐在竹席上背过身吃喝起来。桂花露呈金黄色，晃动石碗，有厚嘟嘟的一层挂在碗壁上，几乎与未经蒸炼的天然蜂蜜一样浓稠了。桂花的芳香比起突厥蔷薇来，少了咄咄逼人的馥郁，而散发中正柔和的醇香，入口是微微的甘甜，落肚后清凉生津，更多甜意涌上来。

单论点心手艺，松子糕做得不如自己的沉香糕鲜糯松软，可能与水有关，御厨房的点心班用的水偏硬了。不过松子自有一股古朴的清香，品尝之下，仿佛自己坐在山中静听风入雪松。桂花露与松子糕，一样是“冷露无声湿桂花”，一样是“松风入耳细泠泠”，令人想起秋凉与冬寒，乃是消暑圣品了。

雪信吃了两块松子糕，先把竹根盒子盖上了，至于那桂花露，她偷偷倒了一碗又一碗，咬牙愣是停不下来。南诏的桂花太香了，她日后也要弄一些来，用蜜糖腌起来……

另一头，太子缠着玄河问他又编了什么新戏目。玄河走到一面架子前，那架子上放了许多个黑色大木头箱子，他抽下一个，提到屋中央放下，将一扇折叠落地屏风在箱子前打开，他躲在屏风后面，点燃了两支蜡烛，映亮了整面屏风。

玄河缓缓掀开箱子，一个一尺高的小人站在了屏风上，只是一个侧影，接着又是一个，是个相向的侧影，花花绿绿，却十分单薄。小人在屏上动起来，玄河退到蜡烛位置后面，他的影子在屏风上消失了，只剩下不断冒出来的小人，在他的喝令下排成一列操演起来，只是这支军队只有一列长蛇，列不出方阵。

所有的小人亮过相后，玄河撤去了其中大部分，只留下三两个小人演起了故事。他用不同的声音为小人配声，惟妙惟肖，他又用自己的声音补充小人们演不到的戏份，或加以点评，四平八稳，老辣恳切，还不时点几下小鼓，敲几下锣，以标示重点。

太子看得抻长了脖子，抱着一盘炒葵花子忘记了磕，看到紧张处，大张着嘴，牙齿间咬着的一粒瓜子掉进衣领里他也浑然不觉，再一会儿抄起杯子正喝着，屏上小人说了句笑话，他一口水喷出老远。

雪信看出玄河在用皮影演史，给太子上课呢。她经不住把白日里他送给他的四个字回敬过去，“歪门邪道”，不解气，再附送四个字，“妖孽作乱”。可是当演到两国相争，千军万马在阵前穿插时，她也想不通，他是如何用一双手同时控制十几个皮影的，就当双手双脚并用也忙不过来吧？何况他没停了锣鼓点啊。

她忽然觉得锣鼓点砸在心坎上，闷得透不过气来，又觉得屏上的缭乱有些诡异，她捂住了耳朵，把眼光转向别处。可是身体依旧能感觉锣鼓声的震荡，别处的墙上还是有乱七八糟闪动的光影。

玄河用皮影戏施展了控术。

雪信站起来，发现自己立都立不稳，摇摇晃晃走出去，听见背后玄河说：“太子该睡觉了，太子该睡觉了，太子该睡觉了。”说了三声，一声比一声轻柔悠长。

她回头，看见太子还是坐着，张着嘴，可是眼皮垂了下来，居然坐着就睡着了。然后蜡烛熄灭了，她眼前一黑，只不过一瞬，发觉自己的衣领又被抓住了。是对方的动作太快了，还是她的感觉钝了？雪信感觉黑暗里的一切声音似乎都从很远的地方传来，对方明明在身后，却好像在十步外举手弹冠，衣袍的摩挲几乎听不到。

她也放轻了呼吸，一动不动，把所有的精力放在保持神智上。

玄河说：“不用装了，一般的戏法撂不倒你的。你明明被训练过，能对抗控术。”

雪信见被戳穿了，就说："不对，我很晕，走不了路。"

"控术不起效，酒还是有用的，比控术更好用。"玄河冷笑着，冷笑也好像从地板下的深窟窿里传过来一样，很远很远，也很冷很冷。

"我没喝酒。"雪信有些害怕了，"桂花露？那是酒吗？一点酒味也没有，我以为是腌了桂花的蜜露。"

"南诏王宫用桂花和蜂蜜酿酒，在地下埋藏了百年以上，经过我蒸炼提纯，不错，尝起来像是蜜露，全然没有酒的呛辣了，可酒劲是寻常酒的三四倍，太子也常来偷喝，每回喝上一小杯就醉倒了，你却一个人把剩下的三两酒全喝完了！"

雪信听出他言语中的心疼，暗暗好笑，便觉得他一点也不可怕了。她惊讶道："三两？很多吗？过去喝一瓶西域葡萄酒，也不过如此。"

"岂是葡萄酒能比的？现在酒力还未发作十分，一会儿你就知道厉害了。"玄河越说越生气。

雪信叫："我现在就想吐！"她捂住胸口，作出力不能支的样子。

这下轮到对方慌了，玄河把她迅速往外提去，叫："你忍一忍，不要吐在观里，打扫起来太麻烦！"到了外头，他又说，"你再忍一忍，不能吐脏了曼陀罗花田。"玄河把雪信往花田间的水沟提过去，打算把她丢在水沟里。

一路上，雪信在他手底下没断了挣扎，她又不是猫，怎么老提衣领子？过去谁不把她当宝贝？不是抱着就是捧着，这种待遇是她八辈子没遇到过的侮辱。

玄河却怕她挣开了乱跑，吐脏了他的清净地盘，死不放手，非要把她按到水沟里去。两下里一较力，雪信的素纱襦衫支撑不住，只是"哗啦"一下，生生从后领到脊背，撇下一条来。

玄河慌忙松手，雪信被自己的力道掼到了花田里，趴在白色花朵上面，一阵天旋地转，背后的衣衫豁开了，丝绸衣料水一般从脊背流到了肩上，又从肩上流到了臂弯里。若在平时，她当然会尖叫着跳起来，用破碎的衣料把自己遮掩好，可她醉着呢，什么都是无所谓，慢慢来的。她撑起来，看着玄河。

"我不是有心冒犯。"玄河后退了两步，轮到他心慌意乱了，脚步都踉跄了。

于是雪信慢慢把臂弯里的衣衫搭在肩膀上，不过一松手，两片衣衫又从她肩头滑下去了。她摆弄了两回无果，就气咻咻地随它去了："你没有心，可你确实冒犯了！"她指责他。

玄河又后退了两步，背过身说："我不看，我不看。"

"你不看，就打算让我一身破烂回去给人看吗？"雪信站起来，冲到他面前，可是脚下一软，又摔在花田里了。

玄河看见她石榴红的裙子底下，两只脚光溜着，一跤把鞋子跌没了。抹胸是墨蓝色，一点花也没绣，连着细细的赤金链子绕在脖子上，金链子的末端缀着一个鹰嘴牛皮刀鞘。在右边臂膀上，点着一粒鲜艳欲滴的朱砂痣。

他闭着眼睛把外袍脱下来，盖在她身上。雪信一把扯下来，丢得远远的："你这臭道士的衣服，也敢盖在我身上？"她本来脾气就差，又被这个道士惹了一肚子火，喝下三两酒，没理也要发作一番，何况她逮住理了呢。

"那你要我怎么办呢？"玄河的气焰被她此消彼长去了。

雪信故意摊开双臂说：“我要晒月亮。”

“今晚月色不好……”玄河似乎自言自语，又像是劝她别发疯了。

雪信爬起来，点着他的胸口，狠戳了两下：“你怕我！你现在怕我！”

玄河后退着，退到水沟边上也没留意到，一脚踏空跌进沟里，幸亏此刻沟里无水，他又爬出来，坐在地上似乎是哀求她了：“我是怕你，你快回观里去，我去找不臭烘烘的衣服给你穿。”

雪信盘腿在他面前坐下，“哈哈”笑了两声说：“有什么好怕，我和我妹妹睡觉的时候，你夜访过，你还抱过我呢。你以为我不知道就敢冒犯，其实，你就是假惺惺！”

他抬头替自己辩解：“那回不一样！”又诧异，“你记得那天夜里……或者只是你的一个怪梦？你还记得我说了什么话吗？”

雪信不屑道：“别以为我提起来，你就有机会东问西问了。你已经问过，是你问不出来，现在轮到我问你，”她一把揪住对方中衣领子，“你是什么人？你从哪儿来的？你会的那些，都是谁教的？”

“我说，你放开我。”玄河可怜巴巴的，像被冒犯的不是雪信而是他。

他说：“我小时候被父母卖给了皮影戏班子，跟戏班子走了两年江湖，遇到了师爷，师爷把我买下来，教了我三年，把我送到我师父身边。我师父也教我，让我偶尔替他做些事，不过他给我派的最大任务，还是替他自由自在地活着。”他看着她，“我说完了，你呢？”

“我小时候和家人失散了。”雪信说了个开头，忽然明白过来，“我才不会说呢。”

“我说了，你也说，不是很公平吗？”

“你说了，我明天酒醒了也会忘记，我说了，你却牢牢记得，怎么能说公平呢？再说，谁要与你讲公平！”雪信醉归醉，还是伶俐精乖，借着酒反而更好赖账。

“你就是个可怜虫，说什么自由自在，替别人自由自在，那也叫自由自在吗？”她大笑，“哼，不过我也比你强不了多少，总有一片乌云罩在头顶。”

“那片乌云从华城来的？”玄河不死心，一有机会就撬她的嘴。

雪信爬起来，抓住他的耳朵大喊：“我不是来刺杀太子的！”

“小声点，小声点。”他捂住她的嘴，把她放在花丛里。

玄河手中多了一颗丸药，塞入她唇间，雪信连辨都没来得及辨，丸药就下去了。她皱眉道：“这是什么？夺命的毒药？”

“你在曼陀罗花田里吸了太多花香，行止无状，不吃解药不行了。”原来他本来想借花香卸掉她的防备掏她的口供，还没成功，自己倒先顶不住投降了。

“你师父又是谁？”雪信累了，声调低了下去。

“你糊涂了，我的师父是皇上。”玄河在旁看着她，很不知道该拿这人怎么办，不能一晚上晾在外边，又不敢这么抱起她回屋里去。

“好大的来头。那你师爷是谁？”雪信闭着眼睛问。

“说了你也不认识。”

“说说看，也许认识呢。”

“长喜真人。”

“哦。”她轻轻答应了一声，不知道有没有听到心里去。

“你怎么只肯占便宜不肯吃亏，套了我的话，半点也不肯吐露自己的。”玄河围着她转。

雪信睡着了，像是一只死在花田里的大蝴蝶，伸开手臂，臂弯里的半截衣衫被风吹展开。她到头来都没确确实实说出什么，他开始钦佩她了。

静静地坐了会儿，玄河闻见她肌肤间散发的香气越来越浓，比曼陀罗花的香气更毒。他掏出一个竹筒，拔开塞子，对风一兜，又塞住了，放回去。一个竹筒是不足以存贮住无影无形的香气的，他当然知道，只是徒劳地试一下。

他对她说：“那回和这回不一样。”好像雪信还逼着他自白。

住在道观里的人太可怜，挨着朝东的窗户睡，每日清晨被日光晒醒，尤其是夏天昼长夜短，天亮得早，不到卯时日光就从开着的窗户缝隙里跑进来，落在人的脸上，眼皮上，虽然不如正午的日光火烫，可是不知不觉中被照久了，也不好受。

雪信在朦胧里，觉得眼皮上一片雪亮，脸如同贴近了炉火，她把眼皮掀开一条缝，不满地哼了一声，爬起来换了一头又睡。

不多时，觉得双脚被晒得痛了，得过且过地把脚一缩。可日光不依不饶，一寸寸地追上来，她把自己越缩越小，团成一个球，占了半张榻，另半张榻上都是日光。要不了多久，她就退无可退了，可她还是不愿意从榻上起来。

终于有人关上了窗子，在窗外落下竹帘遮挡日光，她眼皮上的白亮消失了，雪信试探地伸直了脚，果然没有日光了，又放心地睡过去了。

不知睡了多久，雪信又被渴醒了，她渴成了一块被风吹了几万年的沙漠，身体里一滴水也没有，她滚到地上，又扶着榻站起来，也奇怪着自己怎么会躺在长南观里的。

昨晚上那个道士不是不敢看她、不敢碰她吗？一旦她失去知觉，他胆子又大起来，敢动她了？他是怎么把她弄进来的，还是提着后领吗？

雪信不觉摸了摸自己的后脖颈，没有衣领，她想起来了，她的襦衫给扯坏了。榻边的小几上放着一件叠好的十成新的素纱襦衫，她拎起来随意披在肩上，满屋子找水喝。这道观的主人爱藏东西，所有的东西都不放在它应该在的地方。

玄河听见她翻箱倒柜的声音，从屋外走进来，见她正举着锤子要对付一个陶罐上的封泥，忙上前拦截，抢下锤子。

“这里头是不是泉水？”雪信指着坛子问。

“不是水，是酒。”

“是不是要砸开看看才知道。”她从藤编篓子里拔出一柄斧头，瞄准了另一只瓦坛，高高举起斧头，只不过举太高了，一不小心整个人向后仰跌下去。

玄河扶住她，小心地把斧子没收了：“你还是去躺着，我给你倒水。”

“我是不是还没醒酒？还是很难受。”

“你把我剩下的桂花露全喝了，没有一天一夜笃定醒不过来。”玄河还没心疼完。

“那是你的阴谋诡计，你利用太子骗我喝的……”雪信被他请到榻上去躺着了，她喋喋不休地说，“我不喝井水，不喝井水……要好水，加入沉香，煮开，放凉。冬天里随喝随煮，夏天里煮一大壶，喝一天。上等沉香煮的水，即便放上三个月也不会臭……”

“我这里没有上等沉香，不过有百年老柏木芯料，已放了十几年，香气甘冽清新，也可煮水喝。你若还是不满，就再也没有了。”玄河又掀开一块地板，提出一个坛子。

刚敲开泥封，打开盖子，雪信就从榻上滚下来，爬到坛子边，闻了闻：“南方的水……”

她一头扎进去，把整个脸埋进水里喝起来。人的身体化解酒力是需要水的，酒劲越大的，喝得越多的，需要的水越多。她几乎被三两桂花露烤干，像个三天三夜没沾过水的人，一切繁文缛节都可以先放到一边。

“喂喂，你别弄脏了我一坛子好水。你说的，加上等沉香、煮开、放凉的，你怎么又不讲究了？”玄河又去提她的衣领，可她的襦衫没好好穿着，衣带没系上，衣摆也没塞进裙子里，根本不是着力的地方，他只提了半下，急忙撒手。

雪信在坛子里喝到憋不住气，才抬头，用袖子抹去脸上的水说：“你知道我喝了那么多酒，就不知道我醒来会喝许多水吗？你不会先备在一旁吗？”

“你算是服侍太子的宫娥吧？不是我必须小心伺候的公主吧？就算是公主，我也没打算伺候。”玄河不满道，“我也从没见哪个公主在坛子里洗脸。”

她又把头扎进坛子里喝了一气，擦掉脸上的水，把滴着水的发丝掠到耳后去，趾高气扬地宣布：“骗我喝酒的是你，我喝多了把你的三间破库房拆了，也是你自己承担，伺候我喝水，也是你应当的。”喝饱了水，又有力气吵架了。

“我说你们两个般配，也没想过你们这么快厮混到一起。”太子的声音在门口响起。

雪信和玄河做出各自不屑的神情。

雪信：“没有的事。”

玄河：“太子想多了。”

“你们说没有，谁信？不过放心吧，我会替你们守秘，还替你们两个向我自己告假，连借口都是我亲自编的。”太子很乐见其成，替他们保守了秘密，他们当然会拿出更多好吃好玩的贿赂他，所以就算不是秘密也必须捏造成秘密。他向门外说，“高队长，你也下个保证，保证不说出去。”

雪信跳了起来，奔出这间屋子。

正堂里站的是高承钧。

她呆住，发髻蓬松、衣衫不整地被他撞见，似乎很难自证清白，只有质问他：“你怎么来了？”

太子说：“你替我写的《论西域事宜状》原来也是抄的，今日上学，我交上去，老师赞赏了一番，居然拿去给我父亲看了。父亲案头正摆着高队长写的《论西域事宜状》原本，当场被戳穿。我只好向父亲承认我赞赏高队长的人品文章，曾经偷偷找高队长请教西域事宜，高队长在我的暗示下帮我圆谎，父亲便欣然把高队长拨给我当侍从官了。”

雪信把手放在额头上，她料到高承钧会到太子身边来，因为这是她计划好的，必然会发生的事情，只是没想到这群人办起事来雷厉风行，说风就是雨，倒让她措手不及。

“太好了，”她指着里间，“这个破道士再也不是太子的侍从官了。”

“玄河子和高队长都是。他们都只是兼任太子宾客，一人一天轮值。”太子挺高兴的。他的东宫其实挺冷清的，翻翻花名册厚厚几大册，詹事府、左右春坊下辖上百口子人，可大多被当作肥缺闲职，不是被他的皇帝老爹封给赏识的大臣，就是被塞进除了做事什么都会的莫名其妙的人。

好吧，伺候他的人是不少，大贤大能也不少，可是能陪他玩的人，在今天以前只有一个玄河。他刚得了雪信，又来一个高承钧，看来他手底下的班子有兴盛发达的好兆头。

“我倒有个疑问，高队长字字珠玑的《论西域事宜状》，怎么会被另一个人熟记默写下来？”玄河时时刻刻惦记着质问可疑之处、可疑之人。

雪信正在生气皇上不按她的心意办事，调来了高承钧，却还留着玄河碍事。她向后退一步，砰地撞在一个架子上，架子上的坛坛罐罐一齐摇颤。高承钧伸手稳住架子，把她扶住了，她身上的香气与酒气扑面而来。

高承钧问玄河：“她喝了多少酒？”

玄河说：“三两桂花露，折合寻常黄酒，一斤多吧。”

“她没有这个酒量，你怎么好任她喝？”高承钧把雪信扶到里间榻上，让她躺好。眼光在屋中略扫了扫，搬起雪信喝过水的坛子走到道观外头去了。

玄河和太子有些傻，跟出去看时，见高承钧捅开了瓦炉的风眼，用一把蒲扇扇风，炉上坐着铜釜，煮着满满一釜的泉水。高承钧看也不看站在边上的两个人，大义凛然地摇扇子，那态度让玄河觉得自己做了件为正人君子不耻的事。

“我有老柏木芯材，要不要煮水？”玄河旧话重提，试着找个由头，解释一下。

“不用。”高承钧从蹀躞带上摘下火石袋，从里头倒出一个水波纹的扁银盒来，打开盒子，拣了一块花绿色的小木渣丢进釜中。

玄河搭不上茬，只好硬解释：“我的确有些欺负她，可我绝对没乱来。”

要不是她恐吓自己要吐脏他的地方，他也不会火急火燎地扯她的后领；如果她不挣扎，衣服也不会被他撕坏；如果把道德羞耻什么放在心上，她早就尖叫哭泣跑掉了，倒给自己省了事；如果品正行直，歇得再晚，头脑再混沌她也会早早起来梳洗更衣，把自己打理得妥妥帖帖，也不至于被人捉住了现行。

更何况，雪信酒后无德，泼悍成了什么样子，真该让所有人都来看看，他才是被欺负的那一个。玄河在心里诽谤了雪信若干条错处，一条也没敢说出来。他心虚，像是贼偷了件衣服穿上街被原主人撞见了，又担心如果误会不好好解开，一会儿高队长酝酿完了怒气也会一箭射穿他的眼睛。

“我知道。”高承钧的回答简单干脆，却让人攀不住话头往下说。

“玄河子没乱来？谁信。”太子不知是成心还是天真，掺和在里头火上浇油。

玄河子在太子后脑瓜上重重拍了一下。

太子哼哼：“你再打我就出去说。”

那两个人，一个在屋里躺着，一个在屋外沉着脸烧水，道观的主人和他们所服从的太子反而成了多余的人。

高承钧煮开了水，等不及水放凉，又找了两只海碗来，把水注进一只碗里，又从这只碗倒进另一只碗，来来回回倒腾水，好让它凉得快些。碗壁上的热度终于令他满意了，他才端着水走到里间。

雪信在他走过来的时候坐起来，碗递到她面前她就接住，双手捧住了喝。高承钧站在旁边也不走开，好像怕她会失手跌碎水碗，随时准备着伸手接住。她喝完了，碗交回去，一头躺下又睡了。

雪信的眼皮始终是垂下的，连看都好像没正眼看过高承钧，两个人也没交换过一句话。高承钧把两只海碗都倒满了开水，放在一旁，找了防蚊蝇的纱罩子罩起来。他则搬了只胡凳坐在联通里间与外间的门口，像尊门神。

如此一来，谁还敢进去打扰雪信睡觉？

谁都知道高承钧为雪信射杀过秦王世子的马，可是没有几个人知道他一声不吭地把她照料好了。射杀一匹马只需要一见倾心，一时的血勇，照料好一个人是需要天长日久的累积。

玄河看得冷汗直冒，太子也看明白了，小声对玄河说："你好像完蛋了。高队长和雪娘子是旧相识。"他后悔自己太早表明立场，太早下注押错了宝。

雪信听见太子的话了，她抬起一条手臂扬了扬："哼，当初他把《论西域事宜状》的草稿给我看了许多遍，我自然背得出来。"算是回答了玄河的疑问。

高承钧眼神闪了闪，看向她，对她的回答似乎也很意外。

玄河说："谁知道他们两个凑在一起会有什么图谋，不能把他们两个同时放在太子身边！我要向皇上进谏。"

"玄河子，你敢进谏，我就上外头说你争风吃醋，故意把他们拆开。"笑话，玄河向皇上说破实情，那么太子抄袭后撒谎的事也败露了。而且牵涉其中的两人都不会有好果子吃，说不定是雪信被赶出宫去，高承钧滚回皇上的飞骑队，他堂堂东宫太子，连手下人的矛盾都协调不好，连手下人的小疏漏都包庇不了，以后还怎么做皇上？

玄河汗如雨下，他本来是奉圣意调查太子身边出现的可疑人的，怎么三下两下，把自己也绕进去了？

"他们只是两情相悦，又苦于宫阙相隔，所以雪娘子想尽办法入宫与高队长相见。玄河子，你辈子遇得上这样有情有义、有勇有谋的女子吗？我们能行个方便就行个方便。"小孩子的脑子就是快，太子飞速演绎出了私情故事的另一种讲法，调整了自己的站队。

"她原本是越王二公子的侍妾！"玄河气得发昏了。哪来什么两情相悦，真要是两情相悦，之前两人都干什么去了，敢杀马，就不敢私会吗？在宫外私会不过瘾，跑进宫里私会才威武吗？相会之后又想做什么？私奔吗？

"玄河子。"一直沉默的高承钧低声警告，"慎言。不要诋毁雪娘子的名节。"

玄河气得双眼翻白望天，板上钉钉的侍妾底子，是隐痛，是软肋，还不让戳了？

雪信捂着耳朵坐起来，眼珠子转了一圈，头脑还是昏沉沉的，怕自己编的故事不够滴水不漏，她求助地望了高承钧一眼，意思是人家太子给了唱本，那就配合着唱下去吧。

"是我的错。"高承钧低下头说，把手按在雪信的手背上，"三年前我与雪娘子有婚约，三年里我都没有给雪娘子带信。她家里人以为我死了，把婚约作废。后来雪娘子家门遭变，她的庶母把她卖了。我数月前从西域回来才得到消息。以我的身份，争不过越王二公子，我们合计求助秦王世子也没成功。雪娘子知道太子身份崇高，也知道太子仗义，必定肯施援手。果然太子出面，将她带离了那个她不愿待的地方。"

他不知道雪信是用什么法子骗太子的，只好含糊其词："雪娘子在宫中没有正式的身份，也不能久留，只是暂且栖身，等此事风头过去，还请太子送她出宫去。"

太子大方地摆手："急什么？既然进来了，就好好玩一玩。"他对这个故事毫不怀疑。因为故事要让人信，全盘编造是不行的，故事里一多半的事都是真的，即便派人去查，沈先生给她安排的假背景也正好在华城等着他们。

雪信用手在脑门上敲着，赞许地点头，她想不到高承钧不怎么说话，撒起谎来也淡定自若，再假一些的谎话也能被他说成真的，何况这个谎话编得好，说的都是她预备要说的，这下误打误撞把所有的质疑顶回去了。高承钧把她敲脑门的手拉了下来，在讲他们的苦难故事呢，她不能显出高兴的样子来，会被玄河看破的。雪信理会了，低头凝噎，装着装着，竟真的有些许难过来。

"高队长的父亲是安西四镇节度使，高节度使怎么会把越王放在眼里。说高队长争不过越王二公子，不好让人信呐。"玄河又从故事里挑了一根刺。

雪信瞪了玄河一眼，眼神凌厉，就好像高承钧的那句"慎言"，他们两人对玄河打人爱打脸的坏习惯很有意见。雪信说："要是他父亲管他的事，他至于三年没来消息废了婚约吗？"

高承钧苦笑说："我父亲自己都不知道他有几个儿子。侍妾为他生过儿子，舞姬为他生过儿子，看见别人家有出息的儿子，他也要收过来当作自己的儿子。"而他这个正室所生的儿子，他恨不得在战场上弄死拉倒。

"居然有这么大的隐情，"太子听故事听得意犹未尽，"玄河子，这下你放心了，不用把她当刺客了。"

故事一时找不出别的毛病来。可是故事依旧只能骗骗小孩子。玄河不相信，普通来历的女子会有坚如铁石的意志和那绝世的风华？她这样轰轰烈烈地出现了，只是为一个婚约，用太子的话说，谁信呢。

"太子的功课做了没有？"玄河只好把力气用在太子身上了。

太子吃惊道："这样感天动地的时刻还需要我亲自做功课？高队长？"

"太子……"玄河又要进谏。

"你再进谏我就出去说你秽乱宫廷。"太子踩住玄河的把柄后，再也不天真可爱了。

"我秽乱宫廷？"玄河顿觉脑袋一沉，好大一个屎盆子扣了上来，"太子没有证据。"

"太子说话金口玉言，能平白诬陷人吗？我证明你溜进我东宫偷宫娥的衣服……"太子眨巴着眼睛。

"她弄坏了衣服，我帮她找一件新衣服……"玄河指着雪信，说得倒是轻省。

"他偷了女子衣裙，穿在自己身上，擦了粉，戴了花，跳舞给高队长看！"雪信又直挺挺坐起来，指着玄河给他罗织劣迹。

"对对，高队长看见了，我也看见了。"太子唯恐天下不乱，雪信给玄河扣的罪名，比他本来想安的罪名还有意思。

"亡国的妖孽就是这种人！太子不要被她左右！"玄河指住雪信，气得直耳鸣。

雪信抬手抚额，柔弱地倒下去，高悬免战。

太子眼睛亮闪闪的："玄河子生得俊美，穿了女子衣裙，擦上粉，戴上花定然被许多女人都美，要不你扮上我们看看？"

玄河抱头逃出长南观去。前一日他和雪信还分庭抗礼打个平手，高承钧一来，场面就成了他们三个站一边，一起对付他，以此取乐。

谁叫他行事不慎被他们捏住了呢。

“在我朝也不是没有先例。听说秦王世子的父亲……”小孩子话多，说着说着不免口滑。

“太子殿下！”高承钧打断了小孩子的叨叨。

太子又念起玄河的好处来了，如果是玄河，会和他一起议论东家长西家短，发的牢骚比谁都多。但高承钧的好处是没什么讨价还价的废话，让他捉刀代写功课，他就趴一边写去了，连抄书练字的活儿都没有二话。

天暗下来，窗外的竹帘卷了起来，窗子打开，夜风徐徐抚在身上，暑气未消。

高承钧俯下身在雪信耳边说：“该起来了，再躺下去就装漏了。”

雪信眼皮动了两下。

高承钧说：“你怕什么？”

雪信抓住他的耳朵：“我没怕，我只是还得考虑考虑，哪里说得不圆。”

高承钧给她递过一碗水，又在她耳边说：“《论西域事宜状》，我并没有给你看过。”

“我离开华城的前一天夜里。”她说。

那天夜里，他以为她醉倒了，没防备中了她的迷香昏睡过去。

她闲着没事，就从他怀里翻出这篇大作的草稿来看。三年没得到他的只言片语，她就把这篇东西当作倾诉衷肠的书信，诵读了好几篇，还摇头晃脑背了几遍。其实还是在发酒疯，但居然记下来了。

“你还要任性到什么时候？”高承钧有些无奈。

雪信喝了水，附在他耳边说：“我向你承认我任性。我本来以为自己有本事，查个人那样小的事情很快会做完了。可是我到了安城才知道，手中没有权力，背后没有协助，我一个人什么事也做不成，事情却越来越复杂。你不怪我把你拖下水吧？”

她这么说，言下之意是不准怪她，“我只是要你替我把那个碍事的道士挤开，想不到，他还是没调走。”

“你早些开口，岂不是少吃许多苦头？你在安城躲着我的时候，我找你找得很辛苦。”高承钧把手按在她的头顶上，“不是你需要的，谁来帮你，都被你踢开。等到吃了苦头，才嘻嘻笑着要别人帮忙，从小如此。你还真好意思。”

雪信捶了他一下：“你在怪我咯！”

高承钧生生挨了不轻的一拳，把她的手紧握住不放。雪信把下巴支在他的肩膀上说：“这么热的天气，华庭铺子天井里的牡丹花一定已经死了。”

“不会的，我给了小丫头一大笔钱，托她照料，只要在旱时浇浇水。牡丹没那么容易死。”

“你花了多少钱？那小丫头本来就是领工钱的，你还给钱！”雪信又不满了。

“得了钱，她必定照料得用心一些。”

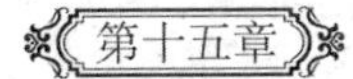

粼粼水底开一线

观外，太子和玄河坐在白色石凳上，一人捧着一瓣西瓜啃。从一扇窗户的缝隙里看得见里面两人的耳鬓厮磨。那两人明明知道，却并不在乎，外面的两个人便更不用觉得不方便了。

玄河说："看他们的样子，不用给他们留了，都吃完吧。"

太子低叹："我本来真的想把她介绍给玄河子做个同修。可惜……下回吧……"对于这个年纪的孩子来说，他懂得略嫌多了，但宫里的孩子看得多了，早熟些不稀奇。

"太子，不要学时下朝中动辄以金钱美女笼络权臣的坏风气！"玄河把西瓜啃得稀哗响。

"高队长说过一阵送雪娘子走，我不想她走。"太子向玄河要计谋。

"如果有一块珍爱的美玉，太子会把它藏在何处？"

"找个谁都不知道的地方，挖个坑埋起来。"太子掂着西瓜皮说，"不对，说不定埋的时候有人偷看，即便谁都不知道，也难保不会被人乱挖挖出来。"

"太子可以告诉高队长，一块美玉藏在哪里都不如整日握在手心里放心。"

"真的？"

"假的，以她的脾气不出一个月就树敌无数，说不定在一个月黑风高的夜里被看不惯她的人弄死了。宫里不明不白死掉的人还少吗？"

"那还是埋起来？"

"宫外有越王二公子虎视眈眈，一埋他肯定来挖。"

"玄河子，你嘴里还有让人活的道道吗？"

"没有。"

玄河透过那扇窗看见两个人影分开了，雪信从榻上起来，屋子里又发出瓶瓶罐罐碰撞的声音。他甩掉西瓜皮冲进观里，正撞见雪信踩在高承钧的肩膀上，从悬吊在屋梁上的竹篮里抱出松子糕的盒子。

"最后几块松子糕。"玄河痛心疾首地对太子说，"殿下一个人来偷吃也就算了，弄了一群人来，天天在观里吃吃喝喝，小观奉养不起。"

“可雪娘子一天没吃东西了，高队长照顾雪娘子，也没吃东西。”太子是替另一边说话的，“我也没弄一群人，不过多两个人。”

“我不白吃你的，一会儿做了还给你。”雪信早就盯上这里有锅有灶，行事自由，“不过你得先去偷一袋新糯米来。”

高承钧摊开一只手掌，雪信踩着他的手掌跃下，两人配合默契，不知过去如此合作偷过几家的李子几家的杏花了。

“为什么是我偷？”玄河指着自己，“我把家让出来随你们折腾，还得出去偷东西供你们折腾？”

“因为玄河子身手好，熟悉宫中夜路，又偷过女人衣服，偷一次也是偷，偷两次也是偷。”太子捏着鼻子笑。

“有磨得细细的糯米粉更好。”雪信说，“我们也不会偷懒，我们要去偷摘莲花。”

“太子该睡觉了。”玄河说。可这回没有皮影和锣鼓的催发，他的话不起作用了。

“天还早，我不困。”小孩子本来就不爱被逼着睡觉，就爱凑热闹，“崔婕妤的承恩殿种着一池天竺来的小种莲花，花不过手掌大，青色千瓣，香气扑鼻，是整个永安宫中最好的莲花。”

本来只打算找个没人去的河沟池塘随便摘两朵，太子一推荐，雪信也动了心，她眼望高承钧：“不会太难偷吧？”

“不带太子和你两个，偷什么都不难。”玄河没好气道。

“我只是问问难不难偷，又没让他偷。我要亲自偷。”雪信白他一眼。

瓜分完了松子糕，两拨人马分头出发。崔婕妤的承恩殿并不远，同在内朝，太子东宫在东，掖庭宫在西。

高承钧蹿蹦跳跃的本事不如玄河，带人越墙的法子也就不同了，他抓起一个往上抛，被扔者不偏不倚落在墙头上，他自己蹬墙翻越，在墙的另一头落地站稳后，再伸手接应墙头的人，比玄河里里外外一趟又一趟省事多了，只是考验被扔者的定力。

好在被他扔的两个人过墙过惯了，不怕倏高倏低，放松了手脚配合，一路顺利。

到承恩殿前，三人藏在台阶下的阴影里。雪信伸手拦住高承钧和太子：“你们在外头等着。”

“要去一起去。”太子不甘作壁上观。

“这是嫔妃的寝殿，我能混进去，你们两个没走进门就会惊动值夜的宫女。我得手了立刻回来，要不了多久的。”她把他们撇在一旁，理理衣衫鬓发，正要大模大样地走上去。

高承钧按下她，指向一处。偏殿的一扇窗户开了，一架竹梯从里头伸了出来，一名宫娥从窗户里爬出来，她扛着梯子贴着墙角的阴影走着，离开阴影的一段路，又疾步小跑穿过，到了他们来时翻越的那道墙，她把梯子支在墙边，颤颤巍巍地爬上去，在墙顶上提起梯子架到另一边。

太子感叹：“宫中处处有私情，又撞见一个敢冒死私会的女子。我以前怎么没想到藏一架梯子偷跑出来玩呢？”他只思考怎么用合适的人完成合适的事，没考虑自己用什么方法完成一件事。

嗯，这就是帝王将相们与常人的不同之处了。

那扇窗子依旧半开着，给了雪信一个现成的缺口。

她指着宫娥消失的方向说：“你们给我看好了，她回来就学两声猫叫让我退出来。”她逆着宫娥溜出来的路线，踮脚走回去，翻进窗口。

窗下有另一名宫娥，趴在几案上给自己摇着扇子，感觉有人挡了窗户的光亮，眯着眼看过来，嘟囔：“玉露，回来得好快啊，你的情郎爽约了，还是你变卦了？”

雪信含糊地叹了口气，似乎很是失望。

那宫娥又说：“你有没有会成情郎我不管，说好你值全夜的，你回来了，我就安心睡到天亮了。”听来是这两名宫娥被安排搭班值夜，一人上半夜，一人下半夜。叫玉露的这个有了私情，便与同伴商定，她把同伴的那份活儿包了，同伴为她保密。

雪信又含糊地答应了，从那宫娥身边走过去。

夏日里宫殿中减少了灯火，一来减散热气，二来免得招虫，于是殿中全靠其天井漏下的银白月光取亮，月光照不到的地方偶尔挂几个关着萤火虫的小纱灯笼。

萤火虫是宫娥们刚入夜时在殿外用纱网兜网的，灯笼的数量和光亮都很不确定，一夜一个样，反正再亮，萤火虫发出的光也是绿幽幽的，刚够让纱灯笼现形，顶多照出底下走动的人影，映不出人脸，人与人遇见了全靠身影和声音认出对方来。不过殿中全然是一股昏昏欲睡的气息，不是分内之职，没人耐烦多走一步。

太子所说的千瓣青莲，正种在天井下方的小池里。

池子长不过一丈五，宽不过一丈，种植开花只有巴掌大的小种莲花再适合不过，池中的石头也同样玲珑细致，池边围着一圈木台阶和低矮的木栏杆，可供人坐下凭栏观莲的。池、莲、石、栏四者一体，像是按照外头的样子缩小了好几倍做出的赏玩之物。

那承恩宫的主人崔婕妤，顺理成章是一位身材娇小的美人，正站在莲池前，举着面菱花镜，趁着月光端详自己的脸，她忽然扬声叫：“玉露。”

真正的玉露会情郎去了，雪信硬着头皮站出来。

“我不美吗？”她问这个问题，自然不是征求意见，是等着人夸她。

“贵人很美。”雪信低头说。她不敢抬头端详崔婕妤的脸，反正这类问题需要的不是判断力，是脸皮厚。

崔婕妤沉浸在自己的心事里，没有听出玉露声音的不对劲。她叹气道：“那为什么皇上不肯给我一个小皇子呢？”

这个问题就不好回答了。谁知道皇上是怎么想的，是不愿还是不能。雪信低头不语，崔婕妤放下镜子又问：“如果太子不在了，皇上是不是需要一个新的太子？”

雪信听见这位贵人开始胡思乱想，便轻轻提醒她：“当今太子乃皇后所出。”

“我的家族显赫不在皇后的家族之下，我只不过比皇后晚降生了十几年，不过，我也比皇后年轻了十几岁。如果皇后不在了，我是不是就可以做皇后了？”

这位年轻的贵人大半夜的不好好睡觉，对着镜子说什么梦话呢！雪信只想快些把崔婕妤从莲池边弄走。

“贵人慎言。”她学高承钧在宫中养成的口头语。

崔婕妤笑了：“和你说说有什么要紧。把自己做的梦说一遍，就好像自己真的已经完成了似的，可是天一亮，发现自己还是原来的样子。”她站起来，走向妆台，也许想在睡前补一下夜妆。

雪信没有跟上去，待崔婕妤走开了，她伏在栏杆上将手伸向一朵莲花，还没掐下来呢，却听见殿前值夜的宫娥高声喧嚷：“皇上来了！皇上来了！快上灯！”

一喧嚷，承恩殿立刻换了模样。

之前大家图的是清静凉快，灭了大部分烛火，躲在黑暗里偷懒，皇上驾临，殿中一片漆黑就不像样了。

崔婕妤跑向殿门前迎接，也是一迭声地催灯火。只要灯一亮，一切大白于天下，也许众人一时不会发现少了一个玉露，却绝对能认出雪信这张生脸。

雪信也可以趁这阵子乱从窗口翻出去，可是她还没得手呢，一迟疑，四面灯火已经亮了起来，朝这边鱼贯而来。雪信翻身滑入莲池，把脸藏在莲叶后面。

听见崔婕妤娇嗔：“皇上一直不来，怎么想到来就来了，也不让内侍来通报一声，妾身也好准备准备。”

“听人夸赞崔婕妤殿中千瓣青莲开得好，就顺路过来看看。”皇上说。他只是临时起意，给日程加了个塞。

雪信听见这个声音很年轻，温和、沉稳，她觉得似曾相识，使劲想，才肯定过去没有听过，熟悉的只是声音给她的感觉，与师娘骆锦书的声音带来的感觉是一样的。

从师娘的口气里听出，她与这个人也是有旧的，那是段什么样的故事，却从来没听师娘说过。

“这几日正是莲花开得最好的时候，早就请皇上过来赏莲，皇上说忙，不来，今日不知道从谁哪里听了一嘴才来，再不来，错过花期就可惜了。”崔婕妤半喜半怨地说道。

她看见皇上和崔婕妤在灯火通明中走向莲池，怕被灯光照出来，忙把脸沉到水面下去，耳朵一入水，再也听不见什么了，透过水面看到的人影也粼粼地扭动，看不真切了。

这皇上不是不爱来崔婕妤这儿吗，千瓣青莲还不是那回事，赶紧看两眼就走吧，免得被崔婕妤拖住了管你要小皇子呐。

雪信在心里说，一口气快憋不住了，又怕这时候冒出头来被近在咫尺的皇上和崔婕妤逮个正着，她这时也怕了起来，开始考虑自己是憋死在池子下面，还是在众目睽睽之下爬出池子，笑嘻嘻地说自己是师娘派来问候陛下的。

不过夜半的莲池里忽然冒出一张脸来也很吓人吧？会不会惊了圣驾？她拿不准以师娘与皇上的交情，到底能不能包庇她私闯承恩宫的罪名。

快走吧，快走吧，再不走我就变成你宫里的水鬼了，天天夜里闹腾你们。雪信期盼祈祷，她憋不住，张嘴吐了一口气。水面上浮起一个气泡，大口大口水灌进她喉咙里，却也在这个时候，人影和光亮离开了池边。她把脸浮出水面大口吸气，心道好险，再早一些探头就被发现了，他们再晚一些离开她便溺死了。

耳朵一出水，能听见声音了，才知道皇上和崔婕妤不是赏够了莲花才离开的。太子和高承钧在殿外接应，从皇上突然造访便觉事情不妙，又等了片刻没见雪信溜出来，他们于是心一横，闯到殿里来了。

“儿臣有一桩心事，以致辗转反侧，夜不能寐，所以不顾宫中的规矩，令高队长带我来见父亲。”太子跪下，一面说着，一面揣摩殿中的气氛，还是挺祥和的，不像是捉到了贼。只是崔婕妤神色不善，一定是怨恨他搅了她与皇上的相处。

“你还有什么事情愁到睡不着？”皇上饶有兴趣地问。

“是。儿臣撒了谎，骗了父亲和老师，其实我交上来的《论西域事宜状》是抄的。我找高队长聊天，看见高队长案头摆着那篇文章的草稿，爱不释手，反复诵读，不知不觉背了出来，写功课时贪图省事，把整篇文章抄了上去，本以为只是小事一桩，没想惊动了父亲，我只好又串通高队长对父亲撒谎。”

太子权衡了一下，反正他交了一篇策论与高承钧的策论大同小异的事实是没跑的，他说受了高承钧的启发写的，他自己都不太信，受启发写的与诵记名篇“借鉴”到文章中也就差那么一点点意思，他随便说说，把众人的注意力从莲池边引开，能给雪信制造逃跑的机会就行。

高承钧也跪下了：“臣有罪，臣写下《论西域事宜状》后，经常自鸣得意，呈送给皇上圣目御览，却未得褒扬，心中不服，于是故意将草稿置于案头，诱使太子抄去，想请国子学的老师评断评断，没料到惊动了皇上，连累了太子。”

“你们两个谁说的是真的？”皇上不慌不忙地问。

“都是真的。”他们齐声说。

“皇上，事情不是明摆着吗？太子愿意抄，高队长愿意被抄。太子想借此文解脱功课的负担，高队长欲以此文作为晋升敲门砖。”太子作弊，崔婕妤还是挺喜闻乐见的。

“你们能说实话，很好。”皇上笑了笑，“太子和高队长一直在看莲池？今年承恩殿的莲花开得是不错。你若喜欢，让崔婕妤送你几株吧。”他看向崔婕妤，“不会舍不得吧？”

崔婕妤连说舍得舍得，可是心里不痛快呢，太子夜闯她的寝殿找皇上认错，皇上不怪，还拿她的莲花赏太子。

宫娥持净瓶和剪刀来采莲花时，雪信又躲到水底下去了，这回只是眨眼，池边的人便走了。宫娥将插着两朵青莲的瓶子抱上来，高承钧接过去，又向莲池看了一眼。

“今年太液池中的粉莲也不错，崔婕妤可肯随朕去转转？”皇上说，“带上你宫里的人，一同去吹吹清风，赏赏明月。”

崔婕妤转嗔为喜，领着人随皇上夜游去了。

“你们也早些回去休息。”皇上打发太子和高承钧走了。

承恩殿里人影和光亮疏落下来，比先前更黑暗更死寂了。只有几个老宫女被留下来看屋子，她们才不管事呢，趁着主人不在，聚拢到一个屋里，取出偷藏的酒，边饮边聊，痛说新进来的宫娥们是如何如何不像话。

雪信爬出莲池，回到那扇已没有人看管的窗户，翻出去。高承钧和太子依旧在台阶的阴影里等着她。

她浑身湿淋淋，不无担忧地看着她留下的一路湿印子，挽起裙摆拧出许多水来：“崔婕妤回来前，会吹干吧？”

“这种天气，不用担心。”太子抱着净瓶，“带我出来没错吧，还是我得到了莲花。”

雪信高兴不起来，问高承钧：“是不是我入宫以后变笨了，什么事都做不好。”

“宫里是聪明人密集的地方。”高承钧说，不是她笨了，是能被她摆布的人少了。

浑身湿透，不是偷一两件衣服能打发的了。雪信裹上高承钧的袍子，三人又潜去宫娥的舍区，雪信在分配给她的居舍里换了一身衣服，擦干头发又挽起来，又耽误了许多工夫。

他们回到长南观，玄河早回来了，贪凉快，把一扇观门拆了下来，架在观外石台上当床板睡。

“三个人偷了那么两朵小莲花，去了大半夜。”玄河从门板上坐起，打哈欠捶腰，以示自己回来已久，睡都睡累了。

“玄河子，你不知道方才有多险，我父亲突然去了崔婕妤处，雪信泡在池子里出不来，全亏我挺身而出，带着高队长冲进去三言两语化解了危机，花也是我赢回来的。”太子兴奋地说个不停。

“太子再不睡就长不高了。”玄河不顾这孩子此刻兴致有多高昂，一把提起来扔到门板上。

太子也知道今夜胡闹够了，躺着继续给玄河详述他的大智大勇，又问雪信糕点什么时候开始做，最迟明早能吃上吗？

道观的灶房连在东屋后，一看就不常用的，炉膛内没有烟熏的痕迹，不过收拾得比常用的干净。玄河这么个磨磨唧唧的人，也应该是忍受不了蛛网和积灰的。

一个大案台上，放着一袋水磨糯米粉，一袋红小豆，一罐蔗浆，一匣子做点心常用的香料。此外，小秤、蒸锅、手摇小石磨、一盒木头抠的点心模子在灶台上严阵以待。

玄河是怕她一会儿要东要西，再差遣他出去，或者祸害他观里的收藏，索性从御厨房点心班里搬了全套的材料工具过来，显然他跑一次的斩获胜偷莲花的这组十倍。不过雪信还不满足，又找到他藏起来的泉水，狠狠舀了两瓢，又用鼻子在他的架子间搜索，直到玄河实在看不下去，主动交出了几味不常有的香料。

雪信催促高承钧去休息了，洗干净双手，配制香方，泉煮香汤，以香汤水和蔗浆合米粉，搅揉，印模，有加了红小豆馅儿的，也有无馅儿的。她做熟了，连看都不需看了，却没有一丝不耐烦。

她喜欢做这些烦琐又不太耗精神的事情，即便出神想别的事也不耽误。成了形状的生米糕用莲瓣捆扎，上蒸锅蒸熟，花瓣的清香和颜色便转到了糕点上。

此刻已近卯时，天色全亮，新出笼的糕点香气把众人叫了起来。雪信却清理案台，把两大盘糕点放进竹篮，盖上绢纱手帕，挽在臂弯里。

这一群人前一晚做了大半夜的贼，空着肚皮入睡尚可以忍，一早起来腹鸣如擂鼓，美食当前却不让染指，未免太残忍了。

雪信却振振有词：“这是我的口粮，忙一次也不过够过两三天，你们什么都能吃的人，好意思拿来当早饭吗？等你们吃饱了，神闲气定地来尝尝味道，倒是可以。”

玄河指着自己的鼻子：“我吃素，我的最后一盒松子糕被你吃了。”

“少来，你起码还藏了三盒松子糕，这种天气不赶快吃掉，也会坏掉的！”昨天夜里寻找香料时，雪信又翻出他的不少藏私，说着，她从篮子里套出一块热乎乎的淡青色印着莲花图案的糕点吃了起来。

入永安宫的第三天，雪信发现在宫里，没有野心的人也是很好混的。没编制的要编制，有编制的要晋升，大部分人都是如此，有追求肯上进的人，事事冲在前面，不免与别的有梦想有目标的人撞在一起，才会有争夺，才有针锋相对。

她入宫第二日请假一天，第三日来上工，找了个少人注意的角落睡了半天，醒过来，发现身边宫娥们的眼神柔和多了。少人注意不是没人注意，她们看她烂泥一摊，不勤奋不努力，铁定是不打算与她们竞争了，与她聊天得到她不参加下下月的宫娥入册考试的准信，大部分人对她愈发放心了。

虽然雪信的做派让人很看不惯，但是她不打算挡别人的路就是可以放过的。还有小部分人仍然虎视眈眈，她们猜她不用努力是因为依仗了太子的势力，预定了两个月后的名额，还撒谎麻痹对手，那就更可恶了。

雪信在朦胧中听见铜铃响，她惊醒过来，看向冰鉴，放在冰鉴里的竹篮不见了。她在竹篮里放了三只铜铃，只要有人乱动，铜铃会发出警报，可她才听见警报就睁眼，也没逮住贼。

她从太子书房跑去太子寝殿，果然看见他与玄河两个盘腿坐着一语不发，埋头痛吃。她一走进去，太子发了慌，吃到气管里去了，咳嗽连连。

雪信也没生气：“怎么样，本来有很好的选择，却因为太轻易而瞧不上，冒了风险，费了力气，以为回报一定是值得的，并非想得那么好。”她对着青莲糕是失望的。

这青莲花瓣蒸的糕点，确实有一股不错的香气，却并不比常见的大莲花蒸出来的美味多少，尝过一次就知道不值为此跳进莲池里险些淹死了。

“雪娘子说的哪里话，我觉得甜糯爽口，清香无匹，比御厨房的点心好吃多了。”太子喝了一大口水压下咳嗽，又去抓青莲糕。

“太子是饿了。”雪信一看他吃东西的劲头，就知道他没吃午饭。

“典膳局的菜色翻来覆去老几样，我疰夏，没胃口。”说没胃口，吃得那叫一个如狼似虎。

“这糕点的确有一股别处没有的清香。为一口独特的味道，有些人会奋不顾身，只不过这一口味道没有打动你吧。”玄河嘴上叼着一块，手里握着一块，眼睛死盯着一块，缓缓道。

“你不是吧？我又没怪你，你犯不着恶心我。”

“我还有三盒松子糕都给你，你这一篮就放这儿吧。”玄河说。

“原来是松子糕吃撑了。如果你们像我一样十几年如一日吃这种糕点，早就吐了。”她早就吃腻了，所以时不时换个花样吃，可无论怎么换都是换汤不换药。

“吃全素确实受不了，既然吃腻了，吃些肉又何妨？”太子说。

“吃素，辟谷是修道成仙的必由之路。”玄河说，“吃素久了，沾不了荤腥。”

雪信忍不住大笑：“第一次听说吃素是为了成仙，你不是在逗我们开心吧？”

玄河被她笑得尴尬，僵着脸说：“不然你吃素为了什么？”

雪信也僵住了，她想到，自己吃素，吃香料，是为了让身体散发香气。她身体的香气自己闻不到，只为了取悦别人，她的目标比玄河可笑多了。

她明知道可笑，又舍不得一身香气散失掉，世间美丽的女子，有几个因为害怕美貌带来灾祸而自毁面容的？香气也是她的武器，谁肯无故除掉武装呢。

她把竹篮抱起来：“不许再吃了，留两块。”

“高队长还没有吃。”太子很有悟性，“可惜我们把你的口粮吃完了。你若肯把方子抄给我，我让典膳局做去。”

“只要是没沾荤腥的器具做出来的素食，随便送两样来好了。”香身食方这种东西并不稀奇，只要翻过几本医术都能抄一堆，同一个方子不同的人服用，身体散发的香气也不同。

她的香身方子是她自己钻研出来的，有好几个，有的添入饮水，有的加入糕点，也有做成丸药直接服用的，君药不变，臣药随时令变化，佐药看心情调配，她的秘密怎么可能抄了给人传看？以后回到华城经营铺子，她还指着这些方子赚钱呢。

午觉睡醒，太子又把他的当班心腹们召集起来，雄心勃勃地商议夜里怎么玩。

这个当朝皇帝唯一的儿子，唯一的继承人，过早承担了期望，被沉重的课业压迫，没有变成一个苦大仇深的小大人，是玄河的功劳。但是这孩子不知怎么养成了一个毛病，爱做些小偷小摸，以此为乐，以他的身份来说，又是个让人难以启齿的毛病。

雪信在第一次见到他的时候便发现了苗头，也利用了这个爱好吸引他步步走进，入宫后又带他去偷了一回。太子的爱好得到了鼓励，他也更爱听雪信说话了。

“去哪儿偷？”他征询大家的意见。

“太子，能不能不说偷……”玄河掩耳盗铃，改不了太子的爱好，只求他换个说法。

“听说内教坊的甲库里有不少好东西，金珠宝石打造的首饰，织锦彩绣裁成的华服，多得能将人埋住。我们不拿，进去逛一逛也好。”雪信作出神往的样子来。

玄河显出不屑之色。太子却叫好。在雪信的介绍下，内教坊的甲库里藏品之丰美简直教人目眩神迷，乃是探宝的胜地。

“才偷了御厨房和崔婕妤的承恩殿，下一桩案子宜缓不宜急。”玄河无奈劝阻。

太子正待要反驳，雪信却点头赞同：“正是。这里没人熟悉内教坊，贸然去了，只怕又会像昨夜一般危险。不如我们做好周密的计划，万全的准备，事先也要摸清下手目标的底细，偷也须偷得精妙。”

“不要说偷……”玄河没地方抓手，只好抓住一个字不放。

“你且说详细。”太子对雪信的话更有兴趣，他的爱好在偷的过程不在偷来的物品，因此对于详加计划偷的方案，也乐此不疲。

“今夜可以做两件事。第一，派玄河去内教坊踩点，画下地图；第二，召内教坊的乐工歌舞艺人来东宫献演，我们假装随意地与他们聊聊天，多了解那边的情况。”

太子大乐，从他一个人的小偷小摸，到一整个班子筹备方案，分头落实，他的偷窃行动越来越上规模了，游戏当然是越复杂才越好玩的。

玄河郁闷也没用，只要他拒绝，太子又将对整个永安宫宣布他秽乱宫廷的消息。他顺理成章地被支开了，有他的眼睛盯着，雪信总是很不舒服。

入夜后，高承钧也来了。

以职责范围来说，他这个工上得还太早，明天才轮到他陪护太子。

他踏入太子寝殿，浑身一凛，殿中环列着十多个其大如鼎的冰鉴，每只冰鉴中都有一座晶莹的冰山，都有假山石一般大小，寒气蒸腾。殿上众人皆着夹衣。雪信提着一件锦袍过来，给他披上了。

太子披着一件丝绵斗篷，带子也不系，像是裹了一床被子，坐在几案后面，被金盘玉碗里堆得高高的瓜果挡住了视线，他绕到前面，坐在台阶上，对站在台阶下教坊使说："正是要凉到打哆嗦才爽快了。到我这儿来，大家都自在一些，不必被礼拘了。"

教坊是个白白胖胖的宦官，笑着说是，腰身还是直不起来，反而弓得更圆，呈上一本小册子，请太子点曲目。拉开小册子，分五个大类，宴乐舞、清商乐舞、胡舞、散乐百戏、祭祀雅乐，每个类目下写得密密麻麻，不把人看晕不罢休。

太子抓头皮，教坊使也神色不安，有了种正在故意刁难太子的感觉。

其实也不能怪教坊使，内教坊平日里除了演习歌舞，便是承接预定，为宫内的皇上后妃、宫外的皇亲重臣席间助兴。不论大小，几乎每天都有场子要赶，这些场子无不是至少提前一日来预定，不是重要的客人他们还会以挤不出空档为由推后或者拒绝。

当他们应承下后，少不得还要与前来接洽的管事商定整场表演的调子，一共几支舞，顺序如何，并预先多带几套行头以应付席间宾主临时提出要看某某舞，听某某曲。

这一天夜里，他们恰好没有预定，所有人松了一口气，刚想洗一把澡早点歇息，太子就遣人来召。

教坊使以天气太热恐怕舞者体力不支当殿昏厥为由推脱，太子立刻派人去冰库拉来十几座大冰山，让教坊使没了话说。他臭着脸召集乐工和歌舞伎，宣布今夜来了个紧急任务，太子没指明看什么，所有人都得去。他带着一群臭着脸的乐工和歌舞伎来到东宫，一进门，大家又堆上满脸和气。

太子对席间常常被点到的乐目了然于心，索性丢开册子说："《安乐》《太平乐》《破阵乐》，先来这三个，一会儿再点。"

教坊使胖胖的脸沁出汗珠。

太子点的几个，都是场面宏大热闹的乐舞，《安乐》行列方正，象城郭，后周谓之城舞，舞者八十人，刻木为面，狗嘴兽耳，以金饰之，垂线为发，画猰皮帽，作羌胡人物状；《太平乐》，亦称《五方狮子舞》，以毛作狮形，演员居其中，表演狮子俯仰驯狎之态。有二演员持绳秉拂，作习弄狮子之状。五狮子各居一方，一百四十人唱《太平乐》，以足踏节；《破阵乐》舞者一百二十人，披甲持戟，甲以银饰之，音律高亢慷慨，舞容纵横凌厉。

一个小小的自娱自乐的夜宴，殿上一个客人也没有，就上动辄上百人的乐舞，哄太子一个人高兴，确实需要还还价的。

"这几支乐舞场面太大，殿上排布不开啊。"教坊使说："不过我们也排了一个专在小场地演出的缩减版，每支乐舞支需要十几个人。"

“也行，快些演来。”太子召这群人来，一是调虎离山给玄河踩盘子提供方便，二是找他们套套情况，对乐工舞伎人数的缩水并不在意。

即便是缩了水的宫廷乐舞也足叫人震撼一下了，这是在民间没有机会欣赏的，刚健雄壮的健舞，与华城风行的软舞迥异。重病中的人听见那动人心魄的鼓点，也能提上一口气。

不过，看完三支舞，解了这新鲜劲，雪信也镇定如常了，弯腰悄声对太子建议：“大晚上的，何必搞得那么振奋，鼓声传到别殿去，也让别人睡不着。还是换轻柔些的清商乐舞吧。”

太子依言又点了《明君》《白鸠》《采桑》，殿上舞者也换了软袖翠鬟的少女。虽然太子还算是个小孩子，可是这些少女在款摆间还是频送秋波，不知道眼神也是舞蹈的一部分，或者她们习惯如此。

雪信恍惚回到了过去，自己学舞的那些日子，她所学的不是独舞，便是一支群舞中最受瞩目的主舞，出场的时候排在队首，离场时压着队尾。

《明君》《白鸠》《采桑》她都曾习练过。

在华城时，没有人敢在酒宴上演宫廷乐舞，她无处观摩，沈先生扔给她几本舞谱，让她自己参悟，她参悟了，也不知道对不对，有时候还拿着舞谱问高承钧。

舞谱与武谱是一理的，但毕竟还是有所不同的。那时高承钧对着舞谱时常理解出令人哭笑不得的身法来，她还得凭自己。但高承钧是她每一支新舞的第一个欣赏者是没错的，在沈先生品评她的每一支舞前，高承钧就看过了。

今日终于见到了这些舞蹈的真容，果然与她参悟的不同，她有些汗颜地看了高承钧一眼，亏她当初还献宝似的把跳错了的舞步跳给他看。

高承钧却对她轻轻说了一句：“我还是觉得你舞得好看。”

他们之间素有默契，可是情话还是言传比意会更有威力，而且偶尔说出一句来，比老是说还要打动人心。她有一瞬也显出了少女的娇怯，可这神情也是一闪而逝。

太子回过头来问：“雪娘子也会舞？”

雪信回答：“都学错了，你们就别笑话我了。”

太子却扬手止住了殿上歌舞，指着雪信：“高队长都说你舞得好，你就舞一个我看看吧。”他命乐工们重奏一支曲子。

曲声在催了，雪信只好走到一群舞伎前，将她们跳过的舞步以她的理解又跳了一遍。

相比之下，舞伎们的身姿悠闲舒展，如行云流水，而雪信在每一个舞步中加入更多身法，每个身法又都挑战着身体的协调、敏捷和柔韧。她的舞令所有舞者倍觉紧张，因为若要跳到她的程度，需要的不仅仅是加倍的勤奋练习，还有加倍残酷地对待自己的身体，将之伸展或扭曲到极限。

前后两种舞法，两种意境。

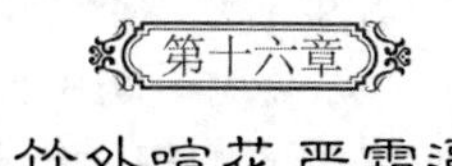

第十六章 竹外喧花严霜逼

太子首先击掌，他说："明明是雪娘子舞得好。教坊使，是不是你们舞错了？"

教坊使用一块丝绸帕子擦拭脑门上的汗，对太子说："我们的舞伎没错，这宫人舞的也没有错。"

"那么是同一支舞的两种舞法吗？教坊使，按照你们的舞法，舞伎们都太偷懒，太好混日子了，你们以后就照着雪娘子舞的排。"

教坊使"噗通"一声跪下，战战兢兢道："太子饶命，这事杀了老奴也不敢啊。"

倒是把太子和雪信吓了一跳。不过是跳个舞，怎么扯到要死要活的事情来了。

"这宫人的舞法是前朝旧制，我朝圣上登基后，废旧立新，令教坊革新，新制乐舞务必彰显我朝大气从容之风度。"

"算了算了，我以为什么事儿，也值得你吓得在地上发抖。"太子扫兴地挥挥手。

教坊使却坚持把话说清楚了："前朝时也改过一次制，有一名舞伎醉了酒，在殿上跳了前朝的舞法，被当殿锤杀，这支舞的班头和她的整个班都受到牵连，被赶出宫去，当时的教坊使领了杖刑。"他如此一说，身后那班乐工舞伎都跪倒下来。

高承钧踏前一步，问："如今在宫中有人按旧制舞了，又会怎样？"

教坊使不敢接高承钧那恐吓的眼神，求助似的看着雪信："新的旧的，私下里的事儿，只要不是教坊的人，谁能当真。可是教坊不同了，演什么，怎么演，代表的都不是一个人的意思，都是关系五六百口子人性命的事。"

这教坊使确实有一把年纪了，经得多，见得广，知道什么事情可以放松马虎，什么事情丝毫不可以松口。

雪信正在思忖着如何引出教坊乐舞新制旧制的话由来呢，教坊使自己先提了，她心中不由一动。

"我不过随便说说。你们当没听过就算了。起来，还演下去啊，别把我这里弄得像个万年寒冰地狱似的。"太子对前朝当朝的事并无兴趣多了解。

等乐工重新吹奏气息还发颤的曲子，舞者也迈开发软的步子后，太子把雪信召过来好奇道："你怎么会跳前朝旧舞，前朝过去也有十几年，结束得比你生得还早。"

"是我父亲，请了前朝老女官做我的乐舞老师。谁想到我这边学，你父亲那边就改制了，也不打声招呼。"雪信现在说谎是信手拈来，"我在家时，听老师说宫中的《羽衣霓裳》舞如何典丽，十分神往，还以为此番在宫中终于能一偿夙愿，却也落了空。如今的舞法，都是大而化之，没有舞低杨柳楼心月的风采了。"

太子看向教坊使："还有会的人吗？"

教坊使又要趴下，被太子扬手制止，苦笑着说："太子看这些孩子们的年纪，也不像是赶得上会的，就连老奴我，也是五年前才兼任了教坊使一职。上一任教坊使是宫中最后一名懂得那些旧舞如何排演的人，如今内教坊中已经没有从前朝留下来的人了。"

太子显出失望的神色，他眼前所能见的歌舞，都是自他记事前就开始在他眼前晃悠的，再好看也好看不到哪里去了，传说中更为繁复多姿的前朝旧舞又没人会。

"若有旧舞所用的衣饰，睹物遥想一下，也足慰平生了。"雪信又说。她心跳得别提多厉害，蓄谋了两个月，她终于把自己的要求亮了出来，只差一点点了，只是没有说出那支点翠金簪而已。

"那些东西……"教坊使使劲回忆了一阵，才说，"新朝代旧朝的时候，宫里也乱过，浑水摸鱼的人不少，偷窃宫中珍宝后逃出宫去，人和物就此不知所踪。内教坊的人也在那时散失大半，库房几乎被搬空。那套衣饰若真有过的话，也是难逃此劫，反正老奴接管内教坊以来，是没有见过。"

雪信垂下眼睛，叹了口气。从她离开关夫人的小院起，她把追查分成了两条线，一是查物，追查那一套十二支金簪的下落，带走它们的人里，也许有一个是她的生母；二是查人，那些经历了旧朝的老人，都会掌握一些不为外人知的秘密，也许从他们的口中，会找到什么可以延续下去的线索。

可是这两条线在内教坊里都断了。人走了，物也杳无踪迹了。当然，没有亲眼验证以前，她是不会死心的。

一晚上雪信都站着试图用种种假设把断掉的线接起来，忘记了太子又点了什么乐舞，甚至太子同她说话，也只是点点头，眼神还是迷惘的。

玄河什么时候回来的，她也没理会，直到忽然被高承钧在背上拍了一下，才发现夜宴已经散了，玄河在壁上贴了一张图。

图上是从东宫去内教坊蓬莱殿的路线、蓬莱殿内结构，皆以均细的线条勾出，条理清晰地填上标注。他若不做个道士，给人家起房子绘图纸也是项不错的营生。

"其实，夜宴散得早了点，睡觉也还早了点。"太子挥落肩头的夹袍，热血沸腾，摩拳擦掌。图纸在眼前，揣着必胜的兴奋，他还怎么睡得着，与其坐卧不宁失眠一夜，不如趁热打铁。

"我看今日与明日，也没什么分别。明日行动，我们还是须熬到这个时候，等夜深人歇。而他们绝想不到，太子刚召他们献艺，当夜就潜入他们的甲库一游。"雪信煽风点火道。

她也等不了一夜了，火烧火燎地要求证教坊使的话。她看了高承钧一眼，把他弄来，无非是在自己的意见可能遭到反对的时候站在她这头。

"也无不可。"高承钧在她的眼神下被逼着说了一句。

于是玄河可以不用张口了，他赞成或反对都无伤大局。太子要去，大部分都赞成去。其实玄河也不是非去不可，不过他去了，宫墙会好翻一些，万一被发现，撤退得也迅速一些。

并不是人越多事情越复杂。

玄河提着太子，高承钧背起雪信，利索地一举过墙，来到蓬莱殿。

蓬莱殿在太液池边，供游园休憩之用，当今的皇上也喜欢在蓬莱殿观赏内教坊的表演，且内教坊就设在蓬莱殿侧，召唤方便。

蓬莱殿几乎是内教坊的常驻表演场地，所以贵重的衣饰都锁在后殿之中。

没有皇上和妃嫔临幸时，蓬莱殿的内外，亦是内教坊排演之所。

内教坊所排歌舞动辄百人以上，蓬莱殿上承载不下，多在殿外空场上用彩带分隔出每个班演习乐舞的区域。蓬莱殿前殿可同时供好几个班演习十人以下的小舞。但这地方一到晚上，几乎没有人。

殿前一个看门的都没，殿中有幽幽洞洞的烛火，是留下值夜的人在做临睡前的最后一遍巡视。看来乐工舞伎们离开东宫后，没有回到蓬莱殿交割，直接去了殿侧鸣采院和惊鸿院两个舍区。

他们轻而易举接近了一扇窗户，蹲在下面，有人举着火折子，有人展开新绘制的地图研究从何处潜入。似乎每一处都很好潜入，等值夜人睡下后，从殿门大摇大摆走进去都没问题。

玄河伸手推了推殿门，从里头上了门闩。

他从靴筒里抽出一柄薄而细长的匕首，插入门缝，刀尖挑住门闩没几下就拨开了。他托住门扇，一点点往怀里带，不让门轴在转动中发出太大声响，在他身后，三个人鱼贯钻入门缝中，他押后，进门后，又把门插好。

高承钧从袖子里摸出一支蜡烛，用火折子引燃了，高举起来为大家照亮。

“蓬莱殿前殿用以演习歌舞，力求空旷，所以进去参观参观即可，要取宝物也没什么可取的。”玄河在前引路并介绍道。

这也太空了，小声说话都有回声。他们明火执仗地闯进来参观，不由生出一点滑稽之感。

“值夜人睡觉的屋子和甲库都在后殿，等下大家先不要说话，高队长去处理一下人，我对付库房门上的锁。”玄河说着，做了一个切肉的动作。

玄河的意思大家都懂，无外乎叫高承钧在那人的后脖颈上劈一下，把人弄昏，可是他说话的口气，很容易让人想歪。

这森然的大殿、跳动的烛火、压低声音说话的口气，以及即将处理人、开锁、寻宝的行动，无一不对了小孩子的口味。太子一路走一路开心地笑，雪信把他的嘴巴捂了起来，做小偷做得如入无人之境，这气氛已经很诡异了，就别再发出那种吓人的笑了。

走到后殿，忽然从斜刺里冒出一个人来，捂着肚子，双眼迷迷瞪瞪地看着忽然出现的四个人，高承钧在那人出现的一瞬间吹灭了蜡烛。

“你们是……贼？”那人试探地问，估计着自己有几分活下来的机会。

“哼，被你发现了，只好……”太子兴奋地也做了个切肉的动作。

那人转身就跑，高承钧追了十几步，把人提回来。雪信示意玄河和太子去开库房门，这个人她会处理。

等他们走远了，她点燃蜡烛，把烛火举到那人面前，手一扬，口中轻吹，一片如烟如雾的细粉扑向火苗，一股甜美的香气钻进值夜人的鼻子。值夜人脑袋往边上一倒，昏睡了过去。

“你夜里起来解手，绊了一跤，仅此而已。等醒过来，回去躺着，听见什么动静都不记得。”她凑在值夜人的耳边说。

高承钧松手，问：“这样就行了？”

“应该……行了吧？”雪信也不怎么自信，“学这个的时候你走了，我拿越青师兄练手，但是他没中招。不过他也是特例，那次失败不算，这回正好试一试。让人忘记些不重要的事情很简单的，难的是让人忘记重要的事情，和编造一个人不存在的记忆。”

太子蹦跳过来了，喊他们：“快去，玄河子眨眼间开了两道锁。”又不放心地踢踢躺在地上的值夜人，“他看清我们的脸了吗？”

“放心吧，他顶多当自己做了个梦，再也不会来干扰我们。”雪信让高承钧把值夜人弄到远一些的地方去。

甲库门上有两道锁，钥匙分别握在教坊使和教坊副使手中，需两人到场，或者分别派遣一人，共同开锁，门才能打开。但在玄河手下，两把寻常的锁比纸糊的还不如，他把匕首尖捅进去，轻轻一别，锁扣就弹开了。

太子欢呼着跑进去，又站住了，回头对玄河和雪信批评道：“你看看人家教坊的库房，比你们的家干净了不知多少倍。”

那有什么奇怪。私人收藏既不欢迎外人参观，也不喜欢别人乱动，自己心里清楚什么东西在那里就成了，难道还要整理得井井有条后方便贼人选择吗？

宫廷或者官府的甲库则不同，管理者不定期就调动了，每回进库取物的人也不同，不造了册编了索引，不在架子和匣子上贴好标签，那将是一场一人藏万人找的悲剧。

雪信一眼就在几案上看见了那三本甲库总册，她扑上去抢在手里，翻开，三本分别是库藏衣饰名目、历年人员调动升迁记录、库中物品借还账目。

太子让高承钧扶住梯子，爬上爬下，翻箱倒柜。雪信坐在几案边，举着蜡烛细细翻三本总册。库藏衣饰部分第一行写在十多年前，本朝年号，几几年，几月，几日，新造一套什么名目的衣饰，作何用途，收在第几个架子，第几层，第几个匣子里。

看得出来，本朝皇上喜爱音律歌舞，他登基以来在教坊的拨款上毫不吝啬，一批又一批地推陈出新。雪信烦躁地飞快拉动册页，没有旧朝的任何记录。她没有太失望，因为教坊使早已说过这一事实。

她又去翻人员调动升迁记录，厚厚一册，按照职级高低，从教坊使到乐工舞伎的记录都有。在第一页她看到了一个名字，五年前，一个叫月环瑶的女官卸任教坊使一职，回家养老去了。

记录上还有吏部对女官的简评，说她通诗词、谙音律、擅歌舞、历三朝，执掌禁中乐舞事宜，她是内教坊设立以来的第一任教坊使，也是唯一一个女教坊使，其后教坊使便改由宦官担任。

她离开的原因是老病缠身。

月环瑶这个名字，是雪信在迷惘的漂流中抓住的又一根稻草，一个经历了三朝的老女乐官，一定有她需要的线索。

她又往后翻，寻找有关羽衣霓裳的记录，找到了一些舞伎从不同的渠道被充入内教坊演习羽衣霓裳舞的条目，都是新朝建立之后的事情。月环瑶是唯一一个与旧朝有关的人，这本记录也是新朝建立后在她的主持下修订的。

第三本总册上的东西更乏善可陈了，雪信漫不经心地扫过一排排账目，没多久便把这本册子扔在一边。

“雪娘子，你来看。”太子在一个匣子里发现了好东西，把匣子夹在胳肢窝底下爬下了梯子，“是羽衣霓裳舞的簪子。”他邀功请赏般递到她面前。

匣身褐纹斑斓，乃由沉香木打造。她打开匣子，吃了一惊，匣底刻出十二道嵌槽，十二支点翠金簪稳稳地躺在量身打造的槽中，即便有颠簸磕碰也不会乱了次序。

簪子的形制明明与她握有的那支是一样的，没有什么新制旧制之别。她拿起一支来，反复端详，手指头在簪身背面摸到了款记，确实是新朝建立后第二年造的，光泽和款记是这匣金簪与她怀中那支的仅有的两个区别了。

见她摩挲着簪子不放，太子大方道：“喜欢你就带走。”

雪信醒过神来，把簪子嵌回去，说：“怎么行呢，说好了只是转转，不取东西的。”她关上匣子，随手叠在架子上的另一只匣子上面。这匣子簪子与她要查的线索应该是无关的。

太子又在各架子间攀爬，好一顿探索，找出许多他认为有意思的玩意儿给他们看，在梯子顶上大喊大叫，把梯子踏得吱嘎作响，全亏了高承钧在底下把住梯子，换了别人扶，那孩子恐怕早掉下来了。

玄河把塞进架子的匣子抽出来，打开看了看，对雪信说：“如果喜欢，拿一支也是可以的。”

雪信扫了他一眼，把匣盖按上，险些夹住他的手指，她说：“少了一支，人家就演不成羽衣霓裳舞了。”

“谁说一定要十二支金簪凑齐了才能演？宴会上谁会认真比对簪子是不是戴错了？”玄河说。

他说的不无道理，可是她才不上当：“你撺掇我偷簪子，不是什么阴谋吧？我今晚偷了，你明早告发我去。”

“你不敢偷，那我偷。”玄河打开匣子，手一抖，一支金簪没入袖中。

雪信看不懂他，干脆不理了，转头对高承钧说：“我想出宫了。”既然她寻找的线索指向了宫外，在宫里她就待不住了。

高承钧还没开口，玄河又聒噪开了：“你在宫外有落脚的地方吗？不去叨扰某个世子某个公子还有某个太子，凭自己你在安城根本连个立锥之地都没有。”说完立刻就闭嘴了，因为雪信和高承钧的眼神射过来，都很不善。

“你知道火的脾性吧，如果只待在原处，不能蔓延开去，也没有新的东西给它烧，它就死了。我拉着太子胡闹了一通，胡闹完了再不跑，恐怕也要有麻烦了。”

“你现在害怕，是不是晚了些？”玄河显出了“早知道你会后悔”的得色。

高承钧看着雪信，雪信也看着高承钧，两人都不开口，用眼神打起了机锋。可是这回，雪信猜得很吃力。

玄河有了自知之明，伸手扶住了梯子说：“你们觉得不方便，就上外边说去吧。我陪着太子。”

他们走到蓬莱殿外，高承钧还是沉吟着。雪信等了一会儿，等不及了，抱怨道：“我只是告诉你我要出去，你同不同意我都是要出去的。如果愿意，你就帮一把，不愿意，我也会想别的办法。”

“离开宫中，你会回华城找师娘吗？”高承钧开口了，像是把所有纠结的事理顺了，他才开的口。

“不能……也说不定。”如果那个叫月环瑶的老女乐官去了华城，那她只好回一趟华城了。

“那你能不能等几天？”高承钧又说。

“又是等，等几天？为什么要等？”她很不耐烦。

“我一直在攒钱，过几天，这个月的俸禄发下来，刚好够去城南租一所小宅子，买两个婢女，你可以住进去。”他说得很慢，很没有信心。

安城的住户是北贵南贱，房价也是北高南低，城南住的都是市井小民、平头百姓。她来安城不久，也是知道的。

高承钧没有家里的资助，他攒了两个月，也只能租一所城南的小宅子，离她想要的，与她过去享受的，差了十万八千里。这几日来，他那么沉默，恐怕一直在考虑她出宫以后的去处，迟疑不开口的原因，也是怕她瞧不上他的安排。

而雪信也是呆呆地看着高承钧，她只是想要出去，而且有的是办法，随便找个屋檐住几天轻而易举，从没想过要高承钧眼下就承担起照顾自己的义务来，可没想到他还是有了压力。

“安城米贵，居不易。如果能多等一个月，宅子的地段可以再好一些，还可以多买几个奴婢陪你说话。”高承钧以为她不愿意。

雪信叹了一口气：“你这会儿又是不信我自己也能讨生活。”

“你没有吃过苦，我也不想你吃苦。”他说。

“如果吃糠咽菜算吃苦，我是没怎么吃过。可是等待的煎熬，就不是苦吗？”雪信的声调不知不觉高了上去。

“我不想你吃苦。”他被逼得词穷，只好傻傻地把说过的话重复一遍。

一声咳嗽插了进来，玄河带着太子走了出来。玄河说：“不是我想偷听，是太子想听，就正好听到了租房子买奴婢什么的。我在长兴坊有一所宅子，可以借给高队长。”

太子说：“是我想出来的，反正他的宅子他从来不住。”

长兴坊不南不北，与城中央朱雀大街隔着一个坊，与宫城隔着三个坊，穿过一个坊就是东市，位于王卿显贵们聚居地段。

也许太子和玄河是真心想要帮助她和高承钧，可是也无意中用他们的丰足羞辱了他们想要帮助的人。高承钧的耳光，只有雪信打得，别人打不得，而雪信的耳光，没有人打得。

雪信拦在高承钧面前回答：“不要！”转身退开一步，对高承钧说，“那么多年都等下来了，多等几天又何妨。”

玄河摇摇头，对太子说：“我就知道她不会要。”

此刻，那个被扔在殿外的值夜人醒了过来，垂着头摇晃着胳膊走回殿里，途径那四个人身边时头也不抬，视若无睹。玄河一把揪住那人，在他脑门上扎了一根银针，念念有词。

雪信说：“我处理过了。”

“我不放心，返一下工。”玄河拔掉银针，松开那个人，那人一丝反应全无，梦游般地钻进门缝里，反手关门。

太子上前来对雪信说：“别着急走，还有好多好玩的没玩呢。我给你撑腰，谁敢对你说三道四我整谁。”

四个人就此回去歇息了。看得出来，如果雪信不提出宫的事，太子还会玩得更尽兴些。这下，却连这孩子也有了怏怏之色。

翌日，雪信早早地去东宫上工了，呵欠拦不住，用手掩着藏在袖子里打了一个又一个，抄着手在寝殿里踱来踱去，就等着把太子打发去上课了，她好找个地方猫起来再睡一觉。

今日是高承钧当值，他在帐外站了一会儿，等了片刻，才从锦帐里含糊不清地飞出来一声：“我很困啊，能不能不起来了？”

连着三夜通宵，是精力旺盛的孩子也扛不住，第一日，他还在高承钧的督促下强撑着爬起来，第二日就不想上学了，是被玄河掀了帐子从床上拎起来的，这第三日，他知道高承钧还得求着自己照顾雪信，不敢对他怎么样，所以躺着赖上了皮。

“太子不可无故旷课。”高承钧不能像玄河那么肆无忌惮，只能立在帐外好言规劝。

“高队长，不，高爱卿，我不是无故旷课，我头晕，手脚发软，我是生病了，生病可以不用去上学。”太子抱住一截凉玉做的竹夫人，有气无力道。

“太子病了，就要请御医来诊脉，御医说太子病了，太子才可以请假。”高承钧一板一眼地说。

“雪娘子，你去请御医，记得帮我嘱咐嘱咐，花钱算我的。”太子露骨地暗示雪信找御医买一张病假单。

雪信此刻也是头脑昏沉，答应着出去了。

外头早已是烈日滚滚，她用袖子遮住脸，走了一阵，忽然撞到了一个人身上。

她倒退出三步，撤下袖子，发现被她撞出去的是个二十来岁的大宫女，身后列着十几个宫娥。

在华城时，沈先生也找人大略教了她些宫规礼仪，她一见那宫女的服色打扮比她身后的人都华贵气派，知道那是什么了不得的人物身边的得力人，立刻低下头行礼。

“哪个殿的人，慌慌张张的做什么去？”那大宫女问。

“回姑姑的话，太子病了，奴婢奉命去御医署请御医为太子诊脉。”雪信打好了主意，从今日起到出宫前，她再也不招灾惹祸，在东宫里收敛收敛，出了东宫做出个老实样来把剩下的几天糊弄过去。

“太子病了？什么病？要不要紧？”那宫女连声追问。

太子只是托病赖床，就算有什么不舒服，也只是缺睡，有什么要紧。雪信回答：“太子只是中了暑气，胸闷气短。”

那宫女一听就毛了，朝雪信发作：“什么？只是中了暑气，只是胸闷气短？口气倒是轻飘飘。你们是怎么伺候主上的！但凡用心一点，怎么会让太子中了暑气！你叫什么名字？”

“奴婢雪信是新来的，不知道姑姑是……”雪信觉得不妙了，她只说了两句话，就招来这大宫女的一顿雷劈，可怜她连对方何许人也就不知道，对方那个口气，就好像太子是她亲生的。

有身份的人都是不好自己表露身份的。大宫女身后的小宫娥趾高气扬地代替发言：“连皇后身边的彩芝姑姑都不知道。”

彩芝打量雪信，说：“原来你就是那个雪信，正要找你，自己就撞上来了。御医我让人去找，你跟我去一趟吧。”

雪信在心内苦笑，看吧，她早就预料报应会来，什么叫树欲静而风不止，不是下决心做个本分人，过去的账能一笔勾销的。可是既然决定要做本分人了，该领的惩罚责骂就乖乖领了，不能再掀风浪了。她问也不问去哪里做什么，低头跟着彩芝走了。

彩芝把雪信带到皇后居住的立政殿中。雪信拜倒，等着继续挨雷劈。彩芝在雪信背上踢了一脚，说：“皇后娘娘，那个贱婢带来了。”

皇后说：“把头抬起来。”只听这个声音，便觉得与在承恩殿中听到的皇上的声音不配套了。承恩殿中的那把声音，它的主人年纪不会超过二十五岁，可是头顶上说话的女人，年纪快四十了。

雪信抬头。皇后盯着她看，她也不动声色地打量皇后，与她估计得差不离。皇后的肌肤虽还细柔，却有一种勉力维持的味道，像是一团白面捏的，唯恐是一指按下去就不会再弹起来。

这个女人就是太子的母亲。

“放肆！贱婢也敢盯着皇后看。”彩芝喝骂。

雪信把头低下了，心中不服。让她把脸抬起来，又不让她看皇后，那她应该看哪儿？往上看，说她眼高于顶，往旁看，说她心术不正，往下看，那不成了斗鸡眼吗？又该说她做出丑态惊吓皇后娘娘了。

“启禀皇后娘娘，我方才出去，听说太子病了，定是与这贱婢脱不了干系。”彩芝火上浇油。许多话，主上不方便说的时候，她的心腹人就要准确地猜测，大胆地喊出来。

“听说太子把你接进宫后，把别人都打发走，只用你伺候。听说，太子连着几日都不肯早起上课，白日里呵欠连天。太子还未成年，你是不是也太心急了？”皇后端庄地质问雪信。

雪信又想笑出声，强忍住了。皇后才太心急了吧，太子在宫中开窍早，有了这根筋，也未把心思放上去，只忙着玩呢。

“启禀皇后娘娘，我从未在太子寝殿待过一夜。”她申辩。

“贱婢竟敢顶嘴！”彩芝喝住她，不让她说下去。

好吧，她也知道，宫中不是说理的地方，她低下头，不说话了。

“皇后娘娘，你看她那个样子，狂得都不把皇后娘娘放在眼里了。”彩芝又挑到雪信的错了。

这个殿里的人都有病吗？你们也知道上不行下不行左不行右不行是招鄙视的？知道招鄙视还招？自己招了还骂别人鄙视你们？

“贱婢、狐媚、妖孽，宫中怎么能有这种东西，拖出去，打。”皇后娘娘拖长了声调宣布处罚决定。

立刻有两名健壮的宫女上来左右按住了雪信，把她拖往殿外。雪信没挣扎，太子白天打哈欠，归咎到她头上她认了，这里又不让申辩，打就打一顿好了。

她是没挨过打，可是以前看高承钧、沈越青挨打，都是挺轻松的，打人的站着，挨打的趴着，打人的费力气，挨打的只要咬牙不吭气就好了。他们挨打都挨得有气节，她才不会比他们逊色。

想是那么想，可被按倒在殿前的石条砖上挨了第一棍后，她才知道自己错了。

皇后说了打，可没说打几下，当然就是打死为止。掌刑娴熟的老宫女就知道往她的脊背上招呼。

第一下，雪信眼冒金星，没吭气，第二下，她气息一窒，五脏六腑似乎要被拍碎了，第三下，她知道她扛不了第三下了，再多一下她背上的大椎就会变成几截。

她愤怒地挣扎，想喊叫，说这不合规矩，这是私刑，宫中不让用私刑的，叫她贱婢，打她几下，她就忍了，她可没打算被打死在这里，是皇后也不能胡来。

雪信一张嘴，一股血涌出喉头，眼前一黑，没有力气挣扎了。她心里还想着，你们打死了我，沈先生会不会弄死你们？她明知道她离开沈先生了，但是这个时候却无比清楚，沈先生是一定会给她报仇的。

大概是生命到了尽头了，她看见了从小到大的一幕一幕，沈先生像个父亲一样疼爱她，骄纵她，把她培养得像个公主一般骄傲，可惜她不是公主。

沈先生花了那么多的力气栽培她，不是让她死在她的骄傲里的，沈先生应该希望她为自己做更多的事，如果她被人弄死了，沈先生一定会恨透了那些人吧。

要是她能留下话就好了，她希望从皇后到掌刑的宫女，整个立政殿的人统统死光。说不出来也没关系，她想要的，沈先生一定知道。

这样安慰自己，雪信就笑了，一面笑，血还源源不绝地从她口中涌出来。这么许多事，到底用了多久想完她也不知道，只是那等待中的第三下迟迟没有落下来，她不耐烦了，可惜浑身散了架似的，说不出话来催她们快些下手。

似乎听见有人慌慌张张地解释，说这是皇后娘娘的意思。声音从遥远的黑暗里无力地渗透过来。雪信便明白有人来交涉了，她也许不会死了，她费尽力气哼了两声，吐出了更多的血，耳旁的声音彻底被浓黑掩住了。

再醒过来，已是七天以后的事了。

雪信好像在黑暗里走了很久，忽然被白光刺痛双眼，眼皮一动，才真正醒转，发现自己趴在榻上。

她奇怪自己怎么用这样的姿势睡过去了，想翻个身，动了一下手指，才发现自己的右手被握着。顺着右手看过去，雪信看到高承钧半坐半跪在地上，把脑袋隔在她的枕边睡着了，不过她的手指一动，他立刻跳了起来，然后俯下身，给她理了理睡乱的头发，疾步奔走向外屋。

几乎同时，玄河的声音由远而近："说她今天醒，就是今天醒。你白守了七天，她也不知道。"

这个笨蛋，那么大声喊出来，唯恐她不知道是吗，成心帮高承钧吆喝吗？雪信想拌嘴，可是拌不动。

"她死不了了，剩下的是好好休养，要是她还犯倔脾气，不配合，落下病根来我就不管了。"玄河把住雪信的右腕号了号脉，还是一贯的嘴臭，可是雪信这会儿听见，也觉得他是无比可爱了。

"她想翻个身。"高承钧看着雪信的眼睛，他们又能用眼神说些简单的话了。

"还不行。你听说过给凉拌豆腐翻身的吗？"玄河说。

雪信心里一惊，难道她的五脏六腑碎成了一盘凉拌豆腐？

"只是说笑让大家高兴一下。你给她翻身吧，脸朝下躺了七天，让我们看看她的脸是不是睡平了。"玄河把雪信的腕子塞回薄被底下。

高承钧看见她闪出了疑问的眼神，他帮她翻了个身，依旧让她躺好，说："你先休息，那天的事等你好些了再说。"

可是她现在就想知道，都睡了七天了，还有什么好休息的。

雪信仰过来躺下，望着玉色洒金宝相花的帐子，一只鎏金银熏球从帐顶垂落，徐徐吐出沉香气息，是香材生闻才有的清淑甜雅。

夏日用香，不好用炭火逼烤，只合用鲜花与香囊。多数沉香原材其貌不扬，气味内敛，受热才会释放香气，只有沉香中的上上珍品奇楠香，可直接装入香囊中嗅闻。

她眼神频闪，一个劲向高承钧追讨答案。高承钧拗不过，悄声说："你躺好了，把眼睛闭上，我就说。"她把目光收回来，闭上眼睛。

高承钧说，那天她奉太子命令去召御医，去了许久还未回来，他不放心，出来找她，正碰见彩芝派出的宫娥领着御医向东宫这边来，便知道她摊上了麻烦，于是马上赶往皇后居住的立政殿。

路上正遇见皇上散了朝议回内朝，他拦下车驾，恳求皇上去立政殿救她。皇上没有多问，立刻与他赶到立政殿，此时她已经受了两棍，吐了好大一摊血，昏厥了过去。

皇上用自己的车驾把她送到长南观，亲手把脉施针后，把她的身家性命交给玄河负责，且在那昏迷的七日里，皇上又陆续让人送了些东西来，如珍稀的好药、玉纱帐、银熏球、安南沉香，活生生把长南观改造成了女儿家的香闺。

高承钧几句话，说来淡淡的，雪信听来却是惊心动魄，她睁开眼睛，眼珠转来转去，连她都不知道自己要说什么，高承钧更看不懂她是什么意思了。

玄河把帐子放下，把高承钧隔在外头，说："你们叙不尽别来情、相思意，也得等两天，她还有几天才能说话。高兄去该去好好睡一觉了。"

高承钧不肯走，他说："雪信早就预感到会有事，是我让她多等几天，是我害了她。"他一步也不肯离开。

"我也早就预感到她会惹麻烦，不过也只当会有人给她下下毒，栽个赃什么的。岂料她跳过了这些雕虫小技的招呼，享受了后宫女主人下令杖毙的最高待遇，三天内就把自己的恶名传遍宫闱，也是本事。"玄河知道她听着呢，根本不想安慰她，还出言讥讽。

太子下了学后也过来看望雪信，把害了她的责任大包大揽到自己头上。因为他白天打哈欠，皇后才恨上了她，而他在那种节骨眼上应该把人藏在东宫里避风头才是，怎么就把她派出去触霉头了呢？

太子信誓旦旦拍胸脯保证，回去定会整一整风纪，查查是谁乱嚼舌头把她的事情到处乱传，又是谁在皇后身边煽风点火，他会帮她出一口气。

可是雪信的气，实在与几个爱传小话的宫女无关，她的委屈和愤怒，似乎也不是把皇后痛揍一顿便可消解的。她过去无往不利，要什么有什么，说什么就是什么，却在那一天发现自己不过是别人抬抬手指就能碾死的臭虫，理不让辩，话不让说，平生吃的第一个大亏就险些要了她的命。

这一口气无处可落，她只有睁着眼睛发呆。

又躺了几天，雪信醒着的时候盯着帐中一动不动的鎏金银薰球，眼神直直的，高承钧等着她开口说什么，可是她迟迟不开口。

高承钧问玄河："她为什么还不能说话，是不是你诊断错了？"

玄河说："据我判断，她早就能说话了，大概是不想说吧。"他一面说着，一面在雪信的右手上下针，她的手背上立满了银针，密密匝匝像只闪光的刺猬。

雪信就在这时开口了："高承钧，你去睡一会儿吧。"她对他从里没有情意绵绵的称呼，要么连名带姓地喊他，要么连称呼都省掉。

"不行，除非你好起来。"高承钧大概有十天没躺下了，时刻关注她的伤情，给她打扇子、喂药、翻身，累了便坐在榻边歪头合一下眼，可是只要她有细微动静，他立刻好像听到了战鼓一般跳起来。此刻他的眼里都是血丝，双眼血红血红，看来怕人。

雪信朝玄河看了一眼。

玄河说："既然她吩咐了，你少不得要遵命。"顺手往高承钧的脑门上来了几针。

高承钧像塌了一座山一般轰然倒在地板上。玄河把他拖到外屋搭起的临时床铺上，神情自若地回来继续给雪信的手扎针。

"看你的样子，怎么一点神采也没了，是不是两记棍子把你的傲气打跑了，把你打老实了？"玄河举手在她眼皮底下一掠，她眼皮眨也不眨。

好久，手上的针都捻出来了，雪信才说话："如果那天，高承钧在去立政殿的路上没有遇到皇上会怎么样呢？"

"以高兄的脾气，大概会二话不说把你抢下来送去就医，然后到皇上面前负荆请罪。皇上也不好不办他。"玄河斟酌着说。

"很奇怪，那天他怎么正好撞到了皇上，皇上又怎么二话不说就随他去了？皇上就算是卖他手下亲卫的人情，也不可能用车驾载一个见都没见过的临时宫娥。一时救急勉强说得过去，可后来把你的长南观都变成了我的病房是怎么回事？"雪信说的话有些多，顿时觉得有些喘不上气了，“就连去承恩殿偷莲花那次，也很蹊跷，听说皇上平日不喜欢去嫔妃的居所，那日却突然去了。”

她这几天没事做，只能把自己入宫后的经历想了又想，抓出不少不合情理之处。

玄河抬手示意她不用说下去了。他承认了：“不用打哑谜了。你进宫来第一天，皇上就让我看着你，我以为你会谋害太子，当夜我们也——算谈了一次，相互透了底，我才明白皇上的用意。”

他说到这里，把银针盒在手里翻来覆去地把玩，似乎下面的话羞于启齿，“承恩殿那次，我去御厨房前先向皇上禀报了你们的计划。”毕竟监视和密告行径非君子所为。

“那天你去御医署，我就在你身后。皇后的大宫女一把你带走，我立刻找皇上身边的内监，内监在殿上给皇上递了纸条，皇上就提早散朝，赶场子救你去了。算你命大，再挨一记，皇上来了也没用。”

玄河大概怕她一句一句问又会上气不接下气，也不烦劳她捉住把柄一层一层剥出真相了，一股脑儿倒给她，“皇上没告诉我你的身份，只让我看着你。高兄求皇上救你，掏了一件东西给皇上看，那东西现在就压在你的枕下。”

雪信伸手到枕下，掏出了一个小小的红色绣囊，绣囊瘪瘪的，她又认真捏了捏，递给玄河：“里头好像有东西。”

玄河帮她解开绣囊袋口的结，从里头倒出两粒红豆来。雪信把绣囊要回来再端详，在一朵忍冬花的花心里，绣着一个“锦”字。她捏着这个绣囊出神，这件东西是师娘锦书的。高承钧来安城前，师娘把这件东西给了高承钧，大概是想凭这件信物，让皇上多关照关照他吧，可是他没有拿出来，直到自己命在旦夕。

这个绣囊可以让皇上做出那么多于理不合的事，看来分量真的不轻。

“你不会是皇上在民间的私生女吧？混进皇宫来认父亲，看情形皇上也认可你了，等你康复了你便可以过一把公主的瘾了，你的坏脾气和你的身份便可相称了。”玄河把两粒红豆托在掌心看。

“不是。”雪信从玄河掌中要回了红豆，装回绣囊，塞到枕下。她顶多是皇上旧情人的养女。她总算知道，师娘与皇上的渊源了，以目前她得到的待遇来看，这层关系几乎可以保障她在宫中畅行无阻。

“你说实话，我伤得如何？”

“被打得口吐鲜血，你说如何？你这回捡了条命，不安分守己养个一年半载，是恢复不到从前的。”玄河收拾了手边的医具，右手抄起一把蒲扇给自己扇风。雪信看了眼那扇子，扇面就稍稍偏了偏，习习凉风向她这边匀了点。

“玄河子！玄河子！药罐和粥锅都在滚！”太子下了学来长南观，一进外屋就大呼小叫。

玄河丢下蒲扇跑进厨房，一手端粥锅，一手提药罐，放在案台上，把粥舀进陶碗里，想了想，加了一勺蔗浆，又想了想，拿起一个小瓷瓶，往粥里洒了一些晒干的桃花花瓣，细如芥子的花瓣遇到粥汤，立刻舒展开。他用木勺把粥里的调味料搅匀，搅凉，端起来送到雪信榻边。

“玄河子，这种关键时刻，你把高队长弄晕了自己上，是不是不够义气？”太子检查过高承钧脑门上的针，追在玄河身后小声嘀咕，“我之前帮你安排，你又怀疑又刁难，等高队长冒出来，你才后悔，后来居上也不是那么容易的。”

“要不你去？”玄河把粥碗往太子手里塞。

太子往后一缩：“以我的身份，怎么能做这种事，被母亲知道了，又要加害她了。我还是去和父亲说说，让他找两个信得过的宫娥来照料她。”

“这宫里不可能加害她的三个人都在长南观里了，别的人，皇上都不相信。”玄河知道雪信睁着眼睛听他们拌嘴呢，顺带解释了为什么她会在长南观里养病，又为什么只有高承钧在旁照料。

这长南观只有熟悉路径的人才进得来，贸然闯入者，只能在花田中绕圈子，花田平坦开阔，白日一览无遗，夜间曼陀罗花绽放，这曼陀罗是南诏移植来的品种加以改良的，在里头盘桓久了，吸入过多花香则会产生幻觉，在花丛里手舞足蹈，所以白天黑夜都不易潜入。

“保护怀了孕的妃子也不过如此了，高队长的面子还真大。”太子并不知道内情，还以为是高承钧的缘故。在他看来，对自己喜欢的人，怎么偏私也不为过，殊不知坐在皇帝这个位置上，一举一动都被言官们监督着，更不好做点出格的事。

十多年来，这位皇帝除了交差了事地为皇家添了一名继承人便不肯临幸妃子外，并无其他出格之处。

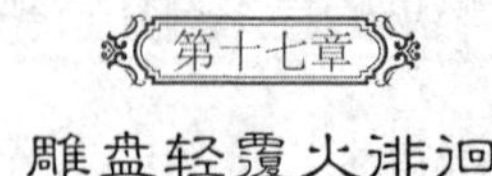

雕盘轻覆火徘徊

粥碗端过来时，雪信已撑着榻沿坐起来一半了。

玄河扶住她说："让你别逞强的话，看来你是听不进去的。"他把一个靠垫塞在她背后，这时候，心中不禁生出三分怯意。明明她的身体比一床被子还绵软，眼神还是拼了命要掌握大局的样子，她靠着垫子半躺半坐着，居然还有些嘲笑地看着自己，好像在说，看你怎么办。

玄河心一横，舀了一勺粥，送上去了。

勺子刚碰到雪信的嘴唇，她就把头别在一边，说："粥太烫。"

他只好把勺子收回来，吹了吹，又送上去，她还是不吃，说："被你吹脏了。"玄河干脆把勺子往碗里一扔，愤愤道，"你吃了亏，只能在对你好的人身上出气，可太有出息。"这句话戳了雪信的心窝子，她把头朝里一别，再也不转过来。

玄河把粥碗放在榻边，坐到外屋去了，过了一会儿，自己觉得那句话说得太过，显得他也太小气。再次走进里屋，看见太子坐在榻边小声说着当日见闻，雪信自己捧着碗一面转，一面喝，似乎她不是缠绵病榻喝粥解饥，而是在宫廷茶会上悠然啜饮一碗茶汤。也许她是故意把自己气走的，她看不上的人，自然是不配给她喂粥的，她就是要逞强。

高承钧在脑门上的针被拔去后，又睡了一天一夜。他醒过来时，雪信坐在他身边一下一下摇扇子，他又夸张地蹦了起来，整张榻面为之一震。

雪信被震得难受，捂住心口说："你别风风火火的行不行？"

"你能起来了？我睡了多久？现在是什么时候？"高承钧问。

"你只睡了一天一夜。现在是早上，那个道士陪着太子上学去了。我实在闷了，只好用扇子把你扇醒。"

"才一天一夜，你怎么能起来呢！"高承钧捧住她的脸观察气色。

雪信拨开他的手："那道士说了，我没事了，只需要静养而已，他才放心地履行他太子宾客的职责去了。我试了试，自己能起来，就起来了。"

"胡闹。既然是静养，就应躺着好好养伤。"高承钧把她抱起来，放到里屋的病榻上去。

"我不要躺着，躺了好几天，没病也要躺出病来了。"雪信扯着他的衣领不放。

高承钧无奈道："你好歹再躺几天，坐着也行，你还不能下地。"他扒掉她的鞋，把她的脚塞到薄薄的丝被下。

"我想出宫。"雪信旧话重提，"你让我等的，过去这么多天了，可以出宫了吧？"

高承钧摸着她的头发，摇头道："不行，你伤还没好，一个人住在外边我不放心。"

"你答应我的。你不能总是失约。"雪信放开他的衣领，扑倒在枕头上。

高承钧又是一阵沉默，才又说："好吧，我和你一起出去。"

"你在拿你的前程威胁我！"雪信指着高承钧，"我才不想耽搁你。"

"是我让你等，才害了你。你说要出去，我不会拦你了，只是你去哪里我都要照顾着你。"高承钧站起来，给她帐中的银薰球换上新香。

"耽误了你，以后还是我吃亏。"雪信在枕上哼哼，"我可以宽限你几个月。"

高承钧笑了，也许是自他们华城一别后，他第一次舒心微笑："你昏睡那几天，背上的瘀伤药是我给你上的。我想你也不会在意，小时候你的背上生痱子，还是我帮你擦的怯痱粉。"

"我背上生痱子的事，不准说出去！"雪信把枕边的靠垫丢向他。美人的背上怎么能生痱子呢，小时候也不行。

她忽然想起一件事，转过脸，郑重地问高承钧："我肩背上有胎记或者刺青吗？"

"没有。怎么？"高承钧疑惑道。

"没什么。"她自己没见过，高承钧也说没有，那么苍海心说她肩背上有梅花，是他眼花了，还是瞎说而已？

也不知道这家伙在宫外混得如何了。

玄河领着太子回到长南观，正看见雪信坐着喝药。

她还是自己双手捧着碗，慢慢啜饮。这药方是他开的，他晓得那苦味，放多少甘草也压不下去的，她却丝毫也不觉得苦似的，不紧不慢地饮尽汤药，把碗递给高承钧。

也许她并没有瞧不上谁，只要自己能动弹了，就不会让别人给她喂药。高承钧也不能例外。

又如此过了三日，雪信在道观里养伤，高承钧看护她，照料她的饮食和汤药。

玄河一个人顶了太子侍从官的活儿，陪伴太子下学后，照例替雪信诊脉。高承钧见雪信行动坐卧真的无碍了，这才消了长假，不论是在皇上身边当值，还是在太子这里轮岗，他每日午后都会来看她，夜间坐在她的榻边入睡，用他的手攥着雪信的手。

眼看别人的日子都恢复到她出事前的正常作息了，而她在长南观里，美其名曰静养，实则比被圈禁还憋闷。雪信试探着说要出去散散步，结果被驳回了。

观里的另外三个人认为，皇上不惜与皇后板面孔，不怕被大小言官弹劾，也要做出这一番惊世骇俗的偏袒，她一走出长南观花田范围，立刻会中暗毒、暗器，或者索性被不得宠幸的嫔妃和无法出头的宫女们诅咒死。

他们还担心她在养病期间已想出了报复皇后的法子，一出去就搞得血雨腥风，连皇上都兜不住。

只有长南观是宫内宫外唯一安全的所在，只有观里的这三个人是对她的性命安危负责的，她只有待在观里才不枉费了皇上与他们三个人的苦心。

玄河说："你若实在闷，我准你把我的道观里里外外洒扫一遍。"

说得像降了莫大的恩典。他只是习惯了与她斗斗嘴，没想到雪信立刻挽袖打水，他忙把水桶夺下说："你真是一点也开不得玩笑。"

雪信说："没有义务对我好的人，我是不会欠他的。"没见她对高承钧算得如此清楚，回报立等可取。

玄河打了水，找了块干净抹布给她："量力而行，反正我这个破库房，再打扫也不会整洁起来。"

看得出，玄河在长南观的日子是自由自在的，吃在宫里，住在宫里，有一份闲差，领一份薪俸，想上工就上工，想偷懒就偷懒，对什么有兴趣就做什么，不愿做的事情可以推一边去。

他对这个长南观便缺乏照料，架子上和某些长久没动的坛坛罐罐上落了一层薄灰，而那个有上百的抽屉的药柜最近铜把手被摩挲得发亮。

赋闲久了的人，能有一份能力之内的活儿做，会倍觉享受，也会分外珍惜。雪信将打扫屋子当成了她唯一的消遣，于是很是专心致志地去做。

但玄河却老是打扰她，她刚要把一堆翻开反扣着的医书归拢整齐，玄河就过来不让动，说反扣的书页都是正在看的，连一本叠着一本的次序都是有讲究的，不能乱。

她拿起一个盖子腻满香渍，香渍中又粘了灰尘的香炉，想要洗刷干净，他又过来抢夺，说是故意放在那里的，和了陈年灰尘的香渍也是一味药材。她搬了个小胡床站上去擦架子上格的灰尘，他把她拉下来，说藏在上面的是古董，砸了她赔不起。

这口气何等耳熟，前不久她还这样嫌弃过苍海心，不让他乱动她的东西，可她也没如此理直气壮地维持一屋子的脏乱。

现世报，来得快。

雪信平了平气，知道现在不能与玄河抬杠，她正在还对方替自己诊脉熬药的人情。

她搓了搓抹布，踮脚擦药柜顶，玄河又过来阻止她，还没开口，雪信的手隔着湿布触到了一块活络的木片，她轻轻一压，那木片居然向下一陷。雪信吓了一跳，以为不小心把药柜擦散架了，却看见药柜无声地向一边滑开。

"密室？"她向后倒退一步。在沈先生手底下活了那么多年，机关和密室这类东西她是不陌生的。可是药柜完全滑开，碰到墙角停下来，也没有露出一扇门，出现的是一副壁画。雪信来不及向玄河道歉她的毛手毛脚，又被那画吸引得凑上前去了。

"这是……"她指着壁画说不出话来。

"这是我来长南观前就有的壁画。皇上不希望外人看见，做了柜子遮挡起来了。"玄河无可奈何，"让你不要乱动，长南观里也是有不少隐秘机关的。"

"你知道画上的人是谁吗？"

"据说是酒仙像，这是皇上的秘密。"

壁画用炭笔看似随意地涂抹，画上的女人侧卧在地，从肩至腰，身体的线条丘壑起伏，香肩半露，微垂着眼，扬手举着一只酒杯，似乎在邀约，也像是自斟自饮到了陶醉的地步。画上女子的面容并不写实，寥寥几笔，神采顿现。

雪信几乎立刻认出这是她的师娘骆锦书来，她从未见过师娘喝醉过，可是与一个人太熟了，闭眼也能想象这个人在什么情形下会有什么样的神情。

“面容有些像你妹妹曲娘子是不是？她一来安城，我就看见她了，担心有人用她对皇上不利，便盯牢了她的举动。可是她十分安生，一心一意留在秦王世子府里。随后你冒出来了，闹出一连串大动静，想不令人关注也难。直到你喝完了桂花露，我才发现，画上的人不是你妹妹，是你。”玄河看着雪信说，“我本以为画只是画，世上不会有这样的人的。”

他像是袒露了心中的秘密后无地自容，过去一扳机括，药柜无声地滑回来，掩住了壁画。玄河试图用自己的秘密换雪信的秘密，只要说得够多，她总会透露一点半点吧？

“那是你没有见过我的师娘，画上的人正是她，红豆绣囊的主人也是她。我是托了师娘的福，才能让皇上容忍我，包庇我。其实那天酒后审你，该坦白的都坦白了，不知道的也能猜出来，还有什么不好说的。长喜真人也是我师娘的师父，我们算起来，还是同门。”雪信痛快地说了出来，把抹布丢进水桶里，盯着药柜，仿佛能透过阻隔看见背后的壁画。

他们的师父的师父是同一个人，有了这层关系垫着，他们之间针锋相对的关系和缓下来不少，甚至一下亲近了不少。

“你说过，头顶总罩着一片阴云，又是怎么回事？”

“没怎么回事，做长辈的，总有些期望要强加给小辈，不想接受便不接受好了。”雪信模棱两可地说。

在皇上那头她的身份不再是秘密，讲给这个道士听无妨，但沈先生的图谋还是不能讲的。她不愿帮忙也不想背叛。

雪信走到榻边坐了：“师娘从未提起过以前的事，你知道多少？”她已预感到，骆锦书与皇上的关系非同一般，甚至也许涉及朝代更迭的旧事，而朝代更迭，似乎又与她手中的旧金簪息息相关。

“那些旧事，皇上也不可能对我提起。不过在宫中随意走动，偶尔趴在大臣们的屋顶听听他们背后议论皇上，也收集了一些。”玄河停下来。拼凑出皇上的情史可不容易，难道没有同等重要的秘密来交换吗？可是雪信专注地听，没有催促，也不打算感激他一下，他只好说下去。

年纪大一些的朝臣还是说得出以前的事的，他们还记得皇上刚登基那会儿，想要立一个妃子的，却遭到满朝全票反对。

因为那个妃子是前朝皇帝立的骆德妃，拣别人丢下的女人做妃子，太丢皇家的脸了，不行不行。那个女人后来据说死在西域了，皇上就此伤了心，不让人给他张罗纳妃的事，除了处理国事，便是沉迷修道。

没几年，那些憋着要把女儿送进后宫的大臣们的忍耐到了极限，好好的女孩虚耗韶华，皇上再不要，他们的女儿就要老了。英国公最先忍不住，他是三朝老臣，倚老卖老，在朝议上挑头逼皇上，要么娶了他的小女儿，要么他致仕归田。

他一开先河，其他官员纷纷下拜扬言要致仕，皇帝不近女色，王朝没有继承人，迟早又被外人夺了江山，他们这帮老臣实在没有盼头了。

皇上压不住场面，只好把英国公的小女儿纳入后宫，与她生了个儿子，接着立刻将她册立为皇后，立皇子为太子。

此后，皇上一有空还是钻研道法，鲜少去皇后的立政殿。但英国公张家女儿的口子一开，众人还是看到了希望，削尖了脑袋把自己的女儿往宫里送，后来十几年里，皇上为了安抚群臣，又收下了两个。

如今皇上的后宫规模也不大，有一个张皇后，有个崔婕妤，还有个李昭仪，都是朝中重臣的女儿，好说歹说给塞进来的。

不光是当朝的皇帝，前朝皇帝和前朝太上皇，后宫都是人丁不兴的。前朝太上皇爱寻求仙方，欲得长生不老，求来求去，没得长生，也耽误了生儿子，只好立了梁王世子做太子。

梁王世子成了前朝皇帝，立了几个妃子，专宠骆德妃，可是骆德妃就是怀不上，没两年，前朝皇帝在征南诏的前线暴毙。皇帝轮到本朝这位来做了，当朝皇上也是前朝太上皇的侄子，年轻时也曾一心修道。

这群老臣在背后恨死这历任的几个皇帝了，他们饱含希望，把花朵一般的女儿送进宫，他们不晓得雨露均沾，爱惜疼惜，把她们往冰冷的殿阁里一填完事。

女儿没有诞下皇子，外戚势力也壮大不起来。那些不指望成为国丈国舅的臣子也恨皇帝不多生几个皇子，搞得他们夙夜忧心王朝的未来，不知少了多少须发，减了几多寿命。如果可以选择的话，他们真希望有一个贪恋女色的皇帝供他们拉拢。

雪信听得痴了，不由想到，沈先生把阿狗变成苍海心后送到安城来，说是要他拿回他应得的东西。师娘也曾经说过，她是苍海心的姨娘。

那么师娘是谁，沈先生是谁，阿狗又是谁，似乎并不难猜了。那些在史书和传闻里已经死去的人，并没那么容易死去。那上一代人是对头，到了下一代，又要为一个皇位争个你死我活了。

“看来传言中的那位骆德妃并没有死，她后来成了你的师娘。宫中有一座沧海楼，是你师娘住过的地方，空置了十几年，相信还留有些旧物。你若对挖掘上一代纠缠不清的关系有兴趣，可以溜去看看，也当给你病中解闷了。”玄河说，“悄悄地去，不要再扯上太子了。”

雪信沉吟道：“那是自然，我也不想惹事了。今夜你把太子哄回东宫寝殿睡觉，我让高承钧陪我去。”

玄河看向别处说：“没有我引路，你们恐怕走不进去。”

“若真是与师娘有关的地方，我一定走得进去。”雪信不理会他的毛遂自荐，不过他向自己透露了那么多宫廷秘密，她得到了想要的就立刻一脚踢开他，也说不过去。

雪信补充说：“等我走不进去时，再找你引路好了。”

她发现玄河坐在条案后努力对付着什么，有一盒弹丸大小的珠子，他把那些珠子穿在丝绳上。她一眼识出，那些珠子分明是钻了洞的香丸，又拈起一颗闻了闻：“甘松、沉香、檀香、降真。天竺甘松的气味好纯正，堪作主骨。你也懂香？”

“有些香材即药材，许多药材也是香材。香也是药的一种，以气疗人之病，制香绕不开药理。”玄河以一缕柔韧的竹丝引着丝绳，每穿一颗香珠，隔一粒玉珠，穿成一串。

“我可记得我小时候看的第一本香学书上，第一句话是，‘药香不同源’。”雪信不以为然地看着他，“我从不看什么药理，只用鼻子闻，像神农尝百草，辨别香料的气味给人怎样的愉悦。香气是与人的魂魄最接近的东西，药却只关注人的身体，怎么能混在一起呢。”

难道真的是因为沈先生与他的师父不能相容，她与他也犯冲吗，好好地说不了几句话，又对上了。

“药香可以理气强身，你想快些康复，就戴上。”玄河把珠子举到她面前。

雪信没料想到，这是给她的。她凝视着那串珠子，勉为其难地接了过来，套在手腕上：“你搓的丸子不够细腻，也不够圆，开孔也不嵌入铜管。”她哼哼。

“可你未必肯花上半个月，亲自捻尽附着在甘松上的泥土。”

“这种事，我向来让小丫头们做完了给我。”雪信不屑道。在并非关键的工序上耗费精力有什么好吹嘘。

“小丫头领了你的任务，一定是不情愿的，不情愿，心便静不下来，静不下来，便有杂味，香气和疗效必不能尽善尽美。”玄河说。

雪信一看，他又来了，又进入不服来辩的状态了。

她从小到大，不管什么事，都要在气势上占上风，此刻也忍不住驳斥道：“这是什么道理，香粉要炮制到多细，是我说了算的，她们做得不好，我让她们返工，有的用水磨，有的用水飞，最后还要过细罗筛子，保证每一颗粉尘都比我要求得更细！提取香气的精魂，只要用正确的方法，管它什么心情！”

玄河大摇其头：“你以为只有你有脾气吗？药材也是有脾气的，你让小丫头不耐烦地对付它们，它们也会不耐烦地回应你。你说香材有精魂，可是你根本不在乎它们，也听不到它们说话，所以它们也不在乎你。”

雪信瞪眼冷笑：“那你又听见了？它们能对你说什么？你还不是一样把它们弄得粉身碎骨？”

“你说香气是碰触灵魂的，那就说灵魂。香材粉碎了，气没有散，精魂还在，能感受到我用的心。我辨别她们说的话，让她们的精魂为我指路。我在乎她们，她们也在乎我，听我的话。”

“你把她们虐待成这样了，还敢说在乎她们。谁敢要你在乎，太残酷了。”雪信对这场辩论已厌烦了，可是她还没赢，所以不能停下来。

“你就不残酷吗？你进食，也是杀生，不要说你吃素，一花一叶，没有生命吗？”

雪信觉得玄河简直是无理取闹了：“难道非要吸风饮露才是善良？你不也造杀孽无数吗？”

“所以什么叫‘天之道，损有余而补不足’。为什么天地要不仁，以万物为刍狗？为什么圣人要不仁，以百姓为刍狗？一切有规律为道。无处不在，不能控制，真实不一定不虚妄。”玄河神神道道，语出如连珠快箭。

雪信瞪着眼睛：“慢着，这套‘一花一叶也有生命，吃素也杀生’的说辞，我也对人说过。真是条无往不利的箴言，你往外一丢，就无人能敌了吗？我承认我残酷，可是你抱着在乎的心情做残酷的事情，才是关键！”

“并不矛盾。善念是根本，吃不吃其实无所谓。什么叫‘天下皆知美为美，斯恶矣；皆知善为善，斯不善矣’，什么‘聊大废道，有仁义，智慧出，又大伪，六亲不和，有仁孝，国家昏乱，有忠臣'，是非什么的，从来不存在。存在的是界限是非的那一道线。道没有变过，你变了，才有了是非……"

玄河得意扬扬地说下去，很高兴雪信没机会打断他，他胜利了，可偷眼看去，她气息急促，捂住了胸口，神情痛楚。

雪信因为占不到上风，反而被他驳倒，上火动气牵动了病灶。玄河忙住了口，不说下去了，走上来把她的腕子。

"这是什么乱七八糟的道理。"雪信气得直喘，躲开他的手。

"这是《道德经》，你没看过？你师娘教你的第一课，不应是《道德经》吗？"他自顾自说了一堆，原来她压根没听懂。

"我才不学这些虚妄的大道理！没一句有用的。我没看过，所以你说了再多，我也不知道你是多有道理！谁知道你是不是随便背几句书就把人喷晕了！"雪信把耳朵捂起来，"听得人胸闷头痛。"

她喜欢高承钧，是因为高承钧从来不反驳她，认为她说的一切都是对的吗？可是她错的时候，谁来纠正她？没有人纠正，所以她不撞南墙不回头。现在她被气得脸通红，气也喘不上，谁又还忍心用言语再打上一记闷棍。

玄河把雪信的手腕捉住，把腕子上的香珠送到她鼻子底下，一股沁凉甘润的味道钻入鼻端，似乎连舌头也感觉到了甜津津的味道。

她的呼吸渐渐平缓下来了。

"你！"雪信一甩手，找了个角落坐着。

玄河也有些无言以对，似乎自己又趁着高承钧不在把她欺负了一次，而她又用耍赖滑了过去。

雪信不懂药，但就气味而言，她是闻得出炮制者花的心思的。

其实辩论只是辩论，她心里承认，认真与不认真做出来的香丸气味是不同的，除了严格提纯、配比，小心控制每道工序的火候，似乎真的有一些说不明白的因素左右着成品的气味，诚如她所说，是与灵魂有关的什么。上一回她的"雪中芳信"接连遭遇两次失败，大概也是因为她制作的时候太急躁了。

若玄河不愿做道士了，还可以去开医馆，会是个好大夫的，但他绝不能当夫子，简直活活把人气死。

没多久，高承钧陪太子下了学，来到长南观。雪信的脸色依旧刷白，一时半刻好不过来。她对高承钧说，要去沧海楼看看。

高承钧说："好，入夜后去。"他连为什么都不问，还摸了摸她的额头，看看有没有发烧。这才是雪信要的回应。

可是这个玄河，明明做的是关怀她的事，偏要加上几句刺激的话得到南辕北辙的效果。

天黑后，玄河演了一场皮影戏，令太子熟睡过去。

雪信与高承钧走出长南观，她不让高承钧牵着她，还想自己翻越宫墙，可是跳不到墙的一半高她就摔下来了，最后还是被高承钧背着去了那个花园。

沧海楼被一个阵法包围着，那阵法看来是一座花园。雪信一见便笑了出来，她十岁的时候，就在沈先生摊开的一张画上见过这个花园了，后来，沈先生又用棋局给她演示了一遍。园中阵法启动后，气候便与外界隔绝，春夏秋冬，七日一转，一个轮回是四七二十八天。

莫非沈先生的安排里，也包括她会去沧海楼？

他们走进去时，园中是秋凉之时，像小时候那样，高承钧把他的外袍脱下来给她穿了，而她牵住了他，让他不要松手，因为也许相隔几步，他们就会失散，他会找不到她的。在懂得解剖它的人面前，这个阵法宛如没有抵抗就丢下武器的军队，不消片刻便走到了中心。

沧海楼的样子长得与江家废园里的藏珠楼一样，也没什么好奇怪的，也许两者都是沈先生设计建造的，或者沧海楼是按照藏珠楼的格式建造，反正踏入这座楼，雪信熟得像回到了老家一样。

她让高承钧站在楼下，独自入楼探寻。

楼中收藏了各式各样的酒，那不是她要看的东西，反而不时拉动藏在隐秘处的机关，看看墙柱间的暗格里有没有藏下什么特别的纪念品。

暗格里依然是酒。虽然师娘是酿酒的，可是表达思念，也不用将所有的酒收罗来，堆在一起吧？有这份心，还不如多写写信，把酒送过去呢。

雪信走到最顶层，这地方才像个住人的地方。

有一张床，有一顶褪色的罗帐，也许经常有人来通风打扫，所以楼中只有酒气，没有霉味，她目之所见，灰尘虽有，也不过是北方风大，把外头的灰尘吹进来，积攒了一天的样子。

雪信恍惚以为看到了十多年后自己的故居，那个藏珠楼，也会变成这个样子吗？

忽然听见楼梯上穿来脚步声，并不是高承钧的，她未及多想，拉开身后的立柜，屈身钻了进去，合上柜门。

那脚步身上了三楼，很轻，也很从容，在房间里走了一圈，似乎在开窗通风，在用羽毛掸掉帐子上的灰。脚步移动到立柜前，柜门豁然中开，柜里柜外的人打了个照面。雪信并不害怕，对方也不吃惊。

雪信怀里抱着本来放在柜子里的一只匣子，把红豆绣囊举在手里，挤出个巧笑倩兮：“陛下，我该称您师伯呢？还是世伯？”

站在柜子外的皇上若是太子的父亲，那么以他的外貌来看，最迟也是十三岁成婚才行。可是从师娘锦书身上，她早知道外貌是不可信的了，这位皇帝陛下并不是个愣头青，没那么好哄的。

她先跑到窗边看，见高承钧立在楼下，立得笔直。

“我让他不要出声的。”皇上说，“你还是先称我为陛下吧。”

他不像个皇帝，都不自称朕，也不像个世伯师伯什么的，反倒像个和善的兄长。他笑着问雪信：“你师娘还好吗？”

“师娘在华城一切都好，除了没听她提起过陛下。”雪信狡猾地说，并暗中观察皇上的脸色，那是张美玉雕成的脸，不会轻易为什么消息动容的，她立刻转口风说，“不过我知道，只有在心里藏得很深，才会闭口不言的。”

皇上笑了，笑得月辉清亮了几分，他说：“你比你师娘伶牙俐齿，可胆气倒是十成十得了她的真传。”

“我两回遇到陛下，都没机会见一面，这次不会是陛下安排的吧？故意让玄河告诉我沧海楼，他怎么可能不知道陛下每夜都会来楼中闲逛呢。”雪信就是觉得皇上不会把她怎么样，说话不免放肆了。

“在你眼里，一切都是预先安排和阴谋吗？”皇上反问她。

“预先安排，令诸事井井有条地运转下去，也没什么不好。不好的是阴谋。可惜许多事情分不清是好心安排还是坏心阴谋。”雪信说。

“我知道。”皇上说，“所以我希望你留在宫中。我给你的是好心的安排，令你不受阴谋的打扰。”

“那怎么行呢！”雪信急了，沈先生的安排令人窒息，皇上金口一开，也好像一锤定音了一样，“我只是进来转转，我要出去的。”

“你为什么进来，又为什么出去，这些我都知道。”皇上点点头，示意她打开怀中的匣子。

雪信这才发现，怀中的匣子与那天在蓬莱殿甲库里找到的存放羽衣霓裳舞的匣子形制相若，只是用的料子没那么讲究，也旧了些，打开盖子，里面也有十二条嵌槽，只是里面一支簪子也没有。

皇上从袖子里摸出一支簪子来，雪信接过来，摸到了年号款记，正是那天被玄河偷走的簪子。

“玄河真是什么都告诉陛下。”她撇嘴，忍不住将簪子嵌进槽中，不能严丝合缝，簪子短一些，尾端是圆润的，而嵌槽长一些，尾端尖锐一些，簪子放进槽中，还有空余。

雪信看了看皇上，忍不住把自己那支点翠金簪摸出来，放进槽中试了试，并排摆在一起比较，这样看得更清楚些了，新旧两款簪子外形一致，尾端都是圆润的，并不贴合匣子里的嵌槽。但这个细节，不用簪子比画是区分不出来的。

“我是来找我母亲的。师娘对我很好，可是我总要找到我的母亲啊。”雪信低声说。

不知道为什么，她对谁都不肯说的秘密，对着皇上那么容易就说出来了。也许是笑眯眯的皇上让她绷紧的弦松下来了，反正，她要找母亲的事，沈先生知道，师娘知道，这位世伯还是师伯的，知道也不打紧吧？

他可是皇上，如果他肯帮忙，哪有找不到的呢？

皇上像是听见了她心里的话，点头说：“我帮你找，小事一桩。”他看她还是对着匣子出神，给她解释，“这只匣子是前朝的，在那只梳妆台上摆了十几年。我见到时，便是空的。”

她糊涂了，抠出金簪来看着：“我手里的这支，不是陛下登基后新造的，因为十二支金簪都在，也不是前朝旧有的，因为十二支金簪都不见了，而我的这支没有款记，与旧盒子不匹配。那么我这支簪子是哪里来的？”

“别费劲想了，何苦逼自己，连皇帝都甘为你驱驰，你还不安心留下养伤吗？”这皇上专门拣她爱听得说。要是说她事情办得不好，让她闪一边去，让有能力的人上，她又得杏眼一翻来劲了。

而她居然很听得进。

雪信彻底松了口气，把金簪带盒子都送到皇上手里，像是交托掉了一副重担：“要帮我找到啊。”她还不放心地关照，然后显露出了这个年纪少女该有的顽皮，“师娘的面子真大。”

她是真心喜欢这个世伯还是师伯了，站在他面前，不知为什么，觉得自己可以做回一个什么也不会，什么也不用懂，什么担子都可以撂给别人的女孩子，有撒娇的特权。不像在沈先生面前，她时刻准备着被考核。

师娘为什么选了沈先生呢，明明这个选择更好的。

雪信又向窗外看了一眼。高承钧把外袍给了她，站在秋风里会不会着凉？他站得笔直，一点都不肯瑟缩。

“你是想定了，要嫁给高承钧吗？”皇上又问她，那种正襟危坐商讨大事的口气，只是私下里打听打听少女情怀。

“我可是从四岁起就和他约好了的。四岁！”雪信一点也不怀疑自己的决心。

“他不是你的良配。他是高献之的儿子。”皇上淡淡的一句，仿佛在她心尖上重重按了下去。

雪信痛了一下，说：“我知道他是高献之的儿子，难道陛下也认为我配不上他？”

“不是。你应该得到更好的安排。”皇上说。

如果高承钧不是最好的安排，那么世上没有什么是好的了。

因为说了她不爱听的话，这个皇上在她眼中没那么和善了，她甚至把自己的那支金簪夺了回去。

沈先生想把她送给苍海心，便早早地把高承钧赶走，而皇上也说出了“不是良配，另有安排”这种话，沈先生和这个皇上也没什么不同，不，在人毫无防备里捌一冷枪更可恶。

师娘是选不到更好的人，才随便选了一个吗？

“陛下，我要走了。”看在师娘的份上，雪信向皇上道了别。

“等等。”皇上说，“把手伸过来。”

雪信抬起腕子，皇上三根手指头搭了搭她的脉，说：“这串香珠做得不错，是玄河做的吗？”

“是，得他一点好处，居然连《道德经》都背起来了。”雪信告状。

“这不是‘一点好处’，平日里嫔妃宫女找他要香料，他一律不给，架子很大，更别提拿出炮制精良的香丸香珠来。”

“陛下这是什么意思？把我快点治好赶出长南观，他也好向陛下交差啊。”

“你真这么想吗？”

“陛下，他只是个皮影戏班子出身的道士！”

“你不也还不知道自己的母亲是谁吗？是舞伎的女儿也说不定。”皇上看见雪信脸色惨白。

这正是她一直担心的事，不但是舞伎的女儿，还是舞伎丢掉的私生女。她太在意自己的出身，怕自己与高承钧门不当户不对了。

“我只说也许。”皇上安慰她，“至少你有一个做皇帝的师伯，你师娘又那么有钱。”

雪信后退行礼，扁着嘴跑掉了。

皇上笑着，随手把匣子放在一旁，自言自语说：“一点也开不起玩笑，像她的师父。”

高承钧背对沧海楼的门口站着，听到雪信的脚步声怒气冲冲，转过身来。

想到也许皇上在楼上的窗子后面看着他们呢，雪信拖起高承钧的手，拽着他飞快离开。

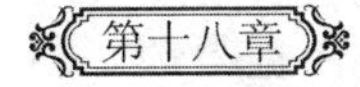

第十八章

心字崎岖渐成灰

夜里，雪信睡不着了。一旦她的心里装了事情，能闭着眼睛盘算到天亮，一般安神的香料早已无效。

她睁开眼睛，看见自己的手放在枕头上，高承钧趴在她的枕边，握着那只手，不知已睡着了还是装着睡着了。两个人的手握着一起，谁不小心动一下都会惊动另一个人，这几天他们都习惯在睡梦里保持一动不动，可久了也会累啊。

雪信把自己的手从高承钧的手中抽出来，摸了摸他的脸，高承钧立刻睁开眼，望着她，也用手碰了碰她的脸。

雪信抱住他的脑袋，凑过去亲他的脸，高承钧虽然疑惑、受宠若惊，还是坐到了她的榻边，抱住她，两人用嘴唇碾着对方的嘴唇，仿佛是不解恨。雪信进宫以来，一门心思寻找自己要的线索，指挥高承钧做这个做那个，觉得全是应该的，等原本以为属于自己的东西快留不住的时候，才慌乱地抓紧。

吻着吻着，高承钧感到自己脸上一片凉，他用手指触碰雪信的眼睛，发现她在哭，慌忙用袖子给她擦眼泪，小声问："怎么了？陛下对你说了什么？"

哪里是皇上一个人说了几句话的事情。沈先生的图谋，皇上的倾向，她对身世的忧虑，还有一顿险些要了她命的杖刑，压在她肩上，她快承受不住了。也许这会儿能安抚她的，莫过于让高承钧开口给一个不离不弃的承诺，可是他们早就交换过承诺的，如果上一个承诺不能让她安心，那么再立一个承诺也未必有用。况且她这样哭哭啼啼逼着他答应非她不娶，也太堕面子了。

雪信只有缄口不言，哽咽抽泣。高承钧也只好把她搂在怀里，拍着她的背，不得要领地说些宽慰的话，雪信抓住救命稻草似的咬着他的嘴唇。

忽然间，她闻见了药香，与她手腕上的香珠一样气味，却更浓郁，一缕缕飘来，围着她打转。雪信回头，就着月光，看见窗框的裂隙里插着一支点燃的灯草，一头点着了，被微风吹得红亮，她扶着床窗框仔细看了看，又确定不是灯草，是制作香珠剩余的香泥搓成了灯草粗细、手指长短的模样，一点即燃，省去了熏焚或打篆的麻烦。

她又不屑地哼了一声，如今连正经的迷香也很难放倒她了，一些常见的香料加上普通的药材，管什么用？想让她平静下来，那破道士也想来驯服她的灵魂吗？

雪信这股气提上来，悲伤委屈顿时减少了许多，她把眼泪擦干了，躺下来，对高承钧说："我没大碍了，不想住长南观了。我要搬回掖庭去住。"

"明天就搬。"高承钧不知怎么安慰她，只有答应她所有要求。

"你不能随意出入掖庭的。"雪信提醒他。

"我会夜里偷偷翻窗户。"高承钧想逗她笑。

大概是哭泣耗费了体力，也可能是心头的重压得到释放，她累了。

夜风把灯草香的香气拂到雪信脸上，她懒得用扇子赶开，因为在她眼中这香气比蚊子还不如，不会叮你一口，也不会让人觉得烦，却也不值得人喜欢，它似乎无足轻重，在与不在两可。

她闭着眼睛睡过去了，不算酗酒的几次，她是第一回睡得那么深沉。

第二天清晨，雪信在薄薄的日光里醒过来，她趴在窗框上看，曼陀罗花正在收起花瓣，高承钧在窗外练功，只有拳脚挂风的声音，没有打扰到她的好睡，她是自然醒的。

雪信检查落在窗框上的香灰，以手指头沾了送到鼻下嗅了嗅，重新确定了没有迷香的成分。中了迷香后醒来与醉酒后的第二天的状态差不多，不是头晕就是头痛，要么口渴，这样那样的不舒服。可是她现在神清气爽，连气息也匀畅了许多。

走到观外，雪信看到玄河正在用竹筒收集花瓣上的露水，一朵半闭的花是一只玉盅，轻轻一斜它，花心里的露珠顺从地滚进竹筒里。

"曼陀罗是毒药，你收集露水，打算害谁呢？"雪信想问他，得先找个由头开头，张口出来的话，又是争辩的气势。

"毒药用得好也可以治病救人。花露药性温和，不是毒药，是一味情药。"玄河回答。

她很惊讶这种事情，他也能一本正经地说出来，还是那种背《道德经》的神色，没有什么不自然的。

"是情药，还是助情药？我没见过什么真正的情药，都是用药物麻痹了神智，驱动身体，不管药还是香，都不会把无情变成有情。灵魂的底线就在此了，它可以被蒙蔽，但不会被征服。屈服的是身体。"雪信也苦恼，自己总忍不住要挑战他，虽然前一天还吃了瘪。

玄河看了她一眼，避开锋芒，不痛不痒地问："睡得还好？"

"睡得连梦都没做。"她没好气道，"我要搬去掖庭住。"

"也好，皇上也有这个意思。他的意思是让你名正言顺地留在宫中。你得参加下下个月的宫娥入册考试，给你选了个清静的院落，让你温书。以你的聪慧，不会考不上的。"

"我不想考试，我也不想留在宫里。"

"你不是怕考试吧？"

"你别用激将法，我就是不想留在宫里。"

"那也没办法，皇上让我看着你，你若找法子混出宫去，我会把你拎回来。"玄河说。他手中的竹筒这时还不满三分，但其实他从日出前便开始收集了。

雪信还以为她是和皇上的意思反着来的，可是居然是这样的结果。其实不管什么决定，都会迎合一部分人的期望，又会让另一些人不开心吧。

晴岚院里住的大多是充没入掖庭的犯官妻女，负责掖庭中的杂役，平日里夹起尾巴做人，连说话都比良家出身选入宫中的宫娥们低三分。

雪信住到晴岚院，把门一关，这个院里掌事的大宫女也不好来打扰，只有派人给她送饭时跟来瞥一眼。

玄河仗着他代天子出家的身份，在宫里爱上哪儿上哪儿，他依旧会每日来替雪信诊脉，还奉了皇上的意思搬来了备考用的书。

太子还是个小孩子，也不受拘束，想串门就来串门。唯有高承钧不方便光明正大地踏入掖庭，只可趁夜潜进来看她。雪信让他看一会儿就会赶他走，要是现在看够了，以后厌烦了怎么办？

搬入晴岚院的第四日，掌院姑姑带着一个宫娥敲雪信的房门。她认得这个姑娘，是承恩殿的玉露，但还得装着不认识，让掌院姑姑替她们相互引见。

“崔贵人让我来找你，有事情要问问你。”玉露的口气还算客气，不像张皇后身边的彩芝一上来便飞扬跋扈。

皇后正一品，昭仪正二品，婕妤正三品。崔婕妤的敌人身份地位都比她高，她的身边人在宫中行走，时刻准备着向对面走过来的人屈身行礼，脸皮下面准备好了笑容，随时可以端上桌。

怕雪信不去，玉露又特意加了一句：“不用害怕，贵人不会为难你。”

半个月前，张皇后打了这个被人偷偷摸摸塞进来的宫女，皇上沉着脸斥责了张皇后，还用自己的车驾送这个宫女去就医。

宫中其他人除了捏着鼻子看张皇后的笑话外，也不敢小觑这个来路不正的小宫女了。崔婕妤把她叫去，除了满足好奇，恐怕还有拉拢结交的意思，敌人的敌人便是战友。所以雪信跟着玉露去了。

承恩殿里，娇小玲珑的崔婕妤让雪信抬起头，端详了她好久，似要从她身上找出什么缺憾来，如果有，那就是她一身没有品级的宫装，拉低了她的身价。

崔婕妤摇摇头，亲手把雪信扶起来：“你挨打的事情，我也听说了。宫里以前也听说有动私刑的，都是使阴招，大太阳底下让你去花圃里找一根绣花针，把人晒昏，是顶狠毒的了，可没见过敲锣打鼓把人往死里打的。你我年纪差不多，我叫你一声妹妹，你不嫌我托大吧？”

“奴婢不敢与贵人论姐妹。”雪信吃一个亏长一个乖，况且崔婕妤客气，她更得恭谨，作势又要下拜。

“就算现在不论，过几天自然也成姐妹了。”崔婕妤不阴不阳地说了一句。

崔婕妤的想法，大概可以代表宫中大部分人的猜想，是该辟谣了，起码得用另一种谣言取代这种她不喜欢的谣言。

雪信拜倒说：“贵人误会了。我是飞骑队的高队长推荐进来的，皇上肯搭救我，也是看在高队长的面子上。”

“高队长不过是一个亲卫，推荐个人进来，我是信的。可是面子大到让皇上冲到立政殿去救人，还把自己的车驾给你用，就不好解释了。”崔婕妤看着雪信，不来扶她了。

雪信低下头说：“高队长不是寻常的亲卫，他是安西四镇节度使高献之的嫡长子。”虽然他父亲不待见他，可是他的身份亮出来，还是可以吓唬吓唬不知内情的人的。

崔婕妤在殿内走了几步，自言自语：“听说高献之在西域就差自立为王了，皇上买他的面子，倒是说得过去。”如此，她放心了，走回来，又把雪信扶起来问，“你住在晴岚院，缺什么，尽管跟我说。”

她忽然闻见雪信身上传来一股沁人的香气，是花香混合药香，让人说不出的舒服，于是问道：“你身上的是什么香？”

雪信把手串褪下来给崔婕妤看：“奴婢自小调弄香料，胡乱做的东西。”她不能承认这是玄河给她的。皇上曾说过，宫中嫔妃宫女向玄河讨要香料，玄河从未给过，让人得知她受了特惠，又要招恨。

崔婕妤闻了闻那手串说：“不光是这串珠子，你身上还有别的香气。”

“也许是衣服上熏的香吧。”雪信撒谎搪塞道。一个女人在另一个女人面前炫耀自己的动人心魄是最蠢的了，尤其对方还是个身份地位比自己高的女人。

“你很懂香？”

“不敢说懂，只是也钻研了十年有余。”雪信道。

崔婕妤摆了摆手，把左右宫女屏退，只留下玉露侍候。这个玉露看来是崔婕妤的心腹了，也不知道上回她深夜扛梯子翻墙去私会的情郎是何许人。

崔婕妤要说的事情，令她自己都很扭捏：“你能不能为我做一种香？需要多贵的原料都不要紧，只要你开口。”

雪信对崔婕妤的所想所愿早就了然，上回来偷莲花，她顶替玉露在阶下听了一耳朵。崔婕妤不就想要个小皇子吗？她要的香，不是随便配一些沉檀龙麝能糊弄的，以牡丹、蔷薇、素馨、茉莉、莲花、辛夷、桂花、木香、梅花、兰花十样花制成的逗情香恐怕也不够用。

崔婕妤期待地望着她：“我要的香，是别人抄也抄不走，偷去用了也没用的，只属合我一个人用的。”

要求还不低呢，度身定制。也是，若崔婕妤凭着香料蒙得圣宠，定会有人仿效，抄袭崔婕妤的成功。到时候你也用香，我也用香，皇上被熏得头昏脑涨，崔婕妤的香气又如何排众而出呢？

不过，雪信成竹在胸，她笑眯眯地望着崔婕妤：“我明白。贵人想要做成什么样的香，是香末、香丸、香囊、香粉、香膏还是别的什么？”

“香末点燃后势头强劲，却太张扬。香粉、香囊、香膏又太含蓄，不近身发挥不了用处。香丸在静室中效用最佳，这大热的天气，把门窗紧闭起来熏香一看就有古怪。”崔婕妤决定不下来。

“不如做成胭脂好了，涂在唇上，朱唇轻启，吐气如兰。”雪信建议。

“也好。你需要什么难得的材料，列个单子，我托家人去置办。”

雪信笑：“比较难办的原料只有一样。”她附在崔婕妤的耳旁说了两句。

崔婕妤的脸色顿时变得难看，皱眉道：“你不是在戏弄我吧？”

“求非常的结果，又岂能用寻常的手段、寻常的材料呢？我自有道理的，贵人可以不信我，但我绝无戏弄之心。”雪信认真道。

“你是真的愿意帮我？”崔婕妤不放心地让她表忠心。

雪信说："贵人若得皇上宠爱，立政殿那边想必不会痛快，我想一想，便觉得很痛快了。"还有，皇上念着骆锦书，对后宫的嫔妃爱理不理，他可以这么任性，却来干涉她的良配不良配，她也塞给他一个他不想要的人，让他试试滋味好了。

崔婕妤脸色转晴，她当即赏了雪信一匹绸缎，让玉露捧着送雪信回晴岚院。

雪信回到房中，玄河坐在她的几案边，正等着给她诊脉。

"崔婕妤没欺负你？"他看来也不担心，说不定刚才还跟踪了她们，又抢先回到院中等着，还有什么好问。

玄河又指着案头的书堆："怎么送来的宫规女则，一点都没翻？"书还是他拿过来时叠放的次序。

"我从没打算去考试。"雪信赶开他，"别乱动我的东西。"

"那为什么又看起医书？你不是不屑研究医理药理吗？"玄河从案头捡起一本《伤寒论》，"怪不得我在长南观里找不到这本书了。"

"我不过随手拿来夹绣样子和绣线。"雪信夺过书来，一翻，里面果然掉出一张描好的花样子，只是看起来更像是夹进去做书签的，她也觉得辩解苍白，补充道，"香渗透的是灵魂，药调理的是肌体，两者境界有云泥之别，不过若我能双管齐下，想必会更厉害些。"

"那《道德经》呢，你看这些虚妄的大道理做什么？"玄河又从她的枕边抄起另一本书。

"这是我的房间，我的床铺，你能不能别那么随便！"雪信嗔怒道，"谁知道你是不是瞎背《道德经》，我看几眼，找找你的错不行吗？"她始终是要强的，不肯被人比下去。

"有看不懂的地方？"玄河露出两排牙齿，牙齿雪白。他端正了姿态，说起来，他们是同门，他是师兄啊，可惜他从来是一个人，没机会享受教导师弟师妹的乐趣。

雪信忽然收了怒容："释疑倒不用。你真想帮我，就把长南观里的香料药材再借我用用。"

晴岚院里的单人舍间地方不大，装不下太多东西，她卷了两身换洗衣服就搬过来了，研制崔婕妤要的胭脂香，还得回长南观去鼓捣。

"你若肯温正经书，我就借给你。"

雪信听了，笑："我若温书，则没功夫去长南观玩了。我列个单子，你若帮我把上面列的材料捣碎了，也不要如何细，只要先捣碎了，我就看书。反正你除了监视、汇报，也闲得很。"看书也有很多种看法，看了书也不一定会去考试。

玄河答应了。他见雪信心绪恢复平静，才让她伸出腕子来按了按。她的伤暂时是没有大碍了，可留下了病根，一时半刻难有起色，只有耐心调理。

午后，太子来串门。雪信临着窗户摇着扇子，把那本《伤寒论》翻来翻去。

这晴岚院里什么好吃好玩的也没有，唯有低头匆匆走过的女人不缺，怎么看都千人一面，人人脸上都写着压抑。

她的房间也差些就竖壁清野了，一切以声色照人、声色夺人的玩意儿都离她远去，院里发的头油和香粉粗糙到不能直视，她不敢涂抹到头发肌肤上。住在这院里，唯有享受享受东宫典膳局的小灶和长南观的汤药，想玩物丧志都无从玩起，大概故意要逼迫得她拿读书当消遣。

太子年纪小小的，倒是会讨姑娘的欢心了，每回来都有小礼物，带过一盒花钿、一包香食点心。

这回来，他胳膊下夹着一只扁扁的匣子，匣子里是一条七成新的水色裙子。他看窗外没人，才做贼似的低声对雪信说："昨天秦王世子接我出去越王二公子家里玩，越王二公子让我给你送衣服，还让我问问你，玩够了没有，想不想回去了？"

这条裙子，是她离开苍海心前一天夜里跳踏莲舞穿过的。他是希望她睹物思状，也怀念一下那日的情景吗？

雪信把匣子关上了，神色里有些厌烦。

"你别担心，我替你回答他了。说你在宫里吃好玩好，不想出去了。"太子挥挥手，像替她拂开了蛛丝的黏缠，顿了一下，又说，"不过，你那个跟着秦王世子的妹妹也悄悄找我，让我传话说，她想念姐姐，想见姐姐一面。"

雪信一下把头抬起来，盯着太子，把太子吓一跳。她知道露了怯了，用低头摆弄匣子上的铜锁扣掩饰，道："我也有些想她了。若太子方便，就安排我和妹妹见一面吧。"

"那个也容易，下回秦王世子入宫时，把她带进来和你说会儿话。"太子没把这件事放在心上，对他而言，确实易如反掌。

他还问她："等你考上了，成了入册的宫娥，你打算去哪儿？你在看《伤寒论》，是不是有意入尚食局司药司？我东宫有左春坊有药藏局，你来东宫，保证擢升得比在掖庭快。"

雪信哭笑不得。在宫里肯保护她的人，个个自说自话地留她，有的还许诺封官晋爵了，可是她查的线索指向宫外，她留在宫里混日子是虚掷光阴。

不多时，承恩殿的玉露来了，也捧了个匣子，印章盒大小，四四方方，打开，在绫子的衬垫上躺着一个白瓷小瓶，用蜡封得严密。

玉露只让雪信看了眼那个瓶子，就把匣子塞给她，便举起双手嗅嗅手心，像在检查是不是沾上了什么气味，一面嗅，一面出去了。

太子对玉瓶里装的什么颇为好奇，问了雪信，雪信不说，他老毛病又发了，趁雪信背转身去想偷偷打开蜡封。雪信早有防备，不等他用指甲刮蜡壳，一把抢过来，关进匣子里，说："太子回去，转告高队长，这几天不要来看我了。"

那孩子瞧她稀奇："方才去长南观，玄河抱着一乳钵香料捣得起劲，你现在又不让高队长来看你，不是你移情别恋了吧？高队长和玄河子都是我父亲身边的近人，都是不可多得的青年俊杰，可是你和高队长从两小无猜到今日，多少年下来了，你就真的舍得不要了？不过，也可能是你腻了……"太子喋喋不休地分析。

"太子！我这几日炮制香料，需要静心。"雪信打断他的推演。

"你老实说，是不是你们三人背着我又做了什么事？"太子对三人的纠葛很是兴奋。

雪信以书掩面，如今这宫里是一点都不好玩了，她只想找个机会快些溜出去。

不知太子回去是没有对高承钧转达她的意思，还是转达遭了无视，高承钧夜里还是翻墙来了。她紧闭了窗户，窗上糊的不是薄透的碧纱，是下午新贴上去的桃花纸，不让一丝风透出去。

高承钧推不开窗户，可是他的身影被月光投射在窗纸上。他低声问：“雪娘子，你在里面做什么？”

“太子没告诉你，我在制香吗？”雪信的声音从桃花纸后透出来。

“从未听说三伏天里紧闭门窗制香的。”

“你从未听说的事情多了去，光是你离开的三年里，我学的东西，我身上发生的事，你就不知道。”

高承钧又使劲推了推窗户，正抬手想点穿窗户纸，伸手进来拔掉窗闩，却听见雪信说：“我糊了一下午的窗子，你敢弄坏，我就再也不理你。”

“你制香，我不懂，可你要热出病来，我就管得着。你能把捣香的活儿派给玄河做，那么闷在屋子里熬热汗的事，你为什么不肯让我做？你不肯泄露配方工艺，连我也不肯信吗？”高承钧在窗外，说话间头一回有了委屈和抱怨。

“不是的。我只是不想让你闻见气味。”雪信换了一种口气，很心虚的。

雪信回答还是解不开高承钧的疑惑。他沉默片刻，才说：“你能告诉我，你在想什么吗？”

“我现在只想把手里的事做好，没空聊天。”雪信似乎放下了手里的活儿，走到窗户边，“过几天我来看你。可现在我要静心。”

高承钧深深叹了一口气：“好吧，你不需要我的时候，怎么劝你都不会改变主意的。”他拖着长长的步子缓步远去，似乎是离开了。

天亮前，雪信打开了房间的所有窗户，窗户一开，房中新燃起的檀香和龙脑香立刻散了出来，她还从未用过那么浓烈刺激的气味去掩盖稀释另一种气味。她汗浸衣衫，只有双手的手心和双脚的脚心是干燥的。她的手心和脚心不出汗，不会在器皿上留下脏腻腻的汗印子。

雪信疲倦地走到院中吹晓风，发现高承钧站在一棵树的树影里，像尊漆黑的石雕。

“你不是站了一夜吧？也不怕被夜里起来的人看见！”她伸出手，也许想碰触他的脸颊，或者给他整理袍衫，以示他们还是亲密的，可手伸到一半又缩了回来，无措地交在一起拧了拧。

“忙完了？那就好好休息吧。”高承钧用袖子拭掉了雪信额头的汗珠，转身轻捷地越墙而过。

当日玄河来诊脉，按她的要求，把捣碎的香料、生麻油和几只在沸水中煮过的瓶子带了来。他抽了几下鼻子，被房中残留的浓香熏得打了个喷嚏，观看雪信的脸色说：“你若不好好休息，我便不能再帮你了。”

“我白日里可以补眠的，要不是等你来，我还在睡呢。”雪信不打算改正。

“这几味香料无论如何炮制，都不会达到崔婕妤要的奇效。”玄河提醒道。

“你说曼陀罗的露水是一味情药，那么曼陀罗花蜜也应有同样药效，而且药性发挥得更烈更快些吧？”雪信瞄着他。

“原来你在打曼陀罗花蜜的主意。我没有养蜂，可没有曼陀罗花蜜给你。”

"可我怎么瞧见花田边缘的树上有几个野蜂巢呢？"雪信笑道，"野蜂日出而作，日落而息，一般采集不到夜花蜜，但长南观的曼陀罗，在日出后渐渐闭合，在日落前提前开放，虽然加起来不过短短一个时辰，可是附近没有比曼陀罗更香的花，所以就算巢中酿成百花蜜，也定以曼陀罗蜜为主。"

"你要掏蜂巢？你可知这种野蜂也是花田的守卫，有剧毒，被扎一针，你的脸眨眼就能变成刀切馒头，肿得一个褶子也没有。"玄河无奈，这女子哪来那么多疯狂的主意。

"没有新鲜蜂蜜，那就去偷蜜酒。我在沧海楼里见过一种名叫沉翠的酒，我闻出是曼陀罗花蜜酿成的，勉强合用吧。"

玄河站起来道："沉翠酒是皇上的珍藏，据说是酒仙赠给皇上的，你多大的胆子，敢去偷沉翠酒？"

雪信听他如此说，眨巴几下眼睛："曼陀罗蜜酒是师娘送的？皇上又那么珍视。本来只是一时突发奇想，你一说，那么我制香，必须用曼陀罗蜜了！"

被她逼得没办法，玄河说："罢了，你要多少，我帮你去掏一些野蜂蜜。"

"也不多做，一个人用的量，半瓶够了。"她从他带来的提盒里拣出一只小瓶子递过去。

"我替你做了那么危险的事，你怎么谢我？"玄河接了瓶子，似笑非笑地看她。

雪信把瓶子夺回来："我眼下没有可以报答的，你若是锱铢必较，我也不是不会爬树——只是我要奉旨温书。"

请他帮忙是他的荣幸，高承钧抢不到活儿干，还不乐意了呢。

"你能考上编制，也算不枉费我替皇上监督你，又豁出性命帮你接私活儿了。"玄河说。

又是考试，有完没完？雪信翻了个白眼，道："这件事，你不会也报告给皇上吧？你怎么报告？说你和我在背后议论你师父和我师娘的情史？"

"我自然不敢照实说。"

果然最迅捷的化敌为友的方式，还是多和那个人一起做些坏事吧，久了他便不敢出卖你，因为你手里同样握着可以把他出卖的把柄。除了相互挟制外，一起做坏事本身也能消除两个人的隔阂，比如发现大家都有嗜痂之癖，彼此对看，也会比看别人顺眼。

傍晚前，玄河把蜂蜜送到了。他的右手手背上缠着厚厚的白布条，严密包裹下，一个肿包鼓得老高，像山龟的龟背。

雪信拔开瓶塞，嗅了嗅瓶中蜜，又去研究他的手背。她在鼓包上戳了一下，玄河的手缩得比闪电还快。

"要是蛰在脸上还真完了。"雪信得出了结论，却不心疼。哪有人搞不定自家门口中的蜂毒的？何况玄河自己还是大夫。她又让玄河提前准备米糠，越多越好。

当夜，她歇得很早，只是把一部分香料投进盛放曼陀罗花蜜的小瓶，填满，又用丝绵遮了瓶口，扎紧，做成小香瓶。把余下的香料、生麻油和泉水混合后，投入大一些的瓶子，一样封口，做成小油瓶。如此渍香一夜。

这一个夜晚比前一个夜晚闷热，晴岚院的舍间里没有冰鉴，雪信开着窗户睡，出了一身香汗，热得睡不着，使劲摇扇子，可扇子送出来的风也是烫的，越扇越热。

她干脆把条案移到窗下，放上枕头，躺了上去，双腿悬空，垂在条案一侧，贪婪地享受窗口掠进来的一丝丝夜风，手里的扇子渐渐停了。

忽然觉得拂到身上的风大了些，也有了沁凉之意，那风也好像是追着她吹的，一阵一阵并不停歇。

雪信鼻子里闻到了三年前她亲手做过的香囊的气息，在半梦半醒之间，在用皮肤捕捉微风流动的静谧里，这白日里几乎闻见不见的香气被放大了无数倍，不绝如缕地随风涌来。

她睁开眼睛，果然是高承钧，正坐在她身边给她打着扇子。不是她睡糊涂了，房中真的比方才清凉了许多，是他打了一桶井水来，浇湿了地面，等地面干了，他又浇。

雪信坐起来，顺手捡起枕头下的另一把团扇，给他扇风，怪他："不是让你别来了吗？你使劲扇扇子，自己就不热吗？"

"西域的气候早穿皮袄午穿纱，我经冻也耐热，没事的。我得夜以继日，弥补我不在的三年里，你的损失。"高承钧把她的扇子按了下去。

"谁说是我的损失呢？那是你的损失。"也许是共同的损失，一旦失去，就补不回来的损失。

"我没住过这么简陋的地方，不过，谁说我一定住不惯呢？"雪信发现自己的身份也许与高贵无关时，她也不敢对自己的待遇有更高的要求了，"可是你们的皇上是怎么想的呢？为什么非要安排我考试？"

"皇上想保护你，在宫中没有身份的人随时处在危险中，即便簿册上录了名字的宫女忽然不见也不奇怪。他安排你住在晴岚院也是煞费苦心，这里清净艰苦，别处的人平日不屑来，是个韬光养晦的好处所，久了，人们会淡忘你带来的风波。"

"看看以前沈先生是怎么待我的，给我吃最好的，给我穿最好的，给我用最好的，我犯了错也舍不得打我，只打我身边的人。你们的皇上，他是皇上，要保护一个人，需要如此迂回曲折吗？"雪信说不下去，又想要哭，憋住了。

看在师娘锦书的面子上，皇上对她也算照顾了，也许舞伎的女儿住在这种地方还是恩典，不该委屈。

这几天里，她思虑过度，睡不好，害怕了。要不然不要查下去了，若她不查，那么她还有可能不是舞伎的私生女，至少还有个当皇帝的师伯和一个有钱的师娘兼养母，再考个宫中的入册宫女位置，好好奋斗，也许还能给自己博得一些尊严。

至于高承钧的婚事，皇上将来一定会给他指派的，指一个三四品官员家的女儿为正室，才叫门当户对。

当然她坚持要嫁给高承钧，高承钧不肯放弃她，都是可以的。可是那再也不是她想过的未来了。这件事上，高承钧的承诺是苍白的，只要他还在乎他的将来，他必须服从安排。

她忽然又想到，为什么沈先生肯把寻找生母的线索交给她，是为了让她认清自己的身份，绝了妄念，接受沈先生的安排吗？反正如果她执意拖住高承钧，沈先生不同意，皇上也不会同意，但她也许可以在两个不能拒绝的人中，选一个对她更好的安排。

想完了这些，雪信郑重地对高承钧说："你以后，真的不要来看我了。"

“好吧，你制香这几天，我不来了。”

“我还要准备考试，考完试再说吧。”兀然把梦打碎，她也下不了狠心，他肯定会激烈反对，如果借故疏远，皇上再给他安排别的良配，大概有一天再遇见了，心也不会颤了吧。

“从明天开始。”高承钧低头看地面，浇上去的水又蒸发干净了，他倾斜木桶，把剩余的井水全部浇在砖石铺成的地面上。

他给她打扇子，说话间也没有停过。

“你不热，难道也不困吗？你不像我，白天可不能打瞌睡的。”

“我可以半个月不睡觉。”高承钧笑道，“你睡吧，等你睡着了我就走。”

一夜过去，这一夜以后，雪信不会去做那个梦了。

第二天一早，她面容憔悴地提着一个过梁竹提盒走进长南观里，动手从盒子里取出小油瓶和小香瓶，先把小油瓶里的香料渣滓滤掉，只剩下清液，将小香瓶倒扣在小油瓶之上，调了湿泥糊住瓶身与接缝处，待泥稍干一些，她把这个泥疙瘩埋进了厨房土灶的柴灰里。

小油瓶在下，柴灰埋到接口处，用米糠埋住上面的小香瓶，点燃米糠，她挥汗如雨地摇着蒲扇，高承钧愿意为她打扇子，而她情愿给一瓶子香蜜香油打扇子。

灶中持续半日微火后，改为大火。她把蒲扇交给玄河，叮嘱他，米糠烧尽前一定要添加，灶中的火三天三夜不能断，瓶身四周的火务必烧得均匀，否则香瓶里的蜜露向油瓶里滴落，也会不匀的。

“我没想到有一天我会替女人做胭脂。”玄河用肿成蹄子的手握住蒲扇柄，笨拙地摇着。

“还不是胭脂，只是完成甲煎，也叫香泽。”雪信说道，“不过，完成了三日三夜的熬煮，最麻烦的工序也就完成了。”

这三日里，雪信不要他诊脉了，玄河坐在厨房里，连吃饭也没离开过。

三日后，糠火熄灭，又停了两日，雪信才来，挖出两个瓶子，刮去泥壳，擦洗干净，把两个瓶子分开，只见小香瓶里的渍着香料的曼陀罗花蜜经过丝绵过滤，流进了下面的油瓶，与浸了香料的油脂完全融合，成了一瓶清澈黏稠的香油。

接着她在茶炉上化开了一小盒蜂蜡，投入紫草和朱砂，煎到蜂蜡由黄转为嫣红后，滤掉渣滓，倒出香泽投入滚蜡中搅匀，停火后，趁热注入一只白玉鸳鸯盒里。这玉盒也是崔婕妤遣玉露送来的。朱蜡冷却后，凝结成了胭脂。

雪信长舒了一口气，把玉盒收在锦匣里。

“这可是你在掖庭打拼地位的第一战。”玄河打趣她。

“你没在皇上那边出卖我吧？”雪信对玄河还是不放心。

“这件事上没有，我也想看看你的香如何发威。”玄河向她坦白自己的私心。

第十九章

浅施绛唇吐兰馨

香喷喷的胭脂，光洁平整，色泽娇艳，软硬合度，盛在玉盒中尤为可爱。崔婕妤把它捧在手心里，嗅了嗅，迟疑道："这香气能行吗？"雪信送来的胭脂，香则香矣，可是崔婕妤的鼻子闻不出它有何出众之处。

"若谁都知道它出奇，必定出奇不了多久。若谁都知道它特别，倒十分好模仿了。平淡之处有玄机，它能帮助贵人抓住皇上的心。"雪信像个巫女一般许诺。

"我送来的原料，你真的用进去了？"崔婕妤用无名指沾了胭脂，刚想往嘴唇上涂抹，却又停下。

雪信用眼神鼓励她，笑道："又不是毒。"

崔婕妤又把胭脂嗅了嗅："倒是只闻见香，闻不出那个。"她一横心，把胭脂抹上了唇。在盒中看着浓艳，覆到唇上后更像是檀色，比想象的粉润许多，倒是与她脸上准备好的妆不协调了。

"是不是你把胭脂做淡了？我让你不要吝惜工本的。"崔婕妤还有些不满。

"给胭脂着色的紫草和朱砂并不值几个钱。有意做得淡一些，是为贵人考虑。贵人浓香袭人，衣着隆重地去，谁都猜到贵人要做什么了，皇上又怎会不防备呢？不如另辟蹊径。"雪信抱了一个匣子上来，"恐怕贵人要改改衣妆了。"

雪信给崔婕妤准备了一套与自己一样的宫娥裙衫。

看过长南观的壁画后，她本想按照画上的师娘的打扮，准备一套女道士的装束，可是她一时半刻弄不来，而且万一崔婕妤发挥不好，搞成东施效颦，皇上更不会上套了。

她让崔婕妤卸掉浓妆艳抹，换了宫娥装束，白衣红裙，帮她梳了双螺髻，插上小小的团花金簪，面上施一层薄到不能再薄的英粉，如此一来，浅色胭脂也配得过去了。

"不好看了。"崔婕妤举着菱花镜照了眉眼又照腰身。淡妆使人无身材，千篇一律的衣服让她的背影很没自信。

"我在东宫时，听说皇上喜爱淡雅的女子。"师娘骆锦书不就是淡到极致反而美艳动人的女子吗？只参考她一个人的范本就够了。

雪信也不好意思直接对崔婕妤说，强调你的眉眼、你的风流，没有好处，你只需要把自己擦干净，干净到几乎没有自己的印痕，让你的形象模糊起来，让胭脂的香气唤起人心中的柔情，撩拨人的欲望，这样便好。

“月至中天，子时了，这时候正是心防懈怠的时刻呢，现在去正合适。”雪信说。

崔婕妤没有听出雪信话中的怜悯。她要去见的男人也算她的丈夫吧，她要去对付他，拿下他，要么她赢，要么她的丈夫赢，他们的愿望和利益是对立的。

甘露殿前，雪信打着个纱灯笼，崔婕妤提着个黑漆螺钿纹样的多层食盒走在后面。

甘露殿是皇上的寝殿，比别处开阔。殿前侍卫远远地发现了她们，但没有喝止，因为她们看来构不成威胁。她们缓缓地走，像两只离开了草丛的小兔子，暴露在虎视眈眈的注视下。

直到了殿前，侍卫也没有阻止，他们都像高承钧一般站得笔挺，面无表情，你若不先对他们说话，他们不会对你开口。

“我们是承恩殿的，崔婕妤担心皇上批奏本太晚，累着，让司膳司的御厨房做了点心和补汤，命我们送过来。”雪信站在前面与侍卫交涉，灯笼垂得低低的，照不见她身后崔婕妤的脸。

她们要做的是暗度陈仓的事，不管成功与否，被人认出崔婕妤打扮成宫女把自己送到皇上寝殿来，还不知别人怎么笑话，又不知多少人会效法了。

“放下吧，一会儿内监会送进去。”侍卫中的一个说。

别想一句话把她们打发掉了。

“崔贵人嘱咐，让我们送进殿去，还有几句话让我们转达给皇上。”雪信笑着，把侍卫们一个一个看过来，灯笼抬高一些，让他们看清自己的脸。

侍卫们交换了眼色，这事他们遇见过，张皇后和李昭仪都曾悄悄让人送夜宵以示关怀，而皇上说过，侍卫们收下夜宵后，分着吃了就行了。崔婕妤真不领行情，凭什么她的宫女要求进殿递悄悄话？可是雪信对他们一笑，他们顿觉混蛋才会拒绝她，但又没有人敢站出来答应，万一出了事，他们承担不起。

殿门一开，高承钧走出来，说：“我在里面听见你们说话了。”

雪信以为高承钧从来不值夜，没料到在甘露殿门前见到他，诧异之余，却也料到今晚天时地利人和，事情好办了。

“是不是要还要打开食盒让诸位大哥检查一下？我是新来的，不懂规矩。”在几名侍卫面前，雪信装作不认识高承钧，诚惶诚恐道。

高承钧用目光询问她，又捣什么鬼？

雪信还是笑，尽情扮无辜。

“进去吧。”高承钧说着，让开了门口。

雪信一侧身，崔婕妤提着食盒闪进门去，脸垂得越发低。其实她不用怕被人认出来，女人的脸上上与不上妆是两回事，这些侍卫有缘见过她平日模样的，现在也不会把这个眉眼淡淡的小宫娥与崔婕妤扯到一起。

“你不进去？”高承钧问雪信。

“我在外面等就是了，人多了怕打扰皇上操劳国事。”雪信见自己成功了一半，笑得深了。宫娥们在所有地位比她们高的人面前，不都是可着劲挤笑吗，笑得脸都酸了，唯独她这会儿的笑，一半是得意的笑，一半是苦笑，不用挤。

“你随我过来。”高承钧把雪信带到殿旁，支开附近的侍卫，低声问她，“你怎么会投靠上崔婕妤？”

似乎责备她，难道皇上给她的关照不够吗？还需要她在宫中结党营私？

“那你呢？不让你来看我，你就放着好好的觉不睡，又来值夜。”话一出口就收不回去了。她既然要疏远他，管他夜里睡不睡呢。

“有个兄弟告病，我准了他的假，顶了他的班。反正习惯了夜里起来，睡多了反而睡不着。”高承钧还认认真真向她解释，脸一板又追问她，“你半夜不睡，只为送夜宵吗？”

“当然不是，雪娘子是为香而来。”玄河若无其事，又神出鬼没地来了。骤然站在两人数步之外，打断了他们的交谈。

雪信没与玄河约定过一起来观摩实验。他有暗中监视她的职责，跟着来看看是可以的，但怎么好随便显身与人打招呼，这是在履行职责时开小差吧？

“香？你这几日制的香，要用来对付皇上？”高承钧对玄河点点头，算招呼过了，低头还是问雪信。

“你知道方才进去的是谁吗？是崔婕妤。我要瞧瞧我做的香好不好用，你能给我们安排个……偷看的好地方吗？”她对高承钧说。

“你不要把自己卷进后宫夺宠的旋涡里。”高承钧郑重劝她，“不会有好结果。”

“不用老气横秋地告诫我。你们让我留在宫里，就算我不主动与人结交，后宫的人也会找上我，我接受还是拒绝，都没有好结果。”雪信说着话，一步退得比一步远。

“我会看着她，不会有事。”玄河走到雪信身边。他的话里还透着别的什么，高承钧担负的责任太多，忙不过来没关系，他是自由自在的，他奉了皇上的命令只负责雪信的安全，也包括包容雪信的胡闹。

“这是甘露殿。”高承钧没好气地向两个无法无天的人强调。皇上让雪信搬去晴岚院，是让她收敛性子的，她倒胆大包天折腾起皇上来了。

“快些，已经进去好一会儿了。”雪信催促道。

玄河向雪信欠身，雪信伏到他背上，玄河向高承钧露出微笑：“高兄，你只装作不知道好了，出了事有我承担。”他把雪信闯祸的后果揽到自己身上，还要先知会高承钧的，似乎这也是种福利，要抢才会得到。

他在高承钧面前拔身而起，攀住殿沿后翻身落在屋顶上。玄河在瓦片间走来走去，像只猫，身形轻灵，脚下不发出一丝声音，似乎选定了一个好位置，把雪信放下来，两人小心地揭开几片瓦，头顶头凑到临时打开的小窗口窥探。

玄河选的位置真准，底下正是皇上的御书案。

皇上在喝汤吃点心呢，崔婕妤坐在他身边，一小块糕又一小块糕，源源不断往皇上口中塞去，又捧起汤碗，舀起一小勺来吹了吹。汤是老早准备好的，带到殿中时早已凉下来，根本不用吹凉的，可她还是好认真地吹了又吹，才把勺子塞进皇上口中。

玄河忽然敲敲雪信的肩膀，塞给她一件东西。

雪信接在手里看，是个千里筒，她把一头架在窗口，把眼睛贴在另一头，把里头的景物拉到最近，立刻看见汤水从皇上唇角流下来，而那勺子敏捷地堵住了它，在皇上的下巴上重重刮了一下，把多余的汤水刮走。

雪信不觉好笑，哪里是伺候皇上吃喝，简直是喂小孩子吃东西嘛，而且是一个不耐烦的小母亲，只想快些把所有食物装进小孩子的肚中，她好腾出空来忙别的去。崔婕妤刮了那一下，多吹好几口香气也补不回来吧。

可让她弹眼落睛的是，皇上拈了一块糕向崔婕妤口中塞去了，崔婕妤叼着糕，口中说不出话来，却笑得很开心。皇上也笑了。若不是他们坐在御书案后面，若不是置身这间富丽的大殿，他们倒像是一对俏皮的小情侣，一双璧人了。

雪信在玄河的肩头捶了好几下，不知他有没有懂她心中的欢喜，看来她的香胭脂起效了。玄河把她的手捉住，放在一边，大概让她别高兴得太早，这才刚开场，好戏还没来呢。

两人边闹边吃，吃完了，皇上和崔婕妤坐着说了会儿话。雪信在殿顶上听不见他们说了什么，只看见崔婕妤一个劲拣出气的音说，说一阵，笑起来，也不用袖子遮挡，笑声宛如清脆的银铃，穿透殿顶，倒是听得真切。

过了一阵，他们还是在说话，再过一阵，崔婕妤居然收拾好食盒，提着出了甘露殿。雪信用千里筒观察皇上的脸，没有意乱情迷的神色，不由灰心丧气了，坐在殿顶上不高兴。

玄河把揭下来的瓦按次序摆放回去，安慰她："别忘记，你算计的是你师伯。我看你也成功了一半，已值得嘉奖了。"

"皇上对崔婕妤动情不动欲，应是曼陀罗花蜜起了效，花蜜的香气唤醒了珍藏的美好情愫吧，感谢师娘保佑。可是我设计的另一种成分，一点作用也没发挥。"她嘀咕。

"什么成分？"玄河好奇道。

雪信在他耳边轻声说了几个字，玄河直瞪她："这也太恶心了。"

"少来，药学中恶心的材料、恶心的炮制工艺更多。"雪信赌气，"我得找一种更强力的材料。"

"我看不必。一蹴而就的根基往往不稳，倒不如顺其自然，让皇上对崔婕妤的好感日渐深厚下去，该来的事总有一天会来的。"玄河背起雪信，跃下殿顶，稳稳落地。

高承钧依旧站在原地等着，他无法劝说他们放弃，只好替他们望风。

"崔婕妤走了，看来你没有成功。"他对雪信说，"你让她失望，她多半不会来找你了。"

"未必，高兄并没有亲眼看见里面的情形。"玄河看着雪信，微微一笑，"皇上从来都是敷衍后宫的女人，今日是第一次，他与一个妃子说说笑笑，打打闹闹。"

"玄河，你不能惯着她。"高承钧情急，一句话脱口而出后，自己也愣了一下。以前他是最惯着她的，如今有人比他更惯着她了吗？

"我回去研究改进方子，定要成功。"雪信向玄河打包票。

雪信与高承钧之间的话说到了尽头，彼此说话都逆耳。而她与玄河在香学药理上，似乎有许多话可以聊。

翌日，崔婕妤召雪信去承恩殿。雪信准备好了解释，崔婕妤却没给她说的机会。

"比我想要得还好。"崔婕妤疾步在殿中转来转去，"我觉得我摸到了皇上的心。"

雪信没有告诉她，是皇上的心关闭了许久，她只是代替另一个女人进去扫扫灰。

“一夜圣眷算什么？那些凭一个儿子赚来尊贵地位，却不能让皇上再好好看她一眼的女人太可怜了。我要的是皇上的长情，有了长情，也不难有地位。”崔婕妤的考虑与玄河是一致的。

崔婕妤兴奋地喋喋不休，说过瘾了才停下来问雪信：“这款香叫什么名字？”

“回贵人，这款香是奴婢自己琢磨的方子，还没有名字，不过按照我们起名的习惯，若一种香专属于某一人，那么香主人的名字可用作香的名字。”雪信回答。

“我在闺中的名字是月华，如此说，这款香就叫月华了。”崔婕妤又转了个圈子，忽然想起了一件疑惑了许久的事，“我交给你的那瓶东西，你真的加进去了？”

“是，正是这瓶中的东西，让它名叫月华香，别人抄也抄不走。”雪信笑。

“可是……那是粪汁啊。”崔婕妤说完用手掩口，似嫌吐字肮脏。

“贵人闻过龙涎香与麝香的气味吗？”雪信觉得要说清楚其中原理，只能把贵人与海中蛟龙和麝子归为一类了。

“那……那都是香的，可粪汁是臭的。”崔婕妤又掩口，不好意思地看着四周，幸好她打发掉了多余的人，玉露也站得远远的。

“贵人闻见的龙麝都是炮制成香品后的气味，可贵人闻过真正的香材原料吗？刚从海中捞起的灰白色龙涎香块，公麝腹下割下的带毛香囊壳子，采香人需用沾湿的厚巾蒙住口鼻，盖其腥臭不可闻。”雪信说得笃定，崔婕妤听了，脸上露出好奇的神情。

“但这两种香料经过炮制，稀释了万倍后，却散发出香气，比草木之香更撩人心魄。其实还有些不太常用的取自鸟兽鱼虫的香料，无一例外，原材腥臭，炮制后却有佳用。这些香料在气味之外，还有发香、合香、定香等不同功效，是名贵香方中必不可少的材料。”论起制香的种种，雪信总是毫不费力的。

“我想人身上必定也有这样的材料，可以提取成香料，它不是泪，不是汗，不是津液，这些人体的泉源没有可挥发的气味，只有肠液，与龙麝香料是一理。这肠液须提取后，溶在烈酒中稀释上万倍，其香因人而异，不输龙麝。若那么肮脏腥臭的龙麝也能为人所用，那么对取自自身的香料，又何需存芥蒂呢？”

说是这么说，雪信炮制崔婕妤送来粪汁的那夜，还是紧闭了门窗，不让高承钧进来。她整间屋子和她的双手都被熏臭了，她自惭形秽。不论报复皇后，还是她自己向上爬，都得付出代价的。

雪信解释得极浅白，崔婕妤懂了，拉起她的手说：“听说你在准备宫女入册考试，等你考上了，到我承恩殿来吧。”

“贵人这边固然好，可若我去了司药司，也许能为贵人做更多事。”雪信有自己的主意。

在嫔妃身边的宫女，仰人鼻息，命运与她侍奉的妃子休戚与共，押宝押得太大了，而且她不喜欢时刻准备伺候别人。去掖庭六局二十四司里做事，可以凭本事吃饭，也可以与人结盟，一个盟友倒了换一个，进退自如。

崔婕妤想了想：“如此更好。”

她也想明白了，雪信在司药司有更多资源可用，但坏处是她不能把雪信牢牢掌握在手中，专为她一个人服务了，“昨天夜里，皇上身边的高承钧果然卖你面子，若你们两个果真有情意，我可以替你向皇上说项说项。”她许诺恩惠。

可崔婕妤能改变皇上的决定才怪。

“贵人，我心中另有他人。”她不能让崔婕妤乱搅浑水了。

“是玄河子吗？你在他的长南观里养过伤，他现在还天天来替你诊脉。”崔婕妤也是个水晶心肝的人，一个不是，立刻列出另一个。

雪信垂头不语，算是默认。还是要给对方一个可信的把柄握着，对方才会对你的忠诚有信心吧。

“这可难办。只要皇上在位一天，玄河子就要做一天的道士。也许我可以劝说皇上换个人做替身，让玄河做官去。但这事儿，也得等我深得皇上欢心时提出来才有用。”崔婕妤示意雪信，她们的合作是大大的互惠。

崔婕妤当场赏了一匣首饰。雪信心安理得地收了，她研习香学后，还是首次用它赚回了真金白银呢。

看来她的这门手艺，在市井间怎么玩都是小打小闹，到了宫闱之中才是用武之地，当下她便去了长南观，把匣子留在那里。玄河不肯收，说他不卖香料药材。

雪信说：“你又出材料又出工，帮了大忙，你若不收工本费，我以后怎好意思再找你帮忙？况且我给你的并不止这次的，还有以后好多次的。”

玄河打开匣子看了看，又叫起不够来了。

回晴岚院的路上，雪信迎面碰上一个同院的小宫女，是奉了掌院姑姑的话出来找她的，说她妹妹进宫来看她了。

雪信匆匆忙忙赶回自己房中，见曲尘在房中站着。

“你住在这里？”曲尘参观完了院子，又打量了舍间，再端详雪信的模样，“你瘦了，脸色也不好。”

她难以置信，养尊处优的雪信会搬到这个冷僻又简陋的地方来。这屋子里床榻案几衣柜妆台，无一不是旧的，斑斑驳驳，大热天的，一按粘一手的漆皮，她连坐都不敢坐下，这个从前锦衣玉食的雪信怎么受得了？

雪信也有些羞于见曲尘。在华城，雪信处处庇护曲尘，也管着曲尘，但当她来到安城时，无家可归投靠曲尘，算她在安城初来乍到没根基，后来去了苍海心家里，名分上不好听，日子也还丰足，现在到了宫中，什么都没有，连往日那股神采也失去了七分。她问曲尘：“你见我，什么事？”

“家里来信了。”曲尘也知宫中处处是耳目，说得隐晦，并从袖口掏出一页折好的信笺。

雪信接过打开看，见是沈先生写给曲尘的，措辞严厉，命她完成领受的任务，不可拖延，否则她将领罚。

曲尘望着雪信，眼里氤氲着雾气：“怎么办？”她这张脸，与师娘锦书的脸一模一样。也许是因为这封“家书”的缘故，曲尘的脸上也罩了层淡淡的青色，她也是几夜没休息好了。

有了宫中大半个月的经历，雪信深知沈先生会用曲尘做什么了。不外乎是接近皇上、迷惑皇上，凭这张脸，凭皇上对师娘锦书的情深义重，曲尘说的话，将比别人说的话都好听，影响皇帝的决定也容易。

等时机到来，对皇上或太子做什么手脚的人，也非曲尘莫属了。可曲尘这样优柔胆怯的性子，承担得起吗？让她迷惑皇上，不被皇上瞧破才怪，让她对人下手，她不被人先下手为强才怪呢。

雪信见案头笔洗里有清水，用手指沾了，在案上写了“我替你”三个字。她一笔一画，运指郑重，写得很慢，写完第三个字，第一个字已干了。

曲尘把三个字看在眼里，说：“可是，本来是我……”

“我已在宫里，一时半刻也出不去，待着也是待着，以后家里有信，多告诉我。”雪信说，“不说这些了，你在秦王世子身边还好吗？”

反正她的梦已经掐灭了，就让曲尘在外面好好做她的梦吧。离沈先生对皇上动手，应该还有一段日子好拖，等她羽翼丰满了，沈先生也奈何不得她了。

“他对我很好。”曲尘呓语一般地说着，听得出她是先对自己说，然后才是回答雪信。雪信把她的衣袖捋到肩膀，上臂一粒鲜红的守宫砂，居然还在。

“这也算好？”

曲尘把雪信的衣袖掀开了检查，一模一样的红痣在雪信的臂膀上，她找回了些许平衡：“你还不是一样。”

雪信在宫里，与高承钧那么近了，他们居然也没抓住机会做些什么。

谁也别解释了，一个人的解释也会是另一个人的说辞，她们都可以为心里的那个人辩解。

“找个机会走吧，别在安城了。”

“不在安城又能去哪里？”

“若他能一直护你周全，倒也行。”

她们走到院子里，手拉手说了一会儿话，在这个时时提防他人偷听的地方，她们说话太隐晦，好几次彼此都是莫名其妙的，很是费劲。

前言不搭后语，顾左右而言他，又聊了一会儿，小丫头紫笋来催曲尘回去。姐妹两个各自长出一口气，这场动人的重聚总算是完了。

对付沈先生的荫翳还是远虑，放不倒皇上才是近忧。

崔婕妤又连着几夜去甘露殿送夜宵，亮明了身份进去，笑逐颜开地出来，侍卫们和内监们看在眼里，忍不住闲说出去。后宫便都盛传皇上近日里心血来潮，宠爱起崔婕妤来了，时常大半夜地召她去甘露殿侍寝。

崔婕妤听到这个传言也认为很有面子，故意不去澄清。但也只有崔婕妤和她的心腹玉露以及雪信清楚，若她们离目标有百步之遥，她们连五十都还没走到。

雪信在长南观里翻找各种稀奇古怪的材料，尝试改良月华香的方子，可回忆看过的香学典籍上的记载，不是材料缥缈于传说世间是否真的存在也未可知，就是炮制工艺复杂经年耗时诡异残忍，不消说她现在做不成，就算做得成，崔婕妤也等不了那好几年。

可也不知道是崔婕妤身边的哪个宫女把雪信为崔婕妤秘制胭脂月华香的事也抖了出来，消息传出半日内，晴岚院外的小径便比朱雀大街还热闹。

众多颇有志向的宫娥涌来询价购买月华香，有些积蓄的则愿意拿出全部积蓄请雪信为其定制一款专属香品。这些人都是瞎凑热闹，雪信躲她们都躲到长南观去了。

连清晖殿的李昭仪也派了宫娥来请雪信。李昭仪年纪在二十五六，相比崔婕妤那少女一般的轻盈娇小，后者修长丰满，体态玲珑，当得起国色天香的赞誉，尤其是一头垂之委地的长发，是李昭仪最为得意之处，每天都要花整整两个时辰打理。

雪信为她制了一款头油，在她身上又做了一回实验，取的是消垢解腻的茶籽油，浸入一片降真香，隔水蒸了三天，又采集黄昏半开的曼陀罗花苞泡在油中，七日后滤掉花苞，将清油灌入纯银鎏金八瓣头油缸里。

这回，她全然放弃了沉檀龙麝，也不添加取自人体的香材了，一心把曼陀罗花的香气用到极致，试试会有什么效果。

结果，李昭仪梳了个油光水亮、香气袭人的高髻，在御花园中打秋千，伺机与皇上偶遇。

她的头油擦得太多，耳坠的钩子沾了头油，从耳垂上滑下来，她正要命宫女拣，皇上正好来了，亲手为她捡了耳坠，用袍袖擦拭干净，为她戴好。李昭仪当时心潮澎湃，语不成句，回来好好赏了雪信，赏得比崔婕妤还多，称要把雪信弄进清辉殿。

崔婕妤听说后，自然不悦，把雪信找去谈话。雪信低着头，把责任归到承恩殿，说："不知道是贵人处的什么人传了风声出去，这几日来找我要香的把晴岚院的门槛踏平了。别人我都婉拒了，只有李昭仪，不敢不从。"

别说雪信，崔婕妤也不敢惹怒李昭仪。张皇后摆着端庄沉稳架子做阴毒之事，李昭仪则是明着泼辣跋扈的，谁让她不痛快，她会填词制曲讽刺那个人，让宫人在殿前大声唱，直到后宫中人人耳熟能详。

"那我要皇上对我再好一些，我要一个小皇子。"崔婕妤陶醉了好几天，在敌手的迫近下，又把她的初衷提起来了，"你去把月华香炼浓些。"

可雪信已悟到了，从兽类和人体取得的香气，只能去撩拨那些没有信念或者心志不坚定的人。皇上不是这种人，他可以被温情打动，却不可能被身体的欲望役使，否则他的后宫也不会寥落了十几年。

他在曼陀罗花香里对一些女人好一些，是因为这个时候他心情愉快，对人抱有多一些的善意。他心里还是揣着师娘锦书的，他没有被熏得头脑发昏，把那些女人当成锦书，把自己的情意投注上去。她的香中唯一有效的成分叫作回忆。

那么让她的香更有力量的秘方，还是出在师娘锦书身上。

趁着皇上被崔婕妤拖住，雪信又去了一趟沧海楼，在楼中寻找提示。沧海楼中尽是酒，偶尔几件与酒无关的藏品，她翻来覆去看了半天，也不得要领。

明明答案就在眼前，一坛酒、一粒灰尘里都有一段往事，她却因为没有钥匙，打不开这个宝库。

那些往事，旁人只会得到一个轮廓，细致到灰尘里的故事，只在当事人的心里，不会轻易说出来的，而那些细节才是香可以着力的地方。

不过，她想，并非只有香气才能击中人心，言语也可以的。当香气力所不逮时，为什么不试试用言语呢？暗算不行，挑明了未尝不可。

崔婕妤离开甘露殿后，皇上动身前往沧海楼。

他发现雪信立在楼前，花园中正是初春气候，她着夏衫，冷得发抖："我知道陛下还是每日来沧海楼，我要向陛下进谏。"她拜倒了。

皇上说："你起来吧，楼里暖和，楼里说。"

雪信固执道："在外面说，可令人说话简短些。"

"那你说吧。"皇上饶有兴味地看着她。

"我想请皇上给崔婕妤一个孩子。"雪信抬头，看着皇上的眼睛说，"皇上可知道崔婕妤的不安？若没有个一心一意的夫君，那么唯有孩子是依傍，也是存活下去的希望。"

"你说的，有几分道理。可后宫的女人个个都不安，个个都惶恐，她们既然愿意进来，也该早就准备好今后几十年的不安惶恐了。"

"我的师娘锦书，也是我的养母，虽然我时常不把她当母亲，可是她对我是对待自己的女儿一般的。她曾说，她喜欢小孩子，可惜不能生育，若没有我们几个孩子陪着她，则……可生可死。"

"可生可死，她这么说过？你们的师父待她不好吗？"

"师娘对我们的期望与师父对我们的期望不一样。他们如今连吵架都不会吵了，也不见面了。我想他们还是有情的，只是谁也不肯妥协，亦不能同心，还好有我们几个孩子从中穿针引线，努力弥合。"

"她又何必。"皇上说着，眼光溜到天上去了。

"师娘还能收养几个孩子，崔婕妤什么都没有。后宫嫔妃中崔婕妤年纪最小，品级最低，但崔婕妤的动人之处，是她还有那么点儿天真，可是皇上要看着崔婕妤那点天真被不安和惶恐吞噬吗？"雪信看皇上出神，用崔婕妤把他拉回来。

"她有了孩子，一样还是会被不安和恐惧吞噬。"皇上淡淡道，有了些许不耐烦，他不愿在崔婕妤这个话题上打转了。

"后宫是个可怕的地方，所以师娘没留下是吗？陛下也不敢强留是吗？因为陛下没有信心保护心爱的女子不受伤害吗？到底是不敢，不愿，还是不能？陛下连试都没试就放弃了吗？"

皇上俯下身来，对她摇摇头："你个小人精，不要以为什么都懂。你怎知我没试过？"

"也许当初时机未到，而今机缘到了。陛下为何不先拿个不打紧的人试试？你若办得到，那么，把师娘接来，这沧海楼也可重新有主人了。"

皇上显出哭笑不得的神色："你为崔婕妤说情，连你师娘都敢卖。满嘴歪理。若又添一个小孩，我怎么对你师娘交代？"

雪信被皇上问呆了，她总以为皇上和沈先生一样，思虑周密，谋定而动，大事小事样样掌握，可他说的这句话，居然天真得连她都听不过去。他思念的女人是别人的妻子了，他还需要惦念着向她交代吗？

"若崔婕妤生下两个孩子，可以分一个给师娘带着。"雪信是词穷后胡搅蛮缠了，可她看见皇上与她一般呆了呆。

"她肯来吗？"原来当人心里没有放弃希望时，任何疯狂的建议都是合情合理的。

"得看陛下的诚意。"雪信这时候反而不劝进了，让皇上自己考虑去。

她都说了九分的好处了，剩下一分的风险，有谁舍得拒绝？一旦失败了，哼，那也只怪你自己没诚意。

皇上兀自沉吟，忽然听见一种像是牙齿相叩的声音，又回过神来，看见雪信跪着，缩成了一团，双手在袖子里搓着。

单薄的夏衣抵御不了园中的倒春寒，她准备好了几句话，以为能一举说服皇上的，皇上不配合，她便搜肠刮肚无所不用其极，一时忘记了寒冻。等皇上开始考虑她的话，她也安静下来，这才感觉冷得刺骨。

“你若考过了，去司言司也妥帖。动不动跪在雪地雨地里举着奏本逼我，衔衣苦谏，都称是为国效忠，那些面目可憎的人，讲得都没你动听。”皇上还是若有所思着，只分了一半心思在原地，另一半不知飞向何处，“玄河，你把这名说客送回去。”

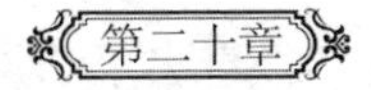

第二十章

婵娟无情圆又缺

从一排爬着枯黄藤蔓的矮篱后，站起个人来，走向雪信。他伸手脱下自己的外袍，要给雪信罩在肩上，雪信横了他一眼，不屑地站起来，兀自走在前面。

玄河不好意思地看了皇上一眼，这是她第二回拒绝他递过去的好意了。

如果第一回在长南观，彼此还有误会，相互也不熟，她不要他这个臭男人的臭衣服还情有可原的，可他照顾了她这么久，为她破例做了许多事，她还看不起他，还是在皇上面前，便有些伤人了。

皇上给了玄河一个怂恿的眼神。玄河几步追上雪信，用袍子把她一裹，打横抱起来就走。雪信在袍子里挣扎，扭得像条发了疯的毛毛虫，可手臂怎么也拔不出来。

皇上见了也不由会心一笑。连他的徒弟都敢抢人媳妇了，他有什么不敢的呢？

“你胆子也大了，以前不是连碰也不敢碰我吗？”雪信停下来，气咻咻地质问玄河。

玄河边走边说：“以前，我以为你是妖孽。你闭着眼睛的时候，我才敢动你。一看你的眼睛，我便觉得我此生的修行要完蛋了。”

“那你现在是破罐子破摔，自找完蛋了吗？”她努力地把脸从袍衫领子下伸出来，好换口气。

玄河的衣服上沾着他的气味，他食素炼药，身上的气味是凝重的药香带一些甘甜，还有一些像小孩子爱吃的盐津陈皮的味道，单论气味，她是喜欢的。

“可是你酒醉那晚，我不小心看见了你的守宫砂，才知道我想错了。”

夜入秦王世子府那回他不认识她，百无禁忌。

曼陀罗花田里那回他是心动了，越令他心动的人，他越害怕，爱之怜之，才会怕之。他更怕自己的这份情意会像他师父对酒仙的思慕一样，落得年年岁岁独沉吟的结果。他得自由自在的，不能踩进同一个陷坑里，他想用尖酸的话把她气跑，没料她那么要强，越发与他争得起劲，气得脸色一阵红一阵青的样子也是可爱的。

他只能认栽了。

“也许你又错了，我很厉害，不用赔上色相，使个眼色就能让人乖乖听命，替我杀人越货，谋害皇上和太子。”

“我没有错。你进宫来，搅得上下鸡犬不宁，为寻找身世的线索。你顶多是任性，却没有坏心。”看来，他向皇上汇报她的举动，皇上也向他泄露了不少她的底子，那么他也知道那个把她卖给越王二公子做妾的庶母是捏造的了，他还知道多少呢？

玄河抱着雪信走出沧海楼花园的范围了，他松开了卷着她的衣服，却不肯放开她。

雪信怒道：“别被人看见！”

玄河不慌不忙道：“正要被人看见才好。不知是谁先对崔婕妤说了心中有我，让崔婕妤派了侍女来探我的口风，我茫然不知所谓，险些露了马脚。我们去承恩殿前转一圈，让她们看见了，也好补上漏洞。”

虽如此说，却没有向承恩殿走去，径直去了晴岚院。

“我这是故意卖破绽给她们，好让她们信我。”雪信羞恼。崔婕妤和她手下的人，做事怎都大大咧咧的，一点秘密都藏不住，早晚被她们拖累死。

“你说出口的，总不能不算数。”玄河固执道。正是有了她先做的间接的表白，有了皇上的怂恿，他才下决心抢她过来。

玄河的步子骤然停住，雪信向他面朝的方向看了一眼，也不知如何是好了。高承钧站在晴岚院门前，望着他们。雪信把脸埋进玄河胸口，双手搂住他的脖子，顾前不顾后，只管先把脸藏起来。

被他看到了也好，她的梦醒了，他的梦也早点戳破了，免得徒生妄想。

玄河还觉得愧对高承钧，可是雪信的举动好像已经摆明了她的选择，让他有了底气。

“雪娘子。”高承钧走到他们跟前，不轻不重地叫了一声。

雪信把脸埋得更深，胳膊缠得更紧，不答一言。

“雪娘子。”高承钧又叫了一声，口气转柔三分，像在哄一只躲进树洞的小猫快钻出来。

从她小时候，沈先生让她学的那些本事里，高承钧就知道了沈先生会把她变成什么样的人，她学的东西，不可能不用，她也不可能只围着他转，可他们一直是有默契的。

在秦王世子府里，在苍海心身边，她眼波闪动，好像在对他说：我只是戏耍戏耍他们，你明白的。她给自己一个拥抱，他就能笃定她心里没有别的人。

可这回不一样了，她别过头，解释也不解释，好像说：没错，你看到的就是你想的，被你发现了，怎么样！任他怎么呼唤，钻进树洞的小猫也不露面。

高承钧不说话了。

三个人在闷热的夏夜里对峙，连风都让人透不过气来。雪信甚至觉得自己的脊背被人盯得生疼。过了许久，玄河说：“他走了。”雪信把玄河推开，落到地上，头也不回地走向晴岚院的院门。

“阿雪。”玄河叫了一声。

雪信站住，回头：“你只能叫我雪娘子。”雪娘子是谁都可以叫的。阿雪，从来没有人叫过，哪来这么恶心的称呼。她是把高承钧放弃了，可她也没打算另投怀抱。

“雪娘子。”玄河品咂着这个称呼，走近来，“你明明不想他生着气走的。”她在他怀里，咬着牙，微微颤抖，都瞒不过他去。

“因为我和你成了一路人。”雪信冷笑着，推门进院子。

第二日，雪信用上制胭脂月华香剩下的甲煎又合了一盒胭脂，多放朱砂，添了些曼陀罗花油，当日就做好了，交给崔婕妤。

崔婕妤看着胭脂色浓，气烈，便满意了。

“我在里面加了两味新的秘药，一名应惜，一名盼求，自有妙用。”雪信向崔婕妤道，“贵人不必去甘露殿了，请皇上过来就是。”

“我就知道你有办法。”崔婕妤对这盒新胭脂爱不释手，这才是她认可的有杀伤力的胭脂呢。

然后，便听闻皇上在承恩殿宠幸了崔婕妤。崔婕妤又赏了雪信彩缎珠宝，雪信都搬去长南观了。李昭仪不甘人后，把雪信找去，让雪信也为她提纯改良曼陀罗花头油。雪信深知在这种事上，刀切豆腐两面光是不可能的，人人不得罪，就是人人都得罪了。

她巧言令色，说顶顶重要的材料用完了。那应惜是海外仙山中一种神鸟的唾液，而盼求是大漠中一种半石半花的奇物，十分难求，她手头仅有的，全部加入了月华香，如今再原样制作一盒胭脂都是不能了，若李贵人能找到，则她立刻动手炮制，不敢推脱。

崔婕妤凭着月华香，蒙了几次圣眷。一个多月后，她让玉露找来雪信：“你能不能让玄河子给我看看病？”

“贵人什么病？为何不请御医？”雪信看崔婕妤支支吾吾的，好像有什么拿不准的。

“我信你，你和玄河子又这样好，我也信玄河子。如果是好事，我想让皇上第一个知道。”崔婕妤期期艾艾的。

雪信一下就懂了。

玄河来了，把了崔婕妤的脉象，向崔婕妤道喜，走到没人处，也向雪信道喜：“那些胡子一大把的老臣们要知道是你的功劳，一定推荐你做女官的。”

“那你最好让他们快些知道。”雪信无精打采的，“我连入册宫娥都没考上。”当日一早放的榜，她受了打击，不想说多。

“你没温书吗？”玄河诧异，“考试对你而言不难吧？”

“只是默写宫规和女则，有什么难的。”

“那是你字没写好？”

“写错了一个字，涂了，改了。”

“卷子污了是会扣些分数，可我看过你的字，不至于落榜吧？我替你问问主考官去。”

“不用了，这种考试没什么难的，向来拼的是举荐人的势力，大概主考官觉得太子东宫、承恩殿和清晖殿都要我，给谁都得罪人，干脆不让我考上，谁都不得罪吧。或者有更大头的人发了话，不让我考上。”雪信才不信是她默写不如别人。

“是张皇后吗？”

“张皇后应该是恨我，毕竟我帮了崔婕妤和李昭仪夺宠。可我就不信，这事上，我那师伯一点事都不过问。”

所以当夜，雪信以一介非正式宫女的身份闯了甘露殿。值夜侍卫里官阶最高的是高承钧，他没与她对话，把她放进去了。一个月来，雪信没找高承钧解释，高承钧也没找雪信要解释。

皇上还是老样子，坐在御书案后不徐不疾地看奏本，时不时地用笔舔了朱墨在上头写几个字，抬头看看雪信不善的神气，说：“女言官有何谏言？”简直是讽刺她嘛。

“陛下看过考试的卷子没有？”雪信忍了气急败坏，压了心火问。

“本来这种小事我是不管的，不过今年你也考了，我就问尚宫局管考务的要了卷子来看。”皇上说话也不耽误批奏本，顺手从一叠奏本下抽了一叠卷子出来，甩给她。

最上面一张便是她的，在默写的最后一段，她涂改了一次，白纸黑字，一个墨团，分外醒目。她把成功的“成”写成了承担的“承”字。

“就因为我涂改了？”雪信扬起卷子。别人有了关系都好办事，怎么她的后台反而拆她的台呢？

“写字这种事，莫不是屏息凝神、平心静气的，你写错了，是因为杂念。有了杂念，什么都做不好。”皇上依旧头也不抬。

“陛下还是对我说说实心话吧，我不要听冠冕之词。”雪信把卷子扔了，赌气道。

“啊？真沉不住气。”皇上把笔搁在沉香木笔架山上，“你太聪明，锋芒太露，你若入了册，一定会拼命往上爬，顺带把后宫搅得乌烟瘴气。今天逼我生个皇子，明日劝我废黜皇后，立个新的。我招架不住，也保你不住。”

只是让说实话，也没请他说得这样掏心掏肺，把她的小心思都摊到台面上，一点也不留面子给她。

“那陛下打算磨砺我到什么时候？”雪信用威胁的眼神看他，“若是没有差事，我倒想请个假，回华城看看师娘。”

“唔，崔婕妤身怀有孕，你先去承恩殿看护那未出世的孩子吧。若崔婕妤顺利诞下皇子公主，你也算立了功，不用考试直接入册，九品起板。”皇上向她许诺。

这还差不多。雪信盈盈下拜，有礼有节地谢恩，用师娘警告皇上不得食言。

“其实我真不想做这个皇帝，除了梦里，做的都是自己不愿做的事情。”皇上向雪信抱怨。他那年轻的脸上，有一丝苍老的疲倦，“华城，应是蟹肥膏满的时节了吧？真想去簪菊品蟹。”

“陛下想吃，就让御厨房做了送来。”

“你不明白，吃什么不重要，重要的是与什么人一起吃。”皇上重新握起朱笔，在奏本上刷刷点点。

雪信讨得了她要的说法，对皇上的牢骚不以为意。

崔婕妤怀了龙种，是本朝十多年来未遇的喜事了。皇上也担心这个孩子未出世便夭折在后宫不见刀光剑影的争斗里，便赐崔婕妤去长生苑静养安胎。雪信既然得了皇上的话，自然也要跟去。

临去前一日，玄河塞给她一个小竹筒：“汤药太麻烦，我改成了丸药，没人监督你，记得每日自己吃。”

雪信拔开塞口，梧桐子大小的黑色弹丸，有甘草的香气，她问：“你不去长生苑吗？照顾崔婕妤须带个懂医的人随时待传才好。”

玄河说：“御医署会拨一个信得过的御医去。”

“那侍卫呢？皇上会派他最信得过的亲卫去吗？”

“长生苑内本来驻有羽林卫，多调去守卫崔婕妤在御宿苑居住的殿宇便是了。”

雪信这才又醒悟，皇上是多没安好心，让她照料崔婕妤，却不给她混熟的大夫，不配给她差得动的侍卫，陌生的地方陌生的一群人，要她摸着石头过河，看起来更像是份加试考卷，皇上果真在意那个孩子的安危吗？

若再找他评理，他大抵会说，你敢惹事，不敢担当吗？

好歹先让崔婕妤搬出去，来个釜底抽薪，远离后宫是非之地。

临去前一夜，她醒着，听到窗外动静，忍不住走到窗边看，并没有人。

雪信睡不着了，又悄悄出了晴岚院，走到甘露殿外，躲在宫墙的阴影里偷偷张望。

高承钧立在殿外，目视前方，眼皮也不眨。虽然对殿前侍卫确有少眨眼、不眨眼的苛求，可入了夜，谁来检查？那样不眨眼，眼睛不会痛吗？他不觉得痛，她倒觉得自己的眼睛刺痛了，痛得直想流眼泪。

长生苑是历朝皇家猎场，也是天子行宫。平日里猎场内还有羽林卫操演军阵的号角喊喝声，而宫苑不到天子浩浩荡荡临幸的时节，是冷清到可怕的地方。胆小的宫人入夜后不敢外出，甚至不敢独自坐在一间空屋子里，大家尽量聚到一起，说说笑笑，驱散阴冷的氛围。

崔婕妤只带了素日承恩殿里伺候她的宫人住进宜修殿。这种时候，即便皇上准她逾制多带几个人，她也不敢随便收人，每个妃嫔到了这种时候，都是风声鹤唳的。崔婕妤只相信雪信，她肚子里的孩子是雪信为她争取来的。

而雪信对崔婕妤也尽心尽力，先是把添加麝香成分的月华香密封收藏，又每日都要将崔婕妤所用的香囊、帷香、篆香、香饼乃至香灰、香器都检查一遍，只要有人动手脚，添加微乎其微的一点点麝香，都逃不出她的鼻子。

饮食也是她管的，她修订了崔婕妤的食谱，忌生冷、油腻，烹制时也不宜加入热性香料，还要兼顾崔婕妤的口味。她厌恶荤腥，但每道菜，不论荤素，她都亲自检查，虽然试毒是轮不到她的，但她会耐着恶心察看食材原料，时不时地抽检安胎汤药的药渣，她对人严厉，不轻易露笑脸，让小厨房的宫人们大气也不敢喘。

崔婕妤在雪信密不透风的看护下，睡了吃吃了睡，日渐滋润白胖，只是越来越烦闷，常对她抱怨：“不让打秋千，也不能骑马，起早了睡晚了也不行，让我拿什么打发无聊？还有七八个月呢！”

“就算为了小皇子，也得忍一时寂寞。”雪信就拣崔婕妤爱听的安慰，“不打秋千，不骑马，散散步还是可以的，我陪贵人走走吧。”

雪信把崔婕妤扶起来，崔婕妤故意逗大家笑，把手撑在后腰上，腆起肚皮，好似那肚皮已是熟透的西瓜般沉重。雪信给她披上了斗篷遮风。

宜修殿建在地势高处，走出殿来站在台阶上，能望见宫苑外的远处。

她们看见猎场方向多出许多旗子和布障，五色斑斓，彩云流动，那处的喧哗隐隐传过来，热闹勾得人心痒痒的。崔婕妤指着那边说：“不像是羽林卫操演。”

雪信让一个宫女去探听探听，那小宫女急火火地跑出去，一会儿，气喘吁吁跑回来说：“皇上带群臣秋猎来了。”

“皇上带人来玩，也不告诉我一声。”崔婕妤立时嚷嚷着要去凑凑热闹，让人准备车驾，她要进猎场找皇上。

憋闷了半个月，身边来来去去就那么几个人，伺候她再小心，她都觉得她们面目可憎了。住在这儿，消息完全闭塞，李昭仪后宫中又兴起了什么服饰妆容，张皇后又闹了什么笑话，一点也听不到，等她回宫，还不知土鳖成什么样呢，不行，她得去了解了解行市。

雪信和玉露带头劝，好说歹说把崔婕妤拦住了："皇上来长生苑哪回是为了玩？被一群老臣指挥着，该做什么了，不该做什么了，皇上完成了任务，他们才少嘟囔几句。这会儿日头正高呢，去猎场，皇上也抽不出空来安慰贵人，反而要被老臣们弹劾贵人失仪。等夜来，皇上应酬完了，自会来看望贵人。贵人安心等着就是了。"

"万一皇上忙昏了头，忘了来怎么办？"崔婕妤不放心，指着雪信，"我不去，你去，给我传个话，他敢不来，我就不吃饭，虐待他的小皇子。"崔婕妤摸摸肚皮。

雪信咧嘴："贵人见不到皇上，我更见不到。何况我没马，从这边走到御帐彩棚那儿，恐怕要一天呢，等我走到了，皇上也来了。贵人何必支使我白走这一回。"

崔婕妤斜乜了雪信一眼，把她拖到旁边，用推心置腹的口气说："我就不信，你没有想见的人？我让你传话，也是给你个机会找玄河子去。"

"我跋山涉水找他去，是不是也太不自矜了？贵人思念皇上，给皇上个暗示，让皇上来就是了。我记得这回来，带了几个风筝，咱们放起来，皇上准能看见的。"雪信不愿费一顿腿脚，更是须臾不敢离开崔婕妤。

崔婕妤拗不过雪信，在照顾她的事上，皇上给了雪信说话算话的特权。她命宫娥们从殿中取来风筝，放上天去。一时间，地下也是绮袖摇动，莺声燕语。从这边看，比不上那边的阵仗，可从那边望过来，宜修殿的天上锦绣成堆，云台高绝，估计也会让人心向往之。

不多时，就有一队飞骑从猎场那边跑过来，她们站在台阶前看得真真的。雪信怕这队飞骑里有高承钧，到了近前发现没有，又怅然若失起来。

有个小头头被传上来说话，禀告崔婕妤："皇上说了晚上会来宜修殿。山下猎场里乱得很，不必去，请贵人保重玉体，耐心等候。"

崔婕妤笑道："这还差不多。"

"不知哪位是雪娘子？秦王世子托我传的话，说雪娘子的妹妹曲娘子也来了，想见姐姐一面。"

上回带口信要见雪信，就是火急火燎的事，这回又要见她，不知又是什么麻烦。雪信不敢不去，又不敢把崔婕妤丢下。正为难着，崔婕妤大方道："姐妹难得团聚，你就去吧。骑飞骑队的马去。我这儿有飞骑队的健儿们守卫，出不了事。"她倒是真心想卖雪信人情，真心笼络。

好不容易看见生人了，崔婕妤不肯轻易放走，逼着对方讲新鲜事。做侍卫的，言语可以木讷些，口风紧却是第一重要的，不能乱嚼舌根，崔婕妤一逼，侍卫小头头说不出个所以然，冷汗直流。

雪信骑上马，由一个侍卫带路，往那边扎着一片彩棚的方向去了。走了半个来时辰，她进了秦王世子的帐篷。

帐中只有曲尘带着小丫头紫笋，曲尘正在教紫笋鉴茗、品水、观火、辨器。

她讲到茶饼的八个等级："茶有千万状，卤莽而言，如胡人靴者蹙缩然，犎牛臆者廉檐然，浮云出山者轮菌然，轻飚拂水者涵澹然。有如陶家之子罗，膏土以水澄泚之。

又如新治地者，遇暴雨流潦之所经，此皆茶之精腴。有如竹箨者，枝干坚实，艰于蒸捣，故其形籭簁然；有如霜荷者，至叶凋，沮易其状貌，故厥状委萃然，此皆茶之瘠老者也。”

小丫头眼珠子四下转，显然听不进去，也不懂这些学问对她有什么要紧的。雪信一走进去，小丫头如见了救星，趁着雪信与曲尘说话，借故溜出帐去玩了。

“家里送来的茶，尝尝吧。”曲尘取了一勺碾至极细的茶粉在陶碗里。

那粉若吹一口气，扬在空中可以半天不落下来。她向茶碗中注入小滚的热水，用一把茶筅抹匀了茶粉。

碗递过来，翠绿的汤色中有一行娟秀的小字。如同雪信能在烟中描花，茶百戏是曲尘的拿手好戏，能在茶汤里题字作画。雪信倒抽了一口冷气，那行字是：取崔氏腹中胎。字在茶汤中停留不住，顷刻间模糊开，化掉不见了。

崔婕妤腹中的孩子还不知是男是女，是皇子的风险占一半。

沈先生要推苍海心上去，皇上、太子以及其他世子们都是绊脚石，除之犹不及，怎么容许多出人口来呢。那未出世的孩子，自然是沈先生的眼中钉，肉中刺了。可是那孩子，是她一手策划得来的，她是决计不会让人动的。

如果她明说不愿干，说不定沈先生会令别人下手，瞒着她，就更难防备了。不如先答应伺机下手，再找机会提醒皇上，给她加派得力人手来保护崔婕妤。

茶汤放凉了些，雪信端起一口饮尽，也辨不出滋味好坏了。她站起来：“我奉命照顾崔婕妤，不敢离开久了，家里的事，我知道了。”

从上一回起，与曲尘的会面总是那么沉重，她连互道别来有无的兴致都没有了。今后，怕是一听说妹妹想见她，就要头皮发紧了。

雪信满怀心事，也不急着回到宜修殿，牵着马慢慢走着，寻思要怎么向皇上提起这件事。皇上对她的师父，对她的来头是了如指掌的，可是碍着师娘锦书，大家都不忍心挑明了说。这回，是不是不得不和盘托出了？

正心不在焉地走着，马忽然长嘶了一声，从她手里挣出了缰绳跑了，雪信这才闻见风里的气味不对，一抬眼，看见一只偌大的灰狼挡在她前去的路上，十来只体型略小的狼从灰狼身旁的林子里钻出来，仿佛训练有素地列成一个扇面向她逼来。她后退两步，回头要跑，一只猎豹从头顶的树枝蹿下，封住了她逃跑的路径。

包围圈越来越小，雪信动弹不得，干脆站住不动了。狼和猎豹是不会一起猎食的，只可能是它们的主人教的。

“大毛，让我过去。”她试着向那只头狼求情，可惜从前没好好地与它培养感情，这时候说什么都无用。

灰狼们全神贯注地缩小着与同伴的距离，而猎豹慵懒地走走停停，似在引逗雪信从它这边突围，它好跃起来一口叼住。

雪信被野兽身上的气味熏得几乎昏过去，她捂住鼻子。

它们的主人苍海心在胜局已定后出场了，从树上跳下来，摘掉头顶树枝做的伪装。

“抓住了，做得好。”他表扬它们，“去吧去吧。”

野兽散开了，苍海心跳过来，抱住雪信，什么话也来不及说，咬住了她的嘴唇，火热地亲吻起来。

他要向她交代，她走的这段日子，他是努力练习过的，没有辜负了她的传授，现在，他已经可以反过来教她了。他吻得她透不过气来，只觉得她双脚软了下去，倒在他怀里。

苍海心得意地松开雪信："怎么样？我厉害吧？"他见雪信脸色不太对，扶着她的肩膀，变色道，"传言是真的了，你挨了打，不过两棍子，不会这样严重吧？"

他想象不到有人会把他心爱的女人往死里打，他觉得世上每个人都会喜欢她。

雪信捂着心口，觉得气息要断绝过去了，把手腕上的香珠移到鼻子低下嗅了好久，才说："你厉害，已不需要我教什么了。你快让开，我要回宜修殿。"

"不行，当初说好让你去找线索的。你挨了打不算，又管起了闲事，看来是不想找了。不找就跟我回去。"更让他不开心的是，听说了她另结新欢的传言。

苍海心拽着雪信走，雪信使劲掰他的手，要从他手底下抠出她的腕子来。腕子上的两个镯子，一串手串乱撞在一起，叮叮当当响成一片。

"我得去照顾崔婕妤，她有危险。"

"你连自己都照顾不好，还照顾别人？"

"你不讲道理。"雪信在他的手背上咬了一口，咬出血来了。

"是你耍赖，躲在宫里不出来，还去考什么入册宫娥。"苍海心舔了舔手背上的血。

"你再拽我，我就大声喊，你劫掠宫娥。你劫掠了也带不出去！"雪信终于把手抽了出来。她倒退两步，刚转身，后颈上被人重重劈了一下，她无知无觉地倒下去了。

苍海心把她接住，放在地上："放心吧，早准备好办法了。"他吹了声口哨，他那匹头上长个包的怪马跑到他面前，鞍子后捆着一只硕大的死鹿。

苍海心解下鹿，抽出剥皮刀，将鹿腹剖开，掏出内脏，他双手把雪信抱起来，藏进鹿腹里，依旧捆在马背上。

他扳鞍上马，放声高歌，独自抄小路向长生苑一处偏僻的苑门去了。走着走着，一头灰狼和一只猎豹跟了上来。

值守苑门的羽林卫认得这个经常来打猎的越王二公子，与他打招呼："公子不多玩会儿了？这么大头鹿，在众王孙中定能拔得头筹，皇上见了也会欢喜。"

苍海心高兴地答非所问："这次猎打得不错，带回了我最想要的猎物。"

"风劲角弓鸣，将军猎渭城。草枯鹰眼疾，雪尽马蹄轻。忽过新丰市，还归细柳营。回看射雕处，千里暮云平。"

山道上落满爽朗的歌声，伴着急促的马蹄，越行越远了。

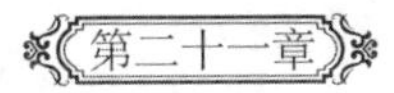

花气无边何人家

有种说不清、道不明的感觉，既温暖又带着黑暗的恐怖。

气息呢？是芬芳缭绕，兑进了血腥，像墨汁滴进晶莹澄澈的水中，一团团，一缕缕，一丝丝，把香气污染成了秽浊。

雪信半睁开眼睛，看见了流动的水汽，氤氲浓重。

她全身都不舒服，尤其是脸上，像被刷了一层米浆不管，任其干裂，她抬手摸脸，手在半途就看见手心手背沾满黑色污渍，用指甲刮一下，那黑色簌簌落下，把手举到近处一闻，是血腥。

她摸了摸脸，也有细小的粉屑应手而落。再低头，她看见自己躺在一张软榻上，浑身衣裙浸饱了血，早就干涸板结在身上。

雪信滚到地上，不知要做什么，只是尖叫不止，也不知叫了能顶什么用。

她的叫声把一旁的人惊动了，有人在她身旁说："看把你脏得，洗澡水早准备好了，快去洗吧。"

雪信顺着一只手的指向看过去，看清楚这是间浴室，四面屏风环绕，玉石铺成地面，砌出一个海棠花形的浴池。

她顾不得问，连滚带爬过去，翻身跳下池子。热水泡开了被血粘住的衣衫，血气挥发上来，雪信忍着恶心，解开了衣带，把衣衫脱下来，丢在池边，又捋掉簪钗，打散头发，把自己整个儿沉到水下涮洗。

水底下有一只铜铸的金蟾，烧得通红，越靠近它，水越热。等到憋不住气，把头探出来时，她看见浮动上升的水汽后面，面目模糊的婢女一桶一桶地舀走池中被染成浅红色的水，倒入新烧好的兰汤。

一个女人走到雪信背后，放下了一个托盘，说："雪娘子用的东西，都放在这里了。好好洗啊，洗干净点。"

雪信觉得她的声音和她的面容，连她说的话都似曾相识："你是谁？"

那女子说："雪娘子贵人多忘事，我是你一手包办买进来的猴子，不过，我现在是猴大管家了。"

雪信仔细看着这个女人，她脸蛋白皙细润，两颊饱满，胸前也丰腴了，哪里有那个黑瘦无肉的猴子的影子？她疑惑的眼神一出来，那女人便明白了，捏了捏自己的脸，说："在府里好吃好喝好住了快三个月，难免养得白胖了，府里的伙食真不错啊。"

这么说，她又回到苍海心家里了？是了，她想起来了，猴子对她说的这句"好好洗啊，洗干净点"是她曾经说过的。年初把苍海心从长白山带出来时，逼着他去山林中的温泉里洗了个澡，她给他送澡豆过去，也是这么说的。嫌弃他，挑剔他不干净，还嘲笑他不认识澡豆。

可这会儿，她脏得无地自容。

雪信抓起瓷碟中白檀香气味的澡豆，沾湿后在脸上揉搓，问猴子："我怎么来的？我身上的血又是怎么来的？"

猴子似乎也喜欢与雪信多说几句，蹲在池边絮絮叨叨："怎么从外面弄来的我不知道。只是近黄昏的时候，公子从猎场带回一只好大的鹿，翻开鹿的肚子，你就在里面，没被闷死算万幸了，身上沾点血算什么。听说梅鹿全身都是宝，鹿血也是美容延年的圣品，我想沾也没机会沾呢。"

这时池水上方的白色水汽淡了些，猴子扬声喊人，婢女们又进来换兰汤，并把池底的铜铸金蟾用钩子勾起来拖出去，抬过来一只新烧红的金蟾，"扑通"一声丢入池中。

雪信靠在池边，感受到水中的热力一层又一层推在她身上。她觉得自己是只被人泼了满身脏水的猫，被按在水里一次又一次地漂洗，还是觉得臭烘烘的，不干净。她又恶狠狠地把自己按到水底下，又"哗"地从水下冒出来。

记得当初猴子是不喜欢多话的，确切说来，是不喜欢与主动来拍马屁的所谓节烈孝女共话，但对一个态度是爱理不理的雪信，她又格外多话："你知道为什么是我做管家吗？告诉你，别伤心。"

雪信以为她会说是她得到了公子的宠爱，没料猴子张口说："算来，除了当初公子带来安城的小桃和小碧，我是府里唯一一个没和公子睡过的女人了。我对他说，你把我从过去的潦倒里救了，我该报恩，可我才不想像那些女人那样报答，难道女人报答，只有用身体？公子一激赏，就让我做管家了。"

"当了管家我才知道有多头疼，后院的女人天天吵架，闹着去公子面前评理。公子见都不见，只有我一面笑着哄，一面又板起脸吓，把过去做女痞子的气概拿出来，才堪堪约束住。我早就看出来这群女人里没有一个有出息的。雪娘子，你一来，我便好松一口气了，谁不知道公子最听你的话？这乱糟糟的后院，也该整顿整顿了。"

猴大管家的口气，好像看出了苗头，抢着来订立攻守同盟，其精明倒也不辜负了她的名字。

听讲述，越王二公子的后院与后宫的争斗也差不多呢。只是后宫里斗得深沉阴狠，而苍海心的后院里养了一群泼妇，斗得直白肤浅，倒也有他的风范。

"猴大管家……"雪信说。

"雪娘子叫我猴子即可。"猴子笑眯眯的。

"我不会留在这府里的，我还有要紧的事。"沈先生要她取崔婕妤肚子里的孩子，她现在跑了出来，固然有理由不去下手，可沈先生会不会派别人去呢？她要去告诉皇上，加派得力可信的人手保护崔婕妤。

“雪娘子留不留下来，得公子说了算啊。雪娘子跟我说也没用。”猴子手一摊，“水都换了六次了，是副猪大肠都该洗干净了。雪娘子别磨蹭了，公子等着见你呢。”哎，不小心又把老底子漏出来了，她也不是故意说猪大肠的。

雪信这个澡，泡了有一个时辰。她背对着猴子站起来，挽起了头发，发梢上的水珠滴落在背上，像落在光润的荷叶上，不破不分，一路滚落，坠进水池里。

猴子给她穿上浴衣后把人领到了月牙凳上，又让小丫头来给她梳妆。她说不必了，身上的血污不洗干净她是不会放过自己的。

雪信十万火急地想要出去，便随意涂抹了花露与面脂，擦干头发，换上了婢女送来的她过去穿的家常衣服。

雪信把猴子拂在一边，奔出浴室，在门口与苍海心撞了个满怀，她刚要说话，苍海心就紧紧地搂住了她，把她的嘴唇死死按住：“你不许说走！”他看她的眼神中有不服之色，又说，“若是你非要说，我只要不松手，你也没办法说出来。”

雪信与他僵持了片刻，垂下眼睛。

苍海心高兴道：“你不说走了？”雪信点点头。

他松开雪信的嘴唇，拉起她说：“你走了以后，我又买了不少好犬，也买了不少女人。带你看看去。”

她没有听错，苍海心是把猎犬放在女人前头说的。

天已黑，看月亮的位置该是近亥时了，可是苍海心的家里，人声与犬吠昼夜不歇。

还未走近大风院，雪信就被群狗的气味冲得连连后退，可是苍海心像个铁了心要向人炫耀新宝贝的孩子，硬拽着她打开了院门。

也许没人会像他一样，在所居住的院子外头罩一层围墙，就像在内城外套一个瓮城，瓮城和内城之间的通道有三丈余宽。

这个大大的方框是他扩建后的犬舍，养在里头的狗不用笼子关着，也不以链子拴着，随它们奔跑厮打，一旦有人靠近，它们便发声怒吼，小狗叫声尖细扎人耳朵，大狗吼声如闷雷滚滚仿佛捶得碎人心。一旦听出是苍海心的脚步，它们又将怒吼换作了亲昵的哼哼，外层院门一开，便争相挤过来示好。

其中体型小的，立起来攀住苍海心的腰，而那体型大的，几乎是一头棕熊的大小，人立起来轻松搭住了他的肩膀。若是人的体格差一些，怕是经不住这一扑，立时能要去了半条命。

雪信把尖叫压在喉咙里，叫也叫不出来，只是躲在苍海心身后。苍海心一只手紧紧拉着她，不让她跑掉，另一只手拍拍这只小的狗，又捋捋那只大的。群狗发现了雪信，又齐齐拥到苍海心身后，狐疑地嗅她。

苍海心把雪信拉到身前，她已被那棕熊一般的巨犬吓得双手冰凉了，抱住苍海心的脖子说：“你把它们弄开，我讨厌狗！我讨厌狗！”她顺着他的身体往上爬，双腿缩上去，爬到他肩膀上去了。

那些大狗四肢着地够不着雪信，急得都立起来，挠她的脚。雪信尖叫一声，一只鞋子被狗爪拍了下来，鞋子没落地就被群狗争夺撕扯成了碎片。

苍海心哈哈大笑，却对群狗说："对了，闻闻，好好闻。"

他如同抚摸狗儿一般，握住了雪信那只丢了鞋子的脚把玩，似乎在用亲密的举动告诉狗儿们，她和他，还有它们是一伙儿的。此刻，他就是个拿毛毛虫把姑娘吓哭的小男孩，享受着欺负女孩子的快乐，却也不明白自己为什么要把她吓哭。

"大毛！大毛！"在苍海心的呼唤下，一旁静静蹲着的灰狼站起来，向他走过来，群狗自觉为大毛让了条路。苍

海心在大毛的背上捋了好几把，又扯了扯它的耳朵，交代道："这是雪信，你认得的。以后吓唬她可以，但不许咬她，你给我看着点。"

大毛从苍海心手里夺回耳朵，摇头甩尾巴，把一身被捋顺的灰毛重新抖蓬松了，又看了雪信一眼，慢慢走回原处，矜持地蹲下。

狼就是比不上狗热情，但沉稳聪明，托付给它也许更可靠些。

"这种尖嘴蜂腰瘦得像根棍儿的是突厥细犬，别看瘦，打猎是把好手。喏，你最害怕的大块头，是昆仑巨犬，长于看家护院，给它一群羊，它能放得比人还好，你不用怕，只要是我带进来的，一只猫一只羊，它都不会咬。还有这种小奶狗，看见没，是狼和土狗的后代，可可爱了，你要不要抱一抱？"

雪信两只膝盖跪在苍海心的肩膀上，欲哭无泪："不要，我讨厌狗。你要么把我丢下去让它们咬死，要么快点让我离开这倒霉地方。"

"多来几次便不会讨厌了，还会觉得它们比人和善呢。"苍海心对群狗吆喝，群狗又雀跃了一阵，散开了，地上干干净净，连一缕绣鞋的线头也没剩下。

"我丢了一只鞋子！"群狗散去后，雪信收拾吓裂了的心肝，对苍海心生气道。

"我又不能让它们吐出来。"苍海心做无辜状，"它们也不是故意的。"

"少一只鞋子，我怎么走路！"雪信张望四周形势，确定没有狗会突施冷袭，才颤颤地伸出一只脚够地面，却正好被接了个正着。

苍海心把那只余下的鞋子抹下来，随手一丢，在狗群里触发了瞬间的骚动，大狗小狗欢快地追着鞋子跑出去，又是一阵抢夺，在它们看来，这就是主人在与它们玩儿呢。

"在我家里，你还用得着走路吗？"苍海心抱起雪信，用脚带上院门，并没有锁，甚至没把门关严。

"你不怕它们跑出去咬死人吗？"雪信心有余悸地看向那道门。

"我规定的，院门里是它们的地盘，外头是别人的地盘，它们不准侵扰，但有谁没我的许可就走进去，被撕碎了就不能怪谁了。"

怪不得猴子抱怨后院的女人闹得再厉害，也闹不到苍海心那儿去，谁敢去呢，站在自家门槛里骂骂街就差不多了吧？

"再带你去看花豹、猞猁。"苍海心说。

"够了，我不要看！"

"那不看兽子了，看女人去。"

苍海心也知道她吓蒙了，得缓上一缓。

他就那么得意扬扬地抱着雪信走到一个书着"萃芬院"牌匾的院子，院门紧闭，但灯火辉煌，院中的热闹并不输给养满了恶犬的大风院，隔着老远就能闻到一阵阵胭脂水

粉头油的香气，女人们在里头有笑闹的，也有叫骂的，尖声厉叫得比犬吠更令人惊悚。

“住在我家里的女人，我是不会亏待的，不仅发给她们郁金油梳头，龙消粉擦脸，还给了沉香水染衣服。她们每天的洗脸水，都会被偷偷卖到府外，据说是被穷人家的女孩儿买去洒在衣服上了。”

浓香袭人，雪信又想躲了。麝香原材是臭的，冲淡一万倍才可成香料，那么反过来，香料叠加到一定浓度，虽不至于臭，却也能把鼻子烧得辨不出气味，把脑子冲得七荤八素。

苍海心的嗅觉是不是已经被一香一臭两个极端到变态的院子毁掉了？他怎么一副镇定自若的样子？

“我们悄悄过去看一看便是，不会惊动人。”苍海心向她保证。

院门是从外头锁上的，不知道他有没有钥匙，反正苍海心从门边绕过，把雪信甩在背上，翻墙到了里面。萃芬院的院墙还不如大风院的外墙高，大概他认为女人跳得没犬高吧。

两人停在一扇窗户下，从半开的缝隙往里偷看。

屋子里好多人，办了一桌酒席，七八个美貌女子醉癫癫地猜拳行令，每个人面前都有一堆金粟粒作筹码，有人输光了筹码，便把身上好料子的衣服脱下来押上，光着膀子穿着抱肚上阵。偷看了一阵，除了美女可目，她们说的醉话一点意思也没有。

换一间，是两个秀丽的女子在掐架，一个揪住了另一个的头发，拽下假髻，连带扯下一把头发，另一个用指甲在对手脸上划出血道道，还不时传来两人的对骂声。

“叫你往我的胭脂里吐口水。”

“你以为我不知那个往我晾出来的衣服上抹黑手印的就是你吗？”

“谁叫你拿紫衣配红裙，把公子恶心得不来了。”

“你倒好，抹了一嘴吃了人的胭脂，颜色血红就罢了还抹出圈，公子才是被你的猪嘴吓得不敢来了。”

两人你来我往毫无美人该有的气质。

骂完了还不够，一个抄起绣花剪刀往对手心口比画，另一个举起了纳鞋底子的锥子还击。

一旁观战的三个女子见要出人命，这才上来拉的拉，劝的劝。

雪信悄悄对苍海心说：“你不去喝令她们住手？”

“由她们去，谁打输了是谁没本事。”

“你的狗打架了，你劝不劝？”

“干吗劝？由它们打，它们不打，我还会挑唆一下。像过去沈先生和我师父每年都安排你的师兄们与我打一架，不管结果是输是赢，我们都继续拼命练武争取明年的胜利。所以说，不打架的狗是懒狗。”

“你在后院培养一群悍妇是要建立娘子军吗？”雪信气极反笑了。

“我没想过拿她们怎么办。”苍海心低声解释，“以前你说我不会应付女人要露馅，这个院子里的女人，都是我买回来的，干干净净买回来，没有毛病，我在她们身上练手，练得很顺手了。我说给她们钱，放她们出去，她们都不肯走，只好归拢归拢辟个院子安置。”

他说得很是无辜，仿佛只是叫她来看堆满房间的练字册子，回复说她交代的功课自己是认真做了的，还烦恼称斤论两的废纸无法处理。

雪信骇然无语，她那时……只是开个玩笑，她从未想过苍海心会照做的。

也许除了沈先生，她从没见过一个人做了令人发指的事还能头头是道地分析原委。不，他虽然更像沈先生了，可还没到气候，他只是做了一堆荒唐可笑的事，强词夺理地为自己辩护。

她早就知道，苍海心不是原来那个老实听话的阿狗了。过去的王阿狗怎么敢让她受到惊吓，又怎么肯让她看见他的不专？可是对如今的他而言，自己遭受的根本算不上惊吓，而他的行为与专不专心更没什么关系。

苍海心不等雪信细想完，又带她看了一个房间。房间里莺子坐在床上盘腿抱着琵琶，曲调凄幽，零敲碎打，兔子坐在胡凳上做着针线，做的是一只鲜红绣花的香囊。

看了几间，便可把萃芬院中的众生相概括了。苍海心背着雪信上墙，正骑在墙上时，东厢起首的房门开了，猴子趿拉着木屐出来泼了一盆洗脚水，吼了声：“都号什么号？什么时辰了还不睡！明日禀告了公子，都拉去拌了狗食，保证你们被吃得连碎骨头渣都不剩！”

一嗓子下去，院中别的声音渐渐小了下去，吃酒赌博的不笑了，打架撕脸的也不骂了，琵琶也不敢弹了。

苍海心在墙上笑，向猴子比出了大拇指，猴子看见了，抱起洗脚盆，无所谓地摆了摆手走回去了。大毛是狗群里的管家，而猴子是这群女人里的狼，每个群体里都要有个与众不同的角色。

“都看完了吧？”雪信耐着性子敷衍苍海心，带着她看了这么一圈，现在也该让她说说打算了吧。

“还有地方没看。”苍海心不由分说地把雪信扛在肩上，奔走如飞向花园方向去了。

雪信早闻见了，她种下去的香草还活着，可是她生气的是，他把她布置的行障全撤走了，只留了几个竹架子，留给喜阴和爬藤品种。

大块大块的地方无遮无拦，香草自由自在地交相缠绕、侵占，葳蕤绵延，藤萝飘荡，像一块自由的乐土，也像被遗忘的荒地，谁都可以踩进来探险观光，香气也肆意播散开去，不再深藏。

“是谁养活了我的香草？”雪信忍不住问道。

苍海心请功道：“我每日晨昏来浇水，一桶一桶地浇，它们便疯长起来。看来它们与我还是合得来的。”

“古人说，‘男子树兰，美而不芳，盖情不相往来也’，原来都是骗人的，是男人骗女人干活的谎话。”雪信嗔道，不知是气古人骗人，还是气他越俎代庖，“水浇多了，它们便长得失去控制，你也不修剪修剪。”

“我很喜欢它们疯长，不受约束。”

雪信哼哼：“它们要经常修剪才会生得好，任其疯长不去约束，反而会很快枯死。”

拆掉行障空出来的土地，一半被香草占满了，另一半造了一个小院子，上头挂着写着“枕莲馆”三个大字的匾额，在听香阁前面。

院子里，正房东侧是卧房，西侧是书房，卧房进门处挂着一幅字，写着“思香媚寝”四个字，那张沉香床好好地摆在里头，上面撒开了一顶猩红帐子。

“这字不会是你写的吧？连带各院子的匾额，也都是你写的？”雪信想说字真丑，除了他，别人谁好意思写了挂起来。也只有他写了挂了，家里没人敢说难看，客人来了也不好意思拆穿。

“让关雎想的名字，我亲笔题的。你还记得关雎吧？我来安城打的第一场马球赛，他敲进了全场唯一一个球。”

雪信想关雎也太小气，只帮着起名字，何不一并题写了？也不知道关雎字如何，反正肯定用扫帚蘸了墨汁扫出来的也比这好看。

苍海心写的字，力道是有的，可是笔画架构怎么看怎么别扭，好像他用笔尖伸到字中间搅了搅，把这个字搅得七扭八歪，摇摇欲散。

“这也是？”雪信指着“思香媚寝”那几个字，关雎那小书生，怎么也好意思起这浮艳的名字？

“我翻书抄的。”苍海心干脆利落地承认，“翻了好几天才拣出来的。”除了给她看家中的变化，他们还有许多话可以讲，从别后讲起，讲到天明也讲不完。

可眼前，他还有别的事要做。

苍海心把雪信放到沉香床上，扯下她脚上的罗袜，解开她的衣带。雪信按住衣带，用胳膊肘撞他，没撞动。

他说：“我忘了，你做这件事需要点上香、跳一段舞才肯。”他胜局在握，有些事一直令他耿耿于怀，口气不免揶揄。

苍海心是亲眼见过的，雪信在华城时焚了雪中芳信，跳了折腰舞，还对高承钧投怀送抱，是他掀开窗户打断了这一切，这件事彻底改变了他来山外玩一趟就回去的初衷。

想到当初那一幕，他就气得肝疼。

如今，有了这机会，可不得好好把被她踩过的尊严捡起来，拍干净灰，挂回去。

苍海心从床边小几上端过一个漆雕托盘，里面是一套从听香阁里取来的香具，香炉、香瓶、香盒一应俱全。梅子青的瓷器上落着灰，腻在香渍上，香炉出香孔间挂着蛛丝，瓶中香铲、香箸等铜具久不拂拭暗淡无光。

雪信用手指试了试炉中灰，手指头沾起不少。

香灰也是要养的，平素不管熏不熏香，都要在灰中埋上一块炭，令香灰干燥松爽，断火十日灰就受潮了，把炭闷进去不消片刻便会熄灭，用不得了。若要急用，便把香灰倒进铁锅炒干，若不急，则半入炭火慢慢养回来。

搁置了三个月的香灰，还是丢了算了。

在可笑的地方对着可笑的人，她本来应该有许多办法对付的，但方才洗过澡，换了衣服，身上的香药都被猴子收了去。香炉里的灰又是如此不争气，雪信不说话皱着眉，把托盘推开，直截了当地拒绝了。

苍海心把她脸扳过来："香不点，舞也不跳，是你自己要省了这一套的。"随即他按住了她。

雪信护着衣带不让解，他就撕扯她的衣服。在扭打里，她把指甲、牙齿都用上了，像是蚊子叮在了犀牛皮上，苍海心理都不理会。

上衣散开，挂在雪信胸口的牛皮刀鞘滑落出来，她抄在手里，抽出了那把鹰嘴小刀，那是西域乌兹钢锭打造成的割香刀，削木如腐，她的手只是匆匆忙忙地在苍海心身上掠了一下，他就"啊"地叫了一声，跳起来察看伤口，由外至里，每层衣服上都留下了一道破口，胸前由左至右，斜贯了一条伤口。

刀口锋利，伤口皮肉不翻不卷，血起初只是渗出来，似写了没干的墨汁淌落，接着就是长流不止。苍海心解下缠在手腕上的布条，把伤口裹起来，不够用，又把袖子扯了一只下来，撕成布条勒住流血的身躯。

若她真是舞姬的私生女，留在这个地方恐怕也是不错的归宿了。可雪信还是不愿意自己的命运被一手安排了，不但被塞给这个混账男人，将来可能还要与一院子的女人争夺一个夫君。

看那些对手的样子，不管赢不赢她都觉得受了莫大的羞辱，还是躲到宫里去好些吧，只要做出了成绩，就会得到赏识，被擢升，有了身份地位，也受人尊敬些。

"你不让我说，我还是要说，我要走，我要回长生苑去照顾崔婕妤。"雪信理好了衣衫，穿上罗袜要下床。

苍海心抢上两步，把她推回去，一使劲，包扎好的伤口鲜血汹涌，染透了布条。他说："你回不去了。我在回来的路上听说有人谋害太子，太子命大，死的是身边的人。"原本只想与她说些开心的事，可既然她偏要提起，那他也不得不把坏消息一并告诉了。

"不是我！沈先生让我害崔婕妤，没让我害太子，我谁也没害过！"雪信一惊，她离开长生苑不过几个时辰，居然发生了这种事。沈先生还派了别人去吗？是不是曲尘？

"我也信不是你，不过，太子身旁有个宫女站出来认了，从她身上搜出一支点翠金簪来。你身上也有一支。"苍海心从腰带荷包里抽出一支簪子，正是雪信的那支。

雪信变了脸色，这簪子是怎么到他手里的？她满身鹿血的时候什么都顾不得了，看到了干净的水就跳进浴池里，也许是那时卷在血衣里被丢在池边，也许掉落在了池底，于是在她梳妆时被打扫浴池的人捡了送到他面前来。

雪信伸手过来抢，苍海心不给，"当啷"一声，把金簪远远地丢在了地上。

"这东西你留着没有好处。当初你是带着这支簪子入宫的，一定有人见过。现在刺杀太子的宫女身上也有这支簪子，这簪子岂不成了你们是同党的证物？我信你，宫里的人不会信你。"

沧海楼里那只簪匣，有十二个空位。

一支在关雎的母亲梅娘手里，小宫女手里的也许是簪匣里的又一支吧？梅娘的簪子是奉令的信物，那么小宫女的簪子也是一支金令了？

"可是一个小宫女怎么行刺太子？"雪信不信。

"你能怎么行刺，她就怎么行刺，听说是下毒。"

"是沈先生安排的？"

“我想是吧。沈先生带信，说让我在今日无论如何把你弄出来。沈先生还是挺关心你的，没让你在遭受株连。”

是吗？沈先生吩咐取崔婕妤腹中的胎儿是假的，为的是让曲尘把自己引出来。他要太子的性命才是真的，毕竟那个孩子是男是女都还不定，而太子一日日成长，是块结结实实的绊脚石。

可是沈先生做事不是那么毛糙的，要杀太子，他有九成九的把握能杀掉，就算派去的人没杀成，没跑成，也会自我了结，怎么还有顶不住调查自己站出来承认的？

这回行刺，真不像沈先生的手笔，难道是有人栽害？栽害沈先生，听起来又太滑稽。

“你回不去宫里了，除了我这里，你没有地方可去。”苍海心看雪信怔怔地想着心事，摘了她脖子上的割香刀，扔了。他这回换了种温柔的进攻，亲吻她的脸颊和脖子，把脸埋在她颈窝里，深深吸气，她身上令人心醉神迷的气息，终于属于他一个人的了。

雪信好像还蒙着，没想明白，顺从地倒下去，手却摸到了一边托盘里的香炉。香炉里吸了水汽的香灰沉甸甸的，她抓起香炉，毫不犹豫地砸向苍海心的后脑勺。

雪信闭上眼睛，屏住呼吸，只一下，瓷片四散，香灰飞扬，苍海心脑袋一歪，滚到一边不会动了。

她轻轻坐起来，仿佛这时候动静大了会吵醒苍海心，接着又摸了摸他的脑后，满手血，试试他的鼻下，还有气息出入。

反正她这一香炉没有砸死他。如果她走了，他再死，就与她无关了。

雪信跳下床去，捡回割香刀和点翠金簪藏好，只着罗袜跑出了枕莲馆，跑出了香草蔓延成灾的花园。

人一着急，就容易忘记自己受过重伤，雪信翻不过高墙，她又急着跃起来，扶着墙头一蹬一落，高墙就在她身后了。

因为又怕苍海心会突然清醒，像只狗一样翕动着鼻子追上来，雪信不辨东西南北，猛跑了一阵，直到胸口又闷得喘不上气了，才跌倒在地爬不起来。

她抬手去嗅手腕上的香珠，发现那条丝绳上只余了几颗玉珠，那几颗用白及汁粘成的香珠泡了热水，溶解在浴池中了。

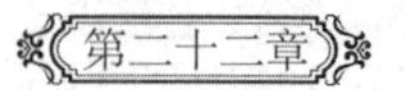

第二十二章

牵萝补屋蔽苦雨

安城夜间的街道上，车马依旧繁忙，客人们往来于酒楼食肆与秦楼楚馆之间，只恨夜不够长。他们看见一个披头散发、一脸灰土，身上还有血迹的人从身边跑过也不会大惊小怪。也许是偷了钱袋挨了打的小贼吧，贼倒下了，贼死了，都没什么可看的。

雪信躺在路边，渐渐顺匀了气息，青石路面的凉意也一点一点渗进了骨缝里。她想着还是得起来，她又没行刺太子，没打算谋害崔婕妤，没做过什么真正的坏事。

离开华城后雪信一直试图摆脱沈先生的控制，沈先生那头有一点风吹草动，她就惶惶不可终日，怕得不想活了，倒好像真的和她有什么关系一样。

此时此刻她躺倒在地上，心里是想起来的，可是手脚懒懒的，不愿动了。她爬起来，又能怎么样呢？

苍海心说对了，不能回宫，又不肯留在他家里，自己根本没地方去。以前玄河也说过，她不去倚靠这个男人，不仰赖那个男人，在安城一日也坚持不下去的。

秋夜爽朗，月亮挂得似乎比夏天里高，没有一丝云翳，孤零零地悬空着。

雪信捱着凉意，任那股倦懒在四肢百骸里漾开去，考虑着下一步。她也许只能回华城躲一躲，找师娘锦书问问出了什么事。可是回华城的盘缠，又从哪里来呢？找曲尘去借吗，她肯不肯借呢？当初她承诺替曲尘会在宫里潜伏下来，可是不到两个月，她就出来了，曲尘会不会讥笑她出尔反尔？

一部马车辚辚而来，在她旁边停住。雪信以为自己挡了别人的道，正要爬起来，却见车辕上跳下一个虎背熊腰的婢女，咋咋呼呼地喊：“大人，咱家门旁倒了个死人！”

她上前用脚尖拨弄雪信的脚，雪信赶紧翻身爬起来，那婢女又喊：“原来没死，还活着。满身都是血印子，不是杀了人逃出来的吧？”

“羽儿，稳重点。”车里传来一个老妇人的声音，虽一听便知她年岁已经很大了，但那声音如同古琴的低音，沉静，庄重，不掺杂质，还有袅袅韵味。

羽儿这个名字，可令人联想到轻灵的雀鸟，放在这个婢女身上却是有七分好笑的。婢女身材粗壮，两道眉毛也似排刷，身上一点轻灵的地方都看不出。不过她发的那几声喊倒是高亢嘹亮，大有绕梁三日的味道。

羽儿把车中的老妇人搀扶出来。老妇人的头发三分黑，七分白。女人的头发，要么乌黑发亮，青春逼人，要么雪白如银，从容睿智，两个极致都是美的，但黑白掺杂的时候最尴尬，怎么梳理也好像是乱糟糟的。

可在这个老妇人身上，嗅不见浮躁，花白的头发拢得一丝不乱，露出一张额头开阔的脸，皱纹密布，但无法抹消她曾经拥有过的美貌。她很瘦，素净的深色衣服穿在身上，像披在竹丝扎成的纸人上，轻轻一吹便站不稳似的，多亏有健壮的婢女搀扶着。

“你是谁？”老妇人问雪信，她的双眼是闭着的。

“我是……一个没地方去的人。”

雪信在这个老妇人面前感到一切谎言都是可笑的。话只有两种，能说的和不想说的，完全不必编造谎话，因为对方不会逼你回答不想答的问题。

她鼓足了勇气：“可否收留我一夜？”

她也不知自己为什么会低头求助一个陌生人。年纪大的女人容易心软吧，走投无路的时候，向一个老妇人求助，将有很大可能成功得到无偿的庇护。

没料老妇人说：“我收留你能得到什么好处？”

雪信失语了，她十余年来的所学所会都是成为一个合格的玩物，讨男人的欢心，她无法在女人面前证明自己的价值。看老妇人的打扮，生活必定朴素简单，没什么享乐的活动，她调香弄舞的本事，对这个老妇人一点意义也没有。

“我是跑出来的，我什么都不会，但不想做个什么都不会就能活下去的人。”她婉转地诉说她的经历。

老妇人让婢女扶她走到雪信近前来，说：“你敢让我摸摸你吗？”不等雪信回话，老妇人又说道，“伸手。”

雪信把自己的手放到了老妇人的手里。

老妇人的手背保养得比她的脸还要细腻，白皙、枯瘦而十分有力。她将雪信的双手一点点摸过来，虽然双眼看不见，但摸一双手足以了解一个人了。

雪信的双手没做过粗活儿，一条伤疤、一个老茧也没有，柔润得有些脆弱。当老妇人的手掌心中干硬的裂口擦过她的手背，雪信感觉似有一把锉刀正在磨花她的皮肤。老妇人的一双手，正反两面是两个极端。

老妇人收回手，在鼻下一闻：“你手上有血，你是杀了人跑出来的？”

“没有，只是把人打昏过去了。”雪信老老实实地说了。

老妇人的双手又伸过来，从雪信的脸颊摸到脖颈、肩膀、腰肢、腿脚，她摸到了雪信只穿了袜子的双脚。

“你学过舞吗？”老妇人问她。

“学过。”雪信不知老妇人关心这个做什么，还是小心地回答了。

“你随我进去吧。”老妇人终于认可了她。

送老妇人和婢女回来的马车掉了个头，走了。看来马车并不是她家里的，若家里养不起马车，景况不会太好。

果然，老妇人的家门漆剥落，只是个宽敞的一进院子，房间虽多，但闭窗锁户，从旁经过就是一股霉味，只有正对院门的正房是供人起居的。看正堂上，没有什么装饰，连家什也仅是日常必需的几样，客人多了连座位都安排不了。

老妇人在正堂里坐下后，从袖子里摸出一串钥匙交给那个叫羽儿的婢女：“你去厢房给她找双鞋来。”

羽儿去了不久就提着双灰扑扑的鞋子回来，交给雪信说：“你试试，看合脚不？”

雪信把鞋子上的灰尘拂掉，见是一双鞋尖翘起作凤回首状的六寸弓鞋，鞋面丝绸光泽暗淡，年久质脆，上头绣的牡丹也褪了颜色，尽是一处处断开的线头。

“这不是双舞鞋吗？凤头牡丹弓鞋。”雪信连试都不敢试，只怕它在套上脚的瞬间化成几瓣破绸子。

“你这粗笨的丫头，让你找双能穿的鞋，你怎么把那些破烂翻了出来？”老妇人责备了羽儿，打发她再去找找。她又对雪信说：“你说得上这鞋的名字，还说得上它的来历吗？”

雪信反复端详舞鞋，看着老妇人的神色道：“这双鞋子不但久了，还坏了。本来鞋身每朵刺绣牡丹的花心里，要用黄金线缀上五颗小珍珠，凤首衔一颗莲子大的珍珠，最是珍贵。可以想见，这鞋子在多年前也见证过一场宫廷变乱吧。”

“可恨那些没眼力的宫人，只知道抽金线，剥珍珠，并不在乎当初费了苏城来的娇贵丝绸，选了染成十样花瓣颜色的绣线，一个绣娘费了三天，才绣成一朵牡丹。她们更不需记得它在一曲丹凤舞中的风采。只有灵动的舞蹈，才会使死凤凰变活，令假牡丹成真。”老妇人叹息。

“还未请教大人的身份。”雪信随着羽儿称呼老妇人。

“我姓月，明月的月。”老妇人说。

话音刚落，雪信手中的凤头牡丹弓鞋就掉到了地上，她激动地站起来：“大人可是在宫中掌管了三朝乐舞事宜的女乐官？”

她曾在内教坊甲库的历年人员调动升迁记录总册上见过这个名字，月环瑶，她的事迹写在本朝新编账册的第一页上。

雪信因为害怕确认了自己的低贱出身，不敢查下去，所以不再坚持出宫来找这位可能知道许多掌故的女乐官，没承想，她不愿找的时候，自己却撞到女乐官的门上了。

“你也知道我？以你的年纪，恐怕不会关心我们这些老家伙过去的事了。”老妇人淡淡地说，但听得出她还是欣喜的。她的时代过去了，可人们没忘记她。

“但凡学习乐舞的人，谁不知晓月大人的名字。”雪信扯了个善意的谎。

羽儿又慌慌张张跑回来了，抱了一堆鞋扔在地上，让雪信自己挑。

雪信忍着好笑，在里面翻来拣去。都是些陈年的舞鞋，大小不等，形式不一，原本越是装饰得华丽的，如今残破得越厉害，那些素面的练功鞋反而落了个全尸，只是七零八落的，从中找齐一双鞋来很是不易，有的鞋根本只剩了一只。

雪信从中提出一只三四寸长的小弓鞋，骇然：“听说有人买了小女孩教习歌舞，学舞前先要把脚趾折断，用绫子缠裹，不许脚长大。习成后，穿上尖尖的小鞋子，在六尺高的金莲台上起舞，我以为是编出来吓唬人的。居然真有这样小的鞋子！起舞的人，岂不是步步都踩在刀尖上吗？那女孩子长大了岂不成了残废，这辈子再也跑不动了吗？”

月大人又叹了声：“如今这年月，什么骇人听闻的事都可能是真的。世风奢靡，乐舞盛行，本来是好事，可在家中蓄养舞姬的一多，那些人便以为自己也能折腾乐舞了。他们不但乱改曲子和舞步，还怂恿舞姬们做些低俗危险的表演，舞姬们为了讨得主人欢心，也心甘情愿自残。凡事都有个成住坏空，它要坏了，谁都拦不住。”她并没多少抱怨，平静得像面对一条永不回头的河流。

她又说：“我留你，是因为你身上除了有些香气，并没有残疾。你的身体、你的灵魂还知道逃跑。”她以为雪信是从大户人家家中逃跑的舞姬了。

月大人起身，摸索着走进自己的卧房里。她走得熟了，没撞到任何家什，只听见钥匙开箱子的声音，不多时就捧着一双鞋子回来了。鞋子虽也是旧的，却明显没有被穿过，鞋底不脏，只是微微泛黄，鞋面是粉色的，也许绣了一只蓝黑蝴蝶吧？说也许，是因为那蝴蝶实在不像，轮廓古怪，针脚也乱糟糟的。

“眼睛看不见，摸索着绣的，你若不嫌弃，姑且套一套吧。”月大人递过来鞋子。

雪信哪里敢说嫌弃呢，她接过来试了试，不肥不瘦，除了鞋面的蝴蝶丑了些，大小是正合适的。

“今晚你和羽儿睡。早些歇息，不要多想什么。”月大人又走进卧房了。

羽儿给月大人打了洗脸水出来，对雪信不好意思道：“我睡觉磨牙说梦话，你可别嫌弃。”她又给雪信打了水，洗掉脸上手上的血和灰土，找了自己的衣服让雪信换上，还问雪信吃了没，又把人拉到厨房，从纱柜里搬出几碗中午剩下的菜来。

雪信早饿了，可是一看粗糙的碗盘，碗底飘着油星的汤，还有那黄黄的粟米饭。她按了按肚子，说不饿，只是累了。

不知道自己的一香炉有没有砸死苍海心，他到现在还没追来，是不是已经死了？沈先生下令谋害太子，为什么故意露了那么大的马脚？雪信是个心事重的人，只要有没想明白的事，她就会睁着眼睛想一夜，想不通时睡不着，想通了依然睡不着。她听着羽儿的磨牙和咂嘴声，捱到了平明。

羽儿的习性倒是和鸟儿一样，不爱睡懒觉，起得早，越早越欢快。

天灰蒙蒙亮的时候，她便站在院子里练声了，清亮高亢，婉转低回，比鸟儿的啼鸣还好听。谁听了这不染尘埃的妙音，都会幻想声音的主人会是一位怎样灵动的佳人。

看来月大人离开内教坊后，也不肯闲下来，哪怕对世事抱了伤心的态度，也愿意把婢女教成一名上好的音声人。

又练了几曲，羽儿提水生火，熬粥切咸菜，忙个不停，伺候月大人和客人吃了早饭，又挎着篮子出去买菜。

雪信饿得饥肠辘辘，耐着饥火，喝了一碗白粥。

月大人问雪信：“你接下来有什么打算，还有什么亲人可投靠吗？”

“在华城还有亲人，可既然把我送出来，就没想过我还能回去吧。”雪信没有拿被庶母卖掉的老谎话骗人，她望着月大人，忽然拜倒说，“请大人收下我吧。我愿和羽儿一样做您的徒弟，侍奉您。”

“羽儿不是我的徒弟。”月大人说，“什么师徒名分都是玩笑的。做徒弟的又有哪个是真心侍奉师父呢？还不是盼着讨好师父把绝学传授了，早日取代了师父吗？羽儿是我的婢女，她和我搭伴过日子，能相依为命一天是一天。不过，我也是越来越怕，若有一天我死了，那些乐舞的正宗也就此失传了。能学就学去，不必拜我为师父。”

“我能学？”雪信没想月大人先拒绝了她，又爽快地答应了她。

“你能不能学，舞一段来，我就知道了。”

雪信看着月大人的眼睛，迟疑着不说话。

月大人自嘲道：“你在想，我这个老婆子眼睛看不见，不会分好坏了吧？”

她领雪信走到院中东排一间库房门口，用腕上的钥匙开了门进去。房间正中摆着十几面鼓，墙角的箱盖上斜躺着琵琶、筚篥、横笛等乐器。她打开一只箱子，从里面取出一件舞衣来，叮叮当当，缝满了铃铛。

“过去，我会让女弟子穿上半透轻纱，好好看清她们衣裳底下的动作。现在我不能看，却还能听。这件舞衣本是北狄女神巫的法衣，衣上缀有七十二只鎏金银铃铛，每只发出的声音有细微不同，你穿上它，赤足踏在鼓面上，一举手一投足，宛在我眼前。”

雪信看着散布的鼓面，圆圆的，平展展的，如一张一张荷叶，在上面作《踏莲曲》是再合适不过的，其实踏莲舞本就脱胎于前朝的盘鼓舞。鼓面比荷叶还要稳定结实，不需要花太多气力就能稳稳立于上面。她依言，换上金铃舞衣，脱了鞋袜踩上鼓面，却发现并不似她想的这般容易。

北狄游牧部落的人都喜欢结实沉重的东西，连舞衣上的铃铛也打造得沉甸甸的，七十二个铃铛挂在身上整个人似乎顿时被坠矮了几分，很难舞出衣袂飘飘的仙人之姿，只是在鼓面上来回跳跃，也花费平时所用力气的好几倍。

不过，到底不用担心鼓面会像荷叶一般倾斜翻倒，就算稍有晃动，也能很快稳定下来。她跃起，落下，宛如蜻蜓点水般轻盈，她在鼓面上的滑步，也只如衣裙扫过地面，动作柔缓时，由动入静，忽然停住，身上的铃铛微颤，发出细小琐碎的杂音，像夏虫低语，可到了节奏分明处，铃音分外铿锵，如雨声打在荷叶上，居然别有意趣。

雪信可惜着，想她上一回跳这支舞时，身姿轻曼如云中飞燕，若自己在宫里没挨那顿打，没受过伤，此刻能将鼓声和铃声控制得更好些吧？那时候，只有她看不起人，哪里轮得到别人挑剔她。

雪信偷偷看月大人的脸色，是柔和的，含着淡淡的笑意，这样她便放心了。可是月大人怎么还不叫停呢？路远无轻担，何况她坠了一身金铃铛，本来就觉得吃力了。渐渐她力不从心了，舞姿僵滞，脚下踏漏了一步。

月大人是真能听出来的，脸色一下阴了，像在一桌美味珍馐里挑出一只死苍蝇。雪信心里一慌，脚下更乱了，一步踏空，竟然从鼓上摔了下来，“哗啦啦”的满地金铃颤响，像一下摔碎了个瓷美人。

月大人几步便准确地走到雪信摔倒的地方，把她拉起来，厉声责问：“你怎么回事？跳着跳着就失魂落魄，若在御前表演，你摔下来，你所在的整个班都活不成了！”

她比雪信还痛心疾首，甚至忘记了雪信不是教坊子弟，没有什么御前表演的机会。

“是我冒失了，让我重来一遍吧。”雪信栖栖遑遑地说，这一阵她受的打击够多了，没想到现在她会废物到连一支舞也跳不好。

“不必了。你连跳完一支舞的力气也没有，再来一遍也一样。”月大人听出雪信气力不足，加上心有旁骛，才会摔了个一塌糊涂，“不过，开头一段还算不错，北方有佳人，绝世而独立，意境是有了，可还差一口气。你的舞只是尽力舒展身姿，炫耀技艺，反而比不上东市上攀杆蹬缸、西市上吐火吞剑的百戏家们有精神。”

雪信一听，自己被说得这样不行那样不行，放在以前抬腿就走了，可今日她是下了决心要留下来的，便准备再次恳求。

可月大人话锋一转："没力气，可以慢慢练；没感触，总有一天会悟的。找个有根骨有底子的人教，总比再去选个什么都不懂的小女孩容易吧。何况，女孩子小的时候都是娇柔可爱的，长大了却什么千奇百怪的性子都出来了，还不如找个已经有了性子的，没那么容易变坏。"

"谢谢师父收留。"雪信听着话里的风向，忙不迭改了称呼，琢磨着要不要行个拜师礼？她记得在华城沈先生门下，没有办过正经的拜师收徒手续，只是跟着回去，住下就算了。

月大人说："不必叫我师父，你和羽儿一样，也只是与我搭伴过过日子，令我不用整日老怀悲凉。以后，你叫商儿吧。"

她没有问雪信的名字，而是重新给了她一个名字。

雪信这也才明白，羽儿的名字，不是来自飞鸟的翎羽，而是音律中的宫商角徵羽。

羽儿买菜回来，高兴地直嚷："今天运气好，张屠户便宜卖了我一根带肉的大骨头，一会儿我熬了高汤，给大人做面条吃。屋后我种的葱长得可好了，拔两根剪在汤里，更香。"

月大人对羽儿的大嗓门是听见一次教育一次的，可羽儿就是改不过来，因为月大人的教育总是不痛不痒。

"给商儿另做一碗全素面，不要放葱，不要放荤油。"月大人淡淡地嘱咐。

羽儿还没闹明白商儿是哪儿冒出来的。

月大人又无奈地说羽儿："我说过，切葱之刀，不可以切笋；捣椒之臼，不可以捣粉。你啊，勤快的时候是勤快，懒的时候又懒。你用切过葱段的菜刀切咸菜，吃素的人是不会碰的。"

"大人，咱家就一把菜刀，"羽儿瞪圆眼睛，"我都用水冲洗过，闻着没味道了啊。"

"再去买一把，分开放，别搞混了。"

"那做面条，也用两个锅吗？"羽儿又请示，"咱家就一口锅。"

"再去买一口。"

"切菜的案板……"

"买去。"

"大人……钱不够啊。"羽儿嘟囔。

雪信把羽儿拉到正堂外头，摘了手腕上那只嵌着三色宝石金镶玉的镯子，递过去。

"这个能卖多少钱？"羽儿接在手里，翻来覆去地看，"真漂亮，不会是什么家传宝物、定情信物吧？卖了可惜，我看着都舍不得。"

"你喜欢就拿去戴好了。"说着雪信又抹下悬在手腕的一条丝绳，"把这个卖了，也能换不少钱。"丝绳上穿着几颗白腻如鹅脂的玉珠。

"这个你给我了？这么贵重，不行不行。"羽儿捧着镯子一副喜欢又不敢要的模样。

"我以后长住下来，怎么好意思白吃白喝？镯子当是见面礼，玉珠就暂且贴补贴补家用吧。”

雪信也觉得自己到处给人添麻烦，才进门就让人翻箱底给自己找鞋子和衣服，住下来的话更需要额外给她添一套炊具，还让这个实心眼的婢女挨了批评，她过意不去，只好拿礼物小小地安抚一下了。

羽儿放下菜篮子，兴冲冲地上街给玉珠找买家了。

走回正堂，雪信问月大人：“我并没有告诉大人我吃素，大人是怎么知道的？”

“你身上的香气并不是生来就有的，得到这样的体香，需要自幼服用香料，吃全素。前朝，曾有外邦进献给那时的皇上两名美女，身上也是带着这样的香气，可惜不得宠爱，宫中也没继续供给她们服食的香料，渐渐地香气就散了，与常人无异了。”月大人说，“在我这里，只能照顾你继续吃素，你若想保持体香不散，只能回你原来的地方。”

“我若回去，不是白跑出来了吗？”雪信当然舍不得香气散尽，像是一份伴了她十余年的骄傲被剥夺了，可为了维持体香而回去，才是真正丢掉了骄傲。

“那么从今天起，你每天早上把厨房里的水缸注满，夜里睡前把水倒空。”月大人承认她是家里的一员了。

月大人对雪信的期望不可谓不高，她只教羽儿唱歌，多数时候羽儿依旧在做婢女分内的事，而分派雪信的家务，是要她练出气力来。

雪信晨起与羽儿一同练声，羽儿买菜做饭，她便挑水洒扫。午饭后，羽儿陪月大人去外教坊走走，雪信在家中练舞。夜里羽儿没事儿了，雪信还在记谱练琴。

据说两个外教坊，左右分工不同，左擅歌，右工舞，可见术业有专攻，能专精一样便不错了，可月大人偏要培养个全才出来。

雪信就这么住了下来，家里的屋子虽破旧了，地方却很大，许多空房间被当作仓库存放教坊淘汰丢弃的旧东西，也只有月大人才会对这些常人眼中的破烂恋恋不舍吧？雪信和羽儿合力收拾出一间屋子，让雪信搬了进去。

那天夜里，雪信从库房里捡了支笛子，擦干抹净后，抵在唇边试了试，一丝声音也无。曾经看秦王世子苍朝雨吹笛子，易如反掌，随心所欲，只要他一吐气，音律就源源不绝地从笛管里流淌出来，却不知道原来是这样的难。

羽儿鬼鬼祟祟地在门边张望，轻轻叫：“商儿？你忙着吗？”

雪信忙收了笛子，她试吹笛子，憋得脸红头晕，还是不出声，觉得很是丢脸。

羽儿蹭到她身边，往雪信手里塞东西。那是个再粗糙不过的瓷盒子，里面盛的也是廉价不过的胭脂。

“我攒了三个月的工钱买的，自己舍不得用。看你随便摘下的镯子就知道，你以前待的地方用的一定都是好东西，可是到了这里什么都没有了，你若不嫌弃，就拿去吧。”

女孩子之间若频频相互馈赠妆奁之物，再不熟的两个人也能迅速成为闺蜜的。

“有件事，你能不能帮我个忙？”羽儿看雪信痛快地收了礼物，扭扭捏捏地提了个请求。

月大人的左邻，是当朝宰相李弗岑的别宅。李弗岑是皇上身边李昭仪的父亲，他还有个儿子，也在朝中做着什么官。

李家的儿子前不久与父亲吵架，搬到别宅住，每日清晨听见羽儿的歌声，如痴如醉，听了几天后，在一个早上溜到月大人门前。

正巧羽儿挎着篮子出门，李家儿子便向羽儿打听，府上是不是住着一位歌喉玉润的娘子？能不能冒昧求请一见？羽儿望着俊俏的李家郎君不敢说自己便是每日早上唱歌的，矜持地点点头，答应回去传话。

过了一日，李家的儿子又在门外等着，羽儿故意粗哑了嗓子告诉他，娘子同意与他隔着墙说几句话。到了夜里，羽儿在墙根下冒充李家儿子幻想中的那个美女，她对自己如珠如玉的嗓子还是有信心的，与对方聊得很是开心。

他们隔着墙聊了一个月，李家儿子又提出想见一面。羽儿怕他失望，以礼法推脱，推了好几天了，李家儿子越来越着急，说羽儿再不答应，他就上门来求娶，成了一家人，总能相见了吧。

雪信听了就笑了："那你就等他来求娶好了。"

"不行不行，那不是打闷包，骗人吗？"羽儿急忙摆手。

"那你就以真面目示人，是死是活，由他去。"

羽儿用脚尖搓揉地上的灰土，看来是舍不得。

"那你要如何呢？"雪信觉得又好气又好笑。女人还是不爱上什么人好，苦蜜参半的滋味不仅折磨着自己，也让旁人不消停。

"我想要的也不多啊。我只想隔三岔五地与他隔着墙聊聊天。我不想骗他，也不想他再也不来。你替我去，让他看一眼，看一眼就回来，不需同他说话，可以吗？"

雪信不客气地戳破她的梦想："怎么可能，男女之情怎么可能安安分分地在一个地方止步不前。不满意的，掉头就走；满意了，就会越加求之若渴，思之若狂。下一步不是要求你去他家中私会，便是向月大人求娶。你还是绕不过去的。"

"如今都火烧眉毛了，还是先顾眼前的吧，过了这一关，就又能拖上些日子。我去和大人说，我也要习舞，勤动少吃，也练出个玲珑的身段来。我已经准备起来了！"羽儿说着，指着自己的腰。

她的腰带勒得紧紧的，拼命想要束出个楚腰来，反而显得上下两端更肉鼓鼓的了。

羽儿那憧憬无限的样子让人不忍拒绝，雪信随着她走到墙根下。

羽儿早在那里准备好了一架梯子。她先低低咳嗽了一声，墙那头有个男声惊喜道："是羽娘子来了吗？"也是低低的，如同耳语。

羽儿把梯子架上墙头，扶好了梯子，雪信"咯吱咯吱"地顺着梯子爬上去，扒着墙头往外看，见是一个圆领袍服的男子，斯文俊秀。她向他笑了笑，又缩回头，从梯子上下去了。

墙外，那个男子一迭声地叫羽娘子，声调里尽是惊喜。

羽儿藏好了梯子，贴着墙小声说："偿君一愿，点到为止，莫再提非分要求了。"口气与她平日里说话大相径庭，怪不得她一会儿是羽儿，一会儿是羽娘子。

墙外的男人也没听出来，也许是骨子里就不相信一个粗眉大眼又虎背熊腰的丫头能唱出如此清妙的歌声吧。

雪信走回自己房里。这间新布置的屋子里还有灰尘的气味，不是一两天的洒扫擦抹能去掉的。放眼看去，一点都看不出这是女儿家的闺房，没有甜润的熏香，也没有一个能让人坐下就消磨掉半天时光的妆台。房间里有一面有背钮的小镜子，都花得照不清人影了，也是从月大人的仓库里淘来的，也许是当年舞姬们在场间补妆用的吧。

雪信打开胭脂盒子，一股南方柚花的香气从中传来。柚花香气馨烈不输茉莉，在岭南，柚花是不值钱的，但做成胭脂，从岭南到安城，跨过千山万水地运来，还是会比本地香花制作的妆品贵些。

她用银簪子挑了少许，对着镜子匀在唇上，从镜中被月光照冷的一抹红艳里找到了在儿时第一次涂抹胭脂的记忆，那时的她笨手笨脚的，寄希望于一盒胭脂能让一个小女孩瞬间变成千娇百媚的美人。

天底下哪有这么神奇的胭脂呢？可是大家都相信有，还不停地找，不停地试。也许现在手头这一盒就是了，只是一点点红，就让苍白憔悴的脸生动起来了。

雪信拾起竹笛，对着书上画出的手势按住上面的孔窍，又是使劲吹，这回好些，发出了嘶嘶的漏风声。快了，马上就能吹出声调来了。她听见身后有人笑，是那种忍俊不禁的笑，带着善良的恶意。

一回头，她看见了玄河。

玄河蹲在窗外，扒着她的窗户，笑眯眯地看着，见她回头，便打招呼：“学吹笛子呢？”在一连串突变后，他突然冒出来，怎么还像是上午才见过一样？

雪信把笛子藏在背后，奔过去问他：“你怎么找来的？你也认为我是谋害太子的同谋吗？”

“当然不信，如果那也算谋害。说到找你，那也费了好一番周折。你失踪了，自然先去越王二公子家里找，他家里没有，又派人去往华城的路上来回找，又满大街撒人找，谁知道你会跑来女乐官家里呢。因为怕被株连，所以你吓得连门都不敢出了吧？”

据玄河说，他那几颗玉珠孔芯里涂了曼陀罗花粉，他是用蜜蜂找到了收玉珠的首饰铺子，又顺着首饰铺子伙计的形容找到了羽儿，跟着羽儿找来的。

“他没事吧？没被我敲死吧？”这个“他”指的自然是苍海心，雪信还是有些提心吊胆。

以苍海心的鼻子，到街上走一走就能循着气味过来了，他不来，要么是被敲坏了脑子，要么是被敲死了。

“那个人，”玄河又笑起来，“我看见他时，包了一脑袋白布昏睡着。不过我试了试他的脉，一点事都没有，大概是不想见我，才装重伤不醒。”

果真有他说的那么轻松吗？

雪信疑惑，又问他太子被谋害到底是怎么回事？崔婕妤还好吗？

玄河便说了他所知道的、他推断的。有人在太子东宫中打篆用的香末里作了手脚，掺入雄黄与雌黄，二者混合共烧生成砒霜，散在烟中的毒性不大，但长久吸入，毒性在体内积累，不消一年太子也会咳血而亡。

这回太子随皇上到长生苑秋猎，身边有个宫女劳累脱力，又感了风寒。她听说香灰也是药灰，被烧成灰的药材也存药性，那些江湖术士动不动便给病人喝香灰水，也有治好的。宫女生病也不是大事，省得去请御医，不如先用香灰冲水试试。

她一说，太子也来了兴致，亲手挖了一大勺香灰，兑了蜜水让宫女服下，他要验证效果，不想那宫女喝了香灰水不久就七窍流血而死了。东宫的人大惊失色地禀告了皇上，没等大理寺的人调查，另一个宫女站出来，说受了崔婕妤的指使，在香灰中下了毒，说完，拔出金簪刺喉自尽了。

雪信便糊涂了，这说法与她从苍海心那里听来的不同，案子里死了的两名宫女都是死士，一个自己把自己毒死了，另一个站出来指证崔婕妤后也死了。沈先生还是要对付崔婕妤肚子里的孩子吗？可用毒烟除掉太子，岂不是收益更大？为什么舍本逐末呢？

玄河说："砒霜毒烟的毒性在体内慢慢积累，中毒症状也会逐渐显露，只要太子有任何不适，找御医诊断，用银针刺穴一试，便知是中毒，所以用此法谋害太子，也不会成功。其实构陷崔婕妤，也不是幕后人的目的。腹中孩子还不知道是皇子还是公主，便对太子下手，崔婕妤胆子也太大、心也太急了些。崔婕妤一个半月前便奉旨去长生苑安胎，太子体内积累的毒性却不满一个月。"

"若崔婕妤命人在她搬出永安宫后开始动手呢？"雪信又问。

"那也是可能的。但崔婕妤的承恩殿与太子东宫素无往来，想插手也插不进去，唯一可钻的缝隙，就是你。你是唯一在东宫待过，又去崔婕妤身边的人，而你妹妹曲尘，曾在一个半月前入宫与你相会，宫女被毒死那天，你妹妹曲尘又出现在长生苑，与太子的帐篷相距不远。"

"你到底想说什么呢？说来说去，依然是我洗不掉嫌疑对吗！你想说曲尘传信，我下手布局，栽赃给崔婕妤，最后曲尘督阵，我得手后跑了，对吗？"雪信怒了，说着就要关窗户。

玄河抬手把窗户支好，说："急什么。皇上说，幕后人只是想惩罚他两个不听话的徒弟罢了。一个还没到进皇宫的时候就冲进去了，另一个奉命进宫却不肯进去。现在一个躲在宫外不敢冒头，另一个把她的心上人牵连进去了，连秦王世子也成了谋害太子的嫌疑人。"

"秦王世子，也不是不可能吧？毕竟他比太子年长，比太子沉稳，声望也比太子高，有了念头也应该啊。"雪信故意说。

"不可能，秦王世子身有残疾。"玄河的话令雪信大惊，"他的耳朵听不见。托你师父的福，是他下令刺聋的。"

"可是我在他府上住过一阵子，并没有看出他耳朵听不见，他说话应答如常人。"

"他会读唇语，你说话，嘴唇一动，他就知道你说什么了。但你在他背后说话，他是听不见的。"玄河说，"这也不算秘密，只是大家都尊重秦王世子，不愿多提起。"

雪信感到悲凉，当初在秦王世子府里，曲尘一到夜里便要与苍朝雨琴笛相和，原来是自作多情。对方听不到，怎么感受她的心意呢？

"事情总会找个说法了结，但现在还在风头上，不会那么快。"玄河把事情都解释完了，总结道，"所以，也不能把你接回宫里去。你若不习惯住在女乐官家里，我可以帮你换个地方。"

"我在这里住得很习惯。"雪信不想走，她留在月大人身边，期盼得知些什么，又不敢贸然问上去。也许时机到了，那件事的谜底自然会揭晓的吧。

"真的习惯吗？"玄河把那串白玉珠拎了出来，"你身上没有别的东西好卖了吗？"

"别的东西都不如这串珠子值钱。我想多筹些钱交伙食费。"她不理会他的半含责备半无奈。

“你知道女乐官的婢女用它换了多少钱，这笔钱又够你在这个地方住几日的？”

雪信愕然了一下，她向来只管用不管采买，珠子价值多少她没个准数，也不知道安城的柴米价钱几何，但眼力是有的，这串珠子足够这院子里三个人省俭着过一年的吧。

“首饰店的伙计看婢女不识货，说是赝品，随便扔给她几个钱，不够你一个人过三天的。”玄河说。

那家首饰店简直是黑店，坑了羽儿不说，又把玉珠抬了个天价，编了个天花乱坠的故事去骗玄河，玄河着急问雪信的下落，没还价便买了。

“可是羽儿回来并没有告诉我……”雪信顿了一下，明白了，羽儿以为她给的是假货，怕回来说了让她没面子，就装着若无其事。

这几日她的吃用，都是月大人和羽儿在贴钱。

玄河看她有些黯然，又说她愿意住下也无妨，用钱的事并不是大事。对他们这些没精打细算过过日子的人来说，钱果然不是什么大事，尤其是他这个只要闲逛就领双饷的人，怎么把钱花掉才是个大问题。

“我在这里的事，还有谁知道？”雪信问玄河。

“没了。高兄去华城找了，等他回来我再想想要不要告诉他吧。”他瞥了眼雪信的神情，慢条斯理地说，“你想学笛子，何不来问我？”

“你也会吹笛吗？我只知道安城里，秦王世子的笛子是一绝。”雪信就是不让他满足他好为人师的恶癖。

玄河但笑不语，长臂一舒，从她背后摘走笛子，举起却愣了一下，雪信也看见了，笛子上印着半枚胭脂唇痕，她把笛子抢回来，用袖子抹干净，交给他。

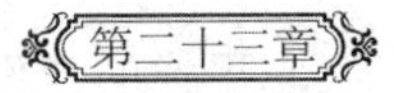

第二十三章

金缕为衣亦为笼

笛声起了，像一只白色的鸟之前一直把笛身当作树枝栖息着，怎么摇晃也赶不走，但是轻轻吹一口气，它便扑棱棱地飞起来了。

苍朝雨的笛声里，白鸟飞贴着树尖盘旋，郁郁绵绵，悠长叹息，仿佛伸出手它就会落到少女的手背上，真是惹人心颤。而玄河的笛声里，白色的鸟一开始便直上云端，灵动舒展，一刻也不肯停歇，站在地上的人羡慕它快乐的样子，恨不得用弹弓把它打下来。

雪信不能不承认，她更喜欢的是玄河笛子上的这只欢乐的白鸟，穿云破雾，整颗心都敞亮了。一曲终结，白鸟又滑翔着，安然栖落。

“很久没有听到如此美妙的笛声了。”月大人站在雪信房门外，“商儿，是你在吹奏吗？”

雪信与玄河对视了一眼，眼里都在说糟糕，他们都忘记了院子的主人是个厉害的顾曲人。

雪信打开门：“大人，不是我。”在这位阅曲无数的老乐官跟前，撒谎就不必了。

月大人毫不迟疑地向窗口走去。雪信怕她在这个新收拾出的房间里绊倒，伸手搀扶。月大人走到玄河面前，说：“还在吗？”

“还在。”玄河站在窗外回答。

月大人点了点头：“被我抓住了，你怎么不跑？”

“大人称赞我的笛声美妙，我还没谢过大人。”玄河笑眯眯的，虽然女乐官看不见，但是笑意也是可以通过声音传达的。

“上一回，我听见这样的笛声，还是在禁中。两个男孩随一位圣人学笛，那位圣人吹的正是这首曲子。”“圣人”是对当今皇上模糊一点的敬称，“不知道，你是其中哪一个？”

“大人猜我是哪一个呢？”玄河的态度不算恭谨，俏皮地与女乐官打哑谜。

“我记得有一个孩子，把耳朵抵在玉笛的笛管上，用身体感受笛音的颤动，他喜欢吹奏悠远的慢曲子，清脆的高音有穿透力，可力量感不足，悠长的低音却可以震颤胸臆，让耳朵之外的整个身体都感受曲声的律动。这个孩子一定不是你了。”

月大人笑了，也与他绕圈子说话：“另外一个孩子性子古怪些，常常在面前放一碗清水，吹奏给水听，频奏高音，观察水面微澜，内教坊里的子弟们都怜爱前一个孩子的沉静，受不了后一个孩子的淘气。高音一起来，用棉花团堵耳朵都没用，大家都到我这里告状，说要没收了他的笛子。”

“大人高明，所以后来圣人把玉笛传给了前一个孩子。后一个孩子，就让他自己玩儿去了。”玄河颔首。

女乐官收了笑，正色道：“玄河子，你夤夜造访有何贵干？”

“清夜访友，不想惊动了大人。”

女乐官沉吟了片刻，说：“你可别忘了你的身份。你也须思量皇家的体面，遵守出家人的规矩。”

“大人……我们这一脉，其实就是顶个道士的名号，没什么规矩的。”

之前两轮你来我往很是默契，只是女乐官突然来了一句，玄河莫名其妙了。

“没规矩，为何没有担当？”月大人追击痛打。玄河无语了，不知雪信编了什么谎话骗女乐官，他也不好顺口回答，免得戳破了雪信的说辞。

雪信简直听不下去了，悄悄说了句：“大人，和他没关系。”

“不为他，你好好的为什么跑出来？要不是他失约，你又怎么会躺在我家门口？”月大人调转矛头，向雪信来了。她以为雪信与玄河相约私奔，玄河临时变卦，过后后悔，又找来挽回。

“大人，不为男人，为自己，您没见过这样的吗？”雪信被女乐官的推想逗乐了。

“若是和他没关系，他又来看你做什么？”月大人越想越想不通。

这内情可就复杂了，说不清，也不好说，雪信哑了。

玄河赶忙补上来：“她一时不便，暂住在大人家中，希望大人能照顾一二。”他说着就从怀中掏出一个小包袱，递给雪信。

小包袱里发出金玉撞击声，女乐官脸色一寒，沉声说：“不准接。我愿意收留的人，自然会好好照顾。老身我也曾在宫中任过女官，如今老了，朝廷还养我，每年发给我的粮食，我一个人吃不完。玄河子，你若信我，就不要鬼鬼祟祟地塞些金玉过来，你若不信我，就把人领走，我不做收钱替别人养外室的勾当。”

她气急败坏，顾不得说话难听了。她年轻时的脾气，一定比雪信还要强，受不得别人半点同情，就算是好意也不行。

雪信也立时觉得包袱烫手，尴尬地推还给玄河了。

月大人数落了一顿，说着说着，剧烈咳嗽起来。雪信给她捶背，她把雪信撇开，自己摸索着回房去了。

玄河走后，雪信听见从月大人的卧房中依旧传来阵阵咳嗽，听着几乎要把肺咳碎了。

羽儿溜进雪信房里慌慌张张问：“你怎么惹大人生气了？气得咳喘病都犯了。大夫早就说大人的病要平心静气地调养，不能大喜大悲的，大人怕花钱，硬不肯喝药。如今给你一气，雪上添霜，明天一定得找大夫开方抓药！”

她语气有点严肃，随后，又眼神转柔，把勒腰的衣带松了松，换了个话题：“你知道吗，他是个聪明人。看见你，确实惊艳了一会儿，但又判断出你不是他要见的人。他说，你这样的身形，根本唱不出那样的歌声。他早就知道他要见的人会是什么样了，没有肉肉的身体，厚厚的胸腔，扯破嗓子也是单薄无趣的。”

“于是，你自己爬上梯子给他看了？”雪信倒是佩服这个李家郎君的见识了。

“既然他都猜出来了，我也就……上去露了一小脸。”羽儿娇羞地一扭身跑了，如果她脚步落地再轻一些，那么今夜的结局就够完美了。

天不亮，羽儿和雪信就起来练声了。虽然月大人躺在卧房里无声无息，但她们仍然都不敢怠慢，生怕那些小心思掺入了嗓音被听出来。

练完了声，雪信见羽儿绕到屋后，用剪刀铰下一片草叶子。她一时好奇，问这是做什么用的。羽儿立刻红了脸，若是别人问，她怕是一声不吭掉头便走掉了。

“小声点。”似乎剪一片叶子是丢人不过的事，“这是我种的油葱，梳头用的。大人也偷偷用的。你若需要就自己来剪，我种了许多，管够。”她又羡慕道，“我若像你有天生自来的香气就好了。”

这种叫油葱的草，虽是顶了个葱的名字，其实并没有葱的荤腥气息，叶子肥嘟嘟的，充盈着叶肉和汁液，上尖下宽，呈剑形，叶片边缘有两列不扎人的肉刺。被剪刀剪下后，断面沁出黏稠的草汁，无色透明，也几乎没有气味，以雪信的鼻子来嗅也只能嗅见微微的雨后的清新。

贫家的女子舍不得买桂花油，连自制刨花油的青油也舍不得出，便在房后悄悄种上些油葱。将油葱的黏液涂抹在梳子上，能挽出水滑的发髻，把鬓角掠得光光的，还能令头发日益乌黑浓密，效果一点也不输桂花油，只不过差了一缕香气。

因为它易种好养，取用方便，太过廉价，一般小户人家的女儿们也都是不齿的，因此谁种了，谁使了，都不好意思叫人知道。别人一望你头发梳得一丝不乱，身上又无香气，便知道你是种了油葱的。于是再抠出几个小钱，在货郎担上买一串香花别在头上，以充头油的香气。春夏还好，到了秋冬，鲜花凋零，就无法可想了。

羽儿正在情酣耳热时，是一个少女最关注穿衣和打扮的时候，身上岂能没有香气？雪信告诉她，若能找来梨子、甘蔗渣、橘子皮和荔枝壳四样东西，便能配出一种香来，到时候连大人带羽儿都能熏得香喷喷的。

这个季节的梨子还是很便宜的。甘蔗渣也好寻，有专门炼蔗浆的作坊，把甘蔗压榨出糖汁后，便成筐成筐地往外丢弃废渣。橘子皮最好是陈年的，中药铺子里有现成的，舍不得花钱的话，用新鲜橘子皮也能凑合。

唯有荔枝壳虽也不值钱，但荔枝金贵，只有宫廷和权贵人家享用得起，收拢下来的那点荔枝壳，也被下人们卖到中药铺里制成理气的药材。现在早过了吃荔枝的季节了，要弄来荔枝壳，也许只有花钱了，就看羽儿舍不舍得了。

羽儿听了雪信的话，眼里冒出跃跃欲试的光亮，挽了菜篮子就要出去。雪信盯着她：“得了我要的材料，一定要用厚纸包好几层，与葱姜蒜分开放，不能串了气味。”

“晓得了，我一定双手捧着捧回来给你。”羽儿欢快地说着，顺手摘下院墙下新开出的野雏菊簪在鬓边，步子轻快如飞。

羽儿走后，雪信把水缸挑满，扫了遍院子，摘下正堂墙上挂的一顶旧帷帽，也出门去了。

这个时辰街上的酒楼食肆才刚卸下整排门板，一天的生意远未开始，伙计们睡眼惺忪地打扫收拾店堂，哈欠连天，每家店踏进去都是一股昏沉的气氛。

她一间间地问要不要打零工的，有人看她连帷帽都不脱，觉得她没诚意，便说不要，打发她走，还有的倒正好缺厨娘，可她又不会做菜，又谈不拢了。

一直走到第十家，是个叫琼花楼的酒楼，正好一个香婆前一天夜里失手打翻香炉，烫坏了客人的衣服，被当场赶了出去。

时人嗜香，不仅在家中熏香，出门佩香，在吃喝享乐时也须有香气相伴。香婆是在市井间专门靠伺候香事吃饭的女人，并非全是老婆子。一般都是在酒楼食肆中讨生活，在客人进入预订的包间前，按照订单上的要求把香点上。

有喜欢气味纯净的，那就要隔火熏香，有爱欣赏云烟缥缈的意境的，便打上篆。不同的香料配方、不同的香气和熏香方式，收费不同。香婆的收入不仅与她伺候包间的数量有关，还与包间消费香料的价格挂钩。

有本事的香婆，即便手底下省掉一半的香料，依旧能营造出双倍的香气，手艺不精的，糟蹋香料不说，还会时常被客人投诉说房间里出了猫屎气味，香婆便急急忙忙赶去救场，撤香炉、通风、换新香。

这时一慌张，便容易把香灰扬在客人脸上，把火红的炭落在席上。出了这种事，客人便有理由大闹一场了，白吃白喝一顿不算，酒楼还得赔笑贴银子。所以酒楼里招用香婆，也是一丝也不敢大意的。

琼花楼掌柜当场试了试雪信的手艺，打篆、埋香、炭熏，都觉满意。虽然她掀了帷帽，底下依然是一张用旧罗帕遮去一半的脸，掌柜也没说什么。

一个好手段的香婆本来就不需要与人打交道的，她只要认得几个字，看得懂订单要求，预先进入房间里布置好香具，宴席散后整理，重新布置，会做这些事就行了。

懂生意经的掌柜更晓得，有这样一个体态窈窕，自带馨香，只露半张脸依旧美艳不可方物的年轻女子在他的酒楼里出没，比隔壁重金请来琵琶伎，或者找个西域舞娘来耍肚皮更高明，不用大声吆喝，客人们自然会踏破门槛前来探究。

从人情世故这方面讲，安城里形貌不扬、背景深厚的人多了去了。

琼花楼掌柜从雪信矜持的举止便看出她并不习惯这种市井生活，在酒楼做香婆也待不久，谁晓得有一天她突然又会变成了另外的什么人呢。

安城里的豪族一夜倾覆、又咸鱼翻身的前例太多了，势利眼遇上神秘人，前倨后恭的教训也太多了。留下她，客客气气地对待，顺其自然，不会有坏处。

“工钱日结，今日便可来上工。”掌柜拍板定下她了。

“我只在夜里来做两个时辰的工，你看如何？”雪信看掌柜如此爽快，得寸进尺地提了要求。

“没问题。酒楼的大生意都在夜间，你夜里来就是了。”

雪信还担心她夜里出门会被月大人发现，故而找羽儿请她在与情郎贴墙说悄悄话的间隙里，去她房里坐着，偶尔拨弄两下琴弦。后来没两天，月大人说外教坊正在准备一次斗舞，日夜排演，她晚上也得去教坊盯着。果然，月大人走得比雪信早，回来得比雪信晚，还不带羽儿。她彻底没有后顾之忧了。

上了三天工后，雪信把攒起来的工钱交给羽儿：“如今我也能赚钱了，给家里买些好菜，不必心疼。”

羽儿也将她收集来的四样材料交给雪信。

“我们说话的时候，我说起荔枝壳不好找，李郎当时没说，第二日便送了我一斤荔枝干。你拿半斤去吃。虽然肯定没有鲜荔枝好，可也足够香甜。”

羽儿大方地把一个专储南北干货用的竹编小篓子送到雪信房里，一边眉飞色舞地说话，一边剥出了褐色的干荔枝果肉往嘴里填。

她不必节食消脂去讨好男人了，她要把自己养得更肥美，这样她的歌声才更圆润。

在琼花楼里，布置完一个房间的香具，下一件活儿还未来催她时，雪信就找一个空房间，定定心心地捣碎四样香料。有人喊她了，她便先丢下，等忙完了回来接着捣。

之所以如此着迷于这种简单枯燥的劳作，因为这是唯一一件能让她躲开烦扰的事了，她做这件事的时候，脑子里空白一片，什么都不去想，不用想月大人会带给她什么样的身世线索，不用想赚的钱够不够填补她带给月大人的额外花销，也不用去想高承钧在去华城的路上跑了多少冤枉路。

她用了十天，断断续续地把材料捣成比茶粉还细的粉末。在酒楼里找了些炼蜜搓了香丸，装了三个瓷罐，埋在月大人院子的树下。香是需要窖藏的，窖香越久，香气越醇厚融合。一个月后，她挖出其中一罐，另外两罐留着三个月和半年后再取出。

这时候，墙根下已开不出野雏菊了，羽儿正在懊恼，总不能家里缺什么就去找情郎诉苦，盼着情郎送吧？这个乐天达观的姑娘，早把小四和香的事情忘了。雪信把香丸子装在相扣的两只小碗里，带去找羽儿，教给她如何就地取材熏衣服。

找一只铜盘接满热水，铜盘上放炭盆，这时节，炭盆已开始用上了，虽然月大人家中的炭盆热力总是不够，不过熏香所用的炭火也不可太旺，旺则易焦，香气不能持久。

把那坏了的漏勺找来，擦洗到没有异味，盛上若干粒香丸，隔空架在炭盆上，过不多久，香气徐徐飘出。这时，找个竹篁扣在铜盘和炭盆上，把衣服覆上去，香气与水汽混合，去掉几分火烧火燎的燥气，沃衣留香。

羽儿还是头一回熏衣，像发现了好玩的游戏，兴致高昂地将月大人的几件深秋衣服翻出来都熏了一遍，才将自己的衣服也熏了。

月大人从外面回来，闻见屋子里飘散的香气，马上板了脸，把雪信叫来盘问：“哪儿来的四和香？我这间小庙可烧不起昂贵的香料，供不起大菩萨。”

她疑心年轻的女孩子熬不了清苦，收了贵重的礼物，找到了安逸的去处，过不多久，就会有一乘香车软轿接她走了。也许是过去遭受的离弃太多，她的心自尊到敏感，有一些风吹草动就立刻全神戒备，努力在被人背叛前，把人赶出去。

“不是四和香，是小四和。”雪信向女乐官解释。

梨渣、甘蔗渣、橘子皮、荔枝壳四样弃料，只要炮制得法，便能拥有与沉香、檀香、龙脑、麝香配制的“四和香”相近的美妙气息，所以被称作“小四和”或者被谐称为“山野穷四和”。

雪信用心研磨，又精心调整过配比，她制作的小四和气味绝类正宗的四和香，不过终究少了龙麝，香气穿透力和恒久力不足。昂贵的龙麝能使香气经月不散，而小四和是坚持不了几天的，需要每日熏衣以补充香气。过去在书上翻到山野穷四合的方子，她还暗笑前人无聊，穷成那个样子还熏什么香呢。想不到有一天，她也用上了。

“大人虽致仕了，内外教坊依旧尊敬如初，请大人去指导乐舞排演。大人生活简朴，不喜欢不必要的花销，但出入公务场合，熏一熏衣服，对自己对别人，都是加一层的尊重。”

说穿了，穷要面子是个技术活，听说过去朝廷穷时，官员只能自己用彩纸糊了衣服穿，一早出门个个光鲜精神，行动注意的话，上个朝回来衣服还能保持平整。然而就怕下雨，一下雨，满朝文武都得挂着一身彩色纸浆找地方避雨，躲得慢些便成了裸奔了。少花钱撑起了场面，还不被人看穿，那也是本事。

月大人沉默了，似乎在辨别弥散在空中的香气与真正的四和香有何差别，好久才悠悠道：“是我错怪你了。这香气，实在可以乱真。”

“大人，材料虽便宜，也需用心去找。材料是羽儿找的。”雪信笑着向羽儿看过去，要不是羽儿的李郎送了荔枝干，她们也配不出小四和的。

连月大人也被她的小四和骗过去了，雪信又装了一盒香丸带去给琼花楼的掌柜演示：“您看酒楼里能不能用我配制的香丸？比你们在外头香铺里定制的香丸便宜一半。”

“香料的底价摆死在那儿，你的香丸若是真料，怎么可能便宜一半？是小四和吧？”掌柜其实也闻不出破绽，只不过虚晃一枪，试她一试。

雪信不羞不恼：“若当成四和香在房间里熏，被有见识的客人闻出来了，也恐损了琼花楼的声誉。不如写作‘拟四和香’，在楼下大堂里熏焚，我就再给您打个折，让您使多了也不心疼。”

掌柜笑了：“其实这香气，安城里能识破的人恐怕不到三个。不过做生意，讲究的是信誉，还是稳妥为好。”讲信誉这种话说说便好，怕被砸了招牌才是真的，“若客人踏进店堂来就闻见这个香气，酒楼身价立见，连大堂的座位也可加收一两成餐费了。”

雪信并不黑心，掌柜也算得出这些香丸带来的利润，价钱便谈下来了。

其实掌柜对这个年轻女孩是满意的，但也不免略微失望。失望的是她并没有给琼花楼带来他预想中的顾客盈门。

她总是天黑后才来，穿着深色斗篷，从酒楼后门进来。

脱下斗篷，从面纱到裙衫都是半新不旧，不管本来是什么颜色，都成了一种被时光洇染的灰色，让人觉得没有必要长久地把目光放上去。

她不像那些伙计、厨娘乃至陪酒的女侍，一有空闲就扎堆说话，在人堆里拼命让人看见自己，听见自己。

她没事时，就找个空房间研磨自己带来的香料。她手脚利落干净，拿到预定的单子就去房间里摆香具，从没有客人进来了她还没忙完的情形，每回所用香末香丸的账目也是十分清楚，从不会占酒楼的半分便宜。

更重要的是，她对香气的把握极为精准，深谙“用香贵在不扰”的道理。酒楼用香，不能浓得扰了酒菜的香气，也不能淡到全然被酒菜的荤腥气盖住。她拿捏得正好，没有被客人投诉过，还给酒楼省去了不少成本。

她只做分内之事，尽量不让人发现有她这个人存在。

掌柜有时真希望客人在她负责的房间里喊几嗓子，她赶过去解决，好让客人们都看见她，只看她半张脸也会惊艳上半天，足够一顿酒席不知肉滋味了。谁不愿尽可能多地把手底下人的价值压榨出来呢？

可是她来了一个多月，还是老样子，一点起色都没有，完全不见要翻身的样子。

如此，他也敢给她提建议了。

“做香婆赚钱太慢，做香丸利润太薄，你看见楼下那些舞姬没有？”掌柜站在二楼栏杆旁，向楼下一指，“她们跳一支舞所得的，抵你做十日香婆的工钱。还有那些酒姬，她们……”他只顾着说，一回头，发现雪信不知何时已经走掉了。

雪信找了一间房间坐下，手头暂时没有了可摆弄的香料，无法心无旁骛，楼下大堂和邻近几个房间的喧闹便争先恐后地涌入耳来，宛如搅成一锅混沌的稀粥。

楼下的乐工在调试琵琶，崩金摧玉般拨了一串高音，好不容易找准了调门。由琵琶引着，乐班中的丝管齐齐奏起，瞬间压下了令人头脑昏沉的喧杂。

房间只有两面墙，面朝二楼走道的是两扇宽大的移门，对面不封上，客人可以凭栏欣赏底下的歌舞，若是不想被打扰也不希望被看见，那就放下幔子，与外面隔绝开。

雪信把幔子掀开一条缝，一只眼睛凑上去看下面。看着看着，她也觉不平了，若这些舞姬跳一支舞的所得能抵香婆十日工钱，那么她跳上一支舞，足抵一月。她在攒钱，也确实嫌赚钱太慢。

隔壁是舞姬们换装补妆的房间，莺声笑语溢出墙来，可以想见那番珠光明艳，花枝乱颤的情形。

一个班头拖长了声音叫：“骊姬——骊姬——”

有人告诉班头：“骊姬在黄昏时分被崔大人接走了，向您告个假。”

“一月告了十五天假，趁早别干了。”班头冷哼。

边上有人哄笑：“迟早的事。姑姑带的班能出人才嘛，红一个，被贵人们挖去一个。姑姑什么时候提携提携我呀？”

“你也能跳柘枝舞？还是先看好脚下，别又脚下拌蒜踩住了裙子撞倒一串。”班头是看不上的口气，又道，“秀奴，你一个人上吧，反正你习惯了，客人们也习惯了。谁没了谁不能活？要是明天你也攀了高枝飞了，我再找个人来也不难。”

一道一本正经的女声响起，与周遭的调笑气氛很是不搭：“班头，我不会的，谁叫我我也不去。宁可得罪了贵人们，也不让你为难。”她说话不似别人那般流畅，舌头还有些僵硬。

“你可别，得罪了贵人们，我们上哪儿讨饭去？”班头笑着骂，显然是很满意秀奴的回答。

雪信从房间出来，重新找着掌柜：“歌舞班的柘枝舞少一个人。我会跳柘枝舞。”

掌柜的连问都没问，带她去找班头：“听说骊姬又不来，我给秀奴找了个新搭子。”

班头还不到三十岁的样子，梳着一个同心髻，额头上顶了个圆圆的发包，像是把人看穿的第三只眼睛。

她挑剔地看着雪信，雪信把半新不旧的面纱摘了，她啧了声：“只有一张脸可不够。要是只会添乱，还不如只用一个人。秀奴一个人也能把柘枝舞跳下来。”

“我一个人也能把柘枝舞跳下来。”雪信向移门后的那群花枝招展的姑娘们看去，门后的十几双眼睛也在窥探着她。

“两个人都能独自把一场舞跳下来也不够，她们从未练过合舞。”班头还是不信任地看着雪信。

“就让她们各舞各的，场上两个人，怎么也比一个人好看些。你们要是再只上一个人，客人们要摔酒杯了。”

“掌柜的，你推荐来的人，我不敢考她，也不敢不用，不过一旦你推荐来的人坏了事，可别扣我们的工钱就是。”班头精细，晓得先把责任撇清楚，又不能得罪人，还得保证自己这方的利益。

“权且让她上一场试试吧，砸了锅，也与你们无关。”掌柜忽然伸头在班头耳边说了两句。

班头吁了口气，说：“那行，快去换衣服打扮，还有两支舞便轮到她们上了。”

柘枝舞是西域传来的健舞，起初舞者为一人，传入中原后改为一双少女相对而舞。与胡旋舞动不动就亮出肚皮还在肚脐眼上贴宝石不同，柘枝舞的舞衣是飒爽俏皮的。

舞者戴卷檐尖顶小帽，帽子上缀满密密麻麻的铃铛，身穿翻领窄袖胡服，足蹬红锦靴。帽子上的铃铛既是装饰，又能作为乐器，妆容比别的舞蹈也要清淡，脸上一个花子都不需要贴，扮起来是很快的。

雪信装扮完了，忽然有一丝丝疑惑，也太容易了吧？掌柜的开导她跳一支舞赚得比摆香具多，隔壁的歌舞班就缺了人，班头没考她就答应用了是看在掌柜的面上，那么掌柜对她哪来的信任呢？她还没想出结果，班头就推着她和秀奴从歌舞班专用的登场楼梯下去了。

舞曲拍子急促，手鼓、琵琶、筚篥三种乐器都是宜快宜慢，快起来不要命的性格，在这支舞中，一个“快”字被发挥到了极致。

秀奴高鼻深目，眼睛又圆又大，眼神灼灼，长而黑的头发打着卷，梳成的小辫子很蓬松。从名字到口音，再到面貌，她都是个异族少女无疑了，她跳的柘枝舞是原汁原味的，带起一股穿越沙漠的热风，粉面轻回，时腾时跃，若惊若怯，像一只精力旺盛的小豹子。而雪信腰肢纤柔，皓腕如玉，眉妩连娟，如一只敏捷轻灵的狸猫。

一支风格健朗的胡舞中，两人一样的身法，一般的动作，亦分出了一刚与一柔，一静与一动。她们初上场时，都抱着不能被对方比下去的心，边舞边向另一边看去。很快，她们比较出了彼此的不同，不再刻意竞争，边舞边从自己那一边转出来，二人身法有了交错，试探两个回合，她们便有了默契，整齐划一的动作一变，成了一起一伏，一静一动，刚柔并济，势如惊涛拍岸，连绵不绝。

摧得人喘不过气的鼓点在曲终骤然刹住，雪信与秀奴相视一笑，显然是很满意二人的初次合作。雪信这才有空闲将目光落到台下，只扫了一眼，她步子就踉跄了一下，赶紧逃上楼去了。

她在人群里看见了月大人。

女乐官正站在台前，侧耳倾听，一张脸铁青。小尖帽的铃铛摇颤，红锦靴跺地，月大人一定听出来是她在台上了。

天哪，要是早些扫见，她死也不会下楼来的，如今可怎么办才好？月大人爱生气，被月大人抓住了她偷跑出来在酒楼里跳舞，又要发一通火了。

雪信忧心忡忡地换衣服卸妆，连秀奴找她说几句话，她都神不守舍，勉强支吾了两句，把面纱挂上后，就匆匆离开了。

掌柜等在楼梯口，手里掂着一个钱袋，一看见她就把钱袋塞过来："若是早知道你跳得好，就推荐你去歌舞班了。"

真奇怪，今天他也不知道她跳得好啊，怎么还敢让她直接上台表演了？

雪信正想着，要是现在抢在月大人前头赶回家，能不能撒谎硬抗，抵死不认？

"那边房间有位客人想见你，说是旧识。"掌柜指着走道的尽头，"到底那间。"

雪信心中呜呼哀哉，彻底完了，月大人不但听出了是她，还等不及回家审问，当堂就要发作。准备好劈头挨一顿雷，再慢慢解释吧。

从楼梯口走向走道尽头的房间，她磨磨蹭蹭，用小碎步走了一百多步，步步惊心，不论她怎么拖延时间，最终还是到了。

门才移开一指宽，她先向里瞄了瞄，没看见人，却嗅到了一种熟悉的气息，是野兽皮毛的腥膻味，她不由惊叫了一声，向后退去。门缝豁然扩大到一尺宽，一只手从门缝后伸出来，把她拽了进去。门又好好地关上了。

"你！"雪信惊恐地看着苍海心。她割了他一刀，又把他打得头破血流，如今想要再道歉是不管用的吧？

"你是不是以为我死了，所以放心大胆地在人前露面了？"苍海心的脸色没有愤怒，也没有冷笑，似乎事情与他关系不大。雪信不由想到了沈先生，说起话来也是这样的，出了奇的平静，仿佛置身局外，冷冷地摆弄他棋盘上的黑白子。

她把他变得越来越能吓唬自己了。

"你没死了就好，我也不用提心吊胆了。"雪信故作镇定，试着先后退了一步，然而仅仅是一步她的胳膊就立刻被攥紧了。

苍海心把她的手按在自己的后脑上。雪信的手指头在他的头发里摸索到了凹凸不平的伤疤，一回想当初那个鲜血淋漓的场面，她的后脑也隐隐痛起来。

他又把她的手按在胸前，隔着一层单衣，手指头触到了一道粗糙细长的伤疤。雪信全身有了痛感，她拼命地缩手。

苍海心说："你差点要了我的命。"他把雪信拉到怀里，仔仔细细地嗅她的耳背，咬她的耳垂，在她耳边评论她，"你过得也不好，吃得不好，睡得也不好，话能骗人，可是气味骗不了人。"

她服食了十几年的香料，就算停下不吃了，肌肤底下透出的香气也不是一年两年能散去的，但香气的特质却可以因为她的境遇时时变化，但她自己是闻不出来的。

这种气息正因为饮食的寡淡而低婉，因为她的自卑而纤弱，宛如一朵开得不应时的花，凄惶不安。

"你为了赚钱肯为许多人跳舞，那还不如只为我一个人舞，我还能给得更多，让你过得更好。"她的气息，让苍海心以为她很好说服。

雪信气得都快把面纱吹起来了："我不赚你的钱。"她把手抽出来，一巴掌抡过去，然而还没成功就在中途被握住了腕子。

苍海心说："你已经在赚我的钱了。一个月前，我把琼花楼买下来了，你赚了我足足一个月的钱。既然你不赚我的钱，那现在你能把钱还给我吗？”

他也不像过去那样只晓得穷追不舍了，他如对猎物一样，算准了她的方向，提早抵达，挖好陷坑，等着她掉下去：“我不说句话，歌舞班会随便让一个不明来路的人上场吗？没有我，你会风平浪静地在琼花楼里进进出出一个月吗？”

听完此话雪信沉默了，良久才开口道：“我不赚你的钱。明天我就换一家。”她把沉甸甸的钱袋向苍海心的面门摔过去，

苍海心头一偏，躲过了，钱袋穿过幔子飞出栏杆，落到了楼下。钱袋的束口绳在半空中松开，大堂里下了一场不小的铜钱雨，引得底下人一阵哄抢。

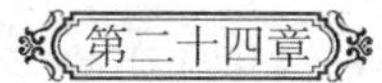

第二十四章

寒庐长夜幸有卿

苍海心手上一用力，把雪信掼在地上，她的脑袋也重重砸在地板上，“咚”的一下，眼前一黑，金花乱迸。

她听见苍海心的声音从那么远的地方飘过来，说着：“对不听话的狗，就不给它饭吃，饿着它，等它饿得没力气了，再用棍子抽一顿，它就驯服了。”

苍海心看着自己的手，他说的打，不会是真打，他任她担惊受怕煎熬了一个多月，才出来给她致命一击。

他把雪信扶起来，好声好气地对她说：“我对你那么好，给你的都是最好的，你为什么还是要走？”

“你以为你拿了最好的东西出来，别人就会当作最好的东西收下吗？你能给的和我想要的，是两回事。”雪信按了按额角，生疼，恐怕明日这里将会有一个青色的肿包。

“那你究竟要什么呢？我也许给得了。”

“我要你滚得远远的，再也别让我看见！”她使劲把他的手从身上撇开。

苍海心又一股怒意从心头涌起，恨不得掐死了她。身后的移门被人一脚踹开，他一回头，冷森森的剑锋指住了他的咽喉，是高承钧的透山剑。

雪信爬起来，跑到高承钧身后躲起来。她知道这样做很没志气，可再次看见高承钧，她一时把自己的决心抛在了脑后，抱着一腔委屈，躲到了他的身后。

“我手里没剑，这样开打不公平吧？”苍海心无所谓地摊开双手。

小时候他们年年打架，空手肉搏，有时也用木剑比画，对方几斤几两彼此都很清楚。

苍海心伸手扯开衣襟：“她已经在这里划了一道了，你反着再来一道，会不会好看许多？”苍海心的胸口现出一道暗红色的线，细如发丝，却高高痕起。当初的伤口越深，如今的疤痕也越是凹凸不平。他耍起了无赖，嘴上虽这样说着，眼睛却瞄向了自己放在栏杆旁几案上的剑。

“别理他。”雪信在高承钧身后说。

房间门被踹坏了，那声巨响引得越来越多的人跑出自己的房间向这边聚拢。

高承钧还剑入鞘，抱住雪信的腰，翻过栏杆跳到大堂里，径直跑向店外。

他的坐骑霜夜正等在外头，没系缰绳，像个人似的不耐烦地来回踱步。霜夜听见店堂里的喧闹，便自己跑进了大堂里。高承钧带雪信上马，霜夜踏翻了几桌酒席，神气活现地喷了个响鼻，冲出琼花楼，向城南跑去了。

在马上，雪信把脸贴在高承钧的背上，闭着眼睛不说话。高承钧也没说话。两人都预感到，等下一说话，也许又是一场冲突。

此时这样的沉默，反而是他们彼此之间的一种默契。

霜夜在一个僻静的小院前停住了。小院比月大人住的地方小一半，但隔着围墙，能嗅见还未枯萎的香草气息。

高承钧把雪信扶下马，说："我把这里租下来了，你看看好不好。"

雪信走到门边，站住了。高承钧上前拍门，让住在里头的婢女拉开门，但是先一步被雪信拦下了。

"你怎么找到我的？"她问他。

"这些事为什么不看完院子再说？"他们的冲突已经开始了。

"你怎么找到我的？"雪信又重复了一遍问题。

"以你的脾气，不会遇到些事情就逃回华城寻求庇护，所以我派人在通往华城的路上打听，而我自己一直在安城里找你。我溜进苍海心的家找过，但是你不在。曲尘师妹那边我也问过，她也没有你的消息。

"你不投靠他们，自己躲起来，一定是要赚钱吃饭的，所以我将与香有关的地方都找了一遍，那些卖香料、胭脂水粉的铺子，贩鲜花、头油的货郎，我向那些人形容你的样子，他们都说没见过你。

"这些天我开始打探酒楼食肆里有没有新来的香婆，今天在琼花楼门前嗅到大堂里飘散出的香气，我便肯定你在里面。我一进来，一个钱袋从楼上抛下来，这种事像是你会做的，于是我就上了二楼，找这个抛钱袋的房间，果然找到了你。"

雪信调制的小四和是以她制作的四和香为香气母本的。在华城时，她曾用四合香给高承钧熏衣服，无怪他沾到一丁点儿气味就认定了她在里面。他找她，全靠他对她的了解，加上记忆里嗅觉的片段。而苍海心只用鼻子，早在一个多月前就找到了。

青梅竹马、两小无猜，还不及一只狗鼻子，这也不是第一次了。

"我们进去吧。"高承钧又要敲门，雪信又把他拦住了。

她说："如果只是不明不白地住进一个小院子，我还不如去找苍海心，他比你早一个多月找到我。"

高承钧不明白她在嫌弃院子太小太破，还是怪他找到她太迟。

"你何必浪费钱租宅子。你父亲对你再不好，你还是他的嫡长子。等你大婚，皇上自然会赐宅给你，你未来的老丈人也会送你几套宅子。"雪信郁郁道，"你和苍海心也没什么不同，都有一个好爹。只不过他的父亲愿意扶他一把，让他早些得到应得的。你的父亲再不待见你，他的一切迟早也是你的。"

雪信的话越说越让高承钧摸不着头脑了。

"是不是你找到了你的母亲？"高承钧想能让她兴起关于身世的感叹的，也只有这件事了，"不管你的母亲是谁，你都还是你。"

"你可以不管，我也可以把不愿接受的事忘了。可你去问问皇上在意不在意，问问沈先生同意不同意。"他的将来，是握在这两个人手中的。

雪信背转身，离开了那扇院门。她倒是想进去看一眼，可是万一见到里面有一两处喜欢的地方，日后想起来会更不舍。

高承钧追上她："若是你担心皇上和沈先生阻挠，我也可以不做这个武官了，我们避开安城和华城，找个小地方去……"

雪信瞪他："你在安城做武官，不光光是皇上器重你吧？你还是安西四镇节度使押在皇上身边的人质，你与人私奔了，你父亲怎么办？再者，你什么都没有了，凭什么让我跟着你吃苦？还不如你去过你的好日子，我去过我的好日子。"在她说出这番话前，难受也难受过了，煎熬也煎熬过了，现在经过一番深思熟虑，她也平静了。她说的话，也句句打在要害上。

高承钧要说话，雪信一扬手，抢白道："别说让我等，别说你会想办法。我最恨的就是等，等来等去一场空。"

"我要说的是，我会等你。等你脑子里这根筋转过来了，等你在安城里找来找去找不到好日子了，等你遇到今天这样的事又需要我了，我会快马加鞭跑来的。我们携手坚持，别人就不能奈何我们。"

高承钧这番深情款款的表白令雪信只有苦笑："真希望回到小时候，那时候才相信坚持会有结果。"曾经她望眼欲穿等他的时候，他放弃了，然而现在等她灰心了，他却不肯放手了。

"先让我送你回去吧，边走边说你这些日子是怎么过的。"高承钧托起她放到马背上，他牵马步行，这样会走得慢一些，他们的话可以说得长一些。

清冷的院子里熄了灯，四处都是睡意沉沉，就连羽儿和李郎的约会也散了。

雪信扒着墙壁听了又听，踩着高承钧的肩膀上了墙，跳入院中。也许是她多虑了，月大人并没有听出她的铃音和舞步，毕竟柘枝舞的铃铛只缀在帽子上，且众多铃铛音色一致，并不能展现身法的全貌，而靴子踩地的声音也被当场的急曲子、酒楼客来客往的说笑声等各种喧杂干扰，哪那么容易听出来？

"你回去吧。"她隔墙叮嘱。

可是墙外仍然传来霜夜踏着小碎步的声音，显然高承钧没有立刻远去。

雪信原打算蹑手蹑脚地钻进自己房里，掩耳盗铃地蒙上被子，明日起来烟消云散，风平浪静，那该多好。

可是一串咳嗽打破了寂静。

雪信伸头，见正堂台阶下站了个人。秋夜露重，那人的头发都湿了，衣服也饱含潮气。月大人堵着气，固执地站在院中等雪信回来，怕是等了有半个晚上了。

"大人。"雪信暗叹还是没有逃过去。撒谎、偷跑去酒楼跳舞，加上晚归，恐怕这一回她说什么都留不下来了。

"听马蹄声和脚步声，墙外的人是个武官吧？"月大人原本花白的头发被月光照成了银白，显得又老了十岁。

听着月大人波澜不惊的问话，雪信越发肯定她要被逐走了。失望到了极点，月大人连气都不屑生了。

她走到离月大人很近很近的地方，跪倒在她脚边，这样她说的话也许墙外人听不见："他是皇上亲卫营飞骑队的队长。在我得到相称的身份前，是不会跟他走的。"

"你要怎么得到相称的身份？"月大人还是不急不火地问着。

"也许我能去到宫里，像大人一样做个女官，升到与他一样的品级。"原来她决定放弃时，还是不知不觉作了另一种打算，像隐藏在心底的一簇小火苗。若不是月大人问起，她不知道，也不会承认的。

"你得到你要的身份需要多少年？你以为他会等你吗？"月大人以冰冷里带着怜悯的口气说道。

"他说会等我。"雪信也听见她正在用虚弱的口气强调着，"他等不等都没关系。女子嫁人，不就图个温饱，求个体面的身份吗？那时候，该有的我一定都为自己挣到了，如同大人您一样。"

女乐官虽然脾气不好，但是她这份傲骨雪信是敬佩的，女乐官的晚年景况，她也是可以接受的。

月大人伸手把雪信拉了起来，带她进厨房，从稻草编成的暖窠里掏出一张甜面饼给她："饿了吧？回来的路上顺手买的。"

是让她吃饱了，然后好打发她走吗？

"反正我要走了，多说几句也无妨。大人说是去教坊，可大人也去了酒楼，大人也撒谎。"雪信确实饿了，她接了饼，边吃边抱怨。

"谁说你要走了。"月大人的话里终于有了生气的意思，那是冷冷的炉膛终于被火星点燃了。她扬声，"羽儿，拿盏灯来，别让她把饼塞进鼻孔里去了。"

羽儿在自己的房里答应了一声，一手执着油灯一手护着火苗走过来，把灯放在雪信面前，向她做了个"我兜不住了"的眼色。

"羽儿都招了。"月大人说。

月大人当然想到了，酒楼能让她上场跳舞，起码说明她在酒楼不是个生人了，夜里屡次跑出来不被发现，与留守看家的羽儿串通是少不了的。她在刚刚回家等雪信的工夫，已经把羽儿叫来盘问了。

羽儿扛不住，说了实情。

一个月前，雪信气着了大人，害大人咳喘不止。羽儿次日请了郎中出诊，给诊脉后开方抓药。

大人问时，羽儿便说药很便宜，再加上好心的药铺老板又肯赊账，所以没花什么钱。其实每日的汤药钱都是雪信去琼花楼做香婆赚出来的。

喝药没花完的又贴进菜钱里，那段时日家里端上桌的菜色也改善了不少，羽儿总说是自己运气好，遇到人家有急事要收摊了才买到便宜食材的。

月大人将信将疑，但也找不出错来，毕竟别人家的婢女都是从东家的菜钱里揩油，没道理婢女自己倒贴钱给东家的。

前几天，羽儿又请郎中来复诊，说郎中的方子效力不够。郎中说了，若要效力够，还得舍得花钱用贵药，人参补气，最好用高句丽产的野山参。羽儿把这话对雪信说了。

所以雪信又开始挖空心思想赚钱的法子，她把试制的小四和香丸卖给酒楼还是不够，见舞姬赚钱快，就去跳舞了。

月大人叹了声："你们两个真让我生气，偷偷摸摸商量好了，合起来蒙我。原本我听说欠了药铺的钱；再加上又看见菜色越来越好了，以为羽儿贪馋把下个月的菜钱也花了；另外离立冬也不远了，你是新来的，羽儿往年的冬衣也旧了，合计着该一起做新的了；今年家里多一口人，也要多买一份炭。你们说过日子哪里不要花钱的？越算窟窿越大，我便只好夜里出去赚些零花钱，贴补家用。"

"大人不是去教坊主持歌舞排演吗？"雪信问。

"教坊里一到夜里，各自出去应局赚钱，人都凑不齐，哪来的排演？我只不过找一家酒楼，听听乐工舞姬的表演有什么不足，再找酒楼的掌柜说说，卖我过去的身份，蹭我这张老脸罢了。有卖我面子的，便让我做个挂名的教习，按月给我一笔酬金。这些事说出来也不是什么光彩的事。我生气，不是气你，气的是我自己。没有人不喜欢歌舞，可是没有人看得起以歌舞谋生的人，明明观赏歌舞的都是雅士，可凭什么以歌舞为业的却都在贱籍。"

月大人摇着头，又对雪信说："我老了，放下尊严赚一点钱也无所谓。你要为自己经营一个体面的身份，这条路并不是走不通，只是太迂回、太漫长，许多人没走几步，就被各种诱惑和强力拉到沟里去了，最后的结局百种千样，尽如人意者不足二三。你有心的话，就耐着性子等一等，机会来了，我会告诉你。"

"可我现在只想赚钱，要是眼下的日子都过不去，怎么还等得到机会来的那天？"雪信想到琼花楼被她抛撒一地的铜钱，心疼到不行。那个地方再也去不得了，连临走捞的最后一笔也没能带走。

月大人起身，摸索出了厨房，雪信和羽儿怕她跌撞到，于是举起灯跟在后面。月大人进了自己的卧房，转到床后，拖出一口箱子，用手腕上挂着的钥匙开了锁。箱子里是年轻女孩子的衣服和鞋子，看来雪信初来时穿的鞋子，就是出自这口箱了。

月大人在箱子里翻找，把摞在上面的衣服鞋子移开，让雪信捧着。衣服和鞋子都是搭配好的，一套一套，上面几套都是针脚粗陋、绣花图样模糊一片、各色绣线乱搅在一起。翻到下面，衣服一套比一套小了，做工却渐渐精致。

最底下有一件榴红色的小孩肚兜，绣着连年有余的吉祥图案，一瓣莲花用了二十几色，与池中真花无异，鱼鳞用青白丝线混绣，亦活灵活现。小鞋子做成了两只兔子头的小船，鲜艳可爱。衣服鞋子都是新的，没有穿洗过的痕迹，是在箱子里生生放褪了色。

雪信望着那件小肚兜和那双兔子鞋，张口欲问，就见羽儿对她一努嘴，嘴唇嘬着，闭得死死的，脸皱成了一个灌汤包，告诫她绝对不能问。她用眼色回问，为什么问不得？答案太复杂了，羽儿又挤眉又弄眼，发现用一张脸讲不清，便又重重地摇头。

月大人在箱子底下翻到她要找的东西了，被一匹旧绫子层层叠叠地裹着。还未打开，雪信已经闻见了沉香的气息，是一种未经点燃，生闻便如此妙丽清婉的香气。旧绫子掀开，露出一方镇纸大小的木盒子，可惜一边的赤金合页坏了，盒子合不严，也打不开了。

"你既然懂香，这个破盒子就给你看着处置吧。或者整个儿卖了，或者劈开制香，所得给你们做两身衣服应该不缺了。"月大人把盒子交给雪信

女乐官忘了雪信双手捧着衣服，衣服摞得高高的，差不多与她的下巴平齐。雪信把

衣服移到臂弯里，用双臂托着。

她接过盒子，低下头也看不见，便只能摩挲着，不禁叹道："这么好的盒子，卖了可惜，劈开了更可惜。不算盒子上的金合页，只论沉香盒子的材质，几百件衣服的价值都比不上这一个盒子。放在平日里这都是寻也寻不着的好东西，若为了筹钱拿去铺子里，连伙计都晓得把价格压得极贱。"

"这本来就是极贱的，都是被文人雅士的艳词丽篇吹嘘出来的。在产沉香的南海，土人根本不将它当回事，煮饭燃柴，不知烧掉多少沉香。后来有会钻营的商人，拉一船牛去，与土人交换沉香，一船牛可以换一船沉香，再运回来高价出售。渐渐土人懂了沉香的价值，商人们再去，一船牛只能换回来半船沉香，再运回来出价翻倍，依旧有人抢购。沉香的价值就这样一年一年被攀升上去。有钱的人家买来不图香气，只图个烧钱如烧纸的风光。"月大人微笑着说。

她早就想得通透了，也不会纠结一件东西如何卖才最上算。

"大人如此说，那些有钱人若一天一觉醒来，发现沉香与木柴等价，不会欢欣雀跃，只会痛心疾首咯？因为他们再也无法从熏焚沉香上获得高人一等的感觉了。但是他们会转而寻找别的奢侈品。"雪信道，"可我还是舍不得。香材可以分品级定价，但香气是不能估价的，像清晨起来闻见窗口一朵带露花朵的清香，其愉悦无法估价。非要把给自己带来快乐的东西定个价卖了，是件痛苦的事儿。"

月大人正把雪信胳膊上的衣服和鞋填回箱子里去，轻拿轻放，捋平了，不让衣服上多出难看的褶皱。她说："就如我听见你在琼花楼里的舞步，我也很难过，比自己出去赚钱丢掉了尊严更难过。"

"大人，我错了。"雪信直到此刻才真心实意地认错。女乐官与她都是爱一样东西，在心里把那样东西捧得很高，根本舍不得给它定个价码，不能容忍它被粗鄙的人弄脏了。

"你也没错，毕竟人都是得先活下来，才能谈喜恶。"月大人把箱子一关，落锁，平静道，"我是这个家的主人，赚钱的事本该由我操心，我会想办法的。至于这个盒子，你若喜欢便拿去玩吧。"

雪信回到房中又细细端详那个沉香盒子，这么玲珑精致的盒子，本应是存放贵重首饰的。她用鹰嘴割香刀的刀柄撬开盒盖，盒底赫然显出一道嵌槽。

她心猛跳，从怀里取出点翠金簪按下去，严丝合缝，从雀羽状的簪头，到圆润的簪尾，无一处不贴合，嵌入后，如何摇晃盒子簪子也不会掉出来，但只要用指甲轻轻一挑，簪子又应手而出。

她蹦起来向正房跑去，要去找月大人问个究竟。她在正房台阶上和羽儿撞在一起，两人被一盆新打的洗脸水泼了个全身湿透。

"吓！你怎么比我还毛躁了？"羽儿捡起铜盆，心疼地检查上面有没有跌出凹坑来。

"我找大人有事。"雪信绕开羽儿就走。

羽儿一把拽住雪信的胳膊，一直拖到院门口，才小声道："那箱子里的东西，你都别问。"

"为什么？"

“我刚来时，因为好奇也多嘴问过，大人每次都不说话，整整一天都不和我说话。现在你还是别去触霉头了，问了大人也不会说。”羽儿端着铜盆又去厨房打热水。

雪信呆呆地走回房间。她曾花了很多力气入宫调查，见过本朝和前朝两个存放羽衣霓裳舞十二套簪的匣子，她手里的簪子，不是其中的一支。

她的簪子是个特例，原来还有一个为其量身打造的簪盒。那么她的生母，也许并不是羽衣霓裳舞的舞姬？

月大人那一箱子做了没人穿的衣服，分明在把另一种可能摊到她眼前。月大人曾经有过一个小女孩，可那个女孩后来不知去到哪里了，月大人为此很伤心，一有人问起，她便整整一天不说话。

也别肯定得太早了，也许是有那么一个小女孩，却和她无关，她能确定的只是她手里的簪子恰好能装进这只簪盒里。可是那个结果离她那么近，唾手可得，她实在无法推开它。

雪信抄起一支笛子敲自己的脑袋，想把那些最初的记忆敲出来，可是她不记得了，太小的时候的事情，谁都不可能记得。

如果她还存了小衣服小褓褓也好，她找一件来与箱子最底下的肚兜比较下针脚绣工，也可以认定结果了。

可是她被沈先生收养后，换下来的脏衣服全都被沈先生一把火烧掉了。点翠金簪也许是唯一的线索，所以她才会费劲力气完成任务，从沈先生手里换回它。

“你吹不出笛音，也别虐待笛子吧？”玄河站在窗下说。

“我正烦着，不想说话。”雪信丢下笛子，关了窗户，盘腿坐到床上。

“我是来知会你，毒烟谋害太子一案的风头已经过去了，正好你在琼花楼闹了好大动静，要不要去宫里躲躲？”玄河把脸贴在窗户上说话，窗纸嗡嗡振动。

现在，十头牛来拉她她也不肯离开女乐官。雪信闷头坐了一会儿，忽然跳下床，打开窗子，窗棂撞了玄河一鼻子血。

“你进来。”雪信对玄河说。

“可以吗？我很乐意做你的入幕之宾，可也得敬重敬重院子的主人吧？”玄河用两根指头捏住鼻梁，瓮声瓮气道。

“少贫嘴。”雪信抽出手绢塞住他淌血的鼻孔，“有事请你帮忙。”

“你一点也没有请人帮忙的态度。”玄河跨过窗户，新奇地打量她的屋子，“我没想到，你能在这么个简陋的地方住上一个多月。这里比晴岚院的舍间还不如。”

“你能不能用你的控术，让我想起点什么？小时候见过的人脸、穿的衣服什么的。”雪信问他。

“不能。”玄河摆弄过长的手绢，在中间挽了个结，看上去像头被人穿了鼻环的牛，“你所思所想所见，就如这间屋子，早被你师父上了锁。你可以在里面翻腾，但外人进不去，不能帮你找。”

“没有别的办法了吗？”

“除非你真心邀请我进来，我可以试试爬窗户。”

“我已经邀请了你，你也爬窗户进来了。”

“你知道我说的不是这间看得见的屋子。”玄河看着她，“你得真心邀请我。”他把落在嘴唇上的手绢环吹起来，落下，又吹起来。

“怎么才算邀请你？”

“只可意会不可言传。”玄河一本正经道。

雪信走到他面前，把脸靠在他的胸口说：“这样算不算邀请你？”

“我希望算。可说实话，不能算。”玄河直直站着，搂住她说，“你又何必执着。求而不得，自寻烦恼，时候到了自然有解答。若没有解答，也许是上天认为你什么都不知道更好。”

雪信推开他，自己也后退了两步，两人又隔得很远了。她说：“我不喜欢顺应天意。谁说天意的安排一定是对的。”

玄河叹了一口气，从窗户钻出去了。

雪信把金簪放进沉香簪盒，握着盒子躺下。

垂下的帐子里充盈着盒子的香气。未经熏焚的沉香气息，比之玉片衬烧的气息少了妩媚，多了清新，如一个垂髫少女，明眸皓齿，巧笑盼兮，还青涩的时候就已美好如斯，不知道以后会如何倾国倾城。

用这样名贵的沉香做一个簪盒，放在里面的簪子会属于怎样一个人呢？

她照例是要闭着眼睛想一夜心事的，可是这香气仿佛是一把篦子，把她打结的思绪梳开、按下，她的呼吸不由变得深长，小小的幸福盘桓在心头，因为离真相可能只有一步之遥了，而她已经在女乐官身旁住下了，她其实不必着急。

雪信从未睡得这样深沉过，似一副厚厚的帘幕在眼前拉上，漆黑一片，忽然“哗”地拉开，觉得只是片刻而已。

她睁开眼睛，发现手里没了盒子，惊慌地坐起来翻找，发现它在枕边摆得好好的。又掀开帐子看天色，发现在平明时分发青的天光里，玄河正抄起她的旧铜镜照着，往额头上敷手巾。

雪信不觉摸了摸自己的额头，那个她以为会鼓个大包的地方好好的，只残留着一点点痛觉而已。她跳下床，拉开玄河的手看那包，奇道：“你用了什么法子，连乌青都能挪移？”

“我要有这本事，一定上东市表演去，一天演三场，好过蹲在宫里吃闲饭。”玄河从袖子里掏出一盒猪油似的活血化瘀的膏药，在自己额头的淤青处抹了一层，气味芳香沁凉。

心防这种东西不是说撤下就能撤下的，最好还是攻其不备才有成功的机会。

玄河趁雪信睡熟了，偷偷溜回来试了一次。他先给她冷敷涂药，把她额头的乌青处理了，又施展控术去她的记忆里摸索。

当然他还是没打开沈先生设下的防护，反而触发了深一层的应激反应，雪信忽然坐起来，用手中的沉香盒子拍向他的脑门，他始料未及，呆呆地没躲过去，然后雪信便满屋子追着他，用盒子拍他。

雪信睁着眼睛盯着他，闷声不吭，好像个奋不顾身的死士，又好像他是只蜚蠊，用一只鞋子就能置之死地，场面诡异又滑稽。他怕惊动院子里的其他人，不敢用笛音引魂正位，只能从窗户逃走，可没想到雪信穷追不舍，光着袜底翻进院子里，他只好又从窗户逃进房间里，雪信又再追进房间。

他逃了一晚上，雪信也举着盒子在他身后挥得虎虎生风地追了一晚上。约莫到四更天时，她似乎抽风抽够了，忽然不追了，回到床上，把盒子端端正正放在枕边，倒下去又睡着了。

听玄河介绍经过，雪信抬脚看自己的袜底，果然脏成了灰黑色。她又舒活筋骨，自言自语道："确实像练了一整日健舞的样子，哪里都酸痛。"

看来玄河还是敌不过沈先生，难道下一步该去华城找沈先生，请他收了神通？可谁知道沈先生又会提出什么要求来。

这时天又亮了一些，羽儿起来了，以为雪信睡过了头，来拍她的门。雪信急忙把玄河从窗户推出去，开了门。

"你房里好像还有一个人。"羽儿进来转了一圈，掀开帐子看了看，"我刚刚怎么听见有男人说话？"

"一定是因为你满脑子想着李家郎君，听什么都是男人说话。"雪信心虚，眼光随着羽儿检查的脚步扫来扫去，生怕玄河落了什么在她房里。

月大人毕竟在安城待了六十多年，又做了那么久的女官，只要不端着架子，来钱的法子是不少的。她让羽儿陪着出门去安城里几个爱说话的官员夫人房中坐了坐，便得知了兵部尚书的小女儿将满十五，崔尚书正在筹备庆贺芳诞的宴会的消息。

兵部尚书有两个如花似玉的女儿，大女儿崔月华十五岁那年入了宫，成了崔婕妤。如今轮到小女儿崔露华，虽然不可能再送进宫去做个帝王妃子，尚书大人也舍不得亏待，择婿的水准是低不下去的。受邀宾客名单上尽是适龄适婚的青年俊才，又安排了小女儿客前献舞，让小女儿出场，自己挑选。

说到这里，那位夫人像是才想起来："呀，崔府二千金这几日正练舞呢。崔尚书近日找了个叫骊姬的新欢，是酒楼里跳舞的舞姬，让她指点自己女儿的舞蹈。"

说起新欢，夫人们都是一种不屑的神色："如此重要的宴会、重要的舞蹈，怎能不好好请个有资历的老师来呢？月女官，你闭着眼睛指导也比那种人强！你若愿意帮忙，我这就向崔夫人说说去。"

不论夫人与夫人之间平日如何攀比倾轧，遇到这种事，都是同仇敌忾的。

这样重要的宴会、重要的舞蹈，若指导好了，让主人家博了面子，主人家犒劳辛苦的银子是不会少的。所以月大人也不计较这位夫人拿她与酒楼舞姬比，在这位夫人的推荐下去了崔府。

她把羽儿和雪信都带上了，因为宴会之前，在指导期间主人家还会每日按人头给补贴，多去一个人可多领一份补贴。足见月大人为了赚钱，暂时把面子问题放到了一边。

师徒三人进了崔府，见识了全家上下围着一个小女儿转的情形了。

首饰铺、绸缎庄、裁缝铺、香料铺都派了最得力的女干将来排队等着见二千金，由她亲自看过品种和式样后遴选出宴会当日的穿戴和使用。过去雪信在华城锦衣玉食，她就以为自己是有钱人家的阔千金了，如今看了才比出了差距。她从没有过过一个诞辰，她吃的、用的、学的都不按照自己的喜好来，她只是接受既成的决定。

花厅上摆着暖房里培育出的菊种，香气清正娴雅。一个丹凤眼的美人穿着一袭青衣，舒广袖，正在舞《绿腰》，她从一边肩膀转过头来，能目视后腰上垂下的丝穗。

崔尚书面皮白净，胡子乌黑，一笑眼角的细纹犹如丝丝菊瓣。他正怀抱琵琶为美人的舞伴奏，琵琶弹拨由慢渐快，美人的舞姿亦由徐入急，变柔缓为矫健；琵琶弦音疏落了，她的身姿也如微风里的花枝，悠悠款摆。只是美人的年纪明明足够给崔尚书做女儿的，却怎么看也不像才十五，这应该就是那位夫人口中的骊姬了。

崔尚书和骊姬两人乐舞和谐，自娱自乐，也不理会女乐官带着徒弟进来，更不管宴会献舞的正主崔露华正揉着坐麻的腿不住地打哈欠。

这个将满十五岁的少女毫不掩饰自己的不耐烦，一脸骄纵之色。这让雪信想起了过去的自己，稍有不顺心的事，就会想这世上居然还有敢不按照自己心意来的事情。少女有一种粉嫩稚气的美，坐在日光里，饱满的脸颊上浮现一层柔软细腻的绒毛，像新鲜的水蜜桃。

“别妨碍他们，换个地方说话吧。”崔露华对进来的雪信她们说道，她小小年纪，说话已很有派头。这才是被娇宠的女儿，父亲在朝中官再大，在家中说话再一言九鼎，也不会怕他。

崔露华离开花厅，去了自己院子的客堂，一面走一面说：“月大人怕是白跑一趟了。看样子，我的寿宴上根本轮不到我出风头，我还练什么舞呢，叫那女人跳个整场，宾主尽欢也就是了。”

“露娘子说的什么话，你的寿宴，大伙儿都等着看你，你要是舞得不好，才是自己灭了自己威风。”羽儿怕月大人争取来的肥差溜走，咋咋呼呼地开口嚷道，把路旁枝头摇摇欲坠的树叶震落了好几片。

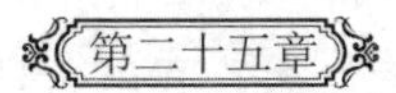

白纻清歌酴醿雪

月大人伸手在羽儿背上点了一下："在大事上，做父亲的都是分得出轻重的。但是细微处，还须个人努力争取。"

她是一位年纪比崔尚书还大的长者，模棱两可的话说来也多了几分沉稳，令人信服。女孩子觉得失去了父亲的关注，变赌气闹脾气，是要柔声哄的，千万不可以油锅里撒盐。

"月人人少坐，我先把那些杂事处理了。"崔露华一在客堂里坐定，便让婢女放铺子里的女伙计一拨一拨进来。每来一家铺子，一个主事的都会带着一群小姑娘，每人手中都捧着展示用的样品。

崔露华眼皮也不抬，吩咐下来："拣最贵的。"主事的便把陈列样品中最贵的捧给她看，她点点头，让人出去了。

首饰、衣料和衣服式样，好在哪儿，贵在哪儿，明眼人一看便知了，不懂的一听介绍也懂了。

轮到香料铺子时，崔露华在一个个瓷盒子里见到了一堆奇形怪状的木块，又挥手让人拣出最贵的留下。主事的拣了一块大如茶碗的，说这是东家亲自去海南找回的沉香王，平素都锁在东家的柜子里，等闲的买主连见都无缘见到。

崔露华瞥了眼其貌不扬的木头疙瘩，说："真看不出有什么值钱的，还不如一朵花好看。"却没打回去重选，也没还价。

雪信说了声："慢着。"月大人又在她背上点了一下，让她不要废话。雪信在月大人手背按了一下，示意这事她有十分把握。月大人叹了口气，不去管她了。

雪信上前，凑近了那块沉香王闻了闻，用手掌将木头擦热，又闻了闻，以指甲在其上掐了几道划痕，把木头块丢还给主事的女伙计："这是交趾沉香，出海北，海外蕃船聚于钦城，交趾香在钦城上岸交易，所以又叫钦香，气烈、质重、多大块，毫无风味，药铺收去配药方也花不了多少钱。你们将它与海南香木屑一同浸泡在油中，将海南香的甜妙之气度给它，却忘了油本身也是有气味的。"

她又从另一瓷盒里拣出一块大如灵芝的："这是占城真腊运来的舶香，气多腥，不甚腥者，意味又短，带木性，尾烟必焦，不如海南中下品，也不值几个钱。"她又指着一个打开的盒子，里头的香材是一枚一枚形状不规整的木片，“蓬莱香，海南沉水中的凡品，即沉水香结未成者，极坚实，入水则浮，刳去其背带木处，亦多沉水。”

雪信一口气指出了三种香，香料铺子的女伙计们听得表情讪讪，不说话。

雪信又扫视那些瓷盒里香料的品相，找到了她想要的，拈起一小片木屑放进口中嚼：“这是你们铺子里最好的沉香了，松软粘牙，宛如莲花，色褐黑而有白斑点点如鹧鸪胸前羽毛，俗称鹧鸪斑香，是奇楠的一种，按照白青黄黑的品级分，只是奇楠中的末等，不过给露娘子装香囊，也是合适的。”

崔露华闻言抬头直视雪信：“为什么？我就合适用一个末等？”她不在乎香铺主事的脸如土灰，只觉得雪信末尾的一句刺耳。她表达不满的时候，腮帮子一鼓一鼓的，令她的坏脾气也成了一种可爱的情态。

“奇楠是极珍贵的香料了，没有缘分的人连见都见不着。”月大人替雪信解围，“露娘子将满十五了，十五岁后还有三十岁，三十岁后还有六十岁。成年是女孩家挂心的第一件要紧事，接下来的事情还多着呢。若把最好的福缘用在前面，后面用什么？露娘子的起步已是不凡了，给留出余地，才好更上一层。”

崔露华向月大人看了眼：“我怕我这辈子最好的福缘，在十五岁生辰的时候也就到顶了。我想用最好的。”口气与和那些女伙计说话时截然不同，对那些人她压根不屑辞色，看一眼，说一句话就定下来了。而月大人对她说教了一番，她就露出小女孩任性的面目来了。

她又对雪信说：“你是月大人的徒弟吗？你叫什么？既然懂得多，香囊和宴会熏香的事宜，就由你帮我把关吧。不是说白奇楠最好吗？就要白奇楠，这家没有，就换一家，让她们都小心些，我这里有懂行的人，别以为可以瞒天过海。”

羽儿隔着月大人伸头向雪信做鬼脸，笑话她给自己惹麻烦，雪信撇嘴反笑她不会算钱。主人家每日结算补贴，月大人领大红包，她们两个蹭饭的只能领小红包，当然不如替人独当一面赚得多了。

况且在这种权贵人家家里做事，难的是不论有多少糟心事，也要成日摆一张笑脸预备着与宅子里的主人们不期而遇，事情本身倒是容易的。

雪信借了崔府的另一间小客堂，把来排队的几位香料铺子的女伙计召集起来，让她们把带来的货样统统亮明。她在香气交错的乱军中踱着步，选了几种香品。

崔露华的心思她很是明白，最好的，别人再使劲也无法追上的，还要让那个日子完全属于她，客人们一进门就要开始神往她的芳名，期待她的美丽，把别的人、别的事都丢在崔府门外。

宽敞的宴厅中设置复古立式铜博山炉，燃香末。客人的食案上摆放青瓷小炉，熏香丸。宴厅中还要摆放鲜花，她让花圃的人进来，订了三百盆酴醾花。

做个做决定的人也不快乐，多大的事情都只需要把手揣在袖子里，看一看，问几句，决定似乎太轻易了。处理完了一堆事情，回过头还有疑虑，已经做完了吗？一点真材实料的感觉都抓不住。

双手躲在袖子里暖和是暖和，可也闲得发痒，那些敢送到兵部尚书家里来的现成的香品，在组方、配伍、炮制、窖藏各环节上也是一丝不苟的，可是毕竟不是自己手里做出来的，不知不觉有了些微抵触。

像小时候吃惯了一个厨娘做的饭菜，忽然有一天换了一个，她三天不肯吃饭，就因为口味变了，她不习惯。做菜，因为口感的老嫩、汤头的大小、盐酱的多少，把握不同，菜品的口味也不同，这是寻常人都吃得出来的。

而香品，就算是一样的原料、一样的方子、一样的炮制工艺，不同的人做，得到的气味也不同，经过窖藏后，细微的差别被越加放大。也许这样程度的差别，在别人鼻端依旧可以被忽略，只有感触特别灵敏的人才能察觉。

这感触不单指嗅觉，这种敏感也不仅适用于自己闻过的气味。高承钧在街上凭着她过去从未制作过、他也从未闻过的小四和香的气息找到她，她应该感动。

雪信把受托之事处理完，崔露华已换了舞服站在一面鼓上舞了一个时辰，额头汗气蒸腾。这支舞名白纻，舞衣由白纻制成，如水如云的衣料衬得身姿袅袅娜娜，迎风而立，仿若将乘风飞去。双袖长一丈，袖口缀了银片，其薄如纸，挥舞间有粼粼光耀，想必在宴会的灯火下更为炫目。

白纻不易舞，特别是驾驭超过身长的袖子很考功力，需要好几年，大把大把的工夫丢下去，才能舞出一双白色翅膀，用飞舞的白练牢牢锁住观者的目光。

“没有铃铛，大人能听出身法来吗？”雪信对月大人耳语。

女乐官含笑，轻轻道：“听跌跤，就知道身法不对了。”

初学者几乎都有过踩着袖子跌个狗吃泥的窘况。崔露华心气高，一心要在她的庆生宴会上一展风姿，便选了支太挑技巧的舞，跌跤跌得白衣成了灰衣也不肯改。

趁崔露华歇气擦汗，雪信把处理的结果汇报给她。宴会席间熏焚用的香品都选了各家铺子提供的上品，不是样样都选了最贵的，各家铺子最贵的香拿出来单焚都是好的，可是放在一处使用却会打架。

用香贵在不扰，香品的配合重在融合呼应。药方和香方讲究君臣佐使层次不乱，一个场合中的不同香气也应合成一部有章有法的曲子。

她以崔露华指定的奇楠香为君，场内其他香品都是陪衬，谐则谐矣，妙则妙矣，只是好像还缺了什么最重要的，令人若有所失，又跃跃欲试，直到崔露华出场，整个香气氛围才是圆满，会让人轻松地长出一口气，悬起的心放下。

“可惜众家铺子没有白奇楠，莺歌绿奇楠收集起来也不够装一个香囊。这种好东西民间本来就少有，只有向后宫里去找。崔婕妤是露娘子的姐姐，她那里……”雪信也是巧妇难为无米之炊。

崔露华拍拍身上的尘土说：“这个你不必担心了。我让父亲向皇上要去，他们让我嫁，若是连个定情信物也不帮我准备好，那我就不嫁了。”她又质疑雪信的搭配，“宴厅里为何要摆酴醾花？酴醾花香气不够浓烈，也不够名贵。”

“花与香相宜，故而对花焚香也须考虑风味调和。木樨与龙脑相宜，酴醾与沉水相宜，兰与四绝香相宜，含笑与麝香相宜，薝卜与檀香相宜。宴会上的主香是沉水，所以用酴醾花的香气配。酴醾是皎白如玉的小花瓣，与露娘子的白纻舞衣也遥相呼应。”雪信向崔露华解释，“最贵的不一定是最好的，最贵的，也不一定是最合适的。”

“你很有心思。”崔露华又多看了雪信一眼，一屁股坐在一只大鼓上，“你心里是不是在笑，我要在宴会上挑选夫君，东西只挑最贵的买，却连只亲手绣的香囊都没有？”

“我猜你心里是不愿意的，谁愿意被安排好这么重要的事呢？宴会上浓墨重彩地出场亮相是给世人看，要风风光光地亮出身价，让所有人看看你露娘子有多值得他们来求娶。可收下香囊的只有一个无关紧要的人，所以为何要费心思取悦一个被安排好的人呢，反正不管送了什么，这个人都得是你的夫君。”

崔露华一击掌：“正是如此。若不是必须在宴会献舞之时送出香囊，我宁可在香囊里塞颗萝卜砸过去。”

女乐官听见两个女孩说着说着就扯起了闲篇，便击掌打断了她们：“商儿，你给露娘子示范身法。”幸亏身边还有一个能舞的弟子，否则她眼睛看不见，身姿也不灵便，不知该如何指导这位眼高手低的千金。

雪信答应一声，从一旁挂舞衣的架子上摘下一副练舞用的长袖，套在胳膊上可作白纻舞，执在手中时则可作巾舞。

她将袖管系在胳膊上，轻轻一挥，长袖漫天舒卷，如水波漾了几漾后，整整齐齐地叠起来，握在了手中。她长臂一扬，袖管抛出，如同信天翁展开双翅，身形随之一旋，白练斜飞成了一个圆，她双手一抖，袖管又听话地回到手中。

崔露华看得眼睛都亮了：“要多久才能练成你这样？”

“三年？”雪信不确定地望着月大人，希望她给个权威的回答。

“我只有半个月，半个月内练成。”崔露华又决定完一件事。

女乐官讲过技巧，雪信也做了示范，剩下的只有练，没有捷径。崔露华按照女乐官的建议，找出所有的黄金臂钏和手镯套在臂腕上，一来练习臂力和腕力，二来钏镯相击，能令女乐官听出她手臂的动作。

任性的人认真做起事情来也是有股狠劲的。她不断地跌跤，踩坏了好几件舞衣的衣袖，金臂钏跌都变了形，可是崔露华并不气馁，她又套上袖管，把变了形的钏子扳回去，在跌青的膝盖上擦一擦药油。她废寝忘食地练，连女乐官都对她刮目相看。

“先把前半生的辉煌挥霍尽了再说，谁知道以后怎么样。”私下里，崔露华对雪信说道。或者她已将雪信视作可以交心的知己，或者她觉得这些话随便对人讲讲也无妨。

那几天里，皇上果然以贺礼的名义送来一盒子白奇楠。为这个香囊，雪信亲手做的最麻烦的事也不过是将这些香料塞进香囊里，系紧。她一面帮月大人教习白纻舞，一面打理宴会用香杂事，轻轻松松领两份补贴，赚了不少。

七日后，崔露华甩起袖子来终于不跌跤了，脱去钏镯，臂腕顿时灵活有力了，手中的动作也不再是乱挥一气。

又过七日，她手中分出了掩袖、拂袖、飞袖、扬袖，有了几分“扬眉转袖若雪飞”的意韵。初学者靠勤奋能得突飞猛进，但接下去的精进还是要靠执着和悟性。不过目前只为应付一场宴会上的表演，倒是已经够用了。

紧接着崔露华的十五岁生辰就到了。崔府早就准备好了，庆贺的红绸子已挂满各处，庭院中也加派了人手捧着灯盏，那些人不用做别的，只为做个活的灯柱，给宾客们照亮。

雪信则早要来了两个宴厅和庭院的图纸，在上面圈圈点点，标出了花盆和各类香具的摆放位置，待婢女们布置完了，她去验收一遍，发现不妥之处就随手改正。

她有一种错觉，好像她在为自己弥补错过的十五岁生辰，看着崔露华在众人瞩目之下翩然起舞，她心中耿耿于怀的缺憾似乎也会消散无踪。

宾客盈门，挑着箱子来缴贺礼的各家随从在门前排起长队。客人们向候在门口的崔尚书贺喜后，被引入正厅。其中够资格的青年人，稍坐后就被婢女们请走，从正厅后门出来，七拐八绕，进入花厅等候。

崔尚书用心良苦，纵然女婿人选已经内定，也要在场面上做得煞有介事，鲜衣怒马而来的年轻人们个个踌躇满志。

雪信爬到花园假山上，闭上眼睛，感受香气的扩散和流动。

正厅之上，博山炉徐徐吐出青烟，香气以沉檀为主，三分沉七分檀，沉属水，檀属火，弱水入火，激扬了火性，又将昂扬的檀香香气修剪成了圆润，渗出丝丝香甜。留在正厅里的是崔尚书的同僚好友，这把年纪前来赴夜宴容易倦怠，多用檀香能提神。

而花厅之中都是年轻人，年轻人聚在一起喝几杯酒便要闹事，需要以香气安神。在香灰中埋炭，以玉片衬烧，香气可持久恒定，尾香不焦。用八分沉二分檀，以及微量的龙涎麝香，檀香的气息被沉香淹没，几乎闻不出来，沉香的气息经檀香调和添了几分柔媚，加上龙涎麝香，更易让人动情。

庭院中，婢女们手中的灯笼里燃的是加入金颜香碎屑制作而成的蜡烛。

香气在两个宴厅之间拉起一道细细的线，须臾线散开成了帘幕，将两种气味隔开，又不着痕迹地衔接起来。金颜香为何物一直是有两种说法的，当晚使用的金颜香不是贴了金箔的香丸，而是一种来自西域的树脂香料，在调香中起融合气味之效。

崔露华的婢女在假山下叫雪信，说该来的人都来了，酒也上过三巡了，该露娘子献舞了，可露娘子不见了。

雪信跳下假山，与团团乱转的婢女们一起找，将闺阁兜底翻了一遍，没找到。

婢女眼巴巴地看着雪信，问："去禀告尚书大人吧？"

"越王二公子来了没有？"雪信问婢女。

婢女去花厅门口张望了一下，回来说："请了他的，他也到了。可是刚刚喝了会儿酒，这会儿不知跑哪里去了。"

雪信让婢女捧来一只备用的青瓷小香炉，从腰间的荷包里取出小四和香丸投在炭火上。一缕白烟升起，瞬间释放了香气，香丸枯焦成了煤黑。她把婢女支开，等了会儿，听见背后有人说："你这算是在找我？"

苍海心提着酒壶，显然是不耐烦在花厅里等着，躲到哪里去喝寡酒了。

"能不能请你帮个忙，救个场？"雪信硬着头皮讲话。两人闹成了那样，她还求他帮忙，脸皮也是够厚了，凭什么确定他会帮忙呢？

"我帮了你，你还用刀划我、用香炉打我吗？"苍海心脚步踉跄，抬头对着壶嘴灌酒，"你还会见了我就跑吗？"

雪信无言以对，她沉默片刻，鼓起勇气说："你开条件吧。"

苍海心晃了晃酒壶，又摇晃脑袋，考虑了下："把我做的混账事忘了，再给我个打动你的机会。"

雪信本是等着讨价还价，可他的条件又一次出乎自己的意料，至少听上去不为难人。雪信没犹豫，迅速答应下来。

她把手掌贴在苍海心的鼻尖上："闻闻我手上留下的白奇楠的气息，我要找的人身上佩了这样一个香囊。"

如果没有她亲手布下的重重香阵的干扰，她也可以循着白奇楠那清凉甜润的香气寻到崔露华的所在，而如今只能让苍海心试一试了。

苍海心丢了酒壶，捉住她的手，反反复复地嗅，模样如同一只猎犬。

"果然是狗鼻子。"雪信忍不住道。

"是狼鼻子，狼鼻子比狗鼻子厉害。"苍海心纠正她，他很在意狼与狗的分别。

苍海心放开了雪信的手，鼻尖在风里翕动："这边。"

他向正厅走过去了，不理会别人诧异询问的眼光，走进壁衣后面。片刻，壁衣颤动，他拖着换好了舞衣的崔露华走了出来。

崔露华扁着嘴，腰间的香囊被她捏成了皱巴巴的一团。

"露娘子，一屋子人都等着你上场，你胆怯了，也该告诉我们一声，我们好想法子帮你支应过去。"雪信见她藏身的地方便料到了原因，此刻忘记自己其实只是个帮忙打杂的，全然把崔露华当作了自己不争气的妹妹。是谁信誓旦旦地说要在宴会上艳压群芳出尽风头的？怎么临事躲起来不管了？

"谁说我怕了，我只是在想对策。父亲这次做得太不像样了！"崔露华向正厅内一指。

正厅之上，骊姬好生鲜亮的打扮，翠羽翠袖、绯袄、绿绫子混裆裤、赤皮靴，还有露出一截曲线玲珑的小蛮腰。

她正跳着胡旋舞，人仿佛转成了陀螺，不知疲倦，一圈又一圈，袄子下摆垂下一颗蓝宝石，在肚脐前摆荡，像一只眼睛在那里一闪一闪。那些个胡子一大把的官员们看着看着口水鼻涕一齐滴出来，犹自浑然不觉。

崔露华的一身白衣装扮淡而无味，相形见绌。经过正厅，见识了火辣魅惑胡旋舞，还有谁会欣赏寡淡生涩的白纻舞？她生气不是没有道理，但又不能因为生气，大闹自己的贺诞宴会。

就算此刻兜头泼崔尚书一盆冷水，让他冷静下来，撤掉骊姬的胡旋舞，这个女人给崔露华带来的破坏也无法收回去了。

"你想出什么对策了？"雪信没好气道。崔尚书色令智昏，允许新欢拆女儿的台，也实属奇葩。

崔露华见苍海心没皮没脸，站在一旁竖着耳朵听她的家事，瞪了他一眼，拖着雪信的手，把她拖回自己的闺房里："你替我上去。"

"我？这可是你的生辰，为你举办的宴会。"雪信以为她气昏头了。

崔露华只有一个目标，至于达成目标的方法，她是不会太拘泥于常规的。谁说非得自己上，自己明摆着比不过了，硬上固然勇气可嘉，可也免不了惨败的结局，还不如推一个有实力一拼的人上去。做皇上的，坐天下守江山，也没见场场仗都冲在前头与人肉搏啊，能指挥，会用人，才是人上人。

"你戴面纱，以我的身份上去替我跳完一支舞，把骊姬的风头压下去！"崔露华抱出了自己的妆奁，“这些都是我的好东西，你随便挑。”

“可我们的身形不像，我比你高。”雪信还是犹豫。

“到最后有几个人能见到真正的我？还怕他们乱说吗？”此刻崔露华的心念中只有一个狂热的念头——把敢来砸场子的人碾平。

今晚整个崔府，整个安城最美的女子只有崔露华，哪怕面纱下美丽的面孔不是自己，戴上了面纱，那张面孔就属于崔露华了，她的曼妙身姿，她的美目顾盼，都是崔露华的了。

上去跳一支舞，让人承认跳得好，对雪信而言并不难，但一支舞所承载的东西是有限的，不可能将所有人的所喜所好包罗进去。

有人爱浓艳，有人爱素雅，有人欣赏节奏明快的健舞，有人偏好楚楚动人的软舞，比拼舞技之外，也要看观舞者的口味，孰优孰劣，见仁见智。崔露华要的是一边倒的胜利，这怎么做得到呢？

凭她一个人，做不到的。

可崔露华还是一脸“我不管，你就是要给我踏平骊姬”的神气。

雪信换上了白纻舞服，走到花厅门外，问婢女：“与我一起来的姑娘呢？”

“胖得没腰的那个？”婢女笑，“蹲在大盘边，一个人把里面的鱼脍全吃了。”

花厅中有一大盘以各类食材堆砌成一座一人来高的假山盆景，亦有水、有树，甚至有亭阁。当然是能吃的，可是摆在那里还是让人看的多。若有客人离开座位去吃假山上的食材，简直就是当面控诉主人家招待不周，上的菜不好吃、不够吃。

羽儿是不懂这规矩的，白日里厨娘在花厅里堆砌雕刻时，她就盯上了这座假山，垂涎三尺。

在花厅的角落里，主人家给女乐官安排了席位，而羽儿被领到一边厢房，与宾客们带来的随从一起吃，一张大台子上摆满了菜，菜色也不错，只是需要自己从一个大木桶里盛饭。

羽儿对食物山一见钟情，念念不忘，吃了一碗饭后便藏起了筷子，溜进花厅，躲到山背后偷吃。她还以为没人看见呢，只不过人家大方，不与她计较。

她吃得正欢畅时，被一个小婢女从后头拍肩，她以为主人家来抓贼了，吓得一块酱肉咕嘟滑进喉咙，差点没噎死。

婢女把羽儿带到雪信面前，雪信告诉她：“一会儿你去唱一曲。”

“你怎么这副打扮？你要上去拆露娘子的台？”羽儿打了个饱嗝，那块酱肉又险些顺着食管蹦出来，“唱什么？”

“我把歌词告诉你，你记熟了，随曲起调。”雪信没空向她说明经过，让羽儿到一边背歌词去了。

紧急状况下，她还是信任她了解的人，每日清晨练嗓子的时候，羽儿歌喉啁啾婉转，一句歌词能变出十多种唱法来，一支曲子听过上阕，她就知道下阕怎么唱。

崔露华在闺房换了身不起眼的打扮，急急忙忙来督战了。

她问雪信有几成把握。

“今天的阵仗玄河子不会不来吧？他来了，就是十成十的把握。”雪信问崔露华。

玄河是皇上的眼睛和触手，皇上没空看、不方便干预的事，都会派他凑一脚。

“那个道士被安排在正厅了，正与尚书大人说话呢。”婢女报告。

“去把他弄来，不用等他们说完话，直接进去拖人。”崔露华不打算给父亲留面子了。她吩咐完了才奇怪向雪信道，“关他什么事？我就是讨厌他替皇上来盯着这件事，才把他安排去正厅的。”

“他代表皇上来的，皇上不希望今晚的宴会砸锅，那么能帮忙之处，他一定会帮。”雪信把崔露华递给她的香囊挂在腰间。

两个婢女一左一右架着玄河来了，像两只小兔子绑票了一只狐狸。玄河好笑又无奈，又等着看她们要什么花招。面纱这玩意儿对熟人是无用的，遮掉半张脸，可是还有另外半张脸，身形轮廓，说话声音，都是藏不了的。

玄河看见雪信的打扮，饶有兴味地歪头看她。

“你找乐工借支笛子，一会儿要你吹奏一曲。”雪信说，“吹那首我听过的曲子。”是他在她窗下吹过的那首曲子，她不好当着别人的面说明白。

“你管这事不会后悔吗？”玄河说了句对不上茬的话。

“崔露华只会选一个人，但所有的人都要为崔露华疯狂。”雪信还是说自己的，不问问他是什么意思。

玄河看看雪信身旁的崔露华，没再多言，转身找笛子去了。

“他还真听你的话。”崔露华说。这种时候，她还有空关注这些事。

“现在所有的人都在为一个结果奔忙，只是我恰好认识他，少费些口舌罢了。”雪信很头疼向人解释她的人脉，一解释就会扯出许多不想说的事。一笔带过和撒谎成了她常用的招数。

崔露华将信将疑，暂不与她计较，拖她钻进花厅的壁衣后面，撩开一道缝隙，指着一个人说：“那个高个儿的武官，你一会儿把香囊投给他就是了。”

顺着崔露华的手指尖看过去，雪信这才明白了方才玄河对她说的唯一一句话的意义。

“他是高承钧。”雪信喃喃道，“你要嫁给这个人？”

“以我的身份，嫁个世子郡王什么的都谈不上是高攀，可是他们偏偏让我嫁给他，他不过是个侍卫队长而已。”崔露华鄙夷道。

雪信犹自觉得配不上高承钧的时候，这位崔府二千金居然还嫌弃高承钧的身家。她忍不住道：“他不是普通的侍卫队长。”

“他不就是高献之的儿子吗？我嫁个世子郡王，还能留在安城，嫁给了高承钧，以后少不得得去西域。我才不想离开安城。”

“这是皇上的意思？”雪信又把目光落在高承钧身上。

他正低头饮酒，偶尔加入身旁的议论说上一两句。也许他对即将抛向他的命运还浑然不觉，否则他该换一身新衣服来。不过，即便穿着半新不旧的日常袍服，他也是神采奕奕，鹤立鸡群的。

崔露华真该好好看看他，他哪里轮得到她来挑剔，他的形貌气度远胜周围那些个只懂得吃酒胡闹的混账王孙公子。

“若只是父亲的意思，我用得着抱怨吗？我只要不理他、不吃饭、不点头，他能拿我怎么样？”

清亮的笛音似一泓山泉，缓缓注入花厅，看不见的白鸟飞起来了，盘柱绕梁。

笛音先奏了一阕，筵席上的喧腾渐渐平寂下来，客人们纷纷望向宴厅门口，翘首以盼这场宴会的主人的出现。而他们并没有看见什么人。

第二阙时，羽儿的歌声加入进来。

吴刀楚制为佩祎。

纤罗雾縠垂羽衣。

含商咀征歌露晞。

珠履飒沓纫袖飞。

凄风夏起素云回。

车怠马烦客忘归。

兰膏明烛承夜晖。

羽儿的歌声空灵，和着笛声，像拂过白鸟翅膀的风，已叫人迷醉。

可惜客人们还不满足，他们的眼睛焦急地在宴厅内扫视，寻找着笛声和歌声的来源。玄河与羽儿都坐在高高的横梁一端，脚底下拉起了绯红色的轻纱，把他们的身形遮掩了起来。雪信站在横梁正中，侧耳谛听。

曲子吹到了第三阕，雪信抬起了手，挥下，站在宴厅四角高台上的婢女解开了四个巨大的皮囊口袋，粉白色的酴醾花瓣滚滚泻入绯红轻纱做成的帐顶，花瓣是轻的，可是排山倒海而下，单薄的轻纱怎么承受得住，帐顶被坠破了，花瓣倾向宾客头顶，每个人头顶和肩上都落了一层，宛如香雪初积。

雪信随花瓣落下，甩出一对长袖。

客人们忘记了扫去身上的花瓣，目光灼灼地注视从天而降的雪信。

明明她舞的是白纻，却没有白纻舞的那种徐柔，她转得比胡旋舞更急，装饰在腰周的红色穗子和香囊随之飞旋起来，白奇楠、酴醾花与花厅中固有的沉檀三种香气碰撞了，飞扬的白练搅起微风，卷起了落地的花瓣，也拌匀了香气。

笛声中的白鸟与雪信的长袖重叠，也与每个人心头的欲望重叠。每个人心头都落着一只鸟，总在恨着被现世的种种束缚，一瞬间，所有的桎梏都不在了，思绪跌宕起伏，倏然间直上九霄，他们痛快地豪饮。

没有了束缚，美妙也没有了界限，五感贯通，耳朵听见香气，鼻子嗅到色彩，眼睛品尝出滋味，舌尖吐露心念，身躯感知声音。

他们看见了超出宴厅布置的绚烂颜色，他们嗅到了不存在的香气，他们因为品尝到从未想象过的唯美而狂喜，有人带头站起，合着笛歌韵律手舞足蹈，余者纷纷应和。

在旋转中，雪信悄悄收拢了一只袖子，摘下腰间的香囊，向高承钧抛去。

她看见他敏捷地接住了，像接住一件袭来的暗器，疑惑的目光看向她，问她在做什么。他只把心思放在她身上，不曾防备居然有人突袭自己，从他手上抢走了香囊，又一只手从抢劫者手中拽走了战利品。

几乎所有的人都被引逗得疯狂了，见身边的人在抢香囊，不及细想也加入战团。

笛声和歌声停下了，混乱被惯性推着持续下去，人们踩着几案踏到别人肩头，跳入争夺最激烈的中心。

有些人抢着抢着，忽然领悟了这个香囊代表着什么，转头看见雪信，朝她而去。

雪信低头，匆忙离开了混乱一片的花厅。

崔露华在花厅门口站着，默不作声。看来被骊姬毁了一半的宴会，全被雪信毁了。

雪信向她请罪："是我失算，用力过头了。"

"没过头，刚刚好。"崔露华对着花厅露出了笑容，"我的盛荣不会再有人超过了吧？他们把香囊抢坏了，我也不用嫁了。"她忽然不满地指着里头，"怎么还有两个人没动？"

她指住的两个人一个是高承钧，他把女乐官搀扶到了混乱波及不到的角落，守护在她身边；另一个是苍海心，正倚在墙上提着酒壶看热闹。

"香气不仅能控制人的情绪，也控制人的情欲。若一开始就坚定了自己本心的人，不容易被控制。"雪信轻声说。

"那你的意思是，那一屋子的人都不是真心赞美我，只是受了控制争抢我的香囊咯？"崔露华显出不悦。

何止不是真心赞美，即便是，真心赞美的也不是崔露华。不过蔚为大观的一屋子抢破头的场面，也堪安慰她的虚荣了。

崔露华微笑着看到那些人把香囊扯成了碎片，把散落出来的奇楠香料混合着尘土一起嚼了吞了。他们失去了目标，还不肯罢休，又踏歌起舞，直到香气散去，他们筋疲力尽地趴在地上，如梦方醒，相互见了都不太好意思。

崔露华忽然说："第一眼见你我就觉得眼熟，可是怎么都想不起来，然而就在刚才，我忽然想起来了。你不正是让秦王世子和越王二公子为你打赌争胜的那个女人吗？"她恍然大悟，"怪不得，怪不得你这么厉害。"

她看雪信的眼神也不同了，是看异类的隔阂。

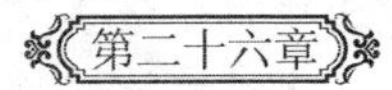

便恨人心水不如

崔露华让雪信挑选赏赐，雪信认为自己弄砸了好好的宴会，受之有愧，便推辞了。

崔露华也不勉强，让婢女挑了一盒点心来给她：“不管怎么说你还是帮了我的忙，况且为了我你一晚上也没吃什么，怎么样我也不能让你饿着肚子回去。”

前面如何收拾残局且不说，与雪信也无干系。雪信找到了一脸惊魂未定的羽儿，羽儿搀扶着月大人，月大人倒像是刚从一场成功的宴会上下来，欢乐感染不了她，混乱也恐吓不着她。

她摸索到雪信的手，说了句：“手怎么凉得像生了病？”

“换舞衣的屋子里炭盆烧得不暖。”雪信抽回手，藏进袖子里。

在崔府送师徒三人回家的马车上，雪信不住地观察月大人的神色，又向羽儿打眼风做手势，询问月大人知道了多少。羽儿满心乱糟糟的，那只手在她眼前晃，她什么也读不懂，只有摇头。而月大人端坐着，身子随路途的颠簸摇颤，疲态毕现。

雪信决定还是不要主动坦白，别惹女乐官生气为好。

半夜里，雪信听见哭声，只有羽儿才会把哭也哼得像唱小曲。雪信明白她在哭什么，于是抱起点心盒子往羽儿的房间走去。

“开开门，我给你送好吃的来了。”雪信在门外轻轻说。

“是什么？”羽儿在房里吸了两下鼻子。

“崔露华赏的点心，很香的，可惜是荤油做的，我不吃。”雪信话才说了一半，羽儿就把门打开了。

羽儿抱着点心盒子还是哭：“闻着就香，可我在宴会上吃了太多，这会儿难受得想吐。”她抽噎得几乎要背过气去了，胸脯和肚皮一鼓一鼓的，真怕她一弯腰就吐了个满地。

“那就放着，当早点吃。”雪信给她顺气。

“他说他喜欢我的歌，说我圆圆肉肉的样子很可爱，但到底还不是个庸夫俗子，今日的宴会上也去抢香囊了。他爱的终究是窈窕佳人，名门淑女。”羽儿面对美食失掉了胃口，看来真是伤心到了极点。

“你知道吗，歌舞之兴，始于巫术，且是远古的巫术，除了鼓乐、起舞，还要燔柴，以耳闻、目见、鼻观的刺激拨乱人心，其可怕之处在于在人们做一件还分不清是发自本心的还是被驱使的一件事时，便将被驱使的当作自己的本心。我用香气在人心里埋下欲望，用乐声催发欲望，用舞蹈怂恿人们将欲望大胆表达，你以为那些人只是受了我的一场舞的蛊惑吗？”

雪信轻叹，接着解释：“他们臣服于香气，也拜倒在你的歌声里。香气无形有质，是催发欲望的基础；舞蹈有形有质，是表达欲望的出口；而乐声无形无质，才最终完成欲望的爆发。你才是最厉害的，李家郎君追逐那个香囊，也是在追逐你的歌声。”

雪信替羽儿擦了擦眼泪，问她：“我这样说，你是不是舒服了点？”

“我哪有那么厉害。倒是我身边那个道士，他吹的笛子忽然让人心头乱撞，我才会唱得入情，也才会失望。现在想想我真是哭得莫名，本来也没指望李郎能喜欢上我，他追逐别人家的姑娘，我难什么过。”羽儿用炭炉上的热水洗了一把脸，哭泣的余波未平，隔一阵就来个小抽噎。

追溯这场混乱的根由，雪信最没有计算到的是玄河的笛声，她暗示他帮忙火上浇油，而他做到的已不是不动声色地影响人心，而是直接催动那些被美酒、香气和舞蹈迷得浑浑噩噩的人，按着那些人的头，牵着那些人的手脚，如同扯动皮影人身上的拉线，令他们疯狂起来。

他到底是在帮忙，还是在帮倒忙？

不过今晚，高承钧不用收下崔露华的香囊了，雪信心底的某个部分幸灾乐祸，另一个部分却忧心忡忡。

“早些睡吧。”雪信把羽儿哄到床上去，以油灯代替香炉，埋炭熏了小四和香丸，放进羽儿帐中。

雪信走出羽儿房间，一眼看见高承钧站在院中，也不知他来了多久，一直未出声。

“去外边说。”雪信走在前面，高承钧跟着她。她料想自己也许会冲他大喊，也许还会哭，所以出了院子后继续走得远了些，免得让人听见。

可也不能虚掩院门走得太远，雪信站在墙根的阴影底下，这是她当初跑到月大人家门口倒下的地方。

高承钧问她：“你知道崔府为何办这场夜宴？”他一定憋着许多许多话，像个盛满烈酒的皮囊，一摔满地糊涂。所以他只是在皮囊上割了一个小口，耐着性子，说一句换她一句回答。

“我知道啊。我在崔府帮了半月的忙，怎么会不知道？”雪信小心维护着彼此之间交谈的气氛。

高承钧将手按在雪信肩上，他稍稍用力，雪信便觉得肩膀塌了半边。他阴沉道：“你早知道？那为什么不来找我，不来问我，反而还给他们帮忙，还替崔家女儿投香囊给我？” 只有一个小口子是承受不了整个皮囊的压力的，它会迅速溃破。

真好笑。她也是直到上场前一刻才被点明的，知道了就是知道了，还有什么好问的？需要去问他会不会接受，求他不要接受吗？

她已经撒手了，他被谁捡去了，她才不管。

雪信想把高承钧的那只手从肩膀上摘下来，可是那只手好似生了根，下手太重，似是恨不得把她按进土里去。她故作轻松地笑："可是投出香囊的一瞬，我还以为那是我的宴会、我的香囊和我的夫君呢。"

肩上的手瞬间一松。

高承钧说："我也差点以为是做梦，回到了过去。"

过去，雪信不庆贺生辰，没有宴会，但她为他起舞，还做了一个香囊抛向他。舞是专为他一个人跳的，香囊也是她亲手做的，过去比现在好了千倍万倍。

因为有过去垫着，有了底气，高承钧不紧张了，也不打算生她的气了，他用布满粗茧的长手指碰了碰雪信的脸："以后不要管闲事了。"他生生把火气收回去了。

这怎么就是管闲事了呢？她随女乐官去崔府，从头到尾只为求财。当然真正的原因也是不能说的，说了就像在索要施舍，是承认自己在女乐官家里的日子过得太清苦。

"以后？"雪信嘲弄地笑笑，"当然，闲事不是我管的，也是管不了的。"

高承钧从怀里掏出一只旧旧的香囊给她看，香囊上的刺绣已经褪了色，本该是滑不留手的绸子表面磨出了细绒："我已经有了一只，不会再收别人的香囊。"

雪信一把抢过香囊，塞进袖子，然后又从脖子里摘下割香刀拍到他手里："现在没有了，你可以收了。"她倒退两步，她已完成了在这场谈话中该做的事。

高承钧拉了她一下，雪信撞进了他怀里，结结实实磕到了鼻子，还没来得及喊出痛来，高承钧的一双手臂把她搂紧了。这力道仿佛她不是他的爱人，而是他的仇人，他用肩膀和手臂布置好了密不透风的合围，收紧再收紧，要将她的骨头寸寸压碎。她事先多虑了，她并不会与高承钧大吵，也哭不出声音，他把她绞死在怀抱里，不会发出任何响声打扰到别人。

也不知道他杀过多少人，但自己一定是其中死得最慢最痛苦的。雪信想。

"只准你说放弃就放弃吗？"雪信挣扎着说出这句，此刻她胸腔中的气息全被挤走了，说出这句话来已是艰难。她抬脚踹高承钧，可他穿着厚靴子，根本不疼，反倒是自己的脚尖疼到缩了起来。

她耿耿于怀的始终是自己等了他三年，并且白等了三年。

高承钧手臂一松，憋得眼前一片漆黑的雪信才又望见了星光。

"那时候在安西，我以为我必死无疑了，因为不想拖累你，才不给你写信，盼着你一生气，把我忘了。"高承钧抬起雪信的袖子，翻找旧香囊。

雪信死攥住袖口不给："我也不想拖累你。崔尚书那个女儿，不是她看上你，是皇上把她安排给你。若你不要，不但忤逆了君主，也会得罪这位兵部尚书。这回的择婿宴被我搅黄了，可下一回呢？这位千金或者是另一位千金，再立个名目办一场酒宴，向你抛来香囊，你还是不收吗？你要得罪他们几回才够？"

她早就看清了局势，却是有心无力："等你发现身边的人都有了门楣相当的妻子，借着岳父的庇荫爬升上去，再后悔就迟了。那时候也许年貌相当、家世显赫的千金们早被抢光了，你只能捡挑剩下的，你再奋起直追也追不上了，你在你的袍泽兄弟中永远是混得最差的。这还是轻的，更严重的是你的拒绝代表了你的不顺从、不忠诚，你要他们怎么相信你，又怎么把要职安排给你？"

他们都是心疼对方的，如果自己不是对方最好的选择，他们是肯放弃的。

高承钧在她耳边说："那时候，你还是等了我。"

“我那时只是恰好没有别的选择。如今你的选择不少，我的选择也不会比你少。”雪信把高承钧推开，他也轻易地被她推开了。

彼此再胶着下去也没有用，谁的道理都说服不了谁，他们只能回到自己的地盘做自己认为对的事，比比谁坚持得更久，谁就是对的。

“我还是那句话，我会等你。你晾我几年我就等你几年。”高承钧临去时说。

谈话很快结束，分不分开的纠结折磨他们也不是一天两天了，雪信拿不出歇斯底里的悲痛，也停止不了悲痛。她回到房中还是禁不住掉下泪了，连哭都憋着忍着，咬紧牙关，关不住幽咽。

雪信又无声地骂自己，捶打自己的脑袋，决定了的事有什么好难过的，高承钧当年九死一生的时候哭过吗？她眼下活得比他那时舒坦，也没有要死的危险，哭什么哭。

正心酸着，突然听见有人叩窗：“今晚到处有人哭，安城快要被眼泪淹没了。”

雪信不说话，若她一张口被玄河听见泣不成声，岂不是更让人觉得可怜？

“羽儿伤心是因为有人抢了香囊，她的爱情有了瑕疵。崔府二千金伤心是因为居然有人没抢香囊，她的荣耀有了缺憾。那你为什么伤心呢，是因为有人没收香囊吗？早知如此，你不掺和，我也不掺和，他把崔家的香囊收了，你现在就会笑了吗？”

雪信从床下拾起一只鞋扔向窗子。那个口刁的家伙像只伯劳鸟，讲的话又聒噪又不中听。

鞋子砸在窗棂上，外头没声了。

如果宴会顺顺利利，高承钧接了香囊，她现在只怕哭得更是稀里哗啦。不是她虚伪，高承钧不收，她逼着他收，那么他在她心里的样子不会崩塌，她也不必把有他的回忆当作一盘馊掉的菜端出去倒掉了。可若是高承钧口中说着坚持，香囊抛来时又爽爽快快收下了，她又会觉得他恶心，她爱过他的十几年就都成了笑话。

她是希望留下个美好的念想的。

雪信躺着，从袖子里掏出收回来的旧香囊，放在鼻子上。香囊在高承钧的衣襟里足足待了三年，三年的时间让香气已经淡了，却吸取了他身上的味道，他这些年流过的血和汗，所遇所感，似乎都保存在里面了。

闭上眼，雪信恍惚以为他还在自己的榻边，把头搁在枕头边上，歪着脖子，正与自己脸对着脸，仿佛她一睁开眼睛，就能看见他的眼睛，坚冷如冰，又热情似火。

“你说你的选择不会少，可你还有什么选择？能说来听听吗？”玄河又在窗外开口。

他不是伯劳鸟，是麻雀才对，丢块石头赶开了，一会儿又飞回来偷吃谷粒。雪信抄起另一只鞋，也丢了过去。

她的选择是留在月大人身边，弄清楚自己究竟是谁的女儿。女乐官的私生女总比舞姬的私生女好听一些吧？

想把自己溺死在悲痛中的时候，被人反复打断也是件败兴的事。雪信的鼻尖上顶着旧香囊，又从枕头的空心夹层里掏出沉香簪盒抱在怀里，缓缓睡过去了。醒来时，窗边一双鞋子整齐地码放着，她还疑心昨晚听见的聒噪是个梦。

正当她犹自沉思的时候，尖叫声在平明的安详上划了一刀。雪信趿上鞋，飞快跑进羽儿房中。

羽儿坐在床前的地上，她的枕边放着自己昨晚送去的点心盒子，点心盒子盖掀开了。

“昨晚你走后我又起来了，想吃吃不下，不吃又睡不着，还怕点心在盒子里闷坏了。”羽儿指着那盒子，“后来我想出了一个好办法，我把盒子放在枕头边，盖子掀开一条缝，这样点心不仅不会闷坏了，我睡着了还可以闻点心的香气。早上我醒了，伸手掏点心，就摸到了一个毛茸茸的东西。”

点心盒里头有只死老鼠。灰毛，肥溜溜的，四腿蜷曲，大概是半夜钻进点心盒子痛吃了一顿，饱食而死的，也算是做了个饱死鬼，值了。

雪信找来夹炭的火筷子，把老鼠夹出来，看见老鼠嘴边粘着干涸的黑血。她手一松，老鼠和火筷子一齐掉在地上，又顺势拔下头上的银簪，在被老鼠啃过的点心上扎了一下，拔出来一看，簪尖发黑。

月大人被羽儿的尖叫闹起来了，披着外衣摸索过来，问出了什么事。

雪信再不敢隐瞒，将自己在崔府的作为和盘托出。

她不懂了，以前在宫里，她惹是生非招人厌，讨了皇后一顿打，是她咎由自取。但这回她受人之托忠人之事，又甘做替身为人作嫁，连高承钧都拱手让给崔露华了，崔露华还有什么看她不顺眼的？

“我错了吗？我错哪儿了？”她满含委屈，不甘地跺着脚问女乐官。

“昨夜宴厅里我就听出了是你在跳舞，你既不挑明，我便也不问。听你舞得好，我也就不愿多管你了。”月大人拉了拉衣襟。也许是匆忙出来，没穿好衣服，此刻有了寒意。

“这件事你也有错，错在锋芒毕露，卖弄机巧。那样人家的女儿，平日里自视甚高，容不得别人比她好的。你不仅在舞蹈上胜过她，一场宴会，你应变、谋局、用人都出手不俗，她发现无法比得上你，也无法驾驭你，不能把你变成她的帮手或影子，那么只有在你碍事前除掉你了。”月大人提醒道。

“那我该怎么办？”雪信现在只想把老鼠夹进点心盒子，往崔露华面前一放，看看她是尖叫还是脸红。

“找个地方埋了点心和死老鼠，埋深些。”月大人说。

雪信站着没动。

羽儿替她说了要说的话：“埋了就完了？不去崔家理论吗？”

月大人苦笑一下：“她不认，你奈她何？要怪就怪我没庇护好你吧。”

羽儿和雪信相顾无言，既话已说到这份上了，她们也懂了。

雪信找铲子，在院中挖了个深坑埋掉了毒点心和死老鼠，她一边埋一边问：“是不是我今后都要忌惮她、回避她，缩着脖子佝偻着背做人？”

月大人摇了摇头：“你这倔强的孩子，让你缩头，你气也气死了。现在是她忌惮你，你不理她，她反而会被你气死。”

崔露华的宴会果然轰动了安城，连街头巷尾都在绘声绘色地形容当夜的盛况。其实那夜的混乱中，没几个人看清了她的真模样，客人们被酒、香气、乐声和缭乱的长袖搞得分不清回忆和幻觉的边界。

流传出来的崔露华的出场也众说纷纭，连舞衣的颜色都有了七个版本，戴面纱的四个，不戴面纱的三个，为争论出个最终版本，客人们能在酒楼里打一下午的嘴仗。

字画摊上居然有人卖起了崔露华的画像——当然都是落魄画家的臆想，一展示出来，立刻被人啧个狗血淋头，称绝不容许任何人抹黑丑化安城第一美人。连成衣铺都开始挂出崔露华当夜穿过的几套衣服——有几家是真替崔露华做过衣服的，当然更多的是按照臆想画像仿制出来浑水摸鱼的。

香料铺子的生意也借此火了一把，少女们涌进店中指名要崔露华当夜佩戴香囊的填充香材。一时间，多少货不对板的“白奇楠”被炮制了出来。

领到崔府的赏钱后，羽儿财大气粗地让大夫换了方子，给月大人多用贵药、好药。

月大人作为崔露华的舞蹈教习也忽然成了香饽饽，常驻有歌舞班子的酒楼、蓄养了歌舞伎的大户人家争相请她上门指导歌舞排演。

月大人则趁机向外教坊推荐了雪信，为她谋了一份临时的差事，带着她去了光宅坊的右教坊，观看舞姬们练功排演，根据舞蹈的意境配制专用香品，使观者、舞者两下更加入境忘我。

对于这些雪信自是信手拈来，以辫陶配盘鼓舞，织羽配拂舞，纺缨配白纻舞，娑弦配胡旋舞，纹煌配羽衣霓裳舞。教坊的歌舞伎被请去官员们家中表演时，月大人和雪信也能随同前往。月大人督阵，雪信事香，羽儿负责吃，活儿都是轻省的，领一份补贴，还可以省下家中的炭火。

但是月大人从来不提雪信是夜宴上的舞者，也从来不让雪信在右教坊中展露舞技。

“你看她们，除了跳舞，就是在筵席上向客人们抛媚眼。”月大人眼睛此刻看不见，但几十年下来，新人代旧人，更替了好几拨，这情形倒是从来不曾变过，“对她们而言，舞蹈不过是一技傍身，跳得不好的混口饭吃，跳得出众的博个富贵安稳。你与她们不是同路人，不必在她们春风得意时抢了她们的风光，她们混得好的，也只能风光十年。”月大人对目光短浅的舞姬们既怜悯又看不起。

雪信此时也把她“混进宫爬上去”的理想搁到一边，趁月大人高兴时想套套她的话。

倒是有两次机会，一次是师徒三人做好了新衣服试穿上身时，还有一次，月大人在宴会上被一个老相识多劝了几杯酒，坐马车回来一路都是笑眯眯的，不时摸摸羽儿的胖手，又拍拍雪信的脑袋。可是她找不到安全的问法绕过月大人不愿提及的那口箱子，万一她猜错了，不是白惹月大人难过吗？念及此，她又憋了回去。

那个冬天，雪信随着教坊的歌舞伎们去过一回苍海心家里。她一向是不问去哪里的，叫她去她便提上装有香具的乱箱上马车，下了马车才会知道当夜是谁宴客。那天她发现马车停在苍海心家门前时，周身顿时不舒服起来。

“我好像发烧了。”雪信对羽儿说。

羽儿用手贴雪信的额头，又摸自己的额头比较：“不烫啊，你额头还没我烫呢。”

“我……我头痛。”她想托病告假，回家待着去。

她在这群人中并不是不可缺少的，只要将香末调配了出来，储在小瓷罐中，罐上贴了小纸条标准了对应的舞名，随便找个人来打个篆熏个香就行了。找不到会弄香的也无所谓，宴席和乐舞中的香气本就是锦上添花之用，没有也不会死人。

“不舒服就回去吧，早点安歇。”月大人在如今的教坊也只是个帮闲的客人，但过去的身份摆着，还是使唤得动教坊的马车的。

雪信把乱箱交给羽儿，坐着马车走了，如虎口脱险般庆幸。

马车走了一阵，转了两个弯，停下了。雪信等了一会儿，车子也没动，她问了声怎么不走了。没有回答。把车窗打开一道缝隙，发现马车停在苍海心家后门，雪信低头钻出车厢的棉帘子，就看见这家的主人盘腿坐在车夫的位置上，脚一抖一抖的，望着她。

“我给了车夫一锭金子，他就把鞭子给了我，吃酒去了。”苍海心说，“你说过给我机会，你又骗我。”他很高兴又抓住她一个把柄。

他说着话，口中呵出白气，他不怕冷，身上热乎着，可冷风被他一口气喷得越发冷了些。雪信把手往袖子缩缩：“你能别像个小孩子吗？给你机会，也不是非要到你家里来。你家里一院子的狗，一院子的怨妇，都是吓唬人用的。”想想不对，雪信又说，“你请客摆宴不用招呼客人吗，溜到后门来算什么？”

“还早呢。”每有夜宴，教坊的乐工和歌舞伎都至少提前一个时辰到，要熟悉场地，排演队形，细致装扮，与主人家中的歌舞伎磨合。这会儿客人们还没到，家仆们也还在布置宴厅呢。

苍海心走向雪信，看见她脚跟一提，指着她说：“站好了，不准动。”接着往她嘴里塞了样东西，怕她吐掉，于是用手紧紧捂着她的嘴。

熟悉的香气如浪涌，从口中扑进到雪信的鼻腔里。一块加了香料的米糕在她的舌尖上慢慢消融，她用舌头在上面描了描，甚至能感觉出它的形状是一朵五瓣花，那么它一定有浅浅柔柔的色泽，不是桃花的粉白，就是刺玫的鹅黄，要么是茉莉的淡绿。

她不受嗟来之食，应该不屑地吐掉它，可是它原有的形状崩塌了，化成一股清甜绝伦的浆液滑下她的喉咙，让她毫无反抗之力，双眼也因为久违了的香气和滋味雾气蒙蒙的。

三个月前她还抱怨过，十几年如一日地吃一种食物，总会吃得烦了。可一旦吃习惯了的东西忽然没有了，它就成了世上最好吃的东西。

“还有，要不要再吃一块？”苍海心从一个布兜子里又掏出一块来，在她眼前一招。

雪信认得这个布兜子，是师娘锦书给她送米糕用的袋子。裁一方新素绢缝成口袋后，还要用花草汁液染上香气和颜色，染出的颜色不光鲜，也不均匀，是钝钝的，斑驳的，有种古拙的意味。

她夺过那个布兜子：“是师娘送来的，给我。”

“是我姨母送到我手上的，所以这是我的东西，我好心分你吃，你不要抢。”苍海心把布袋子藏在身后，继续摇晃他另一只手中的米糕。

他的姨母和她的师娘是同一个人。

“你吃什么香糕？分明是师娘不知怎么找我，让你转交的。”雪信绕到他身后，抓住布兜子就要扯，苍海心转身往回拽，两人把布兜子扯来扯去。

“为什么我不能吃？谁说的我不能吃？”苍海心把手中的米糕放进嘴里嚼，吃完一块，又伸手进布兜子里掏了一块，“我把它们都吃光了，你又能怎么样？”他干脆把雪信的手掰开，把布兜子抱进怀里。

米糕是比量着女孩子的樱桃小口做的，个头玲珑小巧，苍海心左一块右一块丢进嘴里，像老虎吃蝴蝶。雪信的心简直在滴血，追着他威胁他交出师娘送给她的东西，否则……否则……她想不出她能做出什么令苍海心怕的事，完全拿他没有办法了。

雪信追着苍海心，从他家后门追进了后花园，跑到了枕莲馆门前。她在门槛上绊了一跤，苍海心拉她到门槛里。门里真暖和，炭盆中烧着大堆红通通的炭，地面铺上了绚丽的羊毛毯子，整个房间被布置得好像风雪中的帐篷，望一眼就觉得舒适。

枕莲馆又被苍海心大大折腾了一番，他把讨厌的字幅都摘了，吊挂上收罗来的熏球，金的银的玉的瓷的，宝石琉璃，在灯下流光溢彩。随手推一下，外面的镂花空心球来回摇摆，盛满香料的小盂在里头居中而坐始终不动，也不会将香料洒出来一点。所有的熏球中，装的都是白奇楠。

他还在房中间用几张几案围了个圈。一张案上摆满杯盘，用菜叶子卷成花朵，用豆腐衣模仿鸡鸭鱼肉，令雪信日思夜想的香糕码了一盘子。另一张案上，几个托盘中各叠着柔软的毛皮斗篷，有她曾穿过的，也有崭新的，皮草毛尖在烛火下闪着晶莹通透的光泽。另有一张几案，列着她偏爱的一套青玉香具和几罐香品。还有一张几案，居然放着一盆牡丹，已经开放了碗口大小的花。

“这是华城送来的牡丹，姨母说你铺子庭院里的牡丹在入冬前开了一次花，让人带来给你看看。我把它放在炭盆附近，它就不停开花，开两朵，谢掉一朵，再开一朵。”

苍海心想，这一回能打动她了吧？他把她眼下最渴盼的都找来了，包括这株牡丹。他知道这花的来头，是高承钧插在她铺子庭院中的。

苍海心摘了一朵，簪在雪信的发髻上。

“你不知道花不守时令开放是异兆吗？昭示不祥。”雪信把花取下来，不知怎么发落它，丢了可惜，留着看更伤心，干脆把它揉碎了。

苍海心哈哈大笑。牡丹悖时开花，对她是不祥，可对他是吉兆。高承钧被皇上另外安排给崔露华，已没有资格与他争了，他梦中想起这事儿都会乐醒。

苍海心把布兜子递给雪信：“吃吧，吃吧，要多少有多少。”

雪信忽然像看陌生人一样看着苍海心，这跟年初时她从长白山里把他骗出来，用的不是一样的伎俩吗？塞给他一块香糕，告诉他，跟着她走，有好吃的、好玩的，还有无数美丽的姑娘。

不到一年，他就向她学了这些伎俩，还反过来对付她。

其实她的手段也是抄了沈先生的。早十几年她无家可归、冻饿交加时，沈先生到她面前，给她好吃的点心、暖和的衣服、新奇的玩意儿，她就跟沈先生去了华城。若那时候她不跟沈先生走，现在的她会是什么样子？

也许比现在好，也许不如现在。

谁知道呢？

雪信把布兜子丢还给苍海心：“我不会两次做同样的决定。”说完就扭头出去了。

屋外北风冷冽，风中夹着细细的雪粒。种在馆外的香草冻得半死不活，瑟瑟发抖，眼瞧着没几天活头了。池塘里只剩下枯败荷叶的杆子，灰白色的，密密扎扎，连雨打残荷都听不成。

雪信在花园里停了停，犹豫这会儿往哪个方向走。后门有马车，可车夫不见了，还是去前面找月大人去吧。

月大人有声望，有资历，纵然现在已是个无权无势的老妇人，可一出场还是有股让人不敢造次的劲头，替雪信挡掉了不少无谓纠缠，只要躲在她的身后，有些人忌惮她的说教，便不敢上前来搭讪。

雪信对这座宅子很熟悉，她径自穿堂过室，可没走几步苍海心就跑上来了，拉住她，抖搂她的袖子，袖子里有东西坠甸甸的。

“这也是气节？吃就是吃，不吃就不吃，还有嘴上说不要，偷偷藏起来吃的吗？”

雪信红了脸：“本来就是给我的，我为什么不能吃？”她把香糕从袖子里掏出来，一块连着一块塞进嘴里，挑衅地看着苍海心，吃了又怎么样？

贪多嚼不烂，转眼她的腮帮子就被撑得鼓了起来。

苍海心过去从未见她耍小孩脾气，禁不住伸手掐她的脸。雪信说不了话，只是扯着苍海心的手，把脸闪开。苍海心又反握住她的手，把人拖到一间厢房门外。

门里有许多人在笑闹，都是娇滴滴的女孩声音，光站在外头听也能把骨头听酥了。这里是教坊歌舞伎们换衣上妆兼休息的房间，雪信跟着她们出来几回，可与她们说过的话加起来不满十句，光听嗓音也分不清谁是谁。

但是其中一个声音略显油滑狡狯，突出又好认，是苍海心的管家猴子。

猴子给歌舞伎们送去了垫饱的点心小食，自己也坐着吃，与那些女孩们闲聊天，说着说着，把话题引到月大人身上：“宴厅里那个老女人，听说就是指点过崔府二千金白纻舞的教习？她可真拗，让她来后面吃些东西休息会儿也不肯，非要指挥她的胖徒弟准备香具呢。”

有人冷笑了声：“那个老女人一把年纪还跟我们出来，领着朝廷的米粮不够，还要赚钱，还一副看不起我们的样子，一说话就教训我们这里不对，那里不是。她不爱和我们在一处，我们也怕见她。”

猴子咀嚼着食物：“她怎么一把年纪了也不嫁呢？看她的模样，年轻时候也不会没人要吧？”

“心气高呗。”又有人插嘴了，背后言人隐私也是一种乐趣，“这位大人的事迹真是传了代的老故事了。听说年轻时确实是个美人，可惜身家平凡，嫁不进好门第，她也不甘心让家里随便找个汉子嫁了，就入宫去做女官给自己挣身份，一心往上爬。当时有几个不错的年轻人向她提亲，她都拒绝了，后来等她升到尚乐女官，那些提过亲的人都已娶了亲，再有愿意纳妾的，也只会找年纪小的，她错过了出嫁的好年纪。”

“她还板着脸训斥我们，说我们逮住个有些身份的年轻男人就跟苍蝇见了血似的。我们也是不得已啊，看看她现在的样子，我们都觉得可怜，所以得抓住一切机会找个好人嫁出去，免得将来像她一样。”

这个人说话间不断有人嬉笑插嘴，确认这种说法是她们一致的想法。

“哎，一个女人一辈子不嫁人，过得肯定艰难，也不知道她是怎么过来的。”猴子对女乐官的事迹倒是又嗟叹又崇敬的口气。

雪信记得猴子的理想也不是嫁人。

换了一个人接口，这群女孩子与女乐官的关系确实紧张到了极点，她们争相一吐为快。

“嫁不掉的女人不一定没有情人。如果她有了麻烦，她的老情人们还是愿意帮她的。可惜，老太婆都活得比老头子久，老情人死得差不多了，她还活着，日子就尴尬了。要我说，还不如也死了拉倒。”

另外有人抢话：“什么老情人？我听说她是前朝国子监祭酒大人的外室，两人偷偷来往，她四十多岁时还生了个娃呢。”

“她的孩子不会就是她两个徒弟里的一个吧？”猴子等到了她想打探的消息，兴奋地插嘴。

前面那人把话头抢回来，一气说下去：“不是。她那个孩子生下来没几天就没踪影了，不知是被祭酒大人接走送到别处养了，还是被她丢掉了。偷男人还能掩耳盗铃，弄出了个婴孩，这不是摆出自己有野男人的证据来了吗？让她还怎么端着架子训斥人？当然容不得了。前几年祭酒大人死了，也没给她留什么财产，这下好了，没了男人，也没了孩子，无依无靠，天可怜见的。”

门外，雪信的脸色比初雪的天色还难看。她重重甩开苍海心，往前头去了。

苍海心看着雪信的背影既莫名其妙，又感到失望，她来安城找她的生母，为了获取更多的消息千方百计进了宫，结果现在又待在女乐官的身边不挪地方了，这说明她的生母铁定与女乐官有关了。

可是等了这么久也不见她有下一步动作，就知道她肯定是卡在求证上了。雪信要面子，脸皮薄，不肯开口，他就替她找人问，这还不够周到吗？她不领情也就算了，怎么还生上气了！

雪信气的是她憋得千辛万苦，就怕问了这些会惹月大人伤心，可是苍海心却让猴子撺掇了一屋子人背后讲她的坏话，把她的痛处当笑料，还用那种不敬的口气，说得如此不堪。雪信气得手都在抖。

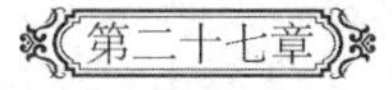

朱弦繁鼓斗云步

宴厅中，羽儿的脑门沁出汗珠。雪信把箱子塞给她时，可没说打篆会要人老命的。

以前看她演示理平香灰、填香末、提篆，这一套动作做下来行云流水，似乎易如反掌。可是到了自己手中，好似每件工具都在开她的玩笑，不听话到不可理喻。

她先是与香灰较量，一寸的圆灰押怎么可能压得平三寸炉里的香灰？平了这边，那边又痕起一道，她鼓捣了半天，只感觉按下葫芦起了瓢，为什么就不能使个三寸大灰押，一拍了事！

无视凌乱的香灰，羽儿把双桥耳铜香篆放在灰面上，在篆道中填香末。

知道往细沟里推粉末多考验耐心吗？劲儿使大了铜篆会给带移位，于是只能拿出剔牙的力度，轻柔仔细地、一点一点地刮平沟坎。

这还不算完，最大的考验在提篆。

雪信提篆时，会用香铲在铜篆双耳轮流敲两下。羽儿也敲了两下，她屏住呼吸，提起铜篆，然而香末组成的篆字瞬间垮塌了。她记得雪信讲过，篆字垮塌多半是因为香末填得太松。她铲掉失败的篆字，又来了一遍，这回刻意填紧压实，再提，香末嵌在篆道里跟着起来了。

羽儿对着一只香炉，被挫败了一回又一回，要不是月大人在边上，她早咆哮了。

雪信走进宴厅时，羽儿长出一口气，把香炉推到了一边，她这辈子都不想再与香篆打交道了。

“想想不放心，还是回来了。”雪信对月大人说。

月大人点点头：“我都想找人叫你回来，这边羽儿都快把香炉当筑敲了。”

雪信接手香炉，羽儿在旁斜乜着瞧。她觉得香炉香灰香篆香末恶意联手欺负她，可又不甘心被欺负到毫无还手之力，她得看着别人怎么调理它们。

“香末不脱模！”羽儿控诉道，想让雪信替她出气。

雪信拨了两下灰，笑着说道：“你也太实在了，怎么把香灰压得这么紧。捣松香灰后，用灰押轻轻捺下去，你就想着是往自己脸上拍粉，务轻务匀。”说话间，香灰应手而平。

如果说羽儿手下的香灰是惊涛骇浪的海面，那么雪信理出的香灰就是一潭幽静的深水，没有一丝褶皱。

“你的香末填太多、压太紧，撑住了，所以才不会脱模。”雪信低头，舀了一勺香末撒铜篆上，用香铲把粉末推进铜篆的篆沟里，三两下干净漂亮地填完，不多也不少。

“不能多，也不能少，真麻烦。”羽儿扁嘴抱怨。

“羽儿做菜的时候怎么不抱怨？量盐也是件麻烦事，多了太咸，少了偏淡，羽儿做的菜不咸不淡，正可口。”雪信在说话的间隙里，提篆，一个光洁整齐的篆字躺在炉中。

“这能一样吗？我闭着眼睛也能摸准用盐多少。”

“恰是一样的，多试几次，心中便有数了。不过，若是在香末中掺一点杏仁粉，脱模会容易许多。”雪信用火折子引燃一支细炭棍，递给羽儿，“引燃香篆也是考手艺的，你试试。”

炭棍一挨上篆字的一头，堆砌整齐的香末立刻塌掉一块。羽儿缩手，抱歉地看着雪信：“我不是这块料。”

“你想要嫁给李家郎君，不是做菜好吃就行的，还要学会红袖添香。”雪信似笑非笑，咬羽儿的耳朵。

羽儿给戳中了痒穴，立马抖擞了精神，又去试。

提篆与点篆的关键都在手稳。前者需要双手协调，一口气平端起来，后者需要的则是单手的持握控制，火头接近香篆的一头，刚好贴住香末，手重一些，或者手抖了，香末就会给碰塌掉。

香末初被引燃，是不能着急撤走火源的，否则燃着的一小撮香末被细炭棍粘走，篆字依旧点不着，必得执着细炭棍稳稳地留在原处，等最初被引燃的香末成了灰，火头沿着篆字的走向移开，才能把引火物收回来。

要领和诀窍是有了，可手稳是要练的，非一日之功。

羽儿在雪信打出的篆字上试验，碰一次，坏掉一段，她抬头：“你一定还有秘诀没告诉我。”

“想想李家郎君。”雪信塞给羽儿一套香具，让她找个角落自个儿练去了。提篆没练好前，就往篆道理填香灰练手，免得糟蹋了香料。

雪信接着料理教坊所出的几支舞使用的香品，有的需要明火引燃，有的需要隔玉片衬烧，有的制成了香囊佩戴在舞姬身上。佩带的香囊也分几种，有悬在腰间的，也有系在手肘后隐在宽袖里的，香气随着舞姬衣袂挥洒而播散。

她心不在焉，把香品的出场次序摆错了几次，核对发现后，又纠正回来。

“你是不是有话对我说？”月大人问她。

“没有没有。”雪信吓了一跳，月大人不是失明吗，怎么知道她期期艾艾地看过来，还看了好几次的？

“你的气息分明是欲言又止。”

与感觉太过敏锐的人靠得太近，便一点隐私都藏不住了吗？苍海心那儿如此，月大人这儿也是。

那些舞姬的背后议论并没有给雪信带来更多有用的内情，不过从侧面证实了她关于箱底小衣服的猜想，而那些女人的恶言恶语令雪信仿佛也受了一次伤害。她想循着这条线索挖出最后的结果来，就算她能用温柔婉转的方式问，现在的场合也不对。

雪信尴尬地吸吸鼻子："听说这家的主人养了许多狗，我闻见风里的腥膻味，有些害怕。"

月大人微微一笑："你坐到我身边来，没事。"

她坐到月大人身边，暗自不住地想：若女乐官是她的母亲，她的父亲做过国子监祭酒，她也不用继续妄自菲薄了。那么女乐官果真是怕丢了体面才不要她的吗？既是这样她还愿意认她吗？

宴会开场后，苍海心家养的舞姬与教坊子弟轮番登场。

教坊里的那群女人，嘴巴讨厌，爱叽叽喳喳嚼闲话，可是活儿交代得清楚，一出场就教人眼前一亮，一直惊艳到退场。反而是苍海心家的舞姬，虽不乏美人，可到底没见过大世面，起舞像抽筋，每到她们上场，客人们便借机离席方便去。月大人在旁听着舞步声几乎也气歪了鼻子。

散席后，苍海心恭恭敬敬地请月大人给他的舞姬点拨点拨时，雪信抢着回绝，月大人却一口答应，连价都不问。舞跳成这副烂污模样，别人都替她们着急了。

苍海心冲雪信挤眼，又把定钱交给她。雪信只能收下了。

席间雪信出去过一回，找猴子打听底细。

"你们家这群舞姬是怎么回事，不嫌丢越王二公子的脸吗？"那群舞姬的表现惨不忍睹，还有甩袖子把客人的汤碗打翻的。

猴子说："公子脸皮厚，不在乎。"

"这群舞姬是何时进府的？"雪信追问。

"公子赴崔家那个选婿宴的后一天吧？找了牙婆来，买了十几个还过得去的女孩子，请了琼花楼歌舞班子的班头教了半个月。"猴子掐着手指头算日子。

"才练了半个月就敢出来见人？"雪信不知说什么好了。

"我们的舞姬不惨点，你师父怎么好意思多收钱？说到底，是公子看你夜里出来赚钱太辛苦，找个由头让你们一次赚够了，你也可以少去不喜欢去的地方。"

"他不知道我最不喜欢去的地方就是他家吗？"雪信指着苍海心养狗的院子。

"烈女怕缠，尤其是在困窘中，现在就是有人用钱缠你。"猴子一摊手，"我用了他的钱，只好给他管理一摊子破事。公子这样帮你，你打算怎么回报？反正我看你是跑不掉的。"

平白无故给钱是施舍，女乐官会认为受了侮辱；而出力拿钱她必定尽职尽责，自认是当得起的。可是若把真相摊开，雪信不觉得感动，反而嫌他多事。

不喜欢一个人，就无法容忍多事。

他以为自己是在帮她吗？

不，他是在侮辱她，还连带女乐官一起侮辱了。

可事情已经定下来了，月大人做主答应的事，她说不出个像样的理由反对，只能找出种种说辞偷懒不去。月大人也不勉强，留她在家中练舞休养。

于是接下来的一个月，她们不仅闲暇的时间比前阵子多了，手头的余钱也多了起来。月大人还会从苍海心家带回添了香料的糕点，鉴于上回枕边摸索到死老鼠的惊吓，羽儿对这类食物倒了胃口，全让给雪信吃了。应该把香糕扔了才有骨气？自欺欺人，现在吃的喝的不全是用苍海心的钱换来的吗？

苍海心给月大人的条件确实优厚，工钱是日结的，还有旬假。每到旬假，月大人会让羽儿多准备几个好菜，让雪信熏一炉沉香，将炭盆烧得热热的。

屋外大雪飞扬，积雪盈寸，屋内师徒三人围炉而坐，边吃边谈笑，时不时喝上两杯。雪信享受着富足带来的安逸，却结结实实地厌恶着自己，不能拒绝，也不能离开。

一次月大人兴致上来，多喝了几杯，感叹道："算年纪，我的女儿也该有你们这么大了。有你们陪着我，我想我的人生也没有什么缺憾了。"

雪信看见羽儿使眼色，叫她岔开话题，可她终于忍不住这送到面前来的话头，接了下去："大人也有女儿？"

"你们不用装糊涂，看过那只箱子，谁会不明白？"

有些痛苦太过深重了，每回忆一遍，都是重复一遍苦难，也许非要到了苦尽甘来的时候才有勇气面对吧。

月大人的勇气来自两个徒弟，其实她对她们的依赖多过于她们对她的。也许雪信和羽儿换个地方一样可以过活，而她再找一对不嫌弃她脾气古怪、不嫌弃她手下日子清苦的女孩子就很不容易了。

人老多情，也是多饮了几杯，话也多了，忍不住把积攒在心底的郁结吐一吐。

"我有过一个女儿，那时候我还在宫里任女官，也没成过婚，便只好把女儿寄养在朋友家，每月去看她一次，把偷偷缝制的小衣服带去。她四岁那年，朋友家失了火，我闻讯赶去时房子已经烧完了，然后我就再也没见过我的女儿。"月大人停了停，谁都不敢在这里插嘴。

她顿了足够久才又说下去："若我当年不那么要面子，坚持把女儿带在身边，那么她现在也能坐在这里，与我们一起吃饭了。"

雪信一个激灵，她想到了她小时候怕火，闻见柴烟气味就大哭，根本学不了香。

沈先生为了让她摆脱恐惧，曾经把她放在堆满木柴的土窑里，从一头点火，命令她自己爬出来。可是她怕得动也不能动，火舌一寸寸舔着了附近的木柴，向她逼过来，把她的头发都烤得打起了卷。她大叫大嚷，嚷到后来发生了什么也记不得了。

那时候还太小，只记得烈焰浓烟包裹了她，她被呛晕了过去。

事后，听说是高承钧把她抱出来的，去看他时，他浑身涂满了烧伤药膏，缠得像个胖胖的白线纺锤。她不能让他白白为自己遭罪，便忍着恐惧强迫自己学习控制燃烧，让狂妄的火乖顺下去，成为香炉中烘托馨香的一缕余温、在篆炉里缓缓蜗行的一点红亮。

火在她手里听了话，她的恐惧也随之消散了。

"也许……那个女孩还活着。"雪信不管羽儿瞪眼瞪得眼珠子要掉下来，一句一句地铺垫着。

月大人抿了一大口酒又说："我自然也愿意相信她还活着，只是我没找到她，见不到她。我只有想她的样子，揣摩她每一年长到多高，衣服裁多大，鞋又多大。白天还能对人言，可夜里一个人的时候就总是忍不住想起她，针线做着做着也忍不住掉下眼泪，哭一阵做一阵，眼睛就日渐看不清楚了。没关系，看不见身边的东西无妨，我想着我女儿的样子却一天天更清楚了，只可惜做了一箱子的衣服和鞋，她都不来穿。"

不知女乐官心目中的女儿是什么样子的。雪信鼻子一酸，装作低头夹菜，两串眼泪落在衣摆上。

生恩不如养恩大，她对幻想中的生身父母没什么感情，寻找生母也只是要质问那个女人为什么生了她，又不要她的。如今亲眼见了她的境况，也听了她的忏悔，她一点也不怨了，反而充满了悲悯。无论如何，陪伴这个老妇人度完余生都是她的责任。

“也许她已经穿了呢……”雪信说，她望向自己的脚，鞋面上是绣得乱七八糟的蝴蝶。

她还要说下去，院门却被人敲响了。来人用力砸门，尖声尖气地喊：“月女史，月女史！有急活儿，去宫里，内教坊的教坊使派小的来接月女史去镇镇场面呢！”

宫里来的内侍们是不会把女乐官当“大人”的，但一声“女史”还是要称的。

月大人站起来，蹒跚着步子摸索着过去开门。羽儿扶住月大人说：“他们也不早说，大人都走不稳了还这么催，干脆跟他们说不去了。反正每回去也不过装样子坐一坐，少了您他们还开不了席怎么的？”

月大人拍着羽儿的手：“没事，我一把年纪了，还不懂进退吗？不会失仪的。宫里的宴席来叫，是看得起我老妇人，我怎敢推脱？”

雪信才要与月大人相认，就硬生生被打断，一路都没好气。宫里的宴会与她何干？她只盼着应酬完了能早些回来，重提她的要紧事。

还是上一回进宫的路线，可这一次所见的景色迥然不同了。天地间是无边无际的白色，宫阙檐顶被积雪覆盖，白色的底下露出零星的黑色和灰色作点缀。新积成的雪面还很松软，车轮一压即陷，向车尾看去，留下一对深深的车辙印。

羽儿在车里问月大人：“能是什么急活儿？内教坊使也会心里没底？”

“往年都有的，只是今年针尖对麦芒的意味又多了一重吧。”月大人沉吟着，并没有明确回答，却对雪信说，“也许这是你的一次机会。”

雪信把车窗的缝隙掀得大了些，冷风卷进花瓣似的雪花，落在人的领子上被呼吸消融。

羽儿皱眉：“快关上，别冻着大人了。”

“你闻见了吗？好像有什么气味？”雪信把鼻子探到窗外吸了一口气，冷风立刻冻麻了她的鼻子。

“除了冷，什么都闻不到。”羽儿说。

冰天雪地纯净了世间的气息，可是有一缕气味没有被天空的雪花过滤干净、没有被地上的积雪吸收完全就闯了过来。

雪信辨出了气味来源后，关紧了窗户，变色道：“宫中也会活杀献牲？”

“不是献牲，是斗兽。”月大人说。

逆风而进，血气和腥膻越发重了。在蓬莱殿门前，侍卫们正在铲雪，斑斑驳驳红白相间的血，铲起来甩进木斗车里。雪信走过去时不经意瞟了一眼，看见了尚未被雪完全覆盖的犬尸，她吓得赶紧把眼转开。

“是谁赢了？”月大人悄声问给她们引路的内侍。

“咱的看家犬怎么咬得过西域来的疯犬。”内侍叹了口气。

他们绕到殿后，从一扇小门进入殿内。

胖乎乎的内教坊使站在门前迎接月大人，一见面便热络寒暄，并大叹苦经。今年兽苑的犬师都是废物，上来十条犬，都被对方派出的一条吐蕃獒犬咬死了。斗兽输了，栽了皇上的面子，斗舞可是万万输不起了，在场的教坊子弟都须为皇上分忧，为朝廷争气。

不谙世事的年轻人受了奉承再听几句朝廷啊效忠啊才会热血沸腾，可月大人是不上套的。她不卑不亢道："我只是个瞎眼的老妇人，有生之年能再入内教坊见识场面，已是幸甚至哉，怕也帮上什么忙了。"

雪信和羽儿低着头走在月大人身后。内教坊使只是陪着月大人说话，压根没留意到身后跟着的徒弟，其中有一个还曾在太子东宫里驻留过。前番碰见雪信走路还是赳赳昂首，如今低头弓背，做出了个泯然众人相，也就没人来细打量。

后殿里的炭火太暖了，加上人心浮躁，似乎每个人都出了汗。

内教坊各个班的乐工舞姬都在不知所谓地忙碌走窜，班头们气急败坏地数点人头，叫着某个走开了的人的名字。

这场表演没有事先拟好的节目单，全凭皇上想起哪一出就上哪一出，皇上想不起来的，就让教坊使帮忙想。在这混乱的场面中，临阵磨枪越帮越忙，月大人即便有心出力，也没几个人能听她说话，故而躲到一边，站在舞姬上场的通道口静静听着。

雪信看见前殿中又是一场宴会。

皇上穿着一袭常服端坐正中，他右手边并排摆着一张几案，坐着一名白面黑须的中年武将，一身盔甲裹得他像条金光闪闪的鲤鱼，胸口还有两簇血一样的红缨。两人挨得近，时不时低声说上两句，又回头观望场中舞者的表现。

这时场内献艺的是一名皮肤白如羊奶的胡人，三十多岁，有着长长的褐色卷发，眼睛湛蓝，他弹指作胡腾舞，身体扭曲又绷直跃起，好似一张硬弓，蕴含强劲的爆发力。他似乎是享受着舞蹈带来的身体的轻松，可眼光在皇上和中年武将的脸上扫来扫去，一刻也没离开。

雪信问："是谁在和谁斗？"

月大人说："安西四镇节度使高献之。他与皇上是少年时的好友，私交莫逆，皇上每年都会诏他入安城叙旧。高节度使每年也会带来西域的美女博君王一笑。初时，皇上招待高献之的宴会上，教坊与龟兹来的舞姬轮流献艺，旨在切磋交流，可日子久了，这献艺就变了味，大家不知不觉都生了一争高下的心思。再后来，高献之不仅带来美女，还带来猛兽与宫中兽苑的野兽相斗，每回不拼个你死我活不罢休。往年各有胜负，皇上仁厚，赢了就重赏，输了笑笑便罢了，也不会责罚教坊和兽苑的人，我在的那几年是如此。今年我们在斗兽上连输十场，我倒是闻所未闻，无怪教坊使要紧张。"

一曲终了，胡腾舞的舞者向上行了个胡礼，然后便退了下去。

高献之站起来，用全场都听得见的大嗓门说："怎么样，这是我儿子伊斯克亚！"

所有人都看见皇上微笑颔首，似乎颇为认可，只有离得近耳力好的人听见他说："这个葛逻禄人给你当儿子，年纪嫌老了点。"他让人取过笔墨，在一块玉牌上写了几个字，命人传给教坊使。

片刻，串场的曲子停了。陪席的众臣们伸头张望，都要看看皇上派了什么样的人物应对，却冷不防被低沉的大鼓当胸一串连捶，身体单薄的险险把心从喉咙口吐出来，身板好的也当场胸闷气短。

一套鼓律，以数种不同形制的战鼓交错奏来，如暴雨雷电般落下，令人坐不稳，只想拍案而起，手随之舞，足为之蹈。人们强按下冲动，依旧彬彬有礼地留在座上，可手仍忍不住叩击拍打，身体也随着鼓律摇晃。

一个铁甲武士到了场中，持戈而舞，甲叶铿锵，与鼓声相和。武士戴着一张面具，面具画的是狰狞的鬼脸，顶上插角，口生獠牙。

他舞的是《代面》，传说古时有一位将军，生得秀美若妇人，无法威吓敌军，故做了一具假面，每上阵临敌便以鬼面示人。其人骁勇善战，立下军功赫赫，当时的皇帝为表彰他的军功，令乐府作《代面》舞。

《代面》有不同的版本，上百人演来气势恢宏，十几人演则细腻传神，难的是一个人上来，要如何不被空荡荡的场子压住。

场中的舞者是一个人，却又不只是一个人，他是将军不是战士，舞出了指挥千军万马的气势。

雪信忍不住想，若为这支舞搭配香品，也许任何香料都是画蛇添足，适合这支舞的气息是风雪肃杀，金戈铁马，火血交融，完全拒绝了香气的柔美。

舞到末拍，舞者掀起了面具。面具下的脸不是传说故事中那般阴柔秀美，而是英武俊美，不白嫩，带着风沙磨砺过的粗糙味道。若军队中需要一位军神激励士气，鼓舞斗志，那么他绝对是不二人选。

雪信“啊”了一声，又把嘴捂上了。

月大人问：“怎么了？”

“是他。”雪信轻声说了句。

舞《代面》的人是高承钧，皇上派他对抗他父亲遣来的胡人舞者。他心中是怎么想的？

在中原朝廷，纯粹为欢愉而欢愉的舞蹈是下品，上得了台面的都是象征点什么、歌颂点什么的，尤其讲究规模与身份相称。高承钧的舞蹈更合中原朝廷的胃口，也确实雄武有力激荡人心，一扫斗兽惨败后笼罩在蓬莱殿上的颓丧。下面的臣子们适时地站起来欢呼叫好，气氛之热烈远盖过了前者。

“你的儿子，高承钧，我的飞骑队队长。”皇上对高献之说，“你的亲儿子与你的干儿子比如何？”

高献之用眼角扫向他的亲儿子：“敢反他亲老子，白眼狼。”说罢他又捡起面前的一块肉，丢向高承钧，“反得好，赏你！”

高承钧没躲，被肉砸中后，把肉捡起来离场。雪信在他下场经过的道口，见他黯然地走过来，她默默地看着，目光里蕴含着温情。这时候安慰什么的，都是往他的伤口上撒盐吧？她目不转睛地看着他走到后殿去了。

高献之弹了个响指，乐声如开闸泄流铺天卷地而来，殿西侧一班西域乐工奏起了热情似火的胡旋舞曲，埋伏在后殿某个角落的一群西域舞姬冒出来，撞开道口的月大人和雪信，旋转到了场中。

皇上向教坊使一挥手。教坊使将他手下的胡旋舞班子轰了出去。

方才只是垫场，这才是斗舞的正章。

西域舞姬与教坊子弟混在一起也不会有人认错的。

教坊舞姬中崇尚凤眼溜肩的美人，西域舞姬都是波光潋滟的大眼睛，体态健美；教坊舞姬行有章、退有法，西域舞姬从不排好队一个一个上，她们都是一涌而出。

教坊舞姬的舞衣含蓄保守，上不裸肩，下不露腿，中间不亮肚脐，而西域舞姬的舞衣只是挂在身上的小布片，她们大大方方地把大半个雪白的胸脯和大腿根亮出来，倒让正襟危坐的朝廷命官们十分尴尬。

他们未必没见识过如此阵仗，只是此等应该严肃的场合，他们不好意思直视，又舍不得不看，只有用袖子挡着点，在手掌缝隙间瞄。

两支风格迥异的人马穿插参差，这才开始了火并厮杀。舞着舞着，冷不防改变舞步，把对方阵营里的舞姬撞出去，或者手肘一顶，把人推出去，跌倒的或者乱了步法的便自动退到场外。

论舞姿的华丽堂皇，胡姬比不过中原舞姬，但中原的舞姬在天真一项上是及不上这些胡姬的。入了教坊后，她们更是抛却了舞蹈的本意，一味钻研身姿技法，练习勾魂摄魄的眼神，像一群尾裾飘摆、行动迟缓的水泡眼金鱼，擦上、撞上障碍就完蛋。

那些胡姬，虽然衣着暴露，身段火辣，眼神却是小女孩的天真，摒除了杂念，心应弦，手应鼓，自是回眸一笑百媚生。她们的舞步也由空而入化境，随心所欲地在舞蹈中加入自己独有的小动作，把那些个只晓得如何跟上拍子的教坊舞姬们逐出场去。

月大人侧耳听着场中的混战，加上雪信和羽儿的小声解说，她脸色越来越不好看。不多时，场内的教坊子弟已所剩无几，若等到仅存的几人也败走，这场斗舞就算输了。

月大人按住雪信的肩膀，把她往后殿一拨："我说过，这是你的机会。你快去换衣服。"这会儿还换衣服？估计等装扮好了，教坊这边也全军覆没了。

雪信也看不得教坊舞姬被欺负得七零八落，也有心要替高承钧出气。她顺手拉住一个刚败退下来的教坊舞姬，扯下她的面纱给自己戴上，应着鼓点踏入场内。她的服色不属于对战中的任何一边，可她的眉眼和面纱很容易就让敌我明确她的立场。

敌众我寡，立刻好几个胡姬旋转着向她靠来，她假意懵然无知，还在适应着骤然加快的拍子，忽然，她向前滑了一步，在她身后，两名胡姬撞在一处，又弹开，各自"蹬蹬蹬"踉跄倒退好几步，待停稳后皆不可思议地望着对方，显然不明白完美的默契为何出了错。她们发了片刻呆，双双下场歇着去了。

胡姬们把对雪信围剿的初次失败归咎于包抄不够完全，她们有的是人，此刻不以多欺少更待何时？旋即上来四个人，把雪信圈在中心，并撑开双臂预防她从人缝中逃走。

雪信对着她们每个人笑过来，笑得她们心头毛毛的。

在铁壁合围的前一瞬，雪信毫不客气地在其中一名胡姬的肚脐上蹬了一脚，另一只脚落在对面胡姬的肩头，她凌空翻出，落在不远处，而包抄上来的四人被蹬得坐倒在地，另三人又撞在一起，跌得很难看。一群气急败坏的胡姬把雪信比照得飘逸从容，随手收拾一两个对她做手脚的对手，恰如闲庭信步。

一再折损人手后，胡姬们也不轻易上前来挑衅雪信了，她们发现，只要她们不惹，雪信也不会惹她们，她没有一回主动攻击过对手，像一尾窄窄青鱼游弋在满池胖胖的锦鲤中间，对手的缝隙似乎总是刚好够她滑过去。

况且，高献之再三弹指，催急曲子，曲子已快到胡姬们自顾不暇，一不留神就会自己踏错，左脚勾住右脚摔出去。

拥挤的鱼池眼看着宽裕起来，可供自由挥洒，再要以围堵推挤把雪信赶出场是不可能了。高献之越发上火，连连催曲，不惜敌我同归于尽，可惜这样只是让他的胡姬更加手足无措，拍子急如乱雹，再也没有率性天真了，只有军令如山不可违的焦虑。

此刻中原舞姬训练严谨的长处便得以体现，她们都曾在胡旋舞上下了苦功，逼着自己把技巧化为本能，即便是在睡梦中夜游也跳不错。

急曲如乱箭，翻了一遍又一遍，舞姬们也癫狂似提线偶人，在崩溃了的操偶师手中一个个瘫了下去。翻到不能再急处，琵琶丝弦乍断，曲声骤然收住。还在场中的只剩下雪信一人了，她收住舞步，手足发软，微微气喘，目光先是看向坐在上面的皇帝，然后挑衅地望向一侧，倒要听听高献之会说什么。

高献之指着她问："这是谁？"

皇上扫了雪信一眼，仿佛是对她蹙眉眨眼，又仿佛那表情从没出现过。他不在意地回答高献之："教坊中一个微末之辈，我怎么知道是谁？"

"微末之辈？一个微末之辈拼掉了我一队胡旋女！"高献之看一眼雪信，又瞪皇上，活像个输不起的赌棍，"她不在拟定出场的名单中，连衣服都不一样，是混进来的！"他喝得有点多了，舌头有些大了。

"那么就不算她，这场你的人拼光了，我的人也拼光了，算平局好了。"皇上挥了挥手，让雪信下去，他的态度比高献之淡定得多，是不是故意做出不在意，好炫耀他赢得轻松呢？

下了场，雪信轻轻叫了声"月大人"。

月大人点点头："还不错，我和教坊使说了，你再献一段独舞，拣你最擅长的上吧。"

到了后殿，教坊使大概从雪信身上看到了受嘉奖的希望，不断地追着她说好话，还把她带进存放衣饰的甲库，一面问她精于何种舞蹈，一面又殷勤推荐华美衣饰，让雪信有种揣着大笔银钱走进成衣铺花钱买面了的错觉。

隔着一层面纱，教坊使没看出这个月大人的高足就是几个月前太子东宫的宫娥——在宫里混，只需要努力记住上面的人、不得罪身旁的、让下面的人记住就行了。

舞姬的任何装扮都跳不出四种路子，一种是胡旋舞的火辣，一种是羽衣霓裳的美艳，一种是白纻的出尘，还有一种是柘枝舞的俏皮。月大人替她安排独舞是要向上推举她，既是这样她也要拿出些与众不同的东西来，要卓然不群、使人过目难忘的。

这间甲库她曾在查找点翠金簪的线索时溜进来过，对里头的东西有些印象。雪信直截了当地对教坊使说："我要一套牛皮盔甲，红色的。"

教坊使亲自爬上梯子，从架子顶端碰下一只匣子，打开，抖出一套新擦过油的朱红皮甲。作为舞服制作的皮甲使用的是熟牛皮，不如生牛皮坚韧，但上色鲜丽，远远近近看去都是一团火。

雪信扯了块红巾挽了个巾帼髻，系上朱红皮甲。她又找到了一把剑，鎏金错银，不开刃。末了，她对着铜镜在额头贴上了一片蜻蜓翅膀粘上蓝宝石粉末做成的菱形花钿。

高承钧舞了《代面》，她就舞一个《剑器浑脱》，他们二人本来就该是这样默契的。她心里几乎已经认定了她就是女乐官和国子监祭酒的女儿，才不怕与什么尚书的女儿争。

忽然重新有了底气，有了希望，她要让他们看看，高承钧得配个什么样的女子。

雪信一副英气勃勃的装扮，重新登场，将没有剑刃的剑舞出一团光，咄咄逼人。

才斜穿场子舞了个来回，就听见一声巨响，她停下，看见高献之把面前的几案踢翻，抽剑直向她奔来，寒光一闪，真正的宝剑近在咫尺。

高献之伸直手臂，把宝剑送到极限，剑尖离她心口不盈一寸，却也在这寸许间生生刹住了。皇上在他身后拽住了他的肩甲，使劲往回带，而他用力往前挣，气力的拔河不相上下，谁也动不了谁。群臣们嗡嗡嗡骚动起来，有的离开了座位，却没人上来帮忙。

“你怎么还没死？”高献之挣得口歪眼斜，双眼中带着恍惚迷离。

“你醉糊涂了，看清楚，她不是莫邪，莫邪早死了！她穿的也不是莫邪的盔甲！”皇上沉声说道。

下面一片闹哄哄的，谁都没有听清皇帝说的话，雪信却听得一清二楚。

高献之闻言用另一只手揉了揉眼睛，双眼瞳孔勉力收缩要将雪信看个真切。雪信还不明白变故何来，却一点也不怕这个醉态毕现的中年人，她眯起眼睛，回视他。

“确实看清楚了，不是莫邪，这不怕人的小眼神倒像是锦书。她是不是锦书的转世？”高献之松手，剑落在地上，他的手又向雪信够来，这回是要把她抓过来好更真切地观察。

“锦书还活着，哪来的转世？”皇上说，“你少借酒撒疯。”

“你还知道她活着。可对我来说，她就是个死了十几年的死人，我给她写信、传话、送礼物，她十几年没有回应我。既然你不让我动她，那就把这个舞姬给我，我就不和你计较了。”

“这是她的养女，你一把年纪，敢动她的养女，不怕她与你反目成仇？”皇上说话少了劝慰，多了威胁的意味。

“她的养女？多少年过去了，真快，她的养女都这么大了。”高献之托起自己的胡须看了看，“让我儿子娶了她也行。我必须要出这一口气。”他主意改得真快。

“你打算让你哪个儿子娶她？”

“哪个都行，让我儿子站一排，她来选。”高献之大方道，居然笑起来，用眼神征询起雪信的意思。

早听说高献之收了一群干儿子，他的儿子若是站成一排，小一点的操场估计还摆不下。

雪信突然开口：“真的让我挑？”若他把高承钧也算在里面，她就挑一挑，一下把多事的皇上甩开了也不错。

高献之仰天大笑：“听听，听听，她愿意挑！”他笑得正在酣畅，冷不防被人推了一下，连皇上都没回过神抓稳他，他就趔趄着跌了一跤。

月大人听见场内嗡嗡作响，也耐不住性子急了起来，等了片刻没等来混乱平复，于是就凭着她顾曲的耳力从混乱中抓住高献之的声音摸索过来，替雪信解围。

实际上，被她救了的，倒是皇上。

皇上这时回头，向悄悄靠近的侍卫们使了个眼色。

高承钧把雪信和月大人拉到后殿去了。又有几个侍卫们把高献之凌空抬起，跟随皇上步出蓬莱殿。高献之的胡人干儿子伊斯克亚欲上前干涉，却被其余侍卫拦在一丈以外，只能按剑站在远处观望。

“就算她愿意，有个人不愿意也不行。”皇上站住，示意侍卫们把高献之放在雪地上醒酒。

“你说的是锦书，还是那个江……”高献之还不是太醉，话说到一半打住了，可见之前是借酒撒疯没错的了。他很是兴奋，手脚乱刨，半点没大将风度。

皇上没有说话，他看上去就是一个被为难的年轻人，而高献之是倚老卖老为难他的人。其实他们不仅同岁，还曾在西域共患难过，但他们都在如今的位子上坐太久了，老交情一年消磨得比一年快。

他转身向一个侍卫说了几句，高献之支着头听，听不清他说了什么。

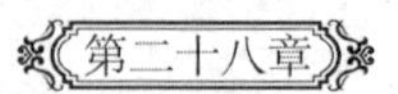

第二十八章 早知百合终化灰

宫宴提早结束了，鸿胪寺的官员安顿安西来的客人，而其余官员鱼贯出殿，走到前朝才渐渐走成了三三两两的队形。毕竟不是上朝退朝，可以松散些。

雪信换回来时穿的家常裙衫，找到在后殿吃得肚子滚圆的羽儿，坐上马车出宫去了。

来时的车辙印子被新的积雪覆盖，又是一条新的路了，马车从上面碾过，留下新的痕迹。

月大人这时候酒才醒透了，用拇指揉着脑门，反复纠结："我过量了，鲁莽了。御前献艺本来是个好契机，可但凡沾上这个高节度使，往前凑反而是作死。你当众锉了他的威风，他就敢在御前借酒醉杀了你。"

她并没有听见皇上与高献之后来议论的内容，只以为高献之恨上雪信了："起初皇上的口气分明是叫你别张扬，下去后别再露面。我没听出意思来，还叫你上去……我真是老了，老糊涂了，喝一点酒就更糊涂了。"

雪信听得心里凄凉，故意岔开话头问："听高节度使提到莫邪，莫邪是谁？"

"高献之的原配夫人，是位女将军。"人老也有好处，日积月累攒了不少掌故。可惜其中大多数是可有可无的，与自己没有关系。

"是被高献之亲手杀死的那位？"雪信记起锦书告诉过她的事情了。高献之恨莫邪，莫邪生下高承钧，一口奶都没来得及喂，就被高献之斩了人头。

当然，不是私刑，是正法，罪名是通敌叛国。

"早知是怨偶，当初何苦费尽周折嫁给他。"月大人摇了摇头。她当然是有资格这么说的。右教坊舞姬们从月大人身上看到了找一个好下家的必要，而月大人从莫邪身上找到了不如不嫁的理由。

雪信没来由地缩起身子，矮了一截。她想到了自己，也是如此百转千回，费尽周折。可是她和高承钧不可能是怨偶，无论做什么，他们都在替对方着想。

月大人听见车外除了车轮碾雪的声音，还多了一组凌乱的马蹄声："你看看是什么人跟着我们。"

雪信向车窗外看去，车窗边有一列宫中侍卫随行，换一边车窗看，也有。高承钧骑着霜夜走在马车后。她把手伸出窗子，扬了扬，高承钧鞭马赶上来。

“你们在做什么？”雪信问道。

“奉旨送你们回去。”高承钧说，他把雪信放在窗框上的手塞回窗子后面去。

“你们以为我们会在路上出事？太风声鹤唳了吧！我们又不是朝廷要员。”

她倒是愿意高承钧送她们回去的，若不是那么多人的话，她想告诉他，她要收回之前说过的话。

“你没与他打过交道。”高承钧说。

月大人也微笑点头：“你在斗舞会上立了功，派侍卫送你回去，一来是防备有人不服前来寻衅，二来也是一项殊荣，是对你的赏赐。老妇人我今天沾了徒弟的光。”

她承认雪信替她挣了面子，也肯公开承认雪信是她的徒弟了。

侍卫们护送师徒三人回了月大人的居处，并不立刻离开，他们还将守上一夜，明日一早撤不撤得等皇上的传旨官来宣布。

清冷的小院子立刻有了人气，庭院中的积雪被众多硬靴踩得纷乱。

有人见证的快乐才是快乐，如果侍卫们立刻走了，月大人反而怅然若失。她掏钱请客，让羽儿去酒楼订了一套酒席，摆在临时收拾出的厢房中，还亲自敬酒谢他们，其实呢，是请他们陪着她高兴。

月大人才醒酒没多久，又醉到三步路也走不稳了。

雪信扶她回房间休息。

月大人握住雪信的手，又时而摸摸她的头发，显然是满意极了。雪信却在焦虑，她想对月大人说出真相，可是月大人却只顾教她进内教坊后如何做人，躺下说了没一会儿就睡着了。

见月大人睡熟了，雪信也不好再继续打扰，她又想去找高承钧说话，可是高承钧正被他的队员们拖住了，吃喝闲聊在呢。

她在门边听了听，高承钧下令干了这坛酒后就不许再开新的了，不能有人醉倒，还得打起精神守夜。

可这帮人平日难得有开开心心敞开吃喝的机会，谁会愿意错过呢，于是厚起脸皮讨价还价：“再开一坛，就一坛，分到每人头上也没多少，铁定不会醉……”

这群人都以为他们摆摆样子送月大人师徒回来已经够了，他们代表皇上亮出了态度，还有什么人敢来滋事？就算高献之狂妄，不把皇上放在眼里，不是还有他儿子高承钧在吗？让高承钧去说几句把对方打发掉就是了。

所以只需要高承钧一个人保持行动力就行了，他们才不必陪着。

羽儿也认为这是个纯粹的庆功之夜，理当趁着高兴做一些平日没胆量做的事情。

她溜到院门边，把门打开一条缝，又回头看着雪信，竖起一根手指摇了摇，闪出去了。雪信没看懂她的意思，是别出声，还是别上门闩？反正她一定是去会李家郎君了，所以雪信没出声，也没去把门关好。

夜色渐浓，雪停了，月光从捂了一天的厚厚的云层中挪出半张脸，雪地微亮。

雪信披上一件丝绵斗篷站在院子里，一会儿侧耳关注月大人房中的声息，一会儿又听听侍卫们的醉言醉语。

她忍不住打了个响亮的喷嚏，月亮又钻回乌云里去了，似乎是被她惊天动地的喷嚏吓坏了。她在黑暗里不好意思地揉了揉鼻子，结果又打了一个喷嚏，这一下，连厢房中的吵嚷都低下去了，那些人好像在不怀好意地等着听她的第三个喷嚏。

厢房门一开，高承钧站在门口向外看。院子里黑，但还不至于黑得伸手不见五指，雪信站在暗处把高承钧看得一清二楚，但是高承钧是从有灯光的地方观察暗处，所以什么都看不见。

可惜雪信的鼻子又作痒了，第三个喷嚏接踵而至，暴露了她的位置。她看见高承钧笑了一下，向她走过来，捧住了她藏在斗篷下的手。

高承钧的双手很暖，像一只盛满香灰、埋好了炭的小手炉，不温暾，不烫手，刚刚好。雪信不知从何说起，索性不说话，依偎了过去，虽然他的铠甲很冷，有冻住她脸皮的危险。

高承钧没有半点受宠若惊的表示，好像只是她打了招呼离开，又约好了在这一天回来一样。他揽着雪信，小声说："我还以为还有三年要等，你后悔得也太快了，甚至没让我有机会拒绝别人。"

他也敢嘲笑她了。

雪信在高承钧身上找能下手的地方，可是他被盔甲保护得像螃蟹那般结实，最后只好在他脸皮上拧了一下，说："我是有道理的，我总是有道理的。"

"是，你总是有道理的，这回是什么道理？"高承钧问。

还未待雪信回答，厢房中就有人催高承钧了，问是不是主人家送酒来的？

雪信把高承钧往那边一推："你先去应付他们吧。"她略略觉得自己是有些心急了，应该与月大人相认后才向他说明内情的。但早说一刻，她也会少受一刻煎熬。

她匆匆走进月大人的卧房，搬了具小胡床放在榻边坐着。雪信望着月大人干枯发皱的脸，想这是她的母亲。细算起来，她们二人何其相像，都骄傲倔强，都很在意自己的身份，也都不甘于随便依附一个男人。

一旦有了一个目标，便把别的什么都放在一旁，连爱情也可以等一等再说，等最重要的事做完了，才来收拾被自己搅黄了的爱情，不管是否为时已晚。明明是她不敢承担，把自己送走的，可是看着月大人乌发里的银丝在烛火下分外扎眼，雪信又觉得是自己不好了，居然这么晚才把她找到。

那群侍卫抵挡不住酒意和倦意，在厢房中歇息了。雪信听着庭院中人声渐低渐无，估计着时辰。

四周万籁俱寂时，月大人忽然醒了，摸索着要起来，雪信把她扶着坐好，从一旁的小炭炉上取下铜壶倒了一碗水端过去。

"商儿，你怎么在？"月大人喝了水，才从对方生疏的动作里觉出不太对，平日里照顾自己起居的活儿都是羽儿在做。

"羽儿休息了。我偶尔照顾大人一回也是应该的。"雪信又扶着她躺下了。

"你是不是有话说？"月大人眼睛不灵了，其他的感官却越发敏锐。

这个徒弟虽然总是有心事，说话也习惯说一半，但最近好像一直憋着什么事情，看得出已经憋得很辛苦了。

"大人先休息吧。有话明日说。"雪信如此说，便是承认了她憋着话了。

月大人摆手，又坐了起来："别以为我喝糊涂了，我清醒着呢，你说吧。你若不说，我倒要睡不着了。"

雪信从怀里掏出点翠金簪，塞进月大人手中："大人，您认得这个吗？"

月大人瘦削的手指触到金簪上的翠羽，又摩挲过簪身每一道装饰的细纹。雪信揪着心，她凭眼力也曾混淆过，月大人的手，能胜过眼睛吗？

"是羽衣霓裳舞的舞簪。"月大人说，"不过这支簪子是特别的，是我请匠人按我亲手绘制的图纸打样的，前后两朝的羽衣霓裳舞所用舞簪都参照此簪打造。"

她忽然反手握住雪信的手："这支簪子，不是该埋在火场的瓦砾堆下吗？你从哪里得来的？"她的声气颤抖得不像话。

"是我的，是我剩下的唯一能证明我过去是谁的东西。我来安城，循着它留下的线索找到了您。"

雪信也颤抖着回答，她的心像一条拉紧了的弦，仿佛再多加一分力就要断了。

月大人放下金簪，双手找到了雪信的脸。

两人初次相遇，月大人也是那样摸索雪信的脸颊、肩膀和胳膊，可是与那时又大大不同了。那时月大人的双手稳定冷静，只是检查她的骨相，透过形体评估她的人品，此刻却抖得如风中残叶，急着不分巨细地描摹这个女孩完整的样子，再与心目中建立起的形象对照、修改，越着急，越是控制不住颤抖、抓不住形象。

她摸到雪信满脸的泪水，自己干涸的眼窝里也淌下了两行浊泪。

恰在此刻，门上被轻叩两下，玄河的声音闯了进来："月大人，是否已安寝？"

雪信难以置信，怎么会有那么不识时务的人在这个紧要关头打扰她们，她恶声恶气地回答："都睡了，有什么事明日再来叨扰！"

玄河没走，站在门口道："那就烦请月大人整理好装束，我奉了皇上的意思接你们去我的别宅暂住，马车已在院外等候。"

雪信又要吼，月大人按下她的手，自己也稳了稳心神，说："我还是习惯住在自己家里，不习惯搬去别处。况且皇上已派遣侍卫来守护，料无大碍。"

"高节度使派出的人马已从他的别宅出发。你们再看看这院子里的一队侍卫，除了队长全躺在地上打酒鼾，况且院门还虚掩着，所以你们这是摆空城计，还是真的料无大碍？这院子易攻难守，我劝月大人还是暂避锋芒吧。"玄河的话语中尽是焦虑了。

月大人示意雪信扶她下地，披上了衣服，坐到妆台前。

她摸到梳子，整理睡乱的鬓发，向窗外道："我是不会走的。我活了六十几年，遇到的惊险场面也不少，从未被吓跑过；遇到的奇闻怪事也不少，也从未听过胜利者要避失败者风头的。若皇上以为我师徒三人有危险，则加派人手威吓对方便是，怎会派人协助我们连夜逃跑？凡事逃不出一个理字，他们不占理，理不直则师出无名。我就坐在这里，看他们来了有何话讲。"

月大人大义凛然，说话掷地有声，但讲到末尾话锋一转，多了几许温情："是我教出来的徒弟，有事我来承担。你把商儿带走吧。"

"您不走，我也不走，哪儿也不去。"雪信把梳子抢下来，帮月大人整理仪容。

"那就谁也不走。玄河子，请回吧。"月大人笃定道。她的资历摆着，连皇上的牢骚都敢发，对玄河则更不用客气。

门外没了动静，雪信打开门，只见高承钧一人站在檐下，背对着她，注视院门。她莫名地失望，她以为玄河会多劝两句，劝不动也留下来帮忙，与她们共进退，却不想他却只说了两三句就走了。

雪信站在门缝旁，忽然从风中嗅到了逼近的危险，心头很是不安，又跑去厢房里，挨个踢那几个瘫醉如泥的侍卫，搓了雪团捂到他们脸上，可侍卫们只是不耐烦地挥手，像是朦胧中赶开讨厌的蚊子。

月大人喊她："商儿，你把堂上的烛火拨亮，把门大开，扶我过去坐着，让他们一进院子就能看见我。"

雪信按照月大人说的办了，并且轻声告诉她："我的名字不是商儿，我叫……"

月大人却阻止她说下去："你是我的商儿，从今往后都是我的商儿。"

雪信听见高承钧的透山剑出鞘的声音，她不得不分心回头，望向他。纵然他坚定如山，他还是一个人，不是《代面》里的将军，召唤不来无形的千军万马。愣怔中，她仿佛听见了马蹄踏过街道和松油火把燃烧的声音，还嗅到了野兽的腥膻味，感受到了钢刀的酸冷气息。

月大人似乎也听见、嗅见了，已经近在咫尺了。她让雪信扶着她走到院中，这时火光已把院外的夜空映亮了。

"这事过了，你再详细对我说说这些年你是怎么过来的。"

雪信颔首应下。

对方踹开门涌进来，一共十余人，每人手中都牵着一条皮毛浓密、几乎看不见眼睛的大狗，狗身上的恶臭加上狗嘴中喷出的气息把整个院子都熏臭了。让雪信不寒而栗的是，这些狗不像普通的看门犬那般以咆哮低吼震慑敌人，它们静静地等待着。这些狗就是在宫廷斗犬中大败中原犬的吐蕃獒犬。

"把人交出来就没事了。"当先走进来的一个犬师扬了扬手中的一件东西，那是一块红色牛皮。每个犬师的手中都捏着一块朱红皮甲的部件或碎片。他们是凭着雪信在皮甲上留下的气息找来的。

"你们凭什么要人？"月大人向前迈了一步，这是个质问的姿态。

那个抢先说话的犬师乐了，他仿佛觉得这个问题很好笑。他没有回答这个问题，只是扬手丢掉了那块牛皮，喊了声："高节度使说了，只留那一个活的。"接着他以胡语发了一声口令，松掉了手里的绳子，其余几个犬师纷纷发出口令，松掉了绳子。

十数条獒犬发出迫人胆碎的低吼，喷出热烘烘的腐臭，扑将过来。雪信把月大人拉到自己身后，月大人却猛然把雪信推向高承钧。高承钧接住雪信，提起她抛上了正房屋顶，只是兔起鹘落，在高承钧逃脱之前，獒犬更快一步杀到了。

高承钧本有机会跳出狗群的包围圈，但一接一抛的拖延，令他失去了选择战场的机会，他被四五头獒犬团团围住，尖牙和利爪扎不破铁盔铁甲，它们便不断以巨大而沉重的身躯撞击他，他挥剑劈砍，獒犬灵敏闪避，剑刃每每擦着野兽的要害掠过去，只削下了几根狗毛。

獒犬们知道暂时奈何不了全副武装的高承钧，所以更多的犬们选择了毫无抵抗能力的女月大人，只是一瞬间她就被扑倒了，身体被争先恐后的狗群覆盖得看不见了。

雪信在屋顶上没有听见月大人的惨叫，只听见了狗群响亮的撕咬咀嚼声。她发疯一般地叫着，跳下屋顶，去拽一条獒犬的尾巴，想把它拖离月大人的尸体。可是獒犬根本不理她，雪信又用脚踢，用发簪刺，终于逼得一条獒犬回头向她扑跃过来，但犬师打了个口令，那犬转头加入了攻击高承钧的战团。

在其他犬师的催促下，獒犬们放弃了月大人的尸体，一致围攻高承钧，有的衔住脚，有的咬住了胳膊，直到终于把他拖倒。它们在盔甲覆盖的躯体上寻找薄弱环节，脸上没有保护，肩膀没有铁甲只有皮甲，大臂内侧没有覆盖甲片，甲裙下的腿部最为可口，同时它们也在用锋利的牙刀和铁钩般的利爪瓦解着铁甲的保护，咬断咬烂捆绑盔甲的皮绳。

雪信跑向犬师叫喊着，她说她跟他们走，她跟他们走。可是没人理她。

犬师们都知道不管她愿不愿意，最终都会被带走，既然高节度使说了只留一个活口，那么就得把剩下的活儿干完，哪怕剩下的这个人是高承钧。高承钧活着到了安城，本身也是一件没做利索的活儿。

“他是高献之的儿子！高献之连儿子都不要了吗？”雪信歇斯底里地去拉他们。他们甩甩手，躲开她。他们知道自己是粗鲁野蛮的，生怕不小心把她碰坏了，不能向高献之交代。

雪信醒悟过来，只要自己还站在这个院子里，就会要了高承钧的命。她跺跺脚，跑出了院子。

果然起效了，犬师们发现她跑了，急忙打呼哨命令停止攻击。沉浸在厮杀的兴奋中的獒犬不是那么容易控制的，犬师们连喊带拽才把它们从高承钧身上弄了下来，并驱赶着立刻投入对雪信的追踪。

雪信没命地跑。她才跑起来的时候，并不知道自己能跑向哪里，可是跑着跑着，她确定了自己的方向。

三个多月前，她从苍海心的家跑向月大人的家，得到了一个短暂而温暖的庇护，当这个脆弱的庇护被毁掉后，她又不得不从月大人的家跑向苍海心的家。

她讨厌狗，而且现在越发痛恨狗了，但苍海心家中的那群猛恶的大狗或许能救她。她跑着跑着，听见身后追兵逼近，獒犬们难以抑制战斗的欲望，发出低沉的咆哮，席卷过她奔跑过的街道，撞开一切阻挡它们的行人。夜游晚归的行人不知出了什么事，皆被吓得面无人色，闪在街边观望。

雪信怀疑自己在奔跑中神志恍惚了，似乎分不清追兵在前面还是后面了。她听见身后有犬吠，前方也有，她是由南往北跑的，北风卷来的气息里也有狗的腥臊。跑着跑着雪信就站住了，茫然地向身后望，又向前看。

两个视野中出现了两群狗，在冲刺奔跑中飞速接近，先是前方的狗跑到她面前来了，带头的是一头硕大的灰狼，灰狼带领的是体型更为巨大的昆仑巨犬，它们没有停下，只是稍稍改变奔跑路径，从她身边两侧擦过，在她身后与另一群狗对撞，一瞬间场面血肉横飞起来。

然后两个人跑了过来，一个是玄河，一个是苍海心。

“你们这群疯狗，来得太迟了。”雪信恼怒地看着他们，也恼怒自己。

“还好，不算迟。”苍海心在乎的只有雪信，能不能救出其他人，都只是附带考虑。

雪信前一刻还看见苍海心跑到了她面前，后一刻就看见了夜空，乌沉沉的夜空，月亮在云层边沿挣扎，乌云的一小块被映亮，亮得煞是刺眼，转眼又黑下去，整片天黑了，耳边的厮杀哑了。

月大人的死，雪信觉得自己难辞其咎。月大人抱着一套过时的骄傲我行我素，她当时应该劝着、拦着些，可她偏偏把赌注放在了高承钧身上。

她也曾以为高献之会顾念父子之情，只要高承钧坚持保护她，高献之就会放弃。可惜她错了，月大人舍了性命保护她时，高献之却要取他儿子的命。世上竟然有如此孽缘。如果苍海心的狗群早一点到，她的错误也可以弥补，可他们终是来得太迟了。

雪信在一片黑暗里怨恨完了自己又怨恨别人，蓦地她双眼一睁，眼前天光大亮，一片白蒙蒙的水汽。

雪信发觉自己还在浴室里，旁边围着斑斓的织锦屏风，玉石砌成的海棠池子，池底蹲着烧红的铜蟾蜍。她伏在池边照出了自己的影子，满脸满身的血迹，脸上和手上的血干透了，绷得肌肤生疼，她却放声大笑起来。

“疯了疯了，是吓丢魂了还是中了邪？”猴子蹲到她身旁，伸手要掀她的眼皮。

雪信躲开她，笑着说：“我做了个可怕的梦，我在梦里当真了，难过得要死。醒过来才晓得，被塞在死鹿肚子里绑回来，也不是天底下最糟的事了。”她几乎觉得自己身上的血迹是香甜的。

猴子支吾道：“可你身上沾上的是狗血。”

雪信的笑声戛然而止，她盯着猴子，一字一字道：“你再说一遍。”

猴子被盯得毛骨悚然，她把雪信拖着转出屏风，让她自己看。

门外一片银白，鹅毛大的雪片满卷飞扬，积雪覆盖了台阶。

“鹿血那次，是仨月前的事了。”猴子低声说道。

雪信听见远处长长短短的狼嚎：“是大毛吗？”她回头问。

“是公子。”猴子撇撇嘴，又叹口气，“他的三十条大狗，死了五条，伤了好几条。他把狗当成儿子，一下死了这么多儿子，他伤心不过来了。”猴子似乎觉得为几条狗悲伤嚎叫是摊不上台面的事，虽然他确实可怜，那些狗也真是好狗。

“那么高献之的狗死了几条？”

“跟公子的狗掐架的那群？死了，死完了，要不是带狗的跑得快，估计会连人一起撕了吧。我说，你还是先洗洗这一身的狗血吧，再去劝劝公子，说你会留下来。你也别让他的儿子白死了。”

雪信脚步虚浮地走下台阶，走进雪幕里，猴子追上来拉她回去洗澡，她甩脱了，挥挥手，让猴子别管她。她用指甲刮着脸上的干血，片片褐色的细屑簌簌落下。

脚踩在雪上咯吱咯吱响，让人感觉分外踏实，雪地上留下两行歪歪扭扭的脚印，干干净净的，只有往前延伸，没有往回去的。

在苍海心的大风院前，雪信被人一把揪住了手腕，她愣了愣神，才看清那人是玄河。

“你也在啊，你还真是无处不在。”她对着他笑了笑，不过嘴角好像被寒冷冻住了，她咧开得艰难，“我正想找个人问问，皇上有没有去收拾残局？”

“那院子被他们烧了。高兄受了些伤，无性命之虞。”玄河把一支簪子放到她手里。毕竟是用金子做的，擦一擦还是明晃晃的，但上面的翠鸟羽毛烧作了一片焦黑。

雪信记得簪子是一直握在月大人手中的，一直到月大人推她出去，那只手里也还攥着这支簪子。

“连善后的事也被他们抢了先，毁尸灭迹，不留把柄？”雪信把簪子藏到怀里，笑容在脸上摆久了，似是冻住收不回来了，“看来是不会追究，也追究不起了。”

玄河没有作声。要不要追究不是他说了算的，他并不是真正自由的，不能想说什么就说，想做什么就做。

“羽儿呢？”这个憨丫头偷跑出去会情郎，躲过了一劫，只是不知怎么面对给烧成废墟的家。

“李郎中安顿了她，她不会有事。需要担心的是你，你现在还不安全，高献之这次吃了大亏，不会善罢甘休的。你不能留下。”玄河说，“这回宫外都不安全，你要去长南观。”

雪信又一次放声大笑：“皇上不敢与高献之硬碰硬，所以让我们躲。我们不躲，你们既不忍心撒手，又不敢明着管，于是你们就撺掇苍海心放了一群狗当救兵。我在这里有何不好？他的狗比你们都无畏无惧。我若是躲到长南观，再有人冲进来，你再来他家调狗，恐怕来不及！”她听见自己尖声尖气地说话，想必是真的疯了。

“你不想去看看高兄的伤势吗？”

“他是高献之的儿子。高献之能杀他，他能杀高献之吗？”雪信推开院门走进去，重重把门一碰。

她想自己这火发得太过了吧，起码玄河之前还带着马车来劝她们避一避，她们不走，他又立刻去搬救兵，他是尽了心尽了力的。只是皇上那想管又不敢明着管的态度着实令她窝火，她只能迁怒到他身上。

外层院子静悄悄的，一只狗也不见。

雪信走进内院，走进苍海心的房间里，才看见了卧了满地的大大小小的狗，满屋子都是冲鼻而来的血腥气、金疮药的辛凉味，还有狗食的气味。

艳丽的羊毛织毯上沾着大片大片的血迹和泥痕，大狗无声无息地趴着，身上严重的伤已上了药包扎妥了，正用舌头舔着小口子。没有一只大狗因为伤痛而哼唧，反而是小狗被这不同寻常的情形吓蒙了，躲在角落里呜咽。

苍海心抱着一只奄奄一息的昆仑巨犬往它嘴里喂羊奶，送进去一勺，从嘴边漏走半勺，地毯上湿了一大片。

雪信站在门边不知所措，她也不能肯定自己会不会给他带来更严重的损失。她站了一会儿，悄悄转身，却听见苍海心说了句：“我都听见了。”她笑得那么大声，他在里面都听见了。

“你过来，帮我个忙。”他头也不抬地喊道。

雪信想自己这回欠了他太多，他开口要求帮忙，自己是不能推脱的，于是走到他跟前去。

“你帮我抱着它，给它捋捋毛。”苍海心示意雪信席地坐下。

“可是它快死了。”雪信脱口而出，她受不了一只濒死的、脏臭的大狗。

“它不会死的，你把手放在它背上，让它感觉还有人关怀它，还需要它的保护，它就会拼命从死地里爬回来。”

苍海心喂完了羊奶，把狗头塞到雪信怀里，狗嘴上的毛浸饱羊奶，湿淋淋地涂了她一手。反正她的身上也不能再脏了。

这只大狗，还有满屋子趴着的大狗，都是她的救命恩人。雪信把手放在大狗温暖的皮毛上，试探着轻拍了两下，大狗的眼皮跳了跳，它没有力气表示抗拒或欢迎，对它而言，那只是一次小心翼翼地触碰，询问它还有多少生机。它力所能及的回答，只是在紧闭的眼皮下转动一下眼珠。

苍海心转去给另外几只重伤的大狗喂食，动作轻柔地把它们的脑袋搂住，还不时地对它们说上两句，这些狗在他的心中不亚于亲人，或许亲密甚于亲人。看到这一幕雪信生出了更多的愧意来，她失去了亲人，而苍海心似乎失去了更多。她用手指梳理着怀中大狗的皮毛，把它那身被血浆粘住的毛梳开。

“只要你还需要我的保护，我就会保护你，不计代价。”苍海心说。

雪信苦笑了一下，她真希望自己没有被他感动，但愿一切都没有发生过，她还是瞧不上他，说甩手就甩手。

可如今最可以依赖的，反而是他。

狠下心把鼻子抵在狗毛上久了，就闻不到恶臭了。人的鼻子惯会安慰自己，长于将一切陌生骇异或新奇美好变作寻常。

雪信怕大狗会冷，便把火盆移得近了，烤得周围暖烘烘的，结果她自己先睡着了，半梦半醒之际，她也没有忘记自己的任务，一下一下地抚摸大狗的皮毛，如同平整香灰的练习，不厌其烦，轻之又轻。

她做了个梦，梦见自己回到了很小很小的时候，那时她还在蹒跚学步，还是女乐官的月大人来看她，取出鲜红的小肚兜在她眼前晃，小肚兜上绣着活灵活现的莲花和鲤鱼。

月大人的样貌比她所认识的年轻了十几岁。她分不清这是回忆复苏还是乱梦颠倒，唯有一点只希望不要醒，让她在小小的身子里多享受片刻阔别归来的亲情。

雪信被年轻的月大人牵着手走路，她忽然觉得被牵住的手热热的，抬头一看，月大人的身体正在燃烧，却依然笑着牵着她，被火焰包裹的身体并不烫手。

没多久，她的身体就成了一块红亮的炭，阴火熄灭后，她又成了通体苍白，一碰就散了，成了一堆灰，触手还是温热的。

雪信惊叫着醒来，发现自己梦中牵着月大人的手落在地毯上，大狗的眼睛睁开了，一边伸长舌头舔着她的手，一边斜着眼看她。她几乎从它的眼神里读到了语言：梦见什么啦？只不过是梦嘛，一会儿就忘记了。

她接着看见苍海心抬进几个大木盆，木盆里的稀粥混合了白米、粟米、羊奶、肉碎、草药，散发着复杂的气味。

他把木盆往地中间一放，大狗们立刻就站了起来，抖擞皮毛，走到盆边不急不忙地进食。小狗们不敢与大狗争食，只站在圈外眼巴巴地看着，直到苍海心把属于它们的小木盆搬了进来，它们才欢天喜地地围上来狼吞虎咽。要不是好几条大狗身上缠着严实的白布条，这场面完全看不出前夜有过一番惨烈的恶战。

“你看，它们都好起来了。我说死不了的就是死不了。”苍海心双眼红红的，精神却比她睡着前见到的好多了。他还凑过来嗅嗅她的头发，说，“你闻上去不大好。”

她和他，还有这些大狗，满身都是干掉的血和尘土，而她更多了一种恐惧惊悸的气味。

雪信抱着她怀里的大狗不松手，似乎它就是一床温暖的被子。大狗宽厚地回头看她，舔她的脸，并没有要挣脱开去吃东西的意思。

苍海心又出去一回，把小桃小碧叫了进来。两个小婢女一见到又脏又臭的雪信和满地的血污也差些疯了。雪信躺着一动不动，她们差点以为她是被狗群咬死的乞丐。

待二人好容易止住了尖叫，等苍海心把雪信怀里的大狗扯出来，她们才敢过去拉她。

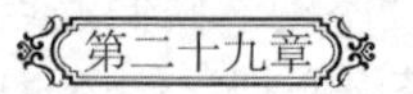

第二十九章

怜君亦是无端物

雪信还陷在那个梦里，混混沌沌地被小桃小碧牵着去了。

两个婢女知道她素日最爱干净，不能容忍腌臜气味，把她泡在浴池里洗了一遍又一遍，提水换水累得她们抬不起胳膊来。

洗完后，小桃小碧又把雪信牵到食案前，瞧她魂不守舍的样子，料她会说吃不下的。可是雪信盯着案上精工细作的素餐看了好久，几乎把盘碗看出花来，最后什么也没说，扶起筷子，悠悠开动了。

她吃得像一台年久失修的水车，很慢很慢，倒是没有停过。

雪信吃东西似乎并不是因为身体的饥饿，而是心上的恐慌，每多消灭一点食物，她将获得多一分宽慰。

从下午开始吃的一顿饭，吃到天黑还未吃完，她吃得实在太慢了，连吞咽前都需要认真考虑一下似的。

苍海心来枕莲馆看雪信时，她在喝羊奶。

她过去是不喝羊奶的，奶与肉一样，有荤气，故而以豆浆替代。结果今天也不知哪个厨娘出了差错，把羊奶当作豆浆盛了满满一盏来，她尝了两口也没尝出味不对，或者应该说她现在根本辨不出滋味。

房间里连灯都不点，雪信就这么坐在黑暗里面无表情地呷着羊奶，小桃小碧见没法劝，就躲了出去。

苍海心有一双能在夜间视物的好眼睛，他摸着黑看了雪信一会儿，也看不下去了。他摘下灯罩，才吹亮火折子，雪信就说话了："不要上灯。"

苍海心问为什么不让上灯。

她说："会不小心烧着房子的。"

"没有灯火，你不是什么都看不见吗？"苍海心伸手在她眼前晃晃。

"有什么可看的。"雪信的眼珠子定定的不动，直到终于把羊奶喝完了，她又摸索着把瓷盏放回案上。

苍海心从案上端起一只纯银八瓣杯放到她手里。雪信掂了掂，还是满的，提起来饮了一口，这回呛了出来，是酒。她呆了呆，受到阻挠也不停下来，仿佛给了自己一道强迫指令，管它是什么，端过来了就吃下去，必须吃下去，她皱着眉头，喝药一般灌下去一半，苍海心把杯子硬拽走了，她不依不饶地往回夺。

苍海心低头抢着把那半杯酒饮尽，雪信顿时觉得似乎一桩重要的事被他破坏，留下了此生最大的遗憾，她夺回空杯子，狠狠摔在地上。苍海心往她手中塞一个瓷盏，她就扔一个瓷盏，给她一个盘子，她便砸一个盘子。

案上能摔的都让她摔了，那个遗憾还是遗憾，无法被修补。雪信抓住苍海心，把他往地上一推，他顺从地跌进碎瓷片里。她更生气了，她明明是推不动他的，谁要他配合了，太轻易地破坏无法抵消分毫怒意，反而增添了挫败感。

雪信又把苍海心拉起来，让他站好，准备补上一脚，可是手上黏糊糊的感觉让她停下了，抬起来闻了闻，是血，还是新鲜的。她明明洗干净了，也没受过伤，那么这血肯定是苍海心的了，他的手撑在瓷片上划伤了。

雪信踉跄两步，后退。苍海心无礼冒犯时，她可以打破他的头，可是现在是他施恩给她，结果自己不仅冲他发怒，还把人给弄伤了，即便是这样苍海心也不吭声，这到底算什么呢？

雪信又转身走向卧房，她脑袋晕晕乎乎的，磕磕碰碰间似乎撞到了什么东西上，摔了一跤，她爬起来，又向里撞，这一次终于撞到了榻边，倒了下去。

倒在榻上的时候她仿佛仍听见苍海心跟在她身后，不远不近地察看着。雪信迷迷糊糊间抬起手向他扬了扬，似乎是叫他出去，又好像是叫他到近前来。

苍海心一眼就将她的手势看成了招手。他走到榻边，把雪信垂在地上的脚提起来，为她脱了鞋，又把她纠结扭曲的姿势摆平。

“我知道你难受。难受不能憋着，像我，嚎两嗓子就好了，你也得哭一顿才行。”

“人只有无可奈何的时候才会哭。”雪信说着，坐起来，趴到了他的肩上。

“她是你一个重要的人……她死了，你哭一哭，也好让她知道你舍不得。”苍海心不知道自己该说什么了，因为雪信忽然凑近了来，两人气息相接，他的全副精神都用来感知她的香气，搜罗不出安慰的话了。

“她是我的母亲。”雪信说着。可惜梦里梦外，她都来不及称月大人一声母亲。

她抬起苍海心的手，闻了闻，用舌头找到伤口轻轻舔了舔。这是野兽疗伤的方式，也是相互示好的方式。

苍海心的身体僵了一下，抽出手来，这一刻他什么都记不起来了，记不起自己为什么会来，又为什么会坐在她的榻边。

雪信把脸埋在他的肩窝。只要把他曾经做过的事，反过来做一遍就是了。那么脏的大狗她都抱过，他身上的气味当然已算不上难闻了，那种洗了又洗、被香汤与澡豆所掩盖的野兽气，仿佛是已驯服了的兽性，让她安心，只要她小心些，她是可以驾驭野兽的。她挑开他一边衣领，咬住了他的锁骨。

苍海心猛然把她推在枕上，问道：“你要什么？”他对雪信的性子也略知一二了，所以明白她此刻绝不会是表达感激，而是索取和交换。

“杀了高献之。”雪信提了条件。

她能依赖的只有苍海心了，皇上要顾大局，不能把高献之如何，高承钧要守孝义，父能杀子，子却不能弑父。而苍海心本来就是个混账，没有他不敢做的事，只有愿不愿意做。

“好！”苍海心飞快地考虑了一遍利害关系，还是答应了，哪怕知道也许会搭上性命，他还是愿意付出这代价。

雪信缓缓摘去了发髻里的钗钿，苍海心如同饮血般亲吻下来。他们相互撕扯着对方的衣带。苍海心忽然想起那时候在华城，他想念她，去藏珠楼找她的气味，发现她也悄悄溜进楼中捣药制香。那次他多看了几眼，她就脸红了。

乳钵里的香料被石杵越捣越细，发热生香，而此刻雪信的身体也像一罐窖藏多年的和香，打开了封口，等待与盼望了多年的香气扑面而来，他贪婪地享受这缕香魂，却又觉得不满足，若是想要完全占有，只有把她嚼碎了吞下去才行吧。

没有什么慢慢来，雪信急于把自己交出去，咬牙切齿地感受着这一切，像是复仇的一部分。她的感受游离在身体之外，似乎并不知道自己在做什么，也不知道苍海心对自己做了什么。

一炉香总会烧到尽头，云会停，雨也会止。人也会懒洋洋的，心安理得地睡去。

苍海心推推雪信：“疼吗？”他这会儿才问，是不是太晚了？

这点疼她都没折在需要付出的成本里。

雪信把自己卷在被子里，背转身子，闭着眼不说话。这是一笔交易，是交易就需要前前后后反复评估，是不是值得，会不会蚀本。

苍海心跳下床，点燃了蜡烛，举着灯照她的脸。

她整个人缩进被子里：“不要点灯。”

“一定要点灯。”苍海心不肯吹灭烛火，“我得照着亮看着你，别刚刚的一切只是我在做梦。”

他把灯台放在床头的小凳上，又溜到床上来了，扯她的被子，让她分给自己一半。

“要是梦，你就是死的，我也是死的。”雪信还是不肯见火光，闭着眼从被子里伸出一截玉藕般的手臂来，探了探苍海心的鼻息，又飞快缩回去试了试自己的鼻息，“可惜我们都还活着。”

“你这是什么话，难道你盼着是做梦？”他以前没遇到过这样紧紧挨着，却又不肯相见的尴尬。

苍海心毛手毛脚地翻开被子一角，雪信果然缩了一下，他顺势拉开被子看了眼，猛然一把掀开锦被，“你背上有幅画！”

雪信随手扯过件衣服遮挡自己的身体，厌恶道：“你胡闹够了没有！”

“没骗你，你背上刺了一幅寒梅图。”苍海心认真道，“不信你去照镜子。”

半年前，雪信入宫前苍海心也曾说她肩背上有梅花。她对着镜子看过，哪里有？

这一次她才不会再相信了，可是苍海心一脸正经的模样，若她不表示相信，他好像不会罢休的样子。

雪信只好披上衣服，走到妆台前，从妆匣里抽出菱花镜，背对妆台将衣领向后褪下。

烛火幽幽，她在菱花镜里见到自己映在妆台大铜镜里的肩背只多了几处咬痕而已。她就知道这人是在故意消遣自己，悻悻道：“什么都没有。”

“怎么没有！”苍海心举起灯台走过来要指给她看。

他远远地在妆台铜镜中瞥见雪信的脊背，果然是莹白一片，要么是方才眼花，要么是现在眼花了。

苍海心又使劲眨了几下眼睛，却在走近她的十余步里，见证了梅花从无到有的过程：先是花瓣淡淡地出现了，色泽渐深，由起初的粉红转成朱砂红，然后苍劲的枝干也出现了，仿佛一幅藏在她身体里的画，浮上了肌肤表面。

雪信终于在菱花镜中见着了背后的梅花，一时骇异，撒手掉落了镜子。

苍海心举着灯火退回去，又走近前，再退回去，又走过来，他愉快地告诉雪信："你背上本来是没有的，可是我走过来，梅花就浮出来了。"他捡起镜子塞回雪信手里，"快看快看，我走得越近，梅花越清晰；我退开，梅花便消失了。"

雪信在圆镜中见到了那幅画似一条被苍海心喂熟的鱼，他一走近就冒出来，他离开就潜游回水底。

"换个人来试试！"苍海心敞襟露怀地就要跑出去找人。

"不用了。"雪信喊住他，总不能叫一堆人进来看她的裸背，只为印证一个推论吧？她喃喃道，"本来没有的，别人在我身边时也没有的。"

苍海心慢慢走回来："你说的别人，不会是高承钧吧？"

"你不要再提这个名字了。"自从高献之的人纵恶犬咬死了月大人，高承钧与她又得形同陌路了。她不能要求高承钧为她杀了自己的父亲，也许要求了也没有用。

"我就说，你是沈先生送给我的，你身上早就盖上了归我所有的戳，所以跑不掉的。你千不愿万不愿，还是落在了我手里。"苍海心免不了越说越自得。

从小，雪信对于他来说就是可望而不可即的，忽然有一天，有人说他有资格得到她，可是他不得其法，不知道怎么才能得到。

他胡乱尝试，做了许多奇怪的事，然而就像捏着纸网子在缸里捞金鱼，越着急，她跑得越远。可是她最终还是自己个儿跑回来了，还求他帮忙。这个忙除了自己，别人都帮不了。因为没有那么疯的人敢答应杀高献之，只有他，所以雪信也只能是他的。

苍海心禁不住去亲吻雪信脊背上盛放的梅花，满室兰馨，就连这架平淡无奇的沉香床，也被摩挲得散发出了香气。

天还未亮苍海心就走了，他倒不是缠绵的人，不爱躺着享受香软的怀抱。

雪信整理好衣服，焚了一炉香，想要驱散他留下的气息，仿佛气息也是什么见不得人的把柄。透凉彻骨的龙脑香，把什么痕迹都冲散了。

她对着镜子盘尖尖的锥髻，一把又黑又浓的长发握在手里也颇有分量，她把头发慢慢推到头顶上，把鬓角理光。正悉心梳发的时候，猴子撞开门闯进来了，惊得她一松手，长发打着旋松开，落回去了。

猴子气喘吁吁："公子背了张弓，把豹子和所有的狗带出来，说要打猎去。"

"他不是爱打猎吗？"雪信懊恼地用梳子重新理通头发。

"那他也从没有天不亮就出发、从没有把所有的狗都带出的，况且一大半的狗还伤着呢！他那神气哪里是去打猎，是去吃人还差不多。不管是不是你惹出来的事，你总得去看看。"猴子过来拖雪信。

其实谁都知道，就是雪信惹出来的事。

前一天夜里，苍海心本来在别人家里喝酒，被一个道士拉住说了几句，就匆匆忙忙赶回家把所有大狗放出去掐架。然后他把雪信带回来了，两人都是一身血。

上回他也是把雪信血糊糊地带回来，紧接着就被打破了头。昨晚家里的上下人等可都等着看呢，看他这回会给自己找什么罪受，果然只隔了一天，他就疯疯癫癫的了，虽然在大家眼里，他平时也是不着四六。

雪信在催促里飞快地把头发挽起来，被拉进平坦的天光里。无数雪花如冷白的蛾子扑面而来，积了一夜的雪一踩上去就没了脚踝。

两人一脚深一脚浅地跑到正厅门前，就看到苍海心在家奴们的火把照亮里，揪揪这只狗的耳朵，拍拍那只狗的背，眼神和手势都是在激起它们的战斗热情，狗儿们被怂恿得跃跃欲试，不时沉腰低吼，或者以爪挠地，一看就知道对厮杀充满了渴望。

豹奴把猎豹和猞猁都带了出来，在跳跃的火光下，人与狗都大口大口地喷着白雾，脚下的积雪被踩成了脏水。家奴们明知情势不对，也只能默默地做好自己分内之事，没人敢说话。

雪信走进被火把包围的人圈里，苍海心跑过来推着她说："外面冷，你回去。"

"你干什么去？"雪信被他推着退了两步。

"去做你交代我的事。我很快就回来。"苍海心轻松道，"不仅他的狗都没了，况且他的人也扛不住我的狗。"

"你临去前最好把你藏钱的地方告诉我，我好取了钱替你订一口棺材，做一套殓衣。你带着一群狗，一张弓，就想去杀高献之？这是在安城！你能走进他的宅子吗？就算你的狗勇猛为你闯开了路，你箭法精绝射杀了高献之，你还能像个没事人一样回来吗？"雪信鄙夷道，就这点脑子还想去杀高献之吗？

"他纵犬行凶都没人追究，为什么我就不行？我杀了他，也一把火烧了他的宅子！"苍海心振振有词，可是他也稍微考虑了下雪信提出来的问题，旋即仿佛下了决心道，"我若回不来，你正好摆脱了我，宅子和钱都落到你手里。就算我吃点亏，让你占个大便宜也不是不行！"

他答应了她事情，便要不计后果地完成，不能让她小瞧了去。

"我倒是想占这么大个便宜，可他是安西四镇节度使，你算什么？只怕到时候我们会全被拉到东市上去砍了，你家大人也会被你连累了。"雪信哼哼，她摘下他肩上的弓，扔给一个家奴。

现在苍海心名义上家里的大人是越王，被牵扯进来确实够惨够莫名。

雪信挥手，让家奴们把狗群领回犬舍，看到狗儿们都被领下去了，她瑟缩着躲进苍海心怀里。苍海心情不自禁拥住她，赴死的决心瞬间流失大半。

雪信说："我知道你重诺，答应了就认真当回事。可是你现在除了钱还有什么？我不着急，不要你以卵击石，等你有了能与他相抗衡的权势再说，这也不是一天两天、一月两月的事。"

苍海心不言不语，等家奴们散得差不多了，他才好像恍然大悟，小声对雪信说："你说外面有吃有玩，把我从山里拽出来，让我做了苍海心，结果现在你又要我争权夺势。你这个样子倒像是沈先生的监工。"

他原以为只要发起一次火并就够了，却不想又踏入了一个陷阱，脖子上的绳套勒得越发紧了。

是的，确实一切都遂了沈先生的设计，让她留在苍海心身边，扶持他，督促他。后来她不想干了，跑了一圈，还是回到了原来的安排里。

"你现在是不是觉得代价太大？"雪信问他。

苍海心笑了笑："你在做你该做的事，我也在做我该做的事。我们是一条船上的人。"

雪信忽然停住了，从苍海心怀里挣出来："那么你去做你的事，我也去做我的事。"

苍海心拉了她一下："你还有什么事？"

"沐浴。"雪信不自在地回道。

"我也刚好想要沐浴。"苍海心眼巴巴地望着她。

雪信严厉地瞪了他一眼，那神气仿佛一下回到了过去，为他唐突又冒失的话气恼着。苍海心只好松了手，被她推了一把，任其走开了。

水雾缥缈的浴池里看什么都是模糊的，就连思考事情的节奏也慢了下来，恍惚一下，能把什么都忘了。可是仇恨迫使人清醒，雪信双眼失神地望着如烟般袅娜上升的水汽，思忖着她该怎么把这块烂泥糊上墙去。

当人把一直想要的东西握在手里时，要么安乐满足，就会懒洋洋的，不愿折腾，不愿改变，患得患失，投鼠忌器。或者发现那东西不过如此，他就会把那东西推在一边，寻找下一件吸引他的东西。若是前一种，他会失去勇气和坚定；若是后一种，那么她就失去了与他交易的价码。

当人有了痛苦，有了欲求，才会不知疲倦地为目标努力，连悲伤都顾不及，哪怕透支自己，哪怕自己先祭奠了复仇的暗火。这股阴暗的力量远比什么幸福满足蕴生出的力量强大。所以她也会让他痛苦，让他有欲求，不让他吃得开心、玩得开心。他才会像以前那样孜孜不倦地带着渴盼去做任何能令他接近目标的事。

雪信才把头发擦干，猴子又来给她报信："公子让萃芬院里的女人都搬走，正往外轰呢。"

她觉得怪怪的，好像苍海心成了个小孩子，做什么都令人不放心，而自己则成了他的家长，不管做什么猴子总要来报备一声，让她替他负责。

萃芬院里炸开了锅，有的女人在梁上拴好了裙带，站在凳子上比画着把脖子往圈子里套；有的女人收拾好了包裹，又去别人房间顺手牵羊；有的女人则趁着混乱发泄积怨，与素日的对头双双掐得鼻歪眼斜；当然也有逆来顺受听安排的，有嫌安置费给得少坐在地上不肯起来的。

苍海心不耐烦了，踢翻了一个大木箱，倾倒一地的铜钱串，他高声喊道："第一个走的领一百吊，第二个领五十吊，第三个可以领二十吊，后面的排队一人十吊。先领多得，后领少得。钱发完了还剩下的人，没钱也得走，不肯走还撒泼的就打残了再卖。"

机灵些的赶紧挤上来抢铜钱串，头三名的互殴尤其激烈。

一阵慌乱间伸过来一把马勺，把抢钱的手都敲走了。苍海心刚要发作，却看见猴子用脚把散落的钱串扫拢，十分狗腿地站到雪信身后。

"都是花钱买来的，你放还也就算了，还白送好些钱，莫不是想做大善人？"雪信低头看着一地狼藉，有些来气，"养她们到老死也花不了这些钱。"

苍海心把那些女人拨开，凑到雪信近前小声说："养她们到老死也无所谓，这不是怕你看到她们会觉得烦吗？"以前，他没心思打理这个家，在犄角旮旯里堆些杂物也混不以为意，可雪信来了，他就忽然想清扫清扫，收拾得干净利落些。

"我不烦。你若是认真对我，就把后院的事交给猴子管，不用你累心。"雪信说。

"自然是认真对你。"苍海心看看雪信，又看看猴子，奇怪这两个女人是在何时结成盟友的。他手向女人们那边一划拉，"那就让猴子大管家管。"然后背着手走到一边，又回过头来看猴子怎么管。

雪信对猴子说："想走的给三贯钱，不想走的就理一份名单出来，安排她们侍寝。"诚如猴子一开始的盘算，雪信帮猴子巩固地位，猴子在管理家宅时贯彻雪信的意见，她们完全可以互惠。

猴子清清嗓子，高声宣布新的规则。女人们沉默了。最想走的是在外面有盼头的人，不给钱，自己攒钱赎身也会走，根本留不到现在。剩下的不过是贪图此间安逸，顶多有些抱怨罢了，当然这抱怨也来自苍海心的冷落。

听说走的只给三贯钱，留下的可重获侍寝的机会，那些女人们权衡了一阵，没有一个走的。她们的眼光在雪信身上扫来扫去，疑虑重重。她们的命运是被这个女人的一句话改变的，因此她们并不感激她。

雪信出了院子，留下猴子继续立威。她紧了紧身上火红的皮毛斗篷，去了听香阁。听香阁里一股子灰尘味，看来她走后没人进来打扫，由不得她苦笑，忽然就想起了永安宫里的沧海楼。

师娘锦书住过的沧海楼被料理得多好啊，十几年如一日，皇上每夜必要亲自去开窗通风，拂去灰尘。而她离开听香阁才几个月，坛坛罐罐间全是蛛网，沟沟坎坎里也堆着灰絮。

也许两相拿来比较并不公平，皇上的心是半死的，所以把不能倾诉的柔情一股脑儿撒在沧海楼里了，而苍海心是有目标的，热情随着目标时时转移，当她的气息日渐消散时，也不能指望他对一间破阁楼念念不忘。再如花园里的香草田，她入宫时，他也曾深情款款地替她浇水来着，可是她一出来，他就不再把香草田当作思念的寄托，任它们如荒草疯长凋零，如今都盖在雪下了。

雪信用袖子掩着鼻子，找了几样香料和制香工具就匆匆离开了，如今她也嫌它冷僻凄清。她又让小桃小碧为她找来一副弓箭，抱着几样东西回了枕莲馆，关上门一天。

夜里，苍海心一脸兴冲冲地来找雪信，他从背后伸出手，"哗啦"一下抖出来，是一套内红外青的钗佃礼衣，袖口缝缀红地金线的蜀锦，一层又一层，色泽层层不同，花色也不同。

"我本来要去高献之的别宅探访，可是半路遇上送亲，有一户人家嫁女儿，新妇骑马独自去夫家，她弟弟在后面远远跟着护送。我看那身婚服惹眼，就上去和她商量买她的衣服，她不肯，我就打翻了她弟弟，留下足够的钱，让她把婚服脱给我，然后我就把它带回来了。你看看你喜不喜欢，若看得上，咱也按照这个样子做一身？"

雪信看着苍海心，任他又说了一阵，听他计划如何张罗一场风光的婚礼，听了一阵，才冷冷地说："我母亲故去还不到三天。"

苍海心懊恼地拍拍脑瓜，把婚服随手一丢。对他而言，要么是绝对的悲丧，要么是狠命的欢喜，一心顾着一件事，转眼就会忘记另一件事。他说："是我太心急了，是不是要等些时日？等多久？"

若算雪信还在闺中，当为母守孝三年，若算她已嫁人，则应守孝一年，她的丈夫也得守孝三个月。若把雪信按买来的妾婢算，她是卖进别人家里了，她母亲死了与她也无关。在安城混了几个月，苍海心也混得明白点了，就看把她放在哪一档里了。

雪信斜了他一眼："在别人眼里，你不过是收回失地。"她早就承认是他的姬妾了，现在他只不过是尝了一口鲜，可是在别人看来，该是嚼烂了的滋味。随手纳下的女人，还要认认真真再娶一遍？

"找人痛痛快快喝顿酒庆贺一下也不行吗？"苍海心把婚服捡起来提着打量，他终是不死心，没有一场装模作样的仪式，似乎就是不够郑重，承诺和誓言也可以轻易赖掉。没人来分享他的狂喜，他也憋得很难受。

"你找人喝酒可以，但是不要提我。"雪信低下头去，她对外怎么承认是一回事，自己怎么认为又是一回事。她情愿把苍海心这儿当作一个临时栖身之所，两人只是达成了一项协议，协议之外各归各，谁也别要求谁。她守她的孝，他饮他的酒。

苍海心被雪信几句话打发了，不由气闷，低下头的时候发现她手中握着一支箭杆，去了箭镞，取而代之的是裹在丝囊里的香粉。他抢下箭，心疼道："这是我最顺手的一囊箭！你拆它做什么？"

"当然是免得你改天心血来潮，又要去射杀高献之。"雪信说，"急是急不来的，一箭了事，不仅赔上自己，还便宜了他。"

"那你也不用绑上香粉。"难道打算用香粉呛死猎物？

"你的猎物是萃芬院的女人，以后你看上谁就一箭射去，扑她一身香气，让她与你睡觉。"雪信拈起下一支箭，一刀截下箭镞，将香粉丝囊裹在箭杆头上，这一套动作做下来看得苍海心脖子发硬。

"我若不想用箭射人呢？"

"那她们会按部就班，排队找你，喏，轮宿表已经给你排好了。"雪信从几案的层层杂物下抽出一条绢帕，吹掉沾在上头的粉屑，展开。猴子不会写字，所以排表的事由雪信代劳了。她指给他看："今夜是第一夜，由莺子侍寝。"

"我不要她们侍寝呢？你没把自己排进去？"苍海心阴着脸问。

雪信又从七零八落的布片下找出一只绣了朵梅花的香囊，给苍海心挂到脖子里："你还是去吧。当今皇上看重仁孝品德，朝中大臣们也最烦对一个女人犯痴的皇孙。我守着孝，你就离我远点，找她们去吧，不管是真是假你都得去。"好歹她在宫里待过一阵，也算是摸清了行市。

苍海心不大听得懂她几句话的前后关系，只明白她不准自己碰，却又送了一只香囊，亲手挂在他的脖子上，还给塞进了衣襟里不准摘下来，仿佛是给狗脖子上拴了根绳，宣布了归属，也方便牵来牵去，然后就往狗屁股上踢了一脚，让狗去撵鸭子。她把自己推给别的女人，一堆别的女人，仿佛应付这些女人也是奋发上进的一部分。

到底是正儿八经送给他的第一件礼物，香囊里的香丸贴在他的胸口，被体温一熨，悠然从衣襟里透出一股香，缠在他的鼻端，像个少女捏着一缕头发，用发梢在他的心上扫着。

“凭什么我要听你的？你给我的好处这么少，却让我做这么多事。”看到雪信反客为主，娴熟地安排自己，苍海心不禁开始反思，计较起与她做的交易是不是太亏了。

“你想变成能帮得上我的人，就得先让我帮你，照我说的做去。”雪信指着门，“莺子已去了你的院子。”

苍海心不走，反而把鼻子伸到她耳朵后面。

雪信推他，推着推着却又迟疑地问道：“我身上的气味是不是已经变了？变浑浊了？”她始终是爱惜自己的体香，此刻她觉得自己像个被打开了蜡封的香料罐子，香气散了，杂了，偏偏自己闻不见，也比较不出。

“让我好好闻闻。”苍海心煞有介事地说，现在他像只吃到半饱的野兽，也不着急，扒住了猎物的残躯，仔细地嗅着，不时啃咬上一口。

耳朵后面是女人身体香气最清澈轻盈的部分，像一股清凉的花香，再往下，脖颈间的香气凉意渐褪，花香多了一丝甜润。

过去她太香了，香得人打哆嗦，似乎是不食人间烟火的气味，蹿得快，却也留不住，如今她的味道里生出了几分柔媚，沉下来了，她碰过的东西也会留下淡淡的香气。就像她在自己的怀里靠一下，衣服上也能留下她的香气，雪天的冷风吹了一天也吹不散，他走到哪里，都若有似无地想着她。

“我是不是发臭了？”雪信有些发急了，用力摇晃着苍海心。

“你的轮宿表和你守孝的决心，能不能从明天开始算？”他咬了她几下，却始终听不到她吃痛的呻吟。

雪信咬着唇，眼神斜向别处，身体摆出一副准备好受苦受难的姿态。苍海心很不满，等不及她回答，又在她胳膊上重重咬了一口。

雪信抽了口冷气，看向那条胳膊，血从两排牙印间丝丝缕缕渗出来了。

她毫不犹豫地伸出指甲，攀住苍海心胸口上那条长长的疤痕，着力划了下去，她的指甲缝里瞬间嵌进了嫣红血色。

“这才是……”苍海心不怒反笑，把她的双手环到自己背上。

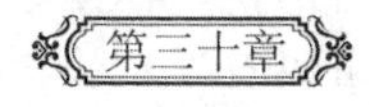

第三十章

贪作馨香却忘身

月大人遇害的第七天，雪信去城外选了块地，土地被冻硬了，不好挖，带去的家奴们挖了整整半天。棺材里没什么可放的，连套月大人穿过的衣服都没有，最后是雪信从怀里掏出点翠金簪，连沉香盒子一同装进棺材。

等一切都埋好后，雪信堆了个坟头竖了个碑，上面写着月大人的名字。她站着看了一会儿，坟尖上落了一层薄薄的雪，像是月大人的头发，半黑半白。

她出一趟门要做许多事，为月大人立个衣冠冢只是其中一件。

等打发家奴回家后，雪信带着小桃小碧去了香料铺。

她挑香料要先问产地，沉香要海南的，檀香要天竺的，熏陆要大秦的，安息香要爪哇的，零陵香要吴地的，甘松要吐蕃的。

她面如平湖地嗅闻一个个罐子里的枯枝干草，满意的留下，有问题的推开。她看起来就是个痛痛快快花钱的女人，可惜店里值得买的货不够，带的钱没能全花出去。

回家的路上，雪信在车上看见两个与小桃小碧年纪仿佛的女孩跪在地上，头上插着草标，让人去问了问价，把她们买了下来，即便这样钱也还是没花完。

一个梳着两个小髻的孩子咬着一串糖葫芦，围着她的车跑，趁人不注意捡起石头打车窗，几颗石头冲开厚重的帘子扑进车里。小桃小碧下车去逮，那孩子却一溜烟跑了，她们叫骂着追了出去。

掉进车厢里的也不止小石头，雪信拈起落在蜀锦坐垫边的一个蜡丸，捏碎，里头是一个小纸卷。

她认得字条上的字迹。

这时候小桃小碧追那捣蛋孩子去了，都没扫见雪信不动声色地下了车，上了停在街边的另一部马车。

一进车厢雪信就闻见了冲鼻的伤药气味，高承钧正坐在她对面，一只鎏金铜鸭子摆在两人中间。雪信看了他一会儿，手脚齐全，身上穿着宽松的袍服，脸上多了两道长长的伤疤，估计是狗爪挠出来的。

她指了指脸：“这疤不能去掉吗？”

高承钧摸摸脸：“也不丑。”

“可是只要这两条疤在眼前晃着，那天的事我就一刻也忘不掉。”雪信发出突兀的声音，好像自己也被吓了一跳，她低下头，把手放在铜鸭子背上。

铜鸭子全身毛羽鄰鄰，背上这一片却异常光滑，使人情不自禁地摩挲它，鸭子嘴上还有陈年香渍，都是焚燃上好沉香留下的烟油，凑近了香气斐然。

鸭子能口吐芳香，而她只会吐恶言。

“你好吗？”高承钧没有被她的激动感染，他也看了面前心心念念的人儿好一会儿。

“你希望我说好，还是不好？”雪信挑衅地回望，眼神里都是刺。

“你在他那里，就会忘了那天的事吗？”

雪信打量马车：“我不会跟你走的，你不用捡我这个麻烦。他不像你，不用瞻前顾后，从不左右为难。而你总是在隐忍、在权衡，在皇上和你父亲之间，你不想得罪也不想放弃；在我和你父亲之间，你更不愿意失去任何一个。你对屡次三番不拿你性命当回事的父亲倒是忠心耿耿，既然你爱当忠臣孝子，你就去当吧，你忠孝两全了，就兼顾不了有情有义了。世上没有十全十美的事，想清楚，做了选择就不要后悔。”

她以前说话也尖刻，可她还是第一次豁出去，一刀划开了他心上长的脓包。

高承钧沉默了好半天才又开口：“你眼下是杀不了我父亲的。”他还是了解她的，即便嘴上不说，心里肯定已经盘算了千千万万遍。人心里有了恨却放弃复仇，不是因为宽容和爱，那只是因为无能和胆怯。

但雪信是不肯服输的人。

“我会好好考虑的。也会准备好与你为敌。”她似笑非笑道。

雪信的手离开了铜鸭子，别过头，打算离开了。

刚一动身就听见高承钧一把推开了铜鸭子，伸手抓住她的后衣领，把她扯了回来，然后紧紧搂住。雪信也趁机拍了拍他的后背，在他身上摸索了一遍，宽松的袍袖下高承钧的胳膊包扎得极厚，几乎是个花布缝起来的小偶人。

如果他们以前是相爱的，那么现在没有道理不爱了，只是因为立场不同，分道扬镳罢了。她能感受到他的痛苦，却并不同情，因为痛苦是自找的，什么都想要，却又什么都不能痛快得到。

“我身上的气味变了吗？我是不是臭了？”雪信低头闻自己的衣领，她还是什么都闻不见的。

她是故意这么说，当然她也是真的想知道。

高承钧僵了一下，他把鼻子在她的脖颈间点了点，说：“还是很香，比以前更香。”凑近的时候他在雪信的脖子上见到了咬痕，胸口也有，半个在衣襟外，半个在衣襟里。

雪信望了望那只脊背被摩挲得光亮异常的铜香鸭，笑了笑，笑高承钧心里没底，妄想带着往日的情分来打动她，做最后的努力。可是她没被打动，他也不会有什么办法了。

她跳下车，看见车夫位置上坐着玄河，戴着一顶毡笠遮住半张脸，把一串糖葫芦咬去了一半，对她摇了摇头。

雪信回到自己车上，见顺手买来的两个女孩子还在，不禁奇怪道：“你们怎么不趁机跑？”

两个女孩子争抢雪信买给她们的素饼，掉了一地饼渣，用手指头沾起来也吃了，还直舔手指。她们说她们的父母病死了，她们无处可去才把自己卖了，有人买就行，随便做什么都行，为什么要跑？跑了更不知道怎么活下去。

雪信问："你们想做什么？"

两个女孩子看着衣饰华美的雪信，羡慕道："像娘子一样。"她们见雪信脸色不好，以为失言，忙改口，指着车外正往回走的小桃小碧说，"像她们一样也行。"

小桃和小碧没抓住捣蛋的孩子，气恨恨地回来了。

回到家，雪信把两个女孩子交给猴子。两个女孩子看着猴子威风凛凛地差遣家奴，又是一顿向往。

猴子是曾经蓬头垢面游荡过的，可如今比谁都讲究，先命人检查她们头发里有没有虱子，又让她们去洗澡换衣服，趁着左右无人，蹭上来征求雪信的意思："把她们放在哪儿？"

"去萃芬院。原来的那群里找两个打发掉。"雪信眼皮也不抬地说，"另外准备好热水，我要用海棠池。"

如今浴室里的海棠池是她的，而萃芬院的女人只能在自己屋里搬个木桶烧水洗澡。

雪信先回枕莲馆焚了一炉香，罩上熏笼，取了一身待换的干净衣服，覆在熏笼上。

熏了一会儿，她捧起衣服闻了闻，嫌香气不够浓郁，又拣了几个香饼扔进香炉里。

苍海心闯进来，瞧着她熏衣服，口气不悦："听说你又往萃芬院塞了两个女人？你还真会替我花钱。"

"你不喜欢原来那群，我只好买新人，把旧人换掉了。"雪信往熏笼边凑了凑。

"新的也不喜欢。"

"见都没见，怎么知道不喜欢？"雪信说，"你起码去看看吧？"

"你就不怕我喜欢了，就没你的好日子过了？"

"当然怕啊。"雪信若无其事道。

越是炽热的爱情，熄灭后越是冰冷得可怕。看他对萃芬院那些女人的漠然，也许就是她的明天。

她的复仇急不来，可她所依仗的他的热情又能维持多久呢？所以她得把自己的仇恨和苍海心的热情都抻得细细的，拉成一条长长的线，压低火头，如一盘香篆，迂回曲折，有节制地缓慢燃烧，这样才好烧得长久些。

要记得仇恨，也要装作若无其事，不能让他以为已经得到了她，至少不是彻底得到了她，所以更要装着若无其事。

"那你还不好好巴结我。"苍海心往她身边靠。

雪信又往边上让了让，不让他贴太近，心中惴惴。

苍海心细细闻她身上的气味："怎么一身伤药味道？你哪儿伤了？"他动手动脚，抓起雪信的胳膊嗅，找她的伤处。

雪信心虚地抽手，苍海心抬头，脸色也变了："你又去见了他！"

她就是怕身上沾了气味被苍海心闻出来，一回家就张罗洗澡换衣服，可还没毁尸灭迹，他就来了。在他面前，有丁点儿气味就是人赃并获。

苍海心抓起她，往肩上一甩，大步走出枕莲馆，走进浴池，也不管海棠池中的水灌没灌满，一把把她抛了下去，转身就走。

沾在身上无形无质的气味，比黏糊糊的血污更难洗。有形有色的脏，洗没洗掉是看得见的，可气味看不见，而且似乎永远不会消失，只会减淡，淡到自己闻不出来。自己闻不出来，鼻子更好些的人不一定闻不出来。

她只好疑虑重重地一遍又一遍把自己沉到水下去。

猴子见雪信起身穿上了衣服，就提了一个大水桶来，用勺子搅动浴池中的水，舀起来灌进桶里。灌满一桶也不说提走泼掉，而是倒进浴室角落的一个大缸里。

雪信走过去看了一眼，见缸中已攒了半缸水。前几回，她洗完澡就见猴子来舀水，舀上一桶存在大缸里。

“你攒洗澡水做什么？”她问猴子。

“你不知道你的洗澡水很值钱？”猴子搅动缸中水，使新旧匀净，“你的洗澡水是特地加了香料熬煮的，本来就香，萃芬院的女人都用不上，眼红死了。她们还说你身上有香气，所以才能魅惑公子，于是那些女人都向我买你的洗澡水，洒在衣服上、床帐上，好让公子也去宠爱她们啊。”

“可是……这都结了膏滓了……”雪信捂嘴，作势欲吐。洗澡水存久了，缸底沉淀下了不少白色膏絮，被猴子一搅，沉渣泛起。

“你别嫌脏，膏滓比水还值钱。这都是精华，香气浓郁胜过洗澡水，捞出来晒干，可以缝进香囊里……”猴子得意，“我已经卖掉一批膏滓了，就指望你多洗几回澡，我好发财。”

“你也看见了，公子生我气了，你的宝贝恐怕要卖不掉了。”雪信叹了口气。

“公子怎么会真生你气？就算他真生气不理你吧，萃芬院的女人不正好有机会了吗？正是如此！这是个好机会，我得加紧多做一批。你让公子多生气几天吧，求你了。”猴子没心没肺地兴奋。

苍海心还坐在雪信的房间里，像是还没有算完账。

雪信一进门便从罐子里抓了一把香末撒到火盆里，是调配失败的一款香末，在一个容器中谁也爱不上谁，一旦灼烧起来，各种香气四下逃窜，蹭蹭蹭乱跑，只顾着往外跑，把屋子里的气味搅得乱糟糟的。她看着苍海心，既然那么爱闻气味，就痛快地闻去吧。

苍海心推了雪信一把，把她推在绒绒的毯子上。她的屋子地上铺着三层羊毛编织的毯子，厚厚的。面上一条是蚕丝毯，以染了色的蚕丝线排出细小的花纹，手掌抚之，似乎被密集的蚕丝梢尖托起，触感温柔得要化了。

这回他没扯她的衣服，而是把鼻尖压在她的脖颈里反复徘徊，像只吃饱了的狗，检查路上捡来的骨头有没有毒。

苍海心伏在她身上，闭着眼睛好一会儿才说：“你只是见了他。”

“我何止见了他！”雪信赌气道。

苍海心很坚持：“你只是见了他。”

雪信眼睛朝别处翻去，他这个鼻子真是讨人烦。可是他还没有把鼻子挪开，反而得寸进尺地嗅向自己的胸口：“好大的雨。”

雪信向窗子处看了看，还仔细听了听，哪里来的雨，雪也没有啊。

他按住她的嘴唇："我在你身体里看见的，一场好大的雨。一颗颗豆大的雨点子砸进泥塘里，溅出黑色的泥。岸上汪着一滩雨水，多得数不过来，倒很是清亮，一层层漾开，清亮得晃人眼。还有土腥味很重。"

"我身体里有土腥味？"雪信也忍不住拉起衣襟来闻了闻，只嗅到附着在衣服上的乱糟糟的熏香。

"是你身体的味道，让我想到土腥气。"苍海心声音低下去，直起了身子，晃晃悠悠地走了。他脚下的步子一脚深一脚浅，好像踩着的是水塘。

房间里只剩雪信一人了，她坐起来，把苍海心说的话想了又想，不解其意。

所以他是嫌弃她脏了。

也好吧，这样就不会来烦她了，同样的她也失去专宠了。

雪信知道她带回来的两个女孩子被苍海心从萃芬院里拨出去了，安置在别处僻静的院子里，日日好吃的、好喝的从不间断，分给她们的脂粉都比给别人的好，像是精心伺候两盆移栽过来的白海棠，养一养，等花枝上绽出水嫩的骨朵就掐下来。

这两个女孩太脏太瘦，把她们调理成小美人还需要些时日呢。反正苍海心连着七天都没来找雪信，雪信所知道的也只是猴子跑来透露的消息。

第七天夜里，雪信听见了哭声，声音被风吹得飘飘扰扰，钻进窗子的缝隙。她实在不安，披上衣服走向苍海心的院子，越走向他，听得越分明了，是两个女孩子的哀哭求饶声。她苦笑了下，转身要回去，可是忽然听见哭声成了惨叫和尖叫。

雪信闪过一个念头，急忙闯进院子去。院中的狗群正在休息，听见骤然急促的脚步传来迅速都站了起来，确认了是她后又站着没动，任雪信奔跑着穿过院子，撞开了门。

她看见自己带回来的两个女孩子没有穿衣服，被倒吊在房梁上。苍海心执着一把猎刀，他要干什么，雪信一下便清楚了。

雪信站到苍海心身边，他把手在衣服上擦了擦，然后猛然抱住了雪信，把头倚靠在她的肩窝里："我累了。"他说，"鼻子累了。"

"是你自己闻了太多奇怪的味道，不仅闻，你还吃了。"雪信说。她这时不敢推开他，她感觉如果他得不到倚靠，就会大哭大喊、以头抢地。

"不是。"苍海心在雪信的身上颤抖着，"我控制不了了，什么味道都往我鼻子里钻。我想遮盖，可是遮盖不住，我要麻痹也麻痹不了。"

"什么时候开始的？"雪信忍不住抚摸他的头发。

苍海心像只被吓坏的小狗，躲进了女主人的怀里。

"七天前，忽然闻见你身体里有下雨的味道之后，鼻子就再也不受控制了。我不知道怎么了。"他又偷偷地把鼻子挪到雪信的脖子里，他的鼻间终于又充满了她的香气。

苍海心怀疑地反复嗅了嗅，说："怎么变了？"

雪信以为他是在说自己的味道变浑浊了，伸手要去推他的鼻子。苍海心却更深地埋下去："糖蒸酥酪的气味……"他好像要把脑袋藏在她怀里睡过去。

"你还是先把她们解开吧。"雪信回头看向屋子，那里还有两个女孩子。

"你不走，我就去解。"苍海心头也不抬。

"我不走……"雪信无奈地答应。

他连一刻也不肯离开她，把她按在自己怀里，搂着走向两个女孩子，然后捡起刀割断了捆绑她们的绳子，把她们扔在地上。

苍海心像只急于把骨头叼去隐蔽角落独享的小狗，把雪信拖回了她的枕莲馆。他连爱抚怀里的人儿的欲望都没有，只是把脸黏在她的身上，什么也不做，也不愿她撇下自己去做什么。

“你总不能永远也不放开吧。”雪信无奈，他像怎么也摘不完的蛛丝，好不容易拈起来扯离一点，又立刻贴回来。

“我不能放。”苍海心不讲道理，又掀起雪信的衣襟来，蒙住了鼻子。

他不能离开她一刻，他是她身体的一部分，一旦离开，数不清的气味又将争先恐后地涌进他的鼻子，让他难以忍受，头痛欲裂，最后大怒发狂。

雪信只好带着这只“小狗”挪向那个盖子上蹲着金狻猊的蝠耳香炉，用香铲慢慢拨动香灰。

苍海心摇了摇头：“又变了。”

是的，她已经平静下来了。虽然她的仇恨还是强烈新鲜的，面对比她更需要平静的苍海心，她也只能按压下来。

所以平静不是真正的平静。

突然，苍海心又扒住她的身体搜索气味，惶恐道：“闻不到了，什么都闻不到了。”一旦雪信收敛起心神，身上的气味又会如同潮水一般褪去，纯粹到不能再纯粹。

她本来是香的，因为她自幼服食香料，幽香自肌骨透出，这香气虽然也随着她的心境改变，可大致基调还在。可是从那个晚上开始，苍海心忽然穿透了这一层纱雾，看到了它背后的样子，有时候大雨如注，有时候是一碗甜腻的糖蒸酥酪，有时候它空了，什么也没有了，气味缩回她身体深处，他捕捉不到。

雪信在苍海心的干扰下，依旧打出了一个漂亮利落的篆来，引燃，袅袅青烟升起。

她把他的脸扳向外，让他注视那缕悠然直上的烟，缓缓招手，把它引了过来。

她在苍海心耳边轻轻吟诵：

帝高阳之苗裔兮，朕皇考曰伯庸。
摄提贞于孟陬兮，惟庚寅吾以降。
皇览揆余初度兮，肇锡余以嘉名：
名余曰正则兮，字余曰灵均。
纷吾既有此内美兮，又重之以修能。
扈江离与辟芷兮，纫秋兰以为佩。
汩余若将不及兮，恐年岁之不吾与。
朝搴阰之木兰兮，夕揽洲之宿莽。
日月忽其不淹兮，春与秋其代序。
惟草木之零落兮，恐美人之迟暮。
……

吟诵如烟如幻，飘摇曲折，连篆烟也随之起舞。似乎在无限的迂回里，涌入鼻间的各种气味慢下了脚步，苍海心那颗冲撞的心也慢下了脚步，累得一塌糊涂。

他就如此倚靠在雪信怀中闭上了眼睛，呼吸渐渐加深，感觉却一点点淡去。

他觉得难过，不管他怎么贴紧了雪信，他们还是两个人，她不愿意被自己捉住时，连气息也抽离了。

同床异梦，各怀心事，看穿了、伤了的也只是自己。

“我要学香。”苍海心说了一声。

雪信没有停下来回答。苍海心重复了一遍，还握住她的手摇了一下，他不记得她有没有最终答应了，只是后来诵声低微下来，他仿佛也跟着沉到底下去，蜷起身体睡着了。雪信停下吟诵，注视着炉中最后一缕篆烟飘尽，一动也不敢动，像是在守护着苍海心得来不易的睡眠，她把头垂下，许久以后，也迷糊住了。

雪信醒了，她感觉入睡前的姿态已经改变，苍海心从背后拥着她，鼻子在她的身上游走，寻找他所熟悉的香气。

她一把推开，问道：“鼻子好些了吗？”

“你不离开我，我的鼻子就好了。”苍海心说得云淡风轻，像什么都没有发生，他没有把头扎进泔水桶过，也没有大呼狂奔过，他们也没大闹过那么一场。

“那两个女孩子……”也不知道昨夜被他倒吊在梁上的女孩子怎么样了，雪信惴惴不安地开口道，“会不会跑出去乱说？”

苍海心一脸无所谓的表情：“已经抬回萃芬院找人治伤了，说是发烧说胡话，要乱说就让她们乱说去。”而后就改了一种脸色，望着她小声问，“你答应我的事，还记得吗？”

“什么事？”雪信一脸茫然。

“你答应教我学香。”

“我答应过吗？”在吟诵中，她全心投入，神思缥缈，别人对她说过什么都记不得的。也许苍海心确实说过，可她没有空隙分神留心，更不可能答应。

可是苍海心笃定她答应了。她也没有非拒绝不可的理由，学香本身能教人沉心静气，能把他毛糙癫狂的性子修改修改吧，若不答应，没准他又要疯跑狂叫了。

香与药都是深而又玄的学问，学药需要冷静清醒，循序渐进，学香凭的是天分和顿悟，勉强要分步骤，也只能分出识香、采香、治香、熏香与品香几项，也没有什么先后顺序，不必学完一项才去碰下一项。而以苍海心的天赋，他几乎是不用教的。

入夜，雪信把苍海心带进听香阁，不点蜡烛，站几排架子中间问他：“都闻见了吗？”

苍海心鼻尖也不翕动了，几乎立刻答道：“闻见了，全部的。”

“都记住了吗？”她追问一句。

苍海心说都记住了，然后长出了一口气，似乎把钻进鼻腔的气息赶了出去。

“在没有它们的地方，你能随时从记忆里翻出它们、嗅到它们吗？”

苍海心这回憋了口气，试了试，说：“能闻见。”

“那还有什么好教的？”雪信斜乜着他，“当世所有的香料都在这里了，你认得它们的味道，记得住它们，再按照你的心意把它们配起来，合成一个新的味道就是了。怎么配，以前你也见我做过，只不过费些不值钱的劳力，最要紧的还是选料、配比和开方。”

“那你也不先找几个方子让我练练手？”苍海心不敢置信，她把他扔在听香阁里就要走，他茫然四顾，鼻间充盈的除了味道还是味道，他仿佛知道它们的脾气，知道自己有摆弄它们的能力，却不知道自己需要它们做什么。

“我开的方子是我的方子，不是你的。你的得自己找。”雪信阻止他黏上来，把他向里一推，出门还不忘在门上落把锁。

苍海心愁眉苦脸地在架子间踱步，他的眼睛在微光下也看得清，就挨个读香料罐子上贴的纸签，把名字与气味一一对照记住。

他闻见黄熟的气味滋进了鼻尖，在鼻子的外面打了个圈，好像不愿意进来，然后害羞地躲回了罐子。他猛吸一口，被灌进肺里的香气呛得胸闷，却丝毫找不到黄熟的气息，打开罐子，里头居然是一股秋天落叶的气息。

苍海心又缓缓吸气，黄熟的气味悠悠缓缓，像是被心绪牵着往心里走，急促一吸，却又消失了踪迹。他跑去窗口，发现了一丝没有关严实的窗缝，黄熟的气味正安静地躺在那里，毫不掩饰它对月光的恋慕。

谁？他好像被人拍了拍肩，身上黏糊糊的却没有丝毫不适。他幻想着自己安逸地躺下了，却又好似身体重重砸上了冰冷的地面。

紧接着苍海心又去探访安息香。可那安息香的气息也不是那么简单，不知道什么把安息香衬托得如此怡人，把害羞藏得那么妙。薰草，他不知道为什么会想到这个名字，明明是从未听闻过的，他扒着架子急急忙忙寻找，却没在大大小小的罐子中找到这两个字的踪迹。

终于他在零陵香的罐子前停了下来。就是它，安静地躺着，散发着的，包裹着的，心里想的，全部都是安静，仿佛它的名字就是安静，如果气味可以命名，也不过能叫安静而已了吧。

挪开零陵香的罐子，底下压着一册书。书册已被压得四角卷起，封面上一个深深的圆印子。苍海心拍去灰尘，翻了翻，是雪信的手迹，不过不是现在的，也不知道是多少年前的。

那时候的她，个子一定很小，字也写得那么小，他想象着她认真严肃的样子，抿着嘴唇，一笔一画，每个字都像一朵小花开在纸上，不是她如今的浓妆端丽的美，而是白到透明的小花瓣，压在书页里隔年有幽香。

苍海心望着雪信的笔迹发了好一阵呆，才注意到她抄下来的内容居然是一本翻抄的香谱，也许当初她只是顺手抄来练字的，所以漫不经心地随手一塞，并不在意。而他则如获至宝，立刻点了蜡烛凑到纸页上细阅。

香谱前半册记载着常用香材的性味，后半册则抄录了几十个香方。

他的神思停留在第一个方子上——零陵香、藿香、甘松、茴香、沉香、檀香、丁香各等分，炼蜜为丸，名曰清远。

他幻想自己在一片虚空里混合了它们，不是香料粉末，而是它们的香气，一团团香气，有的浑圆若球，有的缠绵如丝，好像还有负才傲物的，而他则轻盈地摘取它们，放在心、鼻腔和嘴贯通的地方，好像这样还可以尝出它们的味儿一般。

良久良久，味儿不似先前那般排斥了，圆融的气味带着绵绵的丝，缠得那负才傲物的气味也放低了身段，宛若一座城池里，君臣各司其职，井然有序。

他巡视这座城，不禁皱起了眉头，那气味的城破了一面墙，他把它们更多地从身旁拖拽过来，揉在一起，像做面食一样，先和面，揉完了还要发一发，他幻想自己等待了许久许久，等香气们被搓揉散发的不安被沉静下去，然后开始相互接纳融通。可是他立刻又皱紧了眉头，这个面团不够圆，气味不清也不远。

雪信的香谱上写得真切，苍海心推演了好几遍，结果如故。他着急起来，放下香谱，跑去翻香料罐子按方抓药，又搬出铁船来碾碎香材。他回忆雪信做这些的样子，模仿她，又耐不住一样一样来，脚上踩着铁船手中忙着点燃炭炉炼蜜。

他迫不及待要验证方子的对错，不过他也不知道自己希望是什么结果。他不相信自己会错，又不愿意驳斥雪信，一时之间，这个念头成了他最大的纠结，不小心就蹬翻了铁船、碰倒了炉子，只能重来。

雪信在外面等了三天，也不算等吧，本来就挨着，只走几步路就到的。只过了一夜，她就开了锁，让人把饭送到听香阁门口，把耳朵附在门上听了听，里头只有药碾子来回滚动的声音。

又过了半日，送去下一顿饭食时，她见原先的食案都原封不动在那儿摆着，撤下来换新的，下一顿，他还是没吃。

她没想到苍海心会一下子跌进去，不要说没心思吃饭，恐怕是根本不觉得饿吧。

第四夜，听香阁里飘出呛人的浓烟，雪信闻见了，连远处鼻子不灵光的人都闻见了，他们端着盆提着桶来救火，闯进阁中才发现火源被控制在一个铜盆里。

苍海心披散着头发，双眼尽是血丝，将香料中的材料一把一把抓起抛进火中焚燃。并不是所有香料都经得起焚烧的，娇弱的香气被烈火一摧，立刻成了乖戾的烟气。他一见人就烦躁地嚷：“都出去，都出去！”

人们犹犹豫豫着被驱赶着往外散去，苍海心却又开口了：“雪信……”他的口气是服输了的。

雪信站着没动，直到阁中只余下了他们两个人。铜盆中火焰吃不到新的东西，扭摇着低了下去，眼看要委屈地灭了。

苍海心双手乱抓头发，也许三天三夜里他抓了无数次了，所以头发才会这么乱：“我照着你的香谱做了三次，三次味道都不对，一定是香谱有问题，少了东西，不然味道怎么会像烧柴火！可是你怎么会错呢！”

雪信走过去，把苍海心怀中的香谱抽出来，丢进了火盆。他忙去抢，她却推开了。一本册子在火盆中烧成焦灰，他们一起看着，耐心等着。

香谱烧完了，雪信才说：“说了让你自己找方子，前人留下的香谱也是能信的吗？”

“若是假的错的，那为什么要留下来？”苍海心被自己制造的烟火气熏得直想吐，晕晕乎乎的，什么都想不了。

“谁会把自己的秘技写在书上流传出去？大家都会了，自己吃什么？如果被逼得没办法，或者是别的什么原因让他必须写出来，便只好故意错漏，弄得似是而非，外人得到了也研不透。”

“再也没有什么可以相信的东西了吗？”苍海心愣愣地看着那堆灰烬。

“如若独入伸手不见五指之处，只可自点万古长明之灯？”雪信笑了笑，“我从五岁开蒙学香，就是一个人孤零零地摸索，每天只是闻香料，抄香谱，复原古方，直到十三岁才发现香谱上谎话连篇。你一上来就发现了，倒是这块料。”

苍海心嚼着她那句话的意思，拉住她搂着说道：“以后我们在一起，你给我照亮，我给你照亮！”他找到了他们适合且相互需要的理由了。

“可是你太有天赋了，我教不了你。”雪信叹了口气，“同一种香，不同人闻都有不同感受。是什么样的人才会做出什么样的香。香这件事，说到底还是一个人的事。我无法感受你天赋的嗅觉，就好像你不能伸手抓住我的灵魂。”

雪信的话令苍海心沮丧了，他不禁松开了手，雪信轻轻一推就推开了。

苍海心又把脖子里的香囊扯出来给她看：“里头有麝香。你是不喜欢孩子吗？香谱上说……”

“我不喜欢孩子，可是以你的身份，最好有几个孩子。不用管香谱上那些胡话，麝香是助孕的良药，可一旦女子受孕，它又是小产的祸根。一旦萃芬院里哪个女人有孕，我会安排她搬去僻静院子住，安心养胎。”

“我喜欢孩子，可我不要与别的女人生孩子。”苍海心把香囊扯下来，想丢进火盆里烧了却又舍不得。

“找不到你自己的方子，就先试试修正错的方子吧。”关于孩子的话，雪信实在接不来，她胡乱说了一句，就逃一样地出去了。

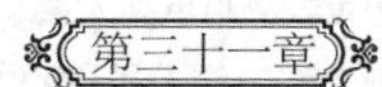

第三十一章

一著万物百千魔

又只剩下苍海心了，他把每个罐子打开闻，又把它们投入火中，这回是用铜箸铜勺取了一点，小心地凑近火焰，检查香料从微热到烘烤再到热烈燃烧中释放的不同香气。

这是他过去从没玩过的游戏，玩着玩着，折磨了他三天三夜的清远香的缺憾也抛在脑后了。

苍海心把阁中所有罐子里的香料都烤了一遍，记住了它们不断变化的气味，意犹未尽，紧接着便又开始了古怪的尝试。

他居然在灶间的泔脚桶边点了一堆火，烤热了那些剩饭菜汤和骨头，时不时地从中舀取一勺汤水放在鼻下细嗅，仿佛在品鉴美酒，把泔脚完全煮开后，他又从家中各处搜集来许多垃圾，灰尘、麻片、枯枝、青苔等，一一丢进桶里搅拌，若这样，雪信还能忍他，那么当他兴致勃勃地从茅房里端出一个装满的盆准备倒进泔脚桶时，她终于让家奴把他捆了起来。

家奴们都听从雪信和猴子的指挥，对苍海心的挣扎和破口大骂毫无畏惧，在他们看来，主人已经疯了，在家中发号施令的人早就换了。

苍海心以肩膀顶撞上来按住他的家奴们，向雪信嚷："他们闻不出来，你也闻不出来吗？在一堆坏味道里也有好味道！"

雪信听他嚷得急切，似乎比被捆起来更让他不能忍受的是她的不信任。她将信将疑，走到泔脚桶边，把鼻子凑上去。

其实还用得着试吗？站在十几步外嗅到的味道便让人作呕，还把鼻子伸到泔脚桶上方吸气，她简直差点晕过去。扑面而来的是各种食材混合而成的奇怪味道，像是一支临时拼凑的军队，乱哄哄地冲过来，裹挟着令人恐惧的荤油味长驱直入，穿过鼻子，蹿入脑子里搅动。

雪信干呕着缩了回去，懊恼把他的胡话当了真，跟着做起了傻事，染得脸上、头发上和衣服上尽是恶心气味。

"你别忙着缩，再闻闻！多闻一会儿，每一种食物的气味会清晰起来，酸坏的气味也清晰起来，你可以把这层不高兴的气味剥掉，底下是一种淡雅醇厚的气味！"苍海心顶开了围上来的人，双手依旧被背到身后捆着，他跑向雪信，想把她拉回泔脚桶边，可他不能用手，依旧是身体撞过来，似乎是一条会放羊的狗，在把离群的羊圈回应该在的地方。

可是雪信死也不肯再接近泔脚桶，她打了个手势，家奴们再次涌上来，把苍海心扑住压在地上。

“该怎么办？”她茫然地问猴子。

“这是着魔了，听说泼一身脏的就好了。”猴子眼睛看向了一边地上的那只木盆。

就算是魔，苍海心着的也不是外魔，而是心魔。别人眼中污秽不堪唯恐避之不及的屎尿，他都敢煮了品嗅，即便泼他一身，也不会有醍醐灌顶之效吧？雪信叹了一声，让人把炖着泔脚的火浇熄。

苍海心死死挣扎，仿佛有贼人要抢劫他此生的全部积蓄。

一旦火堆熄灭，滚沸中止，怪味冷下来被风吹散，他也好像终于失去了希望，泄气般安静了下来，趴在地上不动了。家奴们看了看雪信的脸色，试探着松开了他。

雪信走到他身边，蹲下来看着。

苍海心在低语：“你不信我……真的有淡雅醇厚的气味……也许可以入香……”

雪信满目怜悯：“你连香臭都分不清楚，真是空有一只好鼻子，浪费了天分。想要学香，先知道香臭再说。”

苍海心还是看着她，像发了最后一遍质问，气味在那儿，你闻不到吗？可是雪信对他只有居高临下的怜悯。他把目光收回来，脸扣在地上，地上的雪水被火烤成了污泥水，他被提起来时，沾了一身一脸，加上一身臭味，更像个疯子了。

可是他成了个安静的疯子，顺从地听凭人把他清理干净，任人把他关进房中。

他不乱跑不乱动，不说话更不理人，只一味地睁着眼睛，似乎随意地看着哪里，可是当人站到他目光所指的地方就会发觉，他的目光没有碰到障碍，似乎穿透了挡在面前的人，或者他根本就没发现有人。把饭端给他也吃，不给饭也不会要吃的，似乎无所谓饥饿，不过他会躺下来，也许是还知道这样会饿得慢些。

雪信是不信苍海心就这么废了的，她又没做什么，他就坏了？当然她也承担不起把他逼疯的后果，苍海心没用了，她的复仇怎么办，沈先生知道了，更不会放过她的。

可能他只是在赌气吧。

雪信去试探的时候，看到苍海心正躺在榻上，双手枕在脑后，看着帐顶。她在他眼前晃了晃手：“我想过了，泔水的味道确有特别之处。”对她而言，已经是放下了所有的骄傲，上来便向他认错了，承认的还是她绝对不信的事。

苍海心依旧是什么都听不到的样子，眼皮也不多眨几下。

“要不，你就试试把那种好闻的味道提炼出来吧？”雪信耐住性子往下说。如今才觉得，他还有胡乱折腾的劲头也好，胜过他的漠然万倍。

她像在自说自话：“得先想办法去掉酸腐气，你有主意吗？”

苍海心好像全然没有察觉她在边上一样。

雪信越说越是焦虑，火气也上来了，她挤到榻上，用手臂把他箍起来，踢掉鞋子，然后把小腿放到他的膝盖上：“你看看我。”

苍海心还是无动于衷，雪信进攻和占有的好像是一截枯木，虽还没有腐烂，却早就失去了生机。

她越发不肯相信，于是翻身趴在苍海心身上，学着他过去的样子，把鼻子紧贴在自己身下的身体上细细地嗅。

开始只是做做样子的，她素来不喜欢苍海心身上一股子野兽皮毛的气味，似乎怎么洗都洗不干净，似乎渗入了血液，从骨子里散发出来的。

她把呼吸放得轻而又浅，不情愿让他的气息钻进来。他的身体是温热的，他的气息也是热的，在她的鼻腔前端打了个转，她犹豫着放它进来，严苛地检查，意外发现，这股气息的骨子里是冷的。

苍海心的气味淡了下去，任何让人不悦的气味只要被冲得足够淡，都有好闻起来的可能，如同脱胎换骨一般。

他的气味没有变，只是淡了下去，一点点，她就轻易接受了。也许还有一个原因是她变了，她现在闻见苍海心的气味，像极了在一片冬天的山林，而他的气味就是一片没有被人踩踏过的雪地，也许雪下有冬眠的草籽，也许有冒着热气的兔子窝，雪吸走了气味，也稀薄了气味。

她快被这股气味冻着了，她要他暖和起来，要他的积雪融化掉。

雪信把自己整个儿贴了上去，隔着衣服的话是无法尽善尽美地把体温送给他，于是她褪去了衣服，一丝一缕都不留，又解开苍海心的衣带，拉开他的衣襟，把自己塞了进去，肌肤贴着肌肤，两个人穿着一件衣服。她啃咬他的脖子，还在细细留神他的气味。

冬天的气味都藏好了，四下是白皑皑的一片肃寂，必须靠得很近很近，偶尔才能捕捉到不知何处飘来的一缕气息，它们被压在很低很低的地方，甚至盖在雪下。雪的气味就是没有气味，是无情，是寒冷，是侵犯不了。

想想他当初的疯狂吧，疯狂起来的他有着夏天的味道，他的目光像是躲也躲不开的炭炉，熏烤着大地上的万物，不惜以破坏和摧毁的方式逼出地上的每一丝味道，连气味也是焦灼的。

他疯狂后的安歇是秋后的沉寂，气味不再争相抢着钻进人的鼻子，它们安静下来了，各自找地方躲起来。他从未像眼前这般收敛，也从未这般冷过。

雪信在苍海心的脖子上刻满了牙痕，即便这样苍海心也不伸手拥住她，她都伸手去挠他腰上的痒痒了也不怕。她亲吻他的耳朵，他的嘴唇，他任她折腾，身体给不出一点回应。雪信亲得嘴唇都快麻木了，最后，她愤然从苍海心身上爬起来，披上衣服，质问道："我又没做错什么，你为什么要变成这样！"

苍海心当然是给不出回答的，他的神思从来没有在雪信或者自己的身上停留一瞬，雪信说的话、对他做的事自然也听不到、感受不到了。

雪信气咻咻地问了，那句话撞在他的漠然上，弹回来，兜头砸在了自己脸上。

她还是不明白，她对他做的，并不比过去过分太多，苍海心凭什么生气！又凭什么不理自己！他不理，自己又该怎么办？

如果连凑上去亲热也唤不回苍海心，那么也不会有别的办法了，至少在这个家里不会有什么办法了。

虽然他关起门来发疯，始终没踏出过家门，她和猴子也吩咐了不让人出去传扬，可她还是不信秘密能守得住。她也不敢写信把这件事告诉沈先生，反正沈先生耳目通天，估计已经知道了吧，还不如抢在沈先生的处置到来前，想个死马当作活马医的办法。

雪信把苍海心送去禅寺，期待禅师们能给他说些道理开解开解。

去时，她和他坐在马车里，苍海心的身体随着车厢的颠簸摇来晃去，仿佛是个竖起来摆的麻布口袋。雪信禁不住想起整整一年前，她去接他出长白山，那时苍海心缠绵地追着她，贪恋她的香气，打都打不走，被她抱一下都受宠若惊。

想到这儿雪信干脆靠了过去，揽住苍海心的腰，苍海心顺势如同一个麻袋倒进她怀里。雪信看着怀中如此顺从、丝毫不拒绝的苍海心有些难过，他若气恨恨地甩开她的手，别过脸去，也许自己才会放心些。

禅寺在城外，屋小人稀。雪信在门前站了站，望见寺门前的雪都没人扫，不由犯了踟蹰。她故意找了个清幽野僻的地方，治得好苍海心就治，治不好也别引人注意。

可是眼下这地方，全然一副遭遇贼匪被灭了门都没人过问的样子。左右已经把人带出来了，再拉回去更麻烦，她心一横，把苍海心从车里拽出来，往寺门里一推，自己回到车上，催促着走了。

回到家里，那几个把苍海心送进寺里去的家奴也跑回来了。有个口舌伶俐的向雪信学了苍海心踏入禅寺的情形。

还是痴痴呆呆，不发一语，被人牵着就走。禅寺只有一间小破屋是暖的，全寺上下从禅师到弟子到做饭的都挤在一间屋子里取暖。他们进去时，那个老禅师正在讲话，禅师的学生插言问了一句："如何是'祖师西来意'？"禅师还未开口，苍海心忽然说了句："该打！"

禅师皱了皱眉，问门外何人。别看家奴们平日里跟着苍海心嚣张跋扈，却都敬重修行之人，顿觉不好意思起来，就算是间寒酸小寺，自家主人随便插嘴也是唐突了。

他们刚想要解释自家主人脑子不好使了，苍海心又开口说："这香有烟火气。"

老禅师面前的案上，一只香炉正袅袅吐烟，众人看向苍海心，又望望香炉，似乎有点蒙。家奴们感觉自己带了个没教好的孩子出门，一上台面就乱说话，忙把苍海心扯到后面，推出他们中主事的向人家赔礼，顺便说明来意。

老禅师的目光透过青烟扫向苍海心，叫他坐下吧。苍海心这会儿又不说话，也听不见别人说什么了，他任由别人把他拉到一个空蒲团上，把他按得坐下去。家奴里的小头头又掏出雪信交代的银票给了寺里，算是苍海心的食宿费也是打扰了禅寺上下清修的一点补偿。

其实在家奴们看来，苍海心的到来一点也不打扰，反而寺里得了这笔钱，有希望捱到开春了。

"你们把他放在那里，就回来了？"雪信向对方确认。

对方说："可不是？定定地坐那儿，我们走的时候，公子看都没看我们一样。"他是想说，苍海心被安顿妥了，乐不思蜀吧？

雪信想叹气，可是在人前忍住了，挥挥手让这个满会说话的家奴下去了。

她在失望什么呢？难道他会突然醒过来，嚷嚷着不要把他丢在禅寺，扯着家奴们一起回来吗？不过，他在禅寺里好歹冒出两句话来，与家中的样子比是个大大的改善了。

一会儿，猴子跑着进来了，咋咋呼呼道："雪娘子，你妹妹来了。"

"妹妹？"雪信错愕了一下，她几乎忘记了她在安城还有个妹妹。

"她说她从秦王世子府跑过来的。"猴子观察雪信的神色，提示道。若雪信否认，她便立刻去打发掉那个楚楚可怜的少女。

不过，雪信还没来得及承认什么，曲尘已闯到堂上来了。只有她一个人，怀里紧紧抱着个包袱，撞开猴子直蹦到雪信面前："姐姐救我！"她伏在地上不起来了。

雪信被吓了一跳，她打量曲尘，形状狼狈，神色凄惶。她看着曲尘，好像面对着一个燃烧着精美丝帛的火堆，想要伸手抢救又无法下手的感觉。雪信欠了欠身，做了个要扶的样子，可刚一碰到曲尘，曲尘就起来了，爬到自己身边坐下。

"高献之……"曲尘只说了三个字。

当着猴子的面，也不好说太多吧，觉得是个外人，就不能尽言了。雪信看了猴子一眼，猴子机灵，当然明白雪信的意思，识趣地退出去了，挡在门前远远的地方。她显然想得太过周到了。

剩下两个有默契的人，也不用向外人解释，反而不用说太明白。

这些天被苍海心的疯病折磨得顾不上关注外面的事了，可雪信猜得到，是曲尘酷似师娘锦书的容貌招来的麻烦。

同样是执念，皇上就是温和守礼的，而高献之就到了入魔的地步了。只要被他知道了竟有那么个女孩子，长得和过去的锦书一模一样，他必然会不择手段弄到手里的。

曲尘年纪还小，没有师娘那种气度。师娘锦书是那种虽然看着温柔娴静，真有了要紧的大事，却立刻拿出狠劲来，只要是拒绝，别人就无可奈何她。曲尘没有这股子劲头，只能逃跑。道理是通的，雪信是不屑的。

"没事时你在那儿住着，拽都拽不走，出了事就立刻想着跑来，怎么，没人保你吗，那个你托付了真心的人呢？他看着你收拾了包袱出来了吗？"雪信想想就替她不值。

可曲尘听成了挖苦，她为苍朝雨辩护："他留我的，是我不想拖累他，趁他不注意跑出来的。"

雪信本该打住，可一个忍不住又扎了一句："当真是不注意吗？"

在这种时候，若是真心对应了真心的，又怎么会给出个不注意的空档。只怕是不愿意为个女人与高献之过不去吧，还得感谢他顾念了情分，没把她打扮得艳丽喷香地送过去。

"你什么意思？当初你孤零零来安城，是谁收留了你？是谁为了帮你解决麻烦与苍海心打赌比赛的？早知道你最后还是与他混到一起，当初我们也不必为你费力气了。如今你好了，就不管我了，也不图报答了吗？"曲尘像只被踩了尾巴的小猫，全身炸毛。

她们承担的事情太多，可总还是年纪不大的，私下里凑在一起，真性情就出来了。相互关照是一定的，可在关照之前一定要刻薄一番，斤斤计较一下。

女孩子之间，相互借了一条头绳都会牢牢记住，若是对方忘记还，还会假装忘记再问对方借回来，更别说那么大一个恩情了。

雪信运了一口气，才把更刻薄的话咽下了。

当然不一样，当初收留她不需要顶太多压力，苍海心虽然顶了个越王二公子的身份，可新到安城站脚未稳，太好欺负，教训他也正是时候。

后来没欺负成，不还是把她送过去了吗？如今换成高献之，苍朝雨连硬着头皮顶一下都没有，就默许甚至也许暗示曲尘投奔她来了。说苍朝雨欺软怕硬这种话，确实说不出口，一说保准翻脸成仇。可是苍朝雨倒是顺溜地把祸头引过来，报了当初马球和打猎两局都输给苍海心的仇了。

苍海心呢？他承诺了替她报仇，宁可明火执仗玉石俱焚。一比照，才觉出苍海心曾经对她的这份心，她还那么嫌弃过。雪信想起这个呆头呆脑坐在禅寺里听讲的人来，一时也就默然无语，不觉脸上浮出苦笑。

“那你就住下吧。”雪信听见自己说。反正苍海心不在，嫁祸是嫁不到他头上了。

把她们凑到一起，更像是把猎物赶到一起，方便一次杀掉。她顺势打量起这间厅堂来，何必把屋子造得那么高、那么宽敞，两个人坐在里头，像不像两粒琉璃珠子躺在大瓷盘子里？谁也不挤不着谁，身底下却是太冷硬，不那么舒服，只要盘子一斜，珠子就骨碌碌滚出去了，急忙抢都抢不住，一落地摔个四分五裂。

“他不在吗？”曲尘察觉雪信出了神，跟着对方的眼光，也察觉了屋子的空荡。这个家的男主人不在，而雪信再得宠爱，也不可能是这里的女主人，怎么会独自坐在这里一副统揽全局的样子呢？

“他忽然迷上禅理，找了家寺院清修一阵子。”雪信连犹豫都没有就说了谎。她不觉得曲尘会为她保密，虽然目前她们被同一个敌人逼住了，可到底她们已经在不同的人身边了，“得有好一阵子不回来。我不能赶你，可为你身家性命着想，我劝你还是再考虑考虑，而后决定要不要留在我这儿吧。”雪信补了两句。

曲尘抓住了反击的机会，笑了：“你才回来几天，他就舍得清修去了？况且你身上还出了那么大的事儿呢。”

笑也隐藏不住失望，她还以为雪信比她更迫不及待要与高献之拼命，苍海心会冲在雪信前面，而她只要躲在雪信后面便可消灾避祸了。

没想到，雪信心不在焉，苍海心人与心皆不在焉。这两人是不是不敢与高献之针锋相对，商量好了要赶她走？她不能让他们遂心，若留不下，她只有把她的麻烦引回去了。她不能拖累苍朝雨。

“你也知道，我身上还有那么大的事儿呢。”雪信也是笑笑。除了初到安城叨扰过，后来她有那么一两回感觉无家可归时，也没敢去找曲尘，因为欠不起第二回人情了。她这里出事，曲尘并不是不知道，只是非等到自己也大事临头了，才想起她来了。这话说到这里，也算是到了头了。

雪信招了招手，猴子在门外见了便走进来，她指着曲尘：“侯管家，辛苦你领我妹妹休息去吧。这是我亲妹妹，安顿得好些。”

她知道猴子太会钻研人心，站在外头听不见她们两个说的什么，只是察言观色也看得出她们聊得马马虎虎。她怕不交代一句，猴子会找个破烂肮脏的屋子把曲尘丢进去。对于曲尘，雪信早就有许多心寒和猜疑，也不过隔靴搔痒说上两句，在道义和场面上，一定是要过得去的。

猴子本来是有姓的，可是那么多年流浪下来，早就忘了，以前不在乎也就罢了，可自从升上大管家，也处处注意起来，琢磨着给自己起个正经名字，与雪信商量了许久，定了“侯紫娘”三个字，倒是显出诙谐无赖的本色来。

曲尘随着猴子去了，包裹还是由她自己抱在怀里，猴子没有抢着替她拿。

走出几步曲尘又回望厅堂上，雪信还坐着出神，一个人孤零零居中而坐，看着傲慢又可怜。可不是嘛，原本庇护的她们人放弃了她们，她们自己保护不了自己，她们依附的人又莫名沉默了。曲尘现在也只能指望她们的价值还没有完全被自己糟蹋完，也许沈先生会出手拦一拦。

雪信在厅堂里出完神，感觉全身骨头缝都在冷，这才发现火盆早就熄了，也没人进来添炭。猴子忙着安顿曲尘，她这里就没人照应了。雪信嘲笑自己，宠她的人不在了，她就没好日子过了。

雪信披上斗篷，把自己捂得跟个毛团似的，从厅堂到她的枕莲馆，一路走得太痛苦。在暖融融的屋子里待久了，加一件厚重斗篷走到外边，身上也不会太冷，斗篷里的暖意还没有散完就走到了。

可她里里外外都是冷的，越走越瑟缩。风兜着斗篷的风帽使劲吹，刮痛了她的脸，又从领口灌进去。她伸手拉住风帽边缘掩上脸，斗篷在身前被双臂挤开一条缝，北风迎面劈下，她忙松开风帽拉严斗篷。

这一路都是在堵上领口的缝隙，或者守住前心残存的暖意之间挣扎，捉襟见肘。苍海心在时，她怎么会这么狼狈？她不会待在冷屋子里没人照看，风大时，他会把她的脸埋进自己怀里，甚至那几步路他都会抱着、扛着她走的。他都舍不得她的靴子陷进雪里去，怕她双脚会冷。

枕莲馆里居然有灯有炭火，茶炉上还暖着一壶水。也许是小桃小碧为她布置的，如今还肯对她忠心的，除了猴子，也只剩下小桃小碧了，倒不是她与这两个女孩子感情有多深厚。她们两个在她身边，一样也是一种布置，她们没有得到放弃她的指令，是不会擅离职守的。

雪信抱起存放香糕的漆盒，不小心愣了下神，就再也想不起自己接下来要做什么了，干脆曲起腿，把漆盒放在膝盖上，下巴支着漆盒盖子，在炭盆前坐着缩成了一团。

若是原来的那个苍海心还在，该是怎么个情形呢？

曲尘来看她，他在家的话一定会来凑一脚，不在家的话等回来也会追问曲尘的来意。其实不用问，坐在家里也会有人把消息带进来，如同家里的秘密总会泄露出去一样，以他的聪明猜也猜得到。他追问她，不是因为好奇，而是责无旁贷，不能被撇在外边，她的事就是他的事，他先问了，才好告诉她，他永远不会不管她。

可是现在，他不管了。

雪信又不知坐了多久才让身体暖和过来，她感觉烛火跳了一下，以为是蜡烛烧到头了，抬头看时，见蜡烛还有还很长一截，原来并没有坐太久。她吁了口气，漆盒在怀中的感觉又实在了起来，这才想起要揭开盒盖。可是她并不饿啊，所以一犹豫，又顿在那里许久，直到察觉一道黑影掠过。

粉墙上落着一只鸽子，悬空停住，只有一片黑而薄的影子，可的确是一只鸽子，有小巧的圆锥形的喙，不长不短，不尖也不钝，身体如一只玲珑饱满的梭子，仿佛一握住就会从手指尖溜出去。

它最像鸽子的地方并不是它的形态，而是它的神情。一片影子怎么会有神情？可它就是有，它扭动脑袋，安闲地把嘴伸到翅膀底下挠痒痒。

雪信也不想屋里哪来的鸽子，只是盯着那影子看，影子被她盯得沉不住气了，扑开翅膀飞了，眨眼消失在墙上。她这才扭头寻找烛火前的鸽子。

没有鸽子，是玄河站在她背后，他的双手还做着振翅欲飞的动作，却收在烛火后面。

“你站起来，只是换个地方发呆吗？我以为你已想到了应付办法，所以才从厅堂跟过来，结果就看见你一副六神无主的样子。”玄河把手松开了。

雪信苦笑了一下。她的样子落在别人眼里就叫作六神无主？

她只是还不习惯。一件东西，好也罢坏也罢，喜欢或者讨厌到要去丢掉，都是她的，她拥有它。

有一天，她发觉这东西不是她的了，还没有解释，她怎能不震惊，怎能不费神去想为什么？她是为什么被取消了拥有的资格？使劲踹都踹不走的一条小狗，有一天忽然被打跑了，她会怀疑地看看自己的双手，自己并没有特别用力打啊……

“你此来是要告诉我，我选错了吗？”雪信把漆盒抱紧些，仿佛那是她的固执。

玄河不知怎么轻易地从她怀里取走了盒子，从里面拈了块香糕吃，吃完了，还漂亮地弹干净手指。他说：“你们应付不了的。你们还是找个地方避一避吧，我可以接你们去……”

“又是躲！又是藏！”雪信爆发了一句，打断他，并没有再说下去，她的失望与不耐烦不言自明。其实玄河的建议是那么令人灰心，可就算他对了，雪信也不愿听。

“你们应付不了的……”玄河放下漆盒，盯着她的眼睛，似乎是在比谁更坚持。

雪信不与他斗眼神，她向旁一歪，半躺下来，腿还蜷着，一边胳膊肘支着身底下的丝毯。她一瞬间就成了只娇憨疲懒的猫，口中说着：“不想了，不要想。”下巴却向玄河一点，“鸽子呢？我要看鸽子。”

她的模样让人不能拒绝。玄河的双手合拢一翻，“鸽子”飞回了粉墙，虚空里站定了，小脑袋扭来扭去，仿佛黑影中浮现不出来的小眼睛也在翻来覆去地打量她，还发出咕咕的叫声，雪信没有回头看玄河，不用想也不用猜，一定是他做的口技，至于他如何作声，她并不需要理会。

鸽子时不时发出两声咕咕，还抖擞两下羽毛，仰头四顾，一副要飞不飞的模样。雪信盯着它，没有被逗笑，也不去干涉指挥它，只是眼睛眯起，似看非看，好像那鸽子并不是那么好看，却也没有别的可看，才把眼光落上去的。

鸽子又踌躇了片刻，叫声也低缓温柔下来，叫声里的间隔也拉长了。

忽然没有任何征兆地，鸽子扑棱开翅膀轻轻一跃飞了起来，恰在同时，雪信支着身体的那条胳膊歪了，她顺势侧伏在了毯子上，并没有激灵灵清醒过来，而是就地把整个身体缩成了一团。

她像是一只赖皮的家猫，与主人厮混熟了，迷迷糊糊盹着的时候被拍一下或者开个玩笑也不会计较，大度地忽略一切不值得挂心的干扰，把自己盘成更安全温暖的一个毛球，决心进入更香甜的睡眠里去。

雪信已经愁苦惨淡到忘记保护自己了，也许这是开启她心扉的一个机会，可她已经惨成了这样，玄河又怎么好意思再去窥看她心里的苦储得有多满呢。他甚至觉得自作主张把她放到床上都是唐突，她是打定了主意想怎么样就怎么样，从不听人劝的，劝也劝不进去。

既然雪信乐意在地上睡着，玄河也只能把她床上的被褥抱过来盖在她身上，怕一条被子盖着会着凉，又覆了一条，然后看见床榻里侧还叠放着一条备用的锦被，又顺手拖过来给她披上。

雪信被压了三床被子，身上沉重得气都喘不过，她不高兴地动了下手脚，把被子掀了下去，立刻又觉得冷，随手又抓过一条扯在身上，整个过程中始终闭着眼睛，不知是睡是醒。

次日醒来，雪信发现自己滚到了熏笼边，钻进了熏笼上覆盖的一床被子里。笼中的炭火早已成了灰烬，但余温尚在。缩在被子底下，全身是一种懒洋洋的温暖，她又禁不住想起了苍海心的身体，在被子底下，也是这样暖的。

过去的冬天，她就是抱着被炉银熏球睡觉，到了早上双手双脚还是冰冷冷的，有苍海心在身边，被窝才是暖的。苍海心比她先起来，也会轻手轻脚，尽量不让暖意从被子的缝隙里跑出来，而后把被沿塞在她的下巴底下，掖严实。他离开后，他的体温还能在被窝里留好久好久，久到自己舍不得推开被子爬起来，就总是赖床。

可是抱着熏笼躺不舒服，一旦醒过来就难以入睡了，她赖不了床。

玄河自说自话地在家里赖下了，居然做得一点也不狼狈。据说他大模大样地在整座宅子里绕了一圈后，挑了一间空屋，扯掉门上的挂锁就走了进去，接着又让人把里面打扫打扫，他认为自己是客人的身份，若亲自拿把扫帚扫地，会伤了主人家的面子。自然有红着脸的小婢女一声不吭地为他收拾了，还央求知道的同伴别说出去。

猴子不认识玄河，不过凭对方的衣着做派，她也大致猜了个八九不离十。雪信没有开口赶他，猴子更不好板起脸，于是就睁一眼闭一眼的。如今这个家里没有真正的主人，谁都是蠢蠢欲动，她也如履薄冰。

雪信知道，上一回玄河没能用最小的代价完成他的任务，这一回，他会坚持让自己接受他的建议，她不接受他就死赖着不走。

不过自己若还是不走的话，也不知道皇上有没有安排玄河站到她身前挡箭。她才不去找他，不听他翻来覆去地讲同样一遍劝人的话。

只能是玄河去找她，寻隙说动她搬走，躲起来。

玄河也不确定他那晚说的话雪信是否都听见了，因为她的手上站着一只鸽子，一只真正的、活着的鸽子，白羽红嘴红脚，绿豆大的眼睛，小脑袋灵活地扭来扭去。

雪信正用另一只手逗弄鸽子，拨它鲜红的喙。鸽子被她弄得没办法，只能在她的手指头上移动步子，稍微躲开些，当然躲不了，于是时不时发出一两声咕咕的叫声，抱怨雪信的打扰。

鸽子是雪信一早让人去外面弄来的，她似乎不关心迫在眉睫的危机，只顾专注眼前的玩物。

玄河惊异她能那么快地把注意力转移到别的东西上去，尤其是一只与眼下的关键毫不相关的鸽子。而她想玩鸽子的时候，居然立刻就能弄到，看来她在这套宅子里说话倒还管些用。

大概是玄河停下来许久不说话，雪信也觉察到他沉默里的不满，便感叹了几句：“你看这鸽子，本来是苍海心所豢养的苍鹰扑击的活食，是要被铁爪利嘴撕裂的。我忽然觉得鸽子很漂亮，很有趣，就让人用小鸡代替了鸽子饲喂苍鹰，那一笼鸽子绝处逢生，不用死了。鸽子的命被我改了，不知道我的命能不能也被我改一改。”

“那要是有一天，你觉得小鸡可怜可爱，舍不得拿它们填鹰腹，又怎么好？”玄河只能试着去弄懂她在想什么。

“若我觉得小鸡可怜可爱，舍不得拿它们喂鹰，就用鸽子喂鹰。”雪信无所谓地说。她没有停下摆弄手里的鸽子。

“小鸡可爱，鸽子则又不可怜了吗？”

“小鸡可爱，鸽子就不可怜；鸽子可怜，则不觉得小鸡可爱。我只会专心于一件事，专心喜欢一样东西。”

是因为她看见了墙壁上鸽子的投影吗？玄河想。他让她喜欢上了鸽子，可是她却看也不看他。也许是因为忙不过来吧。雪信这个人总是太执着于一件事，像小鹿埋头专心吃草，忘记抬头观察周遭的动静，此刻她专注地把玩鸽子，于是把他、把高献之的事忘记了吗？

“这种时刻……”玄河开口提醒道。

雪信掩口打了个呵欠，把鸽子塞给玄河：“我还有一钵香料要研。你会驯鸽子吗？你不能不会吧，替我安抚安抚……”她转瞬放弃了对鸽子的热爱，因为想起另一桩需要专注的事。

这鸽子果然是生下来就准备给猛禽吃掉的肉鸽，被养得肥嘟嘟的，听不懂口令，对人也没亲昵之情，它想飞走，可它的翅根被一条细绳拴住了，任其挣扎，也只能是滑稽扭动，翅膀也打不开。

玄河解开鸽子翅膀上的绳子，鸽子惊惶地扑腾开了。飞是它的本能，可是它太胖了，有生以来一直在笼子里度日，也没怎么飞过，所以飞这件事比人的摆弄更吓住了它。它那姿态倒好像是只着了急的半大小母鸡，始终在半人高的地方忽起忽落。

玄河学了两声鸽鸣，那鸽子便向他这里扑腾过来了。

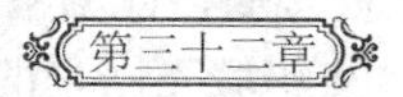

第三十二章

天高风淡鹰逐鸽

曲尘出现了，她是低着头过来的，看来她终究不能放心住下，要来摸摸雪信的底。

一进门就看见一只鸽子扑到东又扑到西，还打翻了妆台架子上的镜子，而玄河并不着急捏住它的翅膀，只是任鸽子像个溺水的人那般，在半空里拼命挣扎起起落落。他还学鸽子叫，好像在向那只鸽子表白说他也是只鸽子。

曲尘呆呆地看了阵，插不进口。

玄河将力气耗尽的鸽子捉在手里，回头对曲尘道："你找雪娘子？她在研香。"说得那么自然而然，好像他并没有站在别人的屋子里搅得鸡飞狗跳一样。两人一时都没觉出有什么不合时宜。

曲尘还是无语，她还算是了解雪信的，香几乎是雪信的一切，尤其当她遇到不称心、不如意，或者令她焦虑恐惧的事，她就会断开与外面的关联，躲在房中专心侍弄香料，不厌其烦地把最坚硬的木质香料碾压成齑粉，一遍遍过筛，妄图做到极致。

可是这种事是没有极致的，有就是有，不会变成无，一粒灰尘只要还存在着，就能被分为两半，能变得更小。所以一旦开始就停不下来，她会废寝忘食，直到那件困扰她的事自然过去，或是她的心境平和下来。

所以……雪信又在避风头了吗？她的逃避不是去一个别人找不到的地方，而只是不去想。那能管什么用呢？这回的事不是等上一些日子就会过去的，也许她躲了，把应对的责任推给眼前这个道士了，这个道士代表了皇上，若没有把握，他也不会轻轻松松地调弄鸽子玩了。

这些话，曲尘都没有说出来，还是看起来呆呆的，想了这番道理后，她便回去了。不过心里头还是有些失落，毕竟她躲灾躲到雪信家里，而雪信不用往外跑，只要掩耳盗铃，就有人替她摆平这些事。

不是这个男人，就是那个男人。

日落后，各人在自己房中吃饭。玄河想去看看雪信，她却自己出来了。

她手中抓着另一只束起翅膀的鸽子，鸽子的毛羽是灰蓝色的，毛羽上泛起冷艳的光泽，身形似乎更为纤巧。

她问玄河："鸽子驯得如何？"

"我不会驯鸽子。"玄河回答。

不过那只白羽毛的肥鸽子定定地站在了他的手背上，似乎已经傻呆呆地把信任交给他了。可也只是如此了，如此沉重的肉身，配上孱弱的翅膀，怎能说飞就飞起来？

雪信关紧了房门，放下厚厚的棉帘子，才松开了灰蓝鸽子翅膀上的绳子，抬手一送，鸽子优美地腾跃而起，在两人头顶盘旋一匝后，落回雪信手中。从体型到飞行姿态都可以判断，它该是一只训练有素的信鸽，也许是苍海心所饲养专为与华城联络用的吧。它不若肥白的鸽子憨态可掬，它很瘦弱，像刚刚经历了远途的飞行。

玄河意识到，这只鸽子是今天才从华城飞回来的，所以才会疲惫憔悴，可是它的脚上空空荡荡，并没有塞着信笺的竹管。

华城那边一定往这里传达了什么指令，可是眼前这个女人是不会告诉他的。

雪信又自顾自坐在那里逗弄鸽子，可惜一只鸽子不会飞，另一只鸽子飞不动，都敷衍她，她玩了会儿便没了耐心，随手一扔，任两只鸽子摇摇摆摆地在丝毯上踏来踏去。

她又把眼光瞄准了玄河："就没有一只像样的鸽子。"她扁着嘴，十分不满。

玄河好一阵没在雪信脸上看见如此生动的神情了。她初到安城时，是一副被骄纵过头的样子，那也是神采飞扬的，可是渐渐她就把头低下去了，像初冬的小雪，细细疏疏，默默地积了一层又一层，终于把本来的面目盖住看不见了，剩下的似乎是平淡无奇，平静无波。

此刻雪信忽然显出一瞬间的真性情来，也许是华城送来的信交代了什么，让她又有了把握吧。

玄河的手移到烛火前，双手合拢又舒展开，手影跃然墙上。雪信不由回头，认真看了看他的手。

过去还真没留意到，玄河的手比寻常男子的手大一些，掌骨略窄，手指颀长，异常纤美，这就是所谓的骨骼清奇了吧？她偷眼打量自己的手，暗暗比较，当然比玄河的小许多，柔嫩秀气，可若按原样放大了，手指头是肯定没他的长，玄河的手若按原样缩得与她的手一般大小，指头又一定比她的指头细。

玄河生了一双连女人都嫉妒的手。

这样一双手做出的手影也都是纤巧的，他的鸽子比地上的灰蓝鸽子更瘦，翅膀展开所能丈量的天空也更长，他学出的鸽鸣比真实的也更清越温柔。

雪信盘起腿看了会儿，忽然发现墙上多了一个影子。一边还是鸽子，不见了悠然自在，骤然惶急躲闪，可是墙面一览无余，也无处可以躲；另一边多出来的影子是一只鹞子，猛扑向鸽子。雪信想，这怎么可能，一双手只能学出一对翅膀，可墙上有两对翅膀，难道玄河生了四只手？

她又想回头看一眼，可是费了好半天劲，也扭不过头去，甚至眼珠子也不能动了，只能定定地望着墙面，不能眨眼，睁着眼睛久了，眼睛发干发酸。她看见鹞子追逐着鸽子，攻势凌厉，而鸽子轻灵闪避，每每在千钧一发之际逃出利爪。

一双手从雪信背后伸出来，覆在了她的眼睛上，轻轻一抚，眼皮落了下去。她又奇怪了，玄河的一双手来按她的眼睛，那么两双翅膀怎么办？而且不知为何，明明眼皮子落了下去，她却依旧能看见一只鹞子和一只鸽子在墙上的追与逃，而且看得更真切了，黑影成了涂抹了颜色的皮影，粉墙成了光亮荧荧摇动的轻屏，没多会儿，两只鸟从轻屏上挣脱出来，成了真的。

满屋都是翅膀扇动的声音，乱风扑面，还从半空里落下几根羽毛，从雪信面前晃晃悠悠地飘坠。离开了一面墙的拘束，鸽子更有闪避的余地了，鹞子费尽力气也逮不住鸽子，它的身体开始变大，从鹞子变成了鹰，还是抓不住，它的身体就继续膨胀，试图用身体填充堵死鸽子逃跑的余地，可是它忘记了，它越大行动就越不灵便，一击落空，重来都很麻烦。

终于这只猛禽长成了一间屋子大的庞然巨物，蹲在屋中间，翅膀也伸不开。

而鸽子呢，鸽子已经不见了。

硕大的猛禽卡在屋子中间，失去了攻击目标，茫然地扭动挣扎。

雪信睁开眼睛，看见玄河跪倒在地上，他双眼迷离颤动肩膀，似乎正有什么东西束缚了他的身体。她饶有兴味地望着，那一脸的无措，到惊慌、奋力挣扎，似乎周身的束缚越来越紧，令他一刻比一刻痛苦。

玄河紧咬牙关，痛苦越深，两颊的肌肉绷得越紧，挣扎的动作也越来越小，并不是他没力气挣扎，而是左右前后上下一起挤压过来，把他死死夹住，六面合围的力量不断加大，像一只拳头，把他捏在掌心。终于他的痛苦到了顶点，他瘫倒下去，这才清醒了过来，艰难地看着雪信，一动也不动。

“我猜，此刻你身上像被好几个药碾子滚了千百下那么疼吧，是不是觉得每一块骨头都碎成了齑粉？”雪信说着，她当着他的面，把挂着血珠的指头放进口中抿了抿，又从丝毯上拔起一支绣花针，那本是针尖向上透过毯子插在地板的缝隙里的。

从玄河的手影出现在墙面上开始，她就把一根手指悬在针尖上方，不能搭上去，针尖太细，稍微着力就会痛的。可是当她渐渐无法控制意识，手无力地垂下来时，重重落在针尖上，指头被刺破了，幻象也就消失了。

玄河专心对付雪信的抵抗，不料她和她的意识忽然一下抽离了。

他有几分打开她心锁的迫切，就贯注上了几分力气，一旦目标消失，他扑了个空，就难以自拔。控术若是失败，施术者会陷在自己创造的幻境里出不来。若没有人唤醒他，他只有自己给自己制造痛苦，这些在意念中创造的痛苦，若足够大，终会影响到肉身，令身体也感到痛苦，意识才会在痛苦中醒过来。

雪信虽不会控术，可是在沈先生身边多年，还是有所了解的。同样的花招，敢在她身上用第二遍，自然要付出代价的。

“不要再来烦我了。”雪信郑重地告诉他，“别想从我这里窥见什么，也别指望我会听你指挥。”说完她站起来打开门。

猴子正在门外，背着一卷麻绳大步闯进来，问雪信：“要弄死吗？”好像只要雪信开口，她能立刻拿绳子勒死这个大家伙一样。

雪信笑起来：“谁敢呢。他自己选中的屋子，让他好好待着去吧。”

猴子便把玄河捆了个乱七八糟，提起双脚倒拖出去，雪信看她拖得吃力，也过去帮忙，一人拽住一个脚后跟，把他弄出了枕莲馆。到了花园外，才由家奴们接手，两个人把玄河抬起，扔进他前一天收拾好的空屋子，反锁上门。

雪信又上了听香阁，嘱咐猴子："我要清静，什么人什么事，都不要来烦我。"

猴子问："你妹妹算什么人吗？"

雪信只是笑了一下："什么人就是什么人。"

猴子说："那我也把你锁起来得了，免得什么人都来找你。"

"也行。"雪信轻松捏着两只鸽子，又关照猴子，"也不用给我送饭了，阁中什么都有。"

不到两天，猴子打开听香阁门上的锁，跑上了楼。她还没上到楼梯的一半，就听见雪信的声音从半空里传来。

"出去！退出去！"

猴子呆了呆，下了楼，走到楼外。

片刻，雪信下来了，她满脸都是晦暗气色，劈头就说："说了不要来烦我，你却是第一个来烦我的。"对所信任的人的苛责，总是分外严厉的。

猴子不辩解，她只说了一句话，就把雪信的怨怒都打掉了。

"高节度使来咱家了。"

雪信的脸简直黑了，她顿了顿，才说："我知道了。我就过来。"

不多时，她就走出来了，拍打着肩头和胳膊，好像沾了洗不掉的尘土。

衣服是皱的，鬓边发丝掉落到耳际，眼皮被揉得红肿，一望便知她一直在折腾自己，没好好休息过。

"已经来了吗？"雪信抓了抓脑袋，好几天没有沐浴，连头皮都痒，在阁中全神贯注没觉出来，一旦清醒回来，各种不舒服的感觉也回来了，"来不及梳洗了。"她喃喃，走过来抓住了猴子的臂膀。

猴子感到雪信一个人有一半挂在自己手臂上，她反手抓住问道："你吃过什么没？"她问的是从三日前，进楼开始算的。

"大概是吃了。"雪信这么说，可一点也没让人更安心些，"那个道士还关着吗？"

猴子说还关着，知道那道士神通广大，生怕看守的人不仔细，被他逃脱，她干脆把门窗砌死，只留下个比狗洞还小的窟窿送饭进去。

那道士倒也不喊，每日饭菜能送进去，料想是还活着的。

她仿佛这时候才惊觉自己做了了不得的事："我可是为了你，都是按你的吩咐做的，要有事，你可要替我承担……一半。"

说得雪信死灰样的脸上透出哭笑不得的神色，真有什么事，一起完蛋，哪里还容你商量对半分责呢。

曲尘也在等着雪信，站在远一些的地方，等到她走过来才问："怎么办？"

"来了就去见见。"雪信一点也无所谓，似乎是说，要死便死。

"见见？"曲尘接受不了雪信的回答，更受不了那口气。不把自己当回事就算了，那些依附在她身上的命，她也都不管了吗？

她忍不住问："要不要把玄河子放出来说两句话？"明明还有一个可以抓来抵挡的办法。

"算了，把他拖进去做什么？"雪信笑了笑，"他只会把事搅得一塌糊涂。"

她似乎也嫌猴子拖慢了她的脚步，把猴子的手推下去了，自己一个人走在前面，走得也不快。

跟在后面的两个人相互不熟，也不想熟，无奈地对望了一眼，都想怂恿对方上去说几句，却都只是跟在雪信身后走着。

还未走近，就已可以听见咄咄逼人的脚步，在堂上又乱又急地响。高献之在堂上转来转去，等什么有资格和他说话的人上前来，等得不耐烦了。

雪信上去行了小辈的礼，总算把高献之定住了。他伸手来拉她，伸到一半又停住，只是这一犹豫，雪信就起身退了三步。

她见高献之的眼神飘向了门口，回头，见曲尘像只打翻了饭碗的小猫，缩在门框边，露出半张脸窥视里边的情形。雪信心里不舒服，就算知道曲尘怯懦，好歹也被沈先生教了十几年，怎么临事一点该有的气度都没有？

“还不过来向长辈见礼？”雪信对着门口，用姐姐教训妹妹的口气说。

曲尘的脸缩了回去。可是堂上两人的四只眼睛都盯着门口不放松，隔着墙也能把人抠出来，曲尘只好百般不情愿地走出来了，眼睛哀怨地盯着雪信，似乎在不满她把自己牵进来。

谁都知道，她的这张脸与师娘锦书一模一样，她走到高献之面前，比谁都危险。

“妹妹被师娘宠坏了，规矩做得不好。”雪信还向高献之致了歉，强逼着曲尘也像模像样地行了礼，才作罢。

雪信一提师娘，高献之反而不敢去拉曲尘了。他看着雪信问：“这家里没有主人吗？”他来是为了这两个女孩子，可是要谈，还是得和主人谈的。

“不知怎么迷上了修禅，去禅院修行参悟去了。”雪信轻松道，“高叔叔找那个不争气的人做什么呢？他来了能决定几件事？不会说话，也说不上几句话。反而是我们，也是两辈人的交情了。”

她像只勇敢的小猫，对着能一口吞下她的大狗站得直直的，昂着头，全身毛都炸开了，只要大狗再上来一步，她就会扑上去，先撕咬他的。

高献之听着雪信的话又失了会儿神，从恍惚里闪回来，看看雪信又看看被雪信赶到身后的曲尘。

他不知道这两个女孩子哪个更像他年轻时爱着、现在也爱着的那个人。

一个有她的容貌，另一个灵魂像极了她，如果只能带走一个，他无法选择，他都想要，那得罪的人未免太多了。华城那边知道了，肯定也要找他麻烦，皇上也不会不管。他看似是个混账，可谁又是笨蛋？

“高叔叔是来叙两家的世交的，所以外人不见也罢。”在雪信口中，这家里真正的主人反而是外人了，“只可惜他不在家，家里事事疏懒，也拿不出像样的招待高叔叔……”

这分明是抱怨高献之胡子一大把了也不懂礼数，上门做客又不是官差拿人，哪有不提前几天说一声就闯进来的？还顾着面子就要守礼数。

“今日不忙。”高献之好不容易才从这个不怕他的女孩子的数落里反应过来，他不恼，反而笑了笑，“今日不是正式登门造访，你们也不用忙，我就是来看看你们过得好不好。既如此我明日再来吧。”

他还是不讲理，提前一天来通知，还不如直接闯过来。

闯过来了，主人双手一摊，没东西招待，招待不周，也就完了。

而现在只给一天时间准备，这是要跑死人，能张罗来的也只是平日里随便有的东西，到头来还落个怨报不周。

可他不管，他拖延一天，只是去考虑考虑如何挑选，或者要预先准备准备，才来捅马蜂窝。

其实高献之也准备了好几天了吧，只是看见了她们两个，尤其是雪信那眼神，他又停下了，知道不能逼太急了。

高献之走了，是雪信送的，送到庭院外她就站住没再继续往外走了，送走之后她一回头，就看见曲尘寒着脸。

“你是我姐姐，你怎么能这样？”曲尘都等不及雪信走回来，就放声责备。

“我怎么样了？我只是教你，到什么地步都不要让自己太难看。”雪信也不满曲尘的表现。

“你让我不要太难看，却故意把自己弄那么难看，又拖上我，你分明是要把我推出去。”曲尘说。

“如果你要死了，我会拿我的命救你。可是我要死了，你会拿你的命救我吗？”雪信没来由地问曲尘。

曲尘愣住，说不出话来。

大概是想起来小时候许多事情吧。小时候沈先生从来不打雪信的，却会打曲尘，雪信就扑到曲尘身上为她挡着。沈先生让人把雪信拉开，然后继续打，雪信就找板子打自己，在身上打出和曲尘一样的伤痕，沈先生舍不得了，就不打曲尘了。

这也是怨恨的开始吧？不管雪信怎么维护她，两人的命运就是不同。为什么雪信就那么得宠爱，错了也不用挨打？而她又哪里差了，要承受那些……雪信越是维护，落差越是显现出来。

一个人手里有那么多，多到拿不下了，需要塞给另一个双手空空的人，怜悯给多了，就是羞辱。

争吵也就戛然而止。雪信伸手抓了抓头皮，这又想起她三天没好好梳洗，也确实该够难看了。她找猴子吩咐准备明日宴客的事宜，便带着小桃小碧出城去山间小寺。

这才几天，禅寺面貌已大不同，门前的积雪也有人扫了，小院中还有人背着手转来转去，像是要对着雪景参悟什么，实则是屋中炭火太热，闷着了，这才出来透透气。

她的供养，令大家都过上了愉快的日子。

雪信问起苍海心，那里的人便告诉她，当日，他坐着听了会儿，就离开大家围聚的屋子，另找了一间屋子在里头打坐了，每日只食一餐，时候到了自己出来吃，也不与人说什么，别人对他说什么也不回答，吃完了回到屋子里把门关上，直到下一日吃饭。

她让人带她去看，那人把她领到一扇门前就走了。雪信推门，门松了松，就被挡住了，她又试了试，再也推不动了。透过一指宽的门缝，她看见苍海心正背顶着门板打坐，视线从上往下扫过去，看见他双手结了个定印，全身纹丝不动。

顶门而坐，就是不让人来打扰他的。

“你还不理我吗？”雪信对着门缝说。门缝后面一点动静也没有。她也想到了，僵局不是那么好打破的。

雪信蹲伏下来，又对着门缝后的那个脊背说：“我遇到了过不去的难关，你却在这里躲清闲。”

她等了好一会儿，门后还是不说话。也许苍海心是真的入定了，定中的人，打他也不觉得疼，说话自然是听不见的，若是没入定，听见了不回答，那是不愿意回答，是他还没原谅她。

雪信忽然愤怒起来，过去对她那么好，答应过她的、承诺过她的那么多事都哪儿去了！凭什么他可以打着修行的幌子不理她？他是真的听不见，还是装听不见？这事儿自己一定要弄个明白，要把他从定中叫出来，给个说法。

雪信用力拍起门板，手拍疼了，就用胳膊肘顶，顶不开，就换脚踹，最后她整个人扑了上去，用肩膀撞门。她发出的动静把别人都吸引过来了，那些人不好上去拉，只能看几眼，然后识趣地走开，装作不知道，却在远处继续观望。

雪信撞不开门，苍海心在门后不让开，也没有人帮她，她发狂用光了全身力气，最后也只能无力地倚着门，滑坐到地上。她想笑一笑安慰自己，证明自己没有太下不了台，可是嘴角一动，就成了哭，眼泪不争气地涌出来。

雪信把脸靠在门上：“我哭了你还不出来哄我吗？”

门后的人大概是真的听不见吧，不然肯定会出来抱住她，亲她，把她的眼泪亲干的。她折腾到筋疲力尽，也没有得到一丝丝动静。

看来苍海心是不会出来了。

“好吧，那我们就这样不用再见了。”她用一句硬气话，给自己挽回了点面子。

她站在来时的位置，从袖子里滚出了两件东西，雪信回头看了看，似乎不值得退回去收拾，就这样走掉了。

有好事的人走过去看了，地上躺着的是两只死鸽子，一只白，一只灰蓝。

小桃小碧跟着雪信回去，一路上她们战战兢兢，生怕雪信在她们身上发泄吃了闭门羹的怨气。

两人知道雪信脾气的，那么要强的人，做事要么不做，要么做到最好，别人给她一点脸色她都受不了，要是以前，她早就摔东西训斥奴婢了。这回吃了那么大个憋屈，她怎么能往下咽的？跟在她身后、跟得最紧的人，自然是首当其冲承受她的迁怒的。

她们紧张地观察雪信的脸色，不敢殷勤地凑上去，也不能落在太后面叫应不着。

不过，雪信的性子被磨得柔和了许多，再也不会拿不相干的人撒气了，甚至在一抬眼看见她们的时候笑了笑。

小桃小碧受宠若惊。

小桃便壮起胆子问：“娘子……不是不开心吗？”话才说出来，被小碧打了一下。

雪信还是没有板起脸，她还是笑：“我笑你们怕我的样子啊，也是笑我自己。人都是那么笨，平日里谁对自己好都不知道，非要等到谁对自己不好了，才比较出好来。你们两个这几年，受了我不少气吧？我向你们撒气，你们不高兴了，又找在乎你们的人撒气，最后谁也不开心。”

小碧说："除了娘子，也没有人在乎我们。"小桃的鼻子酸了，又打了小碧一下。

雪信伸手从发髻里抽出两支金簪来，塞进她们手里，一人一支："你们都这么说了，我便更应该好好在乎你们了是不是？"

两个小丫头你看我，我看你，不知道是大方收了还是该做出忠心耿耿的样子辞了恩赐。雪信看她们这样，又是笑笑，把头转开去了。她坐得也不那么毕恭毕敬了，把脚后跟从身下移出来，身体歪向一边，随着路面颠簸一摆一摆。

小桃说了句："娘子放心，今日的事我们对谁也不会乱说的。"她以为自己很了解雪信的弦外之音了。

雪信抬起手，摇了摇，没有说话，不知是什么意思。

回到家里，雪信找猴子来，问了问家宴筹备得如何，也提了她的布置。横竖高献之来这儿不是真奔着吃饭来的，却又肯定要黏着座席不走，不如换个大的炭炉来，把厅中的小篆炉也撤了，换成大的吧。

她把自己浸在池子里，舒服地泡了一个多时辰才起来，打扮梳洗一新，又去看了玄河。她蹲在那个小小的狗洞前，用两根手指敲了敲，里头立刻伸出一只手，握住了她的手腕。

"谢谢你理我。"雪信没有挣脱开那只手，"你想要出去吗？"

"我想是高献之来过了。你没有事情是不会找我的。"玄河在里面说。

他抓着她的手多了几分力道，因为她的腕子细细的，肌肤润滑，仿佛一不小心就会从手心里溜出去了。

"我想把曲尘托给你。她自己想要依附的人，管不了她的死活。"雪信也就把手停在那里，好像是交换保证。

"曲尘是你的妹妹，你自己都做不好的事，怎么指望别人做好？你放下她不管，又想怎样？"

"我从没有过家，所以去哪里都可以。我换一个地方，不在乎我的人还是不在乎，为难的人却可以不再为难。我不是息事宁人，我去了，是要大闹一场，折腾光他所有的一切的。"雪信笑着说，虽然她也知道，她是面对着一面墙、一个狗洞笑，洞后的人看不到她的笑，只能感觉到她笑得手有点颤了。

"那么多人在乎你，是你不肯让人与你共同承担。"玄河攥紧她的手，他想让她被捏痛了，能清醒一点。

"我可以放你出来，不过你做什么都是没用的。"雪信开始抽回她的手了，玄河握得太紧，她抽不走。

她生气了，为什么她想打开的门不开，想要抽走的手抽不回？

雪信放低了自己的手，一脚踩住了玄河的手腕，用力碾压了几下。玄河的手被踩麻了，无可奈何地松了。

"能牵连进去的人，越少越好。"雪信对着墙洞喃喃说。她站起来，回头，看见曲尘扶着柱子看着她。不知她什么时候偷偷摸摸躲在柱子后听他们说话的。

"你说的是真的？"曲尘问她。

当然是真的，雪信不是个喜欢逗笑的人，这种事也不是逗笑的好材料。

曲尘又说："我可不想欠你那么大的情，我不要你去。"

“我不去，就换你去。你愿意？”雪信冷笑着问她。

曲尘呆了呆，才说：“你是去报仇的，我去了也是白去。”

“我知道，你去了什么都做不来。”雪信说了便扬长而去，回她的枕莲馆去了。她真的下定了决心，那么这也许是这姐妹俩最后一次相见了，她却没有邀请曲尘与她抵足而眠，再叙叙情分，大概是真心看不起。

曲尘咬了咬嘴唇，她羡慕雪信的、厌恶雪信的，就是这份傲慢，明明是一份爱护，非要附上一顿奚落送过来，让领受的人心里不是滋味，永远落在下风。可又不得不收下，因为给的正是自己缺的、想要的、推不开的。

第二日早上，玄河房间的门窗上砌的砖块、钉的木条被拆去了。

猴子涎笑着，指挥人搬进一只木桶，准备了干净衣服供他把自己清理体面。他并没有多狼狈，只不过三日不见光，似乎见白了几分。

玄河又去看雪信，她正仰躺在妆台边，从一盆雪中拈出两片白玉雕琢成的叶子，放在眼皮上。她的一头秀发旖旎在毯子上，被屋外映进来的雪光托得发亮，每一道弯曲都有一道柔润的反光，衬着散开的领口里一片白腻的脖子，一副美不胜收。

她要是愿意，就不会偷偷哭，也不用一早就强作镇定地冷敷眼皮了。可是玄河不点破，雪信就是那种越说越说不通的人，于是他就不劝说了，又拿出死皮赖脸的劲来，坐下不走了，看着她敷完了眼睛，又傅粉描眉。

雪信往脸上贴花子时，他还替她出了主意，甚至还越俎代庖地替她剪了一对莲花，坠了珍珠。她瞟了他，也不作声，两人都知道，若现在无法把谁的主意拗过来，那么真正的较量还在后面，在她与高献之交涉时，他必然会出来阻拦。

高献之又来了。前一日，好像没人告诉他请的是午饭还是晚饭，反正他不是来吃饭的，所以哪个点来都是一样。

唯一不太方便的是雪信，她还没按照计划打扮好，只在一边眼角画了一片半蓝半灰的鸟羽，另一边还未来得及落笔，听说客人来了，也只能把妆笔丢在台子上，裹上披帛罩上斗篷出去了。

高献之知道这家里的主人不在后，就把自己当作主人了。他自己命令开席上酒，自斟自饮喝得欢，对呈上来的菜色更是没有挑剔。他的半辈子里都是一边吃苦一边享乐过来的，会吃喝也会凑合。

曲尘也被叫来了，一副很不情愿的样子，既然雪信都决意把事情一肩担下了，为什么还要她来凑这个局？

若是放在平日，雪信也要生气，已替你把事情扛下，最后一场善始善终都学不会？可是她只是定定地看着曲尘说：“最后一回了，你别躲起来丢我们的脸。”

以前，她们一起学艺，接受考试的时候曲尘怯场，她也都是这么鼓励的，不要丢我们的脸。可是这回听在曲尘耳中就成了教训。你一个人什么都做得好，拖着一个累赘做什么？

曲尘在气势上始终扭不过雪信，口舌之争更说不过，她一向是怏怏听训，只好故意装扮得清汤寡水，穿了一身最素淡的半旧衣服。

而雪信的妆容虽还差一点点没完成，却也是艳光四射了，梅红褥裙婀娜飘荡，裙摆间坠了几个黄金小铃铛，步伐摇曳间发出细细碎碎的声音来。曲尘低头跟在雪信身后，憔悴苍白得像个不甘心的鬼。反正雪信总是能把别人当作自己的陪衬，多一次，最后一次了，也无所谓。

玄河走在两个女孩子身后，还是不言不语，好像是积攒好了力量一会儿要发作的。

高献之抬眼看见一浓一淡两个女孩子走进来，又是片刻的晃神。他打算好了再借酒遮脸说点过分的要求呢，兀自先把自己灌了个五分醉，眼神发飘，看东西不好用了，尤其是分不清眼前的东西是真的看见了，还是在幻想的记忆里看见了。

记忆里的那个女孩子也是有无数样子的，有红装的美艳，也有蓝裙的清冷、白衣的素洁。到了这个场面，她也是一副平静底下藏着一股戾气的。他几乎立刻就决定好了，醉眼中看见的那个倔强的眼神，才是他能找回来的情人的眼神。

场面并没有想象得那样剑拔弩张，也没出现讨价还价。牵涉进来的双方都是瞬间就决定好了事情的，眼神一交，定案。

高献之笑笑，雪信也笑笑，旁人想要阻拦，也扯不住话头。再往下，就是和和气气地坐着聊天了，雪信还能时不时地照顾一下熏香炉，回身看一下篆字是否断火，曲尘的才艺在此就用不上了，高献之只喝酒，不饮茶的。

高献之说起他在西域打仗的事，把雪信逗笑了。也只有雪信一个人笑了。曲尘低着头，玄河木着脸，这两个陪客做得不大尽心。大概是雪信觉得场面太闷了，应该热烈欢快些，便对高献之说："我愿再舞一曲助兴，高叔叔可别再拿剑砍我。"

高献之连说不会。他笑着把眼睛眯起来了，似乎记忆里那个女孩子欠了他很多很多，他对她那么用心，她却一支歌也不曾为他唱，一曲舞也不曾给他看过，她没有一回发自真心地想要取悦他，都只是骗他害他。

如今终于有机会补回来了。

玄河觉得这件事应该拦一下的，可是他说的话，谁也不听。曲尘也不帮腔。

曲尘一直不开口，现下却是立刻就后悔了，因为雪信命人取了琴，搁在她的面前。说好最后一回陪坐应付就行，怎么又要她出力气了？可是风口浪尖雪信去了，剩下敲敲边鼓的活儿她也推脱不掉，只好把手放在了琴弦上。